Fußballstadion

Boulevard der Verteidiger des Friedens

ard der Verteidiger des Friedens

Stalindenkmal
1962 abgerissen

Atom-
bunker

Moldau

Minister-
en

Pariser Straße

Altstädter
Ring

brücke

Jan Faktor

Jan Faktor

Georgs Sorgen um die Vergangenheit

oder

Im Reich des heiligen Hodensack-Bimbams von Prag

Roman

Kiepenheuer & Witsch

Die Arbeit an diesem Manuskript wurde gefördert durch:
Robert Bosch Stiftung (Recherchestipendium »Grenzgänger«)
Ministerium für Wissenschaft, Forschung und Kultur des Landes
Brandenburg
Senat von Berlin

In diesem Roman werden einige Zeilen aus den Titeln der Gruppe
»The Plastic People of the Universe« verwendet. Da diese Vers-
fragmente dem laufenden Text angepaßt werden mußten, wurden
sie nicht originalgetreu übersetzt, sondern weitgehend frei.
(Autoren der Texte: Egon Bondy, Jiří Kolář, Pavel Zajíček)

Mix
Produktgruppe aus vorbildlich
bewirtschafteten Wäldern und anderen
kontrollierten Herkünften
www.fsc.org   Zert.-Nr. SGS-COC-001940
©1996 Forest Stewardship Council
FSC

Verlag Kiepenheuer & Witsch, FSC-DEU-0096

2. Auflage 2010

Umschlaggestaltung: Rudolf Linn, Köln
Zeichnungen der Stadtpläne: © Birgit Schroeter
Autorenfoto: © Susanne Schleyer/autorenarchiv.de
Gesetzt aus der Sabon
Satz: Felder KölnBerlin
Druck und Bindung: GGP Media GmbH, Pößneck
ISBN 978-3-462-04188-0

*Die Themen- und Personenkreise, die mir den Stoff
für diese fiktive Geschichte geliefert haben, haben mich
und Annette, meine Frau, jahrzehntelang beschäftigt.
Ohne diese gemeinsame Vorarbeit hätte ich dieses
Buch nie schreiben können.*

wir lebten, ohne unter den klebestreifen
sonderlich zu leiden

Die ersten Sorgen um meinen Penis machte ich mir schon vor etwa fünfzig Jahren im Kindergarten – damals nur aus rein hygienischen Gründen. Um mit der Penisspitze nicht die Klobrille oder sogar die Innenseite der Schüssel zu berühren, griff ich beim Pinkeln mit der Hand zwischen meine Schenkel und drückte meinen Apparat senkrecht nach unten. Damit wollte ich gleichzeitig verhindern, daß der Urinstrahl durch den Spalt unterhalb der Klobrille meine heruntergelassene Hose benäßte.

– Was machst du da? fragten dann die Erzieherinnen, die die Zufluchtsorte der Aufsässigen häufig kontrollierten.

– Nichts, nichts weiter.

Offenbar konnte ich meine Lippen und meinen Unterkiefer gerade frei bewegen. Man klebte mir den Mund nur an den Tagen mit Klebeband zu, an denen ich ununterbrochen redete und nicht anders zu stoppen war. Das papierene Klebeband wurde von den Erzieherinnen immer großzügig angeleckt, und ich mußte den Mund fest verschlossen halten, um die Feuchtigkeitslinie meiner Lippen vor der klebrigen Fremdspucke zu schützen. Bald spürte ich schon, wie der Klebestreifen trocknete, sich zusammenzog und meinen Mund ein bißchen kleiner machte. Dazu muß man wissen: Wir – die Kleinen wie die Großen – lebten damals in Prag, ohne darunter sonderlich zu leiden, in einer totalitären Gesellschaft.

Wenn ich mir meinen Penis heute ansehe und mich kurz konzentriere, bekomme ich umgehend das Gefühl, daß es sich um ein ästhetisches Gebilde handelt. Er sieht schön aus, etliche Details im Eichelbereich finde ich sogar wunderschön. Seine Ästhetik entdeckte ich allerdings erst relativ spät, etwa ein Jahrzehnt nach seinem Erwachsenwerden, etwa dreizehn Jahre nach seiner späten Beschneidung, die meine Mutter nicht mehr aus nächster Nähe verfolgen, nicht mehr liebend begleiten konnte. Meine Mutter badete und pflegte mich in meiner Kindheit mit großer Inbrunst, strahlte dabei jedesmal intensiv – als ob sie mich gerade frisch geboren hätte. Daß ich in die Länge wuchs und immer großflächiger gesäubert und gepflegt werden mußte, störte sie überhaupt nicht. Wenn eines Tages der strenge Tantenrat nicht eingeschritten wäre, hätte meine Mutter sicher weitergemacht – und ich hätte mich heute als Mutters Pflegefall präsentieren können.

Wie man sich dank dieser kleinen Information denken kann, war ich Mutters einziges Kind. Es ist aber nicht die ganze Wahrheit: Ich hatte um mich herum mehrere mütterliche Wesen zur Auswahl und war auf meine Mutter nicht unbedingt angewiesen. Sie fiel als Bezugsperson sowieso öfter aus. Aber sie liebte mich trotz ihrer häufigen Depressionen und trotz meiner Widerspenstigkeit über alles, und ich versuchte später, ihre Liebe mit allen Mitteln weiterzugeben. Das nötige Zeug dazu hatte ich nun mal. Wieso ich meinen Hodensack mit seinem unsichtbaren und geheimnisvollen Samenlabor – im Gegensatz zu meinem Penis – nie sonderlich schön finden konnte, beschäftigt mich bis heute. Was den dunklen Sack im Konkurrenzkampf mit der Nr. 1 so blaß aussehen läßt, ist natürlich die ihm fehlende Orgasmusfähigkeit. Das gleiche gilt allerdings auch für die zartschönen Augenlider, die – egal, wie schnell man sie bewegt – nicht in der Lage sind, Lust zu spenden.

Die späteren Sorgen um meinen Penis betrafen in erster Linie seine angemessene Unterbringung; sie beherrschten mein Denken, überschatteten meinen Alltag, ließen mich oft wie einen sabbernden Idioten aussehen. Zum Glück konnte ich bald das erste konkrete Ziel meiner Wünsche ins

Auge fassen. Als Dana einmal bei uns übernachtete, trug sie ein ziemlich durchsichtiges Nachthemd. Abends bekam ich das nicht mit. Um so intensiver erlebte ich es am nächsten Morgen. Dana kam aus dem sogenannten Gästezimmer, das indirekte Sonnenlicht beleuchtete sie schräg, und ich sah deutlich ihre steifen Brustwarzen und ihr dunkles Schamhaar. Von diesem Augenblick an war klar, daß ich eines Tages dorthin, genau an diese nämlichen Punkte, gelangen wollte. Dana war ein reizend zierliches Wesen. Problematisch war nur, daß sie viel älter war als ich. Sie war über vierzig, ich war damals sechzehn. Die nächste Schwierigkeit bestand darin, daß sie die beste Freundin einer meiner Tanten war, natürlich auch die Freundin meiner Mutter.

Lange Jahre meines Lebens empfand ich das meiste von dem, was ich erlebt habe, als so peinlich und unerträglich, daß ich froh war, es so nie wieder erleben zu müssen. Egal, wie glücklich ich in meiner Kindheit und Jugend immer wieder war, in der Regel fand ich die Umstände meiner Aufzucht fürchterlich. Leider bauten sich diese Gefühle mit der Zeit nicht ab, sie summierten und verformten sich, quetschten sich bis zur Unkenntlichkeit ineinander. Ich gewöhnte mir vorsichtshalber an, auf meine groteske Familie und auf mich mit Despektion herabzublicken. Ich sah uns wie von außen durchs Glas, ich sah uns wie durch eine kalte Wasserwand. Meine Blicke kühlten bei jeder neuen, naturgemäß oft minderwertigen Lichtbrechung weiter und weiter ab. In unserer Wohnung gab es für diese Art von Blicken etliche halberblindete Spiegel, den größten von ihnen schlug ich bei einem Wutanfall kaputt.

Der Prozeß der ständigen Herabsetzung hinterließ in mir tief eingeritzte und eingestanzte Spuren. Und weil ich diese Art Selbstbeschämung konsequent praktizierte, drohten meine Ekelgefühle mich irgendwann vollkommen auszufüllen. Sie machten ein fast hoffnungslos verschlossenes Wesen

9

aus mir. In besonders schlimmen Kernzeiten verschlug mir meine Vergangenheit die Sprache so gründlich, daß ich es nicht einmal wagte, unverständlich zu murmeln. Ich konnte mich nur noch stumm wundern – über mich und alles, was es außerhalb von mir noch so gab. Aber auch in besseren Zeiten hielt ich lieber dicht, wenn man von mir konkrete Aussagen verlangte.

– Wie fühlst du dich?

– He? Hm.

Das hat sich grundlegend geändert. Mein Name ist Georg, und ich habe jetzt endgültig keine Probleme mehr damit, über mich und meine Vergangenheit zu sprechen. Seltsamerweise war mir auch in den schlimmsten Perioden meines Lebens klar – und es stand trotz aller Dauerqualen immer außer Zweifel –, daß mich eine helle Zukunft erwartete. Das erleichterte mir mein Vegetieren ungemein. Mein unerschütterlicher Glaube an die Zukunft bewirkte nämlich, daß meine Sorgen nicht vorrangig die jeweilige Gegenwart, sondern fast ausschließlich meine Vergangenheit betrafen. Ich mußte mich andauernd schütteln, wenn ich zurückdachte. Wenn ich daran dachte, was ich gerade hinter mir gelassen, welchen Unsinn ich da und dort erzählt hatte, litt ich wie ein verstümmeltes Versuchstier. Meine Beschäftigung mit dem Vergangenen war für mich früher auch deshalb so quälend, weil ich gern zwanghaft phantasierte, was alles hätte brutal schiefgehen können in meinem Leben – noch viel schlimmer hätte ausgehen können, als es der Fall war. So graute es mir aber wirklich nur vor meiner lästigen Vorgeschichte – egal, wie realistisch oder angstverfremdet ich sie in mir aufbewahrte. An die alltäglichen Abgründe war ich dagegen gewöhnt. Außerdem war ich in meinem aktuellen, wenn auch oft reichlich abgründigen Morast aktiv zugange, war wegen seiner zähen Klebrigkeit stark geworden und konnte nebenbei zusehen, wie ich meinem vorverlagerten Glück immer näher kam.

10

Wenn ich im Zusammenhang mit meiner Vergangenheit Wörter verwende, in denen es ums »Denken« oder »Nachdenken« geht, heißt das nicht, daß ich damals über mich wirklich nachgedacht hätte. Es war höchstens ein dumpfes Brüten, wozu ich fähig war. Bei uns zu Hause war es aus Rücksicht voreinander nicht üblich, den anderen verbal zu nahe zu treten, mit entsichertem Mund Fragen zu stellen und Antworten zu verlangen. Um gar nicht in Versuchung zu kommen, andere seelenpenetrant zu belästigen, dachten also auch die Klügeren unserer Familie über sich selbst lieber nicht nach – und wegen der fehlenden Übung konnte es tatsächlich auch niemand von ihnen. Inmitten des engen häuslichen Miteinanders empfand sich sowieso kaum jemand von uns als ein ausreichend abgegrenztes Einzelwesen; man spezialisierte und reduzierte sich funktional, wie man es von Bienen oder Ameisen kennt. In meinem gedankenlosen jungen Gehirn gab es daher viele freie Kapazitäten – vielleicht ist deswegen mein Geruchssinn so hündisch hypertrophiert. Daß man Geheimnisse aus dem seelischen Unterleib überhaupt preisgeben durfte, erfuhr ich erst mit sechsundzwanzig.

Was das Nachdenken betrifft, fehlten mir also jegliche Vorbilder, jegliche Möglichkeiten der Nachahmung oder Reibung; es fehlte mir auch an Material. Ich forschte nach nichts, ich speicherte nichts – infolgedessen wußte ich fast gar nichts über mich. Als mich meine spätere Frau mit den einfachsten Gefühlsfragen konfrontierte und klare Antworten verlangte, empfand ich ihr Insistieren als einen gewagten Versuch, meinen Brustkorb bis zum Hals aufzubrechen, um anschließend an meinem Gehirn von unten zu zündeln.

Sehr früh in meiner Kindheit entdeckte ich den Zauber meines breiten Lächelns. Ich kann mich noch erinnern, in welcher Streßlage mir mein Trick zum ersten Mal gelang. Das Wohnzimmer war voller Menschen, eine breitgefächerte, mir gänzlich unbekannte Familie kam zu Besuch. Ich war winzig und mußte trotzdem frontal gegen diese unüberschaubare Seelenansammlung antreten, mich der Prüfung der doppelten Anzahl von Augen stellen. Viele Münder grinsten mich an, Nasenlöcher weiteten sich, die Luft war voller Lungendämpfe. Und jeder dieser Körper war dabei, den Raum immer weiter aufzuheizen, jedermann glühte wie eine 100-Watt-Birne. Ich entschied mich, breit zu lächeln. Ich kam, lächelte und gewann. Ich gewann trotz meiner tiefen Angst und war verblüfft, wie einfach es war. Alle Anwesenden waren von mir begeistert. Andere Kindergenossen konnten in solchen Situationen nur verkrampft grinsen, ich stellte dagegen ein naturidentisches Gesichtsprodukt her. Ich mußte nichts sagen, mein Lächeln sagte alles: Ich war ein glückliches Kind aus einer glücklichen Familie, und mir ging es gut. In meinem Leben lächelte ich auf diese Weise nach und nach Unmengen von Menschen an. Leider kam ich mir dabei, je bewußter ich es betrieb, immer mehr wie ein Trottel vor.

Was Depressionen sind, erlebte ich schon ziemlich früh. Ich war zehn oder zwölf. Aber auch Jahre später wußte ich noch nicht, was dieses Gefühl, das sich nicht mitteilen ließ, eigentlich war und wie es hieß. Traurigkeit war das nicht. Die Menge meiner Geheimnisse wucherte in mir kontinuierlich weiter. Als Kind hatte ich sowieso nicht viel Zeit zum Grübeln, ich spielte dauernd Fußball. Ich spielte jeden Tag Fußball, obwohl ich nicht besonders gut spielte und trotz des Dauertrainings kaum technische Fortschritte machte. Bei Tortreffern, die in der Regel den anderen geglückt waren, brüllte ich nie. Meine stumme Präsenz auf dem Feld war trotzdem hochgradig emotional. Schnelle Bewegung versetzte mich schon immer leicht in Trance, betäubte mich wie eine Droge.

Zu meiner Überlebensstrategie gehörte, daß ich keinen Fremdling in das Innere unseres Prager Wohnungslabyrinths hineinließ. Wenn ich überhaupt einen Besuch empfing, bestand er grundsätzlich nur aus einer oder zwei meiner Cousinen vom anderen Ende des Flurs. Wer von außerhalb kam, wurde so lange an der Tür aufgehalten und genervt, bis er wieder ging. Daß er die vielen seltsamen und so unterschiedlichen Namen an der Tür zu sehen bekam, war schon schlimm genug. Wenn ein solcher Störer vor der Türschwelle lange genug zermürbt wurde, kam er in der Regel nie wieder. Unsere Wohnung war hochgradig verunstaltet, sie war eine Mißgeburt voller Narben und häßlicher Kompromisse. Leider war kein einziges Familienmitglied in der Lage, das zu erkennen. Auch die schlimmsten Geschmacksverbrechen wurden einfach ignoriert.

– Häßlich? Wieso häßlich? So etwas ist doch nie häßlich.

Den meisten Erwachsenen fehlte aber nicht nur jeglicher Sinn für Ästhetik. Wegen der vielen divergierenden Wünsche und Bedürfnisse, die es in unserer Zwangsgemeinschaft gab, wurde die aktuelle und oft nur lächerliche Funktionalität der Einrichtung über alle Maßen idealisiert, so daß der Wille, auch geringfügigen Änderungen zuzustimmen, grundsätzlich gegen null tendierte. Mein Grauen war nicht das Grauen meiner Damen, verzweifelt waren wir aber trotzdem alle. Manche Tanten retteten sich in Putz- und Wischzwang ihrer vertrauten Teilbereiche, ein solches Ventil hatte ich nicht. Die meisten Familienmitglieder waren genügsam und freuten sich einfach, den Krieg überlebt zu haben. Über ihren fehlenden Verschönerungswillen mußte man allerdings eher froh sein.

Unsere Wohnung war voll von dunklen Möbelstücken reicher und 1945 nach Österreich geflohener Deutscher. Diese Einrichtung war zwar nicht nur häßlich – vor allem im Zimmer meiner Mutter gab es einige originale Prachtexemplare –, alle verrückbaren Einzelteile der Einrichtung waren aber trotzdem gefühllos, nur nach fragwürdig praktischen Gesichtspunkten zusammengestellt; das heißt –

zusammengeschoben, aufeinandergetürmt oder ineinander verkeilt. Die klobigsten, unmöglichsten Monster standen meiner Meinung nach in meinem Zimmer, und die Atmosphäre, die sie ausstrahlten, hätte vielleicht einer verarmten Witwe entsprochen, nicht mir. Jedes einzelne Stück, das die Großfamilie besaß, schien uns allen überaus kostbar; und irgendwann leuchtete es auch mir ein, daß ich mich von bestimmten Dingen nie im Leben würde trennen dürfen. Mit einigen besonderen, besonders gut riechenden Möbelstücken freundete ich mich mit der Zeit trotz allem an. Manche davon waren mir zeitweise näher als meine Mutter.

In unserem Teil der Wohnung änderte sich jahrzehntelang nur wenig; und wenn, dann geschah es zu seinem Nachteil. Meistens bekamen wir nach einer Wohnungsauflösung – auch als Erinnerung an den Toten, den wir persönlich gekannt hatten – irgendein dunkles, zu unserer Einrichtung nicht passendes Einzelstück geschenkt. Aber auch neue helle Möbel aus modernen sozialistischen Möbelbetrieben wären für die Melange in unserer Behausung eine Katastrophe gewesen. Für solche Neuanschaffungen hatten wir zum Glück nie genug Geld. Tagsüber hielten sich diejenigen, die sich vertrugen, gern in dem gemütlichen Zimmer meiner arbeitenden Mutter auf. Mein Zimmer verkam schon sehr früh zu einem reinen Schlafzimmer, zu einer Kleider-, Wäsche- und Vorratskammer. Vorräte hielten sich in diesem sonnenfreien Nordzimmer neben dem Treppenhaus sehr gut, weil wir dort praktisch nie heizten.

In der Wohnung gab es nicht nur zu viel Häßliches, das ich vor Außenstehenden verborgen halten mußte, es gab dort vor allem Dinge, die ausgesprochen häßliche Fragen aufwerfen konnten. Und man traf dort Frauen, die seltsame Dinge erzählten – wohlgemerkt mit einem ausländischen Akzent; eine von ihnen machte dabei sogar grobe grammatikalische Fehler. Außerdem stritten sich diese Personen untereinander oft auf Deutsch oder Ungarisch. Dank meines

Isolationismus dachte ich in meiner Kindheit eine ganze Weile, die meisten älteren Frauen mit weißen Haaren würden das Tschechische aus Altersschwäche nicht beherrschen.

Nicht alle diese wunderlichen Menschen, die sich bei uns tagsüber aufhielten, wohnten auch tatsächlich da. Dummerweise fehlte in der Wohnung auch so etwas wie mein Vater. Klein und dick, wie er war, war er zwar kein Ausstellungsstück, sein Auslagerungszustand war aber definitiv und wäre schwer zu bestreiten gewesen. In Mutters Zimmer befanden sich viele unterschiedliche Polstersessel, es stand dort aber nie ein Doppelbett. In meinem Zimmer schlief mein Vater auch nicht, dafür schlief dort meine Hauptgroßmutter Lizzy. Daß in meinem »Kinderzimmer« zwei Betten standen, war – jetzt schüttelt es mich wieder – im Grunde noch geheimer als das Getrenntsein meiner Eltern.

Aus Sehnsucht nach weiblichen Wesen, die sich kraft ihres Amtes um einen bemühen mußten, ging ich gern in diejenigen Geschäfte, die von warmblütigen Frauen dominiert wurden. Abscheulich fand ich dagegen solche, in denen ein unbarmherziges männliches Kommandoregime eingeführt worden war. Zum Glück gab es solche Läden damals kaum. Kühlgeschäftige und meist von Männern befehligte Selbstbedienungsläden tauchten in unserer Nähe erst sehr spät auf. Ich bin sowieso in einer Entwicklungsphase des Sozialismus groß geworden, in der sich relativ viele Menschen feuerbeständige Illusionen über ihre gesellschaftlichen und wirtschaftlichen Perspektiven machen konnten. Deshalb war die Stimmung vielerorts im Lande zwar nicht die allerbeste, sie war im allgemeinen aber zufriedenstellend und definitiv um viele Qualitätsgrade besser, als es später nach dem Einmarsch der Russen der Fall war. In Zeiten meiner Kindheit und Jugend gab es außerhalb unserer Wohnung

15

also – ich bin bis heute glücklich darüber – noch wirkliche Inseln des Glücks und des Optimismus. Eine davon war ein Stoffladen, ein Ort voller gepflegter, duftender Damen und unterschwelliger Erotik. Und natürlich auch voller überwiegend häßlicher Stoffe, die man in einem solchen Laden irgendwann auch kaufen mußte, wenn man sich dort länger aufhalten wollte.

Von außen betrachtet ging es mir in der innenarchitektonischen Hölle unserer Wohnung mehr als prächtig. Ich wurde umgarnt, bewundert und gepriesen. Ich wurde über alles geliebt. Daher ist es nur logisch, daß mein Leben eine permanente Geschichte des Verliebtseins geworden ist. Ich konnte mich blitzschnell auch in rein materielle Dinge wie Elektrokabel verlieben. Aber davon lieber später.

aus den lagern kamen nach dem krieg
eher die damen zurück

Unsere riesige, in kleinere Wohneinheiten zerhackte Wohnung – neben Trennvorhängen gehörten auch selbstgebastelte Pappwände dazu – war ein kompliziertes Gebilde, und die Familien, Familienteile oder ihre freischwebenden Reste waren für Außenstehende nicht leicht zu überblicken. Das Leben in unserer Wohnung beherrschten meine drei bis sechs Tanten beziehungsweise Großmütter. Meine leibliche Mutter Anna gehörte zum herrschenden Teil des Clans. Obwohl ich mir sicher bin, daß man die vielen Namen beim Lesen andauernd verwechseln wird, nenne ich sie hier trotzdem alle – und wenn schon, dann auf einmal: Zilli, Györgyi, Klára, Peprl, Ludmila, Erna, Grete, Sidla, Renáta, Lizzy, Eva, Anna und Urtante Bombe. Das sind zwar viel mehr als sechs, einen dieser insgesamt dreizehn Namen auszulassen wäre aber ein Verbrechen. Einige dieser Damen werden im Verlauf dieser Geschichte mehr Gesicht und Gestalt bekommen, andere kommen namentlich nicht wieder vor. Daß manche von ihnen mehr Präsenz zeigten als andere, sagt überhaupt nichts darüber aus, ob sie bei uns tatsächlich wohnten oder nicht. Die vierzehnte Apostelin war unsere Putzfrau Frau Šlajsová, die zweimal in der Woche kam, allerdings nicht alle Räume betreten durfte. Bei ihren wütenden Putzorgien ging immer viel zu Bruch, einiges wurde von ihr einfach kaputtgescheuert oder um irgendeine verschönernde Oberfläche gebracht. Sie schonte aber auch sich selbst nicht im geringsten, und ich bin mir sicher, daß der Ursprung ihres Namens im deutschen Wort ver-SCHLEISS zu suchen wäre. Ihre eigene Wohnung war angeblich vollkommen verdreckt. Bei allen Damen, für deren Geschichte sich in diesem Text aus rein dramaturgischen Gründen kein Platz finden wird – dies gilt selbstverständlich nicht für die fleißige Frau Šlajsová –, werde ich mich später im Jenseits gern noch entschuldigen.

Eine mit Namen übersäte Skizze der Wohnung würde zu einer Klärung der Verhältnisse wenig beitragen. Unsere Wohnung erstreckte sich über die gesamte Etage eines großzügig gebauten Mietshauses – und es gab dauernd irgendwelche Umschichtungen, Umbauten oder interne Umzüge. Außerdem hielt sich die eine oder andere Tante zeitweise im Ausland oder dauerhaft im Keller auf, andere kamen fast täglich vorbei, übernachteten gelegentlich, und die restlichen Mitglieder des Clans – in diesem Fall waren es Männer – übten ihre Macht als Phantome aus, lebten also nicht mehr wirklich. Für die wechselnden Besucher, womöglich auch für den aus völlig areligiösen Motiven erwarteten Messias, stand bei uns irgendwo immer ein Bett frei. Dazu eine Klarstellung – und diese betrifft auch den enormen Frauenüberschuß: Aus den KZs kamen nach dem Krieg nicht die Herren, sondern eher die Damen zurück.

Wenn ein Besuch beziehungsweise Langzeitbesuch erwartet wurde, kam bei uns einiges in Bewegung. Ein Teil oder zwei Teile des Flurs konnten mit Vorhängen abgetrennt werden, aus einer zugerammelten Türöffnung konnte eins der Zusatzbetten heruntergeklappt, bei Bedarf auch noch ein anderes von der Wand abgenommen werden. Diese sogenannten Gästezimmer engten die Bewegungsfreiheit eines Teils der Belegschaft stark ein, alle waren an solche Komplikationen aber längst gewöhnt. Zu diesem zeitweiligen Durcheinander kam noch die wechselvolle Geschichte von diversen Kochnischen hinzu, die mit der Koalitionsbildung zwischen den Tanten und den Brüchen dieser Koalitionen zusammenhing. Eine unbewegliche Extraküche war der Grund dafür, daß eine seitliche Abzweigung des

Flurs in grauen Urzeiten zugemauert worden war und es auch bleiben mußte.

Daß aber kein falscher Eindruck entsteht: Alle diese Frauen waren bis auf eine Ausnahme richtige Damen aus großbürgerlichen Verhältnissen, lebten früher in Villen und hatten mehrere Dienstboten. Meine liebste Großmutter Lizzy Schornstein war zudem mit der Baronin Sidonie Nádherná – deutsch Nádherný (übersetzt: Wunderschön) – befreundet, kannte Karl Kraus persönlich und hatte in der Vorkriegszeit nichts dagegen, sich ab und an im Janowitzer Schloß der Nádhernýs von Borutín verwöhnen zu lassen. Wenn auch nicht so oft wie Herr Kraus.

Die Namen der wenigen, in der Wohnung kurzzeitig doch vorhandenen Männer würde ich auch gern nennen, die meisten von ihnen spielten in meinem Leben aber keine prägende Rolle. Sie wurden entweder ins Nichts verstoßen, oder sie hatten sich zu ihren heimlichen Geliebten gerettet – und man sprach von ihnen nicht mehr. Der einzige, der blieb, war der Onkel ONKEL, der eines Tages allerdings hinter einer Wand aus Schränken verschwand. Aber aufgepaßt: Dieser astreine Tscheche – also Nichtjude par excellence – mauserte sich trotz aller seiner Schwächen und seiner Fluchtmanöver zu einer der eindrucksvollsten männlichen Gestalten meiner Kindheit. Allerdings erst posthum beim Schreiben dieses Textes.

Zu seinen Lebzeiten verbreitete Onkel ONKEL viel Angst und Schrecken – generationsübergreifend und in der Regel wortlos. So konnten wir alle, vor allem aber ich und meine Cousinen, fast täglich neue Varianten der Furcht erleben und die Auswirkungen dieser Ängste auf unseren Streßhaushalt studieren. Onkel ONKEL herrschte unter anderem mit Hilfe seiner vielen gnadenlosen Werkzeuge, die vor allem mir persönlich viel Respekt einflößten. Wenn er gewollt hätte, hätte er uns mit seinen Sägen, Bohrern, Zangen, Hämmern oder Meißel alle umbringen können. Er

19

tat aber niemandem körperlich weh, uns Kindern nicht, den übermächtigen Frauen auch nicht. Den Anblick von Blut vertrug er sowieso nicht, bei Blutentnahmen wurde er oft ohnmächtig. Mein Onkel war kein böser Mensch, er war vielmehr ein handwerklich begnadeter Mann mit Vorbildqualitäten. Über seine manuellen Großtaten beziehungsweise Übergriffe, die immer eng damit zusammenhingen, daß er farbenblind und sein gestalterisches Gefühlsleben verkümmert war, wird noch einiges zu berichten sein. Seine technikgeprägten Gewalttaten, die manchmal in üble Desaster mündeten, hatten in der Regel irreversible Folgen. Daher war es oft vollkommen egal, ob seine Schandtaten den übrigen Familienmitgliedern schön, annehmbar, häßlich oder grundhäßlich vorkamen. Von Hause aus war Onkel ONKEL eigentlich Pfarrer der 1920 gegründeten »Tschechoslowakischen Kirche« (meine Definition: KATHOLIZISMUS minus PAPST plus JAN HUS). Nach dem Krieg wurde er aber Kommunist, verließ seine Kirche und ging – wie viele junge Männer damals – erst einmal zu dem frisch wuchernden Staatssicherheitsdienst.

Daß er sich eine Art Wagenburg aus Schränken gebaut hatte, war eine reine Verzweiflungstat. Bei einer sicher nicht ganz demokratisch verlaufenden Verhandlung über die Verteilung oder Umverteilung der Räumlichkeiten bekam er ein langgezogenes Durchgangszimmer zugesprochen. Und weil es für ihn allein eigentlich zu groß war, wurde er dazu verurteilt, in seinem Bereich verschiedene Wäsche-, Kleider-, Schuhschränke und Kleinkramregale unterzubringen; außerdem einige Truhen, Kisten und einige besonders sperrige Gegenstände – darunter mehrere unterschiedlich lange und unterschiedlich stabile Leitern, zwei Staubsauger und einige zusammengerollte Teppiche.

Eines Tages baute er dann seine Befestigungsmauer und ließ für die Allgemeinheit nur einen schmalen Gang frei. Die Lösung war denkbar einfach: Er rückte die Schränke von der Wand ab, so daß ihre häßlichen Rückseiten diesem neu entstandenen Korridor zugewandt blieben. Manche der Schränke drehte er dagegen andersherum – dabei bekam zwar er ihre Rückseiten zu sehen, konnte aber sein Bett, seinen Schreibtisch und seinen heiligen Sekretär dort heranrücken. Praktischer ging es gar nicht. Der neue Korridor wurde später mit Wandleuchten bestückt, und diese konnten mit Wechselschaltern ein- und ausgeschaltet werden. Den Eingang zu Onkels eigentlichem Innenbereich bildete ein schwerer, eine übriggelassene Lücke füllender Vorhang, den niemand gern anfassen mochte. Wenn die Sonne nachmittags ums Haus kam und der Onkel seine Pfeife rauchte, sah man von ihm nur die dicken Rauchwolken oberhalb seines Bollwerks.

Dunkel kann ich mich noch an eine sicherlich viel zu spät anberaumte Verhandlung erinnern, bei der es um seine eigenmächtige Zerschlagung dieses »Festsaales« ging.

– Und wenn wir mal ein größeres Fest ausrichten möchten, was dann?

Was daraufhin geschah, prägte sich mir für immer ein. Mein Onkel war nicht dumm, er hatte alles bedacht. Er stand auf, lehnte sich gegen einen der Schränke und schob ihn mit Leichtigkeit an die Wand. In schneller Abfolge tat er das Gleiche mit zwei weiteren Schränken, wir wichen den fahrenden Kolossen aus und schwiegen. Die Gewalttätigkeit dieses massereichen Treibens war beängstigend. Einen vierten Schrank, der an Onkels Bett stand und dessen Türen zum Gang zeigten, drehte er auf dem glatten Parkettboden geräuschlos um hundertachtzig Grad und schaffte ihn auch aus dem Weg. Wie wir sehen konnten, hatte er unter allen Schrankfüßen große weiche Filzstücke befestigt.

– Bitte, sagte er dann, wen wollen wir einladen?

Alle wußten aber längst Bescheid: In seinem Zimmer würde nie ein Fest gefeiert werden. Und so war es dann auch.

21

Mein Onkel wurde einerseits – also tantenseits – zur Bedeutungslosigkeit degradiert, andererseits war er daran auch selbst schuld. Er wehrte sich oft nicht, und man hatte eher das Gefühl, er sei mit dem Abschied aus der Klammer der Großfamilie durchaus zufrieden. Den alltäglichen Familienbetrieb hielt er sich sowieso eigenmächtig und dauerhaft vom Leib – physisch mit dem dreckschweren Vorhang, seine eigentliche Nebelkanone war allerdings sein Fernsehapparat, der lange Zeit auch der einzige in der gesamten Wohnung war. Mit Hilfe dieses röhrenglühenden Monstrums verschwand mein Onkel gern vollständig in den ihm vorgegaukelten Welten und befand sich gleichzeitig auf einem sehr einsamen Vorposten. Nebenbei stand er dort als unser medialer Filter seinen Mann. Anfangs mußte er mit einem einzigen Fernsehprogramm auskommen – erst später kam ein zweites hinzu. Er brauchte im Grunde niemanden. In seinen vier, streng genommen zwei eigenen Wänden erschuf er sich mit der Zeit eine so geheimnisvolle Realität, daß sogar meine beiden Cousinen – es waren seine Töchter – sich zu ihm wie zu einem Fremden verhielten. Beim Konsumieren des Fernsehprogramms tat Onkel ONKEL so gewichtig, daß ich immer das Gefühl hatte, er wäre von großartigem Wissensdurst getrieben und würde sich vor dem Bildschirm gezielt auf neue umwälzende Großprojekte vorbereiten. Ich glaubte weiterhin an ihn – jedenfalls in handwerklicher Hinsicht. Wenn man ihn durch den Spalt seines Vorhangs ansprach, an dem eine kleine Glocke hing, rief er immer laut:

– Psst! Nicht! Jetzt nicht! Sei still!

Wenn der Onkel von der Arbeit nach Hause kam, ging er als erstes zu seinem Fernseher und schaltete ihn ein. Während das Röhrengerät warmlief, zog sich Onkel ONKEL seine Hose aus und füllte seine Pfeife. Onkels journalistischer Beruf war anstrengend, verantwortungsvoll und vielschichtig. Er war der alleinherrschende Chefredakteur, der stellvertretende Chefredakteur, der verantwortliche Redakteur und die Sekretärin in einer Person, und die Fachzeitschrift für Energetik, Energiewirtschaft und Energiepolitik, die er vollkommen allein redigierte, las bei uns niemand. Für niemanden von uns hatte sie je etwas bedeutet. Außerhalb unserer Familie schien diese Monatsschrift außerdem vollkommen unbekannt zu sein. Trotzdem dürfte man meinen Onkel ohne weiteres als Karl Kraus der Energetik, Energiewirtschaft und Energiepolitik bezeichnen, denke ich. Obwohl ich zugeben muß, daß ich ihn nie im Leben an einem einzigen Artikel in Manuskriptform habe arbeiten sehen.

Eine ganze Weile nach dem Einschalten zeigte Onkels Fernseher die ersten beweglichen Bilder und lief und heizte dann ohne Pause bis zum Schlafengehen. Das Einstiegsmodell war noch riesig, der winzige Bildschirm wirkte darin wie ein Guckloch. Mit der Zeit wurden Onkels Bildschirme selbstverständlich immer größer. Weil er ein von der Technik begeisterter Mensch war, kaufte er in den Folgejahren grundsätzlich alle Neuentwicklungen, die der sozialistische Elektronikbetrieb TESLA herausbrachte. An diesem Ausgabenposten sparte er nicht.

Sein Ritual beim Zuschauen blieb jahrzehntelang unverändert. Er legte seine weichen weißen Beine auf seinen selbstgebastelten Nierentisch, rauchte dabei seine Pfeife und trank seine oft selbstkreierten Gesundheitsliköre und Kräuterschnäpschen. Ab und zu kommentierte er erregt das Programm, und dank der zentralen Lage seines Zimmers wußten über seine Gemüts- und Meinungslage jedefrau und jedermann Bescheid. Mit dem »jedermann« bin ich gemeint. In Onkels Schrankmauer gab es anfangs noch kleine Ritzen, durch die man ihn beobachten konnte. Als er diese nach und nach abdichtete, blieben uns allen nur noch links- oder rechtsseitige Durchblicksmöglichkeiten an seinem Eingangsvorhang übrig.

Als junger Mann muß mein Onkel noch ausgesprochen lebendig und witzig gewesen sein. Eva, seine zukünftige Frau, war von ihm ganz hingerissen. Und sie wollte ihre Begeisterung auch mit ihrer Mutter teilen. Nachdem sie ihn das erste Mal mit nach Hause genommen hatte, fragte sie:
– Wie findest du ihn, sag mal.
Dieser Mann wird später dick oder krank – oder beides, meinte Lizzy trocken.

Den Mann, der mein Onkel war, nahm man nie wirklich ernst – hinter seinem Rücken sprach man von ihm wie von einem Trottel –, trotzdem hatten auch die stärksten meiner vielen Frauen eine Heidenangst vor ihm. Ich war ihm als Kind natürlich hoffnungslos unterlegen. Zwischen ihm und den Frauen, die als Clique unbesiegbar waren, gab es eine Art Waffenstillstand. Pro forma wurde jedenfalls so etwas wie ein Gleichgewicht simuliert. Gegenüber seiner Frau Eva hatte Onkel ONKEL allerdings gewisse, wenn auch nur beschränkte Vollmachten. Zum Beispiel durfte er sie zwingen, sich vor die Glotze zu begeben und gemeinsam mit ihm bestimmte Sendungen abzusitzen. Tante Eva, die nicht in der Lage war, sich von ihm scheiden zu lassen, bewohnte ein bescheidenes Nordostzimmerchen, das sehr weit von der Wagenburg entfernt lag. Wenn sie von ihrem Gebieter, meinem Onkel, zu einer Fernsehsitzung gerufen wurde, kam sie, setzte sich hin und widersetzte sich dem Terror dergestalt, daß sie sofort einschlief. Nach der Pflichtsendung mußte sie sich noch einige Vorwürfe anhören und durfte dann wieder gehen; manchmal wurde sie als eine Ignorantin schon während der Sendung verjagt. Und sie las dann fleißig die halbe Nacht fremdsprachige Bücher, weil sie eine gebildete Frau war, sieben Sprachen sprach und relativ wenig Schlaf brauchte.

Manche Seltsamkeiten waren für uns Kinder nicht weiter verwirrend, wir waren einiges gewöhnt. Mit schwer verdaubaren Eindrücken und unlogischen Informationsbrokken versorgte uns vor allem die Urtante Bombe. Urtante Bombe war in Wirklichkeit keine Tante von mir; das »UR« war in ihrem Fall sowieso nur ironisch gemeint. Sie wurde eher zwangsläufig zu dem, was sie war, weil sie in unserer Wohnung schon seit dem Kriegsende wohnte – länger als ich. Ihr Status und der Grad ihrer genetischen Assoziierung mit unserer Familie wurden nie ganz geklärt. Da aber auch die fast verwandtschaftlichen Beziehungen bei uns schon eiserne Verpflichtungen mit sich brachten, kam es nie in Frage, ihr Zimmer zu beanspruchen und sie auszuquartieren. Auch während eines ihrer Auslandsaufenthalte blieb ihr Zimmer ihr Zimmer. Schwer zu sagen, ob diese Urtante ein Glück oder Unglück für mich war. Dank ihrer überstarken Präsenz wußte ich lange nicht, in welcher Zeit und welchem Land ich eigentlich lebte. Und auch nicht, in welche Richtung die Moldau floß. Oberhalb des Altstädter Wehres stand das Wasser relativ ruhig, und die Wellen bewegten sich je nach Windrichtung mal mit, mal gegen den Strom.

– Fließt das Wasser nach links oder nach rechts?

– Siehst du das nicht? Nach unten! sagte sie und zeigte nach oben – also in die südliche Richtung.

– In Budapest war alles anders. Großzügiger, fast wie in Wien, meinte sie nach einer Weile.

Die von mir etwas später angefertigten Stammbäume der beiden Familien – also unserer und der von Urtante Bombe – berühren sich in ferner Vergangenheit an zwei offengebliebenen Stellen; und zwar ausgerechnet in Budapest, wo seit dem Krieg nur noch einige kontaktscheue Reste der Familie festsaßen. Von diesen ignoranten Menschen, die sich – das ist kürzlich bei einer Nachfrage mein Eindruck gewesen – längst schon als ungarische Nationalisten fühlen und reine Sozialneid-Antisemiten geworden sind, wird man leider nichts mehr erfahren können. Die Urtante kam als »displaced person« nach Prag, und ihre Zugehörigkeit zu uns gründete sich sowieso nicht auf irgendwelchen verwandtschaftlichen Klarheiten. Sie war vor dem Krieg die Geliebte eines Anwalts gewesen, der ein Arbeitskollege meines noch vor dem Krieg verstorbenen Großvaters war. Nach dem Krieg versuchte Urtante Bombe bei anderen Verwandten in der Deutschen Demokratischen Republik unterzukommen, kehrte aber bald wieder zurück und wirkte etwas verwirrt. Und war noch kommunistischer geworden. Als ich sie später einmal nach den Möglichkeiten der ostdeutschen Bevölkerung ausfragte, Fernsehprogramme aus der Bundesrepublik zu empfangen, sagte sie resolut:

– Aber das tut man nicht, das tut man einfach nicht.

Auf alten Fotos haben meine vielen Tanten trotz ihrer Unterschiedlichkeit oft einen ähnlichen Gesichtsausdruck: sie sehen etwas vorsichtig in die Ferne und lächeln dabei leicht. Urtante Bombe bildet hier eine absolute Ausnahme. Ihre aufgerissenen Augen sind immer voller Schreck – wie vor einer jederzeit zu befürchtenden Bombenexplosion. Dabei war sie als Sozialistin grundsätzlich voller Glauben an die Zukunft.

manchmal stürzten ganze vorhangsysteme
zu boden

Daß meine private Zukunft sich zwischen den Nippeln und Spalten der fraulichen Neozoikallandschaften abspielen würde, schien mir mehr als natürlich zu sein. Und da auf mich diese Vorstellung nie beunruhigend gewirkt hat und ich kein feingeistiger Dichter geworden bin, bin ich beim Verschriften der Liebesthematik, beispielsweise auch beim Behandeln spezieller Stichworte wie VORFREUDIGE SAFT-VULVA, Beihodennullbeitrag, ZERHEULTE ROTZE, Pollution verschmähten Bulbourethral-Schleims, VERPILZTE VORHAUT, Abschiedsausfluß und einiger anderer, um größere Geschmacksverbrechen herumgekommen – ich hoffe es jedenfalls. Zum Glück hatte ich aber auch nie das Bedürfnis, mir wegen meiner Nippel-, Hügel- und Spaltenphilie übertrieben viel Jubel abzupressen. Nebenbei bin ich sowieso ein Gegner jeder ernstgewuchteten Poesie geworden, und mein Schädel füllt sich seit meiner Kindheit mit dunkler Leere, wenn ich gedichtartige Wortgebilde zu sehen oder zu hören bekomme. Kein Wunder! Der junge Georg wurde durch die Fernsehsendung »Das sonntägliche Sträußchen der Poesie« tieffurchig traumatisiert. Ein an ein Klavier gelehnter Schauspieler sagte zehn Minuten lang mit unsäglichem Pathos schwülstige Reime auf, und die ganze Nation – nicht nur Georg – litt, weil jedermann auf den ausländischen Spitzenspielfilm der Woche wartete.

Die Naivität, mit der ich alle möglichen auf mich einwirkenden Kraftfelder und mich durchschreitenden Energiequanten ertragen habe, kommt mir im Nachhinein erschreckend vor. Da ich mir in der Schule ein Schema über die für die Wetterbildung hauptverantwortlichen Luftströ-

27

mungen nicht sphärisch vorstellen konnte, gab ich es irgendwann auf, mich mit den Gründen für Wetterveränderungen zu befassen. Ich wußte einfach nicht, warum es – unabhängig von der Sonnenstrahlung – draußen manchmal viel kälter oder wärmer war, als beim Blick durchs Fenster zu erwarten gewesen wäre. Ich nahm das Wetter über dreißig Jahre lang einfach hin – bis ich einiges endlich anhand von Satellitenbildern begriff. Ähnlich naiv betrachtete ich die psychischen Dispositionen meiner Mitmenschen – und schätzte ihre seelische Aussteuer als etwas ein, das jeder im fertiggebackenen Zustand geliefert bekommen hatte. Und da die jeweiligen Seelen ganz offensichtlich nicht mehr umgebacken werden konnten, nahm ich beispielsweise an, jeder wäre gezwungen, auch mit seinen ihm untergeschobenen Macken für immer auszukommen – möglichst auf der Basis eines Stillhalteabkommens. Lüfte bliesen, Substanzen verteilten sich, Energien flossen – oder flossen nicht. Wenn zu uns bestimmte Menschen kamen und laut klagten, war mir seit dem Sabberalter intuitiv klar, daß den meisten von ihnen nicht zu helfen war.

– Wieso kommt aus mir nie Kunst heraus, wenn ich etwas aufschreibe? jammerte ein bekannter Journalist wiederholt bei uns.

Ich mußte mich glücklicherweise nie darum kümmern, was aus mir später herausströmen wollen würde. Ich konnte ruhig warten, bis sich die für mich bestimmten Überraschungen konkretisieren würden. Daß zähfließende Schmiersubstanzen oft üble Flecke hinterlassen konnten, beschäftigte mich meine ganze Kindheit überraschenderweise auch noch nicht. Für einen erwachsenen Mann und Familienvater, wie ich heute einer bin, ist eine solche Lässigkeit kaum vorstellbar. Dabei lassen sich manche Flecke überhaupt nicht entfernen, ohne die Substanz und Struktur des Fleckträgerstoffes zu beschädigen. Ein ungünstig plazierter Fleck kann eine ganze Hose ruinieren, einen grauenhaften Besucher auf einem farb-aktiven Fußbodenbelag verewigen, einer Seele einen Schlachtstempel aufdrücken. Wann habe ich begonnen, die oben genannten und mit ihnen verknüpften Dinge in mir zu ordnen und zueinander in Beziehung zu setzen? Der Georg von heute, der nach der Kindergartenzeit auf den Toiletten Mittel- und Osteuropas vierzig Jahre lang falsch – das heißt im Stehen – gepinkelt hat, weiß es leider nicht.

– Georg, Georg, Georg! hallte es von überall. Dauernd ging es nur um Georg – trotzdem ließ man den Armen oft nur wundzappeln.

Wie unterschiedlich die Stellung eines fraulichen Beckens zu ihrem übrigen Körper – zum Rücken, zu den Schultern und Schenkeln dieser oder der daneben stehenden Frau sein kann! Wie unterschiedlich sich dadurch die Wölbung eines Hinterns gestaltet! Und die Festigkeitsunterschiede der darin verborgenen Grundsubstanz! In welchem Alter ich angefangen habe, meine wertvolle Zeit mit diesbezüglichen Beobachtungen zu vertrödeln, kann ich mich ebenfalls nicht erinnern. Auf jeden Fall recht früh, und leider gibt es auf dieser Bahn, wie ich jetzt weiß, für Menschen wie mich irgendwann kein Zurück mehr. Wenn man einmal anfängt, edle Gender-Studien der heiligen Ärsche zu betreiben, rutscht man zwangsläufig immer tiefer in diese Saftgrube, wird man als zukünftiger Invulvator kettenhündisch auf Dauer involviert, und es ist anschließend egal, ob man sich mit der aktuellen Rutschbahnbeschaffenheit im Sinne der Forschung beschäftigt oder unterwegs nur ungläubig staunt. Wie richtungsstrebig man sich nebenbei auch zu winden versucht: Man bleibt im Zentrum des Themas trotzdem verfangen, bleibt ihm sozusagen treu. Ist es etwa ein Geheimnis, daß jede Frau ihr ORGAN DER MITTE auf jedem Schritt und Tritt bei sich trägt? Steigt die gefühlte Temperatur des weiblichen ZENTRALORGANS aus dem Grund scheinbar immer nur an, weil sich ihm dieses – vom

Bewußtsein des jeweiligen Forschers gut abgeschirmt – gern im Dunkeln seines Schädelinneren nähert, überhitzt wie ein Kleinkind nach dem Einschlafen? Die Vorstellungsgewaltigen unter den Männern sehen das frauliche Zentralmassiv zwangsläufig pausenlos vor ihrem inneren Hodenauge, stellen sich die Doppelwülstchen, welche die vakante Mitte links und rechts umranden, räumlich vor, hören fast, wie diese Doppellippen bei den Bewegungen der Schenkel, also bei jedem Schritt in einen leisen Massagevorgang verwikkelt werden und dabei manchmal sogar zirpen – vom Schmatzen würde ich hier nicht gern sprechen wollen. Auch dieser Text wird zwangsläufig keinen anderen Weg nehmen können als den durch den Haupteingang. Und jetzt Posaunensalven, bitte! Schon der Einstieg bei derartig massiver Sogwirkung und bei so viel Überzeugungskraft – und der folgende allumfassende orgasmus-nahestehende Erstkuß! Wen kann es dann verwundern, daß man gleich nach dem anfänglichen Innenkontakt im vulvalen Feuchtkanal von Großmut durchflutet wird und am liebsten ausrufen möchte: Seid umschlungen, Millionen! Oder – bodenständiger – etwas wie: Seid umschlungen, Millionen gelobter Eicheln!

In wie viele Phasen meine private Gefühlsachterbahn auch einzuteilen wäre, ich würde sie in diesem Text nicht nur alle gern benennen, sondern die einzelnen Zeitsegmente unbedingt auch chronologisch sortiert sehen. Ich würde daran aber sicherlich scheitern. Soll sich beim Lesen jeder sein eigenes Zeitschema zusammenbasteln – und jeder ein anderes, von mir aus. Ich kann sowieso jedem nur raten, sich auf die natürlichen Gezeiten seiner faunischen Weichteile zu verlassen. Ich ließ die Dinge beim Schreiben auch einfach fließen und überließ den Rest dem zuverlässigen Selbstheilungsdrang, den auch jede andere, einigermaßen lebendige Körpermasse besitzt. Daß ich dabei einige abgekapselte Altfurunkel aufgerissen, einige Ritz-, Riß- und Widerhakenwunden frisch produziert habe, bestreite ich nicht. Nur keine Jahrestage feiern, nur keine Gedenkveranstaltungen organisieren, bloß nicht irgendwelche Zeit-, Übersichts- oder Bildtafeln aufstellen. Einmal sah ich von weitem eine Gedenkveranstaltung, die im Freien stattfand. Es war im kalten Januar, es ging um die Befreiung von Auschwitz. Auf eine Leinwand wurden hintereinander gräßliche Schwarz- weißfotos projiziert. Natürlich die bekannten Berge von Brillen, Schuhen und Haaren. Es kamen auch Skelette, Goldfüllungen und Gebisse an die Reihe. Als die Gebisse die Szene eroberten, taten sie es ausgesprochen dynamisch. Es kam eine Brise auf, die Leinwand wellte sich leicht – und die Gebisse begannen, leise zu kauen. Der Wind wollte sich partout nicht legen, und so kauten danach sogar auch die steifen Oberkiefer der benachbarten Schädel aufeinander, auch in den Bildern der Leichenberge begann sich plötzlich das Leben zu regen. Schnell weg, sage ich nur. Und laßt mich – liebe Leute – bloß nicht weiter geschmacklos faseln.

Natürlich ist es bedauerlich, wie reduziert ich mich den meisten Menschen in meinem Leben gezeigt habe – mit an- gesetzten Brustzwingen und festgezurrten Herzbanderolen, gezähmt, wie ich nicht bin. Was Nähe und Sympathien be- trifft, bin ich auf extrem-elliptischen Bahnen oft in Schräg- lage geraten, oft durch Geschmacklosigkeiten eigensinniger Wahlbrüder beseelt worden. Was blieb mir auch anderes übrig, als mich im Verborgenen mit vorbildhaft verdorbenen Menschen – gleichzeitig den Meistern ihrer egomanischen Befreiung – zu umgeben. Der ehrliche ALWAYS-MERRY- AND-BRIGHT-Henry, der treuherzige Henry Miller – der zarte, weiche, liebevolle Chronist seiner Kindheit in Brook- lyn, gehört dazu. Dieser angebliche Leichtbau-Antisemit im Kreis seiner jüdischen Freunde, dieser verbindliche, se- riell monogame Rennrad-Enthusiast, der mit seiner jüdi- schen Schicksalsbraut June sein Leben lang beschäftigt blieb. Eine Tania gab es in seinem Leben auch. Jedermann sollte seine Alltagsschwere mal ablegen und bei Henry etwas dazuzulernen versuchen. Die wichtigste aller Übungen: Die OVARIEN von Geliebten WEISSGLÜHEN zu lassen. Und dann nichts wie ab auf die bereits angeschwollene Ovarienbahn, um dem Meister kurz in die Augen zu schauen. Wenn auch Henrys Tania in Wirklichkeit Bertha hieß und nicht Selbstmord beging wie meine, sind wir trotzdem Verwandte. Und wir hatten in einem Punkt beide Glück – wir haben im Leben keine lächerlichen Gegner erwischt. Leider ist der apolitische Henry in einer ganz anderen Welt aufgewachsen als ich, und seine mit ihm nie zufriedene Mutter war aus einem mir mehr als fremden Kalkstein gehauen. Wenigstens gefiel Henry das sowjetische Eine-Meinung-sonst-Handzerquetschen-und-Herzraus-Regime auf Anhieb nicht. Und wenigstens versuchte er im Jahr 1938 den zweiten Weltkrieg zu verhindern, indem er einen Marsch von französischen Kriegsversehrten organisieren und sie massenhaft zu Hitler schicken wollte – sie sollten möglichst bis an die tschechoslowakische Grenze marschieren. Henry litt oft Hunger – ich nicht, er ließ sich von einigen seiner Frauen schlecht behandeln – in meinem Leben gab es keine solchen KREUZIGUNGEN IN ROSA. Was einem die sozialistische Stabilität gab, diese Art Zukunftssicherheit ohne Eigenbeteiligung, darüber kann Henry in der Realität nicht das Geringste erfahren haben. Immerhin war seine erste langjährige Sexpartnerin Pauline etwa um zwanzig Jahre älter als er. Diese Konstellation glich fast der von mir und Dana.

In meinem Land stolperte man mit den Augen an jeder Ecke über die Losung »MIT DER SOWJETUNION AUF IMMER UND EWIG« – für ewige Zeiten, hieß es im Tschechischen. Darüber hatte man sich nicht zu wundern, und man wunderte sich darüber auch nicht. Und daß man bei allen Revolutionen erst einmal massenhaft Menschen umbringen mußte, gehörte zu jedermanns Grundwissen seit der Grundschule. Im Sozialismus gehörte alles allen, und mir wurde erst viel später klar, wie geprägt ich vom Gefühl des gemeinsamen Schicksals aller fortschrittlichen Völker, auch vom Gefühl des gemeinsamen Eigentums, gewesen war. Straßen, Straßenbahnen, Gullys, Laternen, die farbigen kleinen Pflastersteine der Gehwege, Bäume, Sträucher und Singvögel – das alles gehörte auch mir. Wenn eine Straße zu viele Schlaglöcher bekommen hatte, wurde sie irgendwann neu asphaltiert. Wenn man Löcher in den Strümpfen hatte, stopfte man sie wieder mit Stopfgarn – Stopfgarn und Nadeln gab es in den sozialistischen Geschäften fast immer zu kaufen. Wenn die Stopferei anschließend familienintern erledigt wurde, bezahlte man dafür selbstverständlich keinen einzigen Heller. Und da ich das Stopfen beim Handarbeitsunterricht in der Schule gelernt hatte und diese Fertigkeit nicht verlieren wollte, stopfte ich meine Strümpfe oft selbst – ebenfalls umsonst, versteht sich. Wenn aber der Staat seine eigene Straße gestopft haben wollte, mußte er dafür, wie ich zufällig einmal erfuhr, eine Firma – seine eigene Firma wohlgemerkt – BEZAHLEN. Ich weiß noch, wie schockiert ich war, als diese derartig unanständige Transaktion in meine Welt einbrach.

Dafür, was ich in diesem Text meiner Mutter und den anderen Toten antue, werde ich auch noch bezahlen müssen. Die Schwere meiner Schreibvergehen wird nicht nur in meiner etwas unanständigen Heftigkeit zu suchen sein. Ich war im Laufe dieser meiner Aufgabe gezwungen, auch einen Teil meiner politischen Loyalität – meiner Mutter und ihren ehemaligen Gefährten gegenüber – aufzugeben. Alle diese Leute mehr oder weniger konsequent zu verraten, könnte man sagen.

Unsere Wohnung wurde optisch – auch wenn bei uns niemand übernachtete – von penetrant gemusterten, meist sehr bunten Vorhängen beherrscht. Diese sollten irgend etwas abschirmen, verdecken, vereinheitlichen, im Grunde aber auch verschönern – meist mit Hilfe von großflächigen Blumenmustern. Mein heutiger politischer und sonstiger Geschmack formte sich wahrscheinlich als Teil einer allumfassenden, vor allem aber auch ästhetikgestützten Rebellion. Ich rebellierte gegen fast alles, was mich zu Hause umgab, also auch gegen die in der Wohnung nicht ganz gleichmäßig, trotzdem reichlich verteilten Geschmacksverbrechen. Diese waren erdrückend, weil unser einziger Familienhandwerker Onkel ONKEL war – und Onkel ONKEL fand alles, was praktisch und billig war, zwangsläufig auch schön. Gleichzeitig benutzte er beim Bauen und Basteln mit Vorliebe gefundene, übriggebliebene oder einfach in Form und Beschaffenheit – also aus rein technischer Sicht – geeignete Materialien, die er dann kunterbunt in- und aneinanderfügte. Sein Ausbaueifer wurde leider viel zu spät eingedämmt und strengeren Kontrollen unterworfen. Und wenn es später den Kollaps seiner visionären Etagenheizung nicht gegeben hätte, hätte er vielleicht bis zum bitteren Ende gewütet, möglicherweise seinen eigenen Sarg mit bunten Zierleisten verunstaltet.

Unsere nicht zueinanderpassenden Schränke waren in puncto Stil, Alter oder Abnutzungsgrad zu unterschiedlich, um ein harmonisches Bild abzugeben; sie hatten es aber trotzdem nicht verdient, hinter derart dumm-heiteren Sichtblenden gehalten zu werden. Manche dieser Schränke waren – samt ihren Kratzspuren und Verletzungen – ausgesprochen reizend und hatten Charakter. Die meisten ihrer Wunden waren mit der Zeit sowieso dank Staub, dank eingesaugter Dämpfe und dank vieler Politurschichten längst geheilt. Dagegen konnte man hinter den gemusterten Stoffen nur ganz üblen bis abartigen Monsterkram vermuten, wenn nicht gar mumifizierte Leichen. Onkels Schrankmauer wurde natürlich auch verhangen – dort, wo sich viel Kleinkram befand, sogar doppelt. Im Zimmer eines meiner Schulfreunde standen ausnahmslos nur einfache alte Möbelstücke, die meisten aus weichem Holz – und sie waren mit der gleichen roten Ölfarbe bepinselt. Der nicht ganz fachmännische, nicht immer deckende Anstrich und die vielen Farbtränen gehörten dazu. Ich war begeistert und ging immer wieder hin, um diese mutige, zugleich auch einfach herzustellende signalrote Harmonie zu genießen.

Unsere Vorhänge waren nicht nur konzeptionell eine Katastrophe und ein großer Irrtum, sie hingen zu allem Unglück noch auf nicht ganz stabil angebrachten Stangen, Leinen oder Leisten, auf denen die sozialistischen, nicht immer leicht gleitenden Haken, Ringe beziehungsweise Rollen klemmten und sich stauten. Bei ruckartigen Versuchen, diese trotzdem zu bewegen und den gestauten Stoff gerecht zu verteilen, stürzten oft ganze Vorhangsysteme zu Boden. Daraufhin blickten einen die entblößten Schränke bitterböse an – wie alternde Frauen, die sich ihrer Körper bereits seit zwanzig Jahren schämen. Manchmal brachen bei den Abstürzen eingegipste Verankerungen aus der Wand, ein andermal wurden sogar irgendwelche Stützwinkel aus dem Edelholz der Schränke herausgerissen. An den metallischen Klang einer im Bad überdurchschnittlich oft kollabierenden Stange kann ich mich bis heute erinnern.

Vorhänge dienten bei uns manchmal auch als Ersatztüren einzelner Schränke, wenn ihr Schließmechanismus kaputt war oder ihre Scharniere bei Karussellspielen der kleinen Cousine endgültig nachgegeben hatten. Einmal sollten sogar auf meinen eigenen Wunsch die Türen zweier (wieder mal geerbter) Schränke, die ich nach der Rückkehr aus der Schule plötzlich in meinem Zimmer vorfand, durch Vorhänge ersetzt werden. Die durchfallgelb lackierten Arme-Leute-Ungetüme waren so häßlich, daß ich einen Verzweiflungsanfall bekam. Ihre Türen waren voller Zierleisten und vorgetäuschter Schnitzereien, außerdem hatten sie in der oberen Hälfte große verglaste Öffnungen; in das Glas waren Blüten und Blätterkreationen geätzt. Als ich am Wochenende nicht zu Hause war – ich absolvierte den üblichen Zwangsbesuch bei meinem Vater –, wurden die Türen entfernt. Die an ihrer Stelle vom Onkel angebrachten Vorhänge waren natürlich wieder geblümt. Zu verhindern war dies nicht – geeignete Stoffe waren bei uns immer vorrätig.

Mein und Großmutters Zimmer wurde danach noch häßlicher, und es konnte mich nicht trösten, daß in diesem Zimmer im Jahre 1948 eine ganze Weile die Baronin Nádherná gewohnt und sogar in meinem zukünftigen Bett geschlafen hatte. Sidi war nach dem kommunistischen Umsturz und dem Verlust ihres Schlosses damit beschäftigt, ihre Flucht nach England vorzubereiten und wichtige Bücher, Dokumente und Schriftstücke – unter anderem auch Karl Kraus' Briefe, dieses »Meer an Liebe« – in Sicherheit zu bringen. Der Überlieferung nach rauchte die Baronin in meinem Zimmer so wild, daß sie sich dort wie zur Tarnung regelrecht einnebelte. Sie rauchte aber, mit dem Kopf halb hinter ihrem aufgeschlagenen Mantelkragen versteckt, auch auf der Straße, was damals eine Ungeheuerlichkeit war. Sie hustete viel. Baronin Nádherná wurde bei uns übrigens nie deutsch »Nádherný« oder sogar (um die zwei Vokalstriche gebracht und auf der zweiten Silbe betont) »Nadherny« genannt. Die »y«-Endung ist im Tschechischen männlich. Übrigens hatte Sidi ihren Namen während der Okkupation selbst verändert – also zu »Nádherná« zurücktschechisiert.

In mein Zimmer ließ ich während meiner gesamten Kindheit nur ein einziges Mal einen Fremden eintreten. Der von mir ausgezeichnete Glückspilz hieß Petr Skopka; ich, der Unglücksrabe, hatte Geburtstag. Es war Anfang November, draußen war es äußerst ungemütlich, und die uralte mannshohe Gasheizung, die viel zu nah an meinem Bett stand, wurde wie üblich – vor allem aus Sicherheitsgründen – nicht angeworfen. Die Innereien des gußeisernen Monstrums waren verwackelt, und das Abzugsrohr war vom Onkel etwas experimentell angeschlossen worden – es führte von oben nach unten und verschwand in der Wand erst kurz oberhalb des Parkettbodens. Das Besondere an diesem Museumsstück war noch, daß man sein emailliertes Regulierungsrädchen mit den Ziffern 1, 2 und 3 einfach aufdrehen und den luftigen Kraftstoff auch vollkommen flammenlos strömen lassen konnte. Eine Heizung dieser Generation kam noch ohne ein Kontrollflämmchen und ohne jegliche bimetallische Sicherung aus.

Die Geburtstage wurden bei uns schon am Vorabend gefeiert, meistens erst spät nach dem Abendbrot. Ich wunderte mich darüber immer wieder. Diesmal war aber einiges anders. Die Geburtstagsfeier fand am Nachmittag statt, außerdem sollte irgendwann auch mein Vater vorbeikommen. Er kam tatsächlich, mit Skopka gab es aber schon nach kurzer Zeit einen Streit, dann einen verbissenen Kampf auf dem Fußboden, obwohl es in meinem Zimmer für einen richtigen Kampf nicht genug Platz gab. Irgendwie sollten wir uns in einer schmalen Schlucht zwischen den türlosen Schränken und einem riesengroßen, fast nie genutzten Eßtisch gemütlich ausbreiten und spielen. Gleich nach dem Ringkampf ging Petr Skopka, der von den meisten mit seinem Nachnamen angeredet wurde, wieder nach Hause. Zum Glück ist ihm wenigstens mein charmanter, gutgelaunter Vater positiv aufgefallen – und er erwähnte ihn in der Schule mehrmals. So gesehen war diese Testfeier ein Erfolg. Daß mein Vater an dem Tag – wie üblich – leicht angetrunken war, ging mir erst viel später auf.

Mein durch die zwei zusätzlichen Blumenschränke verunstaltetes Zimmer wurde nach dem Kampf mit Skopka für ein Jahrzehnt zu einer absoluten Sperrzone, und ich war erst in einer Notsituation wieder bereit, jemanden hereinzulassen. Der mit mir befreundete Glückspilz Nr. 2 war nur besuchsweise in Prag und mußte einen Abend irgendwo totschlagen. Wir saßen unbequem auf dem ehemaligen Bett der Baronin, als Tisch diente uns eine wackelige Platte, die lose auf einem wuchtigen Schiffskoffer lag. Den großen Eßtisch gab es nicht mehr. Dummerweise beschloß meine liebe Großmutter Lizzy, Sidis ehemalige Freundin, sich ausgerechnet an diesem Abend auch in »meinem« Zimmer aufzuhalten. Sie setzte sich auf ihr Bett, begann mit ihren üblichen Näharbeiten und empfand die Situation als vollkommen normal. Das Gespräch zwischen mir und dem Freund stockte, und mir wurde immer heißer im Kopf. Lizzy bekam unser Sprachwürgen gar nicht mit, da sie uns als eine gut erzogene Dame nicht belauschte.

Plötzlich bewegte sich mein verschwitzter und verkrampfter Freund etwas ausladender als erlaubt und streifte heftig einen der Schrankvorhänge. Ursprünglich sollten diese zwar nur die häßlich verzierten Schranktüren ersetzen, jetzt standen hinter ihnen aber noch – und nur provisorisch angelehnt – zwei zusammengeklappte Campingstühle. Die von mir nicht geliebten Sitzgeräte (»für deine Gäste ...«) rächten sich jetzt und kippten scheppernd nach vorn. Mein Freund vermutete einen feigen Angriff aus dem Hinterhalt, ging in Deckung und schützte instinktiv seinen Kopf. Mich überraschten die Stühle nicht mehr, ihre Aluminiumfüßchen gerieten auf dem Parkettfußboden immer wieder ins Rutschen – allerdings erfolgten die üblichen Invasionen meist anders und sanfter. Die Stühle kamen einem meistens unterhalb des Vorhangs langsam entgegengerutscht, und man konnte sie dann mit einem gezielten Tritt wieder zurückdrängen. Ich stand auf und richtete die Stühle auf – als ihre Füßchen aber unten wieder zu rutschen begannen und ich mit Wut gegen den Vorhang trat, hielt es mein Besucher nicht mehr aus und ging. Ich sah ihn nie wieder.

ich sah den untröstlichen penis in einer weiten, unwirtlichen höhle wedeln

Zwischen meinen vielen Tanten gab es nicht nur graduelle Unterschiede im Verwandtschaftsgrad mir gegenüber, in erster Linie unterschieden sie sich dadurch, wie sie den Krieg überlebt hatten. Meine Hauptgroßmutter Lizzy und ihre beiden Schornstein-Töchter – also meine Mutter Anna und Tante Eva, die Frau meines Schrankghetto-Onkels – waren in diversen Lagern gewesen, unter anderem auch in Auschwitz. Meine slowakisch-ungarische Tante Györgyi war nach Ungarn geflohen, hatte sich in Budapest versteckt und entkam Eichmanns Transporten nur mit Hilfe ihres Schutzpasses von Wallenberg; ihre Tante wiederum – ihre gleichaltrige »Urtante« Klára – war mit ihrem ganzen Schmuck irgendwo in der Pußta untergetaucht und hatte vom Krieg nicht viel mitbekommen. Meine nächste Tante Erna hatte den Krieg in England überlebt. Sie kannte das Brummen der V1-»Motorräder«, hatte vor allem die Momente verinnerlicht, wenn der laute Membranenantrieb – weit oben in der Luft – aussetzte. Wirklich zugesetzt hatten ihr dann später die V2-Raketen und die andauernd berstenden Fensterscheiben. Man konnte sie daher mit jeder Art von Krach mit Überraschungscharakter ärgern. Als Leidende durfte sie sich allerdings nie in den Vordergrund spielen. Daß sie auch sonst zurückgepfiffen wurde, wenn sie etwas erzählen wollte, hing aber eher damit zusammen, daß sie furchtbar naiv war und oft Unsinn redete.

Daß sie dumm war, wurde ganz offen auch in ihrem Beisein besprochen. Sie war aber eine schöne Frau und trumpfte trotz allem immer wieder auf – auch ohne einen großartigen Leidensweg vorweisen zu können. Ihre Stärken waren der Zauber ihres charmanten Lächelns und die Begabung, auf die Bedürftigkeit der Bedürftigen einzugehen und gleichzeitig ihre Schadhaftigkeit zu ignorieren. Ernas neue Bekanntschaften, denen ihr Mangel an Bildung und ihre Begriffsstutzigkeit noch nicht aufgefallen waren, ließen sich von ihr gern beeindrucken und nebenbei plump manipulieren. Erna spezialisierte sich bei der Kontaktsuche auf Menschen, die aus uns vollkommen fremden Kreisen stammten, so daß wir immer wieder ausgesprochen exotische Männer (»Das ist endlich der Richtige!«) zu sehen und seltsame Splitter der damaligen Realität beinah zu riechen bekamen. Wir erfuhren, daß es auf der Welt Spezialisten gibt, die sich mit dem Abzapfen von Bullensperma beschäftigen, uns wurde klargemacht, daß Werkzeugmacher nichts mit der Herstellung von Zangen oder Schraubenziehern zu tun haben, und wir erfuhren endlich, daß unsere schmackhaft gewürzten Würstchen nebenbei aus Schlachtabfall, Fettgewebe, Augen, Hautemulsion, verschimmelten Semmeln, Knochenmehl, dem vollkommen anorganischen »A«-Gel und anderem Chemiedreck bestehen.

Tante Bombe war in Theresienstadt immer wieder krank geworden – nicht ganz schlimm, aber schlimm genug –, so daß sie allen Transporten entkommen konnte. Und sie blieb dort bis zum Kriegsende. Die Kellertante Peprl wurde irgendwo auf dem Lande in einem Schuppen versteckt, erzählte davon aber nie. Vielleicht gab es darüber nicht viel zu erzählen.

Von meinen vielen Tanten entfernte sich keine Einzige aus der Gemeinschaft, die ganze Zeit nicht. Sie fanden einander nach dem Krieg relativ schnell und schweißten sich zu einem festen Schutzklumpen zusammen. Eine etwas minderwertige Sonderstellung besaß die gerade erwähnte Tante Peprl, die ich bei der Aufzählung weiter oben zum Glück nicht ausgelassen habe. Sie wohnte ganz allein im Souterrain und verschwand aus meinem Bewußtsein oft für Wochen – wie eine Ausgelöschte. Der Grund für das filmrissige Verhältnis zwischen uns wurde mir später etwas klarer: Die Arme wurde ausgerechnet im Zusammenhang mit meiner Geburt ausgesiedelt. Die leer gewordene, halbwegs in der Erdkruste steckende Souterrainwohnung des ehemaligen Hauswarts wurde für sie, nachdem meine Mutter von meinem noch anwesenden Vater geschwängert worden war, in Beschlag genommen und renoviert. Wenn die Kellertante Peprl im Sommer hinter ihrem vergitterten, ausnahmsweise aber doch offenstehenden Fenster saß und ich ihr schattiges Gesicht entdeckte, erschrak ich.

– Wer wohnt hier unten? Kann man hier überhaupt wohnen? fragten manchmal Schulfreunde, die mich unbedingt bis zur Haustür begleiten wollten.

– Eine alte Frau, sagte ich so neutral und so schnell wie möglich. Meistens ist sie aber gar nicht da.

Tante Peprl war aber immer da, darauf konnte man sich verlassen. Man mußte für sie manchmal eilig Dinge besorgen gehen, die bei ihr trotz ihrer schriftlichen Bestellungen – diese steckten in einer Art von totem Briefkasten im Treppenhaus – immer noch nicht angekommen waren. Ich war eben nicht der Einzige, der sie wiederholt ausblendete. Die tatsächlich Toten unserer Familie – wie die drei Schornsteinbrüder – waren bei uns oben auf alle Fälle präsenter als sie. Jedesmal, wenn ich Peprls winzige Wohnung betrat, überraschte mich, wie zufrieden sie wirkte. Manchmal saß sie im Dunkeln auf ihrem Küchenstuhl und meinte, beim Nachdenken müßten im Grunde auch andere Menschen nicht unbedingt das Licht brennen lassen – nicht nur sie.

– Meine größte Freude seid ihr Kinder, weißt du das? Und vor allem du, erzähl das aber nicht den Mädchen.

Bei uns oben herrschte mehrheitlich die Meinung, Tante Peprl hätte es dort unten schön ruhig, und wegen ihrer Hüftprobleme sei es auch ihr Wunsch gewesen, nicht so weit oben zu wohnen. Sie selbst sprach so ähnlich darüber.

Was für ein Glück, meinte sie, daß sie trotz der schrecklichen Wohnungsnot in Prag so nah bei uns wohnen könne. Manchmal versuchte sie über ihre Existenz sogar zu scherzen – in der Art, wie sie es aus der oberen Familienetage kannte.

– Ich trainiere hier unten schon für den Friedhof.

Weit und breit gab es in Prag keine Familie wie die unsere. Die anderen Brutzellen der Gesellschaft waren wesentlich übersichtlicher. Ich konnte mir lange Zeit trotzdem keine anderen Existenzumstände vorstellen und hatte auch gar keinen Grund dazu. Meine Normalität sah so aus, daß ich pausenlos und intensivst von lauter mir zugewandten Frauen umgeben war. Diese fragten mich zwischendurch nicht nur nach meinem allgemeinen Befinden, sondern auch nach ganz speziellen Dingen, die in anderen Familien, wie ich annahm, kaum abgefragt wurden. Unter Umständen bekam ich mehrmals am Tag folgendes zu hören:

– Hast du heute schon gekackt, Georg?

– Immer schön im Sitzen essen! Sonst rutscht dir alles gleich nach unten, und du bekommst dicke Beine.

– Hast du heute schon ... groß, sag mal?

Jedesmal war ein anderer Akzent dabei, manchmal kam die Frage aus Versehen auf Ungarisch.

– Kakiltál ma már, Georg?

Für ihre Penetranz konnte ich meine Damen problemlos bestrafen – mit harmlosen Lügen über eine langandauernde Verstopfung oder über Blut im Urin. Die kurze Erstarrung, die nach solchen Scherzen die ganze Wohnung durchfuhr, war erfrischend. Zu den mich liebenden Frauen konnte ich bald auch meine beiden Cousinen rechnen, die wesentlich schneller reiften als ich und auch in ihrer Fürsorglichkeit schnelle Fortschritte machten. Dabei war eine von ihnen jünger als ich. Der Vater dieser beiden Kleinode, mein Onkel ONKEL, konnte mir als Gegenspieler und männlicher

Konkurrent niemals gefährlich werden. Ich allein war das männliche Prachtstück unseres Geschlechts.

Die Schar der fraulichen Wesen um mich herum wurde noch durch etliche, nicht bei uns wohnende Großmütter verstärkt. Manche von ihnen waren allerdings nur virtuelle Großmütter, weil sie enkellos geblieben waren. Bei diesen zusätzlichen und ausnahmslos großbusigen Wesen handelte es sich um die Mütter der geflüchteten oder verstoßenen Männer. Diese oft schon verwitweten oder eben alleinstehenden älteren Damen kamen, weil sie auf die lebenslustige und anziehende Gemeinschaft in unserer Wohnung nicht verzichten wollten. Sie schlugen sich logischerweise auf die Seite der Majorität und wetterten offen gegen ihr eigenes Fleisch und Blut, vor allem aber gegen ihre neuen Schwiegertöchter.

– Er war so ein süßer Junge! Leider ist er immer wieder an schlechte Freunde geraten – und jetzt an diese Frau.

Renáta, die Mutter des Onkels, hielt sich, wenn es um ihren einigermaßen präsenten Sohn ging, mit Kritik selbstverständlich zurück. Die übrigen freundlichen Geschöpfe hießen Grete, Sidla und Ludmila, wobei die letztere eine echte Großmutter von mir war – der zu ihr gehörende Sohn war mein mißratener Vater. Alle diese Omas und Fast-Omas kamen zu uns in erster Linie natürlich wegen uns Kindern, wollten uns wachsen und reifen sehen, und sie wurden in der Reihe der großen Dreizehn alle schon einmal aufgezählt. Besuchsweise kam zu uns noch die in dieser Aufzählung ebenfalls vorkommende Zilli, die öfter aus ihrer Kleinstadt nach Prag reiste und bei uns dann einige Tage wohnte – bei extremen Wetterverhältnissen waren es manchmal Wochen, ihr Häuschen war etwas baufällig. Zilli war nicht – wie Tante Bombe – die ehemalige Geliebte eines Anwaltskollegen meines Großvaters Schornstein, sie stand auf der Wertskala bedeutend höher. Sie war die LEIBLICHE GELIEBTE dieses Großvaters und war eine kleine und wunderschöne Dame. Ihre edle Herkunft sah man ihr sofort an. Über meinen Großvater Schornstein muß man unbedingt folgendes wissen – er war in unserer Familie das präsenteste aller Phantome, obwohl er schon lange vor dem Krieg gestorben war. Er konnte zwar nicht mehr zum Leben erweckt werden, dafür hatte er genügend Zeit, wie mir oft versichert wurde, uns allen vom Himmel aus zuzusehen.

Zilly und ihre ehemalige Rivalin – meine Hauptgroßmutter Lizzy – verstanden sich prächtig. Zilly und Lizzy waren seit langem die engsten Vertrauten, die alten Wunden hatten sich sogar schon vor dem Krieg gewandelt oder verflüchtigt. Die beiden Frauen konnten sich stundenlang unterhalten, abendelang über die wunderbaren Extravaganzen und unerhörten Scherze ihres geliebten Mannes und genauso geliebten Liebhabers austauschen. In seiner Kanzlei hatte Joseph Schornstein nur stundenweise gearbeitet, möglichst nur vormittags. Dann ging er ins Caféhaus Royal, um seine Freunde, mitunter auch seine Frau zu treffen und mit ihnen allen seine Späße zu treiben. Zum Skifahren in die Alpen fuhr er am liebsten mit seiner Geliebten – also mit der sportlicheren Zilly. Mit Zillys Ehemann ging er regelmäßig fechten. Die beiden Männer waren die besten Freunde.

Wenn ich in Gedanken durch die vielen Räume unserer Prager Wohnung streife, überkommt mich das Gefühl, daß es dort vor Lustemissionen pausenlos geflimmert haben muß. Egal, wohin ich ging, traf ich eine Frau, die mich anlächelte und von mir begeistert war. Ich wurde oft ungebremst und unkontrolliert von physisch spürbaren Glückswellen überflutet. Auch der wunderbare Duft dieser Frauen muß mich stark gemacht und geformt haben. Wie man heute genau weiß und farbfleckig illustrieren kann, unterlaufen gerade die Duftreize die großhirnrindliche Prüfinstanz, strömen ungefiltert in das limbische System und beschießen mitunter munter auch den Schwanz.

Die Schattenseite meines Erwachsenwerdens war dadurch vorgezeichnet: Außerhalb der Wohnung wurde ich vollkommen anders behandelt. Ich wurde mit giftigen Düften traktiert, mit steifen Gesichtszügen abgebügelt, mit verständnislosen Blicken in den Boden gestampft. Und wenn ich jemanden zu bedürftig anglotzte, konnte dieser böse Fremdling auch furchtbar feindselig werden. Ich hörte trotzdem nicht auf zu hoffen. Zum Ausgleich schmiß ich manchmal Steine in provokant wirkende Fensterscheiben.

Meine Bereitschaft zu lieben war mir sicher anzusehen, und ich wurde bei der ersten Gelegenheit, die sich anbot, und ohne daß ich die auf mich zukommende Gefühlseruption vorausahnen konnte, eines Tages zum Lustknaben erwählt. Es war bei einer Busfahrt, die vom Schriftstellerverband – dem Arbeitgeber meiner Mutter – organisiert worden war und bei der die aufgeweckte Jugend historisch wertvolle Burgen und Schlösser besichtigen sollte. Der Tag zog sich hin, die Besichtigungen waren langweilig, und wir entfernten uns immer weiter von unserer mütterlichen Großstadt. Die Rückfahrt war dann endlos. Auf den besten Plätzen – als diese galten selbstverständlich die auf der hinteren Sitzbank, weil sie von den mitfahrenden Erwachsenen am schlechtesten zu überblicken waren – versammelten sich einige geschlechtlich akzelerierte Mädchen, die das Pech hatten, keine adäquat entwickelten Jungs bei der Hand zu haben. Als es dunkel wurde, sprachen sie mich und meinen ebenfalls niedlich aussehenden Freund an und luden uns zu sich nach hinten. Dann legten sie los. Wir – klein wie wir waren – saßen abwechselnd auf den Schößen der liebeshungrigen und zahlenmäßig überlegenen Schriftsteller- und Lektorentöchter und wurden pausenlos bearbeitet – das heißt geküßt, liebkost, weitergereicht und zurückgezerrt. Es war unendlich schön, und ich hoffte, der Fahrer würde sich verfahren, nie wieder nach Prag zurückkommen und mein Glück, die unbeschreibliche Süße in meiner Brust, ewig andauern lassen. Die Mädchen eroberten vor allem meinen Kopf und meinen Mund, ich persönlich nahm mir vor allem ihre Oberkörper vor. Diese waren so wunderbar warm, außerdem fehlten ihnen die üblichen Angst-, Scham- und Schutzschranken. Meine Hände griffen bald nach den mir damals gewaltig vorkommenden Brüsten, und ich registrierte zum ersten Mal ihre Positions- und Konsistenzunterschiede. Die eigentliche Entdeckung war aber eine ganz andere: Kein einziges der Mädchen hatte etwas dagegen, dort so zielgerichtet angefaßt zu werden. Ich war voll und ganz in meinem Element, ahnte allerdings voller Unglauben, daß es doch eine Art Abschluß, ein grausames Ende und einen Zustand danach geben würde.

Die Erwachsenen unterhielten sich vorne und wußten die ganze Zeit von nichts – oder wollten von dem entfesselten Unzuchttreiben nichts wissen. Unter den anderen Kindern gab es dagegen etliche Neider, die sich immer wieder umdrehten und angeekelt mit den Köpfen schüttelten – wie es echte Spießer eben tun. Uns mit Liebe überschütteten Menschenkindern war das vollkommen egal. Mich versetzte die wilde Dauerverschmelzung mit den auch außer Kontrolle geratenen Mädchen in einen vollkommen unbekannten Ausnahmezustand. Von zu Hause aus kannte ich bereits einiges an Entzückung, eine derartige allerdings nicht. Sie stand mir aber – und zwar schon jetzt, nicht erst in der Zukunft – voll und ganz zu. Viel später wurde mir leider klar, daß die Mädchen an mir und meinem Freund das Küssen hauptsächlich nur üben, sich für viel wichtigere Einsätze vorbereiten wollten. Vor ihren geschlossenen Augen sahen sie sicher ganz andere Kerle vor sich.

Dieser Erlebnisabschnitt der Reise fing aber etwas anders an, fällt mir jetzt nachträglich ein. Eventuell wurde mein edelschöner Freund Michal als erster nach hinten entführt; vielleicht hatte er sich sogar – er war ein Draufgänger – selbst an die duftenden und auffällig zurechtgemachten

Mädchen herangepirscht. Als ich mich wegen des von hinten verdächtig klingenden Gekichers umgedreht hatte, sah ich natürlich, was dort im Gange war. Diese Momentaufnahme taucht in meinem Erinnerungsnebel halbwegs deutlich auf. Wenn ich mich also nicht irre, habe ich mich dem lasterhaften Kreis aus eigenem Antrieb angeschlossen – und wurde zum Glück auch aufgenommen. Aber egal, wie es wirklich war – dabeisein war alles.

Autobahnen gab es bei uns damals nicht, wir fuhren auf kurvenreichen, relativ engen Landstraßen, und wir fuhren nicht besonders schnell. Zum Schluß war ich wie in Trance, und als wir anhielten und in der Nähe des Verbands- und Verlagshauses, zu dem Mutters Zeitschrift gehörte, abgesetzt wurden, hielt die traumhafte Stimmung weiter an. Ich bekam die letzten, logischerweise nur luftigen Küsse, und meine überzähligen Liebesobjekte verschwanden nacheinander. Die meisten Heimkehrer und Heimkehrerinnen wurden abgeholt, ich blieb am Ende allein und kam nicht von der Stelle. Und statt wie besprochen mit der ersten Straßenbahn nach Hause zu fahren, blieb ich dort, wo ich war und wo mir in mir so schön war. Daß ich mit meinen Lippen unbekannte Frauenmünder so ausgiebig verkosten durfte, daß ich ohne jegliche Schamgefühle die Brüste dieser glühenden Wesen befühlen durfte, war ein Quantensprung, ein Sprung um Jahre nach vorn. An diesem Punkt hatte ich mich von meinen nur auf Phantasien angewiesenen Altersgenossen auf einen Schlag verabschiedet.

In die Realität des Abends brachte mich meine Harnblase. Ich mußte auf der belebten Nationalstraße einen bescheidenen Platz zum Pinkeln finden. Einen starken Druck im Unterbauch spürte ich schon während der Fahrt, ich konnte ihn dank meiner Dauererektion zum Glück vernachlässigen – jetzt wurde der Überdruck unerträglich. Mir war jetzt aber alles egal, ich war endgültig kein Spießer

mehr. Ich entblößte mich und pinkelte an die erstbeste La-
terne, bis mich ein Grobian anschrie:

– Was schweinst du hier, du Schwein.

Er ließ mich aber weitermachen, und ich konnte noch
während der Entleerung in Ruhe grübeln, ob das Verb
»schweinen« überhaupt existierte.

Darüber, daß mich eine wunderbare Zukunft erwartete, konnte es nach dieser Busfahrt gar keine Zweifel mehr
geben. Ich war auch an profaneren Tagen von vielen auf-
reizenden Menschen umgeben, andere kannte ich kaum.
Überall um mich herum gab es sie – einerseits brauchten
diese Wesen zwar viel Liebe, andererseits waren sie auch
uneingeschränkt bereit, Liebe zu geben. Offenbar lebte ich
in der glücklichsten Stadt auf Erden. Als ich im Dunkeln
nach Hause lief – in einer Straßenbahn hätte ich nicht für
mich allein sein können –, sah ich, wie schön meine Stadt
war, in was für einer zauberhaften Gegend ich wohnte. Wir
wohnten wirklich sehr schön in unserer Stadt.

Der vorherige Satz ist einigermaßen ernst gemeint. Egal
wann, egal wo, egal wem ich sagte, wo unsere Wohnung
lag, lautete die Standardreaktion immer:

– Schön, so schön, eine so wunderschöne Gegend ...

Und es war tatsächlich eine Ausnahmegegend, in der unser etwas in die Breite gezogenes und mit einer dunklen
Staubschicht konserviertes Mietshaus stand. Das Zentrum
von Prag war nicht weit, war problemlos zu Fuß zu erreichen, trotzdem gab es in unserer Gegend viel Grün und
viele unbebaute Flächen. Das Renaissanceschloß der Königin Anna – das Lustschloß Belvedere – lag in Sichtweite,
und ein riesiges barockes Stadttor thronte gleich um die Ek-
ke. Das Tor, das auf Tschechisch »Písecká brána« heißt,
war an den Seiten mit Gras und Büschen bewachsen – und
ist es bis heute, nur im anderen Pflegezustand. Von links
und rechts sieht das Tor wie ein begrünter Hügel aus. Die

seitlichen Hänge, also die steilen und damals nicht umzäunten Steigungen konnte man vom Bürgersteig aus problemlos betreten. Daß es eigentlich verboten war, kümmerte niemanden.

Zum Zusammenrotten von Jugendlichen war die Umgebung des Stadttores ideal. Oberhalb der Festungsgräben gab es etliche Ecken, in denen man auf dem massiven Geländer in einer Reihe sitzen und von diesen exponierten Posten den ganzen Nachmittag den Überblick behalten konnte. In der dunklen Durchfahrt des fünfundzwanzig Meter tiefen Tores hörte man oft kreischende Mädchenstimmen und ging erfahrungsgemäß von Grapschattacken aus. Die Kinder, die nicht beim Rauchen erwischt werden wollten, haben mit Vorliebe dort in der Dunkelheit geraucht und sich von den Autos, denen die Durchfahrt damals noch erlaubt war, nicht stören lassen. Das Stadttor war das eigentliche Zentrum des Geschehens, der Aktionsradius aller Beteiligten war aber wesentlich größer. Unterhalb der Stadtmauern, also in den ehemaligen Festungsgräben, wucherten teilweise dichte Büsche oder gestutzte und dicht gewordene Eibenhecken. In dem nahe gelegenen Chotek-Park, dem Lieblingspark von Franz Kafka, war der Wildwuchs in den Randzonen sowieso enorm. Überall konnte man zu ganz unterschiedlichen Zwecken untertauchen und dort für Stunden unbemerkt bleiben. Die älteren Jugendlichen nutzten die vielen Verstecke natürlich nicht zum Spielen und schleppten dorthin ihre Bräute ab. Wenn nötig, verscheuchten sie dabei die jüngeren und drohten ihnen Prügel an. Was sie dort mit ihren Weibern tatsächlich anstellten, konnten wir nur ausnahmsweise überprüfen, waren im Grunde nur auf die nachträglichen Prahlereien angewiesen. Nur ein einziger gab einmal zu, wegen eines BH-Verschlusses gescheitert und nicht sehr weit gekommen zu sein. Diese jungen Böcke kochten unsere Neugier natürlich nur zu gerne auf und ließen uns ihre Anmach-Gespräche einfach mit anhören.

– Komm mit, laß uns bumsen, komm.

– Jetzt nicht, hab' keine Zeit.

– Geht doch schnell, bist aber stur.

– Nein, will heute nicht.

– Warum gerade heute nicht?

– Hab' heute eben keine Lust.

– Hör mal auf, immer das gleiche zu plappern – wir verlieren nur Zeit.

– Ich will aber nicht.

– Mann! Jetzt hätten wir schon längst fertig sein können! Scheiße!

– Ich kann nicht.

– Hast du deine Tage? Mir macht das nichts aus. Komm doch.

– Will nicht, will heute nicht.

Das dickliche Mädchen war alles andere als schön, sah beim Sprechen immer wieder uns, das staunende junge Publikum, an, und schämte sich nicht – warum auch. Die junge Frau wurde begehrt und hatte die Macht, eine ganze geile Bande samt ihres Nachwuchses in Schach zu halten. Das nachfolgende Streitgespräch unter uns Jungkadern drehte sich vor allem um die Dauer des Geschlechtsverkehrs.

– Es ist ganz schnell vorbei. Ganz sicher, es geht wirklich ruck, zuck.

– Quatsch, auf keinen Fall. Das kann auch eine Stunde dauern. Und hinterher ist man müde und muß kurz schlafen.

Wir alle wohnten nicht nur DIREKT in der »Goldenen Stadt«, nicht nur in einer erotikgeladenen grünen Oase, nicht nur knapp unterhalb der Prager Burg – wir wohnten gleichzeitig unmittelbar auf der Bruchstelle zu dem nördlichen Rest der Stadt. Auf das Wörtchen DIREKT bildet sich jeder Tscheche gern etwas ein. Auch der brave Soldat Schwejk mochte Menschen, die nicht aus irgendeiner schmuddeligen Umgebung einer Stadt kamen, sondern DIREKT aus ebendieser Stadt. Später in meinem Erwachsenenalter ging es mit der Lobhudelei meiner Stadt und im besonderen meiner Wohngegend nahtlos weiter:

– Ach, Prag – eine so schöne Stadt, wunderschön, wie kann man aus einer so schönen Stadt weggehen! In der Nähe der Burg? Wirklich? So idyllisch?

Daß wir so schön wohnten, könnte der weitere Grund für die Häßlichkeitsimmunität aller bei uns versammelten Erwachsenen sein. Vielleicht sahen sie die vielen grauenhaften Möbelstücke, Schränke und Vorhänge im Schatten der Kulissen, die uns außerhalb der Wohnung überall umgaben. Hinzu kam noch der Glanz meiner Mutter. Meine Mutter konnte man vor einen egal wie verbrecherisch gestalteten Vorhang stellen, ihre Schönheit verlor dabei nur wenig. Die damals vom Feminismus noch vollkommen unberührten Männer waren so verrückt nach ihr, daß sie ihr im Kino sogar von hinten an den Busen faßten. Meine Mutter lachte darüber und erzählte es mir brühwarm. Ich wurde von ihr sowieso zunehmend mit unanständigen Anekdoten und Witzen versorgt. So war unsere Gegend für mich nicht nur schön, sie war voller schöner Obszönitäten. In einem von Mutters Witzen ging es um einen Texaner, der dauernd davon schwärmte, wie groß alles in Texas sei – nicht nur die Prärien, Felder und die Kuhherden, sondern auch körperliche Dinge. Sein Penis würde natürlich auch dazugehören. Dieser Texaner versagte aber kläglich, erzählte meine Mutter weiter, als er an eine Frau geriet, die zwar schön und begierig war, leider aber auch aus Texas stammte. »Mist! Ich wußte nicht, daß sie auch aus Texas war!«

Mutter lachte über den Schlußsatz des Texaners wie wild. Ich fand es nur etwas unpassend, ausgerechnet von meiner Mutter mit dieser Art Ware beliefert zu werden. Natürlich sah ich aber alles bildlich vor mir. Ich sah sofort einen nach Umschlingung suchenden Penis in einer weiten, unwirtli-

chen Höhle wedeln, ich sah einen mit meinem Penis verwandten Leidensgenossen, der keinen Halt, keine Berührung und kein Glück fand. Meine Mutter trug mir aber
auch Hochwertigeres vor, zum Beispiel Passagen aus
schwülstigen Liebesgedichten: »Der Mann zergeht in der
Sehnsucht nach Aussaat, die Frau hat einen fruchtbaren
Schoß ...«

Meine Mutter war eine Bewunderin nicht nur der Männer
der Kunst, sondern auch der der Medizin. Von Kunst hatte
sie einigermaßen eine Ahnung, sie schloß sich trotzdem
aber auch hier lieber den männlichen Meinungen an. Die
Experten in dieser Welt wären nun mal Männer, meinte sie,
die Frauen wären ihnen in jeder Hinsicht unterlegen.
    – Angeblich erhöhen Nüsse die Intelligenz. Ich müßte je-
den Tag eine Kokosnuß essen, um hier wirklich mithalten
zu können.
    Ein Experte war für meine Mutter jeder, der sie mit einer
klar geäußerten Meinung beeindruckte. Wenn dieser Mann
außerdem SCHÖN war, stand er auf seinem Stufenpodest
gleich noch viel höher. Mutters Bereitschaft zu bewundern
kannte vor allem bei den Ärzten keine Grenzen, was für sie
später fatale Folgen haben sollte. Gestorben ist sie viel zu
früh, weil sie sich von ihrem natürlich schöngesichtigen
Landarzt hatte einreden lassen, ihre Rückenschmerzen kämen von Verspannungen der Muskulatur oder von ein-
geklemmten Wirbelsäulennerven und hätten mit Herzbe-
schwerden nichts zu tun.
    Mutters eigentlicher Mörder ist aber nicht ihr Hausarzt,
Mutters Mörder bin ich. Ich behandelte sie eine Zeitlang
ausgesprochen UNGUT, stieß sie wegen ihrer Zudringlich-
keiten immer wieder ab. Und ich betrog sie mit ihrer Freundin. Meine Mutter hat sich meinetwegen jahrzehntelang gequält und verzehrt. Die vielen Kränkungen, die zu unserer
Beziehung gehörten, trafen fast ausschließlich sie allein.

Hinzu kam noch, daß sie sich ab ihrem fünfundvierzigsten Lebensjahr nicht mehr schön genug fand. Sie litt bereits unter den ersten Anzeichen des Alterns fürchterlich, schämte sich für die kleinsten Unvollkommenheiten und erholte sich von ihren fortgesetzten Schockerlebnissen nicht mehr.

– Meine Haut am Hals, guck dir das mal an!

Wenn sie gerade nicht lächelte, trug sie oft ein nach innen fallendes Leidensgesicht, das auf allen späten Fotos von ihr zu sehen ist. Ab einem bestimmten Punkt gab es dann keine Fotos mehr. Daß ich zu ihr gegen Ende ihres Lebens etwas freundlicher und zugewandter sein konnte, rettete sie nicht.

Meine Mutter war im Grunde meine erste Geliebte, die ich quälen durfte. Größtenteils tat ich es sogar mit Genuß. Als Sohn meinte ich, dazu einigermaßen das Recht zu haben.

fassgolt

Natürlich hatten wir in der Klasse einen Juden – und der benahm sich so, wie es von einem Juden auch zu erwarten war. Er hielt sich oft abseits von allen, hatte zu tausend Dingen eine andere Meinung, und wenn er einen anschaute, sah man in seinen Augen immer so etwas wie eine Herausforderung – wenn nicht sogar Spott. Außerdem tanzte er auch bei ganz harmlosen Dingen gern aus der Reihe. Wenn bei einer Klassenunternehmung alle versuchten, auf dem Bürgersteig nur auf die Flächen mit den blaßrosa Pflastersteinen zu treten, lief er garantiert auf den blauen Teilen des Musters. Solche Exzesse wollte ich eines Tages nicht mehr dulden und beschloß, ihn zur Rede zu stellen. Das bedeutete damals nichts anderes, als unsere Körperkraft und unser Geschick sprechen zu lassen. Meine Bande stand geschlossen hinter mir, und wir lauerten Fassgolt eines Tages auf. Fassgolt war aber ein sehr guter Läufer und Ausweichler, und er entkam uns. Das zweite Mal entkam er uns wieder. Irgendwann erwähnte ich zu Hause das unerträgliche Wesen von Fassgolt und gab dazu noch einen rassistischen Kommentar ab.

– Dabei sieht er nicht unbedingt jüdisch aus.

Meine Damen waren entsetzt, bis Onkels Frau Eva sagte, sie kenne Frau Fassgolt persönlich, und die Fassgolts seien überhaupt keine Juden. Vielmehr hätten sie Vorfahren aus Südtirol.

– Hat dir das bis jetzt niemand gesagt, Georg? WIR sind doch JUDEN, wir alle hier, du natürlich auch. Alle unsere Ärzte und fast alle unsere Bekannten sind Juden – egal, ob sie im Dezember Weihnachtsbäume nach Hause schleppen oder nicht. Und daß bei uns die Geburtstage meistens am Vorabend gefeiert werden – du hast dich neulich darüber gewundert –, hat damit zu tun, daß jüdische Feiertage bereits am Vorabend beginnen. Auch wenn wir uns sonst an gar nichts mehr halten ...

– Györgyi hat noch einen Milchtopf! sagte Großmutter Lizzy – und ich auch. Aber die Orthodoxen feiern die Geburtstage gar nicht, wißt ihr das überhaupt?

Das alles erschreckte mich maßlos. Daß man während des Krieges eine gewisse Zeit in einem KZ zu verbringen hatte, schien in meiner Welt das Übliche zu sein. Mit dem minderwertigen Jude-Sein stand es für mich überhaupt nicht in Verbindung. Fassgolt bekam ab sofort meinen Schutz, und wir freundeten uns sogar vorsichtig an. Wir sind trotzdem zwei sehr unterschiedliche Juden geblieben.

viele der fliegen überlebten nicht einmal
die erste drehzahlstufe

Wenn ich mir meinen Onkel aus dem Gedächtnis holen möchte, sehe ich entweder seine fetten, trotzdem aber flinken Finger oder seine weichen weißen Beine auf dem Nierentisch. Selbstverständlich hatte mein Onkel – spätestens seit seinem vierzigsten Lebensjahr – auch einen Hängebauch. Diesen sehe ich vor mir, aber nur schwach und masseneutral. In meiner illustrierten Erinnerungschronik sind es ausgerechnet seine haarlosen Beine, die ein wesentlich einprägsameres Bild abgeben. Sein Bauch bereitete mir offenbar so viele zusätzliche Sorgen, daß ich seine unerträgliche Existenz lieber ausblendete. Die Probleme, die einem Mann eine solche Wulst bereiten mußte, kamen mir von klein auf gewaltig vor: Wie schaffen es diese Männer, nicht andauernd nach vorn zu kippen? Kommt man mit einem solchen Abstandhalter überhaupt tief genug zwischen die Beine der begattungswilligen Frauen? Und wo finden die Hosen dieser Männer auf der abfallenden unteren Bauchrundung einen vernünftigen Halt? Wieso rutschen sie ihnen nicht andauernd auf die Schenkel? Der nächste Fragenkomplex betraf das Wanst-Innere. Ich rätselte, ob es darin irgendwelche zusätzlichen Organe gäbe, die diesen Volumenzuwachs ausmachten, oder ob nur der Magen-Darm-Trakt so aus dem Leim ging und aus dem Ruder lief. Könnte sich ein derartiger Wildwuchs – zeitzündergestützt – auch bei mir ereignen? Könnten sich die für diese Bauchgärung zuständigen Hefesprossen in mir ansiedeln und später breitmachen? Auf welchem Wege konnte man sich eventuell anstecken? In meiner eher eingefallenen Bauchhöhle gab es keine Ausdehnungsräume für zusätzliche Platzfresser, ich mußte mich vorsehen. Die männlichen Bäuche prägten sich mir auf alle Fälle sehr früh ein, was eventuell auch mit anderen meinen Vater betreffenden Sorgen zusammengehangen haben könnte. Aber vielleicht war Onkels Bauch doch der eigentliche Musterhorrorbauch meiner Kindheit. Als ich viel später zum ersten Mal einen weißen Riesenbovist auf einer Wiese fand und überhaupt nicht wußte, was für ein Gottesgeschöpf das war, mußte ich als erstes an meinen Onkel ONKEL denken.

Andere männliche Körperteile – brisanter als Finger, Beine oder Bäuche – bekam ich woanders zu sehen. Als ich einmal meinen Freund Petr Skopka auf dem Weg zur Schule abholen wollte, passierte, was passieren mußte. Ausnahmsweise hatte ich an dem Tag noch etwas Zeit, mein Entschluß, bei Skopka vorbeizuschauen, fiel spontan. Trotzdem war es längst überfällig, an Ort und Stelle über unsere zukünftige Kooperation zu verhandeln. Es ging um seine dressierten Fliegen und die weiteren Ausbaustufen ihrer Ausbildung. Ich kam hoch, Petr war noch im Bad, und ich sollte mich im dunklen Flur auf einen Stuhl setzen und warten. Plötzlich ging eine Tür auf, und etwa in meiner Kopfhöhe erschien ein dicker, schräg zur Decke weisender Besenstiel. Ich kam mir vor wie im Kasperltheater. Jemand schob den Stiel weiter und weiter in den Zuschauerraum hinein – und erst dann erschien Vater Skopka, aus dessen Schlafanzughose das dunkle Holzstück hinausragte. Da er noch verschlafen war und seine Brille nicht aufhatte, sah er mich nicht und verschwand wortlos auf der Toilette. Der Gummizug seiner Hose war ziemlich schlaff – daher hatte sein Beinkleid nur vorn an dem steifen Haken etwas Halt. Hinten war Vater Skopka unbedeckt, seine Pobacken wackelten vollkommen frei. Ich erstarrte. Aus dem Kinderzimmer von Petr roch es nach den Behältnissen der gefangenen Fliegen, die über Nacht oft massenhaft verendeten. Mir wurde in der stickigen Luft des fensterlosen Flurs leicht übel, verstärkt wurde mein somatisches Entsetzen durch eindeutige und häßliche Geräusche aus der Toilette. War Herr Skopka ein Mutant oder ein Behinderter? Der Anschauungsunterricht bei mir zu Hause war einseitig und eindeutig unzureichend. Der Penis meines Onkels war in meiner Phantasie winzig, weich und weiß – weiß wie alles andere an ihm.

Mein Freund Skopka wurde kurz danach in die Küche geschoben, seine Mutter hatte noch ihr Nachthemd an. Frauen im Negligé waren für mich nichts Besonderes, und ich wollte mitgehen, Skopkas Mutter gab mir hinter dem Rücken ihres appetitgestörten Schlechtessers aber stumme, trotzdem eindeutig abweisende Handzeichen. Ich sollte dort bleiben, wo ich war. Die Küchentür ging zu, die besorgte Frau wollte ihren Sohn beim Frühstück bewachen und ihm jede Ablenkung ersparen. Meine Beine wurden unruhig, und ich wußte nicht, was ich mit dem gewaltigen Eindruck, den Vater Skopkas Apparat auf mich gemacht hatte, anfangen sollte. Instinktiv fühlte ich, daß es nicht klug gewesen wäre, seine möglicherweise kompetente Frau zu befragen. Mir stand außerdem noch die nächste Begegnung mit ihrem Monstermann unmittelbar bevor. Ich öffnete leise die Wohnungstür und rannte weg.

Meinem Freund Skopka – dem Kind aus einem Raritätenkabinett – durfte ich den Grund für meine Flucht nicht verraten. Ich mußte mich taktisch verhalten. Sein Versprechen, mir einige von seinen Kosmonautinnen abzutreten, stand auf der Kippe. Die gerade beschriebene Penisparade fiel in die Zeit der sowjetischen Erfolge im Weltraum. Die vierdüsigen Trägerraketen des legendenumwehten Sergej Koroljow explodierten nicht andauernd wie die amerikanischen – jedenfalls nicht vor aller Augen –, der Sputnik demonstrierte der ganzen Welt die Überlegenheit des Sozialismus, und die Hündin Laika zeigte die Perspektiven des Lebens und Sterbens im Weltall auf. Ich kann mich noch an die gigantisch überhöhte Stimmung erinnern, die nach solchen kosmos-bezwingenden Großtaten auf den Straßen von Prag herrschte. Ohne jegliche Vorwarnung und im Widerspruch zum üblichen Alltagstrott wurde es plötzlich höllisch laut, und die triumphale Musik ließ einen im ersten Schreck an Kleopatras Einzug in Rom denken. An den Straßenlaternen hingen damals noch überall riesige Lautsprecher. Deshalb konnte man in jedem beliebigen Moment, bei jedem beliebigen Anlaß dezibelstark terrorisiert werden, die Stadt konnte sich flächendeckend wie auf Befehl in einen Festsaal voller Musik und Gefühlstaumel verwandeln. Eine ähnliche Inkongruenz zwischen Stimmung, Ausstattung und Ambiente konnte man später, nachdem das Absurde Theater die Zensurschranken überwunden hatte und in Prag endlich angekommen war, auf kleinen Experimentalbühnen erleben.

Zufällig und beliebig waren die Beschallungsattacken natürlich nicht. Bald nach der musikalischen Einstimmung ertönte eine aufgeregte, sich überschlagende Stimme, die das jeweilige Großereignis verkündete – und den Text der frohen Botschaft noch einmal und noch einmal wiederholte. Diese wuchtigen Bekanntmachungen waren für ohrenoffene Wesen wie mich, für Menschen mit leicht formbarer Gehirnmasse einmalig beeindruckend. Ich war gierig nach Glück, und so eindeutig optimistisch stimmende Ereignisse waren im sozialistischen Alltag eher selten. Und dann gleich ein derartiger Ausbruch von Freude! Dabei hätten die Lautsprecher, rein theoretisch, genauso den Ausbruch eines atomaren Weltkrieges verkünden können. Diese oft im Doppelpack auftretenden und eher an große Ohren erinnernden Apparate wurden normalerweise nie laut, man vergaß fast, daß es sie überhaupt gab. Sie taten mir wegen ihrer Unterbeschäftigung furchtbar leid. Wenn ich ausnahmsweise mal aufsah, hatte ich regelmäßig das Gefühl, sie hätten am liebsten – also im Falle eines atomaren Angriffs – das zum Zudecken benötigte und vor der Radioaktivität schützende Zeitungspapier ausspucken wollen; wenn sie es gekonnt hätten. Aus den entsprechenden Kursen der Zivilverteidigung wußten wir über diese Dinge alle gut Bescheid. Ob die Lautsprecher überhaupt funktionierten, war in der Zwischenzeit vollkommen unklar. Regelmäßig genutzt wurden sie nur einmal im Jahr am Ersten Mai.

Als im Jahre 1961 Gagarin ins All geflogen und wieder zurückgekehrt war, wurden alle Schallmauern der Freude endgültig durchbrochen. Die Männer in der Beglückungszentrale waren außer sich geraten, brachten sich in Rage von mindestens 5 Mach, konnten stundenlang nicht aufhören zu senden – und wahrscheinlich ruinierten sie damals ganze Teile ihrer Apparatur. Sie drehten und würgten an den Knöpfen ihrer Verstärker, ließen die musikalischen Begeisterungswellen sich eruptionsartig überschlagen, erlaubten den eingeladenen Prominenten, unsinnig laut in die Mikrophone zu brüllen – so laut, daß man sie wegen der Überschreitung der Pegelgrenzen gar nicht verstehen konnte. Einigen Sprechern barsten in den Hälsen vielleicht lange verborgen gehaltene oder auch ihnen selbst verborgene Glücksblasen. Technisch oder menschlich muß an dem Tag jedenfalls einiges schiefgegangen sein. Nach dieser öffentlichen Orgie blieben die Straßenlautsprecher in meinem Stadtteil sehr lange still. Aus den folgenden Jahren kann ich mich jedenfalls an keine flächendeckende Freudeverteilung mehr erinnern.

Bereits während des allgemeinen Jubels um den zweiten Sputnik mit der tapferen Laika rührten sich in der Gesellschaft auch Menschen, denen nichts heilig war. Kurz nach Laikas Triumph kursierte in der Bevölkerung ein Schmähreim, der zusätzlich noch nach einer Rock'n'Roll-Melodie aus Amerika gesungen wurde:

Sovětští mužici / vypustili družici / Lajku do ní nacpali / a nažrat jí nedali. Frei übersetzt heißt es: »Sowjetische Muschiks schossen einen Sputnik ins All, pferchten die Laika rein und gaben ihr nichts zu fressen.« Viele Menschen waren über dieses Lied empört, die *Rock-Around-The-Clock*-Melodie war aber bestechend, und den Text kannte bald jeder. Die arme Laika war allerdings an Überhitzung und Streß gestorben, nicht an Hunger. Ihre Wegzehrung – vergiftetes Essen – hatte sie sogar dabei. Mein Freund Skopka blieb von jedem störenden und nebensächlichen Treiben in der Stadt unbeeindruckt, entschloß sich vielmehr, den Boom zu nutzen und statt eines Hundes die viel leichteren Fliegen in den Himmel zu schicken. Eine Rakete hatte er zwar noch nicht – sprach nur vage von irgendwelchen Tests und Brennkammern –, als erstes wollte er lieber seine Kosmonautinnen auf Vordermann bringen. Das wichtigste Trainings- und Foltergerät war eine selbstgebastelte, durch einen kleinen Elektromotor angetriebene Zentrifuge. Die half ihm bei der Selcktion der Fliegen effektiv, und die stärksten Tiere kamen nach drei Durchläufen in ein geräumiges und gut belüftetes Glas mit dem besten Futter. Dazu muß man wissen: Viele der Fliegen überlebten nicht einmal die erste Drehzahlstufe. Von seinen trainierten Spitzenexemplaren gab er mir am Ende leider kein einziges ab. Skopkas Einstellung zum Leben – so etwas wie sein Lebensmotto – entsprach mir trotzdem sehr: Auch eine Fliege muß etwas leisten, bevor sie in den Himmel kommt. Von nichts kommt nichts. Skopka war technisch viel begabter als ich, im Vergleich zu mir war er aber ein wirklich miserabler Esser. Darin stimmte ich mit seiner Mutter überein. Er bekam die Reste seines Frühstücks manchmal mit auf den Weg, und wenn er aus der Sichtweite seiner hinter den Gardinen vermuteten Mama war, schmiß er alles in die Büsche.

Daß bei uns zu Hause alles Männliche kompromißlos ausgelagert werden mußte, schien mir richtig und konsequent zu sein. Männer hätten unsere Harmonie nur gestört. Sie hätten unser Zusammenleben durcheinandergebracht, hätten sicher auch die fundamentalsten Regeln gebrochen oder sich sogar angemaßt, neue Regeln einzuführen. Die Liebhaber meiner Mutter waren zwar nie ausgelagert worden, sie wurden aber auch niemals wirklich eingelagert. Dagegen machte sich Onkel ONKEL als ein Repräsentant aller Ausgelagerten sehr gut, verkörperte diese Rolle geistig wie auch durch seine Verortung ganz ausgezeichnet. Hinter seiner Schrankmauer steckte er im Grunde in einer Art Lagerraum. Seine Leidenschaft, Materialien für seine zukünftigen handwerklichen Aktivitäten zu sammeln, wurde ihm dabei leider zum Verhängnis. Als unser Keller bis zur Decke vollgestopft war, mußte er viele unersetzbare Fundstücke, alle den Schrottsammlungen entrissenen Ersatzteile und alle verwendungswürdigen Materialreste direkt in seinem Zimmer unterbringen. Dadurch wurden diese Dinge so etwas wie seine Mitgefangenen. Da Onkel diesen Krempel in stabile Kartons stopfte, konnte er sie gut stapeln – und mit ihrer Hilfe seine Schrankbarriere bis zur Decke aufstokken. Irgendwann war aber das Höhenlimit erreicht. Später engten die Kartons auch seinen Innenbereich ein. Onkels Schubfächer waren schon immer vollgemüllt, quollen oft über oder ließen sich überhaupt nicht mehr öffnen. Viele der unentbehrlichen Dinge waren wegen der nicht vorhandenen Systematik und fehlenden Kartonbeschriftung sowieso schwer zu finden, und der arme Onkel hauste auf immer sinnloser schwindendem Raum. Sein Lebensbereich glich zunehmend einem Recyclinghof, um nicht zu sagen einem Material-KZ. Die Rettung brachte etwas später sein geräumiger Bauernhof. Um ihn – einschließlich aller Nebengebäude – ebenfalls zuzumüllen, brauchte er dann erstaunlich wenig Zeit, höchstens zwei Jahre.

Als eine Art stabiles männliches Vorbild blieb mir praktisch nur mein extramuraler Vater. In ferner Vergangenheit war er für mich eine Ikone gewesen, und egal, wie stark angeschlagen er von Anfang an war, eine Zeitlang war er eine. Dabei waren seine Qualen noch undurchschaubarer als die des Onkels, qualitativ waren sie sowieso völlig anderer Natur. Und obwohl mir das Wesen meines Vaters etwas näher war, war er als eine Leitfigur leider noch weniger brauchbar als mein Onkel. Und das will schon etwas heißen.

Mein Vater mußte nicht erst in eine quälende Enge getrieben werden, er steckte in seiner stinkigen Sackgasse sowieso seit langem fest. Dort arbeitete er konsequent an seinem Ende, zerfiel langsam vor aller Augen, bis er dann reif war und starb – mit nur fünfzig Jahren auf Bauch und Buckel. Er war ein krankhafter und unverbesserlicher Lügner, ein Wrack voller destruktiver Ironie – und beim Bezahlen an den Tankstellen zitterten ihm immer die Hände. Wenn er Auto fuhr, trank er nämlich nicht und mußte seinen Tremor in Kauf nehmen. Wegen dieses Zitterns dachte ich als Kind lange, daß es ihm – ausgerechnet wenn es um Benzin ging – um die grünen Hundertkronenscheine leid tat. Ganz logisch war das natürlich nicht, da er sehr gut verdiente. Er war bei der »Geheimpolizei«, wie es unter uns Jungs hieß, wobei alle, die solche Väter hatten, deren Beruf offiziell als »Staatsangestellter« anzugeben hatten. In Gaststätten zitterte mein Vater nicht, beim Einkaufen auch nicht. Wenn wir in der Stadt unterwegs waren, verschwand er regelmäßig in dunklen Eckkneipen und kam im Handumdrehen lächelnd wieder heraus, als hätte er dort eine partielle Absolution erhalten. In seinen Augen dümpelte das schlechte Gewissen.

Sein mitteldicker Bauch war ein nicht zu leugnender Schandfleck an ihm, insgesamt fand ich ihn körperlich lange Zeit eher anziehend. Seine Schultern wirkten kraftvoll, die Polsterung seines voluminösen Brustkorbs – vorn wie auf dem behaarten Rücken – konnte man bei gutem Willen für Muskulatur halten. Seine Beine waren schlank und tadellos. Und das wußte er auch. Wenn bei ihm ausnahmsweise Besucher auftauchten, zog er schnell eine Schnapsflasche aus einem der Kleiderschränke heraus, und bald danach – das war die Regel – ließ er seine Hose fallen und zwang den oder die männlichen Besucher, das gleiche zu tun. Der Schönheitswettbewerb um die schönsten Männerbeine konnte beginnen. Mein Vater war dabei in seinem Element und kannte sich nicht nur in den strengen Beurteilungskriterien gut aus, als Siegertyp beherrschte er auch alle psychologischen Tricks, die in jeder modernen Kampfdisziplin eine große Rolle spielen. Er nutzte beispielsweise geschickt die Verlegenheit seiner nicht ausreichend angetrunkenen Gegner, und wenn es ging, flirtete er nebenbei mit ihren Frauen. Beim eigentlichen Wettbewerb streckte mein Papa abwechselnd und ausgesprochen graziös seine Beine in die Luft, drückte zwischendurch die Fußspitzen gegen ein Sofa. Besonders in diesen Momenten spannte er gekonnt seine Muskeln an und brachte sie da und dort, besonders aber an den Waden, in eine wellenartige Bewegung. Er gewann immer. Daß sein Bauch sich nicht waschbrettartig wellte, zählte nicht. Alle lachten die ganze Zeit, bis ihre Wangen steif wurden und eine häßliche Dauerspannung eingraviert bekamen. Ich lachte auch, weil man bei Vaters Auftritten nichts anderes machen konnte als lachen.

Wenn ich einen ähnlichen Wettbewerb hätte ausrichten dürfen, hätte ich – trotz meiner Ängste vor rachgierigen Killerbäuchen – unbedingt die männlichen Bauchwölbungen bewerten wollen. In der Stadt grassierte galoppierende Bauchverfettung, und ich hätte auf diese Seuche tatsächlich gern aufmerksam gemacht. Ich sah, daß sich viele Männer beim Laufen weit nach hinten neigten, um damit der gefährlichen Verschiebung ihres Schwerpunktes entgegenzuwirken. Sie waren, da ihnen ihre Bäuche den Blick versperrten, nicht in der Lage, die vielen Unebenheiten auf den Bürgersteigen richtig einzuschätzen, sie übersahen oft kleine Kinder oder kleine bis mittelgroße Hunde. Zur Freundlichkeit auf den Straßen trugen sie daher wenig bei. Bei manchen von der Quellhefe Befallenen kam eine moosige Fettschicht sogar unter ihrer Stirnhaut zum Vorschein, ihre untere Gesichtshälfte war sowieso schon aufgequollen – und in ihren Augenhöhlen lagerte ebenfalls viel Abfall. Und auch die jüngeren Männer zeigten schon, in welche Richtung sie weiterwachsen würden – nämlich nach vorn. Am liebsten hätte ich diese jungbäuchigen und noch zu rettenden Anfänger vor Fettbefall und Muskelabschlaffung gewarnt und ihnen eingehämmert:

– Ihr wollt doch euer Leben lang in die Frauen tauchen, oder etwa nicht? Denkt daran! Ihr müßt sogar tief genug in sie hineingelangen können, wenn euer Leben einen Sinn und eine Art Fortsetzung haben soll!

Und wenn ich das folgende, von der Brauindustrie gut gehütete Geheimnis schon damals gekannt hätte, hätte ich noch hinzugefügt:

– Vorsicht, Männer! Im Bier stecken massenhaft weibliche Hormone – nicht einfach nur Gerste, Hopfen und Wasser! Vom Bier bekommt ihr nicht nur schwere Bäuche, sondern auch üppige Brüste!

Meine Ernährungsängste und Verformungsphantasien brachten mich im zarten Alter dazu, pausenlos auf meinen Bauch zu achten, und schon zu Urzeiten ängstigte ich mich um meine Figur. Wenn ich etwas mehr gegessen hatte und spürte, wie sich meine Bauchdecke wölbte, zog ich sie mit Gewalt sofort wieder ein. Ich wollte nicht zulassen, daß meine Muskulatur nachgab, ich durfte nicht wie die vielen Nilpferde um mich herum lockerlassen und vor der Ausdehnungs- und Schwerkraft kapitulieren.

An meinem Vater war es trotzdem nicht sein Bauch, der mir das schlimmste Kopfzerbrechen bereitete. Es war etwas anderes, und es war trotz meiner starken Fokussierung auf das Verfettungsthema schwer zu greifen oder gar im einzelnen zu benennen. Bekanntlich stieß ich beim Nachdenken über viel einfachere Probleme schnell an meine Leistungsgrenzen. Das Geheimnis meines Vaters umhüllte sein Wesen wie eine verschmutzte und sowieso nicht transparente Fruchtblase. Diese Blase und ihr Inhalt befanden sich außerdem in einem wilden Verwandlungs- und Diffusionsprozeß. Alles faulte hier bei voller Frische, bestand größtenteils aus Abscheidungsderivaten und Fäule-Isotopen, trotzdem nahmen alle diese Stoffe an der lebenserhaltenden Zellteilung offenbar noch teil. Wobei das behütete Früchtchen – mein Vater also – sich nur als ein kleiner Bauteil dieser koagulationsgeilen Verklumpung im instabilen Aggregatzustand benahm. So gesehen schien mein Vater nur ein durchweichtes Funktionsrädchen eines gärenden Komplexes zu sein. Immerhin aber das Kernstück dieses einbetonierten Ganzen, das räumlich der Ausdehnung seiner Wohnung entsprach, rein äußerlich gesehen also seine Plattenbauwohnung genannt werden konnte. Vaters Behausung war tatsächlich kein Ding, es war ein lebendiger Organismus, monströs in seiner von Anbeginn der Auflösung geweihten Mutationsfreude. SO WAR ES, SO WERDEN DIESE SÄTZE STEHENBLEIBEN, SO UND NICHT ANDERS WIRD MEIN VATER DEFINIERT. Es ist mir tatsächlich nicht möglich – und es wird mir auch im folgenden nicht möglich sein –, meine damaligen Eindrücke etwas schlichter auszudrücken, als ich es hier und jetzt tue.

Der Schmelztiegel von Vaters Wohnung war voller verwachsungsgeiler Sprößlinge und zwang alle Einquartierten, mit der Einrichtung dieser häuslichen Hölle irgendwann eins zu werden. Die Wohnung und ihre Einrichtung umschlangen einen regelrecht, umklammerten jeden in Sekundenschnelle und umklebten ihn so vollkommen, daß man als Besucher nach dem Verlassen der Wohnung Stunden brauchte, um sich wieder freizuhäuten. Auch als Kurzzeitbesucher dieses oberflächenagilen Betonbunkers mußte man auf der Hut sein. Man wurde in den laufenden Verschmelzungsprozeß sofort eingebunden – bei Tageslicht ging es los, abends und nachts hielten einen zusätzlich und tausendfach kräftige Mikrokrallen fest. Ich, der von Sonnabend nachmittag bis Sonntag mittag durchhalten mußte, war trotz aller Vorsicht schon nach wenigen Stunden fast verloren, fühlte mich so gut wie machtlos. Und wenn ich meinen verbissenen Widerstand aufgegeben hätte, wäre ich irgendwann festgezurrt worden, ich hätte mich aus der sterbensfrohen und grenzenlos großzügigen Umarmung dieser Wohnung nie mehr befreien können. Schon etwas Trägheit hätte gereicht, um ein Mitglied dieser Endzeitgemeinde zu werden. Ich wäre dann, genauso wie die anderen, nur noch mit dem eigenen Entschwinden beschäftigt gewesen. In dieser Wohnung wurde immer schon gestorben, war mein Eindruck. Und als später alle Erwachsenen wirklich tot waren und ich die Geschichte dieser – wie ich annahm – sich fortpflanzenden Verwesungshingabe bei Freunden zum besten geben wollte, bekam ich den schlimmsten Lachkrampf meines Lebens. Ich wälzte mich als erwachsener Mensch auf einem dreckigen Fußboden und kam und kam nicht hoch. Für diesen Vorfall gibt es zuverlässige Zeugen.

Daß alle drei Behausungen meines Vaters, die ich kannte, so saftig und fruchtschwer wirkten, war natürlich kein Zufall. Die entsprechenden Keimlinge und Zersetzungsgifte, die für diese Art BELEBUNG sorgten, mußte jedesmal mein Vater eingeschleppt haben – so gesehen war er für sein früh anberaumtes Ableben unmittelbar verantwortlich. Den Rest besorgten dann die befallenen und ihn umgebenden Dinge, sie übernahmen selbst die Initiative, gaben schließlich keine Fluchtwege frei – und weil sich mein Vater in der Wohnung wenig bewegte, ging alles relativ schnell. Wenn die menschlichen und stofflichen Oberflächen moribund-biotisch zueinandergefunden hatten, wenn sie einmal miteinander in Austausch getreten waren, war die Abtötung alles lebendigen Gewebes nicht mehr aufzuhalten. Die zunehmende Fruchtigkeit aller schwammig gewordenen Gegenstände und deren porösen Häute begünstigten und beschleunigten den Gang der Dinge zusätzlich. Vaters Wohnung ließ seine Bewohner sanft schmoren, garte sie wie im Römertopf, ließ keine Dämpfe entweichen.

Die Probleme aller Wohnungen meines Vaters manifestierten sich beispielsweise in Form einer ganz speziellen Geruchsmischung, die ich nie vergessen werde und die keine Malerarbeiten auf Dauer beseitigen konnten. Aus der Perspektive der gerade angesprochenen Moribund-Biose und -Symbiose gesehen, war es im Grunde auch Vaters Todesgeruch. Der organische Charakter der Wohnung zeigte sich beispielsweise in der stark klebrigen und jeden Appetit tötenden Schicht, die überall zu ertasten war. Aus allen Oberflächenporen kam etwas Schmieriges heraus – als ob dort alle Dinge mit hochproduktiven Drüsen übersät gewesen wären. Die Menschen und Gegenstände dieser Wohnung schienen ihren Talg, ihre Sekrete und Sublimate miteinander abzustimmen, sich behutsam auszutauschen und bei dieser Produktion voneinander zu profitieren. Am Ende kam immer eine konstante Geruchs- und Schmiere-Melange zustande. Daher änderte sich an der filmigen Beschichtung und drüsigen Verfilzung der Wohnung trotz vieler wütender Säuberungsaktionen von Vaters Frau qualitativ nie etwas. Offenbar verbündeten sich die organischen und anorganischen Schutz- und Schmutzschichten dieser Wohnung miteinander, schlossen untereinander – trotz der offiziellen Zusammenarbeit mit den Menschen – heimliche Verträge ab und bildeten daher eine einheitliche osmotische Kampffront, die eindeutig gegen ihre menschlichen Koalitionäre gerichtet war. Überall knisterte und schmatzte es, auch die jungfräulich abwehrstärksten Oberflächen reagierten chemisch miteinander, entluden ihre sub-subkutane Spannung, bedrängten sich schmelzthermisch, saugten sich durch den nebenbei erzeugten Kondensationsunterdruck aneinander. Und alle sonst egal wie passiven Stoffe ließen sich dieses

Vergnügen genausowenig nehmen und beteiligten sich an dem allgemeinen molekularen Treiben wenigstens als Katalysatoren. Nur die inerten Gase schauten zu und sahen, wie sich alle Beteiligten an die Wäsche und unter die Häute gingen, sich ineinander im Rückwärtsgang hineinfraßen und die gesamte Mensch-Ding-Wohnungsfüllung im Eiltempo eins werden ließen. Die Spuren dieser Prozesse verdichteten sich periodisch zu verhärteten »Baum«-Ringen, die in diesem Spezialfall von außen nach innen zu wandern schienen – bis sie im verkrebsten Wohnungskern steckenblieben.

Ich hätte im Äther von Vaters Wohnung gern nur – als wenigstens einen luftigen Haltepunkt – den separaten Geruch vom Zigarettenrauch, von frisch destillierten Exkrementen oder Angstschweiß in Rohform erkannt. Schweren Zigarettenrauch, frische Scheiße und klebrigen Angstschweiß roch man dort zwar ohne Ende, bei mir kam aber nie etwas in separater Reingestalt an – es handelte sich immer nur um hochkomplizierte Mischformen. Das Plattenbaubad und die kleine Plattenbautoilette hatten gar keinen Luftabzug.

Unglücklicherweise klebte und stank beim Vater – man wird es mir glauben müssen – auch das frisch gespülte Geschirr. Was also die muffigen Geschirrtücher beim freudlosen Abtrocknen des Geschirrs nicht entsorgt oder was sie – dies war auch möglich – an Stinkdreck eben neu verteilt hatten, dampfte und sublimierte vor sich hin und kam als unsichtbarer Angriff aus der Luft irgendwann wieder an. Alle Tassen fühlten sich fettig an, auf dem Tee schwamm immer eine glitzernde, mit einem netten Farbspektrum kolorierte Schicht voller Kurven, Kreise und Äuglein, und dem schlichten Versuch, das Licht einzuschalten, folgte oft gleich wieder das Ausschalten, weil der Finger an dem defekt-federlosen Kippschalter einfach haftenblieb. Ich faßte nur das an, was ich unbedingt anfassen mußte, und grübelte über das zusätzlich Gruselige, das nur seelisch

Unhygienische und ideell Eklige, möglichst nicht nach, um meine Denkqualen nicht noch zu verstärken. Vielleicht überdehnten sich nicht nur alle tektonischen Membranen, die dort zwischen Realität und Irrwitz lagen, vielleicht quälten sich da und dort nicht nur osmotische Absonderungspumpen und belasteten sich durch artesischen Druck nicht nur gegenläufige Lippendichtungen – sicher schwitzten dort aus Solidarität auch alle anwesenden Menschenseelen. Vielleicht tropfte ihr Unglück pausenlos aus irgendwelchen der Humanwissenschaft noch unbekannten seelischen Tränensäcken. Vielleicht waren die in der Plattenbauwohnung versklavten Körper bereits damit beschäftigt, vorsorglich leichengiftigen Sauerteig zur Weitergabe an Nachgeborene anzusetzen, sich mit der Opferung der Filetstücke ihrer eigenen lebenden Substanz dafür abzustrafen, daß sie keine Sprache für ihre Qualen gefunden hatten.

Ich witterte bei meinem Vater vorsichtshalber immer nur das Schlimmste, meine sensorischen Vorverstärker liefen dauerhaft auf Hochtouren. Und ich kam gezwungenermaßen zu der Überzeugung, alle um meinen Vater versammelten Menschen trügen in sich furchtbare Geheimnisse – und zwar solche, die nur mit dem Tod gesühnt werden konnten. Und diese seien so schlimm, daß die armen Geheimnisträger sie auch voreinander verbergen mußten, womöglich auch vor sich selbst. Mehr als logisch wäre dann, daß der einzige Kanal nach außen, die einzige Erleichterungsmöglichkeit, die ihnen allen zur Verfügung stand, das stille Absondern ihres saftigen Innenfluidums war – ein Absondern in Form von seelischem Smog. Ihnen schien am Ende doch nichts anderes übriggeblieben zu sein, als ihre unter Hochdruck produzierten Feinzuckungen, ihren in allen Organen vibrierenden Ekel in den Äther zu schicken – amplituden- oder frequenzmoduliert, wie auch immer.

Möglicherweise waren aber die Geheimnisse, über die ich jetzt spreche, nicht wirklich unaussprechbar. Wie schon angedeutet: Vielleicht waren diese Dinge allen Beteiligten einfach nur peinlich, und peinlich wäre ihnen sicher auch gewesen, wenn sie hätten zugeben müssen, als Erwachsene nicht in der Lage zu sein, sich aus eigener Kraft von ihnen zu befreien. Vielleicht war die schmierige Paste, die sich in Vaters Wohnung überall aufhielt, eben nur diese zum Material gewordene Peinlichkeit. Man muß außerdem bedenken, daß verzweifelten und seelenabwesenden Menschen pausenlos viele Unachtsamkeiten unterlaufen. Rein sachlich gesehen bestand der schmierige Klebefilm eventuell aus adhäsionsstarken Dreckpartikeln und nach und nach koagulierten Dispersionen, die sich mit den Jahren einfach angesammelt hatten und schließlich – ähnlich wie oxidiertes Fett – verharzten. Im Hinblick auf ein derartig dümmliches und daher schutzwürdig-schambehaftetes Unvermögen – ein Unvermögen, auch über die banalsten Dinge offen zu sprechen, ein Unvermögen, sich klebefrei zu halten und aufeinander zu achten – war es allerdings besser, denke ich heute, daß auf dieses Unvermögen ein Nachrichten-Embargo gelegt wurde.

Zusätzlich zu der üblen Geruchstragik war Vaters letzte Wohnung, die er als Spitzendiener des Staates in einer modernen, frisch hochgezogenen Neubausiedlung zugeteilt bekam, im Winter immer überheizt. Und in dieser Hitze dampfte alles doppelt intensiv. Der fensterlose und mit einem nur angedachten Dunstabzug versehene Küchenkern steckte praktisch in der Mitte dieses luxuriösen Vegetierkäfigs. Und obwohl sich der Küchendunst dann in allen übrigen Räumen gut ausbreiten konnte, fühlte sich die dortige Luft trotzdem immer trocken an. In Vaters Wohnung erlebte ich meine Schleimhäute als evolutionär nur mangelhaft ausgereift, meine aufgequollenen Kopfinnenräume befanden sich beim Vater dauerhaft im Ausnahmezustand. Hinzu kam noch der Beitrag meiner Großmutter Ludmila, die – als sie senil geworden war – in die Familie aufgenommen wurde; und diese wusch sich kaum. Außerdem war noch mein scheißender und schreiender Halbbruder da, und außerdem die Angorakatze, die in der winterlichen Fernhitze besonders gelitten und geruchgedampft haben muß. Die vielen Pflanzen und ihre Humusböden atmeten ebenfalls pausenlos, und in den wenig gelüfteten Matratzen brüteten und vermehrten sich garantiert gewaltige Milbenstämme. Apropos Pflanzen: Einer Palme mit vielen vitalen Luftwurzeln ging es in Vaters Wohnung so prächtig, daß sie bald die ganze Fernseh-Ecke in Beschlag nahm und den Fernseher bedrohte. Dieses tropische Ungeheuer profitierte anscheinend – als einziges dort gefangengehaltenes Geschöpf – von den vielen Dünsten, Dämpfen und dem undurchdringlichen Gefühlsdschungel der Wohnung, mästete sich pausenlos an dem Harz der Lüfte und der Ranzigkeit ihrer Niederschläge. Gerüche der Sexualität kannte diese Wohnung zum Glück nicht. Sonst wäre sie eines Tages vielleicht zerlaufen wie ein fünfzigjähriger Camembert.

Der Unterschied zu meinem Zuhause war himmelschreiend. Offiziell war unsere gut gelüftete Wohnung zwar so gut wie eine reine Frauenunterkunft, Sexualität gab es dort trotzdem. Sich in meine Mutter zu verlieben war nicht schwer. Alle männlichen Besucher wurden mit so viel Charme und Liebreiz behandelt, daß es bei uns vor männlicher Sehnsucht nach MEHR, also nach einer egal wie befriedigenden Steigerung, aus allen Ritzen nur so quoll. Und schon kurz nachdem der aktuelle Liebhaber meiner Mutter abends angekommen war, machten die beiden auf Mutters dünnbeinigem Sofa Geräusche. Ihre Männer mußten nämlich bald wieder nach Hause. Dort warteten ihre Ehefrauen mit dem inzwischen kalt gewordenen Abendbrot auf sie.

Bei meinem dicken, im Wrasenbad weichgegarten Vater gab es so etwas nicht. Seine Wohnung war männlich, asexuell, bedürfnislos – hier herrschten Härte und gewisse Männerprinzipien. Er kochte aber auch gern – und am Wochenende sogar exzessiv. Ein halbes Jahr lang dann immer die gleiche Spezialität. Mein Vater hatte den Dienstgrad eines Majors, und in seinem Schrank stand ein Jagdgewehr. Dieses wurde ab und an auch benutzt, sogar innerhalb der Wohnung. Er selbst konnte aber auch mit bloßen Händen töten, wenn er wollte – und sei es mit einer zusammengefalteten Zeitung, log er mir gern vor. In dieser von einem Krieger dominierten Wohnung, der vierzig bis sechzig Zigaretten am Tag rauchte, gab es keine nächtlichen Geräusche. Als wir bei einem Ausflug ein Pärchen mit einer zusammengefalteten Decke dabei erwischten, wie es sich ein Paarungsversteck suchte, meinte mein Vater kennerhaft – obwohl sein Fach eher die Spionageabwehr war –, Sex sei gesund. Mir wurde sogar im Urlaub freigestellt, in welchem Raum ich schlafen wollte: bei den beiden Eheleuten oder zusammen mit der senilen Oma und meinem Halbbruder, der lange Stunden, manchmal die ganze Nacht, im Bett hin und her wackelte. Aus Mangel an Zuwendung, wie ich heute weiß. Ich entschied mich – es war zweimal der Fall – für die komfortablere Möglichkeit. Mein Vater hatte nichts dagegen. Im Gegenteil, hatte ich das Gefühl – er wollte mich bei sich haben.

– Du kannst gerne hier schlafen, kein Problem, Georg.

Ich kann mich an den fassungslosen Gesichtsausdruck seiner Frau erinnern. Zu einem lauten Protest fehlte ihr die Kraft. Und ich meinte damals, das zu verstehen. Unserem dicken Herrscher zu widersprechen hätte lebensgefährlich sein können. Alle, die kleiner oder schwächer waren als er, mußten sich vorsehen, dachte ich. Vorausgesetzt, sie wollten nicht wie eine mit der Zeitung an die Wand geklatschte Fliege enden. Dabei war er, der Idiot von Vater, so furchtbar schwach! Er, mein Erzeuger, dieses Häufchen Unglück, war ein lahmer Käfer, den man nicht einmal in eine hinuntergeregelte Zentrifuge hätte stecken müssen, um ihn auf die Bretter zu hauen. Er war seit langem so weit, daß er jederzeit an seinem verkalkten, tabak- und alkohol-imprägnierten Inneren zu krepieren drohte. Es hätte gereicht, ihn nur mit einer Fingerkuppe anzurempeln – er wäre glatt wie eine Rotzblase geplatzt.

in seiner socke steckte eine heiße und vollkommen trockene gewehrkugel

Mein Vater war nicht nur dick, er war auch klein. Bei der Spionageabwehr war er nicht nur kraft seines Klassenbewußtseins gelandet, sondern weil er sich dem Wehrdienst hatte entziehen wollen. Und ein einigermaßen treuer Staatsdiener war er nicht aus Dankbarkeit, sondern aus purer Faulheit – in anderen Berufen, auch als ein aktiver Spion, hätte er sich viel mehr anstrengen müssen, hätte zeigen müssen, was er wirklich konnte. Bei der Abwehr reichten ihm dagegen seine Intelligenz, seine destruktive Menschenkenntnis und seine Begabung als Großmaul. Er war öfter bei internen, natürlich streng geheimen Schulungen, und ich kann mir lebhaft vorstellen, wie er sich dort – der gnadenlose Ironiker – aufführte: Er wußte mit Sicherheit alles besser als die besten Ausbilder seines Ministeriums. Auch zu Hause vor dem Fernseher war er immer nur dabei, die Unfähigkeit, Lächerlichkeit, abgrundtiefe Dummheit der vielen Pappnasen zu kommentieren, die sich auf dem Bildschirm als Moderatoren, Sänger oder Schauspieler abmühten. Aber nicht nur alle Spitzenleute unserer Unterhaltungsbranche waren Nullen und Arschlöcher, deren Leistungen kein Lob verdienten; genausoviel Ausschuß produzierten die besten Journalisten des Landes, ohne Ausnahme auch diejenigen, die in derselben Literaturzeitschrift wie meine Mutter arbeiteten oder publizierten. Diese Leute konnten gar nicht schreiben! Und natürlich waren auch unsere Spitzensportler nur mittelmäßig – sie waren für die Weltspitze zu langsam, zu schwach, zu ungeschickt, um bestehende Rekorde zu brechen oder um irgendwelche lahmen Torhüter zu überlisten. Vater saß bei seinen Urteilsverkündungen in seinem von der Angorakatze zerfetzten Fernsehstuhl, rauchte hintereinander seine Zigaretten und sprach letztinstanzlich.

Vieles mußte ich meinem Vater leider auch abnehmen, er argumentierte meistens sehr treffend und gewitzt. Und die damalige Unterhaltungsmaschinerie war wirklich fürchterlich. Daß aber alle Kollegen meiner Mutter, auf deren Artikel das lesende Volk Woche für Woche sehnsüchtig wartete, nicht schreiben können sollten – das war mir zuviel. Als ich es in diesem Punkt einmal wagte, ihm zu widersprechen und gleichzeitig meine Mutter zu loben, war er gnädig mit mir.

– Es ist nett von dir, daß du deine Mutter in Schutz nimmst, Georg. Ich kenne die ganzen anderen Jungs aber von früher, ich kenne diese Möchtegerne noch vom Studium – und besser als du oder deine Mutter.

Mein Vater hatte auch seinen Ehrgeiz gehabt, saß seit langem aber auf einer kleinen Trümmerhalde. In seinen armseligen Spionagealltag waren alle seine anderen Vorhaben schwer zu integrieren. Er fotografierte ab und zu wie besessen, um die anschließenden Arbeiten im umgeräumten Badezimmer bald wieder abzubrechen und auf später zu verschieben. Er besaß außerdem drei erste Kapitel dreier Romanprojekte. Später spielte er sich nur noch als Historiker auf und versuchte, anhand von hussitischen und anderen Chroniken zu beweisen, daß die Tschechen nicht nur im fünfzehnten Jahrhundert ein Volk von Kämpfern gewesen waren, sondern es noch viel länger geblieben sind.

Letzten Endes konnte er uns allen und der Umwelt aber nichts wirklich Abgeschlossenes vorlegen und vor allem keine Erfolge vorweisen. Einiges konnte er allerdings sehr gut: glückspendende Zigaretten in seinen braungelben Fingern hin und her rollen und seine große Klappe in Gang halten. Manchmal waren bei ihm bekannte Filmregisseure zu Besuch, die mit seiner Frau, die Dramaturgin war, beruflich zu tun hatten. Man verband auf diese Weise Berufliches, Privates und Geheimdienstliches. Vaters Frau hatte mit diesen Leuten nämlich DOPPELT zu tun, wie ich jetzt weiß. Sie arbeitete inoffiziell als Agentin für Vaters Ministerium, allerdings für keine Auslandsabteilung, sondern für eine, die die einheimische Kultur beäugen und behorchen sollte. Aus Sicherheitsgründen sah man das natürlich gern, wenn sich auch der andere Partner für die Firma einspannen ließ.

Die erwähnten Besuche der Regisseure bedeuteten unmenschliche Qualen nicht nur für sie als Künstler, sondern auch für mich, obwohl ich noch ein Kind war und zum Glück kein Regisseur werden wollte. Mein Vater kam nach den ersten Qualitätsschnäpsen, die er auch den Regisseuren aufgezwungen hatte, in Fahrt und hatte es oft gar nicht nötig, einen Schönheitswettkampf auszurufen. Mit Hilfe einiger boshafter Floskeln und mehrdeutiger Unterstellungen wurden diese Kunstschaffenden in eine geistige Kipplage gebracht, durch fortgesetzte Alkoholisierung geschwächt – und sie konnten Vaters Frontalattacken immer weniger entgegensetzen. In ihren Augen sah man bald schon leichte Angst. Mein Vater knöpfte sich vor allem die letzten Arbeiten dieser Filmleute vor und begann, sie ironisch auseinanderzunehmen. Er kratzte gezielt an den wunden Stellen ihrer Kreationen und trampelte punktgenau auf den Unstimmigkeiten, die aus ästhetischen, sachlichen oder geschichtlichen Gründen am peinlichsten waren. Zu einer dieser Attacken lieferte ich sogar persönlich scharfe Munition, als ich vollkommen naiv zugab, einen dieser antikolonialistischen Filme nicht verstanden zu haben. Mein Vater atmete tief ein und strahlte. Daß sein Sohn vielleicht etwas denkschwerfällig-begriffsstutzig sein könnte, kam für ihn nicht in Betracht.

– Dieser Film soll auch etwas für die jungen Leute sein? Die Jugend kommt aus dem Kino noch dümmer raus, als sie schon ist! Warum muß man eine so einfache Geschichte so chaotisch erzählen, sag mal?

Mein Vater war auf einigen Gebieten nicht ungebildet, und psychologische Methoden bei der Menschenjagd – beim Aushorchen, Austricksen oder Ausquetschen des Menschenmaterials – waren sowieso seine Spezialität. Nachdem sich die Filmleute die Tiefe ihrer Kränkung hatten anmerken lassen, hielt es mein Vater auch nicht für nötig, gnädiger zu sein. Er erzählte besonders unglaubwürdige Szenen nach, überzeichnete sie und lachte herzlich – und drängte die armen Würstchen von Regisseuren dazu, wenn nicht herzlich, dann wenigstens genauso laut zu lachen wie er. Vaters absurde Kommentare waren teilweise tatsächlich begnadet gut formuliert. Und so lachten die landesweit bekannten Männer letzten Endes über ihre eigene Mittelmäßigkeit und über die ihrer Mitstreiter. Oder sie grinsten wenigstens. Dabei schrumpften sie auf ihren Stühlen sichtlich, wurden immer unkonzentrierter und bereiteten sich innerlich auf den Absprung vor – wenn nicht sogar auf den Sprung aus dem Fenster. Für die weitere Belebung dieses Krampfeinanders mußte wieder mein gnadenloser Vater sorgen, er holte einfach zum nächsten Schlag aus.

Ich konnte dabei wenigstens meine Studien treiben und über die Macht des Spottens nachdenken; und darüber, wie leicht sich auch gestandene Männer in wehrlose Geschöpfe verwandeln ließen. Das Pech dieser Leute war, daß sie ausgerechnet dank ihrer Leistungen, die einiges an Vorlieben, Leidenschaften und Sichtweisen verrieten, vor meinem Vater wie nackt dastanden. Mein Vater hatte dagegen absolut nichts zu befürchten – seine nur angefangenen Werke kannte niemand. Und weil über seine eigentliche Arbeit nicht gesprochen werden durfte, konnte auch die Lächerlichkeit seines bürofaulen Abwehrkampfes niemals zutage kommen.

Dies war gleichzeitig aber auch sein Pech. Ausgerechnet dieser hundertfach frustrierte Mensch durfte das wenige, womit er sich hätte vielleicht doch brüsten können, nicht bekanntgeben. Heute kann ich mir etwas besser vorstellen, welche Qualen der Ärmste erleiden mußte, wenn er auf immer und ewig dazu verdonnert war, über seine Berufserlebnisse und -heldentaten außerhalb seiner Zirkel zu schweigen. Der kleine Dickmoppel brauchte aber unbedingt etwas, womit er sich größer machen konnte. Für den Verkehr mit der Außenwelt blieb ihm daher nichts anderes übrig, als mit frei erfundenen Phantasiegeschichten anzugeben. Da ihm dabei alle künstlerischen Freiheitstüren und -tore offenstanden, enthielten seine Geschichten höchstens nur harmlose Geheimnissplitter, sicher keine schutzwürdigen Geheimnisse.

Bei der Verschleierung der ministerialen Interna, aber auch bei der überaus qualifizierten Arbeit selbst half ihm sicher, daß er andere Menschen immer schon gern getäuscht hatte. Er habe auch als junger Mann dauernd gesponnen, erzählte mir meine Mutter mit leuchtenden Augen – sie bewunderte ihn für seine erzählerische Begabung immer noch. Trotzdem warnte sie mich vor seinen bunten Geschichten und verriet mir, daß mein Vater schon aus Prinzip lüge, das Lügen als Sport betreibe und Dinge auch vollkommen zweckfrei und grundlos erfinde. Bald konnte ich es mit Hilfe unseres Telefonbuchs nachprüfen: Mein Vater dachte sich tatsächlich Adressen und lange Telefonnummern aus. Sicher nur deswegen, um sich für sein exzellentes Gedächtnis loben zu lassen. Bei Spaziergängen erklärte er im guten Deutsch irgendwelchen Touristen den Weg, gab mir gegenüber dann aber zu, die Leute ins Ungewisse geschickt zu haben. Bekannten erzählte er von Urlaubserlebnissen, die – wie ich wußte – so nie stattgefunden hatten.

Einmal nahm mich mein Vater sogar auf eine Spionjagd mit. Wir brachen etwas unvermittelt ohne besondere logistische Vorbereitungen auf, schien mir. Und wir fuhren ausgerechnet in ein Waldstück in der Nähe, das ich von unseren regelmäßigen Wochenendausflügen gut kannte. Es war schon dunkel, im Fernsehen liefen die besten Sonnabendsendungen. Der Spion kam tatsächlich vorbei und wurde mit vorgehaltener Waffe gezwungen, sich auf den dreckigen Boden zu legen. Mein Vater fesselte ihn gekonnt, der Mann benahm sich dabei zahm wie ein Kind. Anschließend bekam ich die entsicherte Waffe in die Hand gedrückt, und mein Vater ging, um Verstärkung zu holen. Das Gerede des Mannes, er wäre in der Lage, mit seinem gepanzerten Ferrari die Grenzanlagen zu durchbrechen und mit mir in den Westen zu fliehen, ließ mich kalt. Und ich hatte tatsächlich keinen Grund, mich auf ein abenteuerliches Leben mit irgendwelchen fremden Männern einzulassen. Warum sollte ich? Warum sollte ich meine duftende Frauengemeinschaft verlassen? Die Aussicht, im kapitalistischen Ausland ein adäquates Frauenparadies zu finden, war gleich null.

Mein Vater kam bald ohne eine schwerbewaffnete Kampfeinheit zurück und war stolz auf mich. Er erklärte die Aktion für beendet und konnte nicht aufhören, mich für meinen Mut, meine Umsicht und Prinzipientreue zu loben. Er und sein längst wieder entfesselter Freund meinten, ich wäre für den Beruf eines Spionenjägers bestens geeignet. Als Ergänzung zu dieser praktischen Übung erläuterte mir mein Vater unterwegs – das tat er mindestens einmal im Jahr – den Unterschied zwischen Taktik und Strategie im Kampf der politischen Systeme. Diese Theorie gehörte zu seinem Lieblings-Fragenkomplex. Nebenbei versuchte er mir oft noch eine andere Wahrheit einzuhämmern: »ALLE ÄRZTE SIND DUMM. Egal, wieviel sie beim Studium gebüffelt haben, sie sind dumm und bleiben dumm.«

Seine Lügereien nahmen kein Ende. Ich versuchte, wachsam zu sein, glaubte meinem Vater manchmal aber doch. Nachdem das erste sowjetische Passagierflugzeug mit Düsenantrieb (die *Tu 144*) das erste Mal in Prag gelandet war, war mein Vater bei den nachfolgenden gefährlichen Testflügen angeblich mit an Bord. Als eine Frühjahrsflut eine neuerbaute Moldau-Talsperre bedrohte – Prag wäre nach einem Durchbruch weggespült worden –, saß er nicht irgendwo in Sicherheit auf der Lauer, nein! Er saß – erzählte er mir jedenfalls – tapfer unten im Talsperrenbau. Dort an dieser zentralen und so gefährlichen Stelle wurde er dringend gebraucht. Er bewachte das Bauwerk klugerweise von innen, hörte, wie die Betonwände ächzten. Nachdem die Militärfahrzeuge die ersten Nachtsichtgeräte bekommen hatten, steuerte er einen Panzer sogar eigenhändig durch die Nacht. Und als geheime Akten aus einem See in Südböhmen geborgen wurden, zog er die erste Kiste aus dem Wasser ins Boot.

Da ich immer zu strengstem Stillschweigen verpflichtet wurde, machte ich mich in der Schule zum Glück nicht dauernd lächerlich. Dummerweise dachte sich mein Vater aber gern auch technische Neuerungen aus – und diese waren alltagstauglich. Ich konnte es wagen, über sie frei und in aller Frische zu berichten. Leider waren es wieder nur aus Vaters technischem Unwissen geborene Phantasmagorien. Als ich diese Neuigkeiten stolz meinen Freunden zum besten gab, lachten sie mich gnadenlos aus.

– Eine magnetische Autobahn, auf der man nicht lenken muß? Georg – bist du total bescheuert?

Man lachte und lachte über mich, und ich hütete mich davor, meinen Vater diesen Haien zum Fraß vorzuwerfen. Diese Auslacherei hätte er sich nämlich niemals gefallen lassen. Er hätte sein Gewehr genommen und sich gerächt. Mit seinem Gewehr spielte er gern, und er war weit und breit der einzige bewaffnete Mann, den ich kannte. Als sein Gewehr eines Tages in der Wohnung losging, erlebte ich ihn allerdings zum ersten Mal ernsthaft besorgt. Ich stürzte nach dem Schuß ins Zimmer. Er schrie:

– SCHEISSE, SCHEISSE, SCHEISSE!

Mein Vater hielt sich am Bein fest, und in seinen Augen war nackte Angst. Wie sich aber herausstellte, galten die Sorgen dieses harten Mannes nicht unbedingt der Verletzung, sondern dem zu erwartenden Ärger in seiner Behörde. An diesem Tag begriff ich, daß er dort offenbar wiederholt schlimmsten Unfug angestellt haben mußte. Ich zog ihm vorsichtig seine Hose herunter und hielt auf seinen schönen Beinen Ausschau nach fließendem oder spritzendem Blut.

– Es fühlt sich so heiß an, das ist Blut – wie 1945. Ich kenne das von den Barrikadenkämpfen.

Er blutete aber nicht. In seiner Socke steckte bloß eine heiße, verformte und vollkommen trockene Gewehrkugel. Diese hatte er sich nämlich nicht direkt ins Bein geschossen, sie war von der Betonwand seines massiven Plattenbaus abgeprallt, hatte sich durch den Stoff seiner Hose gebohrt und war – heißer als jedes Blut – unter einer losen Socke gelandet. Mein Vater war natürlich trotzdem ein potenter Schütze und konnte wirklich alles treffen, was er wollte. Selbst wenn sein Ziel die Schwanzfedern eines Fasans waren, den er nur der Übung wegen anvisierte und gar nicht töten wollte. Mein Vater lud wiederholt einen Vertreter der königlich-niederländischen Fluglinie KLM zu sich zu Besuch, weil er ihm offenbar irgendwelche Geheimnisse abluchsen wollte – und dies gelang ihm eines Abends tatsächlich. Die beiden tranken sich gemeinsam gute Laune an, brüllten vor Lachen, verschwanden immer wieder im Bad. Und als der nette Verräter des niederländischen Volkes und der ganzen westlichen Welt auf der Toilette war, vertraute mir mein Vater die Brisanz des Augenblicks tatsächlich an.

– Er hat unserem Land einen großen Dienst erwiesen, einen ganz großen.

Wenn ich mich nicht irre, war dies das einzige Mal, daß mein Vater in meinem Beisein etwas Echtes, wirklich Staatsgeheimes preisgab – jedenfalls den Vollzug einer Abschöpfung andeutete. Offenbar war er nicht nur dank des Alkohols so weich geworden, sondern war auch von seiner Leistung ganz und gar überwältigt. Ich stand ihm in diesem großen Moment als einziger Mann unmittelbar zur Seite, wir beide machten in dem Moment vielleicht Geschichte – ähnlich wie später Michail Gorbatschow und Helmut Kohl. Der niederländische Verräter kam bald von der Toilette zurück, bekam sein nächstes Schnäpschen, und mein Vater zog sein Gewehr aus dem Schrank. Zur Feier des Tages sollte jetzt richtig geballert werden, ein solcher Coup gelang einem nicht jeden Tag. Mein Vater machte das Fenster auf und suchte nach geeigneten Zielen. Er kannte keine Angst – und vor der Härte der sozialistischen Gesetze mußte er sich nicht sonderlich fürchten. Das Gelände um die Neubauten herum war noch vollkommen zerwühlt und öde, für die Plattenbaukinder war es trotzdem ein beliebtes, weil einziges Auslaufgebiet. Die beiden Männer schossen bald auf weit entfernte Pfützen und freuten sich dabei wild, wie hoch das Wasser spritzte – wenn sie die Pfützen also getroffen hatten. Spielende Kinder sah man in der einsetzenden Dämmerung nicht, zum Glück hörte man aus der Umgebung der Pfützen später auch keine Schmerzensschreie. Vaters Frau hatte sich vorsichtshalber schon vor einer Weile in die Küche verzogen. Ich blieb die ganze Zeit bei den Männern und war von einem seltenen Hochgefühl erfüllt. Ich wußte, daß der tschechische Staat beim Kampf gegen das blutsaugerische Kapitalistenpack gerade ein großes Stück vorangekommen war.

Natürlich hatte mein Vater auch seine sentimentale Seite. Als er einmal vom Begräbnis eines seiner Kollegen kam, weinte er bitterlich. Der tapfere Genosse war angeblich bei einem gefährlichen Einsatz ums Leben gekommen. Ich war mir in diesem Fall aber ziemlich sicher, daß dieser Mensch einer der vielen Toten an der Infarktfront war.

Zu Vaters Beruf gehörte natürlich ein beachtliches Machtgefühl – und dieses tat ihm sicher gut. Daher gab er einige abgestandene Randinformationen aus seinem Berufsleben nebenbei doch preis. Manche davon – aus den fünfziger Jahren, die knallhart waren – erzählte er immer wieder. Zu den einigermaßen erzählbaren Highlights gehörte die Geschichte von einem Friseur, den er direkt in seinem Laden verhaftete und dem auf dem Weg zum Auto sein Darminhalt aus den Hosenbeinen tröpfelte. Oder von einem Klassenfeind, der nicht reden wollte und dem er, da dieser mit dem Gesicht zur Wand stand, immer wieder seinen Kopf gegen die Wand knallte. Oder von einem, der aus dem Fenster – aber nur aus dem ersten Stock – auf einen leeren Kinderwagen sprang, obwohl mein Vater eigentlich nur in aller Ruhe mit seinem Mitbewohner reden wollte. Da tapferen Männern wie ihm – jedenfalls in den Anfangsjahren des Bereinigungskampfes – so gut wie alles erlaubt war, muß ich leider annehmen, daß mein Vater auch tötete.

Am aufregendsten waren seine Geschichten aus der ansonsten nicht übertrieben ruhmreichen tschechischen Widerstandsbewegung während des Protektorats. Sein blutiger Kampf gegen die nazistischen Okkupanten, seine Sabotageakte, sein listiges Vorgehen während des illegalen Vertriebs von Flugblättern und des illegalen »Rudé právo« waren unglaublich – auch weil er während des Krieges noch so jung gewesen war! Wie kurzsichtig und dumm seine Lügen waren, erfuhr ich etwas später in der Schule. Beim Lesen des Standardwerks über die Widerstandsbewegung, das »Die stumme Barrikade« hieß und zur Pflichtlektüre ersten Ranges gehörte, stellte ich fest, daß ich viele dieser Geschichten bereits kannte. Sie waren mit Vaters nur etwas anders ausgestalteten Versionen fast identisch.

Daß mir mein Vater kaum etwas Bewunderungswürdiges präsentieren konnte, was aktuell sichtbar und unkompliziert nachweisbar gewesen wäre, registrierte ich schon relativ früh – allerdings nur sehr dumpf. Bis ich den vernichtenden Blick auf seine Bruchbudenzauberkünste wagen, seinen fortgeschrittenen Zerfallsgrad diagnostizieren und meinen Vater endlich aufgeben konnte, dauerte noch etliche Jahre. Ich wollte ihn vor dem vollständigen Glanzverlust so lange wie möglich bewahren. Auch jede Hochkultur schützt seine Helden mit allen Mitteln, bringt gern lästige Zeugen zum Schweigen, egal, wie authentisch ihre Zeugnisse sind.

Mein heldenhafter Vater brannte sich beispielsweise mit einem Ätzstift, dem sogenannten Höllenstein, eigenhändig agile Hautwucherungen ab, die ihm nach seinen gnadenlosen Rasuren immer wieder nachgewachsen waren. Sie nur mit der Rasierklinge abzuschneiden reichte einfach nicht, die Huckel wuchsen immer wieder nach. Er lachte bei seinen Höllenstein-Operationen wie der Teufel persönlich – und er besiegte die bösen Hautzellen tatsächlich, letztendlich mit der Kraft seines Willens, denke ich. Dabei handelte es sich bei diesen Wucherungen vielleicht um frisch keimende Krebsgeschwüre. Mein Vater kannte keinen Schmerz und auch gar keine Angst vor Krankheitserregern. Das demonstrierte er mir gern an seinem Unterarm. Er zog dort seine Haut hoch, stach sie mit einer langen, nicht desinfizierten Nadel aus dem Nähkästchen durch und ließ den Hautstreifen los. Die Spitze und das Nadelöhr blieben auf der Oberfläche sichtbar, der Mittelteil der Nadel lag unter der Haut. Mein Vater war sozusagen eingefädelt, ich hätte an ihm farbige Muster sticken können, meinte er. Vielleicht war sein Blut längst voller Keime. Mein Vater war aber nicht nur hart gegen sich selbst, er schoß in seinem Leben gnadenlos auch einiges an Kleinvieh ab, schoß in meinem Beisein sogar einige Hasen lebensgefährlich an – diese konnte er dann ohne einen Jagdhund allerdings nicht verfolgen. Mit den noch kleineren Tieren ging es etwas besser, und so wäre er theoretisch doch in der Lage, mich in der freien Wildbahn zu ernähren. Einmal killte er ein Eichhörnchen zum Abendbrot und briet das zarte Tier in der Öffnung eines Kohlenofens, bis es tiefschwarz war. Nach diesem Urlaub in der wunderschönen und naturgeschützten Wildnis bekam ich von ihm ein echtes Luftgewehr geschenkt. Die Durchschlagkraft meiner Bleikugeln reichte leider absolut nicht für irgendwelche finalen Tötungsakte. Ich konnte gerade mal Singvögel kurz betäuben, falls ich sie zufälligerweise direkt am Kopf traf.

Die Vereinbarung zwischen meinen Eltern sah vor, daß ich meinen Vater jedes Wochenende besuchen sollte. Daß ich mich dieser verhaßten Pflicht irgendwann hätte widersetzen können, kam mir überhaupt nicht in den Sinn. Ich versuchte nicht einmal, mit meiner Mutter darüber zu sprechen. Vielleicht auch aus Rücksicht auf ihre Wochenendruhe, die sie seit ihrer überstandenen TBC unbedingt nötig hatte. Sie war sowieso nie sehr belastbar. Ihr Freund hatte an den Wochenenden in der Regel familiäre Pflichten, sie konnte sich ausschließlich ihrer eigenen Regenerierung widmen.

Zu meinem Vater trieb mich also einerseits die Rücksicht auf meine Mutter, andererseits das mir vorschwebende Gebot, meinen Vater auf keinen Fall verletzen zu dürfen. Außerdem lauerte auch eine Art diffuser Furcht in mir. Ohne mich wäre mein Vater ohne Halt, seine Wochenenden wären ohne mich vollkommen leer – und eines Tages hätten sie eventuell böse enden, hätten sogar in einem Amoklauf in Wild-Ost-Manier gipfeln können. Mir war, als ob ich in Vaters explosiver Hölle dringend gebraucht würde. Also fuhr ich jedes Wochenende zu ihm – in der Hoffnung, mein Vater würde sich noch eine Weile über Wasser halten. Aus Angst vor den dort zu erwartenden Peinlichkeiten wurde ich schon unterwegs immer unsicherer. Je näher ich dem Plattenbaughetto kam, desto verstockter wurde ich und riegelte mich ab. Als ein pädophiler junger Mann, der in der Straßenbahn neben mir saß, mir unter meiner auf den Schenkeln liegenden Tasche an die Eier ging, reagierte ich nicht.

– Fühlst du nichts? fragte er mich neugierig und überaus freundlich. Wie heißt du denn?

– Georg.

Er spielte weiter mit meinem weichen und auch ver-
schreckten Penis in meiner kurzen Hose, und mir war vollkommen unklar, was sich zu seinem sicher nett gemeinten
Getue sagen ließe. Von solchen Dingen hatte ich noch nie
etwas gehört. Bloß nicht auffallen, dachte ich bei mir – und
blieb ruhig. Über den Vorfall erzählte ich natürlich nichts,
und weil Vaters Wohnung sowieso voller unausgesproche-
ner Dinge war, fiel es gar nicht auf, wie verschreckt ich angekommen war. Als ich ein anderes Mal einem neugierigen
Straßenbahnschaffner erklären sollte, wieso ich zu meinem
Vater fuhr, war ich auch etwas überfordert.

– Die Eltern sind also geschieden.

– Nein, sind sie nicht.

– Wieso wohnt dein Vater aber woanders?

– Er hat eben eine andere Frau.

Vor dem Wort »Scheidung« hatte ich eine Heidenangst.
Offensichtlich auch meine Mutter, die nie von so etwas
Schändlichem wie einer Scheidung gesprochen hatte. Als
ob das pure Benennen dieser unbestreitbaren Tatsache so
etwas wie eine gesellschaftliche Exkommunikation zur Folge hätte haben können. Nachdem mich meine Mutter mit
gedämpfter Stimme irgendwann später aufgeklärt hatte,
fragte ich erschrocken, ob meine vielen Tanten über diese
Scheidung Bescheid wüßten. Zu diesem Zeitpunkt lag diese Lappalie schon etwa zehn Jahre zurück.

Wenn ich unterwegs zu meinem in einem geheimnisumwitterten Trennungszustand lebenden Vater war, wollte ich
aus guten Gründen niemanden treffen. Ich fuhr für dreißig
Heller quer durch die Stadt und zitterte vor Angst, irgendein Mitschüler könnte mich von außen erblicken oder sogar
in den gleichen Wagen einsteigen und mich zur Rede stellen. Deswegen hatte ich immer etwas zu Lesen dabei, und
ich las und las und las. Und wenn mich zufällig irgendein
Idiot aus meiner Klasse ansprach, las ich weiter. Ich sagte

ihm nur kurz, ich müsse etwas zu Ende lesen, und ließ ihn einfach neben mir stehen. An den Wochenenden war ich im Prinzip ganz gern allein. Das Gute bei meinem Vater war, daß dort im Grunde alle allein waren, jeder für sich – und wenn ich dort längere Zeit in Ruhe gelassen wurde, ging es mir nicht mal so schlecht. Ich konnte zum Beispiel ungestört alle Schubfächer und Schränke der Familie inspizieren.

Aus den überaus ordentlich gefüllten Schränken der väterlichen Wohnung atmete es, wenn man sie öffnete, seltsam anders, als zu erwarten war. Aus den sauberen Krypten der toten Kleider quoll eine so strenge Luft, daß man erstarrte und einem zur Übelkeit keine Zeit blieb. Außerdem boten diese Gerüche auch einem erfahrenen Duftforscher interessante Neuigkeiten. Nicht einmal die frisch gewaschene Wäsche roch bei meinem Vater gut, natürlich auch nicht die chemisch gereinigten Mäntel, die noch im chemiefrischen Zustand versenkt worden waren. Nachdem ich einmal verschimmelte Mantelkragen entdeckt hatte, wünschte ich mir zum nächsten Geburtstag ein Mikroskop.

Von den nicht eßbaren Vorräten verschiedener Drogerieartikel oder dem kaum brauchbaren Handwerkszeug meines Vaters war nichts anderes als Muffigkeit zu erwarten. Dafür fand ich ausgerechnet in diesen Schubfächern nützliche Dinge wie dickliche Patronen aus Vaters Dienstpistole. Schießpulver konnten Skopka und ich immer gut gebrauchen.

Sonntags nach dem Mittagessen durfte ich nach Hause gehen. Der Moment, als sich die Tür hinter mir schloß, war herrlich – obwohl ich mich erst einmal nicht traute, ihn wirklich zu genießen. Ich atmete immer freier und tiefer ein, die neue, nicht klebrige Woche konnte langsam beginnen. Zu Hause erwarteten mich lächelnde, duftende Frauen, die oft viel zu viel erzählten statt zu wenig. Mein Vater hatte, wie schon mehrmals erwähnt, auch eine Frau an seiner Seite. Daß diese weiter oben im Text so konturlos, unauffällig und grau ausfiel, ist natürlich kein Zufall. Ich sollte diese Frau trotzdem etwas sorgfältiger beschreiben. Sie war fleißig, verrichtete alle Arbeiten still und geduldig, trotz der vielen sichtbaren Ergebnisse ihrer Hausarbeit machte sie allerdings nie den Eindruck, in Vaters und meiner Wirklichkeit hundertprozentig vorhanden zu sein. Ihre Seele beschwitzte die Atmosphäre vielleicht weniger als die meines Vaters, eventuell verpestete sie die Wohnung subtiler als er, sie – Vaters Frau – litt dabei aber sicher viel bewußter. Und sie trank kaum Alkohol. Ihr Leid wandte sich eher gegen sie, fraß sich nach innen, es zehrte an ihr und hielt sie schlank. Sie war steif, blond und sicher auch wegen ihrer inneren Starre dauernd erschöpft. Wenn sie sich zwischendurch rücklings auf ihr Sofa fallen ließ, die Arme nach oben nahm, also neben ihrem Kopf nach hinten legte, war ihr Brustkorb so flach wie der eines jungen Mannes. Ich beforschte sie in dieser für sie typischen Lage wieder und wieder. Von ihrem Busen sah ich meistens nur ihre leicht angedeuteten Brustwarzen. So etwas wie eine Brustwölbung verschwand in der Rückenlage vollständig. Sie wirkte in diesen Momenten vollkommen resigniert. Daß sie meinen Vater verachtete und aus dem Grund in meiner Gegenwart so beharrlich schwieg, begriff ich erst lange nach ihrem Krebstod. Bevor sie meinen Erzeuger geheiratet hatte, mußte ihr mein Vater versprechen, nicht mehr zu trinken. Auf diesem wackligen Versprechen ruhte dieses gewagte Ehe-Experiment erstaunlich lange. Und tatsächlich kann ich mich an keinen lauten Streit zwischen den beiden Eheleuten erinnern. Vielleicht sahen er und seine Schattengattin keinen Sinn darin, auf diese Weise ihre kostbare Energie zu verschwenden. Manchmal fiel dort stundenlang nicht einmal ein leises Wort. Auch ich war natürlich still und beschäftigte mich gern verbissen und bescheiden mit meiner Modelleisenbahn. Als Pubertierender kam ich später einmal mit einem auffälligen schwarzen Hut an. Der Hut hatte eine freche, vollkommen gerade Krempe. Mein Vater brüllte mich entsetzlich laut an – ich stand noch im Treppenhaus – und schickte mich postwendend nach Hause. Er ließ mich nicht einmal seine stinkende Gruft betreten und war fest davon überzeugt, mich damit bestraft zu haben. Ich verließ die Vorstadthölle und war – die inzwischen schon etwas rissigen Plattenbauten im Rücken – der glücklichste Wochenendmensch seit langem. Ich hatte zwei freie Tage vor mir und wußte, wie wenig für die nächste, egal wie unschuldige Provokation ausreichen würde.

Die Aufenthalte bei meinem Vater haben mich leider für Jahrzehnte geschädigt. Ich wurde dort viele Jahre lang an jedem Wochenende zu einem fast vollwertigen Mitglied dieser verschwitzten, mit der Klebeschichtproduktion beschäftigten Gemeinschaft und war in meiner partiellen Treue auch später nicht in der Lage, diese geheime Zugehörigkeit ganz abzustreifen. Gelernt ist gelernt, eingebrannt ist eingebrannt. Wochenenden sollten für mich daher etwas Lähmendes behalten, mein Leben lang. Aber auch in der Woche konnte ich mich in ganz anderen peinlichkeitsgetränkten Zusammenhängen wie eine klettende Laus fühlen – und ich erkannte mich als eine solche und vergaß nicht, woher ich meine Lausegefühle hatte. Da ich Vaters Beispiel in mir trug, glaubte ich sowieso, eine vollständige Reinigung und vor allem Schutz vor diesem Gefühl wäre unmöglich. Meine bland verlaufende Pubertät bescherte mir leider Gottes eine relativ fette Haut, und ich bekam in besonders heftigen Entwicklungsphasen das Gefühl, meine Umwelt tatsächlich mit schmierigen Säften und unhygienischen Dünsten zu verpesten. Daß mein Vater unterdessen weit hinter mich zurückgefallen war, tief in seinem alkoholisierten Schlamm feststeckte und keine Macht mehr über mich hatte, half mir bei meiner Befreiung nur bedingt.

als er die messerklinge aus seiner handfläche zog, blieb die wunde trocken

Ohne Mutters außergewöhnliche Schönheit wäre das Leben in unserer mißgestalteten Wohnung vollkommen anders verlaufen. Meine Mutter beeindruckte die unterschiedlichsten Menschen. Sie gewann sie schon in den ersten Sekunden ihres Erscheinens für sich – beglückte mit ihrer Lebendigkeit aber keineswegs nur Männer. Mutters wieherndes Lachen, ihre wärmenden Augen und ihre überwältigende Haarmenge fielen überall aus dem Rahmen; ihre Grazie beim Rauchen war sowieso unnachahmlich. Und weil sie in einer Literaturzeitschrift arbeitete, die sich in den sechziger Jahren zum geistigen Zentrum der tschechischen Intellektuellen entwickelt hatte, gehörten die triebstarken Männer, die dort ihre Schönheit brennen sahen, zu den besten Köpfen des Landes. Also den besten, die das Land vordergründig zu bieten hatte.

Dazu muß man wissen: Die Männer und Frauen der alten bürgerlichen Eliten gab es an der gesellschaftlichen Oberfläche praktisch nicht mehr – sie waren entweder emigriert, oder sie wurden mit einem klassenkämpferischen Ruck an den Rand gedrängt, um dort allmählich zermürbt zu werden. Nach 1948 wurden diese Menschen jedenfalls ausnahmslos durch seelische oder körperliche, garantiert grobschlächtige Fleischwölfe gejagt – in schwersten manuellen oder stark minderwertigen Berufen, in Arbeits- oder Vernichtungslagern. Wegen der unmenschlichen Bedingungen und der starken radioaktiven Belastung, vor der niemand geschützt wurde, kann man die Letztgenannten nicht anders nennen. Über den Toren einiger dieser Lager prangte zum Trost der Häftlinge die altbekannte, ins Tschechische übersetzte Losung »Arbeit macht frei« – »Prací ke svobodě«, »Durch Arbeit zur Freiheit«.

Die Macher von Mutters Zeitschrift und die übrigen Erregten, die diese Zeitschrift mit ihren Artikeln belieferten, hatten erst einmal – das heißt bis zur russischen Invasion von 1968 – gut zu lachen. Und sie lachten viel, sie bewegten einiges mit, vieles schien eine Zeitlang tatsächlich aufwärtszugehen. Sogar die marode Wirtschaft machte den Eindruck, etwas stabiler in ihrem Schlamm zu stecken. Die Essays und Artikel der führenden Intellektuellen dieser Jahre hatten oft weniger mit Literatur und Kultur zu tun, statt dessen verstärkt mit Innenpolitik, und sie durften immer ehrlicher ausfallen. Folgerichtig gehörten ihre agilen Autoren zu den Vorbrütern der Prager Reformbewegung – womit der Großteil der privaten Besucher meiner Mutter dazu bestimmt war, sich später unter den neuen Abgestraften wiederzufinden.

Zum Glück war das Zimmer meiner Mutter noch das schönste in der ganzen Wohnung, und alle die Philosophen, Literaturkritiker, Schriftsteller, Journalisten und Politologen, die um meine Mutter in den frühen Jahren warben oder sie einfach gern besuchten, mußten im Flur nur eine relativ kurze Strecke überwinden. Der übrige Teil des Flurs lag hinter einem meist halboffenen Vorhang. Bevor die Besucher in Mutters Reich eintauchten, bekamen sie noch einen weiteren geblümten Vorhang zu sehen, mehr aber nicht. Leider roch es im Flur wegen der divergierenden Kochdünste nie besonders gut. Die Luft wurde dort außerdem von einem riesigen, mit einer Gasflamme betriebenen Kühlschrank verpestet.

An Mutters Tisch saßen oft mehrere männliche Prachtexemplare, und alle wirkten in der Regel entspannt. Natürlich versuchten sie, sich bei den geistreichen und meist politischen Diskussionen nach Möglichkeit gegenseitig zu übertrumpfen. Sie alle waren eher »zufällig« vorbeigekommen, »hatten gerade in der Nähe zu tun gehabt«. Mindestens einer von ihnen brachte eine Flasche Wein mit. Die Männer scherzten auch mit mir, wenn ich mich zeigte oder von meiner Mutter gerufen wurde, und ich kannte diese Leute meist nur ihren unscheinbaren Vornamen nach. Die gesellschaftliche Bedeutung aller dieser Männer wurde mir erst klar, als sie im achtundsechziger Frühling auf großen Fotos in den Zeitungen auftauchten, um dorthin später als Feinde wieder zurückzukehren – in Überschriften von wütenden Artikeln, auf viel kleineren Fotos oder ganz ohne Bild. Als einer von ihnen – einige Jahre nach dem Einmarsch – wieder mal groß abgebildet wurde, war er vollkommen nackt. Auf dem bei ihm während einer Hausdurchsuchung gefundenen Foto lag er mit seiner aktuellen Geliebten auf einer Grabplatte. Die Bildunterschrift lautete: MEIN KAMPF FÜR DIE MENSCHENRECHTE.

Mutters fester Liebhaber konnte selbstverständlich nur einer werden – und einer wurde es dann natürlich auch. Mein Vater war bei uns normalerweise nicht einmal als Phantom vorhanden – er störte also niemanden. Genau das gleiche galt für meinen Onkel. Der neue Partner meiner Mutter kannte sich in der Wohnung bald bestens aus und durchquerte unseren Flur still, man mußte seine Präsenz nicht unbedingt bemerkt haben. Da sich unsere Wohnung wegen der vielschichtigen Überbelegung nie ganz leerte, wurde die Eingangstür von außen mit einem drehbaren Knauf versehen und am Tag nicht abgeschlossen. Außerdem hatte meistens jemand sowieso seinen Schlüssel steckenlassen. Die Türklingel (1x, 2x, 3x, 4x, 5x oder 6x klingeln) war aus zwei praktischen Gründen stillgelegt worden. Einerseits wollten die Kriegsphobiker unter uns nicht dauernd in Alarmzustände versetzt werden, andererseits war es sowieso nicht möglich, die einzelnen Röchelanfälle der alten Klingel wirklich zu zählen. Der Liebhaber meiner Mutter machte also eigenständig die Tür auf, übersah mich in dem oft unbeleuchteten Flur, und sein zielstrebiger Antritt hinterließ schließlich nur eine vorübergehende, trotzdem intensive Luftdruckwelle. Der eine geblümte Vorhang bekam davon auch etwas ab und wallte eine Weile.

Wenn Erwin oder der depressive Oskar zu meiner Mutter kamen, wurde lange und ernsthaft diskutiert und kaum getrunken, wenn Ladislav kam, wurde viel herumgeblödelt und gelacht, Franta hielt allen lange Vorträge, und auf gezielte Nachfragen reagierte er so, daß er der Fragestellerin bewies – also meiner Mutter, oft waren aber auch ONKELS Frau Eva oder meine Großmutter Lizzy dabei –, wie widersinnig ihre Fragen gewesen waren. Als Twist aufkam, brachte uns Otomar diese Tanztechnik mit Hilfe eines Handtuchs bei, das er sich beim Tanzen am Rücken hin und her rieb. Diese Männer waren auch die ersten, die unsere Wohnung mit Platten der Beatles beehrten – sich beim Zuhören allerdings sehr wunderten, wieso sich in England auch seriöse Gentlemen um die Konzertkarten prügelten.

Einer von Mutters Bewunderern – speziell von Mutters Lachen – war Klaudius, ein blinder marxistischer Philosoph, der später nach dem Einmarsch der Russen einer der schillerndsten Dissidenten werden sollte. Klaudius bewarb sich um meine Mutter irgendwann in den frühen fünfziger Jahren. Seine Beliebtheit bei den Frauen wurde mit der Zeit so überwältigend, daß er jedesmal mit einer anderen Freundin ankam. Alle seine Geliebten waren erstaunlich hübsch.

– Wie machst du das, Kládo, daß du immer so schöne Bräute findest? fragte ihn meine Mutter einmal, als seine Freundin pinkeln gegangen war.

– Bei mir geht es immer ganz schnell. Ich kann sie doch nicht sehen, muß sie gleich anfassen – das Gesicht, den Busen ...

Klaudius war in der Stadt oft auch allein unterwegs, lief lange Strecken einfach zu Fuß – ohne Stock. Er fragte auch nicht gern nach dem Weg, bat normalerweise nie um Hilfe. Prag sei doch nicht besonders groß, meinte er.

– Wie das in meinem Gehirn funktioniert, weiß ich nicht, ich merke mir eben alles. Inzwischen kenne ich jede Bordsteinkante, ich weiß, wo welche Mülltonnen stehen.

– Und wenn sie woanders stehen?

– Meistens spüre ich das – und einiges renne ich einfach um. Früher gab es zum Glück nicht so viele Baustellen wie jetzt. In mir ist so viel Kraft, das glaubt ihr nicht!

Klaudius war tatsächlich ein bärenhafter Kerl, den Laternenmasten zwar kurz stoppen, ihm aber niemals Furcht einjagen konnten. Einmal sah ich ihn in unserer Gegend allein marschieren und schloß mich ihm heimlich an. Auffällig an seiner Erscheinung waren im Grunde nur seine dunklen Brillengläser. Ansonsten lief er nicht langsamer als andere. Nur vor Stellen, wo der Bürgersteig zu enden drohte, oder vor Hindernissen, denen er zu nahe kam, verlangsamte er unmerklich und schnalzte. Auf meinem Weg nach Hause verfolgte ich ihn eine Weile. Irgendwann sagte er:

– Bist du das? Ich bin gerade unterwegs zu deiner Mutter.

Er streichelte mich am Kopf, genau oberhalb meiner piepsigen Stimme – und half mir damit aus der Verlegenheit.

– Woran hast du mich erkannt?

– Im Moment läuft hier sonst niemand, der mich kennt – und in dieser Richtung ... das konntest nur du sein. Außerdem hast du einiges von deiner Mutter geerbt. Darf ich dein Gesicht anfassen? Warte! Mach die Augen zu, ich werde dich bis zur Haustür führen.

Ich gab ihm meine Hand, im Gesicht spürte ich noch seine ungewöhnlichen Griffe. Er faßte alles, auch unbelebte Dinge, vollkommen anders an als man selbst. Die Haltung seiner Finger war eine andere, seine Handflächen waren bei den Berührungen ebenfalls voll im Einsatz. Er versuchte, soviel Oberfläche, soviel an Struktur zu fassen zu bekommen wie nur möglich.

– Hast du keinen Blindenstock?

– Der störte mich nur, ich muß beide Hände frei haben. Hörst du die Autos auf der Straße? Es ist eine Einbahnstraße – also schon die Mickiewicz. Und links hört man die Wand, versuche darauf zu achten, wie sich die Mauer anhört – und die Nischen der Hauseingänge. So lese ich die Hausnummern ab, diese Straßenseite endet mit der Nummer fünfzehn.

– Als ich noch kleiner war, versuchte ich auch manchmal mit geschlossenen Augen zu laufen, wie ein Blinder eben, sagte ich.

– Das funktioniert aber nicht, wenn man zwei gesunde Augen hat, nicht wahr? Paß auf, wir gehen jetzt auf den anderen Bürgersteig, ich mag die Gärten mit den gußeisernen Zäunen, die Apfelbäume müßten schon blühen. Und wenn wir in der Höhe der dreizehn sind, sagst du mir Bescheid – wir begrüßen dort die Büste von Frau Garrigue Masaryk, winken ihr einfach über die Fahrbahn zu.

– Woher kommt dieses komische Garrigue? Sie war doch Amerikanerin.

– Aus Brooklyn, richtig. Ihr Vater kam aber aus Dänemark, den Namen hatte er allerdings von seinen hugenottischen Vorfahren. Meine Freunde lesen mir dauernd vor, alles mögliche, weißt du. Ich könnte dir darüber noch mehr erzählen. Die Büste ist wirklich ein Unikum, vielleicht ist es der einzige Ort im Land, an dem der Name Masaryk in aller Öffentlichkeit noch zu sehen ist. Aber jede Ecke von Prag hat etwas Besonderes – und einen eigenen Klang, du kannst versuchen, darauf zu achten. Mein Lieblingsfach ist Geographie, weißt du das? Ich sammle Stadtpläne und Landkarten, beschäftige mich besonders mit Afrika, Asien und Südamerika, Europa kenne ich schon gut genug. Außerdem sammle ich Inseln.

– Wie das?

– Ich will nach und nach alle Inseln der Erde kennen, und

ich kenne sie fast alle, auch die ganz kleinen – und nicht nur dem Namen nach. Ich merke mir gleich ihre Fläche, alle Flüsse, den jeweiligen höchsten Berg, wie viele Menschen dort leben und so weiter. Weiß du, wann die hiesige Befestigung gebaut wurde, das barocke Tor?

– Nein.

– 1721. Aber daß euer Haus 1912 gebaut wurde, weißt du bestimmt. Vor einigen Jahren, bevor der Putz abfiel, war die Jahreszahl noch zu sehen.

Wir gingen eine Weile schweigend, bis er meine Hand etwas fester drückte.

– Der Zaun wird bald zu Ende sein, den offenen Raum dahinter kann man hören. Und wenn eine Querstraße abgeht, ist nach zwei, drei Schritten der Bürgersteig zu Ende. Du hast zu früh gebremst – hast geblinzelt, nicht wahr? Vor dieser Kante müssen wir keine Angst haben, wir müssen doch nach rechts.

Manche der Bewunderer meiner Mutter kamen öfter als die anderen, andere kamen plötzlich gar nicht mehr – grüßten uns bei Zufallsbegegnungen nicht wirklich herzlich. Und wenn sie mit ihren Gattinnen unterwegs waren, grüßten sie vorsichtshalber gar nicht. Manche sahen dabei furchtbar traurig aus. Wenn ich an diese Eindrücke denke, wird mir klar, daß ich so etwas wie gemeinsam auftretende, also funktionierende Ehepaare praktisch nicht kannte. Prag war für mich voller männlicher Einzelkämpfer. Außerdem voll von ihren mit dem gemeinsamen Haushalt beschäftigten Ehefrauen, über deren Leben ich allerdings nur wenig erfuhr. Als ich klein war, durfte ich den Männern noch bestimmte Fragen stellen.

– Hast du eine Frau?

– Zu Hause habe ich eine, ja.

Bei den größeren Zusammenkünften waren allerdings auch Frauen dabei, das waren aber ganz besondere Erscheinungen. Die meisten von ihnen schrieben, kritisierten oder philosophierten auch – dabei versuchten sie aufgrund ihrer guten Erziehung aber nie, ihre männlichen Kollegen in Bedrängnis zu bringen. Meine Mutter war unter den Damen die unumstrittene Nummer eins, jedenfalls die Attraktivste von allen. Sie wußte es und nutzte ihren Charme, wo es nur ging. Als Intellektuelle litt sie dafür oft unter abgründigen Minderwertigkeitskomplexen.

– Ist er aber schön, sagten die Damen gern in meine Richtung, wenn sie mich im Flur trafen.

Oder:

– Ich wußte, daß er schön ist, daß er aber so schön ist, ahnte ich nicht.

Diese Sprüche nährten einerseits meine Visionen, die meine zukünftige Frau betrafen, andererseits fühlte ich mich unter der Gesichtsoberfläche oft, ähnlich wie meine Mutter – intellektuell nicht ausreichend ausgestattet, ungenügend gebildet und rhetorisch sowieso ein Zwerg. Meine Mutter war einige Zeit mit dem schönen, allerdings auch etwas kleinen Ladislav zusammen. Der selbstverständlich verheiratete Ladislav trug auf seinem großen Schädel eine wuchtige, nach hinten gekämmte Mähne, er und meine Mutter paßten ganz gut zusammen. Draußen liefen sie oft sogar eingehakt herum, so daß ich von Mitschülern erfreuliche Rückmeldungen bekam.

– Ich habe gestern deine Mutter mit deinem Vater gesehen.

Für Sekunden konnte ich mich über eine solche Rückmeldung freuen und versuchte außerdem, auf meine mögliche Ähnlichkeit mit dem schönen Ladislav stolz zu sein. Später war Otomar, der Twisttänzer und Filmkritiker, an der Reihe, für ihn interessierte sich allerdings auch eine von Mutters engsten Freundinnen. Ich erlebte einen Spaziergang dieses Dreiergespanns mit. Otomar – Otek genannt – war an dem Tag eher schweigsam, meine Mutter und ihre Freundin boten dafür alles, was man zum gegenseitigen Überbieten so braucht – sie redeten, lachten, lächelten, stichelten, sahen dauernd zum schweigenden Otek herüber, sahen sich auch gegenseitig prüfend bis böse in die Augen und versuchten vergeblich, Otomar zu einer verstärkten Hinwendung nach links oder rechts zu animieren. Mutters Freundin schlaffte irgendwann ab, ihre geistigen Reserven und ihre Schönheit reichten für diesen Kampf nicht aus. Meine Mutter gewann. Über die Hintergründe dieses Kampfes berichtete mir meine Mutter erst Jahre später, kurz nachdem ihre ehemalige Rivalin emigriert war. Der über den Dingen stehende Otomar hatte – erzählte mir bei dieser Gelegenheit meine Mutter – von dem damaligen Kampf um seine Seele angeblich nichts mitbekommen, wartete offenbar nur das Ergebnis ab.

– Die Frau wählt den Mann, prägte mir meine Mutter bei ihren Schulungen fürs Leben ein.

Von der Notwendigkeit der Ausbildung in Liebesdingen war sie so fest überzeugt, daß ich mir manche Weisheiten immer wieder anhören mußte:

– Die Frau muß aber trotz allem immer so tun, als ob sie gewählt worden wäre.

Wer damals etwas auf sich hielt, war ein Reformer. Und dank der marxistisch-leninistischen Flurbereinigung der fünfziger Jahre war unser Land tatsächlich zu einer reformbedürftigen, aber auch reformresistenten Problemzone geworden. Als in den sechziger Jahren der politische Druck gelockert wurde, war denjenigen, die sich noch als ein Teil des Systems empfanden, erlaubt, über den Zustand der Gesellschaft öffentlich nachzudenken und Mißstände zu kritisieren. Wer sich an die Regeln hielt und sich mit der Vorab-Zensur abfand, dem geschah auch nichts. Die besonders ungeduldigen Intellektuellen dieser Jahre lieferten aber immer frechere Analysen der Schieflage, die Zensur ließ immer mehr zu – und die mutigen und auch die weniger mutigen Köpfe begannen auf diese Weise an den Grundfesten des Systems zu rütteln. Perspektivisch rüttelten sie alle gemeinsam auch an ihrer eigenen Existenzgrundlage. Die Ideologie war längst verrottet, und mit den Ketzereien steckten sich allmählich auch viele der früher so eisernen Machtkader an. Man korrigierte immer unverschämter alte Dogmen und leuchtete dabei voller Hoffnung. Den gefragten Zeitschriften bewilligte man unterdessen immer größere Papierkontingente. Das Volk wurde dadurch allerdings nicht besänftigt, es wurde eher begieriger und hatte immer weniger Angst. Am Ende waren die alten Machtstrukturen – samt allen Sicherheitsdiensten – so gefährlich aufgeweicht, daß die Rettung des Ganzen nur noch durch auswärtige Armeen bewältigt werden konnte. Es kam, wie es kommen mußte.

Der Freundeskreis, zu dem meine Mutter gehörte, driftete in der Zeit der 68er Frühlings- und Sommermonate auseinander – alle waren ungeheuer beschäftigt und hatten füreinander kaum Zeit. Nach dem russischen Überfall und der politischen Implosion rückte man wieder näher zusammen, und alles war fast wie früher. Nur personell wurde das Land gründlich umgekrempelt. Alle Redaktionen, Verlage, Universitäten und Institute hatte man von konterrevolutionären Elementen gereinigt, und die meisten Philosophen, Kritiker, Journalisten und Schriftsteller wurden wegen der streng einzuhaltenden Arbeitspflicht über Nacht Proletarier – sie putzten Fenster, heizten veraltete Dampfkessel, wurden Nachtwächter, Handlanger, Straßenkehrer. Die Treffen des Freundeskreises, der inzwischen keine gemütlichen Redaktionsräume mehr hatte, wurden in unterschiedlichen Wohnungen abgehalten, um das Risiko zu verteilen – und alle paar Wochen saß man bei meiner Mutter. Die Neuproletarier lachten wieder, sie lachten fast genausoviel wie früher und ähnlich prolctarisch wie früher.

Einige von Mutters Bewunderern waren Russen – Söhne von Flüchtlingen, die nach der Oktoberrevolution in die antibolschewistische Tschechoslowakei gekommen waren und zwanzig Jahre später dann – vor den Nazis – nicht unbedingt zu flüchten brauchten. Diese begabten slawischen Brüder agierten und benahmen sich zwar längst genauso tschechisch wie alle anderen, sie waren aber trotzdem anders. Ausladender, lauter, intensiver. Ihr Hinterland war immer noch die weite Steppe ihrer Vorfahren – und sie alle tranken lieber Wodka als mährische Weine. Die Wodkaflaschen, die sie mitbrachten, öffneten sie mühelos mit einem kräftigen, von unten geführten Schlag gegen den Flaschenboden. Der eine von ihnen schleuderte manchmal mit der gleichen Wucht seine Gläser in eine bestimmte Zimmerecke. Ansonsten blieben die meisten von Mutters Freunden in den schweren Zeiten nach dem Einmarsch sehr tapfer, sie klagten manchmal nur über die alltägliche körperliche Erschöpfung.

– Wie soll ich den zweiten und dritten Teil zu Ende schreiben? Ich falle abends um neun mit dem Kopf auf die Schreibmaschine und habe dann die halbe Tastatur als Abdruck im Gesicht.

Nur wenige von diesen Leuten verlegten sich in dieser Zeit aufs Trinken. Der Gläserwerfer war allerdings schon lange gefährdet gewesen. In der Zeit, als er nur in Maßen trank, schrieb er wunderbare Tiergeschichten für Kinder und Jugendliche, auf die man ihn allerdings nie ansprechen durfte. Wenn er stark angetrunken war, schon gar nicht.

– Laß mich bitte in Ruhe mit meinem Schrott!

Als er einmal kam, um einige Ersatzgläser vorbeizubringen, fragte ihn meine mitfühlende Mutter unvorsichtig:

– Wie geht es dir, Jossip?

– Schlecht, sehr schlecht. So schlecht, wie es mir jetzt geht, ging es mir noch nie in meinem Leben.

Kurz danach schob er ein Brett, auf dem ein Laib Brot lag,

näher zu sich, griff sich ein scharfes Messer und hielt es verkehrt herum – mit der Spitze nach unten.

– Ich zeige euch, wie schlecht es mir geht. Aber keine Angst, ich werde nicht bluten.

Nachdem meine Mutter das Brot an sich gerissen hatte, durchstach Jossip seine linke Hand. Zum Beweis hob er den Unterarm an – und die Holzunterlage kam mit.

– Auch wenn ich mein breites Jagdmesser mit den Rillen genommen hätte, hätte ich nicht geblutet. Wenn ich nicht will, kommt kein Tropfen aus mir.

Und tatsächlich: Als er das Messer aus seiner Hand zog, blieb die Wunde trocken.

– Wenn ich bei der Jagd verletzte Tiere töten muß, sieht es etwas anders aus.

Er wickelte sich ein nicht besonders sauberes Taschentuch um seine Faust, tröpfelte etwas Wodka drauf, nahm sich vom Tisch noch eine Serviette und verließ die Wohnung.

Dana, meine zukünftige Geliebte, war Bildhauerin, hatte mit Politik nicht viel zu schaffen, trotzdem wurde auch sie eines Tages beruflich kaltgestellt. Da sie sich nicht anpassen wollte, schloß man sie aus dem Künstlerverband aus. Daraufhin fand sie für sich eine praktikable Lösung – sie zog aufs Land, wo sie von einem Gemüse- und Obstgarten, außerdem von zwei kleinen Feldern auf Niemandsland leben wollte. Ihr Geld verdiente Dana mit diversen ihr zugespielten Auftragsarbeiten. Meistens tauchte ihr Name dabei nirgends auf. Manchmal kassierte das Geld sogar jemand anders für sie und gab es ihr in bar.

– Das Land kann es sich leisten, auf seine begabten Leute alle zwanzig Jahre zu verzichten, sagte sie einmal, meinte aber nicht sich selbst.

– Ich kann an meinen Sachen zum Glück weiterarbeiten. Ich muß nicht Fenster putzen, muß keine U-Bahn bauen oder in einem Heizungskeller wie ein Bratapfel schmoren.

Die Zersetzung der kommunistischen Seele meiner Mutter begann schon früh. Wieder in erster Linie dank ihrer Bewunderer, zu denen auch einige Ärzte mit deutsch klingenden Namen gehörten – anderen vertraute meine Mutter sowieso nicht. Nachdem sich Väterchen Stalin vorgenommen hatte, die kosmopolitische Ärzteverschwörung aufzudecken und dieses Problem zu lösen, schrie einer dieser Ärzte voller Panik:

– Lüge, Lüge, alles gelogen!!!

Da war ich aber noch zu klein, um seine Angst zu verstehen. Das war einige Jahre später schon etwas anders, und diesem Vorfall verdanke ich die erste klare Erinnerung an ein politisches Ereignis. Meine ansonsten immer – auch morgens – gepflegt zurechtgemachte Mutter lief mit weitaufgerissenen Augen und wirren Haaren unseren langen Flur entlang und schrie:

– Die Russen sind in Ungarn, die Russen, die Russen ... Sie fahren mit Panzern gegen die Leute ... in den Kellereingängen liegen Berge von Leichen. Kláras Schwester kann die Tür nicht öffnen.

– Was, wieso?

– Die Russen haben in Ungarn interveniert.

– Und? fragte ich.

– Sie sind in Budapest einmarschiert.

– Die Russen sind doch überall.

– Stimmt nicht. Bei uns sind sie nicht.

Hinten in der Wohnung wurde Tante Bombe aufgeschreckt und rief mit schläfriger Stimme:

– Die Rote Armee wird den Ärmsten schon helfen.

der gitarrist wurde von saftigen stromstößen gekrümmt

Die Schwanzgröße spielte in der Grundschule noch keine besondere Rolle. Unsere Schwänze waren dort höchstens als kleine dunkle Flecke an unseren kurzen Trainingshosen präsent, dafür aber regelmäßig. Egal, wie lange man nach dem Pinkeln auch die letzten Tropfen aus der Harnröhre auszutreiben versucht hatte, beim Sportunterricht hatte trotzdem jeder Zweite oder Dritte einen nassen Fleck sitzen – frontal und bestens sichtbar. Diese roten Trainingshosen waren aus reiner Baumwolle, und deren fest gewebter Stoff wurde durch Feuchtigkeit nicht nur ein kleines bißchen dunkler, sondern fast schwarz. Und eine zweite Stoffschicht, die die Reste der Feuchtigkeit aus dem Inneren der Pißröhre hätte aufnehmen können, besaßen sie nicht. Und weil das Warensortiment damals so schmal war, im Sportunterricht praktisch alle das gleiche anziehen mußten, litten jedesmal alle Jungs wie ein Mann, auch diejenigen, die gerade mal unbefleckt waren.

Man konnte sich mit den Schandflecken unserer Schamgegend aber auch ganz anders beschäftigen. Bei mir zeigte sich hier bereits meine zukünftige Begeisterung für die Physik, und ich dachte beim Sportunterricht oft darüber nach, was die Flüssigkeiten dazu bringe, sich mit aller Macht und so rücksichtslos auszubreiten. Termini wie »kapillare Elevation« kannte ich damals noch nicht, daß die Flüssigkeitsmoleküle in der Lage sind, einen zur Verzweiflung zu bringen, war dank des Sportunterrichts aber auch den schlimmsten Lernignoranten unter uns vertraut. Den Mädchen, nehme ich an, erzählten unsere dunklen Schandmale in erster Linie von der Penetranz unserer in uns lauernden Flüssigkeiten,

weniger von der Gemeinheit und Primitivität unserer Be-
kleidung. Das weitere Problem unserer quasi Uniformhose
war ihr bequemer Standardschnitt, der uns beim Turnen
alle nur denkbaren Bewegungen ermöglichen sollte. Wegen
der breiten Öffnungen für die Schenkel hatten wir im
Schritt so viel Freiraum, daß wir beim Sitzen – wenn wir
nicht aufgepaßt hatten – den wißbegierigen Mädchen unsere hervorquellenden Hodensäcke preisgaben, eineiig oder
zweieiig, manchmal rutschte einem einfach alles heraus.
Hier wäre uns eine anschmiegsame zweite Innenschicht, die
alle unsere Einzelteile zusammengehalten hätte, ebenfalls
willkommen gewesen.

Zum Glück spielte bei den rangbestimmenden Kämpfen
in der Grundschule nicht nur die Größe unserer Schwänze
keine Rolle, auch die Größe unserer Eier war unerheblich.
Das einzige, was zählte, war die reine Muskelkraft – außerdem die Schnelligkeit beim Ansetzen des Schwitzkastens
und die Perfektion, mit der man die Umklammerung auf
Dauer aufrechterhalten konnte. Bei den immer wieder aus-
brechenden Ringkämpfen mußte man den wütenden Gegner einfach so fest packen, daß er von alleine nicht wieder
freikam – dabei mußte man einerseits gnadenlos, andererseits umsichtig und geduldig sein. In meiner zähen Person
fügten sich alle für solche Kämpfe nötigen Fertigkeiten so
gut zusammen, daß ich mich bis zur fünften Klasse nie als
der untenliegende, zappelnde und röchelnde Würgling ergeben mußte. Neben meiner körperlichen Überlegenheit
spielte sicher auch die innere Kraft eine Rolle, die mir meine vielen Frauen auf den Weg gegeben hatten – eben die
Überzeugung, daß ich der Beste und Stärkste von allen war.
Faustkämpfe gab es in der Grundschule kaum – und wenn
sie ausnahmsweise stattfanden, wurden sie zwar als eine
höhere Kampfform respektiert, gleichzeitig aber mit Ekel
angesehen. Sie markierten eher einen Regelbruch.

Meine Dominanz löste sich schlagartig in nichts auf, als

einzelne Individuen in der Klasse wie über Nacht einen halben Kopf größer geworden waren als ich – und auch längere Arme bekommen hatten. Diese Grobiane waren aber, was mein Glück war, gleichzeitig die schwarzen Schafe der Klasse, und weil sie ungehorsame, störende Rebellen waren, waren sie seit geraumer Zeit meine besten Freunde. Und von diesem Zeitpunkt an brauchte ich sie nicht nur als Verbündete gegen die Lehrer, ich brauchte einen ausreichenden Schutz vor faustbrutalen Elementen aus den Parallelklassen. In meinem Leben fügte sich wieder einmal – wie es auch später der Fall sein sollte – alles wundersam günstig zusammen.

In der sechsten Klasse gab es noch eine weitere kleine Verunsicherung. Wir alle kamen in eine andere, viel größere Schule, wo man mit vielen stammesfremden Elementen aus der erweiterten Umgebung zusammengewürfelt wurde. Die Hierarchien mußten vollkommen neu bestimmt werden. Ich hatte aber wieder mal Glück: Meine Harte-Jungs-Fraktion wurde nicht geschwächt oder überboten, sie bekam durch zwei riesige Kerle, die sitzengeblieben waren, sogar eine ungeahnte Verstärkung. Außerdem zogen diese beiden Kumpel dank ihres virilen Geschlechtssogs unweigerlich Mädchen an. Wir, die bösen Jungs, waren von da an komplett. Einige der früheren bandenmäßigen Bindungen lösten sich dagegen vollständig auf – auch die berüchtigte Affenbande, von der später noch ausführlich die Rede sein wird, gab es nicht mehr. Von den Affen-Kämpfern blieb im kollektiven Gedächtnis nur ihr ungewöhnlicher Name übrig, obwohl fast alle ihre Mitglieder unter uns als Einzelpersonen noch zu finden waren.

Es brachen sowieso neuartige, trotzdem vergleichbar wilde Zeiten an. Die Bildung von Zusammenrottungen eines neuen, GESCHLECHTLICH GEMISCHTEN TYPS war in voller Fahrt. Und für die Bedeutung jeder Clique und ihr Selbstvertrauen war – wie man sich denken kann – entscheidend, welche weiblichen Prachtexemplare sie angelockt hatte und auf Dauer auch an sich binden konnte.

Einer unserer beiden Sitzenbleiber war eine Art Terminator und hieß Richard. Er warf seine Gegner, die sich anfangs noch auf Kämpfe mit ihm eingelassen hatten, mit Leichtigkeit durch die Luft, ohne sich um eine besonders günstige Wurfposition bemühen zu müssen. In dieser Zeit änderten sich sowieso die Kampfsitten, und ich mied, wenn es nur ging, jegliche Auseinandersetzungen. Das Herumwälzen auf dem Boden, bei dem ich noch gewisse Chancen gehabt hätte, galt endgültig als kindisch. Wenn man sich schlug, schlug man den Gegner mit den Fäusten tatsächlich ins Gesicht. Und das war mir zuwider, das tat ich aus Respekt vor dem Gewebe und Knorpelbeiwerk der anderen einfach nicht gern – und natürlich auch aus Sorge um meine eigene Nase, meine Augen und Lippen, im Hinblick auf mein leicht zu erschütterndes Gehirn und die eventuell mangelhafte Reißfestigkeit meiner Ohren.

Meine neuen Freunde – vor allem die beiden Sitzengebliebenen – waren nicht nur viel größer als ich, mit ihnen verfuhr die Natur auch grundsätzlich anders. Einer sprach es einmal direkt an – bei ihm würde die Energie nicht vordergründig ins Gehirn, sondern in andere Körperteile strömen. Die Penisse der beiden Vorreiter waren tatsächlich graduell größer. Sie waren schon dunkelhäutig und – im Gegensatz zu meinem blassen Freund – ohne weiteres vorzeigbar. Beim Pinkeln sagte der Terminator gern:

– Ist das nicht ein Bulle?

Und sein Ding war tatsächlich auch im Ruhezustand ein Prachtexemplar. Wohlgeformt und gut genährt. Mein Glied wartete auf seine glückliche Zukunft trotzdem mit Geduld.

Der nächste meiner neuen schlechten Freunde war sogar zwei Jahre älter als ich – und dieser Mensch wagte Dinge, die meine bisherige Welt grundsätzlich umwühlen sollten. Er sprengte die Ketten des kindlichen Anstands, wagte den

Sprung in die nächste Tiefendimension. Eines Tages steckte er im Kino zwei Mädchen aus unserer Clique je einen Finger in ihren jungfräulichen Schlitz. Wahrscheinlich nicht wirklich tief hinein, er war aber unter ihre Schlüpfer gelangt, war in den warmen Bereich zwischen den Lippenpaaren vorgedrungen. Und die beiden Lippenhüterinnen haben es einfach geschehen lassen. Beide! Offenbar sogar mit dem Wissen über die Parallelität des Zugriffs. Unglaublich! Unnachahmbar! Gigantisch! Die beiden legten sich angeblich ihre Täschchen und Pullover so in den Schoß, daß niemand etwas beanstanden oder neiden konnte. Ich auch nicht – ich sah nichts und wußte von nichts. Mein Kumpel hatte also – nur einige Meter von mir entfernt – einen Finger im oder am Scheidchen links und einen, vielleicht sogar zwei Finger im oder am Fötzchen rechts gehabt. Und ich hätte mich damals nicht einmal getraut, mir eine derartige Extrem-Expedition vorzustellen. Nach diesem Vorfall wurde die Begehrmaschine in mir logischerweise auf eine höhere Gangart gestellt.

Im Unterricht saß ich grundsätzlich in der letzten Reihe – bei meiner Intelligenz mußte ich nicht pausenlos aufpassen –, und ich konnte mich anderweitig, zum Beispiel mit diversen Koordinierungsaufgaben, erotischen Phantasien oder mit sexueller Weiterbildung beschäftigen. Im Gespräch waren plötzlich Dinge, die ich nicht auf Anhieb verstand; und ich mußte sie gründlich analysieren. Wenn die Weiber wirklich »drei Löcher« hätten – wie sichtbar waren sie dann, daß man über sie so klar wie meine Freunde reden konnte? Wie waren sie angeordnet? Wie gut zugänglich waren sie – jedes dieses Dreigestirns? Und wieso waren es überhaupt drei und nicht gleich vier? Mit Nachrichten über das »dritte Loch für Kinder« hatte mich meine aufklärerische Mutter im so zarten Alter verwirrt, daß ich zu dem damaligen Zeitpunkt noch keine Hemmungen hatte, die ältere Cousine ums Vorzeigen zu bitten.

Bei meinen aktuellen Grübeleien behielt ich die ganze Klasse gut im Blick und bestätigte mir schon damals die Regel, daß man Frauen auch von hinten ansieht, ob sie gut aussehen oder nicht. Ihre Art, den Kopf oder die Arme zu bewegen, ist bei den Schönen, die sich ihrer Anmut und Anziehungskraft bewußt sind, eine andere. Notgedrungen setzen der Gang der Schönen und ihre Körperhaltung verstärkt Sehnsüchte frei, in ihrer alles andere als geduckten Körperlichkeit steckt viel mehr Stolz, der bewundert werden kann – und werden will. Diese Geschöpfe spielen mit ihren Haaren anders, sie kleiden sich geschmackvoller, sie nehmen die auf sie gerichtete Gier an und schmücken sich mit ihr. Sie schützen sich also nicht, setzen ihre Oberflächen furchtlos jeder starken Glotzböe aus, lassen alle diese Energien einfach in sich hineinströmen – und vertreiben dabei die letzten Reste kindlicher Plumpheit aus ihren Hüften. Und auch wenn die weniger Begüterten unter ihnen zur Würdigung ihrer Schönheit unbedingt ein bestimmtes Kleid brauchen, treiben sie das dafür nötige Geld am Ende irgendwie auf.

Als ein Kopfmensch verkehrte ich nebenbei auch in den gesitteteren Kreisen der besseren Schüler. Diese Jungs tauschten sich teilweise gründlichst über schulische Dinge aus, berichteten darüber, was sie gerade lasen, verrieten manchmal sogar, was sie selbst über die Wirklichkeit erdacht hatten. Sexualität wurde dort nur rein theoretisch behandelt – am liebsten als etwas, was einem nur zufällig um mehrere Ecken zu Ohren gekommen war.

– Ich habe gehört, daß der Penis größer wird, wenn man ihn in die Hand nimmt, sagte einer.

Das Gute an meinen anderen, sexuell weiterentwickelten Freunden war – wie bereits angemerkt –, daß sie genau dem entsprachen, wonach die um uns herum reifenden Jungfrauen suchten. Ich gehörte somit zu einer Clique, in der sich alles einfand, was zum glücklichen Erdenleben nötig war. Die schönsten Frauenwesen, die in den erregendsten Klamotten steckten und mit ihren langen, mehrheitlich blonden Haaren für Daueraufruhr und für Erregung auf Hunderte von Metern sorgen konnten, waren dabei – und die Ausnahmeerscheinungen aus den Parallelklassen stießen zu unserer wachsenden Gemeinschaft nach und nach auch noch hinzu. Wir waren laut, auffällig und aggressiv, trotzdem fanden wir in der Gruppe so etwas wie einen Ruhepunkt. Für mich hatte dieser Halt etwas von einem nahrhaften Mutterkuchen. Wir alle trugen Jeans – was damals alles andere als selbstverständlich war –, unsere Weibchen wechselten nach und nach zu Miniröcken, die im harten Konkurrenzkampf immer kürzer wurden. Und die Präsenz der vielen nackten Beine, die uns gemeinschaftlich entzückten, das rasante Wachstum der im Prinzip uns allen gehörenden Busenpaare, die physische Nähe der multiplizierten weiblichen Vollkommenheit ... das alles verwandelte uns Penisträger bald in so etwas wie selbstbewußte Männer. Jedenfalls dann, wenn wir nicht als Einzelwesen in der Stadt verstreut, sondern ineinander trieb-ideell verhakt und miteinander verschweißt waren.

Als ein aufgeregter Haufen hatten wir miteinander unglaublich viel durchzuhecheln – jeden Tag, wochenlang, monatelang, pausenlos bis zu den nächsten Ferien. Und wir lernten dabei jeden Tag etwas hinzu, so daß ich heute keine Minute dieser Jahre als eine verlorene Zeit betrachten kann. Wir lästerten und urteilten gnadenlos, wir übten uns in Frechheiten jeder Art, außerdem in Ironie und auch darin, Kränkungen möglichst mit tapferer Miene zu überstehen. Wenn es während kurzzeitiger Wutanfälle sein mußte, bewarfen wir uns behutsam mit Pflastersteinen. Wir waren unverwundbar, schamlos und von Erwachsenen schwer zur Vernunft zu bringen. Vor uns lag eine wilde Zukunft voller Freiheit – außerdem voller wegweisender Brustwarzen, entblößter Schamhaare und nackter Haut. Wir waren dazu bestimmt, mit allen Ejakulatwassern gewaschen und allen Scheidensekreten geschmiert zu werden.

Bei den ersten Rockkonzerten gingen dann die nächsten Dämme zu Bruch. Die für uns damals ungewohnt schädelbrechende Soundstärke ging mit uns durch, wir betraten Energiebereiche, deren Existenz wir allerdings längst schon gewittert hatten. Schon nach den ersten metallischen Akkorden der Gitarren und wenigen Schlagzeugschlägen verloren wir die Besinnung, und die Mutigsten von uns warfen sich gleich, nicht erst nach einer Schamfrist, vor die Füße der Musiker. Das Besondere an dem Saal im Elektropalast war, daß die Bands in gleicher Höhe, also vor uns auf dem Parkettboden spielten. Für die Musiker war vieles auch noch neu. Man sah manchen an, wie sie über das von ihnen ausgelöste pathologische Treiben auf dem dreckigen Fußboden staunten. Aber man steckte sich gegenseitig an. Auch die bedächtigeren unter den Spielern waren bald außer sich und vergaßen alle strombedingten und sonstigen Gefahren. Ich behielt immer noch etwas Kontrolle über mich und registrierte, ab wann es der stark adrenalisierten Band an die Substanz ging. Die Musiker spürten irgendwann – wie nach einer Betäubungsspritze – keinen Schmerz mehr. Nach einer Spritze vom Zahnarzt kann man sich von innen die halbe Mundhöhle kaputtbeißen, bei den Musikern waren vor allem ihre Finger in Gefahr. Die durch die Stahlsaiten zerfetzte Haut ihrer Zeige- oder Mittelfinger färbte sich mit steigernder Ekstase langsam rot, warf Blutstropfen ab, und ich hätte sie abschlürfen können, wenn ich gewollt hätte. Ihre Plektren – immer wieder Mangelware – waren nach einer Weile alle kaputt oder auf dem Fußboden verstreut. Vor allem der an der Begleitgitarre wütende Spieler schabte sich seine verschorften Wunden regelmäßig frei. Sein Fingerfleisch war zwar nicht unser Fleisch, sein auf die Gitarre spritzendes Blut war nicht unser Blut, wir hätten unser

Fleisch und Blut aber ohne weiteres auch hergegeben. Trotz aller Bewußtseinstrübung bekam ich manchmal auch noch mit, wenn einer aus der Band zusätzlich von einem Stromstoß gekrümmt wurde. Kurzschlüsse waren damals an der Tagesordnung, zwangen die Bands in der Regel aber nicht, eine feige Pause einzulegen. Die meisten der Verstärker waren nicht mit Transistoren bestückt, sie protzten noch mit vielen glühenden Röhren und strahlten eine Affenhitze ab. Wegen der besseren Kühlung hatte man sie von ihren Gehäusen befreit, die Explosivität und Gefährlichkeit der Lage war gut sichtbar und ohne weiteres greifbar. Um uns herum stand sowieso alles unter hochgepeitschter Spannung. Auch die Lautsprecher – die älteren Jahrgänge jedenfalls – waren damals nicht niederohmig, die entsprechenden Verstärkerausgänge brummten tatsächlich noch unter der Gleichstromkraft von genau hundert Volt.

Wir feuerten begeistert auch die Techniker an, die nebenbei pausenlos zu tun hatten. Manchmal löteten sie sogar bei laufendem Konzert an den durchgebrannten und verstummten Teilen der Apparatur. Und wenn sie nicht weitere Kurzschlüsse verursacht hatten und aus einem der Lautsprecher plötzlich wieder Kanonendonner kam, konnten wir ihnen in ihre glücklichen Augen blicken. Diese ganze sich wie aus dem Nichts reproduzierende Realität nahm irgendwann auch mir die Reste meiner Zurückhaltung – und aus meinem Hals kam tierisches Brüllen. Uns allen war längst deutlich, daß dies genau das war, was der Welt aktuell verkündet werden mußte – und klarer ließ sich die Botschaft nicht artikulieren. Die Kraft war bei uns, und wir wußten, daß sie jederzeit wieder freigetanzt, freigelacht und als eine zusammengeballte Sprengladung eingesetzt werden konnte. Von da an wußten wir außerdem, daß das Leben noch viel mehr zu bieten hatte, als wir uns bislang hatten einreden lassen. Das Loslassen fiel uns leicht, irgendwelche Einführungskurse hatten wir nicht nötig. Als wir nach den

Konzerten nach Hause gingen, sahen wir uns gegenseitig keinesfalls befremdet an. Es war nachmittags, wir waren nüchtern. Wir waren allerdings dreckig, heiser und verschwitzt – trotzdem voller Schönheit. Und wir waren alle noch am Leben.

Im Laufe der Jahre wurde langsam klar, daß sich in unserer Gemeinschaft nicht nur die Stärksten und Lebendigsten zusammengefunden hatten, sondern auch die Gefährdeten. Einige, die in der Clique weich aufgehoben gewesen waren, wurden später leicht bis schwer verrückt, zwei von unseren Mädchen nahmen sich unabhängig voneinander und in schneller Folge das Leben – wenige Jahre, nachdem die Clique auseinandergefallen war.

Als sie noch alle da waren, liefen die Mädchen manchmal in einer Reihe vor uns – mitten auf der Straße. Wenn keine von ihnen fehlte, waren es sechs. Und im Sommer, wenn sie alle Miniröcke anhatten, bewegten sich vor uns zwölf wunderschöne schlanke Beine. Manche waren gerader als andere, manche drückten sich im Kniegelenk mehr nach hinten als andere, nicht alle trugen den Schwerpunkt des zu ihnen gehörenden Oberkörpers genauso würdevoll und harmonisch, wie man es ihnen gewünscht hätte. Vollkommen waren sie trotzdem alle. Und ich weiß noch, daß ich damals schon rätselte, wieso man so etwas wie die Rückseite eines Knies überhaupt als schön empfinden kann; ausgerechnet die – besonders harten funktionalen Zwängen unterworfene – Quetsch- und Biegezone eines Gelenks, das unter Ärzten als »vom Gott im Zorn erschaffen« gilt. Links und rechts sieht man dort – also an dieser abgewandten und wenig beachteten Schattenseite des Knies – zwar stolzsehnige Muskelstränge, der Rest wird dagegen lediglich von einem etwas plumpen und wulstigen Mittelteil gebildet.

In der abschüssigen Seitenstraße des Diplomatenviertels gab es wenig Verkehr, die Mädchen, ihre Beine, Hüften,

Schultern, ihre Füße, deren Spitzen so unterschiedlich schräg nach außen gerichtet waren oder – was damals modisch war – leicht nach innen zeigten, hatten die ganze Straßenbreite in der Regel für sich allein. Durchfahrende Autos zwangen uns ab und an zu trägen Ausweichmanövern, konnten unsere Formation aber nur kurzzeitig durcheinanderbringen, manche Automobile – die Sterne des damaligen Designhimmels – lenkten uns dagegen unanständig stark ab, verwirrten uns regelrecht erotisch. Die Eleganz des Citroën DS war verstörend, da dieses Auto offensichtlich von Männern gebaut worden war, die nicht nur in ihrem Arbeitsleben permanent verliebt waren. Ganz andere Gefühle provozierte dagegen die tiefliegende Kraft des Mercedes 230 SL. Es war der W 113er – das noch nie dagewesene Wunder mit dem an den Seiten nach oben gewölbten »Pagodendach«. Wenn seine Reifen mit Spikes beschlagen waren, klirrte es auf den bräunlichen Katzenköpfen der Pflastersteinstraße wie auf einer Tanzfläche mit zwei Dutzend Stepptänzern.

Ich glaube nicht, daß ich etwas verzerre, wenn ich im Zusammenhang mit diesen Prager Jahren dauernd von Erotik spreche. Prag war schon seit meiner zarten Kindheit einfach voll von Zeugnissen und Spuren, die einen wie grelle Blinksignale aufschreckten und den Alltagsgleichlauf mit Synkopen durchsetzten. Alles, was konnte, fuhr aus der schlaffen Vorhaut hinaus und präsentierte sich ungeschützt, glänzend und eichelfest. Die hammerstarken und trotzdem unzuverlässigen Antibabypillen aus der heimischen Produktion hatten damals noch einen sehr schlechten Ruf (Bartwuchs als Nebenwirkung!), und überall lagen benutzte Präservative herum. An ihnen klebten noch gekräuselte Schamhaare, innen schwammen – frisch oder vergammelt – die von uns so genannten »flüssigen Kinder«. Woher kamen alle diese Gummis? Man sah sie meistens nah an den Häuserfassaden oder in den Vorgärten der Häuser liegen. Ich nahm daher an, daß sie von vorsichtigen Liebhabern verheirateter Frauen aus den Fenstern geworfen worden waren. Auch in den vielen dichten Büschen unserer schönen Parks knisterte es andauernd, weil nicht nur die Jugend und spielende Kinder diese Dschungelzonen zum Schutz vor fremden Blicken nutzten. In diese Verstecke verkrochen sich auch ältere Liebespaare, die sich besonders leidenschaftlich küssen und umarmen wollten. Manche schoben sich so unvorsichtig gegen die Wände aus Ästen, bis sie ins Wanken kamen. Und wenn sie Pech hatten, fielen sie aus einem der am Rand gepflanzten Eibenhecken auf den öffentlichen Parkweg. Manche drückten sich wiederum so heftig aneinander, daß sie bei ihren Gleichgewichtskämpfen in irgendwelche dort reichlich vorhandenen Kothaufen traten. Nur die wenigsten dieser Verunreinigungen stammten von Hunden. Die heftigen Liebesaktivitäten fanden teilweise in tiefer liegenden Geheimgängen statt, die ich schon seit langem kannte und gewissermaßen auch als meine ansah. Dank meiner Vorkenntnisse war ich in der Lage, mich diesen Verstecken jederzeit von unterschiedlichen Seiten zu nähern, sie notfalls aus irgendwelchen Baumkronen zu observieren. Die erwachsenen Eindringlinge wühlten sich nach den Umarmungsakten aus den kratzenden und staubigen Büschen heraus, schabten sich – bevor sie flüchteten – den schlimmsten Dreck von den Schuhen oder Kleidern. Und sie ließen mich oder uns darüber grübeln, ob sie vorgehabt hatten, sich auch zwischen den Beinen zu begegnen. Einiges konnten wir uns so genau noch nicht vorstellen. Manchmal hatten wir das Gefühl, ihre Organe wären bereits ganz nah beieinander gewesen.

Auch der eher unscheinbare Bastler Skopka, der in der neuen Schule in meiner Klasse – wenn auch nicht direkt an meiner Seite – geblieben war, veränderte sich. Er quälte keine unschuldigen Fliegen mehr, war weiterhin ein technisch aktiver Nachwuchskader, trotzdem zwangen die unsichtbaren erotischen Kräfte auch ihn, sich im Leben anderen Dingen zuzuwenden. Als er im Fotozirkel professionelle Reproduktionstechnik mitbenutzen durfte, fotografierte er nicht nur unsere wunderschöne Stadt, nicht nur schöne Landschaften oder Naturphänomene, er fotografierte nebenbei auch aufreizende Frauen aus irgendwelchen Westzeitschriften ab – meistens nur ihre Gesichter; die Bildausschnitte schlossen höchstens noch die Busengegend mit ein. Anschließend vergrößerte Skopka seine Idole auf die allergrößten Papierformate, die er auftreiben konnte. Diese überdimensionierten Köpfe hingen dann in seinem großen Zimmer an der Wand. Und da man ihn nicht dauernd besuchen durfte, fuhr man gern mit dem Fahrrad an seinem Haus vorbei, wo er im ersten Stock wohnte. Die schönsten seiner Mädels waren so plaziert, daß man sie auch von draußen gut sehen konnte. Sein Topgesicht gehörte einem typisch angelsächsischen Mädchen mit langen blonden Haaren, einem Mittelscheitel und vielen wunderbaren Sommersprossen. Die leicht vorstehenden oberen Zähne gaben diesem Wunderwesen den reizendsten Mundausdruck, und die wegen der Sonne leicht zusammengekniffenen Augen schienen voller sexueller Erwartung zu sein. Diese Favoritin meines begabten Freundes Petr Skopka war lange Zeit das aufregendste Frauengesicht, das ich kannte.

Eine Entwicklung zur ruhigen Intellektualität war damals in Prag tatsächlich nicht möglich, für mich jedenfalls nicht. Massive Störungen meiner Aufmerksamkeit gab es in meiner Kindheit von Anfang an – auf jeden Fall so lange, wie ich zurückdenken kann. Schon in der ersten oder zweiten Klasse versetzte ein Mädchen den männlichen Rest der Klasse in äußerste Unruhe, indem es in der Pause verraten hatte, an dem gerade so heißen Tag keinen Schlüpfer angezogen zu haben. Die Unruhestifterin war unter ihrem Rock also nackt. Sie erzählte es zwar nur ihrer besten Freundin, trotzdem verbreitete sich die Nachricht in der Klasse wie ein Lauffeuer, und die nachfolgenden Unterrichtsstunden waren eine einzige Katastrophe. Den Jungs fiel andauernd etwas aus der Hand, und sie suchten die schwer auffindbaren Dinge lange auf dem Fußboden, krochen durch die Gänge, kamen nicht hoch, kollabierten wiederholt. Pausenlos bückte sich jemand oder balancierte in einer gefährlichen Schräglage, einige überschätzten dabei die Bodenhaftung ihrer Stuhlfüßchen und fielen um. Und diejenigen, die sich gerade ausruhten und nicht unterwegs waren, hörten gar nicht zu, wenn die Lehrerin sie etwas gefragt hatte.

– Kann mir jemand verraten, was heute los ist?

Natürlich reiften auch meine Cousinen zu richtigen Frauen und versetzten mich mit ihrer Körperlichkeit wiederholt in Alarmzustände – und das ebenfalls von klein auf. Ihrem Vater, dem Onkel ONKEL, erzählten sie von ihren Geheimnissen nichts, ihre Mutter arbeitete Tag für Tag aus freien Stücken bis zum Umfallen – und die beiden Knöspchen hatten keinen anderen Vertrauten als mich. Ich war zwar nicht der älteste von uns dreien, ich war aber ein Mann; und die beiden Frauen sahen in mir gemäß der – wenigstens in der Theorie vorhandenen – Familienkonzeption denjenigen, der alles besser zu wissen hatte. Die jüngere Cousine steckte sich in den Anfängen unseres Trio-Daseins gerne alles mögliche in die Ohren oder in die Nase. Eines Tages blieb ihr eine Erbse in einem der Nasenlöcher stecken und ließ sich nicht herausschnauben. Die Unglückliche kam zu mir, auch weil ich eine gute Taschenlampe und verschiedene Lupen besaß. Nach der aufregenden Untersuchung – das Innere einer Frau, gibt es etwas Schöneres? – beschlossen wir, die Sache zu beobachten und erst einmal nicht zu melden. Das war aus mehreren Gründen schade, weil ich damit meine unzureichende Kompetenz bewiesen und die Perspektive verspielt hatte, bei Untersuchungen wichtigerer Öffnungen mitmachen zu dürfen. Nach zwei Tagen spürte die Cousine einen leichten Druck in der Nase und bekam Kopfschmerzen. Nach zwei weiteren Tagen suchte sich schon ein Keimling den Weg zu mehr Licht.

Bei den Untersuchungen unserer Mundhöhlen durfte ich trotzdem weiter mitmachen. Bei uns allen kamen damals beim Husten – oder wenn man tief im eigenen Rachen mit dem Finger stocherte – elastische, gelb-eitrige Flocken aus der Schleimhaut zum Vorschein, die die Form von Pinienkernen hatten, manchmal aber doppelt so groß waren. Besonders im Winter war die Ernte reichlich. Die Erwachsenen sollten von diesen Fundstücken nichts mitbekommen. Wir zeigten uns unsere Absonderungen dagegen sehr gern, sammelten sie in einem Gläschen. Das letzte große Geheimnis war dann die erste und viel zu frühe Menstruation der älteren und vollkommen unaufgeklärten Cousine. Sie zeigte mir, dem Mann, ihr Blut, und wir beide bekamen große Angst. Meine Schlußfolgerung, sie würde nie Kinder bekommen können, lag auf der Hand. Unsere enge Gemeinschaft zerfiel dann aber sowieso bald. Ich tauchte in das wilde Leben meiner Clique ein – und die beiden Cousinen wollten mit diesem verdorbenen Haufen nichts zu tun haben. Sie waren gesittete und früh zu Bürgerlichkeit neigende Wesen. Und wir entfremdeten uns schon während dieser meiner ersten Absprungphase immer mehr. Ich verbrachte die ganzen Nachmittage mit meinen Leuten im Park, oben auf dem grün-buckligen Stadttor oder in gerade elternfreien Wohnungen und sah die Cousinen an manchen Tagen kaum noch. Es verbot sich fast, bei unseren täglichen Treffen der Clique zu fehlen. Mein guter Status dort beruhte unter anderem darauf, daß ich Gitarre spielen konnte. Und ich wollte möglichst jeden Tag spielen und mit den neu einstudierten Songs glänzen. Mein Englisch wurde auch dank meines Privatunterrichts immer besser.

Am längsten ging ich mit Tanja, und meine Liebe zu Tanja war die tiefste, die mir in dieser Zeit geschenkt wurde.

Tanja war die hüftschmalste Frauengestalt aus der Clique, trug immer die engsten Jeans oder einen fast nicht vorhandenen Minirock. In ihren lockeren Pullovern kamen ihre breiten und etwas spitzen Schultern einmalig zur Geltung, und die Art, wie aufrecht sie ihren schmalen Oberkörper durch die Gegend trug, war phänomenal. Eine vergleichbar reizende Körperhaltung war mir bis dahin nicht begegnet. Die Ausnahmequalität ihrer Körperlichkeit begriff ich – ERKANNTE SIE – nicht erst unter Alkoholeinfluß. Bei Partys durfte ich mich aber endlich auch mit ihrem herrlichen, unter ihren T-Shirts sonst kaum auffallenden Busen beschäftigen.

Tanja begeisterte mich noch aus einem weiteren Grund: Sie hatte pausenlos gute Laune, lachte und kicherte bei jeder Gelegenheit, konnte sich nie satt lachen. Und sie hatte eine unwiderstehlich sprechende Mimik. Ansonsten war sie ein anständiges Mädchen, woran ihre Bereitschaft, sich als einzige von mehreren auf einmal küssen und streicheln zu lassen, nichts ändern konnte. Sie war die erste, die sich später – es war im zweiten Jahr ihrer Lehre – das Leben nahm. Die Russen waren gerade einmarschiert, moralisch und kulturell zerfiel das Land im Zeitraffertempo. Bald danach brachte sich Adéla um, auch sie gehörte zu jenen, die früher pausenlos etwas zu kichern hatten. In den siebziger Jahren wirkliche Lust am Leben zu behalten – oder sogar die frühere gute Laune – war fast unmöglich. Tanja konnte wegen ihrer nur mittelmäßigen Zensuren nicht studieren, beim Theater kam sie – wie ihr Bruder in den sechziger Jahren – auch nicht unter, und bei der Ausbildung zur Buchbinderin mußte sie den ganzen Tag in einem schlechtbeleuchteten Kellerraum der Stadtbücherei arbeiten. Die Werkstatt befand sich tief unter der Erde, und die Fenster waren schmal, so daß Tanja von der Außenwelt nur vorbeieilende Füße zu sehen bekam. Daß ich Tanja in den Tod hätte folgen können, kam mir damals noch nicht ausreichend verlockend vor. Und ich bewegte mich in der Zeit, als sie sich mit Gas vergiftete, sowieso in ganz anderen Kreisen. Tanjas Tod verdampfte seltsam weit von mir. Ich war inzwischen ein Gymnasiast.

dana

Das große Schleichen unserer beiden Körper zueinander war längst eingeläutet, trotzdem kamen und kamen wir nicht von der Stelle – zwei Jahre lang. Welche der kleinen Muskeln aus der Umgegend der Augen dafür zuständig sind, Bedürftigkeit zu signalisieren, wußte ich damals nicht einmal ansatzweise, Danas trichterförmige Blicke konnte ich aber ohne weiteres deuten, und sie waren kaum zu ertragen. Besonders dann, wenn ich ihren naturgeprägten Körpergeruch in die Nase bekam. Sie lebte in einem Bauernhaus und besaß viele Tiere – deswegen schleppte sie immer ein für sie charakteristisches Humus-, Federvieh- und Pelztierduftgemisch mit sich. Wir mußten uns beide ausgiebig quälen, bis unsere Vernunft eines Tages endlich verbraucht war. In der Zwischenzeit hatte sich auch einiges um uns herum geändert, und ich wurde etwas erwachsener – wenn auch unverändert naiv wie dürr. Die Russen waren ins Land gekommen, um bei uns für immer zu bleiben.

Dana hatte etwas wunderbar Zurückgenommenes. Für mich hatte ihre weibliche Unsicherheit den Vorteil, daß ich mich bei ihr wie ein mutiger Tatmensch fühlen konnte, der ich eigentlich nicht war. Ich mußte keine übermännliche Arbeit leisten. Dana muß sexuell vollkommen ausgehungert gewesen sein, wenn auch anders als ich. In unseren geschlechtlichen RBM-Phasen (soll heißen: rapid body movements) bekam sie einen schlafwandlerischen Gesichtsausdruck. Ob sie dazu auch schon früher geneigt hatte, wußte ich nicht. Sie darüber auszufragen war absolut unmöglich. Ich bekam bei ihr regelmäßig das Gefühl, ihr Körper und ihr Kopf würden sich zeitweilig voneinander verabschieden; eben dann, wenn ihre Erregung einen Grad erreicht hatte, dem die intellektuelle Draufsicht nicht gewachsen war. Und nicht unwichtig: Dana hatte damals schon graue Haare. Das gefiel mir ungemein – alles, was vor uns lag, war so prächtig verboten. Ehrlich gesagt würde ich jedem seine Dana wünschen. Dana war für mich greifbar nah und auf eine Weise verfügbar, wie es andere weibliche Familienwesen normalerweise nicht sind. Später hieß es, sie wäre von mir sexuell abhängig gewesen. Dabei war ich nichts anderes als ein verzotteltes Bündel Gier.

Auf unserem Kippbettgestell für Besucher, das aus Halbzoll-Wasserrohren (Stahl, verzinkt) und einem Türflügel zusammengebastelt war, mußte man heftige Bewegungen unbedingt meiden. Wegen der dünnen Vorhänge war man auf diesem Schlafplatz jedem, der den Flur betrat, praktisch ausgeliefert. Der Flur wurde hier in den Zeiten der Belegung zwar nach Möglichkeit gemieden und rücksichtsvoll über die Durchgangszimmer umgangen – allerdings nicht immer.

– Erna hat nachts so schlecht geschlafen, ich muß hier durch.

Leider ist Sex in völliger Erstarrung überhaupt nicht praktikabel. Der Rahmen des Bettgestells machte zwar einen massiven Eindruck, da die Stahlrohre mit gußeisernen Verbindungsstücken zusammengeschraubt waren – das dauerprovisorische Gästezimmer war als Versteck trotzdem eine einzige Schwachstelle. Die geblümten Als-ob-Wände aus Stoff reagierten auf jede kleine Luftbewegung, auf Husten oder Hüsteln sowieso. Und bei Geräuschen, deren Grund unklar und deren Quelle nicht zu sehen ist, wird auch ein normalerweise träger Mensch hellhörig. Als die schlimmste Geräuschquelle entpuppten sich allerdings die vom Onkel gewagt ausgeklügelten Behelfsscharniere aus Leder, die den Bettrahmen mit der Wandverankerung verbanden; davor war mir das Knurren dieser Streifen aus Massivleder nicht so negativ aufgefallen. Ich lag auf Dana, sie ließ ihre Beine steif aneinandergepreßt und war dort unten wahrscheinlich sowieso viel zu trocken – jedenfalls war das der Eindruck, den mir meine Eichel meldete. Objektiv gesehen hatte ich während unserer ersten Nacht absolut keine Chance, vorwärtszukommen. Wir konnten uns während dieser Abmühungsphasen aber wenigstens extrem leise verhalten. Ich durfte Dana am Hals und um die Ohren herum küssen, mit ihren kleinen Brüsten spielen. Mit ihren für meine Begriffe riesigen Brustwarzen durfte ich wirklich alles machen, was ich wollte. Für meinen Penis, der viel zu lange unter gewaltigem Dauerüberdruck stand, war das alles eine schlimme Tortur – und sicher alles andere als gesund.

Diesem langgezogenen Lustspiel ging natürlich einiges voraus. Ich umarmte Dana bei einem Spaziergang während eines Gesprächs über ihre Tiere, und weil sie dabei einfach weiterredete, konnte die leichte Umarmung nach und nach etwas unzüchtiger werden. Es geschah auf einem Waldweg in der Nähe ihres Bauernhauses. Als ich mit der Hand weiter vorrutschte und auf dem Umweg über den Rücken ihren rechten Busen erreichte, hatte ich gewonnen. Sie protestierte auch jetzt nicht. Und als ich dann schon unter ihrem Hemd auf der nackten Haut war, atmete sie sogar leicht aus, so daß ich besser unter ihren flachen BH gleiten konnte. Dieser Vorstoß war köstlich und voller Perspektiven. Das nächste Vorspiel – diesmal war es bei uns in der Stadt – provozierte sie (denke ich) relativ arglos, indem sie sich in einer Kneipe viel zu breitbeinig hinsetzte und einen Fuß auf der Sitzkante meines Stuhls abstellte. Sie saß neben mir und war mir zugewandt – und ich hatte so lange ihren Schritt und die normalerweise eher verborgenen Nähte ihrer Jeans vor Augen, daß ich nicht umhinkonnte, als mit dem Zeigefinger in ihrem Schritt herumzuzeichnen. Ich strich während des Gesprächs kommentarlos an den Nähten lang, im übrigen Raum konnte man davon nicht viel mitbekommen.

Seit einiger Zeit brachte mir meine ältere Cousine das Nähen mit der fußbetriebenen Nähmaschine bei.

– Kappnaht, sagte ich, eine tolle Erfindung, muß nicht
gesäumt werden – ein so fortgeschrittener Schneider bin ich
aber noch nicht.

Selbstverständlich fuhr ich mit dem Finger hauptsächlich
an der vertikalen, also an der brisanteren Naht lang und
malte mir Danas Schamlippen aus, ohne überhaupt zu wissen, was die Schamlippen einer erwachsenen Frau aus nächster Nähe alles zu offenbaren haben. Leider schrie uns der
Wirt, den Danas oberhalb der Tischkante sichtbares Knie
störte, plötzlich an:

– Runter mit dem Dreckfuß da!

Die Sitten wurden nach der 68er Okkupation immer rau-
her. Dana nahm ihren Fuß herunter, wehrte sich nicht gegen
den Ton, mich machte der machtbewußte Fettklops hinter
dem Tresen sowieso zu einem Kaninchen. Kneipiers gehörten im Sozialismus zu einer reichen und schwer angreif-
baren Kaste. Alle Kneipen gehörten zwar theoretisch dem
Volk, also uns allen, waren wie Gaswerke, Möbelkombina-
te oder Kurzwarengeschäfte Volkseigentum, in vorderster
Front konnten aber ausgerechnet Kneipiers oder Fleischer
am Staat am besten vorbeiwirtschaften, und sie benahmen
sich dementsprechend wie Privatunternehmer. Und da sie
ihre Gewinne nicht zur Sparkasse bringen durften, horteten
sie ihre Hundertkronenbündel zu Hause in Koffern. Wir
bezahlten an der Theke und gingen nach Hause. Dort blieben wir eine Weile im Treppenhaus stecken, wortlos und
unbeholfen wie zwei Jugendliche, es war noch hell. Ich
drückte Dana irgendwann gegen die stark abfärbende
Hausflurwand – und weil ihre Jeans einen leichtgängigen
Reißverschluß hatte, konnte ich ihr problemlos zwischen
die Beine fassen – mit dem über uns schwebenden Risiko,
daß jemand seine Wohnungstür oder unten die Haustür
plötzlich aufreißen würde. Durch die Verkettung glückli-

cher Umstände gelang mir überraschend sogar ein Nackt-
angriff auf ihren Schamhügel, da Dana ein Höschen mit
einem vollkommen erschlafften Gummizug anhatte. Ihr
nachfolgender Gesichtsausdruck war herrlich – voller Staunen und Unglauben über so viel Mut. Da sie trotzdem geduldig und passiv blieb, wurde mir klar, daß ich mit ihr
noch viel mehr würde anstellen dürfen. In aller Unwissen-
heit und Unschuld, versteht sich.

Wenn Dana von vornherein eine grundlegende Frauen-
weisheit meiner Mutter befolgt hätte, wäre es zu diesem
frühzeitigen Ausflug in ihr Buschgelände nie gekommen.
Meine Mutter meinte einmal, eine Frau müsse immer ein-
wandfreie Höschen tragen, da sie nie wissen könne, wann
sie sich würde ausziehen müssen. Als ich es auf Danas
Schamberg voller ungeahnt langer und gekräuselter Haare
nicht mehr aushalten konnte und mich zu ihrem Lippen-
paar vorarbeitete, wühlte ich weiter in den Informations-
brocken, mit denen mich meine Mutter für das spätere Ge-
schlechtsleben vorbereiten wollte. An sich fand ich Mutters
kurze Schulungen, diese regelmäßige Streuung von Pikante-
rien eher abstoßend – auch wenn sie für Gespräche auf dem
Schulhof durchaus nützlich waren. Daß sich die fraulichen
Innenräume so feucht anfühlen, regelrecht vollgesabbert
sind, war für mich bei diesem Vorstoß auf der Treppe allerdings ein kleiner Schock. Darüber hatte mir meine Mutter
nie etwas verraten. Seit dem Vorfall mit dem schlaffen
Gummiband war Danas Unterwäsche tadellos – eine Zeitlang jedenfalls.

Was die Annäherung unserer – meiner und Danas – Gesichter, Lippen und Zungen betrifft, klappte es nie wirklich
zwischen uns. Sie ließ sich von mir ohne jegliche Abwehr-
manöver zwar küssen, ihr stummer Mund blieb aber auch
mimisch stumm. Wie schon angedeutet: Unsere horizontal-
zwischenseelische Beziehung war von Anfang an eine wort-
lose; und sie blieb es auch. Wir waren beide – dumpf bene-

belt wie wir waren – nicht in der Lage, die Masse an Verstrickung, die wir uns und den anderen eingehandelt hatten, beim Namen zu nennen. Im Grunde versuchten wir, unsere Verbindung wie eine nicht existente zu behandeln. Nach so viel Schweigen gab es für unser Getue irgendwann keine passenden Worte mehr.

Unsere Stummheit brachte uns aber auch etwas Positives – unser Miteinander war voll ungeklärter Ausdauer. Worte lenken ab, nüchtern aus. Ich hatte zum Glück genügend Vorwände, Dana zu besuchen – wegen ihrer Tiere, wegen dem kleinen Rest eines nahe gelegenen Teiches, der anfangs noch nicht voller Schlamm war und in dessen brauner Brühe (»wie im Ganges«, meinte ein mit Dana befreundeter Indologe) man noch baden konnte. Aber auch wegen meines legitimen Bedürfnisses, mich auf meinem Rennrad körperlich abzureagieren. Zu meinem Vater fuhr ich an den Wochenenden inzwischen nicht mehr. Meine Touren wurden immer länger und endeten oft in Danas Haus. Dort konnte ich nebenbei meine unerträglich gewordene Hauptstadt kurz vergessen. Auf gefährliche Liebesspiele in der Prager Wohnung ließen wir uns nur in Ausnahmefällen ein.

Ich möchte die Geschichte meiner und Danas anfänglichen Ineinandernäherung zu Ende erzählen – jedenfalls noch etwas über den Verlauf unserer erstinstanzlichen Qualen loswerden. Die einzelnen Begegnungsschübe waren zu meinem Leidwesen jedesmal endlos, und das ganze Prozedere zog sich im Grunde über Wochen hin. Trotzdem empfand ich alle diese Vortriebsphasen als eine Einheit. Da sich mir Dana wochenlang nicht öffnen wollte und ich wiederholt stundenlang nur fruchtlos auf ihr herumlag, entschloß ich mich eines Tages, mit meinem Kopf nach unten zu tauchen. Ich küßte und leckte sie vorsichtig, trotzdem aber ausgiebig – und hatte dabei die berechtigte Hoffnung, sie würde ihren passiven Widerstand irgendwann aufgeben. Nachdem ich einmal wieder auf ihre Kopfhöhe gekommen war, versuchte ich es unten erneut – mit der Aussicht, die Befeuchtung würde mir beim Vorwärtskommen helfen. Gegen Danas totale Unentschlossenheit war ich aber machtlos. In einer besonders langen Nacht – meine Bemühungen hatten sich über Stunden hingezogen – gönnten Dana und ich uns eine kleine Pause. Wir hatten beide Hunger bekommen. Dana brachte aus der Küche etwas trockenes Brot und einen freigiebigen Salzstreuer. Nach der Trockenbrotmahlzeit schmeckten Danas Lippen eine Weile furchtbar salzig.

die störche und der reiher kamen
im winter ins haus

Dana wäre liebend gern ein Teil unserer Familie geworden, und sie war so gut wie ein Teil unserer Familie, obwohl sie dummerweise keine Jüdin war. Nebenbei gesagt war mein Vater auch keiner. Bei Danas Gehemmtheit grenzte es schon an ein Wunder, daß uns später auch kompliziertere Griffe und Verrenkungen gelungen waren, daß wir miteinander hinter dem Scheidenrand so glatt zurandekamen. Ihre Sexualität konnte sie mit ihren viel zu kleinen oder viel zu scheuen Tieren nicht teilen, mit meinem Onkel ONKEL auch nicht. Ich war der Stellvertreter unserer Sippe, der einzige Mann, der zu haben war. Dana hätte mich gern in Eigeninitiative erobert, verriet sie mir später, wenn ihr dieser Zugriff nicht als Inzest vorgekommen wäre. Sie hätte mich gern sogar noch viel früher verführt, wenn sie zu solchen Aktivitäten ausreichende Begabung gehabt hätte. Sie habe mich schon zu Zeiten begehrt, als ich angefangen hatte, mich zu rasieren. Diese Beichte kam einmal kaum hörbar aus ihr heraus. Es war vollkommen ungewohnt, sie so etwas sagen zu hören.

Vorübergehend fügte sich alles sauber ineinander, wir wurden mit der Zeit so etwas wie ein ideales Paar: Mein Herz samt seiner mit ihm direkt verbundenen Samenblase war riesig, meine Begeisterungsfähigkeit für alles Weibliche unerschöpflich, und die vielen in der Goldenen Stadt zappelnden Jungfrauen waren alles andere als beinoffen. Trotz ihres Alters war Dana keine zweite Wahl für mich. Sie entsprach äußerlich dem, was ich begehrte – sie war leicht eckig gebaut, mädchenhaft fest anzufassen, dank des Landlebens und der körperlichen Arbeit zu einer Art Jungtier mutiert. Dabei war sie nicht wirklich hübsch. Dessen war ich mir zwar bewußt, ich empfand es aber anders. In meinen Augen war sie wunderschön. Sie war so leicht, daß ich mit ihr luftig, mitten im Zimmer ficken konnte. Außerdem entsprach Danas schlampig-rebellisches Äußeres meinen postpubertären Idealvorstellungen, sie mußte weit und breit keine Konkurrenz fürchten. In ihren Ansichten war sie sowieso jung geblieben. Außerdem begegneten wir uns in unserer Unerfahrenheit: wie zwei Jugendliche, wie ein Brüderchen mit einer etwas älteren Schwester bei einem durch Sommerhitze losgelösten Sündenfall.

Irgendwann hatte sich in mir so viel an bunkerbrechender Energie und Ignoranz eingefunden, daß ich Danas restliche Verschalungen durchbrechen konnte. Vielleicht war das im allerletzten Moment – mein sexueller Überdruck war möglicherweise schon dabei gewesen, mich in ein psychotisches Meerschweinchen zu verwandeln, wer weiß. Weil sich Dana hatte zermürben lassen und eines Tages nachgegeben hatte, rettete sie nicht nur meinen Geist, sondern auch meinen Penis – diesen konkret vor Hautverlust durch zu häufige Abschabung. Ich liebte an ihr so etwas wie das Konzentrat des besten, was ich an schön gereiften, egal wie betagten Frauen so liebte, was ich gern roch und zu Hause jederzeit – dort selbstverständlich asexuell – berühren durfte.

Dana bekam von mir all das, was eher die destillierte weibliche Essenz meiner Tanten und Großmütter hätte bekommen müssen. Danas sanfte und passive Art zwang mich zu handeln, ihre Zurückhaltung ließ in mir neue Haltlosigkeiten keimen. Sie machte mich in meiner Phantasie zu einem riesigen Kerl, der ich auch nach zehn oder zwanzig Jahren – ehrlich gesagt bis heute – nicht bin. Manchmal war sie auch etwas störrisch, gab nicht gleich nach, ließ mich zappeln und kochen. Gibt es etwas Aufregenderes? In der Regel aber war sie in ihrer Begeisterung, so uneingeschränkt begehrt zu werden, ausgesprochen zahm. Sie ließ sich von mir sogar am hellichten Tag in einem öffentlichen Garten unterhalb der Prager Burg beschlafen, obwohl es ihr absolut nicht behagte. Sie schlief mit mir auch mal nachts mitten auf einem Feldweg – um mit mir gemeinsam für die Berechtigung der Frage »Why don't we do it in the road?« zu demonstrieren. Ich konnte einfach nicht aufhören, Dana unvernünftig und schwerenöternd zu lieben, ich war unersättlich, dauernd außer mir. Ich hätte sie am liebsten pausenlos neben mir gehabt, jederzeit zur Verfügung. Sie allein, sie, nur sie, sie ohne Beigaben – vor allem ohne ihr absolut unerotisches Bestiarium.

Ich war nie ein begeisterter Menschenretter und Menschheitshelfer und bin es bis heute nicht. Ich war vor allem aber auch nie ein großer Tierfreund. Ich mochte Danas arme Bauernhausgeschöpfe nur notgedrungen, alleiniger Herr über ihr Leben und Tod zu sein wäre für mich eine Strafe gewesen. Wenn mir an Danas viehischem Miteinander etwas gefiel, dann war es höchstens das Abgefahrene und Abnorme des Ganzen. Für gelebtes Chaos konnte ich mich immer nur dann begeistern, wenn es nicht mich, sondern andere belastete. Dana mochte die Verursacher und Protagonisten ihres zoo-artigen Durcheinanders trotz aller Exzesse über alles – war einfach eine Altruistin der Sondergüte. Daß sie es als Frau an meiner Seite war, ließ ich mir außerhalb der Stadt gern gefallen. Ich sah Dana bei den Fütterungs- und anderen Ritualen gern zu, mich beeindruckten dabei auch ihre Leichtigkeit und Geduld. Wenn ich allerdings länger zusehen mußte, wie sie mit ihren Schützlingen sprach und sich dabei zum bestimmerischen Leittier verwandelte, fühlte ich mich bald wie ein viel zu vernünftiger Ziegenbock oder ein depotenzierter Hund.

Das Dumme war, daß Dana in ihrer vor allem auf Tiere ausgerichteten Hingabe keine Grenzen kannte. Wenn sie sich von der Bildhauerei erholen wollte, machte sie große

Spaziergänge in ihrer Hügellandschaft und sammelte alle verletzten Geschöpfe, die sich anfassen und fangen ließen. Diese mußten anschließend nicht nur ärztlich behandelt und aufgepäppelt, sondern oft dauerhaft versorgt werden. Ihr Bauernhof füllte sich im Laufe der Jahre mit Leben. Und da Dana im Winter ihre Ställe nicht beheizen konnte, kamen dann viele der Tiere ins Haus. Der stinkende Dachs – »Eiterbeule« genannt – konnte zum Glück draußen bleiben, das an beiden Vorderläufen teilamputierte und immer noch sehr scheue Reh auch. Alfons und der andere fußlahme Storch, außerdem noch der altersschwache Fischreiher mußten im Winter aber einziehen, vergnügten sich allerdings vorwiegend in der kühleren, im Winter nicht genutzten Haushälfte. Dafür hausten alle ihre prominenten Papageien das ganze Jahr in der Bauernstube, Eichhörnchen lebten in der Küche in großen Käfigen und wollten – um ihre Nußvorräte nicht im Stich zu lassen – im Winter gar nicht ins Freie, Schildkröten gehörten seit Jahren sowieso zu Danas Haushalt. Die Aufzählung ist hier aber lange noch nicht zu Ende.

Zum Glück hatte Dana einen netten Nachbarn, der die Pflege ihrer Hausbelegschaft übernahm, wenn sie in die Stadt fahren wollte. Wenn Dana ihr Dorf verließ, fuhr sie meistens zu uns nach Prag. Beim Verlassen ihres Zoos kam ihr manchmal – ihr eben auch, gab sie zu – ihr unmärchenhaftes Tierhäuschen, das voller Geschöpfe ohne Vernunft war, plötzlich pervers vor. Wenn wir uns im Winter – manchmal gemeinsam – dem Haus näherten, konnten wir nie wissen, was uns erwartete, was Danas liebe Tierkinder in ihrer Freizeit angestellt hatten. Das Haus steckte eben voller Leben, das heißt auch Zerstörung. Immer wieder wurde dort gestorben. Dana zerteilte im Winter den hellen Windfang und länglich auch die Hälfte des Flurs mit Netzen und Decken und ließ dort das zweiflüglige Bussardpaar hausen. Jeder dieser Bussarde hatte nur einen intakten

Flügel, auf der anderen Körperseite nur einen Stumpf. Die Sommervoliere war für sie wegen ihrer Fluglahmarschigkeit angeblich zu zugig. Wenn man das Haus betreten wollte, mußte man sich an den Netzen und Decken der Bussarde erst mühsam vorarbeiten und die beiden ängstlichen Bewacher stören. Zum Glück wurde schon im Herbst auch ein tiefer liegendes Fenster auf der Seite des Hauses zum Ersatz-Eingang umfunktioniert.

Ausgerechnet im Schlafzimmer tobte das zukünftige Bussardfutter – in großen Kisten, für die sich dort genug Platz fand, wurden im Winter Mäuse gezüchtet. Der Raum war kühl und konnte gefahrlos gelüftet werden. Die Mäuse vermehrten sich prächtig und beschäftigten sich relativ laut. Viel leiser, aber um so geruchsintensiver waren die Fische im Bottich, die für den Reiher geliefert wurden und im Winter in der Küche planschen durften. Danas drei etwas unterversorgte und relativ autonome Katzen hatten aus Sicherheitsgründen keinen Zutritt ins Haus, krochen zum Ausruhen und Schlafen an der Außenwand des Hauses hoch und hatten ihre Quartiere in der Nähe der Schornsteine auf dem Dachboden. Rumps, rumps, bremsss – hörte man, wenn sie dort losrasten und abrupt zum Stehen kamen, um punktgenau eine in Freiheit lebende Maus zu fangen. Wie sie der Maus danach mit ihren Backenzähnen und einem einzigen Biß den Schädel knackten, um den Körper im Stück – samt Haut – verschlingen zu können, hörte man nicht mehr. Unten im Haus waren für die Mäusejagd die Störche zuständig.

Unglücklicherweise wußte man über das große Herz von Dana in allen umliegenden Dörfern Bescheid, und die Leute brachten immer neue lahme Kreaturen vorbei. Jeder rechnete damit, Dana würde nicht nein sagen können. So wurde sie auch zu Rettungsaktionen für verunglückte Schwäne oder angeschossene Hasen gerufen und kam oft gar nicht zum Arbeiten.

Daß es in Danas Haus etwas stank, versteht sich von selbst. Und daß Dana aus Geldmangel nicht viel heizen konnte und deswegen auch wenig lüftete, machte die Geruchssituation nicht besser. Ich gewöhnte mich daran. Die offensichtliche Verkeimung der Räume würde mich wenigstens, dachte ich damals, gegen alle möglichen Krankheiten immun machen. Über die Gefahren der möglichen Virenmutationen wußten wir damals noch nichts. In der Dunkelheit entwischte ab und zu ein Feder- oder Pelztier aus seiner Behausung, wuselte unterm Bett oder hing in den Vorhängen. Der Fußboden im Haus war undefinierbar dreckig, und Dana hatte es irgendwann aufgegeben, ihn sauberzuhalten. Von ihr lernte ich wenigstens, daß man auch mit dreckigen Füßen ins Bett gehen kann – man zieht sich einfach saubere Socken über.

Dana hatte sich bei ihrer Bildhauerei früher auf wild zusammengeschweißte Drahtgebilde spezialisiert, deren Sockel sie mit Beton ausgoß oder mit Steinen beschwerte, und nachdem sie alle Hohlräume mit Schaumstoff ausgefüllt hatte, bewarf und bepackte sie diese Innereien mit einem Gemisch aus Holzwolle, Gips, Zement und Wasser. Wenn sie keine Holzwolle mehr hatte, nahm sie einfach Stroh. Ihr Hof war übersät mit Ungetümen und Gestalten aus unterschiedlichen Zeiten. Es waren ihre – wie sie meinte – verblassenden Beweise, daß sie früher etwas mehr Ehrgeiz besessen hatte. Viele ihrer Weißlinge alterten dort bereits seit Jahren.

– Ich drücke mich vor der Arbeit ganz gern. Die Tiere sollen mich im Grunde stören.

Wind und Wetter setzten Danas Statuen und Plastiken alljährlich brutal zu, besonders während des Winters, und sie entwickelten ihr Eigenleben. Die Gipsschicht quoll auf, bröckelte und blätterte ab. Das gefiel Dana so sehr, daß sie im Winter, wenn es zu wenig geregnet oder geschneit hatte, mit Wasser nachhalf. Sie wollte die Zerstörungsarbeit der frierenden Feuchtigkeit im Frühjahr unbedingt sehen. Es sollten sich neue Risse bilden, die Körper sollten nach und nach lose Teile abstoßen – aus eigener Kraft eben. Ausstellen durfte Dana sowieso nicht. Bald setzten ihre Ungetüme auch Moos an, die ersten Samen blieben an ihnen haften und gingen auf, ihre gipsernen Steher wurden immer grüner. Ihr Alter konnte man irgendwann an ihrer Verunkrautung ablesen. Die ganz frühen Arbeiten von Dana waren noch figürlich. Dana mochte sie nicht mehr und meinte, sie gehörten ihr gar nicht mehr.

– Ich habe ihnen längst ihre Freiheit wiedergegeben. Sie sind so etwas wie entlassene Sklaven und können tun, was sie wollen.

Man könne an ihren Männern, Frauen, Greisen und Kindern beobachten, meinte Dana, daß manche von ihnen im Alter ausgesprochen weise würden. Damit spielte sie auf die Gelassenheit derer an, die bereits nur aus ihren schaumig bedrahteten Innereien bestanden und trotzdem nicht klagten. Als Dana bei der Begrünung einmal nachhelfen wollte und die älteren Statuen, die sie am wenigsten mochte, mit Erde bewarf, kam ihr ein neuer Einfall: Sie bepackte die Figuren, wo es ging, gezielt mit Muttererde und bepflanzte sie mit Hauswurz.

– Lebt weiter und laßt mich in Ruhe, sagte sie ihnen regelmäßig in der irrigen Hoffnung, sie würden sich eines Tages doch auf den Weg machen – oberirdisch zum Horizont oder senkrecht nach unten.

– Vivite semper! verwandelte sie später die Ansprache an ihre Verwesungskrieger.

Hauswurz gehört, wie ich in dem Zusammenhang erfuhr, zur Gattung der Semperviva. Weil Dana ihren Gipsmonsterbau doch nicht ganz aufgeben wollte, war der Hof irgendwann so gut wie voll. Danas abstrakte Plastiken aus späteren Jahren waren noch größer und schwerer als die

alten und konnten mit den bescheidenen Mitteln von Danas
Freunden kaum bewegt, geschweige denn über die Feldwe-
ge transportiert werden. Diese Neuzuwächse waren außerdem feiner gegliedert und hatten viele Engstellen, in denen
sie hätten brechen können. Und vor allem knisterten sie vor
unbewußter Materialverspannung, meinte Dana.

– Sie stören mich schon in ihrer Grundidee, so geht das
nicht weiter.

Eines Tages kam ihr die ideale Entrümpelungsidee, die
auch ihrer laufenden Tierkundschaft mehr Freiraum bescheren sollte. Sie beschloß, ihre nicht ganz lahmen, also trans-
portablen Skulpturen auszusetzen und irgendwo draußen
auf Wanderschaft zu schicken. Sie würden in der Landschaft schon allein klarkommen, meinte sie, und vielleicht
viel besser als unter Aufsicht.

In einem sozialistischen Land waren viele Ideen und Aktivitäten absolut nicht realisierbar, dieses Vorhaben schien
Dana aber durchaus möglich. Im Sozialismus gehörte nun
mal alles allen, und die Wirklichkeit stimmte manchmal zufällig mit der Theorie überein – auch wenn es einfach der
allgemeinen Trägheit, Schlamperei und Verantwortungs-
losigkeit zu verdanken war. Zum Glück verstand sich Dana
mit dem Bürgermeister ausgezeichnet und hatte außerdem
einen guten Draht zur Försterei. Und wenn auch alle Förs-
ter, wie man vermutete, mit der Staatssicherheit koope-
rierten und alles Wald- und Wiesen-Verdächtige melden
mußten, konnte sich die Staatssicherheit nicht um alles
kümmern. Die Truppe war offenbar dauernd ausgelastet,
unterbesetzt und das Tschechenvolk als Ganzes ausgesprochen umtriebig. Aber eventuell wußten die Genossen in Danas Fall sogar Bescheid, und Dana hatte Glück mit ihnen.
Aus Angst vor möglichen Störenfrieden legte sie die Trans-
porte trotzdem in die Dämmerung, am liebsten in die Zeit
der idiotischen Quizsendungen oder Serien, die niemand im
ganzen Land versäumen wollte. Später waren keine Trans-

porte mehr nötig, da sich Dana entschlossen hatte, direkt vor Ort, also draußen in der Landschaft zu bauen.

Danas Körper war der erste Frauenglobus, den ich gründlich und in allen Winkeln erforschen durfte. Ich wollte alles sehen, riechen und schmecken – seit vielen Jahren stand dieser Wunsch ganz oben auf meiner Wunschliste. Ich war schon im Kindergarten daran interessiert, alle störenden Widersprüche und Unklarheiten empirisch zu klären. In einem vorsintflutlichen Aufklärungsbuch (Pilsen, 1913), mit dem mich später mein agiler Schulfreund Skopka – kurzfristig mit schweinisch-irdischen Dingen beschäftigt – verrückt machte, stand beispielsweise, daß das gutgepflegte weibliche ORGAN nach Bananen riechen würde. Die männliche Hälfte der Klasse war daraufhin außer sich vor Neugier, wozu zusätzlich unser sozialistisches Pech beitrug – echte Bananen gab es viel zu selten. Aber wir wären auch mit gereiften Bananen in den Händen machtlos gewesen. Die vielen neu aufgewirbelten Informationen nachzuprüfen war einfach unmöglich. Bis heute geht es mir so, daß ich im Wald, der nach ausgiebigen sommerlichen Regengüssen satt und schwer duftet, geneigt bin, mich nach gutgepflegten Vaginen umzusehen statt nach Pilzen. Der wohlige VAGINALDUFT war damals jedenfalls in aller Munde, autosuggestiv im Grunde fest in unseren Nasenhöhlen verfangen, und wir konnten bei unseren Vaginalgrübeleien wenigstens die Angst vergessen, uns könnte unter Umständen die gefährliche Phallus-Fäulnis drohen – oder sogar der finale Gliedverlust. Aus dem Pilsner Aufklärungsbuch wußten wir inzwischen alle, wohin die »Spirale des Onanismus« führen konnte.

Wir hatten in der Schulzeit aber auch noch andere, wenn auch inhaltlich verwandte Themen zu bearbeiten. In der Klasse wimmelte es von Busenknospen, die emsig mit der Zellteilung beschäftigt waren und sich dauerhaft in unserem Grapschradius befanden. Diese Teile füllten die Blusen der Mädchen immer dramatischer, und viele Knöpfe und Knopflöcher kamen dabei unter Zugspannung. Der gewölbte Stoff zwischen den einzelnen Knopfverbindungen gab dadurch den Sichtweg auf die Unterhemden oder sogar auf kleine Areale der nackten Haut frei. Wozu waren diese an sich funktionslosen und so hypertrophierten Wölbungen überhaupt gut, wenn die in ihnen steckenden Milchdrüsen noch so winzig waren? Um diese zu schützen? Vor uns? Die Brüste schienen nur deshalb auf der Welt zu sein, um Aufmerksamkeit zu erregen, um zu reizen. Das dichterische Wort »vnady« schien dies – etymologisch gesehen – nur zu bestätigen. Auf die Brüste bezogen bedeutet es im Tschechischen die »Köderinnen«, »Anlockerinnen«, »Anmacherinnen«. Irgendwann tauchte in der Klasse natürlich auch ein alter, von Samenspuren gezeichneter Raubdruck von Henry Millers »Wendekreis des Krebses« auf. Die weltweit erste Übersetzung in eine Fremdsprache erfolgte seinerzeit ausgerechnet ins Tschechische – schon im Jahr 1938.

Die Mädchen aus unserer Klasse um eine Riechprobe ihrer sicher gutgepflegten Bananenhülsen zu bitten traute sich trotz des kollektiven Rauschzustandes niemand. Unser Hauptsitzenbleiber Richard, der Terminator, verwirrte uns mit seinen Witzen leider noch zusätzlich. Um hygienische Bananen ging es dabei nicht mehr: »Ein Blinder geht am Fischladen vorbei und sagt: ›Seid ihr das, Mädels?‹« Manchmal sprach er außerdem vom »Fotzenkäse«, »Futkäselingen« oder vom »Futquark«. Wer auf diesem Gebiet später keine Erfahrungen machen sollte, dem war und ist nicht zu helfen.

Bei Dana war einiges – was Gerüche anging – etwas anders (oder woanders anzutreffen), und ich lernte hinzu. Wir küßten uns ohne Ende, dabei schmeckte ihr Mund überraschenderweise tatsächlich dauerhaft nach Fisch. Ich fragte nicht, warum, liebte diesen Geschmack und wollte ihren

Mund lange gar nicht anders haben. Irgendwann kam leider heraus, daß sie einen faulenden Zahn hatte und auf keinen Fall zum Zahnarzt gehen wollte. Wir küßten uns weiter, mir machte es nichts aus. Außerdem wußte ich, daß sie tatsächlich auf keinen Fall zum Zahnarzt gehen konnte. Sie hatte ein etwas abartiges Kiefergelenk und durfte den Mund nicht allzuweit auftun – sonst würde sich ihr Unterkiefer wieder auskugeln. Danas Zähne waren sowieso herben Einflüssen ausgesetzt. Sie lebte im Winter fast nur von reinem Honig, hatte ich den Eindruck, den sie umsonst von ihren Dorffreunden bekam. Sie löffelte und löffelte, bis sie satt wurde.

– Im Honig steckt alles drin, was ich brauche. Und in Bohnen und Brennesseln. Du kannst gerne Kartoffeln essen, mit so viel Salz, wie du willst. Neulich bin ich auf einer Honigschnitte eingeschlafen.

– »Honig in den Haaren ...« sang ich kurz, dieses Lied von Suchý kannte damals jeder.

– Laß mir meinen Honig, bitte!

– Du kannst auch eine Suppenkelle benutzen. Was du nicht verdaust, lecke ich dir unten ab.

Kartoffeln bekam Dana von irgendwelchen Einheimischen. Diese holten sie von den Feldern der Genossenschaft. Im Sozialismus kamen bescheidene Landbewohner, die zusätzlich einen größeren Gemüsegarten hatten, fast ohne Geld aus. Dana hatte einen kleinen Garten mit Obstbäumen, außerdem wuchsen auf ihrem Grundstück natürlich Unmengen von Brennesseln. Daß uns beim Sex die Störche durch die offene Tür zusahen, kam uns nicht mehr abartig vor. Das waren wir gewohnt. Die beiden männlichen Störche gaben im Frühjahr auch keine Ruhe, bis sie ihre Eierattrappen aus Holz zum Ausbrüten bekommen hatten. Den Papageien waren unsere Geschlechtsakte auch egal, nur der noch nicht erwähnte alte Hund mußte raus, weil er in entscheidenden Momenten gern jaulte. Gegen tierische Augen hatten wir also nichts einzuwenden. Wer uns wirklich nicht sehen sollte, waren Menschen. Und unter den Milliarden Menschen unseres Planeten gab es einen ganz besonderen, der uns auf keinen, aber auf gar keinen Fall hätte sehen dürfen. Dieser Mensch war meine schreckhafte Mutter. Sie ganz alltäglich-unschuldig aufzuwühlen, also sanft zu erschüttern, wäre an sich schon ein kleines Schwerverbrechen.

Unterschwellig hatte meine Mutter den Braten sicher gerochen. Vielleicht aber auch nicht. Sie verließ Prag, ohne sich anzumelden. Dana hatte kein Telefon. Draußen war schönes kühles Wetter, meine Mutter schnappte sich ihr Fahrrad, fuhr mit dem Zug in die nahe gelegene Kleinstadt und mit dem Fahrrad dann weiter. Dana konnte sich eine solche Spontaneität wegen ihrer Tiere nie leisten, unerwartete Besucher kamen aber immer wieder mal. Ich machte offiziell gerade eine Rennradtour in Nordböhmen. Wir waren laut, die Papageien waren laut, meine schöne Mutter klopfte nur leise, durch die dreckigen Fenster sah sie nichts, und als keine Antwort kam, ging sie schnurstracks ins Hausinnere. Die Tür war leider nicht verriegelt. Dana kniete, war nach vorn gekippt, mit dem Kopf hatte sie sich zwischen ihren Kissen eingewühlt. Ich steckte in ihr von hinten.

Menschen beim Sex zu überraschen ist nicht wirklich erfreulich. Den eigenen, nicht ganz erwachsenen Sohn bei dieser etwas groben Beschäftigung zu ertappen muß für meine teilweise doch etwas kindlich gebliebene Mutter grauenhaft gewesen sein. Sie brüllte so laut, als ob sie gerade Zeugin eines Mordes geworden wäre – und sah dabei aus wie eine Verrückte. In Danas Bett wurde aber tatsächlich gemordet – eine Freundschaft auf alle Fälle. Außerdem fickte sich ein Sohn gerade vor seiner Mutter weg, fickte sich zwischen die Erwachsenen, statt ästhetisch auf seinem Rennrad durch die Landschaft zu gleiten. Ich hatte gerade Mutters einzig wahre Liebe verraten, die in ihrem seelischen Schatzkästchen am Glimmen gehalten wurde. Außerdem tat ich etwas, was mir in ihren Augen noch nicht zustand und wozu sie mir persönlich, theoretisch jedenfalls, selbst den Startschuß geben wollte. Meine glückliche, trotzdem weiter etwas kindliche Jugend war nach diesem Vorfall allerdings lange noch nicht zu Ende.

Nach dem Eklat in unserem Beischlafzimmer war einiges nicht mehr bedenkenlos möglich. Als ich und Dana früher einmal zur Badestelle am Fluß gingen und meine Mutter vor uns lief, konnte ich heimlich und vollkommen angstfrei Danas nackten Rücken streicheln. Damals war mir überhaupt nicht bewußt, was für Verwirrtricks und Schattenschläge – regelwidrig und übergriffig – wir eigentlich ausgeführt beziehungsweise verteilt hatten. Wir waren das Liebespaar, wir waren mit frischer Lebendigkeit erfüllt, liefen stolz und selbstsicher. Aber nur wir wußten, woher diese Kraft kam. Obwohl Dana bekannt gewesen sein mußte, daß sie keine hervorstechende Schönheit war, fühlte sie sich trotzdem wie eine solche. Und ich hätte mich theoretisch mit ihr freuen können. Sie empfand sich plötzlich aber attraktiver als meine Mutter, was – strenggenommen – eine Frechheit war. Meine Mutter trampelte und wackelte an solchen gemeinsamen Tagen tatsächlich weniger anmutig, wirkte verunsichert und benahm sich viel ungeschickter als sonst – und ahnte dabei sicherlich nicht, warum. Wogegen ich, feiger Hund, mich nebenbei freuen konnte, daß sie sich quälte. Es war meine Rache für alles, was mir zu Hause, in dieser netten Enge, über den Kopf wuchs. Mir bereitete es sowieso schon länger ein gewisses Vergnügen, meiner Mutter das Lieben meiner Person zu erschweren. Es reichte schon, ihr die gewohnte Nähe zu verweigern. Aber ich konnte auch nicht anders – ich konnte sie in meiner Nähe, so wie früher, nicht mehr ertragen.

Etwas Substantielles habe ich über meine mich liebende Mutter noch nicht verraten: Sie konnte sich im Handumdrehen in eine wüste Diktatorin verwandeln. Da sie alltägliche Dinge mit keinem Partner auszuhandeln hatte, fällte sie oft Entscheidungen, gegen die zu opponieren unter keinen Umständen erlaubt war. Einmal zwang sie mich – sie selbst hatte gerade ihre Tage – mit Ohrfeigen ins kalte Osteewasser (13 Grad), weil man als Böhme überall ins Meer gehen müsse, wenn man es vor der Nase habe. Außerdem vergewaltigte sie mich einmal sogar. Zwar nicht genital, trotzdem penetrierend – mit einer Banane. Ich war noch ziemlich klein und sah die abgepellten Innereien dieser Frucht, die meine Mutter gerade stolz nach Hause gebracht hatte, zum ersten Mal. Ich roch außerdem plötzlich etwas, was ich noch nie gerochen hatte – und begann, rückwärts zu fliehen. Sie verfolgte mich mit ihrem weichspitzen Penetrator und versuchte, mir die von außen etwas angefaulte Exotenwurst zwischen die Zähne zu schieben. Ich kam rückwärts bis zum Fenster, kletterte rückwärts aufs Fensterbrett und drückte mich rückwärts gegen die Fensterscheibe. Weil es danach nicht weiterging, spürte ich zwischen den Lippen bald schon meinen ersten Bananen- und Spuckebrei.

Um das Bild meiner Mutter zu vervollständigen, muß ich über sie noch folgendes verraten: Sie war ihrem Wesen nach ein Raubtier. Sie aß kaum Obst und Gemüse, hatte sogar eine ausgeprägte Angst vor einer »Vitaminvergiftung«, wie sie immer wieder sagte. Ich schließe daraus heute, daß sie – ähnlich wie die Raubtiere – Vitamin C einfach metabolisch synthetisierte. Am ehesten steckte in ihr eine Raubkatze, was sich aus ihrer Art, wie sie einen greifen und packen konnte, schließen ließ. Während der Grundschulzeit schaffte sie es den ganzen kalendarischen Winter lang, mir auch beim Tauwetter mit Gewalt lange Unterhosen anzuziehen. In späteren Jahren oft einfach mit moralischer Gewalt. Sie setzte mich damit regelmäßig schlimmsten Gefahren aus, da alle Kälteweichlinge in der Schule mit Begeisterung beschämt wurden. In Wutanfällen schlug ich zu Hause oft mit Fäusten gegen die edel geätzten Türverglasungen unserer Türen. Ersetzt wurde das kaputte Glas nach und nach durch unästhetische Mattscheiben unserer sozialismuskranken Glasbranche. Widersinnigerweise fühlte sich meine mähnenstarke Mutter genetisch mit den Pferden verwandt – auch ihrer edlen Schönheit wegen. Gemein hatte sie mit ihnen aber höchstens nur noch das gelegentliche Wiehern-Müssen. Beim Niesen schrie sie immer wie eine Wahnsinnige.

Ich und Dana haben die meine Mutter betreffenden Rache- und Genuß-Nebeneffekte während unserer gemeinsamen Zeit nie benannt, nie angesprochen, wir wären dazu sowieso nicht in der Lage gewesen. Wir wußten von gar nichts. Was uns nicht daran hinderte, unsere kleinen Siege still zu feiern. Man könnte diese Verwicklungen aber doch noch anders sehen: Gerade dank unseres Nichtwissens konnten wir diese Dinge vielleicht erst so genießen, wie wir es taten. Jeder auf seine Art. Dana genoß ihren Triumph, eine Schönheitskönigin zu sein, und ließ ihre weibliche Vormachtstellung nicht nur meine Mutter spüren. Sie war nun mal die Nummer eins, sie wirkte manchmal sogar unabgeblätterter als meine frischhäutigen Cousinen. Und sie bemerkte beispielsweise genau, wenn ich meine Mutter beobachtete und mich für ihr wenig harmonisches Hantieren schämte. Dana und ich sahen uns daraufhin einmal an, schämten uns beide, wußten aber nicht, ob es Scham war. Wir waren verliebt und hatten von der Natur, dachten wir, die Lizenz bekommen, alles andere und alle anderen aus dem Weg zu schaffen. Diese Lizenz schloß das Recht mit ein, auf die Schmerzen der anderen nicht achten zu müssen. Ich sehe noch vor mir, wie es meine Mutter durchfuhr, nachdem sie einen meiner Blicke, der in Richtung Dana ging, abgefangen hatte. Ich sah Dana beim Umziehen zu, saugte sie mit meinen Augen an und wurde dabei unvorsichtig. Meine Mutter hatte zu diesem Zeitpunkt ihr Buch abgelegt, las nicht mehr, studierte offenbar meine Mimik. Im Grunde muß sie in dem Moment alles begriffen haben – um es schnellstmöglich wie ein Unding zu vergessen.

An diesem mit vielen scharfkantigen Zeichen beladenen Badetag war es heiß, meine Tastnerven krochen regelrecht wie Tentakel aus mir heraus. In diesem physiologischen Ausnahmezustand hätte ich mich ohne Skrupel – wie ein Flegel von Blutegel – an jedes verfügbare Frauenfleisch heranmachen können. Wie sollte ich es also schaffen, Dana nicht mit den Augen abzuschleimen? Dana war für mich in dem Moment die anziehendste Frau auf Erden, ich hatte Zugriff auf sie – ich und niemand sonst. Meine Mutter war an dem Tag, bevor wir alle baden gingen, mit ihrem Freund stundenlang unterwegs gewesen – die beiden wollten unbedingt eine Burgruine erkunden –, und ich, Dana und ihre Tiere hatten im Haus freie Bahn. Und da ich und Dana nicht die ganze Zeit miteinander schlafen konnten, zugleich das Reden im Bett aus gutem Grund mieden, blieb uns nichts anderes übrig, als wie eine 9 und eine 6 nebeneinanderzuliegen und uns gegenseitig zu befingern, zu bespielen und zu bewundern. Wir durften das alles miteinander tun und brauchten zum Glücklichsein nichts anderes. Was zu meiden war, waren tatsächlich nur Worte – zwischen uns und nach außen hin. Einmal hatte es während einer sanft langgestreckten Kopulation dieses Tages ein unpassendes kurzes Gespräch gegeben. Daß es dabei um meine Mutter ging, war natürlich kein Zufall. Trotzdem – mein Penis wurde infolge der mütterlichen Vision schlagartig etwas weicher und drohte auszurutschen. Dana, die auf mir saß, verhinderte das geschickt, und wir hörten vorsichtshalber auf zu reden. Dana freute sich dann wortlos – trotzdem riesig –, als sie zu spüren begann, wie ich in sie wieder hineinwuchs.

Nach und nach kannte ich ihren ganzen Körper, ihre vielen Oberflächendetails auswendig. Und ich fand auch alle

Unvollkommenheiten, alle Anzeichen ihres Alters – manchmal sogar ausgerechnet diese – wunderlich anziehend. Ich fand es ebenfalls anziehend, wenn sie mit irgendwelchen widerspenstigen Dingen ausnahmsweise auch mal grob, unelegant oder sogar häßlich umsprang. Als Künstlerin achtete sie sonst in allen, auch ganz banalen Schieflagen streng auf die Ästhetik der Dinge und stellte sie mit unauffälligen Mitteln schnell wieder her. Beim Essen gab es auf ihrem Teller beispielsweise nie ein unschönes Durcheinander. Die Proportionen in der Anordnung und die Farbigkeit stimmten, auf die Gewichtung zwischen Beilage, Fleisch und Gemüse achtete sie auch noch nebenbei. Die Soße verteilte Dana so, daß ihr Teller möglichst nicht verschmiert wirkte. Und beim Zerteilen achtete sie von Natur aus auf den Goldenen Schnitt.

Ihr etwas breites Becken fand ich – obwohl ich es vielleicht lieber etwas schmaler gehabt hätte – auch ausgesprochen reizend, es beherbergte sowieso meine neue feuchte Heimat. Und es sollte so breit bleiben, wie es war. Günstig für unsere Beziehung war allerdings auch, daß wir uns nur selten sehen konnten. Ob mir ihre Muttermale auch so sehr gefallen würden, wenn ich mit ihnen jeden Tag hätte spielen können – oder sollen –, bezweifle ich. Wenn sie mich manchmal vom Telefon ihres Nachbarn anrief und niemand in meiner Nähe war, fragte ich sie als erstes, was sie anhatte, welche Unterwäsche sie darunter trug, was mir ihre Schamlippen zu sagen hatten. Dummerweise hatten wir in der Klasse auch eine Dana. An einem Tag brachte ich die beiden aus Sehnsucht durcheinander und fragte meine Mitschülerin unvermittelt nach der Farbe ihres Schlüpfers.

die türen

Die an der Nord-Ost-Ecke des barocken Tores ansässige Clique der Älteren wurde immer rabiater – verbal wie auch physisch. Ihr früheres Liebeswerben – »Laß uns bumsen, komm« – hatte ich noch gut im Ohr, später redeten sie viel über technische Dinge – Transistorradios oder Tonbandgeräte. Viele dieser Älteren hatten inzwischen aber auch echte Motorräder – das heißt 50-Kubikzentimeter-Maschinen, die »Pionýr« hießen und in ihrer blechernen Ummantelung viel mächtiger aussahen als die mit Pedalen ausgestatteten Mofas Marke »Stadion«. Der technische, vor allem aber Ansehen verschaffende Unterschied zwischen den beiden Fahrgeräten war riesig – die älteren Mofas wurden im Volksmund noch »Ziegenkeuchen« genannt. Wie diese Leute mit ihren hochwertigen Pionýren umgingen, war furchterregend. Sie veranstalteten manchmal kleine Motorradrennen um einige Häuserblocks, einen Helm trug damals noch niemand. Immerhin verteilten sie vor dem Rennen einige nicht motorisierte Freunde an wichtigen Häuserecken, die Schmiere stehen und Fahrradfahrer warnen sollten. Autofahrer sollten auf sich selbst achten, bremsen und ausweichen lernen. Eines Tages kamen die Burschen auf die Idee, ein Rennen am steilen Hang des begrünten Tors zu veranstalten. Diese halsbrecherischen Cross-Rennen wurden selbstverständlich in Amerika erfunden und heißen in der übrigen Welt deswegen auch Hillclimbing – im Tschechischen allerdings schlicht und einfach »Rennen am steilen Hang«. Die Hang-Rennfahrer legten eine Bohle vor die Bürgersteigkante, einige Ziegelsteine und eine Stahlplatte vor die Begrenzung der erdigen Torflanke. Der folgende Weg

145

nach oben, also die eigentliche Steigung, war gut freige-
trampelt, links und rechts davon vegetierten einige Büsche.

Bis nach oben schaffte es niemand, die Motorkraft reichte nicht einmal für die erste Hochebene des Tores. Dafür
aber waren die Unfälle, die die Jungs uns vorführten, spek-
takulär und vor allem im Grad ihrer Materialverachtung
ungewöhnlich. Sie retteten sich oft im letzten Moment in
die Büsche und mußten ihr Gerät, wenn ihre Helfershelfer –
links und rechts der Steigung plaziert – es nicht auffangen
konnten, einfach nach unten purzeln lassen. Blech knirsch-
te und verbog sich, Auspuffe wurden flachgedrückt oder
abgerissen, Glas der Scheinwerfer ging zu Bruch. Und niemand wollte als erster vorschlagen, das Rennen abzubrechen. So wie sie mit Werten und mit Material umgingen,
gingen sie sonst auch mit ihren Gegnern um. Es gab Spannungen und Schlägereien, diese fanden – hörte man jedenfalls – an unterschiedlichen, von Sekundanten verabredeten
Orten statt. Und eines Tages wurde eins der Motorräder
angezündet und brannte aus. Erst dann erschien die Polizei.
Von dem großen »Rennen am steilen Tor« hatte man in der
Wachstube seinerzeit überhaupt nichts mitbekommen.

Einige Tage nach dem Brand klopfte nachmittags jemand
heftig bei uns an die Tür. Weil ich sonst nie Besuch bekam, war ich normalerweise nicht gemeint, wenn es an der
Tür Geräusche gab. Aber Klopfen konnte genausogut auch
Unheil bedeuten. Ich ging hin, in der Wohnung regte sich
sonst niemand – und vor mir stand die gesamte Motorrad-
meute. Ich war mir sicher, daß mich jemand der Brand-
stiftung beschuldigt haben mußte. Am meisten fürchtete
ich mich vor einem der Schläger – er hatte ein extrem fla-
ches Gesicht, und die Haut, mit der dieses bespannt war,
sah immer leicht gerötet aus. Vielleicht war daran seine
Leber nach überstandener Gelbsucht schuld, vielleicht Alkohol oder hoher Blutdruck. Und egal, wie medizinisch
ahnungslos ich damals war, solche bedrohlichen körperli-

chen Signale registrierte ich ganz deutlich. Auf jeden Fall sah dieser Mensch immer geladen und wütend aus und hatte riesige Fäuste. Es war sein Motorrad, das abgebrannt war. Angeblich kämpften und rivalisierten die Burschen um irgendwelche Bräute, die in den Büschen angeblich von dem einen oder anderen stehend flachgelegt wurden – dauernd oder abwechselnd ... den eigentlichen Wahrheitsgehalt dieser Gerüchte kannte niemand. Vor der Tür standen auch der immer fesch frisierte Pegina und einer, der den Spitznamen Tarantel hatte – aber auch einer der Moník-Brüder war dabei. Von den beiden Brüdern wird später noch kurz die Rede sein – und von ihrer sensiblen Schwester Libuše Moníková.

Neun harte Burschen standen also vor meiner Wohnungstür. Sie sahen an diesem Tag allerdings ungewohnt friedlich aus. Einer von ihnen hielt eine Schallplatte in den Händen, und bald wurde klar, worum es ihnen ging. Alle in der Gegend vorhandenen Plattenspieler waren für diese heilige Platte nicht gut genug. Und im weiten Umkreis war offenbar bekannt, daß ich – in Wirklichkeit meine Mutter – einen nagelneuen Plattenspieler mit einer Stereonadel besaß. Die Bande wollte sich die Platte bei mir anhören.

– Es muß eine Stereonadel sein, meinte der Besitzer der Platte. Wir haben zu Hause Stereo, mein Vater spinnt aber im Moment.

– Unser Radio ist leider nicht stereo. Kommt aber, unbedingt.

Der Hillclimbing- und Schlägertrupp zog sich im Flur die Schuhe aus. Wir gingen zum Grammophon, auf dem ein uraltes Monoradio aus schwerem Holz stand. Meine Mutter war arbeiten.

– Der Sound wird gut, meinte jemand.

– Gutes altes Röhrengerät, sagte ein anderer.

– Hat aber keine Höhen, sagte der nächste und hatte vollkommen recht.

Das eigentliche neue Grammophon war ein richtiges kleines Schränkchen auf dünnen Beinen, seine hellackierte Vorderwand ließ sich hochklappen und ins Innere hineinschieben. Es war eine Art Schrein. Die meisten meiner Besucher knieten davor wie vor einem Minialtar, andere saßen im Schneidersitz, der Rest blieb respektvoll stehen. Übersetzt hieß die Band, die auf dem Umschlag zu sehen war, etwas schlicht »Die Türen«. Schon bei den ersten schnellen Stick-Schlägen ahnte ich kurioserweise, daß es auch Explosionen geben würde. Diese kamen dann auch. Mir sägten sich aber schon die ersten bedrohlich verzerrten Gitarrentöne tief in mein Gehirn – und das für immer. Die Stimme des Sängers klang absolut ungeschützt, frei von jeder Lüge – und dieser Mensch war auch optisch eine unheimliche Erscheinung, er war zum Verlieben schön, geschlechtsübergreifend. »The Doors« machten eine Musik, wie ich sie noch nie gehört hatte. Niemand spielte so ohne Selbstzweifel Keyboard wie der Blonde mit der Brille. Und Jim Morrison schien bei aller Härte ein sanfter Kerl zu sein. Wenn er klagte, klang es mutig, und er tat es, ohne zu jammern. Sein Sommer war lange noch nicht zu Ende, seine Stimme schien darüber trotzdem Bescheid zu wissen.

die besüßte schien leicht nach innen zu lächeln

Mein Reifen wurde seit meiner Windelzeit nicht nur durch
die häusliche Erotisierung des Alltags begleitet, sondern
gleichzeitig mit Informationen aus Politik, sogar Weltpo-
litik unterlegt. Zum Glück, sage ich mir heute. Sonst hätte
mich eines Tages vielleicht der sexschleimige Ekel eingeholt
und in irgendeinem Bordell auf ein Traumsofa kotzen lassen. Wenn ich hier von Politik spreche, meine ich es nicht
im verwässerten Sinn des Wortes – wie irgendein umtriebiger Schönformulierer. Meine Mutter, deren erotische Präsenz Wände und Mauern durchstrahlen konnte, lebte gleichzeitig für und durch die Politik – und das ganz konkret, sie
tickte synchron mit den Weltereignissen, ihr Wissen war
immer auf dem aktuellsten Stand. Daß ich, das Kind, daran unmittelbar partizipieren konnte, habe ich unter anderem einer kinderfingerdicken Zeitschrift aus Westdeutsch-
land zu verdanken, die Mutters Redaktion Woche für
Woche bezog und die meine Mutter – sie arbeitete in der
Auslandsabteilung – regelmäßig mit nach Hause brachte.
Diese Zeitschrift hieß »Der Spiegel« und bedeutete auf
Tschechisch »zrcadlo«. So wuchs ich von Angesicht zu Angesicht mit Reizen auf Hochglanzpapier auf, die sich wö-
chentlich erneuerten und mit denen die Normalsterblichen
in Prag nicht in Berührung kommen konnten. Und unser
»Spiegel« war nicht nur voller Politik, er quoll außerdem
über vor raffinierten Reklamen, auf denen mit der Zeit immer mehr engelsgleiche Frauenwesen abgebildet waren.
Solche Schönheiten liefen in Prag nirgendwo herum, das
sozialistische Regime wäre nicht einmal technisch in der
Lage gewesen – trotz reicher Erfahrungen beim Lügen und

Täuschen –, uns eine Parallelexistenz solcher Apostelinnen mitten in unserer Gesellschaft vorzugaukeln. Die Mangelwirtschaft präsentierte sich lieber realistisch, das heißt trostlos. In diesem Kontext wirkte »Der Spiegel« schon äußerlich wie eine Provokation und Anklage. Ich blätterte in meinem und Mutters »Spiegel«, tauchte in die Gemischtwarenwelt dieses konkurrenzlosen Magazins, in dem neben Bildern von Leichen die weibliche Vollkommenheit einen damals noch bescheidenen, aber festen Platz hatte. Wirklich nachvollziehbar war dieses Nebeneinander für mich nicht, ich führte es damals, glaube ich, auf die Durchsetzungskraft der Schönheit zurück. Da ich mich ausgerechnet auf die Probleme der fraulichen Reize konzentrierte, blieb das geplante Entziffern der Texte oft auf der Strecke. Aber immerhin – im großen und ganzen wußte ich, wo es auf der Welt brannte, und in mir sammelten sich Fragen, die ich meiner Mutter bei Gelegenheit – mit Vorliebe morgens unter ihrer Bettdecke – stellen konnte.

Sie hielt mir außerdem regelmäßig politische Vorträge – und das tatsächlich von klein auf, noch bevor »Der Spiegel« begonnen hatte, uns zu begleiten. Sie nannte diese kleinen Vorträge scherzhaft »politische Schulungen«. Und meine Mutter war tatsächlich in der Lage, mir hochprofessionell die Verhältnisse in den entlegensten Gegenden der Erde zu erklären; ob es dabei um das im Weltatlas kaum zu findende Land Ruanda-Urundi ging – als gerade die verwickelte Teilung dieser ehemaligen Kolonie in Ruanda und Burundi im Gange war – oder um Vietnam mit der vor einigen Jahren eroberten, früher aber als uneinnehmbar geltenden französischen Festung Dien Bien Phu. Den Fall von Dien Bien Phu hatte meine Mutter als junge Journalistin vorausgesagt, besser gesagt sich vorausgewünscht – und zwar noch lange vor dem militärisch beeindruckenden und raffinierten Sieg der Vietnamesen. Meine Mutter war sehr stolz auf ihre Kenntnisse und ihren Überblick, wobei sie

sich bei ihrer weltumspannenden Supervision – etwas ge-
wichtsverfälschend – besonders auf extreme Diktaturen,
brutale Militärjunten oder wegen des brutalen Mordens
einsam gewordene Tyrannen konzentrierte. Über den Völ-
kermord an den Armeniern wußte ich seit meinen Kinder-
tagen Bescheid, den Lebensweg des Schlächters Idi Amin
Dada verfolgten ich und meine Mutter seit der Karriere
dieses Idioten beim Militär. Der Einmarsch der fortschritt-
exportierenden Chinesen in Tibet blieb in mir dank meiner
Mutter ebenfalls fest gespeichert.

Mutters politisch-geographisches Wissen hatte allerdings
gewisse Grenzen: Weil sie seinerzeit in das Ghetto von Theresienstadt und nach Auschwitz übersiedeln mußte, wurde
sie um ihre Gymnasialzeit gebracht und ging nach dem
Krieg und einem Ruck-Zuck-Abitur direkt auf die Universität. Sie holte vieles selbständig und gezielt nach, ihr
fehlten aber trotzdem die gesamte geistesgeschichtliche Bildung, vollständig auch alle naturwissenschaftlichen Grund-
kenntnisse. Und so sehe ich meine wunderschöne Mutter
bis heute vor mir: Sie steht wie eine professionelle Vor-
tragende mitten im Zimmer, in der Hand den »Spiegel« mit
einem breitaufgeplusterten Gesicht darauf (immer wieder
dem aus Bayern) und erzählt mir beispielsweise vom Poker
um die Gründung des Staates Israel – also über das Dilemma der Engländer, die stillen Ängste der Amerikaner und
die falschen Hoffnungen der Russen. Sie erzählt und erzählt und hat von der kapillaren Elevation, von Bruchrech-
nung oder Altphilologie keinen blassen Schimmer. Eroti-
scher und aufregender kann politische Bildung trotzdem
nicht sein, glaube ich.

Der vollkommen nackte Rücken der badenden Marilyn
Monroe – 1962 im »Spiegel« abgedruckt – erregte damals
noch großes Aufsehen, die nachfolgenden Leserbriefe waren voller Empörung. Ab 1962 begann man aber endlich
auch auf der Titelseite beeindruckende Frauengesichter ab-

zudrucken – und nach und nach bauten die Frauen ihre Präsenz auch in der Reklame immer weiter aus. Genau zum richtigen Zeitpunkt, muß ich mit Erleichterung sagen. So reifte an meiner Seite auch »Der Spiegel«, reifte nebenbei die gesamte Werbekultur.

Einen Haken hatte meine Zusatzausbildung aber schon – ich war für die Schule viel zu gut informiert. Ich wußte beispielsweise über die wirtschaftlichen und anderen Katastrophen in der Sowjetunion Bescheid, die der Bevölkerung aller Bruderstaaten verschwiegen worden waren. Ich erwähnte einmal das massenhafte Abschlachten von Pferden, die unter Chruschtschow als nutzlose Grasfresser abgestempelt worden waren – mit der Folge, daß der Kraftstoffverbrauch drastisch in die Höhe schoß. Auf dem Land fuhr man wegen jeder Schachtel Machorka einfach mit dem Traktor einkaufen – jedenfalls dann, wenn der gesamte Fuhrpark nicht gerade komplett lahmgelegt war. Meine Mutter hielt mir nach einer meiner Entgleisungen einen wichtigen Vortrag über »Politik als die Kunst des Möglichen«, den sie mit Churchills listigem Spruch abschloß: »Die Demokratie ist die schlechteste aller Staatsformen, ausgenommen alle anderen.« Böse Fallen warteten aber sowieso überall. Ich griff manchmal spontan auf nützliche Begriffe wie die »sowjetische Einflußsphäre« zurück – im offiziellen Sprachgebrauch war dieser Begriff natürlich tabu. Dem Volk wurde zum Beispiel auch der eigentliche Name des ägyptischen Staatspräsidenten und Sowjetfreundes NASSER – was auf tschechisch »Scheiß drauf« bedeutet – verheimlicht, und er wurde geschickt in Nassir umgewandelt. Oder daß der widerspenstige Kardinal Mindszenty immer noch – seit 1956 wohlgemerkt – mitten in Budapest in der amerikanischen Botschaft lebte, schien auch niemand mehr zu wissen. Bald erzählte ich über politische Angelegenheiten in der Schule lieber gar nichts mehr.

Unsere Clique hatte in der ersten Hälfte der sechziger Jahre zusammengefunden. Den meisten war die Politik zwar egal, apolitisch waren wir – so wie wir uns benahmen – aber nicht. Als ein politisches Abenteuer sehe ich vor allem unseren erotisch unterfütterten Widerstand gegen die Schulleitung. Die totalitären Kräfte unter den GENOSSEN LEHRERN witterten in unserer gravitationsstarken Zusammenrottung eine Gefahr, eine gesellschaftliche Eiterbeule, die nur Unheil streuen konnte. Und sie irrten sich nicht. Unser Drang nach Freiheiten war ansteckend, war vor allem wegen des dauerhaft vorhandenen Samendrucks und der starken Duftmarken, die die Mädchenkörper pausenlos abgaben, nicht wirklich beherrschbar – er entzog sich oft auch unserer eigenen Kontrolle. Obwohl wir damals noch nicht miteinander schliefen, standen wir schon alle in den Startlöchern und zitterten vor Aufregung. Den Anfang machte einer unserer Sitzenbleiber, der Besitzer des gutgenährten »Bullen«. Er hatte ein auswärtiges, cliquenfremdes Mädchen zur Hand & zum Glied, das mit ihm ab und zu schlief. Die Nichtmeer-Jungfrau kam zu ihm zu Besuch, blieb eine halbe Stunde und ging dann wieder – so einfach war das. Ihr Gang beim Verlassen des Hauses war (im Vergleich zu vorher) unverändert und verriet uns über das gerade Abgelaufene überhaupt nichts. Wir, die über den Zeitpunkt der Zusammenkunft unterrichtet waren, standen an der Ecke, quatschten und waren darauf aus, alle verwertbaren Informationen zu sammeln. Leider hatte sich das Geflecht der Fragen angesichts dieses Defilees eher vergrößert – es ging um Fragen, die wir uns in ihrer Konkretheit gegenseitig nicht unbedingt stellen wollten. Einen Eindruck übermittelte uns das besüßte Wesen allerdings doch: Es schien leicht nach innen zu lächeln.

Unsere Clique war gegen die Lehrergewalt gut gerüstet. Manche von uns waren schwer zu treffen, weil ihnen alle Zensuren und Beurteilungen gleichgültig waren. Andere waren dagegen viel zu intelligent, um Angst vor den Machtmitteln der Schule haben zu müssen. Unser wirklicher Gegner vor Ort war jemand anderes – es war der muskulöse, in einer schuleigenen Kellerwohnung hausende Hausmeister. Er war an sich ein humorvoller, alkohol- und lebensfroher Mensch, mit dem man sich an manchen Tagen unproblematisch, wie von Mann zu Mann, austauschen konnte. Er hatte aber auch ganz andere Seiten. Im Alltagsgeschäft setzte er auf die disziplinierende Wirkung von Gewalt. Mehr noch: Nachträgliche Bestrafungen hielt er für lächerlich und an sich schon für einen Ausdruck von Schwäche. Er bestrafte am liebsten präventiv, ohne die Wahrheit wissen und irgendwelche Schuldigen ausmachen zu wollen. Seine Maßregelungen SOLLTEN offenbar, wie mir später aufging, ungerecht, unverhältnismäßig und kulturlos sein, um ihre spezielle Wirkung zu entfalten.

Wenn der Mann manchmal – beispielsweise früh vor dem Unterricht – schlechte Laune hatte, wartete er grimmig am Eingangstor und beobachtete seine in die Schule einströmenden Schäfchen besonders aufmerksam. Er fokussierte verbissen und scharf alle, die aus der Reihe tanzten oder irgendwelche Auffälligkeiten zeigten, konzentrierte sich dabei vor allem auf die notorisch Frechen. Alle Wiederholungstäter hatten natürlich mit einer verschärften Zuwendung zu rechnen. Manche der jüngeren Schüler waren in der Frühe oft viel zu munter und aufgekratzt, benahmen sich unvorsichtig und mußten schon im zarten Alter ihr Lehrgeld zahlen. Wir, die wir wegen unserer Gruppenbildung und der bandenmäßigen Aufsässigkeit bekannt waren, paßten schon besser auf – wenn auch nicht immer. An bestimmten Tagen reichte dem Scharfrichter lediglich, wenn ihm jemand etwas zu auffordernd in die Augen geschaut hatte oder sich traute, durch seine schon mehrmals beanstandete Kleidung aufzufallen – oder »immer noch nicht beim Friseur« gewesen war. Manchmal wollten wir aber ausdrücklich, daß der Krieg ausbrach, und wir konnten ihn jederzeit bekommen. Eine kleine gezielte Bemerkung reichte vollkommen. Und wir wußten genau, wie der Mann – bei aller Höflichkeit, versteht sich – am besten zu reizen war.

– Wie brennt's heute? sagte einer beispielsweise, um anzudeuten, daß der Mann vielleicht doch lieber den Heizkessel kontrollieren gehen könnte.

Nach einer solchen Attackenbitte lief der Mann rot an, rannte los und verpaßte dem Frechling und potentiellen Schwerverbrecher einen zentnerschweren Fußtritt in den Arsch. Diese Strafe gehörte zum Standard, unser Hausmeister behandelte zarte Jungs genauso wie die robusten. Er trug grundsätzlich schwere Arbeitsschuhe, die oft mit Asche, Kohlenstaub oder anderem Dreck bedeckt waren. Seine überfallartigen Stiefelattacken erfolgten oft impulsiv, eine verbale Provokation war nicht immer unbedingt nötig. Alles ging blitzschnell, in den meisten Fällen fiel bei dem ganzen Vorgang kein überflüssiges Wort. Alle schauten stumm zu, und die Genossen Lehrer ließen den Mann jahrelang richten. Seine Treffer schmerzten oft mehrere Tage nach.

Seltsamerweise habe ich an die warme Gewalttätigkeit des Herrn ERBEN, der genauso wie einer unserer Nationaldichter hieß, ausgesprochen gute Erinnerungen. Einerseits imponierte er mir als ein Kraftprotz, andererseits wußte ich, daß jeder von uns ihm gegenüber doch etwas Schuld abzutragen hatte. Wir waren jung, fröhlich und lebten nicht verlassen in einem Kellerloch. Andere Erlebnisse waren für mich in dieser Zeit vielleicht prägender als diese Fußtritte, hatten dafür aber keine besondere Anschubkraft. Die Fußtritte besaßen sie, und die arschblauen Flecke zeugten davon wie amtliche Stempel. Sie haben meinen Werdegang auf keinen Fall behindert. So gesehen habe ich an dieser Stelle keinen Grund, um meine Vergangenheit übertrieben besorgt zu sein. Meine Vergangenheit ekelte mich in bestimmten Zeiten aber trotzdem unendlich an, und ich begann – punktuell jedenfalls –, diejenigen Menschen zu verabscheuen, die ostentativ mit einem dauerhaften Zufriedenheitslächeln herumliefen und meine Art von Ekel aus Eigenproduktion offenbar nicht kannten.

Mir wurde immer wieder vorgeworfen, mich zögen ekelerregende Objekte und Vorgänge magisch an. Es ist zugegebenermaßen nicht ganz unwahr, ich ekelte – und ekele – mich in meinem Leben nicht nur ungern. Ich betrachtete alles Unappetitliche aber immer schon als etwas Nützliches, beispielsweise als einen zukunftsorientierten Lieferanten von Nährstoffen. Ich verinnerlichte den Ekel jedesmal, zerinnerlichte und verdaute ihn ohne Rückstände, phantasierte in diesem Zusammenhang gern über die süßen, in egal welchem Ekelbrei atomar doch bereits vorhandenen Früchte – rote Erdbeeren, blaue Heidelbeeren oder meine geliebten grünen Stachelbeeren. Auf diese Weise konnte ich jedes in mir abgespeicherte Grundmaterial – nicht den Ekel als solchen – in vollkommen neutraler Form für später retten. Meine Zukunft sollte unbedingt strahlen und duften. In den Ferien fiel ich einmal in eine Jauchegrube. Danach begriff ich, daß man deswegen – entgegen der festen Überzeugung einiger meiner Tanten – vor Ekel nicht unbedingt zu sterben brauchte. Ich merkte vielmehr, daß sich jeder Dreck problemlos abwaschen ließ.

Ein einschneidendes Ekelerlebnis betraf dummerweise aber auch die Sexualität. Als ich eine Zeitlang bei der Müllabfuhr arbeitete, mußte ich Tag für Tag mit vielen rauhen und nicht unbedingt nur nach Seife und Deos riechenden Mitarbeitern klarkommen. Der unappetitlichste von ihnen war allerdings nicht der schlimmste Grobian und Schweißstinker, sondern ein Halbidiot, der außerdem ein sex- und religionsbesessener Fanatiker war. Seine Frau war auch etwas intelligenzgestört, dafür übertraf die sexuelle Leistungsfähigkeit der beiden alle mir bis dahin bekannten Männerprahlereien. Diese gehörten während der Frühstückspausen sowieso zum Pflichtprogramm. Der Musterkatholik und seine Frau, die ihren Potenzprotz in den Pausen oft besuchen kam, verbrachten wahrscheinlich ihre gesamte Freizeit mit Ficken. Und auch die Frau war stolz auf diese gottgegebenen und dem Allmächtigen offenbar gewidmeten Rituale. Für die beiden war es, sie deuteten es sogar an, eine Art heilige Pflichtübung. So erklärte ich mir ihre Schamfreiheit. Wir bekamen jeden zweiten Tag erzählt, wie oft bei ihnen in der Nacht wieder gerammelt worden war, sechsmal, siebenmal, achtmal – und bei der nächsten Berichterstattung ging es genauso langweilig weiter. Von unseren Frühstücksbroten tropfte regelrecht der fremde, mit Scheidenschleim vermischte Samen in Strömen herunter. Sex, Sex, purer Sex, nichts anderes als – doch geistloser – Sex. Bald wurde mir schon beim Anblick der sich nähernden Samenabnehmerin und -entsorgerin übel, und ich versuchte, wenn es ging, draußen auf einer Bank zu frühstücken. Bei meinem Müllabfuhrbetrieb, in dem insgesamt sowieso keine hohen hygienischen Standards galten, zeigte mir der Sex zum Glück auch diese seine desinfektions- und transzendenzresistente Seite. Wenn es im Leben mancher Individuen nur um Sex gehen sollte, dachte ich, könnten sich solche Leute auch in einen Zoo einsperren lassen, um dort vor aller Augen irgendwann zu sterben – vor Scham oder schamlos, auf jeden Fall aber fickend. Auch andere Bilder quälten mich: Wenn ich mein Leben auf dieser Welt als ein Bulle zu fristen hätte, hätten mich unweigerlich Hinterbacken von Kühen angezogen; und auch die schlimmsten Fliegenschwärme oder kotverschmierte Hüften hätten mich von meiner Kuh-Liebsten nicht fernhalten können.

Trotz der gerade geschilderten Erlebnisse und Phantasien möchte ich vorausschicken, daß meine Geschichte sich vorwiegend in sittlichen und appetitlichen Bahnen bewegen wird. Trotzdem: Um mich herum ging es nun mal dauernd mehr oder weniger um Sex. Daran kann ich wenig ändern. Lachende Mädchenmünder trainierten nebenbei ihre Lutschlippen, sie trompeteten – schien mir – Takte aus noch auszuführenden Orgasmus-Ouvertüren, alle weiblichen Hüftbewegungen luden zum Sex im nächsten Fünfjahrplan ein, und sogar das Pissen war eine sexbeladene Handlung. Ich weiß nicht, ob es immer so und für jeden genauso sein muß, damals in Prag war man – und blieb man – in dieser Sexklammer aber wie gefangen. Viele Menschen waren nach dem Krieg aus dem Exil oder vom »totalen Einsatz« im Dritten Reich zurückgekehrt, andere hatten mehrere Jahre Konzentrationslager hinter sich. Und denjenigen, die daheim geblieben waren, saß die Angst tief in allen ihren Knochen. Die politische und existentielle Bedrohung setzte leider bald wieder ein. Gewisse Freiheiten mußten die tschechischen Stalinisten dem Volk aber auch in den härtesten Zeiten des Klassenkampfes lassen. So blieb die Sexausübung im Sozialismus die ganze Zeit straffrei, und das wenig produktive, streßreduzierte Wirtschaftssystem, das vielerorts auch während der Arbeitszeit diverse Hobbyaktivitäten tolerierte, legte ungeahnte Vitalreserven frei.

Dabei gehörten die tschechischen Parteikader lange zu den schärfsten und ideologisch strengsten im Ostblock – und den sichtbar treusten. Das Prager Stalindenkmal, das einige hundert Meter von meinem Haus entfernt stand, war das größte der ganzen Welt. Und wenn auch die Slánský-Prozesse zu einem Symbol für den kommunistischen Terror wurden, mordete man nach 1948 in viel größerem Ausmaß lieber ohne Öffentlichkeit – bei Verhören, nach geheim abgehaltenen Prozessen oder in den unzähligen Arbeitslagern. Aber auch später in den sexualisierten Zeiten meiner Jugend gehörte Todesgefahr zum Alltag – allerdings die Gefahr eines neuen sozialistischen Typs. Die historische Prager

Bausubstanz wurde irgendwann so marode, daß abstürzende schwere Simse oder ganze Balkone immer wieder auf Passanten herabfielen und manche auch erschlugen. Auf den Bürgersteigen lief man deswegen nicht gern an den Häuserwänden entlang, man drängelte sich in der Nähe der Bordsteinkanten und ließ sich lieber vom vital werdenden Straßenverkehr bedrohen.

Im Grunde kann es einen nicht verwundern, daß das denkwürdige Jahr 1968 auch auf der höchsten Ebene, dem sogenannten Politbüro der kommunistischen Partei, ausgerechnet mit einem sexistischen Spruch eingeläutet wurde. Die hochwürdigen Genossen stritten sich im Dezember 1967 tagelang, gifteten sich an und konnten sich nicht einigen. Letzten Endes ging es um die Trennung von Funktionen und um die Neubesetzung des Chefsessels. Der bis dahin allmächtige Präsident Novotný wurde von dem jüngeren Lubomír Štrougal, dem damaligen stellvertretenden Ministerpräsidenten, mit folgenden Worten attackiert: »DIESE MEINE HÄNDE HABEN VIELE FRAUENÄRSCHE GEHALTEN, AN IHNEN KLEBT ABER KEIN BLUT.« Daraufhin wurde bei der Anfang Januar abgehaltenen Plenarsitzung des Zentralkomitees – nachdem Novotný als erster Parteisekretär FREIWILLIG abgedankt hatte – der jüngere nette Alexander Dubček in diese Funktion gewählt. Einmütig, wie es hieß. Dubček war nicht so frauenbesessen wie Štrougal. Er war vor allem – wollen wir jedenfalls hoffen – einigermaßen blutunbefleckt.

Mein alter Freund Petr Skopka war – was das Hobbytum betrifft – nie zu stoppen gewesen, und er bastelte auch als erwachsener Mann natürlich immer weiter. Als junger, noch studierender Ehemann baute er zu Hause harmlose, wenn auch erschreckend große Flugzeugmodelle. Und weil er nach einigen Konflikten mit der Macht, die auch wieder mit eher harmlosen Bastelaktivitäten zusammenhingen, letztendlich sogar oppositionell wurde, ging er nach dem Zusammenbruch von 1989 in die Politik. Eines Tages wurde er plötzlich Bürgermeister unserer wunderschönen Stadt Prag. Er, der Fliegenquäler, er, mein Mitschüler, dessen Vater einen bestialisch langen Penis besaß, derselbe Skopka, der einst mit seinen riesig vergrößerten Pin-up-Mädels einen ganzen Stadtbezirk – statt ihn zu besänftigen oder zu bilden – in Dauerunruhe versetzt hatte. Ich war stolz auf ihn und glücklich, daß er, gerade er und kein anderer an der Zukunft von Prag basteln durfte – und nicht nur manuell, sondern geistig und planerisch. Leider stolperte Skopka einige Jahre später – ausgerechnet Skopka – über eine schlichte Sexaffäre.

Auch wenn unter den Literaturnormopathen jegliche die Romanhandlung betreffende Ankündigungen verpönt sind, greife ich hier trotzdem vor und erzähle die Geschichte meines Freundes an dieser einen Stelle kurz weiter: Skopka wurde eines Tages beim Testen seines nach einer Verlängerungsoperation lädierten Penis leider erwischt und vor die Öffentlichkeit gezerrt. Als Bürgermeister einer freizügigen Stadt hätte er das politisch vielleicht überlebt. Er hatte aber Pech – der mit Einwegspiegeln ausgestattete Puff war eine illegale Einrichtung und zahlte keine Steuern. Aber keine Angst! Damit ist Petr Skopkas interessantes Leben lange noch nicht zu Ende erzählt. Er bleibt uns allen in diesem Buch noch erhalten. Mir in meinem realen zukünftigen Leben sowieso – als Freund, Ratgeber in tausend und einer praktischen Angelegenheit und als ein mich unermüdlich und mit einer Meßlatte begleitender Simultanläufer.

Bei einem Ausflug eines Teils unserer Clique gingen wir einmal von einem kleinen Dorfbahnhof an uns gleichgültigen Feldern entlang und waren die Lebensharmonie selbst. Wir näherten uns Schritt für Schritt, Hüftbewegung für Hüftbewegung dem leeren Wochenendhaus der Eltern einer unserer Blondinen. Um uns herum lag eine ereignislose

Landschaft, kein Wäldchen war in Sicht, nur am Straßenrand kämpften einige aufgegebene Obstbäume ums Überleben. Meine Gitarre hatte ich selbstverständlich dabei. Die von mir gerade als mögliche Wochenendschmuserin anvisierte Z. hatte es im Zug nicht geschafft, pinkeln zu gehen, und hätte es draußen auf der Landstraße gern nachgeholt. Ihr fehlte aber der Mut, sich zu offenbaren – außerdem sprach noch etwas anderes dagegen: Ihre drückende Blase bereitete ihr ein recht intensives Klitorisvergnügen. Geeignete Verstecke gab es sowieso nirgends. Zu diesem Zeitpunkt ahnten wir von ihren lustvollen Qualen nicht das geringste. Sie war bei diesem sonnig-friedlichen Gang – wir gingen alle nebeneinander, ich spielte und sang – nur etwas stiller als sonst. Gegen Abend erzählte sie uns dann beim süßen Obstwein, wie gern sie irgendwo am Straßenrand gepinkelt hätte, wie gern sie hinter einem Gebüsch verschwunden wäre. Und wir gaben ehrlich zu, daß sie keine Büsche nötig gehabt hätte und wir ihr gern zugesehen hätten. Und nachdem wir Z. versprochen hatten, nicht zu lachen, verriet sie uns, wie sie es mit dem Entleeren ihrer Harnblase auch ohne Büsche angestellt hatte. Ganz einfach: Sie ließ ihren Urin heimlich und portionsweise ab – eben peu à peu ins Freie. Es muß etwas wie das weibliche Ejakulieren gewesen sein. Der Saft lief ihr beim Gehen an den Beinen lang, hinterließ eine schmale Spur, erzählte sie, diese verlor sich unauffällig im Staub der alten Landstraße. Zum Glück gab es damals noch solche nicht asphaltierten Wege – Straßen vierten Grades, wenn ich mich nicht irre. Wieder und wieder machte sie ihren süßen, hinter dem Kitzler sitzenden Schließer oberhalb der Staubstraße vierten Grades ganz kurz auf und dann wieder zu. Sie hatte Zeit, der Weg war lang genug. Ihre Beine trockneten schnell, ihre Schuhe, die sie irgendwann in die Hände nahm, trockneten nach und nach auch. Die Hitze und die allgemeine Trockenheit kamen ihr entgegen. Ich sehe das Geschehen heute viel plastischer vor mir als damals, als ich es sinnlich nicht unbedingt verinnerlichen wollte. Ich sehe ihre langen schlanken Beine, die innen benäßt waren und deren Haut in der Sonne geglänzt haben muß, ich sehe ihre gutgeschmierten Schenkel, die unter ihrem zum mobilen Pinkeln praktischen Minirock leise aneinanderklatschten. Wie erotisch und süß kommt es mir heute vor. Leider fand ich diese Beichte damals unappetitlich bis abstoßend und meine damaligen Freunde auch. Und es tut mir bis heute leid, unsere süße Pisserin für ihre damalige Offenheit nicht belohnt, sondern indirekt beschämt zu haben. Wir haben bei ihrer Beichte zwar – wie versprochen – nicht gelacht, waren über die Geschichte aber alles andere als erfreut. Und das sah man uns einfach an. Wir fanden auch ihre goldenen langen Haare plötzlich etwas weniger anziehend – als ob diese mit Urin gestärkt worden wären. Der ganze Abend verlief vielleicht deshalb wenig prickelnd. Wir wollten uns dafür wenigstens ordentlich betäuben und tranken viel zu viel von unserem mitgebrachten Billigwein. Obstweine gab es damals in jedem Gemüsegeschäft zu kaufen. Zur Strafe bekamen in der Nacht alle einen üblen Durchfall – nur die zurückhaltende Z. einen nur mäßigen. Das schönste an unserem Landaufenthalt war die morgendliche und unumgängliche Säuberungsaktion. Wir alle hatten keine Lappen und keine Handtücher dabei, fließend warmes Wasser gab es in dem einfachen Bauernhaus auch nicht, und wir hatten keine andere Wahl – wir zogen uns alle aus und spritzen uns einfach mit dem Wasser aus dem Gartenschlauch gegenseitig ab. Und dabei sollte und MUSSTE ausgerechnet zwischen die hingehaltenen HINTERBACKEN gezielt werden – etwas vorsichtiger auch auf die Schamhügel und auf das bei der Blondesten tatsächlich blonde Schamhaar. Unglaublich war das – Befruchtung mit einer schier unerschöpflichen Flüssigkeitsmenge! Das Brunnenwasser war furchtbar kalt, abwechselnd mußte sich einer wie ein Besessener mit einer rostigen Doppelkolbenpumpe abquälen. Dieser aktuelle Pumpensklave wurde angebrüllt und angetrieben, den Wasserdruck konstant zu halten. Ihm wurde dabei wenigstens wieder warm. Derjenige aber, der das spritzende Ende des Schlauchs halten durfte, fror dagegen. Wir konnten und konnten mit den Spritzorgien nicht aufhören.

Wie schon erzählt, fand man auf den friedlichen Straßen meiner weltbekannten Stadt damals dauernd benutzte Präservative. Aber natürlich war auch der ungeschützte Verkehr in dieser Vor-Aids-Ära in vollem Gange, hinterließ bloß keine sachlich-materiellen Spuren – nur uneheliche Kinder. Die Prager Männer mußten nun mal außereheliche Beziehungen unterhalten, um ihre überschüssigen Energien zu kanalisieren. Das Leben war aber gleichzeitig auch voller Härten. Diese begegneten einem eher zufällig, flackerten an der Oberfläche auf, wenn man ab und an etwas (Zuschauer-)Glück hatte. Über alltägliche Gewalt und Kriminalität wurde sonst nur im Telegrammstil, vor allem aber stark selektiv berichtet. Die kompakte Polizeirubrik der Zeitungen hieß SCHWARZE CHRONIK, SCHATTEN VON GESTERN oder so ähnlich. Ein typisches Textbeispiel: »Der achtzehnjährige P. R. versuchte im Stadtpark von xxx die dreizehnjährige F. G. zu vergewaltigen. Eine Polizeistreife verhinderte die Tat.« Punkt. Und so ähnlich fleischlos und bündig ging es dann weiter – bevorzugt wurden hier selbstverständlich die bosheitsneutralen und auch im Sozialismus nicht vermeidbaren Verkehrsunfälle vermeldet. Im führenden Parteiblatt »Rudé právo« hieß die Rubrik ehrlicherweise AUS DER SCHWARZEN CHRONIK. Die Präposition AUS deutete immerhin an, daß es sich bei diesen fettgedruckten Meldungen nur um eine vorab getroffene Auswahl handelte. Diese Minimalnachrichten wurden oft fett oder sonstwie auffällig gedruckt und bildeten auf den sonst optimismusverwöhnten Zeitungsseiten einen kleinen Schandfleck – und das sollten sie auch. Wenn es längere Artikel zu gezielt ausgewählten Kriminalfällen gab, sollten diese in erster Linie abschrecken und erziehen. Die verschwiegenen Fälle überließ man der Mundpropaganda.

Ich persönlich wurde nie Zeuge eines Verbrechens, dafür erlebte ich einmal eine Art öffentlicher Hinrichtung auf dem Altstädter Ring, ausgerechnet in unmittelbarer Nähe der Stelle, an der im siebzehnten Jahrhundert die Elite des Landes – Spitzen des böhmischen Adels und andere prominente Geistesgrößen, tschechischer wie deutscher Zunge – dezimiert wurde. 1621 ließen die Habsburger, die bei der Schlacht auf dem Weißen Berg gewonnen hatten, siebenundzwanzig edle Herren evangelischen Glaubens köpfen. Dem gelehrten Jan Jesenský – dem Rektor der Universität und Vorfahren von Milena Jesenská – schnitt man als Erstes seine gelehrte Zunge heraus. Zum Strafkatalog der Habsburger gehörte außerdem eine beispiellose Vergewaltigung und religiöse Unterdrückung des ganzen Landes, es folgten Enteignungen von gigantischen Ausmaßen. Die erwähnte Schlacht von 1620 war für mich, der in Prag 6 aufwuchs, immer präsent. Der Weiße Berg lag nur einige Straßenbahnhaltestellen entfernt, und bei allen Ausflügen in die westliche Richtung mußte man an diesem ehemaligen Schlachtfeld vorbeifahren. Bei der jetzt zu schildernden Szene – etwa dreihundertfünfundvierzig Jahre nach dem gegenreformatorischen Aderlaß – ging es nur um das Abschlachten einer einzigen Frau.

Prag der sechziger Jahre – und was dort an Brutalität noch möglich war! Die Situation, wie sie sich mir anfangs bot, war im Grunde vollkommen harmlos. Die Hinzurichtende wollte nichts anderes als eine oder zwei Wassermelonen für ihre Familie erstehen, ganz gewöhnliche Wassermelonen – außen grün, innen rot. Zuckermelonen gab es bei uns damals so gut wie nie, wegen dieser hätte es sich vielleicht gelohnt, einen Menschen umzubringen. Aber wegen einer Wassermelone? Um die zu erzählende Geschichte zu verstehen, muß man eins wissen: Wenn es in Prag Wassermelonen gab, dann gab es sie nur ganz kurze Zeit. Der Einmarsch der Melonen erfolgte immer nur überfallartig, geschah ohne jegliche Vorwarnung. Wenn diese grünen Kugeln irgendwo im Süden Mährens oder in der Slowakei gereift waren, ergossen sich bald ganze Berge von ihnen – wie von Naturgewalten der wäßrigen Zellteilung getrieben – in die Stadt. Diese Ströme wurden dabei nur unzureichend kanalisiert. An geeigneten oder wenig geeigneten Orten wurden volle LKW-Fuhren abgeladen und beim Straßenverkauf an den Mann und die eine oder andere Frau gebracht. Schon beim Aufbauen der Verkaufsstände bildeten sich lange Schlangen. Die Menschen hatten ja Zeit. Der Verkäufer am Altstädter Ring, wo ich gerade unterwegs war, benahm sich schon im Vorfeld des großen Ereignisses laut und war voller Lebens- und Geschäftsfreude. Und weil er so beeindruckend extrovertiert war – im Sozialismus war diese Art schamlos positiver Prachtlaune im Straßenbild eine Seltenheit –, blieb ich stehen und bewunderte sein gekonnt inszeniertes Schauspiel eine Weile. Daß ich so lange stehenblieb, hatte aber noch einen anderen Grund: Ich hatte die Vorahnung, daß der Mann plante, in großem Stil zu betrügen. Seine gute Laune erklärte ich mir mit seiner Vorfreude, an diesem Tag noch reicher zu werden, als er es sicher schon war. In der Tschechoslowakei gab es zwar fast gar keine privaten Geschäfte mehr, Gemüseverkäufer gehörten aber – neben den schon erwähnten Fleischern und Kneipiers – zu denen, die doch ihren heimlichen Privatschacher betreiben konnten. Daß diese Leute nicht nur den Staat, sondern generell alle betrogen, also auch ihre Kunden, war ein öffentliches Geheimnis. Der massenhafte Melonenverkauf bot einem Bereicherungsprofi zusätzliche und schwer kontrollierbare Freiräume. Die Passanten waren so

165

gierig nach den Melonen, so beseelt durch die Vision der baldigen Glücksexplosionen daheim, daß sie zu irgendwelchen Kontrollmaßnahmen nicht fähig waren. Ihre trockenen Mundschleimhäute machten sie denkschwach. Für die staatlich organisierte Melonenbescherung hatte man sowieso dankbar zu sein. Dem unersetzbaren Verkäufer im Grunde auch.

Das Spektakel begann – und ich hatte mich nicht geirrt. Der Mann betrog relativ offen, er schien auf seine Unverschämtheit fast stolz zu sein. Er schmiß die Melonen auf seine Waage, und lange bevor sich die Anzeigenadel beruhigen konnte, schrie er schon den frisch errechneten Preis laut über den Platz. Vielleicht irrte er sich manchmal auch leicht nach unten, das war aber eher zu bezweifeln. Wie eine Intelligenzbestie im Kopfrechnen sah er nicht aus. Er quatschte zwischendurch fröhlich mit den Kunden – und wie geschossen schrie er mitten in seinem Gerede schon die nächsten Phantasiezahlen. Er wurde immer lauter, seine Stimme donnerte über den halben Altstädter Ring. Widerspruch war bei dieser Bombenstimmung absolut nicht möglich. Alles mußte sowieso ganz schnell gehen, die Schlange war lang und breit. Alles lief friedlich und freundlich ab – bis zu dem Zeitpunkt, als sich eine Frau traute, die Richtigkeit des ihr genannten Preises höflich in Frage zu stellen. Der Preis komme ihr seltsam vor, und es hätte eventuell sein können, daß es sich um einen kleinen Irrtum handelte. Der Mann blieb kurz sprachlos, starrte die Frau an. Sie wiederholte ihre Bitte, den Preis ihrer zwei Melonen neu zu berechnen. Sie wolle nur genau wissen, wie dieser zustande gekommen war.

Der Mann erholte sich und lachte endlich laut auf. Er schmiß die eine der beiden von der Frau ausgewählten Melonen noch einmal auf die Waage, dann die zweite – und präsentierte den neuen Preis. Der Gesamtpreis war jetzt tatsächlich um einige Heller niedriger – ein fairer Kompro-

miß, hätte man meinen können. Um jegliche kopfrechne-
rische Kontrollen irgendwelcher Schlaumeier zu stören,
multiplizierte und addierte er noch einmal alles laut nach,
er tat dies in hohem Tempo und voller Erregung. Immerhin
öffnete er seine betriebsinterne Buchhaltung für alle, jeder
konnte »überprüfen«, wie er auf die neue Zahl gekommen
war – auch die arme Frau. Sie gab sich trotzdem nicht zufrieden und weigerte sich zu zahlen. Ihr Pech war, daß die
Ungeduld in der Schlange wuchs und sie von dort keine
Unterstützung erwarten konnte.

– Hören Sie gut zu, junge Frau, ich habe den Preis korri-
giert! Haben Sie das kapiert? Sie halten alle auf!

– Es kann nicht stimmen, tut mir leid. Wenn ich es über-
schlage – fünf mal drei und ... und so weiter, komme ich
höchstens auf fünfzehn. Ich konnte Ihnen bei dem Tempo
nicht folgen.

Der Verkäufer schmiß vor Wut beide Melonen auf einmal
in die Schale und bespuckte die Gewichte auf der gegenüberliegenden Plattform seiner angerosteten Zungenwaage –
von seiner guten Laune war nun nichts mehr zu spüren. Er
multiplizierte den Kilopreis in doppelter Lautstärke und in
zwei getrennten Rechenstufen neu, und siehe da – er hätte
sich vorhin beinah selbst betrogen. Er hatte beide Male viel
zu wenig berechnet!

– Danke, danke für die Nachhilfe, junge Frau, es war viel
zu wenig! schrie er triumphierend. Ich habe mich zweimal
zu Ihren Gunsten vertan!

Die Masse war durch die Dramaturgie der Szene so beein-
druckt, daß die neue Multiplikation ohne Widerrede als
korrekt hingenommen wurde. Niemand konnte sich zu diesem Zeitpunkt trauen, dem Marktmathematiker Paroli zu
bieten. In meinem Kopf war es sowieso schon schwarz vor
Wut, ich hätte keine Zahl festhalten, geschweige denn mit
ihr operieren können. Für die Frau war der neue Preis ein
schwerer Schlag. Sie war schockiert und begann, laut zu

weinen – dabei hatte sie sicher auch ihre um die Melonen so gut wie betrogenen Kinder vor Augen. Und der Verkäufer schlug nach, wurde immer höhnischer, rechnete der Frau noch einmal und noch einmal vor, wie sie ihm Unrecht angetan und ihn beinah arm gemacht hätte. Alle sahen dieser Demontage zu, ich, der Frauenbewunderer und zukünftige Beschützer auch. Ich war nicht nur vollkommen sprachlos, sondern auch viel zu jung, um gegen den Mann antreten zu können. Damit hatte ich diese öffentliche Hinrichtung – eine Art mittelalterlicher Entehrung – leider zugelassen, zugelassen wie alle anderen. Erst im Nachhinein malte ich mir immer wieder aus, was ich hätte tun, wie ich der Frau hätte helfen können. Ich hätte vortreten müssen, mir das ermittelte Gewicht aufschreiben sollen – und dann den Preis in aller Ruhe auf einem Zettel ausrechnen können. In dieser Zeit hätte der Schwindelverkauf weitergehen können.

Das Drama ging dann noch weiter. Der von jeglicher Schuld entlastete Verkäufer begann, die Frau zu beschimpfen und sich als Anwalt der wartenden Masse aufzuspielen. Er höhnte über den mathematischen Unverstand der Belästigerin – und er konnte mit seinen Tiraden auch bei dem inzwischen wieder angelaufenen Verkauf seiner Melonenberge nicht aufhören. Die Frau tat zum Glück das einzig richtige – sie fiel in Ohnmacht und knackte hart auf die Pflasterung der Hinrichtungsstätte. Einige umstehende Passanten – nicht ihre Gegner aus der Schlange, die ihre Warteposition hätten verlieren können – trugen sie zu einer Bank und legten sie hin.

– Wir brauchen einen Arzt!

Wie ich später erfuhr, hatten pfiffige Gemüsehändler an ihre Waagschalen oft Schlaufen aus dünnem Draht angebracht. Eine solche Schlaufe hing unterhalb der Tischplatte, war gut getarnt und konnte bei Bedarf mit der Fußspitze belastet werden.

rücklings schob er sich wie eine dampf-
getriebene wühlmaus die gänge lang

Hoffentlich hat niemand kritiklos angenommen, mich –
den naiv träumenden Georg – hätte tatsächlich eine schat-
tenlose Zukunft, so etwas wie ein Kontinuum an Glück erwartet. Falls ich Anlässe zu derartigen Visionen geliefert
haben sollte, tut es mir leid. Da mir böswillige Mitmenschen schon mal Täuschung aus niederen Motiven unter-
stellt haben, lasse ich mir in diesem Zusammenhang ruhig
vorwerfen, ich hätte mich der etwas harmloseren Verklä-
rung schuldig gemacht. Relativ unschuldig darf ich mich
tatsächlich fühlen. Ich habe nie an konkreten Zukunfts-
plänen gebastelt und habe über sie daher auch nie berichten
können – nicht in diesem Text, genausowenig mündlich.
Über sie zu phantasieren hätte sowieso kaum Sinn gehabt,
da meinem früh verfestigten Gefühl nach alles längst fest-
stand – inklusive der ferneren Zukunft. Auch diese befand
sich von Anbeginn an im lieferfertigen Zustand, war auf
mich positiv eingestimmt – maßgeschneidert wie sie war –,
und sie war natürlich einigermaßen hell, wie sie auch für
jeden anderen Menschen auf der Welt zu sein hätte. Meine
Zukunft war auf alle Fälle dazu da, sich eines Tages von
sich aus zu entfalten, war immer schon dabei, auf mich in
aller Ruhe zuzugehen.

In der Zeit, als das ganze Konglomerat meiner qualrei-
chen Eigenarten in mir noch tiefer verborgen lag, sah ich im
Gesicht wie weichgespült aus. Dank der wenigen von mir
existierenden Fotografien kann ich jetzt mit Sicherheit sagen: Meine Frisuren waren nichts anderes als eine konse-
quente Serie von dämlichen Karikaturen. Meine möglichst
grauen Anziehsachen waren mir meist nicht grau genug,

unsichtbar war ich aber nicht. Ich hieß damals genauso wie heute, lange Jahre wollte ich aber unbedingt anders heißen. Auf keinen Fall Georg.

Ich hatte zwar immer fest an meine nicht zu befürchtende Zukunft geglaubt, ganz logisch war mein Glaube aber keinesfalls. So porenoffen, wie ich aufwuchs, hätte ich meine Zukunft niemals mit Freude erwarten dürfen. Zum Glück hatte sich mein seelischer Selbsterhaltungstrieb um keinerlei Logik geschert. Es reichte, mich leicht zu schütteln, Fußball zu spielen oder morgens anders aufzuwachen – und ich hatte alle Zweifel vergessen, war wieder munter und überaus fröhlich. Wenn meine düster drückenden Zustände trotzdem nicht restlos verschwunden waren, versuchte ich schnellstens, sie wenigstens von meinem Äußeren zu entfernen, sie wie die altgriechischen Schlammkämpfer mit ihren Schabeisen schichtweise abzukratzen. Als ich später – endlich und ehrlich – begann, mir wie ein unreines Wesen aus einer anderen Welt vorzukommen, half diese Oberflächenbehandlung leider nicht mehr. Meine Seele war mir immer wieder ... die Qualität dieses Gefühls war punktuell erschreckend ... meine Seele wurde mir eklig auf eine so eigenartige Weise, daß es mir nie gelang, auch nicht in der Zeit der Kulmination und der Zeit meiner ersten intensiven Schreibversuche, für diesen Ekel ein stimmiges Bild zu finden. Dann kamen noch meine unschönen Pickel hinzu. Ich bezeichnete mich manchmal gern als eine Eiterproduktionsanlage. Und mir ist jetzt schon klar, daß ich – um dieses Kapitel nicht zu überfrachten – noch einmal werde versuchen müssen, mir meine inneren Qualspiele anzusehen und die folgende Abhandlung aufzustocken.

Das größte Verbrechen in unserer Familie war das Lügen. Und obwohl ich nach den bei uns geltenden Anstandsregeln nie log, hatte ich immer das Gefühl, trotzdem in der Nähe von Todsünden zu leben, so auch in der unmittelbaren Nähe des Lügens. Ich mußte notgedrungen lügen oder beinahlügen, weil ich eben nicht in der Lage war, das, was sich plötzlich doch bewußt in mir regte, nach außen zu kehren. Und ich durfte es auch auf keinen Fall tun, nicht einmal eine unfröhliche Andeutung davon sollte nach außen dringen. Ich schaffte es als Kind – unzählige Jahre, einfach so lange, bis die Dinge nicht mehr aktuell waren und bis aus ihnen Scherze geworden waren –, auch enorm wichtige Wünsche und enorm wichtige Forderungen zu unterdrükken; falls ich überhaupt wußte, was ich mir hätte wünschen oder was genau ich hätte fordern sollen.

Erst nachdem ich meine saftige Schambegabung entdeckt hatte, wurde mein Innenleben etwas greifbarer. Meine Scham darüber, wer ich eventuell war, brachte die geistige Wende. Was mit meiner Scham belegt war, begann ich mir konsequent zu merken und versuchte, es nicht nur roh zu speichern, sondern es auch ansatzweise zu deuten. Schämen konnte ich mich immer besser, zum Glück wieder vollprofessionell und unauffällig.

Mein Leben wurde für mich irgendwann zur Hölle, und ich wußte genau, wo sich in Prag der Einstiegsbereich zur Hölle befand. Wenn man das Tor der berüchtigten psychiatrischen Klinik von Prag-Bohnice passiert hatte, konnte man sich nicht mehr verlaufen. Der Eingang zur Hölle befand sich irgendwo im Haus drei oder vier. Nachdem ich in der Grundschule überraschend einmal eine Fünf im Diktat – also ungenügend – bekommen hatte, sagte zu mir ein Mitschüler, der später Spitzenkoch in einem Hotel auf dem Wenzelsplatz wurde:

– Wenn es mit dir so weitergeht, Georg ...

Weil ich mit meiner Mutter manchmal Bekannte besuchen mußte, die in der Irrenanstalt von Bohnice festsaßen, wußte ich tatsächlich, wohin man sich als eine gescheiterte Existenz zu wenden und wohin man unter Umständen zu verschwinden hatte. Beruhigend war dabei, daß der dortige Chefarzt zum Bekanntenkreis meiner Mutter gehörte.

171

Meine Talfahrt setzte nicht gleich nach dem mißglückten Diktat ein, viele Jahre später kam sie aber tatsächlich und vollkommen folgerichtig in Gang. Diese Talfahrt hatte viele Phasen, hinterließ einige gruselige Sedimentschichten – und ich konnte, wenn ich wollte, jederzeit auf sie zurückblicken. Die Entdeckung meiner tiefsitzenden Unsicherheit fiel ausgerechnet in die glückliche Blütezeit meiner Clique. Meine Verzweiflung darüber meldete sich erst vorsichtig an, ich begann aber allmählich zu ahnen, daß sie nicht dabei war, gleich wieder abzutauchen oder zu schrumpfen, sondern vielmehr ins Kraut zu schießen. Mein unsicherer Seelendreck machte sich in mir besonders dann breit, wenn ich meine so souveräne und mich schützende Bande nicht um mich hatte, wenn ich also auf den Straßen und Plätzen meiner schönen Stadt auf mich allein gestellt war. Zum Auslösen einer Verzweiflungsattacke reichte dann irgendeine komplizierte Begegnung oder Begebenheit. Warum mußte ausgerechnet ich miterleben, wie eine Frau wegen zwei Melonen auf die Pflastersteine umgehauen wurde? Warum mußte ausgerechnet ich dazu begabt sein, Menschen, die ich traf, so aufzuweichen und aus ihnen IHRE hartnäckigsten Unsicherheiten so gnadenlos herauszukitzeln, daß sie sich möglicherweise silagieren lassen wollten? Dabei hatte ich sie oft kurz zuvor noch beobachtet, wie sie mit anderen gescherzt und gelacht hatten – in meinem Beisein stotterten sie dann plötzlich, wurden rot, kippten ihre Augen pausenlos nach unten, verstummten schließlich wie abgewürgte Pulsadern und überließen es mir, mich für ihr Unglück schuldig zu fühlen. Schon während der gemeinsamen Quälerei haßte und verfluchte ich mich, ließ braune Kröten aus den verrücktesten Verstecken wie Helikopter aufsteigen, schoß gnadenlos Kanonenkugeln auf unschuldige Dritte ab und federte den Rückstoß mit meinem flachen Brustkorb ab. Offenbar forderte ich von mir und von meinen Begegnungspartnern eine Art von Ehrlichkeit, die einige verschorfte, normalerweise ausreichend geschützte Grundwunden zum Platzen brachte. Nebenbei spürte ich die ganze Zeit, wie sich in meinem Schlund zäher Schleim sammelte – so daß in mir schließlich auch eine fette Kröte festsaß. Eine Kröte, die sich dringend auf eine Flugbahn – eine eher ballistische – begeben wollte, um sich ihren feuchtbodenstämmigen Verwandten anschließen und sich mit ihnen paaren zu können. Wenn ich wieder allein war, beneidete ich beispielsweise ebenmäßige Grasflächen um ihre natürliche Stille – was noch die friedlichste aller möglichen Abschlüsse, die idealste aller zu phantasierenden Auslaufzonen war.

Anfangs – sagen wir in meiner Bettnässerzeit – vermehrten sich die in mich zu Hause eingepflanzten ... wie hätte ich sie damals nennen sollen?, ich hatte nicht einmal die primitivste Fachterminologie zur Verfügung ... vermehrten sich die in mir lauernden Vorhöllenwürmer nur langsam, nach und nach verbündeten sie sich aber miteinander und verkrallten sich in meinem aufnahmebereiten Fleischsein, verhakten sich in allen meinen Muskelfasern, Gefäß- und Darmtraktwindungen so gut, daß sich in mir eine regelrechte seelische Kloakenwirtschaft – an solchen frei kreierbaren Termini mangelte es mir nie – herausbilden konnte. Eine Affinität zum Unglück besaßen bei uns zu Hause sowieso alle – allerdings auch Fähigkeiten, mit dem eigenen Unglück einigermaßen zivilisiert umzugehen. Positiv daran war, daß ich von klein auf nicht nur die unterschiedlichen Arten der Verzweiflung, des Umgangs mit der Verzweiflung vor Augen hatte, ich konnte nebenbei auch die seltsamsten Varianten des Unglücklichseins miteinander vergleichen. Wenn auch viele der Strategien meiner Nächsten etwas sonderbar waren, man brachte sich bei uns wenigstens nicht um. Man machte weiter, beschäftigte sich Tag für Tag mit egal wie lächerlichem Kleinkram, stolperte eben von Hindernis zu Hindernis, bis es einem wieder besserging. Die Tanten sprachen über ernste Angelegenheiten meistens deutsch miteinander und verwendeten dabei überdurchschnittlich oft das Wort »Verzweiflung«. Ich war allerdings nicht gezwungen, ihre Verzweiflung besonders ernst zu nehmen. Einerseits sollte ich ihre auf Deutsch geführten Gespräche nicht unbedingt verstehen, andererseits hatte ich mir das Wort »Verzweiflung« falsch übersetzt. Ich wunderte mich nur, wieso die Frauen andauernd (typisch!) so viele ZWEIFEL hatten, warum sie also dauernd an allem knabberten und zweifelten.

Ich hatte tatsächlich keine Chance, ein ausgeglichenes Leben in einer wenigstens tendenziell zur Harmonie neigenden Umgebung zu führen. Die aus vielen Quellen gefütterten Verrücktheiten meiner Tanten hätten auch viel kernigere Männer hochkomplexe Neurosen entwickeln, dauerhaft gräßlich schiefe Nervenwurzeln schlagen lassen. Meinen Onkel ONKEL – dieses Beispiel ist plastisch genug – hatten sie in eine schwere Internierungsneurose getrieben. Hätte er sich gewehrt! Hätte er es gewagt, und egal wie kulturlos! In dem Fall hätten für mich – als greifbares Anschauungsmaterial – wenigstens einige Brosamen von rudimentären Kampftechniken abfallen können. Kernig war dieser Mann leider nur wenig mehr als ein Weichei. Er hatte oft einen bestimmten Blick, der mich bis heute bei allen möglichen »Kerlen« rasend macht: Dieser Typ Mann – in der Regel war er früher Berufsoffizier unserer Volksarmee ... Dieser Typ Mann – der Zivilwildnis nun schutzlos ausgeliefert – täuscht gern vor, über etwas tiefsinnig nachzudenken, wobei ihm aufgrund der leergefegten Anspannung um die Augen anzusehen ist, daß in seinem Gehirn die totale Windstille herrscht. Das ist jetzt aber eine irreführende Abschweifung – ich will auf etwas ganz anderes hinaus: die mich belastenden Einflüsse wurden mit der Zeit nicht weniger, sondern mehr. Die tantenseitigen Verhaltensmacken führten zur Neu-Induktion weiterer Abnormitäten onkelseits – und diese hatte ich zusätzlich zu verkraften, wie auch diejenige, die ich außerhäuslich aufgelesen hatte. Das war mein Alltag, ich kannte nichts anderes, ich kannte es nicht anders. Und wenn sich labilisierte Individuen – ich meine meine Tanten – eine schiefe Normalität zusammenbasteln, dann ist es eben ihre Normalität. Wenn kaputte Lebensläufe kreativ fortgesetzt werden, dann ist es eine legitime Fortsetzung dieser Lebensläufe – egal, ob dabei neue gemütshinkende Geister gezüchtet werden. Damit meine ich mich. Wie glücklich alle Trittbrettgeister, die zur familiären Vorgeschichte gehörten, tatsächlich gewesen waren, ist irrelevant. Ich hielt fast alle diesbezüglichen Familienlegenden vorsichtshalber für wahr. Daher waren alle möglichen Familienmitglieder – ob sie nun glaubhaft ins Positive verzerrt waren oder nicht – wenigstens dazu prädestiniert, für immer meine zum Glücklichsein einladenden Leitfiguren zu bleiben.

Alle unsere bei uns herumtorkelnden Erinnerungsverwandten schlichen an mir wie betatschbare Lemuren vorbei. Und sie wirkten oft plastischer als einige meiner wirklich noch atmenden Nächsten – agiler zum Beispiel als meine Kellertante Peprl. Diese vegetierte wie unter Tage des Alltags, lebte im Grunde in einer Art Vestibül der Unterwelt. Und als ich einmal aus den Ferien nach Hause kam, war sie tatsächlich verschwunden. Als sie noch lebte, führte ich sie einmal in den Park und hatte sie beim Fußballspielen vollkommen vergessen. Beim Einbruch der Dunkelheit war sie auf ihrer Bank leider nicht mehr zu sehen gewesen.

– Peprl ist gar nicht zu Hause.

– Sie ruht sich bei mir aus. Georg hatte sie im Park vergessen.

Aber auch einige der überirdisch siedelnden Frauen – beispielsweise Urtante Bombe – bewegten sich in einer Realität, die meßtechnisch nur schwer zu erfassen gewesen wäre. Ideologisch lebte sie sowieso eher auf einer Insel wie Kuba,

175

vergaß in ihrer Sonderzone sogar die Pflicht zur familiären Solidarität. Als Mutters teure italienische Pumps mit schmalen goldfarbenen Absätzen nach zwei Tagen auseinanderbrachen, freute sie sich leise. Für sie war es nur ein weiterer Beweis für die Sinnlosigkeit der kapitalistischen Ausbeutung, ein Beweis für den unausweichlichen Untergang dieses Wirtschaftssystems. Manche dieser Atmenden watschelten herum, hatte ich das Gefühl, wie in einem Versuchslabor mit stark veränderter Gravitation. Die Vergangenheit gärte und blubberte bei uns hinter jeder Tür und jedem Vorhang. Aber wir gestalteten unsere Sorgen um die Gegenwart und Vergangenheit trotzdem so lebendig wie nur möglich. Daß bei diesem ewigen Wiederkäuen des Vergangenen trotzdem vieles vollkommen unverdaut blieb, kann man getrost annehmen.

Ich will mich unbedingt davor hüten, über die Zustände bei uns zu Hause zu richten und nachträglich nur klugzuscheißen. Ich war ein Teil des Ganzen, ich ließ mich zum familienbraven Wiederkäuer und Wiederbeleber bereitwillig aufziehen. Das bei uns aus Preußendeutschland – sicherlich via Wien, also dank des Österreichischen Rundfunks – angekommene Wort »Vergangenheitsbewältigung« verstand ich lange nicht. Noch lange Zeit nach dessen Auftauchen empfand ich dieses BEWALT- & (VER)WALTUNGS-Wort als einen Griff in ein noch leicht dampfendes Häufchen. Die Tanten hatten über dieses Wort gelacht, als sie es zum ersten Mal gehört hatten. Wenn gute Devisen aus Deutschland im Anmarsch waren, lachten wir später über das Wort Wiedergutmachung. Wir freuten uns über dieses Geld aber trotzdem außerordentlich – und gaben es so schnell wie möglich aus.

– Wieso keine Rollschuhe?

– Die sind zu teuer. Vielleicht das nächste Mal.

Das nächste Mal gab es dann aber nicht. Zu den vermeintlichen, am Anfang des Kapitels angesprochenen Irreführungstendenzen hinsichtlich meiner Zukunft muß ich noch eines anführen: Hinter dem Glauben an meine glückliche Zukunft stand und steht kein nachträglich beschlossener Beschönigungswille. Ich hätte nicht behaupten können, ich hätte inmitten von Frohsinn gelebt, wenn es nicht auch wahr gewesen wäre. Ich wuchs tatsächlich inmitten von Fröhlichkeit auf, und diese gab es bei uns dauernd zu hören, zu tasten und zu riechen. Beim Essen auch zu schmekken. Fest steht allerdings, daß ich in unserem nahrhaften Haushumus viel zu lange steckenblieb. Bei uns gehörten Enge und Nähe zur vertraglich zugesicherten Pflicht, der Umgang miteinander hatte etwas von einer Dauerumarmung. Dieses Aneinanderkleben und Klebenbleibenmüssen störte uns Kinder, egal, mit wie vielen Rezeptoren wir übersät waren, keineswegs, wir stellten nichts dergleichen in Frage, gingen keiner Tante aus dem Weg. Aus diesem Grund war ich am Puls aller anderen wirklich nah dran; egal, ob die dazugehörige Gefühlsfärbung transparent war, benannt worden war oder nicht – und ob lächelnd vorgebracht oder nur gedämpft froh. Lächelnd oder sogar strahlend wurde bei uns selbstverständlich auch über die Umgebrachten gesprochen. Außerdem war es überhaupt nicht wichtig, ob die einzelnen Unglücke fünfzig, dreißig oder erst zwei Jahre zurücklagen. Die dazugehörigen historischen Daten, Gesellschaftsordnungen, Kriegs- und Friedenszeiten wurden dauernd durcheinandergebracht, in unseren Kinderköpfen konnte auch längst vergammelte Geschichtssubstanz frisch wie ein knuspriger, mit Knoblauch und Majoran abgeschmeckter Kartoffelpuffer erscheinen.

Großmutter Lizzy – meine Bettnachbarin – verlor im Jahre 1961 auf dem Weg von der Wäscherei einen Kissenbezug und weinte anschließend auch über ganz bestimmte körperliche Schmerzen aus dem Jahr 1916, die der österreichische Soldat Schornstein, ihr Ehemann, bei seiner Verwundung im Ersten Weltkrieg ertragen mußte. Nachdem das Wäschestück von einer Nachbarin auf einem Zaun entdeckt, an den Initialen erkannt und uns gebracht worden war, klaffte bei uns die Wunde am Unterkiefer meines Großvaters trotzdem noch weiter. So war es aber in Ordnung, die Intensität meiner Nächsten entsprach mir voll und ganz. Wenn dieselbe Großmutter Lizzy wegen eines fürchterlich dummen Zufalls oder fatalen Fehlers, der ihr am 1.11.1942 passiert war, immer noch litt, litt ich eben strahlend mit. Sie hatte damals auf die Reise nach Theresienstadt ihren Wecker mitgenommen, was – warum auch immer – streng verboten war. Und sie konnte es sich bis zu ihrem Tod nicht erklären, wieso der Wecker an diesem ersten November und ausgerechnet bei der Gepäckkontrolle zu läuten begann. Der erste November war – ein Zufall oder nicht – der Todestag ihres Mannes.

Die spezifische Art der Vergangenheitsbewältigung, die bei uns praktiziert wurde, nahm nie ein Ende. Tante Klára und Tante Györgyi waren in der Grundschule in denselben ungarisch-jüdischen Jungen verliebt. Dieser floh mit seinen Eltern aus der Slowakei schon 1938 nach Palästina und war seit einer Ewigkeit verheiratet – weigerte sich aber hartnäckig zu verraten, welche von den beiden Mädchen er damals schöner gefunden hatte. Eigentlich wurde von ihm seit Jahrzehnten erwartet, endlich von seinen damaligen LIEBESGEFÜHLEN zu sprechen. Klára und Györgyi hätten über ihr Liebesdrama gern einen Roman geschrieben. Ich meine zwei – jede einen anderen.

In meiner Familie wurde mir infolge des allgemeinen Gefühlschaos – wie man sich denken kann – viel zum Staunen geboten. Und auch wenn ich manchmal nur wie ein stummer Statist danebenstehen und in meiner Verwirrung nicht nachdenken konnte, übte ich mich wenigstens im Studium von Details, speicherte nebenbei Gerüche von besonders exotischen Besuchern, imitierte zur Probe Zuckungen einer unter Stalin inhaftierten – also nach dem Krieg WIEDER inhaftierten – Dame, wunderte mich über die häßlichen Gesichtszüge meiner auf der Treppe heimlich weinenden Mutter. Wenn Herr Goldstücker kam, war seine Zeit als Parteihäftling kein Thema mehr, es gab viel wichtigere und vor allem aktuellere Dinge zu besprechen. Nicht nur ich – auch Eduard Goldstücker und meine Mutter blickten viel lieber nach vorn. Worauf ich hinauswill: Man gönnte mir keine freie Minute, in der ich mich hätte langweilen können. Leider war ich damit nicht zufriedengefüttert, wurde vielmehr in jeder Beziehung maßlos. Wenn auch der Trupp aller unserer Haushysterikerinnen harmlose Aufregungen zu Großereignissen aufbauschen konnte, war es mir einfach nie genug. Ich weiß noch, wie ich Kinder aus kaputten Familien voller Geschrei beneidete, weil sie aus so bodenlosen und scheinbar noch viel interessanteren Verhältnissen kamen. Seelendreck, Verdorbenheit und Haßtiraden beispielsweise – so etwas kannte ich noch nicht gut genug, und ich hätte es gern auch zu Hause geboten bekommen.

In den offen destruktiven Familien gäbe es nicht nur andere und viel abstoßendere Dinge – handgreifliche Attacken beispielsweise – zu erleben, solche Familien hätten noch ganz andere Vorteile gehabt: Man hätte derartigen Ansammlungen von Idioten, Gewalttätern und Drecksgnomen zur gegebenen Zeit viel einfacher den Rücken kehren und diese Leute ihrem Schicksal überlassen können. Man hätte auf einen Schlag den Schlußstrich ziehen können. Das kam bei uns dagegen nicht in Frage, so etwas durfte man nicht tun. Dazu waren die Mitglieder meiner Familie zu reizend und die bei uns vorhandenen kohäsiven Kräfte viel zu stark. Die meisten waren an ihrem Unglück ganz und gar unschuldig, waren äußerst verletzbar und gaben ihre Schutzlosigkeit offen zu. Mein Onkel, der in seiner Schutzzone außerhalb – so gut wie außerhalb – jeden Mitgefühls vegetierte, konnte an meinen diesbezüglichen Hemmungen nichts weiter ändern.

Im Nachhinein kommt mir unsere Schutzgemeinschaft wie ein großer Kindergarten vor. Diese späte Sicht auf das damalige Durcheinander verdanke ich, ehrlich gesagt, meiner Frau. Die meisten Erkenntnisse über meine Familie wurzeln in den frechen Sprüchen, die aus dem schamlosen Mund dieses hinzugekommenen und so anders gearteten fraulichen Wesens kamen. Meine Frau schaffte es sogar, die bei uns längst gefällten und hundertmal bestätigten Urteile über den Onkel ONKEL umzustoßen: ER HATTE BEI DIESER FRAUENÜBERMACHT DOCH KEINE ANDERE WAHL, ALS SICH EINZUMAUERN. Sie scheute sich von Anfang an nicht, im Sinne der Seelenhygiene beschämende Wahrheiten auszusprechen, und meinte beispielsweise eines Tages eben: IHR SEID HIER ALLE NOCH WIE KINDER, GEORG! Nun bin ich aber so geknetet worden, wie ich geknetet worden bin. Und daran, daß ich etwas kindlich geblieben bin, konnte meine klarsichtige Frau auch durch jahrelanges Hinterfragen nicht viel ändern. Ebensowenig konnten es unsere vollkontaktreichen Beziehungskämpfe.

Bei uns zu Hause herrschte Wildwuchs, Sonderlichkeit gehörte zur Norm, und alle Macken, auch Breitbandmacken, waren erlaubt, wenn auch nicht flächendeckend beliebt. Unsere Entwicklung und unser Weiterkommen überwachte kein Oberhaupt, kein gerechter und weiser Herrscher. Uns allen wäre aber auch mit dem besten Coach von außen nicht zu helfen gewesen, denke ich. Wir waren so etwas wie ein generationsloser Sonderbrei. So gesehen war es sicher kein Zufall, daß ich auch im sonstigen Leben besonders solche Originale schätzte, die aus der Art fielen, mit psychischen Auffälligkeiten Punkte machten, von anderen Parallelgenossen auf Anhieb zu Ekelpaketen abgestempelt wurden. Ich persönlich schätzte meine Tanten als schwer erziehbar ein. Im Gegenzug empfanden die Tanten mich als durchaus vollkommen.

Zu den Begeisterungsprofis zählte natürlich auch meine Mutter. Sie schwärmte für dieses und jenes, immer wieder mit der unverfälschten und wie neugeboren-neuerwachten Frische einer Heranwachsenden. Wenn ich an meine Mutter denke, sehe ich sie, wie sie auf jedem Schritt mit initiierenden Erlebnissen konfrontiert wird – und nicht aufhören kann zu staunen. Dahinter stand vielleicht die grenzenlose Dankbarkeit dafür, daß sie tagtäglich den gewöhnlichen Nachkriegsalltag überhaupt genießen durfte. Meine Mutter kam immer wieder mit leuchtenden Augen nach Hause und erzählte irgendwelche Ungeheuerlichkeiten, Sensationen oder Anekdoten. Sie fand es konsequent, daß einer ihrer Kollegen seinen bei einer Redaktionssitzung kritisierten Artikel einfach aufgegessen hatte. Einmal konnte sie sich kaum beruhigen, als sie erfuhr, daß ein Junge, den sie gekannt hatte und der irgendwann vor dem Krieg seinen eigenen Urin getrunken hatte, nach dem Einmarsch der Deutschen tatsächlich Nazi geworden war. Fast jedes Jahr brachte meine Mutter die ersten Frühlingsknospen irgendwelcher Büsche mit nach Hause und betete sie wie Vorboten eines großen Weltwunders an. Und wir waren beide frühlingsglücklich, wenn wir den – angeblich auch Steine ansteckenden – Aufbruch der Natur nicht verschlafen hatten.

– Wo halten die Pflanzen ihre Uhr versteckt? fragte mich meine Mutter, weil ich in der Schule Naturkunde hatte.

– Und wie sieht die Zeit aus? fragte ich zurück und zitierte damit einen damals populären Chanson.

Vielleicht war meine Mutter nicht dauernd außer sich, sie war es aber oft. Unbedingt im Zusammenhang mit großen wissenschaftlichen Entdeckungen oder bei Unglücken. Als eine amerikanische Wasserstoffbombe bei einem oberirdischen Test alle Berechnungen übertraf und dreiundzwanzig nichtsahnende japanische Fischer mit Flockengestöber überraschte und verstrahlte, verließ sie das erste Mal unge-

kämmt die Wohnung. Aber diese Erinnerung kann so nicht
stimmen, zu diesem Zeitpunkt war ich erst drei Jahre alt.
Als der angebliche virale Ursprung aller Krebserkrankun-
gen gefunden worden war (Dr. Helene Toolan und ihrem
Hamster-Test sei gedankt – ENDLICH!), glühte meine Mutter wie eine Alarmleuchte, lief durch alle Zimmer und
scheuchte die ganze Tantenschar auf. Sie erzählte uns mit
dem aktuellen »Spiegel« in der Hand, daß darüber hinaus
eine revolutionäre Behandlungsmethode gefunden worden
sei (die von Dr. Issels), und meinte voller Erleichterung, daß
4711-Toni, eine Großgroßachteltante, die ausnahmsweise
nicht bei uns wohnte und deren Vater vor dem Krieg in
Ostrau Vertreter der Kölner Firma gewesen war, hoffentlich nicht würde sterben müssen. Oder sie schilderte mir
Chruschtschows Trommelfeuer vor der UNO und spielte
mir sein legendäres Auf-den-Tisch-Hauen mit einem Schuh
nach. Sie schlug mit einem Pantoffel auf den Tisch und
freute sich über meine aufgerissenen Augen. Für mich sah
es so aus, als ob sie in New York persönlich dabei gewesen wäre.

Ich war lange Jahre Mutters Lehrling, Mutters Anzutsch-
kind, und ich lernte es gründlich, mich genauso wie sie über
jeden Unsinn, Reinfall, jede Neuigkeit oder jeden Quantensprung der Technik zu freuen, mich von allen ankommenden Wellen überschäumen zu lassen. Es war schön, gemeinsam mit ihr in die Hände zu klatschen, es war heilsam,
neben meiner Mutter zu lachen und mich von den süßen
Seiten des Lebens unterhalten zu lassen. Vulkanausbrüche
liebten wir genauso wie etwas erfrischendere Naturereignis-
se. Die Vulkane als solche vor allem wegen ihrer exotischen
Namen: Krakatau, Kilauea, Popocatepetl. Sie gehörten zu
den Eckpunkten von Mutters partiellem geographischen
Wissen, sie leuchteten auf meinem inneren Globus wie die
glühenden Enden ihrer Zigaretten, die ich zu sehen bekam,
wenn sie mir im Dunkeln etwas zum Einschlafen erzählte

und dabei rauchte. Gern malte sie mit ihrer Zigarette außerdem spiegelverkehrte Leuchtspur-Buchstaben in die Luft, die ich zu Wörtern zusammensetzen sollte. Aber nicht nur Vulkane, auch alle gewöhnlichen Orte, an welchen wir uns mal tatsächlich aufgehalten hatten, strahlten dank Mutters Energie wie Supernovae, sie strahlen für mich bis heute. Deshalb weiß ich immer noch topographisch genau, wo mir manche Neuigkeiten oder Geschichten erzählt wurden. Unsere Wohnung, viele Ferien- oder Ausflugsorte, die Routen in die Innenstadt, unsere Allee zum Hradschin oder die Wege in die Parks von Prag 6 – alles ist gepflastert mit kleinen Leuchtpunkten. An diesen Markierungen wurden später aber auch meine Begleitzweifel belebt. Und die große, bereits angesprochene Quizfrage lautete: Wäre es bei einem solchen Grad an erregibler Dauerversorgung nicht besser gewesen, mich eher auf eine angesengt-kakophonische statt auf eine harmonische Zukunft gefaßt zu machen?

Meine induzierte Aufgeregtheit steigerte sich oft stark ungesund, warf mich gern aus der Spur. Diese Entgleisungen, also meine privat-internen Ausnahmezustände, wollte ich aus gutem Grund mit niemandem teilen – instinktiv auch nicht mit meiner Mutter. Wie sie sich sozial einordnen ließen, konnte ich allein nie ganz klären und nahm erst einmal an, solche Zustände wären pathologisch – und außerdem äußerst selten. Ich betrachtete diese warmen Schlammlawinen als sublime Heimsuchungen, die zu verkünden sich sowieso nicht gehört hätte. Zwischenzeitlich fürchtete ich sogar, auf eine abartige Seelenmutation hinzusteuern. Tatsächlich zeigte kein Mensch äußere Anzeichen dafür, ein mir ähnlicher Sonderling werden zu wollen. Niemand sonst erstarrte auf der Straße wie ich, um sein inneres Überkochen zu überstehen. Mit einer beseelten Trauerweide im Park kommunizierte ich sowieso schon seit langem als einziger, hatte ich das Gefühl. Die Weide stand unten im Park, ich ging an ihr jeden Tag mehrmals vorbei und konnte sie außerdem – eifersüchtig wie ich war – aus meinem Fenster beobachten. Zu unserer ersten physisch intensiven Begegnung kam es spätabends, es war bereits dunkel, und ich war unerlaubterweise aus der Wohnung entwischt, um den Arbeitern zuzusehen, die während dieser – einer einzigen – Nacht Straßenbahngleise und Weichen einer nahe gelegenen Kreuzung vollständig auswechseln mußten. Die Weide interessierte mich an diesem Abend eigentlich nicht. Trotzdem schaffte ich es nicht, an ihr einfach vorbeizurennen. Sie hauchte mich so feuchtwarm und luftbewegt an, daß ich stehenbleiben mußte. Sie erinnerte mich an einen gähnenden Tiger im Zoo, dem ich einmal zu nah gekommen war. Zwar fielen dauernd auch einige meiner Freunde durch gewisse Abnormitäten auf, sie wirkten sich auf sie aber nicht besonders verstörend aus, hatte ich den Eindruck. Hinter ihren Abnormitäten mußten andere Regungen gestanden haben. Die Verrücktheiten meiner Schulfreunde traute ich mich in der Regel auch mit keinem Wort zu kommentieren, uns hätten sowieso die passenden Tauschvokabeln gefehlt.

Einer dieser Freunde – er war klein, dick und nicht besonders klug – setzte in der Schule gern auf seine körperliche Präsenz. Besonders dann, fiel mir auf, wenn sich sein Verstand in einer Sackgasse befand. Wenn sich dieser Kumpel plötzlich und ohne Anlaß auf den Fußboden in den Dreck warf und dort herumzukriechen begann, waren kein Geist, keine Worte, nichts Artikuliertes mehr gefragt. Er gab dabei höchstens wildes Wiehern oder Quietschen von sich. Ich sah so etwas Originelles gern, ahnte aber schon damals, daß sich vieles auf der Welt meinem halbgewalkten Verstand würde komplett entziehen wollen. Dieser Freund, den ich phasenweise wirklich mochte, kroch auf dem Fußboden nicht so, wie ich es von Soldaten aus Kriegsfilmen kannte, er scherte sich allerdings wie ein guter Soldat auch nicht um seine Kleidung, schob alle Schnipsel, Sand und Staub wie ein Besen vor sich her. Er warf sich gleich von Anfang an auf seinen fleischigen und für solche Kommandoaktionen günstig fettgepolsterten Rücken und schob sich im Klassenraum kraftvoll wie eine Wühlmaus unter Wasserdampf die Gänge lang. Erst einmal von vorn nach hinten, dann auch quer zwischen den Bänken – offenbar hatte ihn der Ehrgeiz gepackt, mit dem kompletten Raum auf Rückenfühlung zu kommen. Dieser frisch-entfesselte Prager Themroc verstand seine eigene rasende Botschaft sicher genauso wenig wie wir.

Meine Mutter pflegte und salbte sich jeden Tag gründlich. Und weil sie kein Sparbuch besitzen wollte, gab sie im Grunde ihr ganzes überschüssiges Geld für Parfüms, Schmuck, Kleider und Schuhe aus. Konnte ein mitfühlender und verständnisvoller Mensch zu so einem reizenden Geschöpf wie meine Mutter unfreundlich sein oder sie sogar schlecht behandeln? Konnte man so etwas Unschuldig-Wertvolles verlassen und dadurch ins bodenlose Unglück stürzen? Eigentlich hätte dies ein Ding der Unmöglichkeit sein müssen. Zum Glück gelang mir irgendwann doch der Absprung – spät und erst nach mehreren Anläufen. Ich versuchte, den Abschied immer wieder blitzartig durchzuziehen, etwas Langgezogenes wie eine kontrollierte Ablösung hätte man mir nicht erlaubt. Bevor die räumliche Trennung noch nicht endgültig vollzogen war, fürchtete ich mich vor einer Schlacht, die in ein Schraubenzieherstechen, Hammer-Schädelhauen oder Kettensägenkreuzen hätte übergehen können, statt chirurgisch sauber ausgeführt zu werden.

Schlechte Laune verbreitete meine Mutter nur kurz vor ihrer Menstruation; das geschah aber nur alle vier Wochen und dauerte meist relativ kurz. Oft fiel der hormonelle Stimmungsabfall aber schwächer aus, und ihre Freude am Leben blieb äußerlich konstant. Dafür war sie immer wieder mal schwer depressiv. Dummerweise in vollkommen unregelmäßigen Abständen – und aus »völlig unerklärlichen Gründen« sowieso. In diesen Phasen brauchte und wollte sie absolute Ruhe, man mußte sie einfach nur von allen häuslichen Pflichten befreien. Meine Mutter wurde in eine Art psychohygienische Quarantäne geschickt. Auf ihren Wunsch gab es sie sozusagen gar nicht. Wir sollten mit ihr möglichst nicht sprechen. Ihre Ärzte, die bei uns sowieso als Heilige galten, hatten es so angeordnet und uns keine Regelverstöße erlaubt. Man überließ meine Mutter also ihren Qualen, ihr Zustand galt als leicht ansteckend. Ihr Stimmungsabfall sollte höchstens »mit Verständnis begleitet« und »respektiert« werden. Dabei konnten wir gar nicht wissen, was es in Mutters Innerem zu verstehen oder zu respektieren gab. Unsere Zurückhaltung schmeckte trotzdem ganz edel.

Aufgrund dieser zeitweiligen Abschottung blieb meine Mutter von allen üblichen Aufregungen verschont, und das tat ihr offenbar wirklich gut. Nach ihrer Rückkehr unter uns Gesunde war auf einen Schlag alles wieder in Ordnung, und ich sah wieder VIEL GLANZ IN IHREM AUGE. Unsere Begeisterungsstürme über die Welt konnten wieder ausbrechen und für eine Weile andauern. Letzten Endes war meine Mutter eine ausgesprochen starke Frau. Zum Glück! Ich brauchte sie so, wie sie war, ich brauchte ihre Kraft relativ lange. Sie selbst hatte prächtige genetische Grundlagen geerbt und hatte mir einiges davon abgegeben. Daß sie die Konzentrationslager überlebt hatte, lag keinesfalls nur an Zufall und Glück, meinte sie. Meine Mutter hatte – das sind ihre Worte – Vitalreserven eines Pferdes. Leider war sie gleichzeitig ein unangenehmer Gegner und kämpfte in ihrer Not auch mit ungewöhnlich üblen Mitteln. Wenn es sein mußte, setzte sie beispielsweise schamlos – ohne mit einer einzigen Arschbacke zu zucken – ihre Durchfälle ein.

Im Zusammenhang mit den Eigenarten meiner Mutter versuchte ich darüber nachzudenken, woher der Drang nach positiven Erregungszuständen bei uns überhaupt herrührte. Religiös waren wir alle nicht, religiös waren auch alle Schornsteinbrüder und die anderen ihrer Generation nicht gewesen. Trotzdem empfand ich unseren Willen zur Entzückung als religiös, jedenfalls als eine an die Religion angelehnte Vorgabe fürs Leben, als eine Pflicht, sich auf der Welt um jeden Preis wohl zu fühlen. Irgendwo hier wurzelt vielleicht auch die kulturelle Ächtung jeglicher Jammerei – im Leben wie in der Kunst. Das Jammern über Schicksalsschläge, unverschuldetes Pech und Ähnliches stufte ich schon immer als unanständig ein, jedenfalls wirkte es auf mich zu jeder Tageszeit lästig und störend – als würden sich Niederlagen einfach nicht gehören.

Meine frauheit-zentrierten, aber auch sachwelt-orientierten Aufwallungen von Begeisterung mündeten bei mir – egal, wie kurzzeitig und punktuell sie waren – oft unmittelbar in Verliebtheiten. Dabei waren die Übergänge von diesen diffusen Gefühlsschüben zu den konkreteren starken Liebesgefühlen mehr als fließend. Ich konnte mich während völlig unterschiedlicher Phasen meines Lebens – bitte nicht lachen – in vollkommen gewöhnliche Eckhäuser verlieben, ich konnte mich in ganze Gebäudekomplexe verlieben, wenn mir dort etwas Beglückendes widerfahren war. Ich liebte beispielsweise fünf Jahre lang ein Krankenhaus, in dem man mir einmal eine so honigsüße Narkose verpaßt hatte – die schönste Narkose meines Lebens –, daß ich lange Jahre nach einem Vorwand für eine mögliche Folgeoperation suchte. Natürlich war es für mich absolut kein Problem, mich in ganze Ansammlungen, in stark durchmischte Zusammenballungen oder sogar Großgruppen von Frauen zu verlieben – ohne weiteres in alle auf einmal. Ein Liebesgefühl entwickelte ich zum Beispiel aber auch, wenn mir auf der Straße ein verwahrlostes junges Wesen mit ebenmäßigen Gesichtszügen – ein weibliches oder männliches – aufgefallen war. Ich verliebte mich nicht unbedingt in diesen konkreten Menschen, zum Vorschein kam eher mein Wunsch, daß derjenige, der für seine innere Vollkommenheit inzwischen etwas getan hatte, auch die ihm zustehende Zuneigung und Wertschätzung bekommen sollte – von wem auch immer. Diese Gefühle galten in demselben Moment vielen anderen Lebewesen, die ich aktuell zwar nicht vor Augen hatte und mit meinen guten Wünschen nicht unmittelbar erreichen konnte, die mich aber trotzdem – telepathisch blieben wir sowieso pausenlos verbunden – um eine Art Zuspruch baten.

– Du siehst so erschöpft aus, Georg – was war heute los?

Das seltsame Pflichtgefühl, die erotisch-ästhetische Ausstrahlung eines jeden Menschen als einen Heiligenschein anzusehen und zu ehren, wurde zweifellos im Sog der Aura unserer Wohnung geformt. Auch die dort siedelnden Frauen verausgabten sich andauernd, speisten alle Bedürftigen mit einer Kraft, die woanders eher bei der Gartenarbeit verschwendet wurde. Wenn bei uns ein Handwerker zugange war, verließ er die Wohnung mit dem Lächeln eines Verliebten. Für mich waren dabei nicht nur diese Männer mit ihren affenhaft behaarten Armen immer ein Erlebnis, auch das gesprächsbedingte Aufblühen der einen oder anderen Tante zu beobachten bedeutete so etwas wie eine Übung im Menschenmögen. Ich bewunderte notgedrungen die verschiedensten Lebewesen – die agierenden wie die empfangenden – für ihren Lebensmut, und dies unabhängig davon, ob ihnen beim Glücklichwerden zu helfen war oder nicht. Oft waren sie leider dabei, mangels Weitblick eher auf ihren eigenen Untergang zuzusteuern – lieben wollte ich sie trotzdem. Häßliche Menschen liebte ich nicht unbedingt, Leichen auch nicht und Haufen von KZ-Leichen schon gar nicht. Wenn es mir sehr gut ging, gab es für mich allerdings überhaupt keine Häßlichkeit auf der Welt, gar keine abstoßenden Mißgeburten. Und wenn diese Mißgeburten sogar von innerem Leuchten erfüllt waren ...

So etwas wie Liebesregungen überkamen mich auch bei ungewöhnlichen Lichtverhältnissen oder beim Anblick ästhetisch anmutender, wenig beachteter Details auf den Bürgersteigen – also vergessener und an Menschen wie mich gerichteter Signalsedimente. Ich agierte lange wie ein Vorschulkind, dessen Augen notgedrungen eher Nahziele auf der Erdoberfläche anvisieren und in der Bodennähe pausenlos etwas finden. Das irgendwo am Anfang meines Lebensberichts erwähnte Erlebnis mit dem Elektrokabel fand ich seinerzeit schon, jedenfalls recht bald, etwas abnorm – ohne daß mir bei dieser Erkenntnis jemand beistehen mußte. Und es berührt mich bis heute so seltsam peinlich, daß ich jedem nur raten kann, solche Abnormitäten lieber niemandem anzuvertrauen – geschweige denn sie aufzuschreiben.

Ich näherte mich unserem Haus und sah am Zaun in einer Nebenstraße eine hochgewachsene Frau stehen, sie hatte wunderschöne lange Haare. Es dämmerte etwas. Ich wich von meinem Weg ab, machte einen Bogen, um der geheimnisvollen, am Zaun so elegant wartenden Erscheinung näher zu kommen. Ich war schon fast dabei, zu dieser Frau so etwas wie Liebe zu empfinden, bis ich feststellte, daß es dort gar keine Frau gab. Eben nur das blöde, am Zaun hängende Starkstromkabel. Ein Glück – das möchte ich an dieser Stelle anführen –, ein Glück, daß mein Vater diesen Text nicht mehr wird lesen können. Ich sehe seinen unbeirrbar-ironischen Augenausdruck vor mir, der mich jederzeit zum Weichkäse hätte degradieren können. Zusätzlich dachte mein Vater über mich dauernd Dinge, die von Grund auf nicht stimmten. Und seine Urteile waren so boden- und bezugslos, daß es sowieso unmöglich gewesen wäre, gegen sie anzugehen. Wenn er um besondere Ernsthaftigkeit bemüht war, irrte er besonders grotesk.

– Georg, du wirst ein Mathematiker!

– Solche Leute brauchen wir! lallte und nickte dazu einer seiner Saufkumpane.

WOZU hättet ihr meine mathematischen Fähigkeiten gebrauchen können, ihr Trottel? Zum Zählen eurer Biere und Schnäpse? Das frage ich meinen Vater und seine sicher auch schon längst toten Freunde bis heute.

Beim wärmenden Erwarten meiner Zukunft war es oftmals am klügsten, einige meiner früheren Gegenwarten – besonders die peinlichen – einfach abzuschreiben. Die bereits erwähnten sedimentierten Hinterlassenschaften lagen irgendwann wie kompakte Lehmschichten in Sicherheit, tief unter mir begraben. Die glücklicheren und viel dickeren Lagen ruhten friedlich dazwischen, von meiner starken frühen Urschicht, die wohlig vor sich hindampfte, ganz zu schweigen. Trotzdem war ich mehrmals nahe daran, meine Vergangenheit kurzerhand in ein Einzelstück zusammenzuknödeln, zusammensacken zu lassen – in der Hoffnung, sie irgendwann in einem amorphen Klumpen verkommen zu sehen. Wenn ich mich eines Tages nicht entschlossen hätte, über meine Vergangenheit zu schreiben, wäre es dazu sicher auch gekommen. Der Wunsch, meine Vergangenheit als eine Einheit gären zu lassen, blieb mir aber auf Dauer erhalten. Das Bild eines solchen nicht selektierbaren Haufens geisterte in mir jedenfalls immer wieder und roch verführerisch. Wer hätte sich in diesem Gemisch nicht gern mitauflösen lassen? Und vielleicht ist diese Wunschtendenz der Grund dafür, daß ich eine ähnliche Zusammenknödelungstendenz auch hinsichtlich meiner Zukunft entwickelt hatte. Als ein tschechisch sprechender Mensch bin ich sowieso vorvergangenheitslos aufgewachsen. Die Vorvergangenheit ist im modernen Tschechisch ausgestorben. So gibt es in meinem Land vor der Gegenwart praktisch nur eine einzige Vergangenheit, nach der Gegenwart im Grunde nur eine einzige Zukunft.

Dafür geht das Tschechische mit den Verben an einer anderen Stelle äußerst diffizil um. Und womöglich rettete mich diese andere und für Fremde fast unerlernbare Feinheit unserer slawischen Sprache davor, mich in einen menschlichen Komposthaufen zu verwandeln. Jedes Verb gibt es bei uns im Grunde zweimal, und jedes dieser Pärchen schleppt gewisse Anhängsel von Feinheiten, etliche Manipulationsmöglichkeiten mit Vorsilben mit sich; außerdem gewisse Spannungen, die den dazugehörigen sogenannten Aspektkorrelationen immanent sind. Jedes der jeweiligen Paare eignet sich nicht nur zur Erfassung der Wirklichkeit, sondern dient auch der Vorführung seiner eigenen problematischen Doppel- bis Mehrfachexistenz.

lizzy

Meine wichtigste und konstanteste Bezugsperson wurde
schon sehr früh meine Hauptgroßmutter Lizzy. Sie wurde es
nicht nur wegen Mutters TBC und ihrer längeren Aufenthalte im Sanatorium, diese Rangordnung besiegelten nach
und nach auch Mutters häusliche Abschottungskuren. Und
meine Großmutter blieb mein eigentlicher Bezugspunkt bis
zu ihrem Tod. Großmutter Lizzy war das stabilste Wesen
aus der gesamten Frauenherde um mich herum, sie war
außerdem diejenige, die auf uns Kinder, egal, was wir angestellt hatten, nie böse sein konnte. Ich durfte sie necken,
soviel ich wollte – sie amüsierte sich mit. Ich konnte über
sie lachen, wieviel ich wollte – sie freute sich, daß ich fröhlich war. Für mich und meine Cousinen war sie außerdem
so etwas wie ein Abfalleimer für Apfelgriebse. Es war aber
ihre eigene Schuld. Sie hatte uns verboten, jegliche Essens-
reste wegzuwerfen – so auch die Apfelinnereien. Außerdem
behauptete sie wiederholt, nichts schmecke ihr besser als
das Kerngehäuse.

– Die Schale und das Fruchtfleisch sind für euch Kinder
gesund und wichtig, der Griebs ist für alte Leute eine Art
Medizin.

Wir sollten – mit dem Rest des Apfels in der Hand – immer zu ihr kommen und ihr den Griebs einfach in den
Mund schieben. Sie zerkaute ihn vor unseren Augen bis auf
den Stengel und schmatzte danach demonstrativ. Später
konnte ich mich als bescheidener Helfer zum Glück revan-
chieren. Lizzy ließ sich von mir und nur von mir ihre zunehmend borstigen Härchen aus ihrem Kinn zupfen. Ich
machte diese Arbeit gern, und irgendwann wurde ich uner-

setzbar – alle anderen trauten sich einfach nicht, ihr beim Ziehen ihrer Borsten weh zu tun. Und es tat ganz sicher weh, egal, wie Lizzy es bestritt. Die Tränen kullerten ihr aus beiden Augen, wenn ich mich an ihr zu schaffen machte. Sie lächelte dabei trotzdem liebevoll und beruhigte mich. Ihr leichtes Schnurrbärtchen ließen wir nach einer gründlichen Beratung allerdings lieber in Ruhe. Ihr Kinn säuberte ich dafür gründlichst, arbeitete mich auch noch weiter nach oben neben Lizzys Mundwinkel, auf dem Kinn entfernte ich auch alle feineren Härchen. Die starken Borsten, die immer unbedingt gezupft werden mußten, offenbarten tiefe, gut sichtbare Porenlöcher. Ich fand Lizzy trotz allem wunderschön, sie sah – mit oder ohne Kinnhärchen – sowieso immer wie eine kultivierte Dame aus und blieb es auch in ihren von ihr nicht wegzudenkenden Küchenschürzen. Sie war mir für meine Dienste sehr dankbar, freute sich über diese Verjüngungskuren regelmäßig – steigerte sich darin sogar. Und sie genoß einfach auch die Zeit, die wir miteinander auf diese Weise schmerz- und freude-intensiv verbringen konnten, körperlich so nah beieinander. Kurz nach der Entborstung ging sie zum Friseur und kam mit einem ondulierten Kopf wieder heim, oft hatte sie sich ihre grauen Haare sogar mit einer lila Tönung veredeln lassen. Sie wollte mir gefallen, und ich verriet ihr nicht, daß sie sich – was mich anging – den Friseur manchmal auch hätte sparen können. Ich umarmte sie und sagte, sie sei wunderschön mit ihren Wellen und ihrem lila Schimmer. Danach strahlte sie noch heller als sonst und war überglücklich. Viel mehr verlangte sie von mir nicht. In ihrer Selbstlosigkeit stellte sie nie besondere Forderungen, mein pures Ich war für sie als Geschenk des Himmels ausreichend.

Meine Mutter war meine Ernährerin und war ein ebenmäßiges Naturwunder, da sie aber – wie gesagt – zu oft pausierte und sich manchmal furchtbar tyrannisch benahm, konnte sie niemals ein wirklich schattenloses Liebesobjekt abgeben. Ich hob meine Großmutter Lizzy auf diese vakant gewordene Stelle – mit einer gezückten Pinzette in der Hand, umsichtig und libidinös ungeschützt. Später begann ich zu ahnen, daß ich hier vielleicht nach der Erklärung für meine wildstreunende Begeisterung für die Schönheit älterer Frauen suchen könnte.

Manchmal kam Lizzy unverhofft zu mir und sagte, sie wolle sich kurz ausruhen. Ich lag oft auf meinem Bett – wenn es nicht zu kalt war, konnte ich dort am besten lesen. Da Lizzy Angina pectoris hatte, für Teile der Familie trotzdem pausenlos im Einsatz war und oft schwere Taschen oder Wäschepakete schleppen mußte, überkamen sie manchmal kleine Erschöpfungsanfälle. Beim Abendbrot kippte sie manchmal vor Müdigkeit plötzlich zur Seite. Sie hätte sich viel öfter ausruhen sollen, meinten alle. Wenn sie zu mir kam, um sich auszuruhen, war es mir eine Freude, sie zu empfangen.

– Leg dich ruhig hin, sagte ich und wußte genau, was sie vorhatte.

Sie wollte sich nur kurz zu meinen Füßen legen, quer über das Bettende – bei ihrer Kürze und mit ihrem etwas gekrümmten Rücken paßte sie ohne Probleme dorthin.

– Wie ein Hündchen, sagte sie selbst.

Sie legte sich hin, ich las weiter und bewegte mich nicht. Danach wurde es sehr still. Lizzy lag bequem und schön entspannt, sie zappelte nicht, rutschte nicht vom Rand, auch ihre Glieder machten sich nicht selbständig – und sie störte mich tatsächlich nicht. Ihr eigenes Bett, das bedeckt im gleichen Zimmer stand, blieb unberührt. Sie atmete in ihrer Embryonalstellung oft so leise, daß ich Angst um sie bekam, oft hörte ich aber bald schon ihr zartes Schnarchen und sah, wie sich ihre Gesichtsmuskulatur lockerte – sie glich eher einer Katze als einem Hund. Als Frau war sie schon eine Ewigkeit allein. Ihren Mann – sein familiärer Kosename war Papilla – hatte sie nie aufgehört zu lieben und ihn wie einen Halbgott zu verehren. Er war derjenige der drei Schornsteinbrüder, der auf uns pausenlos vom Himmel hinuntersah. Seine Brüder taten es seltsamerweise nicht. Papilla war noch in einer glücklicheren Zeit bei einer riskanten Abfahrt in den Alpen gestorben.

So lagen wir beide auf dem Bett, in dem schon Baronin Nádherná geschlafen hatte. Und wenn Karl Kraus vorbeigekommen wäre, hätte er sich über unsere zarte Symbiose sicher gefreut. Lizzys Nickerchen waren nie ausgedehnt, sie stand bald wieder auf und ging kochen oder nähen oder räumen. Ich konnte mich etwas ausstrecken. Ich hatte nie das Gefühl, viel im Leben für sie getan zu haben, sie schätzte meine gelegentliche Gastfreundschaft und meine kleinen Dienste, die ich mit der Zeit um das Servieren von ausgelöffeltem Grapefruitfleisch leicht erweitern konnte, aber trotzdem sehr hoch. Wenn sie krank war, ließ sie sich nicht gern von anderen bedienen, sie pflegte sich am liebsten allein – leise, unauffällig, sie klagte nie. Um ihre Genesung voranzubringen, badete sie so lange im heißen Wasser, bis sie im Gesicht rot wurde wie ein Krebs – und am nächsten Tag war sie in der Regel tatsächlich wieder gesund und voller Optimismus. Ihren Optimismus versuchte sie sowieso in jeder Lebenslage zu wahren. Auch ihr erster Eindruck von Auschwitz war seinerzeit – trotz einiger Auffälligkeiten – nicht der schlechteste. Nach einem kurzen Blick aus der Fensterluke sagte sie zu ihren Töchtern noch im Viehwaggon:

– Hier wird es gut sein.

er sparte sich im geheimen
einen schatz zusammen

Wir hatten nie viel Geld, bei uns sah es immer etwas ärmlich aus, meine Tantendamen empfanden sich allerdings nie als arm. Sie konnten sich zwar nicht viel leisten, trotzdem gaben sie ihr Geld, wenn welches da war, liebend gern aus – mit dem befriedigenden Gefühl, anderen Menschen dadurch etwas zukommen lassen zu können. Die Fabrik, die einem Teil der Familie – im Grunde also uns allen – vor dem Krieg gehört hatte, war natürlich ein staatlicher Betrieb geworden, und wie wir alle wußten, gab es dort nur Chaos und die sozialismus-üblichen Produktions-, Qualitäts- und Lieferprobleme. Die ganze Frauenschar war überglücklich, mit diesem Dauerärgernis nichts zu tun zu haben. Meine Damen hatten sich nicht einmal unmittelbar nach dem Krieg – noch vor dem großen Zugriff des Volkes, also dem Massenraub von 1948 – bemüht, die Fabrik zurückzufordern. Dazu fehlten ihnen einerseits die Männer, andererseits wußte man, wie irrelevant bis lästig der immobile Besitz in Krisenzeiten sein kann. Die Damen forderten damals – Karl Marx stand bei uns lange hoch im Kurs – nicht einmal ihre (unsere!) prächtigen Mietshäuser zurück. Sie überließen sie der Allgemeinheit, ohne lange zu überlegen. Sie meinten zu wissen, wem die Zukunft gehören würde: dem Sozialismus natürlich. Daß ihm konsequenterweise später der Kommunismus folgen würde, hatte doch Karl Marx, unser zweitklügster Jude nach Jesus Christus, wissenschaftlich und zweifelsfrei bewiesen. Um uns herum gab es aber auch andere Stimmen.

– Glaubt ihr ernsthaft, daß dieser verbitterte Mensch mit Blut und Eiter am Anus der Menschheit wirklich Glück wünschen konnte? Ein Slawenhasser und Rassist war er obendrein.

Marx hin oder her: Meine Damen fühlten sich ausreichend reich – auch ohne Geld und ohne jegliche Ausbeutungsmöglichkeiten der Arbeiterklasse, einfach aus Gewohnheit. Und dieses Gefühl sollte sie nie verlassen. Die meisten von ihnen waren früher sogar sehr reich gewesen – besser gesagt: einer ihrer Nächsten war es tatsächlich. Und sie kannten es gar nicht anders. Außerdem wurden sie zur Noblesse erzogen und waren es gewohnt, sich in Gesellschaft immer zurückhaltend zu benehmen. Und vornehm, wie man war, protzte man mit dem Reichtum nicht wie ein Parvenu. Dabei blieb es dann auch ohne Besitz. Dazu fällt mir folgendes ein: Daß unsere Totenmaske von Karl Kraus bei Freunden in New York zwischengelagert worden war und dort nach dem Krieg auch blieb, schien für alle vollkommen in Ordnung zu sein – sie gehörte uns trotzdem weiter.

Weil in unserer Wohnung tatsächlich einige wertvolle Möbelstücke herumstanden, konnten sich dort meine Damen mit etwas Phantasie wie in einer traditionsreichen und für sie angemessenen Bleibe vorkommen – egal, wie abgeschabt, durchgewetzt oder beinschwach die Wohnungseinrichtung inzwischen war. Manche Einrichtungsgegenstände, Teppiche zum Beispiel, bekamen einige der Tanten von ihren ehemaligen Nachbarn tatsächlich wieder, das meiste, was bei uns nach der großen Kriegsrochade herumstand, stammte allerdings – wie berichtet – von vertriebenen Deutschen.

Ich habe lange darüber gegrübelt, wieso keine meiner Damen über die Ärmlichkeit und Häßlichkeit unserer Behausung geklagt hat. Dabei war unsere relative Armut gut sichtbar, da und dort problemlos zu tasten – sogar an der Kleidung der einen oder anderen Dame, zum Beispiel an den mit Lacktropfen versiegelten Stellen, an denen die

Laufmaschen ihrer Strümpfe zum Stillstand gebracht worden waren. Einmal wollte ich Tante Erna auf dem verschneiten Bürgersteig stützen und rutsche mit meiner Hand durch den kaputten Pelz in ihre Achselhöhle. Ihr ausnahmsweise schuldbewußter Blick war unvergeßlich. Ganz nachfühlen konnte ich die bei uns sonst herrschende Gelassenheit nie wirklich. Zwischen den Tanten gab es in diesem Punkt aber offenbar keine großen Differenzen. Vielleicht spielte hier auch wieder der rauschbärtige Karl Marx eine Rolle. Die Damen dachten eventuell, der Sozialismus müsse – wie jedes aus dem Nichts auferstandene Unternehmen – häßlich, ärmlich und klein anfangen; erblühen könne er und würde er erst später. Die Tanten stolperten also in ihrer tadellosen Haltung über gefährlich zerklüftete und sich nach oben biegende Ränder der häßlichen Linoleumbahnen im Flur, blieben an irgendwelchen zersplitterten Kanten hängen und zerrissen sich dabei wiederholt ihre kunstvoll ausgebesserte Kleidung. An ihren Kostümen und Röcken sah man sowieso immer irgendwelche fadenscheinigen Stellen. Die Tanten ertrugen alle möglichen Ankleideprobleme meistens mit Gleichmut, die gemeinsamen Nähkränzchen waren sowieso beliebt. Und sie wußten sich auch anderweitig zu helfen: Sie beklebten beispielsweise – ohne Onkel ONKEL um Hilfe bitten zu müssen – besonders aggressive Stuhlkanten mit hautfarbenen Heftpflastern; außerdem entwickelten sie mit der Zeit bestimmte Abwehr- oder Vermeidetechniken. Im Flur wichen sie den schlimmsten Fußbodenfallen traumwandlerisch aus und beachteten diese Schandflecke einfach nicht mehr.

Das graue Linoleum im Flur war braun-gelb-rosa gesprenkelt. Der Schöpfer dieses fürchterlichen Musters konnte sicher nicht ahnen, daß sich später blutjunge Ästheten wie ich ausgerechnet über diejenigen Stellen freuen würden, an denen dieses Muster abgetreten und nicht mehr zu erkennen sein würde. Überall, wo das Linoleum gar nicht mehr vorhanden war, sah man breite und von früher stark durchgetretene Dielenbretter. Der schönen Holzmaserung konnte der eingefressene Dreck nicht viel antun – und ich liebte dieses Holz, das voller Echtheit war. Die Linoleumlöcher wurden größer und vermehrten sich natürlich auch dank meiner Mitarbeit. Ich knickte die rissigen Ränder dieses Belags gern um, brach die verhärteten, auf der Unterseite teerschwarzen Stücke aus und veränderte dadurch die Umrisse der einzelnen linoleumbefreiten Gebiete. Diese bekamen von mir allmählich sogar Eigennamen wie England oder Irland, das größte Loch hieß Australien. Die Tanten fühlten sich beim Betreten des ständig wachsenden Archipels nicht viel anders, als wenn sie über ein denkmalgeschütztes Parkett schweben würden und dabei höchstens irgendwelchen empfindlichen Intarsien ausweichen müßten. Wenn eine von ihnen wochenlang in irgendeiner unmöglich gemusterten Schürze herumlief, mußte erst ein Außenstehender andeuten, ihr Kostüm, das sie darunter trug, käme nicht genügend zur Geltung.

Eines Tages nahm sich der materialkampf-erprobte Onkel die Schande unseres Flurs vor und verlegte einen elastischeren, also fortschrittlicheren Fußbodenbelag. Da Onkel ONKEL farbenblind war – das heißt rotgrün-sehschwach –, mußte er sich um die farbliche Harmonisierung hinsichtlich der vielen roten, grünen (und mit ihnen verwandten) Farbtöne der Vorhänge nicht kümmern. Der Fußboden war jetzt immerhin einfarbig, leider penetrant hellblau. Dieses Linoleum hatte der Onkel einem Bekannten SEHR GÜNSTIG abgekauft. Die Ritzen zwischen den Bahnen vernagelte er mit berillten Aluminiumstreifen, die sich leider etwas wellten und bald zu neuartigen Stolperfallen mutierten. Es gäbe noch viel häßlichere Farben, meinte meine Großmutter Lizzy, die immer grundsätzlich versuchte, an jedem Reinfall oder Mißgeschick etwas Erfreuliches zu finden.

Als Baronin Nádherná bei uns lebte, war sie auch schon

verarmt, trotzdem – wurde mir berichtet – wirkte sie vornehm wie eh und je. Und sie war es gewohnt, herrische Befehle zu erteilen. Aus ihrem Schloß in Janovice wurde sie zuerst von den Deutschen verjagt, dann hausten dort die Russen, schließlich bediente sich an der Einrichtung auch noch die tschechische Dorfbevölkerung. Die Baronin paßte in vielerlei Hinsicht zu uns. Sie wollte im zukünftigen tschechischen Kommunistenparadies allerdings nicht bleiben, wollte nach England auswandern, später eventuell nach Argentinien. Ihre Verarmung empfand sie aber auch als Erleichterung – ähnlich wie meine Damen. Sie brauchte sich endlich keine Sorgen mehr über den baulichen Zustand des Schlosses zu machen, die aufreibende Arbeit im Park und Garten fiel weg, bei Stürmen mußte sie wegen ihrer wertvollen Bäume keine Ängste ausstehen.

Als Baronin Nádherná bei uns wohnte, war das Tantenkartell noch nicht vollständig. Wir waren noch nicht alle eingetroffen oder – wie ich – noch nicht geboren. Was das Liebesleben der Baronin angeht, gab sie sich, wie man weiß, alles andere als prüde. In dieser Hinsicht war sie bei uns auch passend untergebracht. Daß sie eine Zeitlang – rein formal gesehen waren es dreizehneinhalb Jahre – mit einem Verrückten verheiratet war, paßte zu uns ebenfalls hervorragend, denke ich. Ihr verrückter Gatte hieß Graf Thun und Hohenstein. In diesen dreizehneinhalb Jahren war unsere Baronin daher keine Baronin, sondern eine echte Gräfin. Und korrekt wie sie war, unterschrieb sie auch so. Und nicht zu vergessen – sie war zusätzlich noch Ehrendame des k. u. k. Damenstifts in Graz. Ihren Schmuck besaß sie größtenteils noch, ihr eigentlicher Schatz waren aber – wie schon berichtet – Kraus' Briefe, die sie in einem Koffer aufbewahrte. Diesen Koffer, der unter meinem zukünftigen Bett zwischengelagert worden war, übergab sie vor ihrer Flucht ihrem Anwalt Herrn Turnovský. Den voluminöseren Teil ihrer Schätze – beispielsweise die Widmungsexemplare der

Bücher von Kraus, Rilke, Altenberg und einige besondere Ausgaben der »Fackel« – ließ sie in der Königlich Niederländischen Botschaft zurück. Meine Großmutter Lizzy Schornstein funktionierte dabei als eine der Vertrauenspersonen.

Wir besaßen zu meiner Zeit auch noch etwas Schmuck aus der Vorkriegszeit, Teile des vergoldeten Silberbestecks, kleine wertvolle Kunstgegenstände. Leider ging bei uns dauernd etwas verloren. Wir aßen grundsätzlich – und daran war nicht zu rütteln – auf fein gestärkten Tischdecken. Nach dem Essen und dem Abräumen des Geschirrs wurde die Tischdecke an den Ecken hochgezogen, zum Fenster getragen, um dort gründlich ausgeschüttelt zu werden. Es war eine praktische Gewohnheit und wegen der immer hungrigen Prager Spatzen außerdem einfach Pflicht. Dummerweise war unser deutscher Kronleuchter etwas schwachbirnig bestückt, und in Mutters Zimmer war es dadurch abends nie hell genug. Und unglücklicherweise legte meine Mutter beim Essen gern ihren Schmuck ab. Mit den vielen Krümeln und sonstigen Essenresten wurden auf diese Weise nach und nach Teile des Familienschmucks entsorgt, aber auch manche neu gekaufte Halsketten, Broschen und Armreifen. Nebenbei wanderten durch unsere Fenster die letzten Reste des Silberbestecks.

Gemeinsame Mahlzeiten der Großfamilie kamen praktisch nie zustande. Die Essenszeiten der einzelnen Damen waren zu unterschiedlich, die – leichten, versteht sich – Spannungen wechselten zu oft, und die vom Krieg oder Frieden geprägten Koalitionen blieben nie stabil. Aus dem Grund gab es in unserer Wohnung mehrere autonome Kochnischen. Letzten Endes machten aber vor allem verschiedene Überempfindlichkeiten der Damen gemeinsame Mahlzeiten allzu kompliziert, so daß man auf sie letztendlich verzichten mußte. Erna durfte wegen ihrer Platzangst nicht dort hingesetzt werden, wo sie schon einmal Engegefühle entwickelt hatte, oder dort, wo sie befürchtete, beim Essen und Bauchabfüllen wieder welche zu bekommen. Und wenn sie saß, wollte sie sich nach kurzer Zeit schon wieder umsetzen. Györgyi hatte Rheuma, und für ihr Empfinden zog es in der Wohnung überall – egal aus wie feinen Ritzen der weitentfernten Fenster. Einmal zog es aus einem schwach beheizten Nebenraum, ein anderes Mal aus einem undichten Kleiderschrank.

– Dieser Schrank ist voller kalter Luft!

Györgyi spürte alle kühlen Luftbewegungen einzeln, schien sogar ihre Vektorstärken und -richtungen zu erkennen. Sie fühlte sich durch die winzigsten Strömungen (» ... hier aus dem Parkett!«) regelrecht bedroht. Sie flüchtete oft nach kurzer Zeit in ihr gut abgedichtetes und überheiztes Zimmer. Dort wußte sie genau, wo die erkaltete Luft am brutalsten zu Boden fiel, und hielt sich meist in der Raummitte auf. Ihr Bett stand genau fünfundzwanzig Zentimeter von der Wand entfernt. Das gemeinsame Essen wurde aber noch durch andere Verwicklungen verhindert. Urtante Bombe durfte nie mit dem Rücken zur Tür sitzen, bei Gewitter oder starkem Wind nicht mit dem Rücken zum Fenster – und auch nicht zur Tür. So saßen wir abends am Tisch meistens zu dritt oder zu viert. Großmutter Lizzy, ich und meine Mutter Anna. Die vierte war, wenn ihr die Abendbrotflucht gelang, Onkels Frau Eva.

Zum unvermeidlichen und doch gesamtfamiliären Ritual gehörte der gegenseitige Tausch der Kochüberschüsse und diverser Essenreste (»Ich kann das nicht zum vierten Mal ...«). An der pausenlosen Tauschbörse nahmen alle teil – also auch die separatistischen Selbstversorger –, egal, ob es momentan irgendwelche Auseinandersetzungen gab oder nicht. Verwertet wurde alles, was einigermaßen eßbar war, nichts durfte weggeworfen werden, selbst wenn es schon leicht schimmelte. Einmal versuchte Lizzy sogar einen Flaschenkorken zu essen – genauer gesagt einzelne brotkrümelähnliche Stücke, die von einem Korken stammten. Onkels Frau aß abends oft zweimal – zuerst mit ihrem Mann, mit ihm im Grunde aber nur pro forma und wenig. Danach kam sie zu uns, brachte etwas mit und aß hübsch weiter, um nicht noch dünner zu werden.

Der sparsame Onkel ONKEL kochte unglücklicherweise gern – und »gut« hieß bei ihm billig. Eine bestimmte Sorte Blutwurst war damals sehr billig. Das, was er in seinen Töpfen aufbewahrte, sah immer undefinierbar aus und roch nach Tod. Der zusätzliche Zweck seiner genußfeindlichen Kocherei war vielleicht aber auch, jegliche Zuschauer und alle potentiellen Mitesser zu vertreiben. Er aß am liebsten allein, und alle ließen ihn gern allein. Uns Kindern machte sowieso große Angst, WIE verbissen er aß. Ich konnte den Anblick kaum ertragen, trotzdem schaute ich ihm beim Essen nach Möglichkeit doch immer wieder zu. Er schmiß sich die Essenhappen ganz schnell in den Mund und kaute sie dann extrem lange – kräftig, wütend, erbarmungslos. Dabei wölbten sich seine Schläfen ungewöhnlich stark, pulsierten so gewaltig, daß ich an ihnen mit den Augen regelrecht haftenblieb. Solche Bewegungen, solche sprechenden Schädelaktivitäten kannte ich von keinem anderen Erwachsenen und fühlte mich durch Onkels Zermalmungsorgien regelrecht bedroht. Ich sah die rhythmischen Bewegungen seiner Kiefer, stellte mir das Aufeinanderprallen seiner Backenzähne vor und phantasierte, daß er dort problemlos auch meine Körpermasse hätte in Mus verwandeln können. Trotz dieser ausufernden Kauübungen schien Onkels oft stummer Mund mit der Zeit immer kleiner zu werden, zog sich infolge seiner Verbitterung immer mehr zu. Und da Onkel ONKEL insgesamt sehr wenig sprach, reichten ihm beim Kommunizieren im Grunde nur einige Standardsätze. Einer davon war: GLAUB' ICH NICHT.

– Aber ich habe das selbst gesehen!

– Und ich stand daneben!

– Glaub' ich nicht.

Was die vom Onkel ONKEL ausgehenden bedrohlichen Signale angeht, wirkte sich leicht entschärfend aus, daß er so etwas wie ein Mensch des Neutrino-Blicks war. Er sah durch einen durch – manchmal jedenfalls – und sah dabei nichts. Er schien in diesen Augenblicken tatsächlich nichts zu erfassen, sein Blick besaß absolut keine energetische Ladung, wie es auch bei den Neutrinos der Fall ist. Die Funktion dieses Blicks war klar: Wenn er seine Privatheit auch außerhalb der Schrankburg bewahren wollte, mußte er andere Menschen in durchsichtige Luftfiguren verwandeln. In der schmalen Umgehungsgasse seines Raums mußte man sich, wenn er einem entgegenkam, an die Wand oder in die weicheren Vorhänge drücken, da man Angst haben mußte, von ihm angerempelt oder umgerannt zu werden.

Seine Sparsamkeit trug immerhin Früchte. Er verdiente gut und verwertete – wo und wie es nur ging – erfolgreich Materialien, die die VOLKSEIGENE Staatswirtschaft an allen Ecken und Enden aussonderte. Diese gab vieles tatsächlich als Abfall frei, ließ Brauchbares gammeln, fragmentierte und verschenkte sich in ihrer Trägheit höchstselbst. In diesem Zusammenhang von Diebstählen zu sprechen wäre absolut falsch. Fast alle Familienväter bedienten sich an den Überschüssen dieser changierenden Chaoswirtschaft. Jedermann wurde dadurch zwar nicht reich, mein Onkel wurde es doch. Aber er muß noch andere Quellen angezapft haben, schätze ich. Er wurde jedenfalls der einzig Reiche unter uns. Dieser grimmig-geheimnisvolle Mann sparte sich heimlich einen großen Schatz zusammen. Und ich weiß bis heute nicht genau, wie, wieso und wozu.

Daß mein Onkel entlarvt und auf dem von der fraulichen Einheitsfront errichteten Pranger noch gnadenloser festgezurrt werden konnte, war meine Schuld. Als Onkel ONKEL einmal auf Dienstreise war, machten meine jüngere Cousine und ich uns daran, den heiligen Innenbereich seines Zimmers systematisch zu durchforschen. Wir stöberten dort so lange, bis wir beispielsweise einen Stapel an ihn gerichteter Liebesbriefe entdeckten. Es waren vorwiegend ältere Briefe von einer Frau, die es als seine Bekannte – oder nach wie vor doch etwas mehr? – aktuell noch gab. Wir kannten sie jedenfalls. Daß eine Frau diesen düsteren weißbeinigen Fettklops überhaupt lieben konnte, überraschte mich maßlos. Aber noch mehr der implizite Rückschluß, daß offenbar auch Onkel ONKEL lieben konnte. Mir lieferte diese Entdeckung jedenfalls Stoff zum Nachdenken für mehrere Jahrzehnte. Damals waren wir mit diesem Fund absolut überfordert, nach solchen immateriellen Geheimnissen hatten wir im Grunde gar nicht gesucht. Die Peinlichkeit, die einen Menschen befällt, wenn er unerlaubterweise von Intimitäten eines anderen angehaucht wird, kenne ich aus dieser Zeit. Auch die Hemmung, die entlarvenden Nacktheiten gegen den Betroffenen zu nutzen.

Natürlich waren wir uns schon vor der Aktion sicher, daß es beim Onkel ONKEL viele interessante und aufregende Dinge zu entdecken geben würde. Onkels hussitische Wagenburg beherbergte ein seltsames Sammelsurium von Gegenständen, deren Zweck uns allzuoft schleierhaft war. Bevor wir auf die Briefe gestoßen waren, hatten wir beispielsweise hochwertige Gerätschaften fürs technische Zeichnen in der Hand, muffig riechende Massage-Utensilien aus rotem Gummi, die offenbar elektrostatisch aufgeladen werden konnten, weiter noch seltsam scharfkantige Karteikartenreiter aus dünnem Blech – Tausende davon in vielen flachen Schachteln; alle schon etwas angerostet, teilweise sogar ineinandergerostet. Mein Onkel sammelte bekanntlich alles, sprach über die vielen Einzelposten seiner Sammlung aber nie – so wie er über alles andere auch nicht sprach. Ihn gezielt auszufragen wäre einer glatten Provokation gleichgekommen. Dementsprechend wenig konnten ich und meine Cousine wissen, was uns bei unserer Tiefenexpedition erwartete. Onkel ONKEL hielt sich lange Stunden, ganze Abende, lange Nächte in seiner immer voller werdenden Burg auf, erklärte oft nicht einmal dann, was er trieb, wenn er uns alle mit unsäglichen Arbeitsgeräuschen störte. Manchmal legte er seinen Neutrino-Blick vollständig ab und glotzte so ungnädig hegemonial um sich, daß einem im Kopf alles zu Staub zerfiel, was man sich über ihn notdürftig zusammengereimt hatte.

Was uns zu unserer Aktion angetrieben hatte, war klar: Alles, was wir über den Onkel und Vater zusätzlich in Erfahrung bringen konnten, hätte für das Miteinander mit ihm vorteilhaft sein können. Jeder, der es schaffen würde, in diesen Mann kurz hineinzulugen, hätte ihn sicher besser verstehen, folglich sich vor ihm auch zielgerichteter in acht nehmen können. Während ich die aufregenden, für meinen damaligen Geschmack allerdings unvorstellbar schamlosen Briefe las (»... laß Dein Pimmelchen meine Lippchen aufknöspeln ...« – so ungefähr, ich paraphrasiere hier natürlich nur), wühlte sich meine hausfraulich begabte Cousine weiter und tiefer in die Wäschekommode ihres Vaters hinein. Sie war vorsichtig, legte die sortiert aufbewahrten Pullover, Flanellhemden und Unterhosen stapelweise zur Seite, um sie platzgleich wieder zurücklegen zu können. Als sie sich in die hinterste Ecke vorgearbeitet hatte, entdeckte sie ein verschnürtes Säckchen.

– Hier ist etwas.

– Was?

– Etwas Größeres.

Das stimmte. In dem Sack steckte eine Blechkassette. Diese war etwas größer als ein Band des Großen Konversationsbrockhaus, nur viel leichter. Die Kassette war natürlich verschlossen. Beim Schütteln konnte man darin etwas

Papierenes vermuten. Wir tippten auf Pornographie, meinten damit allerdings so etwas wie Fotos nackter Frauen auf Hochglanzpapier, also kunstvoll beleuchtete Akte in Schwarzweiß. Es hätten dort aber auch Fotos diverser, uns vollständig unbekannter Geliebter des Onkels lagern können. Mit dem Wort »Neugier« wäre unser heißer Erregungszustand vollkommen falsch beschrieben, ich war jedenfalls außer mir. Wir waren vielleicht nah dran zu erfahren, welche Frauen sich zu diesem Mann hingezogen fühlten, sich als passend zu ihm empfanden, passender als seine Frau Eva, also meine drahtige Tante der sieben Fremdsprachen. Meine Cousine zitterte leicht, ich war ratlos und als Verantwortlicher dieses Kommandounternehmens von einem Schüttelfrostanfall auch nicht weit entfernt. Mit Schlössern kannte ich mich damals noch nicht aus, hatte beispielsweise die relativ einfachen Innereien von einem Schloß mit Hakenfalle noch nie nackt gesehen. Grobe Gewalt anzuwenden kam natürlich nicht in Frage. Und mit den auf dem Fußboden liegenden und noch nicht ganz durchgesehenen Briefen vor Augen fühlten wir uns beide so unwohl, daß es nicht in Frage kam, die geheimnisvolle Kassette hinauszutragen und bei der Frauenschar abzuliefern.

Mir kam bald eine rettende Idee, die meine Karriere als Bastler und Gelegenheitshandwerker begründen sollte. Mir fiel ein, daß ich beim letzten kleinen Ausflug in Onkels Wagenburg Spezialwerkzeuge entdeckt und bewundert hatte – und ich wußte noch, in welchem Regal sie lagerten. Ich zog Onkels große Hebammentasche hervor, öffnete sie, starrte auf deren Inhalt und wartete auf irgendeine rettende Idee. Anschließend untersuchte ich noch einmal gründlich die Blechkassette und prüfte mögliche Schwachstellen. Auf den ersten Blick hatte sie leider keine. Alle Kanten und Ecken waren mit zusätzlichen Formteilen aus verziertem Blech verstärkt und fest vernietet, die Schloßumgebung war sogar mit einer Messingplatte abgedeckt. Die beiden Scharnierleisten abzuschrauben war auch nicht möglich. Sie waren mit Nietenköpfen übersät. Daß ich die magische Kassette am Ende doch noch knacken konnte, macht mich – wenn ich an die vielen Nieten denke – bis heute stolz. Mir fiel auf, daß der Deckel mit dem unteren Teil zwar mit einem durchgehenden und massiven Scharnier verbunden war, der Verbindungsstift, der durch die einzelnen Ösen führte, im Grunde aber nur aus einem einzigen langen Draht bestand. Dieser Stift war links und rechts nicht abgesichert, ragte auf einer Seite sogar über das Ende des Scharniers hinaus. Ich holte mir eine langgriffige, vorn sich verengende Flachzange, faßte das eine lose Ende des Stifts, drückte fest zu – und zog. Meine Cousine hielt dabei die Kassette fest zwischen ihren aufgeregt heißen Schenkeln. Beim ersten Versuch rutschte ich mit der Zange noch ab. Das nackte Drahtende bekam dabei leichte Kratzer. Beim zweiten Versuch gelang mir der Zugriff, und der Stift setzte sich in Bewegung. Ihn anschließend mit der Zange großflächiger zu fassen und ganz herauszuziehen war kein großes Problem mehr.

Mit dem, was wir drinnen erblickten, handelten wir uns leider ein riesiges Problem ein – ein ähnliches, mit dem sich auch Geheimdienstler dauernd herumschlagen müssen. Sie dürfen allzuoft nicht offenbaren, was sie wissen. Und auf uns kamen Entscheidungsqualen zu, von denen wir bislang keinen blassen Schimmer gehabt hatten. Die Kassette war voller Geld. Sie war voll von grünen Hundertkronenscheinen, die wir im Alltagsleben nur manchmal und nur einzeln zu sehen bekamen. In unserem Alltag bedeutete schon eine Zehnkronennote sehr viel Geld. Als Taschengeld kannten wir nur Münzen.

– So sieht eine Million aus, sagte meine Cousine.

– Oder Hunderttausend. Davon könnte man Tausende Eistorten kaufen, Hunderte von Rollschuhen …

– Ein Auto.

– Wir müssen es zählen. Das mit dem Scharnier – das mache ich nicht noch einmal.

Das Stieleis »Nanuk« kostete damals eine Krone, das stiellose »Eskymo« fünfzig Heller, eine Kugel Eis siebzig Heller. Und die große Eistorte, der luxuriöse Höhepunkt der tschechischen Eisherstellungskunst, kam auf ganze dreizehn Kronen. Eine ganze Torte bekam ich persönlich nur ein einziges Mal geschenkt. Kino kostete drei, vier oder fünf, bei Überlänge maximal sieben Kronen. Onkels grüne Scheine waren gebündelt, ein kleines Bündel enthielt fünfzig, ein großes hundert Scheine – also jeweils fünftausend oder zehntausend Kronen. In der Kassette steckten demnach zweihundertsechzigtausend Kronen. Für uns war dieser Betrag unvorstellbar. Ich war dreizehn, meine kleine Cousine knapp zwölf. Die große Cousine hatte schon einen beachtlichen Busen, kam uns beiden zu vernünftig vor und war als Konspirationspartnerin nicht zu gebrauchen. Ich und meine kleine Verbündete verbrachten daraufhin ein ganzes Jahr mit Überlegungen, wie wir die Sache auffliegen lassen könnten, ohne dabei zu Schaden zu kommen. Der Onkel galt als die barbarischste Instanz, die wir kannten. Ein Riese, der zum Schlimmsten, zu den häßlichsten Strafen fähig war. Der Onkel schreckte uns wie ein Donnergott – und ein Donnergott hätte problemlos richten können, auch ohne einen zu berühren. Unser Gefühl, dieser Mensch hätte uns beispielsweise fern-erwürgen können, war vielleicht nicht vollkommen falsch.

Für uns war es schon ein Problem, den düsteren Mann um harmlose Hilfestellungen zu bitten und dadurch unsere Abhängigkeit zu offenbaren. Schon ein kleines Verlangen war mit tiefen Angstgefühlen verbunden und kostete uns große Überwindung. Meistens ging es um einfache handwerkliche Eingriffe bei Reparaturen von Spielsachen oder um fachmännische Beratung – also um Anschubhilfe zur Selbsthilfe. Der Onkel war der einzige Mensch weit und breit, der in diesen Dingen wirklich bewandert war. Mein Vater war ein handwerklicher Trottel erster Güte – und war sowieso nicht vorhanden.

– MUSS DAS JETZT GLEICH SEIN? fragte Onkel ONKEL gleich drohend zurück, wenn man ihn bescheiden – bescheidenst! – um Hilfe bat.

Die Frage war clever formuliert, ließ uns unsere Hilflosigkeit auf alle Fälle verstärkt spüren.

– MUSS DAS JETZT GLEICH SEIN?

– NEIN! riefen wir unisono zurück und logen dabei aus einem guten Grund.

Die Antwort »Ja« hätte bedeutet, daß wir eine Absage bis an unser Lebensende oder bis zum übernächsten Weihnachtsfest bekommen hätten. Bei »Nein« hatten wir gute Chancen, daß er uns half – und oft machte er sich tatsächlich sofort an die Arbeit. Dabei hätte – wirklich wirklich, lieber Onkel, lieber Vater – alles noch Zeit gehabt! Unser alberner Wunsch hätte – wirklich wirklich, lieber lieber Onkel, lieber lieber Vater – auf KEINEN FALL SOFORT befriedigt werden müssen! Wir hätten uns doch gern geduldet!

Aber Onkel ONKEL war bereits am werkeln, mühte sich für uns in atemberaubendem Tempo ab. Wunderbar! Und er war so geschickt dabei – er war gütig und unersetzlich. Er war der Größte und als ein solcher kurzzeitig ein liebenswerter Mensch.

baue keine bomben, spiele lieber
fußball mit dem königssohn

Daß mein dicker Vater ein faules und lebensuntüchtiges Großmaul, ein Kettenraucher und Säufer geworden war, war die Schuld seiner zweifelhaften Freunde. Das behauptete jedenfalls seine Mutter Ludmila, eine meiner drei bis vier Großmütter. Analog dazu möchte ich für die Nachwelt festhalten, wer und was in meinem Leben an meiner ungesunden Radikalisierung – bei gleichzeitiger Ironisierung jeder Radikalität – schuld war: Es waren die Chinesen unter Mao Zedong, der damals noch »Tse-tung« transkribiert wurde. Es war die chinesische Propagandamaschinerie, die auch nach dem katastrophalen Scheitern des »Großen Sprungs nach vorn« weiterlief und in der glorreichen Kulturrevolution hochgefahren wurde. Es war aber nicht Mao allein, nicht nur Mao und seine Partei – ich möchte diesen Massenmörder gern etwas entlasten: An meiner Formung und Deformierung war noch eine junge Frau, nämlich die süße Nie Yuanzi, schwer mitschuldig. Es war die zarte »NIE«, die den kulturrevolutionären Massensturm von unten losgetreten und in vorderster Front vorangetrieben hatte. Die eigentliche große Mittäterin von Mao – seine Frau Qing Jiang – beeindruckte mich kaum, sie hielt sich sowieso eher im Hintergrund und war nicht besonders schön.

Auch wenn ich die Grundlagen für meine radikal ausgerichtete politische Bildung hauptsächlich von meiner Mutter bezog, war die chinesische Walze, die sich konsequent alle zwei Wochen erneuerte, nicht zu unterschätzen. Mein Weg zur Schule führte jahrelang an der chinesischen Botschaft vorbei, entlang eines langen gemauerten Zauns, an dem viele schmucke Glasvitrinen hingen. Sogar an drei

Stellen – links und rechts von zwei Einfahrten und links und rechts des Personaleingangs. So ist für mich ein beachtlicher Teil meines geistig-politischen Unterbaus zwangsläufig mit den flachen Gesichtern und den niedlichen Strichaugen reizender Chinesinnen verbunden. Diese puppenartigen Geschöpfe durfte ich täglich auf stark vergrößerten Bildern bewundern, jeden Tag mindestens zweimal – und fast alle sahen dabei fast wie meine Favoritin Nie Yuanzi aus. Diese erotisch aufgeladene Variante der Indoktrination konnte bei mir auf keinen Fall ohne Folgen bleiben. Massenaufläufe ziehen mich seitdem magisch an. Wobei ich versichern muß, daß sie mich gleichzeitig auf die schlimmste Art und Weise abstoßen. Ich ekelte mich sowieso von klein auf vor jeglicher Gleichförmigkeit, für irgendwelchen kollektivistischen Freudentaumel ließ ich mich unter Zwang nie begeistern. Trotzdem konnte ich auch blind vor freiwilliger Entzückung werden, wenn mich – mich in meinen emotionalen Untiefen – die erotisch angehauchte Vorstellung packte, ich könnte in einer pulsgleich eruptierenden Masse aufgehen.

In meiner Kindheit war mir seitens meiner Nächsten so viel Bewunderung entgegengebracht worden, daß ich schon aus Selbstschutz nicht alles, was man ernst meinte und mir ernsthaft klarmachen wollte, ernst nehmen durfte. Diesen meinen Wohnungsnächsten brachten meine regelfeindliche Sturheit und meine ironische Gnadenlosigkeit später bittere Früchte ein – nicht unbedingt eruptionsartig, insgesamt aber reichlich. Meine Aushärtung und Ausssturung könnte man eventuell auch mit meinem politischen Dasein im Zentrum Europas erklären, das künstlich ein sowjetisch-asiatisches Flair verpaßt bekommen hatte – könnte man sozusagen auf die Auswirkungen meines tektonisch unsicheren Standorts zurückführen, eines Standorts am Kontinentalriß zwischen Orient und Okzident, wer weiß. Ohne Sündenböcke präsentieren zu wollen, mußte ich irgendwann versuchen, mir darüber etwas Klarheit zu verschaffen – und dabei gleichzeitig mein zuhaus-hospitalisiertes Ich, meine Mutter mit ihrer ganzen Verwandtschaft und von mir aus auch das ewig gebeutelte russische Volk entlasten. Vielleicht treffe ich diesen Sachverhalt mit der folgenden Formulierung: Da ich im Schoß des Sowjetreiches wie gefangen war und dauerhaft mit einer Mentalität konfrontiert wurde, die durch mongolische Unterjochung, zaristisch-animaloide Menschenhaltung und leninistisch-stalinistische Massenschlachterei geprägt war, mußte ich – um mein historisch entrücktes und eher nach k.-k.-Gemütlichkeit gierendes Seelchen zu retten – mit eigensinniger Ironie arbeiten, mußte im Leben Brechstangengewalt anwenden, Brechmittel einsetzen, mit Stilbrüchen provozieren lernen. Wobei ich außerdem noch die kraftvolle Art der Millionen von schwimmenden oder trabenden Fahnenträger aus China in mein Dasein zu integrieren hatte.

Die vielen seltsamen Kraftwellen, die auf mich in meiner Kindheit einschlugen, in diesem Text zu sortieren und gegeneinander abzuwägen, wird mich noch einige Mühe kosten. Die asiatischen Einflüsse mehrten sich sogar. Nicht nur daß meine Mutter die Besetzung Tibets durch die Chinesen noch frisch in Erinnerung hatte und mit mir darüber weiter trauerte, an unserer Grundschule tauchte eines Tages ein echter asiatischer Prinz auf. Er kam aus Kambodscha, und sein Name war Norodom Sihamoni. Prinz Sihamoni, der Sohn des Königs Sihanouk, kam in die Tschechoslowakei, um in meiner Stadt europäische Ausbildung zu genießen. Er wurde mein Mitschüler, war plötzlich einer von uns – gleichzeitig aber auch nicht. Er schwebte zwischen und über uns, blieb ein anderer. Er lernte allerdings sehr schnell Tschechisch, seine eigenhändig gebundenen Schleifen an seinen maßgefertigten Schnürstiefeln sahen auch bald passabel aus. Ausgerechnet als ich dieses Kapitel zu schreiben begann, wurde Sihamoni vom kambodschanischen Kronrat zum König von Kambodscha gewählt – ohne es unbedingt zu wollen.

Norodom war ungeheuer schön, war eindeutig der Schönste von uns, in seiner aristokratischen Vornehmheit blieb er sowieso konkurrenzlos. Die Roten Khmer gab es damals noch nicht, von der Ausrottung von Bewohnern ganzer Städte konnte man zu diesem Zeitpunkt noch nichts ahnen. Pol Pot war nach seinem erfolglosen Studium in Paris allerdings wieder in die Heimat zurückgekehrt. Für mich stand mein Prinz wider besseres Wissen eher für einen exilierten Tibeter – für einen Mitkämpfer und Leidensgenossen des Dalai Lama.

Prag war während meiner Kindheit sowieso voller Exilanten, sie gehörten zum Straßenbild. In die Tschechoslowakei kamen nach dem Aufstand der griechischen Kommunisten – Ende der 40er Jahre, also noch vor meiner Geburt – viele griechische Kinder, nach dem Militärputsch von 1967 folgten weitere Griechen. Nach dem Bruch ihres Landes mit der Sowjetunion waren bei uns viele stalingläubige Jugoslawen geblieben, die zu ihrem verräterischen Tito nicht zurückkehren wollten oder konnten. Nach und nach schwappten immer wieder kleinere Emigrantenwellen zu uns herüber, begreiflicherweise aus Ländern, in denen der Sozialismus trotz der tüchtigen Hilfe der Sowjetunion und der anderen Bruderländer noch nicht gesiegt hatte, seine Errichtung also vorerst gescheitert war. In der Regel handelte es sich bei diesen »Wellen« aber nur um die Kerncliquen der jeweiligen Befreiungsbewegungen oder um die Kreise der radikalsten Fortschrittsbringer. Nachdem in Indonesien unter Suhartos Kommando Hunderttausende echte oder vielmehr angebliche Kommunisten (zusätzlich auch noch Chinesen) abgeschlachtet worden waren – meine Mutter berichtete mir detailliert darüber –, kamen leider kaum Indonesier zu uns, obwohl an den Vorbereitungen des Aufstands auch tschechische Berater beteiligt gewesen waren. Für eine

Flucht war Prag einfach zu weit, China war näher – und der Bruch zwischen dem Sowjetblock und China war damals schon vollzogen.

Zu uns strömten dafür viele ebenfalls fortschrittliche Kräfte aus ganz anderen Teilen der Welt. So füllte sich die Tschechoslowakei mit explosiven Bewußtseinsinhalten von Widerständlern aller Haut- und Haarfarben. Dank der gemeinsamen Idee der Weltrevolution wuchs damit aber gleichzeitig auch so etwas wie ein einheitliches Riesenkorps zusammen. Dafür hatten jedenfalls die in Prag residierenden Referenten und Agenten aus der Sowjetunion zu sorgen. Die sowjetische Botschaft lag unweit meiner Schule, das Territorium der Residenz und der Handelsvertretung am Sibirischen Platz, das ständig erweitert und ausgebaut wurde, lag sogar neben und gegenüber unserem Schulgebäude – die Russen umringten und umfaßten uns bei ihren Geländegewinnen wuchtiger als die Chinesen, regelrecht physisch und vollkommen vitrinenlos.

Von der wachsenden Präsenz der Russen bekamen die vielen Schwarzafrikaner, Iraner, Palästinenser oder Portugiesen, die in der Goldenen Stadt glücklich angekommen waren, nicht unbedingt etwas mit, sie hatten andere Sorgen. Ihre Bewegungen mußten weiterfinanziert, die zurückgelassenen Kampfgenossen außerdem mit Waffen versorgt werden. Unser friedliches Land verdiente nebenbei mit Waffengeschäften recht gut, unsere traditionsreiche Rüstungsindustrie war auf Weltniveau. Der damalige Exportschlager – der heißbegehrte Plastiksprengstoff »Semtex« – war in aller Munde. Wir hatten aber noch viel mehr zu bieten: mehrere Panzertypen, gepanzerte Truppentransporter OT-64 SKOT (das beliebteste Transportmittel von Idi Amin Dada!), leichte und schwere Kanonen, Flakgeschütze 30 mm und die Nachfolgemodelle der legendären leichten Maschinengewehre BREN. Natürlich auch unsere vorzüglichen 9-mm- oder 7,65-mm-Pistolen. Und wenn auch viele der leichteren Waffen bereits gebraucht waren, waren sie alle gut konserviert und gepflegt worden. Die in rauhen Mengen produzierte Qualitätsmunition unterschiedlichster Kaliber dürfte bei dieser Aufzählung auch nicht vergessen werden. Später kamen noch die fortschrittlichen Mini-Kalaschnikows »Skorpion« hinzu, die tschechische Variante von »UZI submashine gun«. Man bot diese zusammenklappbare Neuigkeit auch heimlich und preiswert auf dem Weltmarkt an. Bald interessierten sich für dieses tschechische Qualitätserzeugnis auch Gangsterkartelle aus den USA und die Mafia.

Unser aus hegemonialer Sicht unverdächtiges Land hatte besonders in Afrika einen hervorragenden Ruf, dort war die Tschechoslowakei eine Art Lieferweltmacht; als eine solche war sie aus kommerziellen Gründen auch mal bereit, die eine wie die andere kriegführende Seite zu beliefern. Und meine goldstaubige Stadt war – wen würde das wundern – in den Kreisen der aktiven Revolutionsplaner ausgesprochen beliebt. Vor den leblosen und kältedurchströmten Straßen von Ostberlin hatten die Revolutionäre offenbar fast so viel Angst wie vor den Folterkellern in der alten Heimat. Prag entwickelte sich so zu einem globusweiten Drehkreuz und wurde neben Moskau eines der Sammelbecken aller möglichen Politträumer. Natürlich kamen diese warmblütigen und Wärme gewohnten Menschen nicht nur wegen der Schönheit der Stadt und der Freundlichkeit unserer Parteifunktionäre zu uns. Die relativ weltoffene Metropole bot viel mehr Tarnmöglichkeiten als zum Beispiel Wladiwostok, Minsk oder Greifswald. Und die Westgrenzen waren nicht weit. Für diese Sorte unserer ausländischen Gäste wurde in Prag sogar eine besondere Universität gegründet – die »Universität des 17. Novembers« – sowie andere geheimdienstliche Trainings- und Ausbildungslager der Spitzenklasse. Die sechs mächtigen Außenhandelsfirmen waren vom Geheimdiensteifer knisternde Ameisenhaufen. Ähnlich

emsig ging es in der Weltföderation der Gewerkschaftsbewegung SOF und in der Zentrale des Internationalen Stu-
dentenverbandes zu – diese beiden Niederlassungen lagen
am Rande der Altstadt, und ihre munteren Funktionäre
hatten die allerbeste Sicht auf den Sockel des 1962 abge-
rissenen Stalindenkmals. Speziell in der »Universität des
17. Novembers« bekamen die Studenten nicht nur ihre zusätzliche marxistische Überbauorientierung, man bildete in
ihnen gleichzeitig zukünftige Putschisten und Politoffiziere
aus, die irgendwann später Regierungsmitglieder oder sogar Regierungschefs werden sollten. Ihr heimatliches Ein-
satzgebiet sollte in der Zukunft radikal umgebaut werden
und unbedingt dem aktuellen Stand der Weltrevolution entsprechen. Die Ausbildungsstätte der in unserem Land wei-
lenden libyschen Staatsterroristen befand sich unweit des
Schlachtfeldes vom Weißen Berg. Diese Männer hatten in
dem studentischen Milieu von Prag einen Sonderstatus.
Und vollkommen außerhalb der offiziellen Realität lebten
bei uns radikale italienische Kommunisten, die mit ihrem
geheimgehaltenen Sender die ersehnte italienische Revolu-
tion vorantreiben wollten. In ihrer Heimat drohten ihnen
Gefängnisstrafen. Einem von ihnen auch wegen der Hinrichtung von Mussolini, die seinerzeit spontan auf die Par-
tisanenart, also nicht ganz rechtsstaatlich erfolgt war.

Und unser Prinz? Er war noch ein Kind und hatte mit
derartig fortschrittlichen Umtrieben überhaupt nichts zu
tun. Norodom Sihamoni sollte bei uns einfach umfassend
und erstklassig ausgebildet werden – wie ich auch –, und
er wollte sowieso kein Revolutionär, sondern ein Tänzer
werden. Der sozialismusfreundliche König hatte seinen
ersten Sohn nach Moskau und den zweiten nach Peking
geschickt – erst der vierte ging später nach Paris. Prinz Sihamoni war in meiner Schule – diese war nach dem kraft-
vollen Rebellen und Selbstmörder Majakowski benannt –
natürlich der absolute Star. Schon wegen Norodoms edler

Gesichtszüge waren wir im Vergleich zu ihm nur die graue Volksmasse, und wir blieben es die ganze Zeit. Ich hatte aber überhaupt nichts dagegen. Er war einfach etwas Höheres, ich wäre sogar gern sein Untertan geworden, wenn ich unter seiner Führung beispielsweise gegen die Chinesen in Tibet hätte kämpfen können. Daß ich ihn als ein höher angesiedeltes Wesen anerkannte, hatte sicher auch damit zu tun, daß ich mich dank meiner Herkunft eher als ein Paria, Ghettomensch und potentiell Sonderzubehandelnder zu fühlen hatte. Norodom war immer tadellos gekleidet, bewegte sich im Gegensatz zu mir anmutig, und sein Rücken war immer gerade. Ich hatte schon damals eine starke Skoliose und fand zu Norodom leider – trotz seiner enormen Freundlichkeit – keinen wirklichen Zugang. Unser klassenschlimmster bulgarischer Rebell Dschagarow verschaffte sich ihn mit seinen subversiven Angeboten aber auch nicht. Er versuchte den Prinzen zu verrohen, zeigte ihm, wie man schuleigenes Eßbesteck bricht, um mit den Stummeln verriegelte Fenster zu öffnen, führte ihm beim Mittagessen vor, wie sich mit einem Messer, wenn man es unter die Tischplatte schob, maschinengewehrähnliche Vibrier-Salven produzieren ließen. Norodom sah sich alles höflich an, mehr nicht. Dschagarow hoffte eine ganze Weile, bessere Karten als wir alle zu haben, und zeigte gelegentlich auf eine Weltkarte an der Wand. Bulgarien lag von Kambodscha etwas weniger weit entfernt als die Tschechoslowakei.

– Kommst du Fußball spielen? fragte ich den zukünftigen König einmal.

– Nein, tut mir leid, Georg, ich habe Ballettunterricht. Vielen Dank für die Einladung.

Bei Schulfesten trat Norodom dann tatsächlich – es war exotisch und vollkommen unüblich bei uns – als Solotänzer auf. Und er tanzte zu einer Musik, wie wir sie noch nie zuvor gehört hatten. Seine Auftritte stellten alle anderen Festbeiträge in den Schatten und enthüllten damit gleichzeitig deren Primitivität. Was wir – die Hoffnung der sozialistischen Republik – vorführten, war eingetrichterter Schwachsinn, mit dem man uns an den Pioniernachmittagen gequält hatte. Norodom trug beim Tanzen selbstverständlich keine Pionieruniform wie wir, sondern ein enganliegendes, glitzerndes Kostüm mit fein gestickten Mustern. Zu allen seinen unerreichbaren Vorzügen kam noch hinzu, daß ihn eine persönliche Freundschaft mit der kultivierten Direktorin der Schule verband. Es wurde oft darüber gesprochen, daß er sie auch privat besuchte, regelmäßig bei ihr zu Hause speiste, mit ihr ins Theater und in die Oper ging. Wahrscheinlich sollte sie – auftragsgemäß, versteht sich – versuchen, ihm die königliche Familie zu ersetzen, die selbstverständlich in Kambodscha geblieben war. Zu den Chinesen ging der Prinz mit uns nie.

Daß ich von angehenden afrikanischen Bürgerkriegstreibern, haßerfüllten portugiesischen Kommunisten oder von iranischen Schah-Gegnern umgeben war, daß ich diese aktuellen, zukünftigen oder ehemaligen Wüteriche der Weltgeschichte ununterbrochen vor Augen hatte, war an meinem Werden natürlich auch beteiligt, egal wie begrenzt. Einige von diesen Leuten waren eher ruhigere Zeitgenossen, die sich einfach nur zur Ruhe setzen wollten und froh waren, keinen sinnlosen Kampf mehr führen zu müssen. Eine etwas kleinwüchsige iranische Widerstandstochter liebte ich heimlich, ihre Eltern, die ich auch kannte, hoben meine schöne Stadt in den Himmel, vom Haß auf ihren bösen Schah Resa Pahlewi war in dieser Familie nicht viel zu spüren.

Mir und meiner Mutter war sowieso klar, daß die vielen neuprager Radikalinskis später, wenn sie in ihrer Heimat zum Zuge kommen sollten, irgendwann wieder gestürzt oder beseitigt werden würden – und sie taten uns leid. Meine Mutter hielt punktuell auch viel von konservativen Traditionalisten, verehrte Herrscher wie den Kaiser Haile Selassie von Äthiopien, sprach mit Bewunderung über historische Gestalten wie den friedliebenden indischen König Asoka, mit dem sie sich wegen eines Artikels über Buddhismus beschäftigt hatte. Leider konnte sie auch Väterchen Stalin nicht ganz aus ihrem Herzen vertreiben – ihr imponierte immer noch, lange nach seinem Tod, daß er an seiner Uniform keine Orden getragen hatte, obwohl er sie sich hätte tonnenweise organisieren können. Und sie zitierte gern – wenn auch mit einem ironischen Lächeln – den berühmtesten seiner Sprüche: »Wir Kommunisten sind Menschen eines besonderen Schlags.« In einem Winkel ihres Herzens zählte sie sich vielleicht immer noch zu dieser schlagkräftigen Sonderklasse Mensch.

Zu den Chinesen hatte meine Mutter selbstverständlich eine sehr differenzierte Meinung – vor ihnen nur Angst haben wollte sie nicht. Sie erzählte mit großer Bewunderung, wie das ganze Riesenvolk irgendwann die Order bekommen hatte, die gesamte Fliegenpopulation totzuklatschen – und darüber, daß die bedrohliche Fliegenplage dank der Tag und Nacht um sich schlagenden Chinesen tatsächlich auch besiegt worden war. Leider war meiner Mutter, eventuell aber auch dem »Spiegel« damals entgangen, wie es zu dieser Plage überhaupt gekommen war. Man weiß es inzwischen. Das chinesische Volk sollte, um die sozialistische Ernte vor unberechtigten und nutzlosen Fressern zu schützen, durch Dauertrommeln die Vögelpopulation dezimieren. Die chinesische Bevölkerung hatte auch diese frühere Order befolgt und hatte diszipliniert und ununterbrochen getrommelt – statt zu arbeiten –, trommelte so lange, bis die armen Vögel vor Erschöpfung vom Himmel fielen. Das größte Trommelkonzert der Weltgeschichte war damit zu Ende – bald danach brach die Fliegenplage aus.

Warum erzähle ich das alles? Ich wußte von meiner Mutter einiges, trotzdem nicht alles. Und ich blieb beispielsweise, was den Einblick in meine Seele angeht, bis zu meiner späten Heirat ein Ignorant – ein mitteilungsfeindlicher obendrein. Die Menge von ungelösten Fragen, die ich in mir nur verwahren, höchstens unproduktiv herumwälzen mußte, wurde immer größer, manche meiner Gefühlswunden blieben lange Jahre suppend frisch. Eben dank meiner Unbelecktheit. Ich konnte mir beispielsweise nicht erklären, wieso ich ein so böser Mensch geworden war. Ich wußte nicht, aus welchen Quellen sich die in mir lauernden Aggressionen speisten, warum ich nicht auf irgendwen, sondern ausgerechnet auf meine liebe Mutter bitterböse allergisch bis – und mit der Zeit zunehmend – unversöhnlich wütend werden mußte. Nebenbei fiel mir immer wieder auf, daß ich mich – beim Durchsehen unseres »Spiegels« beispielsweise – von allen möglichen häßlichen und unappetitlichen Bildern angezogen fühlte. Wo auch immer es nach Endzeitstimmung, Auslöschung und nach existentiellen Implosionen aussah oder roch, dort sah ich zuerst hin – und offenbar wollte ich auch gern dahin. Bei einem anderen Lauf der Geschichte hätte ich mich eines Tages vielleicht in einem klassisch ausgestatteten Vernichtungslager wiedergefunden und wäre dort in die mir den Weg weisenden Fußstapfen getreten.

Meine alltäglichen Erfahrungen sprachen ebenfalls eine klare Sprache. Wenn ich irgendwo – ich habe es bereits angesprochen – in eine Randzone geraten war, wurden diejenigen, die von der Allgemeinheit gehaßt wurden oder zumindest jedermann in Erregung versetzten, umgehend zu meinen Idolen, Wunschpartnern oder sogar Vertrauensleuten. In der Schule, in den Ferienlagern, später in den sozialistischen Betrieben, bei den verschiedensten Zusammenkünften oder an irgendwelchen vollgepißten Ecken war es so. Ich konnte mir nicht helfen – die Bürgerschrecks zählten im weiten Umkreis meistens zu den einzigen interessanten Individuen. Trotzdem beinhaltet dies nicht die ganze Wahrheit über mich – ich mochte doch auch den tanzenden Prinzen! Die vollständige Erklärung für meine harmoniefeindlichen Neigungen und meine Normschiefe fand ich lange nicht. Im Grunde war ich nie wirklich einer von den von mir geliebten Bösewichten – ich war nie ein abgründiger Gewaltanwender oder skrupelloser Selbstschädiger. Ich war ein braver Junge, hatte gute Zensuren, grübelte ausdauernd, wenn meine zwanghafte Privatlogik mit der schulischen oder staatlichen nicht übereinstimmen wollte. Ich verhielt mich zu meinen Tanten und Großmüttern liebevoll – aber auch zu Fremden, wenn sie mir gutgesinnt waren. Trotz alledem begann ich ausgerechnet meine eigene Mutter irgendwann zu hassen – aber darauf komme ich noch ausgiebig zurück.

In welchem Loch verschwindet manchmal das ganze in einem sonst vorhandene Mitleid? Wieso schwächelt sogar auch die in einem gutausgeprägte Anlage zum Mitfühlen, nachdem sich ihrer eine besondere Sorte innerer Schweinehunde bemächtigt hat? Natürlich wurden meine Vorfahren und Verwandten während des Krieges ausgesprochen schlecht behandelt, sogar außerordentlich schlecht – und sie sind teilweise häßlich umgekommen. Und durch diese unfreundlichen Orte, in denen sie sich eine Weile alle aufhalten mußten, wurde auch meine fast noch kindhafte Mutter geschleust. Das alles erklärt meinen speziellen Werdegang aber wieder nicht ganz, scheint ihm sogar punktuell zu widersprechen. Und meine Cousinen sind trotz alledem liebe Knöspchen geworden, nur ich nicht. Auf allen Fotos aus der Kindheit sehe ich wie ein zukünftiger Befreiungskämpfer aus. Aus mir hätte auch ein kampferprobter irischer Held werden können, ein besessener Baske, türkenhaßerfüllter Grieche, verbissener Urschweizer, ein zur blutigen Reinigung entschlossener Sizilianer oder ein von der nächsten Landesteilung bedrohter Pole. Man kennt sie alle von historischen Fotos, man kennt den für sie typischen Gesichtsausdruck. Vielleicht bin ich ein etwas spät geborener antirömischer Zelot, ohne es einen beachtlichen Teil meines Lebens geahnt zu haben – oder ein im Traum initiierter Kampfkader des Herrn, dessen formeller Auftrag für die Neuzeit von den Cherubim unterwegs verkramt worden ist. Dieser Auftrag hätte von mir aus lauten können: die Schleifung Roms als Vergeltungsakt für die Zerstörung des zweiten Tempels in Jerusalem des Jahres 70. Mit der Schleifung Roms meine ich es relativ ernst. Wer beschäftigt sich heute überhaupt mit der Frage der Verantwortung Italiens für die jüdische Diaspora? Wieso wird wegen des Nahost-Problems dauernd die UNO bemüht und nicht die italienische Regierung?

Wenn ich mir zu böse vorkam oder die Gefahr, nicht wiedergutzumachende Schuld auf mich zu laden, abgewendet worden war, suchte ich nach weiteren vergangenen Einflüssen, die mich in Prag eventuell noch im Griff gehabt haben konnten. Ich wollte die Verantwortung dafür, wie ich geworden war, gern etwas breiter gestreut sehen. Ich sammelte diese Erklärungssplitter aber nicht nur meines inneren Friedens wegen, sondern auch, um diejenigen Moralisten der Familie – Tante Eva beispielsweise, die Mutter meiner lieben Cousinen – vorübergehend abzulenken, die in mir in manchen Schrecksekunden einen potentiellen Verbrecher oder zumindest Seelenverderber sehen wollten. Wenn ich auf der Südseite unserer Wohnung aus dem Fenster schaute, sah ich auf eine Einbahnstraße, die geschichtsträchtig nach dem polnischen Dichter, Freiheitskämpfer und Kryptojuden Mickiewicz benannt worden war. Mickiewicz wurde mein Patron, war in unserer Wohnung dank des roten und aus einigen Fenstern gut sichtbaren Straßenschilds immer präsent. Außerdem konnte ich aus den gleichen Fenstern die Büste der Frau unseres Staatsgründers T. G. Masaryk sehen. Mickiewicz war ein Russenfeind, Masaryk führte den Widerstand gegen die k.-k.-Monarchie. Die

Büste seiner amerikanischen Frau Charlotta Garrigue Masaryk war in der Mickiewiczstraße an einem der Häuser angebracht. Sie hatte dort während des Ersten Weltkriegs gewohnt, als ihr Mann im Exil gewesen war und Frau Garrigue bei jeglicher Kontaktaufnahme mit ihm – dem Separatisten und Hochverräter Masaryk – die Todesstrafe gedroht hätte. Ich sah Charlotta Garrigue Masaryk von weitem im Grunde jeden Tag, ab und an schaute ich ihr beim Vorbeigehen auch in die Augen, wenn ich ausnahmsweise auf die andere Seite dieser befahrenen Straße geraten war. Das Besondere und Geheimnisvolle des Garrigue-Masaryk-Hauses war außerdem, daß es eine interessant ausgebaute Dachgeschoßwohnung besaß – was damals in Prag etwas Seltenes war. Die nächste Merkwürdigkeit: In der besagten Dachwohnung lebten ausschließlich erwachsene Männer, zwei oder drei an der Zahl. In meiner Phantasie waren es unbedingt ganz außergewöhnliche Menschen – Verschwörer, Künstler oder Überirdische.

Ob die Mutter des polnischen Nationalidols Mickiewicz wirklich eine zum Katholizismus übergetretene Jüdin war – und eventuell auch sein Vater Jude war –, wußte bei uns zu Hause niemand mit Sicherheit, diese Pikanterie wurde aber ab und an wenigstens angedeutet; allerdings nur vorsichtig und etwas verschämt. Man wollte vielleicht vermeiden, daß jemand auf die Idee käme, mit dieser Information das polnische Volk zu reizen. Bei uns standen die lieben Polen – trotz ihres Antisemitismus – hoch im Kurs, meine Mutter konnte polnisch, kannte einige Warschauer Literaten. So kam es, daß man über Mutters Schönheit auch dort Bescheid wußte. Darüber hinaus hatten die Polen die Boshaftigkeit des moskowiten Ungeheuers schon vor Jahrhunderten durchschaut, also wesentlich früher als die traditionell slawophilen Tschechen.

Ich sehe auf vielen Fotos aus der Kindheit – wie gesagt – etwas seltsam aus. Ich bohre mich mit meinen Augen fest entschlossen bis feindselig in die Linse der Kamera – mittelbar im Grunde in die Person des Fotografen; wie einer, der kurz davor steht, den Belästiger anzuspucken oder anzuspringen. Meine Mundwinkel sind verzogen, die Lippen fest zusammengepreßt, die Backen leicht aufgeblasen. Warum bloß? Auf einem Foto steht meine ältere Cousine neben mir, schaut nicht den Fotografen an, sondern ganz und gar konzentriert nur mich – und ist dabei voller Besorgnis. Die Ärmste wirkt unglücklich, fast wie eine Mutter, die den Sohn vor einer Tragödie bewahren möchte. In ihrem verzweifelten Gesichtsausdruck steht einiges geschrieben, was man mir vielleicht hätte öfter sagen müssen und was man mir manchmal sicher auch sagte. Ich lege hier meiner liebevoll erregten Cousine eine chronologie-mißachtende Auswahl entsprechender Mahnungen in den Mund:

– NEIN, NICHT, BITTE, NICHT! – spucke nicht, schlage nicht, sei lieb, Georg! Wenn ich nur wüßte, was mit dir los ist! Dabei ist alles in bester Ordnung! Also: Baue bitte nie wieder Bomben! Schieße auch nicht dauernd mit diesen Knallgeräten aus hohlen Schlüsseln! Du willst doch deine beiden Augen behalten – du weißt doch, was neulich passiert ist! Und richte auf keinen Fall spitze Gegenstände gegen deine Nächsten. Und noch etwas – schlachte bitte keine kleinen Tiere, vor allem auch keine unschuldigen Frösche, egal, wie häßlich sie aussehen. Du darfst nie wieder Zahnpasta in deren Eingeweiden verrühren! Und versuche um Gottes willen nie wieder, eine Straßenbahn in der großen Spitzkehre aus den Schienen springen zu lassen – mit diesen Eisenkeilen aus dem Hof, ich weiß Bescheid. Und noch etwas, und das ist das Wichtigste: Distanziere dich nie von deiner Mutter, Georg! Richte nie ein lautes Wort an sie! Das könnte ihr Ende bedeuten.

Wie bereits beschrieben führte mein Weg zur Schule an einem Hunderte von Metern langen Zaun der chinesischen

Botschaft entlang. Ob breitere Schichten der Prager Bevölkerung von den dort hängenden Durchblick-Öffnungen in den fernen Osten viel mitbekamen, weiß ich nicht, ich und ein Teil meiner Mitschüler konnten uns diesem Vitrinen-Unterricht aber kaum entziehen. Und wir wollten es auch nicht. Es ging abwechselnd um alles mögliche, das für die Chinesen als erfolgreich, schön und prächtig galt, womit sich also das große chinesische Volk und seine Partei brüsten konnten. Die Bilder erzählten uns vor allem über die wirtschaftlichen Fortschritte in der Volksrepublik, zeigten uns aber auch die wunderschöne Natur des Großreiches und stellten uns ihre Menschen vor – das heißt die unterschiedlichen, in Liebe und Respekt miteinander koexistierenden Volksgruppen. Großen Raum nahmen dabei immer Großauftritte von Folklore-Kleinensembles und -Riesenensembles ein. Nachdem die Umwälzungen während der KULTURREVOLUTION an der Reihe waren, sollten die Prager offenbar gleich mitinfiziert werden. Die Präsentationen wurden nicht nur weiter perfektioniert, sie wurden immer penetranter.

Daß diese marxistisch-maoistische Propagandamaschine – mitten im sowjetischen Machtblock – eindeutig etwas Subversives hatte, machte sie für uns um so interessanter. Farbfotos waren für uns damals eine absolute Seltenheit, die Chinesen stellten aber ausschließlich Farbfotos aus. Und was für welche! Sie kamen aus der irgendwo offenbar doch existierenden, unwirklich leuchtenden Kodakwelt, die wir bis dahin höchstens nur dem Namen nach kannten. Die Farben waren schreiend klar, wirkten aber nicht unecht. Vorherrschend war natürlich – auf dem Hintergrund der blau-, grau- oder grünuniformierten Massen – das Rot der synchron geschwenkten Fahnen. Wir verstanden vieles nicht, studierten die Fotos deswegen gründlich – vor allem auch die in einwandfreiem Tschechisch verfaßten Bildunterschriften, Kommentare und längeren informativen Zusammenfassungen. Fanatismus hatten wir in den Gesichtern unserer leibhaftigen Mitmenschen damals nie zu sehen bekommen, entdeckten ihn zum ersten Mal an den chinesischen Massenmenschen und bildeten uns damit in gewaltigen Schritten fort. Das alles war uns aber nicht nur unverständlich und fremd. Die stumme, emotionsgeladene Pantomimik der Abgebildeten war durchaus nachvollziehbar – und wir fühlten, daß vieles davon, was diese Menschen uns sagen wollten, nicht nur gelogen oder nur für die Kameras einstudiert war. Einiges davon geschah im fernen China wirklich.

Während der Kulturrevolution erfuhren wir natürlich auch ALLES über Mao Tse-tung. Mao stand jetzt unangefochten im Zentrum der Berichterstattung, sein Kopf und sein Körper waren proportional immer die größten, kompositorisch wurde ER auf den einzelnen Bildern ebenfalls immer unmißverständlich dominant plaziert. Die Ausstrahlung seiner Güte und seiner Gemütsruhe war bestechend. Die Fotografen und Retuscheure hatten immer ganze Arbeit geleistet. Auch Nie Yuanzi sah immer vollkommen aus – wie eine unsterbliche Göttin, deren Kraft nie nachlassen würde. Sie ist heute – vierzig Jahre später – leider eine gebrochene einsame Frau, die unter anderem auch aufgrund ihrer insgesamt siebzehn Jahre Haft erkannt hat, gewaltige und zu sprunghafte Fehler begangen zu haben.

Daß Mao in China geistig der Größte war, wollten wir den Chinesen gern lassen. Daß er gleichzeitig auch der größte Wissenschaftler, der ausdauerndste Schwimmer und der begabteste Schriftsteller des Landes war, konnten wir den Propagandisten aber nicht ganz abnehmen. Ich kann mich an das Bild des schwimmenden dicken Mao im Jangtse erinnern. Bei seiner Planscherei wurde er von schönen Rotgardistinnen begleitet, diese schwammen im Kreis um ihn herum und schafften es, nebenbei noch die roten Fahnen hochzuhalten und nicht naß werden zu lassen. Die eigentlichen Rekordhalterinnen waren eigentlich sie, die es auf der Wasseroberfläche viel schwerer hatten. Waren wir klüger als die Propagandaspezialisten des chinesischen Außenministeriums? Wurde die Intelligenz des tschechischen Volkes etwa unterschätzt? Zuverlässige Detailinformationen bekam ich erst vierzig Jahre später. Inzwischen weiß ich beispielsweise, daß der stinkig-ungewaschene Mao seine jungen Begleiterinnen gern der Reihe nach beschlief. Und zwar wirklich ausdauernd. Außerhalb seiner großen Auftritte war der dicke Mann dagegen ein fauler Müßiggänger, der gern unterwegs war. Er ließ sich in seinem privaten Luxuszug oft einfach durchs Land fahren.

Manchmal trauten wir uns sogar auf das chinesische Botschafts- und Residenzterritorium, wurden in einem kleinen Empfangsraum höflich begrüßt und reichlich beschenkt: mit Maos Roten Büchern, Fähnchen, Plakaten, Broschüren. Hinterher amüsierten wir uns über unsere Beute, sind aber nie Feinde des chinesischen Volkes geworden. Wir sahen, wie enorm fleißig die Chinesen waren. Wir staunten über die Bilder der Menschen, die ununterbrochen Tausende Kilometer marschieren konnten, wir bewunderten unermüdliche Feldarbeiter, die beim Ackern gleichzeitig sogar lesen lernten. Jeder von ihnen trug am Rücken ein großes, auf Leinen gemaltes Schriftzeichen, so daß die anderen Lernenden und gleichzeitig Arbeitenden immer ein oder mehrere dieser Zeichen vor Augen hatten – und sie konnten sie sich nach und nach gut einprägen. Wir kannten auch die Legende von einem armen Jungen aus der vorrevolutionären Zeit, der nur nachts – und bei nur schwacher Leuchtkäfer-Beleuchtung – hatte studieren können, bis er ein blinder revolutionärer Gelehrter geworden war.

Vaters Mutter Ludmila hatte mir oft geraten, mich von Skopka fernzuhalten. Daß ich so begeistert von seiner wißbegierigen Besessenheit erzählte, und natürlich auch von seinem Drang, die engen Grenzen unseres Alltags – ideologiefrei, nur technikgestützt – zu sprengen, behagte ihr einfach nicht. Sicher hatte sie dabei die falsch gewählten Freunde ihres Sohnes, meines mißratenen Vaters, vor Augen. RÜHRE DAS NICHT AN, RÜHRE JENES NICHT AN! warnte sie mich. Aber ausgerechnet mein Freund Petr Skopka rührte alles mögliche an, was andere Menschen in Ruhe ließen – entweder aus Vorsicht oder aus Mangel an Phantasie. Großmutter Ludmila hatte, was Petr betrifft, nicht ganz unrecht. Seine zusätzliche große Begabung bestand ausgerechnet darin, auch äußerlich harmlosen Dingen – wenn es der Wissenschaft diente – ein gewisses Sprengpotential zu entlocken. Skopka war der erste Mensch, dem ich mich wegen seiner Außergewöhnlichkeit und seines Einfallsreichtums absolut nicht entziehen konnte. Er war mir dauernd meilenweit voraus. Und daher durfte ich ihn, wenn ich die Zeichen der Zeit nicht verschlafen wollte, auf keinen Fall aus den Augen lassen. Er hatte Ideen, die ich selbst auch gern gehabt hätte – sie aber einfach nicht bekam. Zum Tausch dieser Rollen kam es zwischen uns nie. Skopkas Ideen zündeten in mir aber wenigstens heiß und intensiv, wenn auch erst mit einer kleinen Verspätung.

So war es schließlich nicht verwunderlich, daß ich an der Seite dieses Verführers einer der ersten Flüssigbomben-Terroristen von Prag wurde – beinah jedenfalls. Natürlich hatte dies eine längere Vorgeschichte. Meine Mutter hatte mir etliche Jahre davor – etwa um das Jahr 1960 – über den algerischen Befreiungskampf und den gnadenlosen, auch in Frankreich ausgetragenen Bombenterror viel erzählt, berichtete mir auch über den langgezogenen tiefen Konflikt zwischen Sartre und Camus. Mich interessierte das Ganze besonders deswegen, weil von dem algerischen Befreiungsterror auch meine ERSTE Liebe unmittelbar betroffen war. Eva H-ová, in die ich Mitte der fünfziger Jahre – es war in der ersten Klasse – verliebt gewesen war, lebte ausgerechnet in den Zeiten des Bombenkriegs der FLN mit ihrem Diplomatenvater in Paris. In Prag liefen die düsteren fünfziger Jahre allmählich aus, bei uns zu Hause sprach man trotzdem dauernd über irgendwelche politischen Katastrophen – natürlich auch über die algerischen Bomben, die Menschen töteten. Und ich erfuhr von meiner Mutter und aus dem »Spiegel« recht früh über diese Art von Machtausübung – also die Möglichkeit, seinen Machtanspruch laut genug und blutig anzumelden.

Einen triftigen Grund, mich von Skopka fernzuhalten, hatte ich nicht, alles fing vollkommen harmlos an. Und Skopka war seit langem sowieso für die unterschiedlichsten Facetten meiner Ausbildung verantwortlich. Einen Fotografen hatte er aus mir zwar nicht gemacht, ich wußte aber genau, was man in der Dunkelkammer zu tun hat und was dort wie funktioniert – eben von Skopka. Ich hatte ebenfalls nicht vor, ein Kosmonaut zu werden, die in der Zukunft liegende Kosmoseroberung wurde aber auch zu meinem Anliegen. Und hier schließt sich teilweise der Kreis: Kosmoseroberung ist, wie man weiß, ohne gewaltige Verbrennungsprozesse nicht denkbar. Und Petr Skopka war – das kann ich nicht ganz leugnen – ein Experte auch in Sachen flammender und sonstiger Zerstörung. Natürlich war es seine Idee gewesen, eine Straßenbahn auf eine kurze Fahrt über die Pflastersteine zu schicken und zu beobachten, wie gut sie dort ohne Stromfluß vorwärtskäme.

– Eine Explosion, beruhigte er mich einmal, ist nichts anderes als eine harmlose Verbrennung, die Oxidation erfolgt dabei nur ungeheuerlich schnell. Und ein Verkehrsunfall ist – streng physikalisch gesehen – nichts anderes als Bremsen, also mal mehr oder weniger materialschädigend, versteht sich.

Skopka besuchte zweimal die Woche, volle zwei Jahre lang, einen geheimnisumwitterten Chemiezirkel und war auch in seiner Freizeit ganz bei der Sache. In mir nährte er nebenbei kontinuierlich die Begeisterung für Explosivstoffe, bis ich mich bei dem Zirkel schließlich auch anmeldete. Dort langweilte ich mich aber fürchterlich, litt vor allem darunter, mich nicht an der frischen Luft bewegen zu können. Und ich sah absolut nicht ein, warum ich das und jenes miteinander mischen sollte, was mir äußerlich überhaupt nichts sagte, optisch auch nach gar nichts aussah. Die meisten der verwendeten Substanzen verrieten nicht annähernd, was in ihnen steckte. Sogar wenn man sie angefaßt hatte – was man dummerweise gar nicht sollte –, geschah in der Regel nichts. Chemie war auf dieser Stufe der Beschäftigung absolut unsinnig, undurchschaubar, unspektakulär. Nachdem aber Skopka immer neue Geheimnisse erfahren und mit ihnen heimliche Experimente angestellt hatte, hatte ich doch Feuer gefangen und wurde nach einer gründlichen Schulung als Assistent engagiert. Eine Einweisung bestand zum Beispiel darin, daß er mir zeigte, wie man chemische Substanzen mit dem Geruchssinn erkundete – ohne sich der Gefahr der Schleimhautverätzung auszusetzen.

– NIEMALS an die Fläschchenöffnung direkt mit der Nase herangehen, die Ausdünstungen NIEMALS direkt in die Nasenlöcher einziehen! Den Kopf immer nur in sicherem Abstand halten, mit der freien Hand oberhalb des Flaschenhalses wedeln und die dadurch verdünnten, eventuell ätzenden Dämpfe vorsichtig prüfen.

Die ersten wirklich gefährlichen Experimente starteten wir mit Säuren – manche hatte Petr bei den Zirkelnachmittagen abgezapft, also geklaut, manche waren damals frei verkäuflich. Salzsäure war in den Drogerien in unbegrenzter Menge zu haben.

– Jungs, wofür braucht ihr das? Warum so viel?

– Für die Toilettenschüsseln zu Hause, für das ganze Haus. Unsere Mütter wollen innen alles weiß haben, bis nach unten in den Siphon.

Wir testeten zum Beispiel, was in den Säuren zischte und sich auflöste und was nicht, wir sprangen zur Seite, wenn die Reaktionen zu heftig wurden. Skopkas Arbeitstisch und dessen Umgebung gerieten oft unter Spritzerbeschuß, alles war voller Spuren der säuerlichen Freßgier. Der stark kurzsichtige Petr trug zum Glück eine Brille, sein Körper, Kopf und seine Kleidung schützten mich als seinen immer in der zweiten Reihe stehenden Assistenten vor dem Schlimmsten. Skopkas Hosen und Hemden waren natürlich dauernd voller Löcher. Daß irgendwelche Abwasserleitungen in seinem Haus Lecks bekamen und es dadurch zu einer fäkalen Überschwemmung des halben Kellers kam, war wahrscheinlich unsere Schuld. Als ich einige Jahre zuvor einen langweiligen Spielkasten »Der junge Chemiker« bekommen hatte, ahnte ich nicht, was die Chemie in Wirklichkeit alles bewirken konnte.

Mit Säuren- und Basen-Experimenten war es irgendwann zu Ende, wir gingen zum Herstellen von praktisch nutzbaren Endprodukten über – das war viel interessanter. Die interessantesten von ihnen waren eindeutig die Sprengstoffe. Alle Zutaten wie Azeton, Nitroverdünnung und irgendwelche Mittel gegen Unkraut (»Gras-Ex«) – also alles, was wir brauchten – gab es damals frei im Handel. Bei einem der Rezepte war auch Wasserstoffperoxid dabei. Dank der emsigen Islamisten kennt solche Rezepte für Flüssigsprengstoff heutzutage jedes Kind. Die drei oder vier benötigten Zutaten mußte man sich allerdings auch damals – trotz der Ahnungslosigkeit der Drogisten – zeitversetzt und möglichst in unterschiedlichen Geschäften besorgen. Wir betraten die Läden einzeln, jeder von uns kaufte grundsätzlich nur eine einzige Zutat. Danach trugen wir den Stoff nach Hause, wechselten uns beim Kanistertragen ab. Mit dem ausgewaschenen Gefäß gingen wir später zur nächsten Drogerie.

Als Reaktionsgefäße dienten uns große Gurkengläser, die in unseren Zimmern frei herumstanden und fürchterlich stanken – jedesmal mehrere Tage lang. Kein Erwachsener beschwerte sich, niemand fragte nach dem Sinn und Zweck des geheimnisvoll reifenden Mischinhalts. Das aus mehreren Litern bestehende Wasserstoffperoxid-Azeton-usw.-Gemisch sonderte beispielsweise eine dünne Schicht weißlicher Flocken ab, die auf dem Glasboden liegenblieben. Wir wollten – teilwissend und vollkommen unschuldig, wie wir waren – keine Gebäude in die Luft jagen, wir brauchten ausschließlich dieses Konzentrat, Derivat, diese Salzabsonderung oder was es war. Die Flocken mußten nach dem Ende der Reaktionszeit nur noch abgefiltert werden, die für uns uninteressante Flüssigkeit wanderte in die Toilette. Wir rauchten damals noch nicht und schmissen zum Glück keine Kippen in die inzwischen tatsächlich schneeweißen Kloschüsseln. Als die zu Pulver zerfallenen Flocken auf dem Filterpapier getrocknet waren, wurde diese Kostbarkeit auf Papierquadrate verteilt. Auf jedes Pulverhäubchen legten wir eine Stahlkugel, zogen die vier Papierenden in die Höhe und verpaßten jeder dieser Wurfgranaten einen gedrehten Schweif. Das Geschoß war hochexplosiv, zur Zündung reichte der einfache Aufprall der schweren Kugel. Der Krach – draußen auf den Straßen, versteht sich – war trotz der knapp bemessenen Dosierung jedesmal gewaltig. So etwas wie Blindgänger produzierten wir nicht. Leider wollte Skopka aus Übermut auch mal eine primitive Zündschnur testen, bis ihm eine warm gewordene Granate zwei Finger und einen Daumen zerfetzte. Er trug, wie gesagt, zum Glück eine Brille. Beim Arzt versuchte er zu behaupten, er sei im Gebüsch auf Glasscherben gefallen. Man lachte ihn aus. Als ein Jahr später die chinesischen Vitrinen zum ersten Mal hochgingen und abbrannten, wurden wir von der Polizei sofort aufs Revier geholt.

Letzten Endes ging in dieser mit chemischen Experimenten verbrachten Phase unseres Lebens alles gut aus. Wir verloren bei den feierlichen Explosionen keine lebenswichtigen Organe, unsere Häuser oder Häuserblocks brannten nicht aus, wir brachten niemanden um und wurden von unseren Familien in keine Besserungsanstalten gesteckt. Und bei den Anschlägen auf die Chinesen waren wir eindeutig unschuldig. Das Innenministerium soll die Polizei angeblich sowieso bald angewiesen haben, die Täter nicht allzu intensiv zu suchen. Heute weiß ich, da ich einige Tiefenrecherchen angestellt hatte, über die Hintergründe der beiden Angriffe noch mehr: Den ersten veranlaßte eine Abteilung des Innenministeriums, den zweiten leisteten sich irgendwelche Diplomaten aus Nahost. Eine angrenzende arabische Botschaft fühlte sich von den Propagandaorgien der Chinesen gestört.

Der »Tod in Schuhen« gehörte allerdings schon früh zu unserem Alltag. In unserer Gegend wohnten einige brutale Typen, die sich ab und an aus Übermut und aus tiefdunkler Wut mit Pflastersteinen bewarfen. Und als einer am Kopf getroffen wurde, lag er kurze Zeit ausgestreckt auf der Straße – und war wie tot. Er regte sich nicht, zuckte nicht, und ob er atmete, konnte man nicht sehen. Einige Wochen später lief er wieder herum, wurde aber nie der Alte. Wenn er schneller vorwärtskommen wollte, hüpfte er immer mit einem kindlich wirkenden Einfuß-Doppelsprung – abwechselnd jeweils auf dem linken und dem rechten Fuß. Oft blickte er ins Ungewisse und verkehrte außerdem nicht mehr mit seinen alten Kumpanen. Seine alteingeschworene Bande war noch schlimmer als die sogenannte Affenbande, aber auch vor der Affenbande unseres unberechenbaren Dschagarow hatte man Angst zu haben. Hauptoperationsgebiet der Affenclique waren zum Glück die steilen Hänge des Hirschgrabens. Die Wildnis dieser tiefen Hradschiner Schlucht auf der Burg-Rückseite gehörte teilweise schon zur bewachten Umgebung des präsidialen Gartens und seiner Wohnresidenz und lag außerhalb unseres üblichen Bewegungsradius. Daher kamen uns beispielsweise die Affen in der Nähe unseres barocken Stadttores nur selten in die Quere.

Eines Tages passierte etwas, wovor wir immer schon gewarnt worden waren. Einer von uns war leichtsinnig und fiel von unserem geländerlosen Tor auf die Straße. Er fiel vom frontalen Sims direkt auf die Pflasterung und starb tatsächlich bald. Damit hatten wir in dem nie offen ausgebrochenen Rivalitätskampf mit der Affenbande einen großen Pluspunkt gemacht. An sich war dieser luftige Flug aber vollkommen harmlos und unspektakulär, ihm ging überhaupt keine aggressive Auseinandersetzung voraus. Ein buntes Stoffbündel segelte durch die Luft, man hörte keinen Schrei, wegen des Straßenlärms fiel auch der Aufschlag wie geräuschlos aus. Der Bursche, der nicht zu meinen näheren Freunden zählte, sah äußerlich unverletzt aus, seine Augen betrachteten uns ruhig eine ganze Weile. Er wirkte etwas leidend, hielt sich am Bauch fest, klagte aber nicht. Sein bester Freund streichelte ihn so lange, bis die Sanitäter kamen.

die affenbande war schneller als das blut

Wenn ich unsere Familienetage verließ, fühlte ich mich wie befreit und atmete auf. Draußen auf der Straße war ich das chaotische Geliebtwerden für eine Weile los, und hier hatte vieles eine gewisse, wenn auch nur sozialistisch bescheidene Ordnung. Der Staat billigte seinen Untertanen kein wirkliches Mitspracherecht zu, mußte aber trotzdem mit einer begrenzten öffentlichen Kontrolle rechnen. Als die Bezirksverwaltung alle vorhandenen Geländer der denkmalgeschützten Gegend bunt anstreichen ließ, gab es bei uns so etwas wie einen Bürgeraufstand. Das vom Dreck erschwarzte und stark rostende Metall der Geländerrohre erstrahlte plötzlich zwischen den einzelnen Pfosten in den Farben gelb, rot, grün – gelb, rot, grün – gelb, rot, grün ... und abwechselnd immer so weiter. Allerdings hatten sich die Anstreicher an zwei Stellen verzählt.

Mehrere Straßen der Umgebung – nicht nur meine – waren nur einseitig bebaut und hießen nicht »Straße«, sondern »Bašta«, was Bollwerk bedeutet. Die unbebaute Seite der jeweiligen Bašta bildete eine nach unten zum Verteidigungsgraben fallende Backsteinmauer. Und auf den aus Stein gemeißelten Kronen dieser Mauern zogen sich aus Sicherheitsgründen die gerade beschriebenen Geländerstrecken hin. Wenn das Demonstrationsrecht – realsozialistisch das »Recht auf Straßenumzüge und Manifestationen« genannt – damals nicht nur auf dem Papier existiert hätte, hätten sich die Menschen sicher Parolen wie »Wir sind keine Papageien« oder »Ab nach Bolivien« einfallen lassen. Das Murren des Volkes war nach dem Pinselstreich der Verwaltung zum Glück laut genug – und die gelben und grünen Abschnitte wurden nach und nach rot überpinselt, bis alles einheitlich Signalrot war.

Eigentlich will ich aber auf etwas vollkommen Konträres hinaus: In unserer Gegend umgab mich insgesamt viel mehr Harmonie und Schönheit, als sie in unserer Wohnung zu finden waren. Die Rudimente meines Sinns für Ästhetik formten sich eventuell dort unter freiem Himmel und nicht in irgendwelchen Museen oder Galerien. Inmitten unseres häuslichen Gebrauchtmöbellagers war ästhetische Erziehung sowieso nur als eine negativistische Widerstandsschulung möglich. Aber aufgepaßt: Obwohl meine schöne Gegend unendlich viele Vorzüge hatte und in der Nachkriegszeit nur geringfügig verschandelt wurde, war ihre Harmonie trügerisch. Die äußere Aura, die ihr während der vergangenen Jahrhunderte verliehen worden war und mit der sie alle Pragliebhaber problemlos beeindrucken konnte, verdeckte einiges ausgesprochen geschickt.

Wie brisant die Lage und die weitergefaßte Topographie des Umfelds meiner Straße in Wirklichkeit war, ist mir erst beim Schreiben dieses Kapitels aufgegangen. Bei diesem additiven Rundumblick und beim Sortieren dessen, was zu der sonstigen Gutmütigkeit der Gegend absolut nicht passen wollte, sind sogar die noch zu beschreibenden Kommandoeinsätze der städtischen Müllarmee verblaßt. Und die Selbstgefährdung beim Balancieren auf dem Kranzgesims des Stadttors hat auch stark an Gewicht verloren. Je länger ich heute an die Umgebung meiner Wohnung denke, desto klarer wird mir, daß ich zwischen realen Explosions- und Implosionsherden oder seelischen Schwärestätten verfangen, von mehreren Pulverfässern regelrecht umstellt war. Tatsächlich befand sich in jeder Himmelsrichtung mindestens eine aktuelle Gefahrenquelle, ein Herd der aktiven Gewaltausübung oder ein Ort, der der passiven Gewalt-Erwartung diente. Dieser konkrete Ort erstreckte sich sogar bis in das Innere unserer Anhöhe und lag so gut wie unter unseren Füßen. Und all das, was ich gerade aufgezählt habe, ist durchaus wortwörtlich und räumlich konkret gemeint. Es gab hier sogar einen Ort, an dem pausenlos Planspiele zur großflächigen Eliminierung feindlicher Völker geschmiedet worden waren. Insgesamt an FÜNF SCHWERPUNKTEN ging es in meiner Nähe, mittelbar oder unmittelbar, um Sterben, Zerstörung oder Auslöschung. Ich bewegte mich damals, habe ich das Gefühl, im Innentrakt eines neuzeitlichen Drudenfußes, auf den geometrisch nicht vorhandenen Achsen eines magischen Fünfzacks. Zufälligerweise bestand ausgerechnet auch meine Straße – weil sie der Festungsmauer folgte – aus fünf Abschnitten.

Über den fünfzackigen Belagerungsring, in dessen Zentrum meine viermal gebrochene Straße stand, jetzt der Reihe nach.

Die Straßenbahnen mußten sich – um von der Burg bis zur Moldau zu kommen – eine stark abschüssige Straße quietschend hinunterbremsen, mußten sich außerdem durch einige scharfe Kurven quälen. Sie schafften es nicht immer problemlos, standen manchmal plötzlich lahm auf den Pflastersteinen der Serpentine und verstellten den Autos den Weg. Einmal lag unter dem Stahlkoloß sogar ein Junge, und es dauerte eine Ewigkeit, bis ein Lastkran kam und die Helfer und Ärzte den Jungen befreien konnten. Beim Warten auf den Kran unterhielten sie sich mit ihm, scherzten vorsichtig, und der Junge versuchte, vorsichtig zurückzulächeln. Die alten Straßenbahnen bestanden aus einem Triebwagen und einem oder zwei Anhängern. Diese angehängten Klapperkisten konnten – weil sie keine eigenen Motoren besaßen – zwar bergauf empfindlich zur Last fallen, sie waren aber nicht in der Lage, unabhängig Bremsstrom zu erzeugen. Die steile Abfahrt war sowieso nicht ungefährlich, da sich beispielsweise in einer der Kurven einige Weichen befanden. Eines Tages passierte das, was irgendwann passieren mußte. Die Straßenbahn wurde unterhalb des Belvederes (des Lustschlößchens der Königin Anna) immer schneller, und die Fahrerin verließ sich auf die sonst immer zuverlässige Bremsanlage – obwohl diese nicht mit mehreren Bremskreisen ausgestattet war. Ihr schmaler und niedrig liegender Wagentyp – im Volksmund »U-Boot« genannt – hatte etwas kleinere Räder als die rundlicheren Modelle, die Strecke war naß, und beide Wagen waren voll besetzt. Die Fahrerin genoß das Tempo viel zu lange, bis es irgendwann zu spät war. Bei der anschließenden Vollbremsung sprang das Doppelgespann wie ein wütendes Walroß aus der ersten, leider in der Kurve liegenden Weiche, fuhr auf der Pflasterung geradeaus und kippte dabei um. Und bevor der Vorderwagen in die Stützmauer des Berghangs krachte, hatte sich der Anhänger mehrmals überschlagen. Das Blut der Passagiere, die aus den kaputten Fenstern und der offenen Plattform des Anhängers hinausgeschleudert worden waren, verfärbte die Unglückskreuzung in unterschiedlichen Rottönen. Und da es nicht sofort gerann, floß es in kleinen Rinnsalen die abfallende Straße hinunter. Die düsteren Statuen des Mystikers und Symbolisten František Bílek, die auf der gegenüberliegenden Seite der Kreuzung vor Bíleks ehemaliger Villa standen und dort immer noch stehen, schauten dem Großereignis hocherregt zu.

– Endlich ein Schritt in die richtige Richtung! Auf zur Apokalypse! wieherte es lautlos aus ihren aufgerissenen Mündern.

Nachdem die Verletzten abtransportiert worden waren, mußte die Kreuzung gesäubert werden. Die Feuerwehr bespritzte die Pflasterung so lange und gründlich, daß sich das gerötete Wasser bis nach unten ins Moldautal vorarbeiten konnte; es rann durch die Rillen der Schienen und folgte brav auch den schärfsten Kurven. Kurz vor der kleinseitner Haltestelle bildeten sich einige rote Pfützen. Seit dem Großunfall wurden auf dieser abschüssigen Strecke mehrere Sicherheitsstops eingerichtet, die später auch die neuzeitlichen Straßenbahnzüge einhalten mußten.

Diese steile Schienenrutschbahn lag südlich meiner Wohnung, und ich hatte ausgerechnet ihren brisantesten Streckenabschnitt und die zu ihm gehörenden Gefahren pausenlos im Rücken – allerdings nicht in Sichtweite. Gelegentlich konnte man die Bremsmanöver aber hören. Wenn ein Triebwagen quietschte, daraufhin Bremssand auf die Schienen ejakulierte, kreischte er ganz sonderbar – und machte dabei den Eindruck einer in Schreckstarre geratenen Kreatur.

Völlig anderer Natur war die Gefahr, die vom nordöstlich unserer Straße residierenden Vulkan ausging. Im Vergleich zu diesem Unruheherd NUMMER ZWEI waren die Achterbahnkunststücke unserer altertümlichen Straßenbahnen relativ harmlos. Unser Vulkan konnte – wenn ihm danach war – die gesamte Gegend jederzeit und urplötzlich in Schrecken versetzen. Als ich klein war, dachte ich in manchen Zusammenzucksekunden, in der Nähe würde ein überdimensionierter Löwe hausen. Der Vulkan füllte sich regelmäßig und hauptsächlich an den Wochenenden, er füllte sich mit emotional aufgeheizter Lava und hieß Sparta Praha. Sparta war einer der großen Prager Fußballklubs der (meistens jedenfalls) ersten Liga. Ich kannte den Spielkessel allerdings nur von außen – sah immer nur die häßlichen Rückseiten der hohen Holztribünen. Und auf mich wirkte das Ungetüm tatsächlich wie ein zum Himmel geöffneter, stinkender und nicht begehbarer Berg. Ich spielte zwar dauernd Fußball, in das Stadion ging ich aus gutem Grund aber nie. Die darin brodelnde Menschenschmelze war mir unheimlich. Es konnte auch gar nicht anders sein – das dort unter Druck stehende Magma machte jeden familiären Zusammenhang lächerlich, negierte jede Individualität, verwirrte auch manche gestandenen Kerle im Erwachsenenalter. Und mich prägte der Spartavulkan schon seit meinen ersten Lebenstagen – es waren gewaltige Stoßseufzer von Zehntausenden, Eruptionen eines Eintopfs aus miteinander verschmorten Seelen, das Aufheulen eines riesigen Leviathans, der Siegesjubel eines aufgeputschten Wasserkopfs ohne Gewissen, die mich bedrohten. Daß von diesem Vulkan eine massengeballte Bedrohung ausging, war auf eine Entfernung von Hunderten von Metern zu spüren. Man wußte einfach: Dieser ungeheuren Kraftmasse durfte sich nichts in den Weg stellen, diese Masse würde – nachdem sie sich aus den mit Bierrückständen vollgepißten Ausgängen ergossen hatte – alles Erdenkliche niederwalzen. In dieser Masse hatte ein zartes Bürschchen wie ich nichts zu suchen, besonders in den Jahren, wenn Sparta Praha in die zweite Liga abgerutscht war. Wann die Spiele stattfanden, wußten wir nie, das Gebrüll überraschte uns alle immer wieder von neuem. Wenn sich das Ungeheuer plötzlich aufrichtete und seinen Riesenkopf in den Himmel oberhalb der Tribünen hob, hörte man zeitversetzt:

– HHHHHAAAAAAAAAAAAAAAAA!!!!!!!!!!!!!!!!!!!!!!!
Kurz bevor diese im Ton abfallende Botschaft voller Enttäuschung (einer hatte sicher daneben geschossen) bei uns ankam, drückte uns die dazugehörige Druckwelle die Vorhänge ins Zimmer.

– HHHHHHHHHHHHUUUU!!!!!!!!!!!!!!!!!!!! war kürzer. Es hieß eher, daß der Torwart gehalten hatte. Genau wußte das aber niemand von uns.

Wenn die Sparta-Mannschaft ein Tor (GGGOOOOOOOOOLLLLLLL!!!!!) geschossen hatte, gab es einen Aufschrei, den schriftbildlich adäquat wiederzugeben leider unmöglich ist. Zur Illustration dieser Tor-Ekstasen muß hier reichen, daß dabei von den Dächern oft lockere oder gesprungene Dachziegel flogen.

Zu einer Kindheit gehören robuste Kulissen, die im Gedächtnis nicht allzu leicht zerbröseln oder sich von späteren Erinnerungen nicht kleinkriegen lassen. Neben unserem barocken Tor, den üppigen Resten der Festungsmauern, den unzugänglichen Hängen der Affenbande unterhalb der Parks im Süden (hinter der steilen Strecke der Straßenbahn) waren es die monumentalen Gebäude der bislang noch nicht erwähnten Militärakademie im Westen, die zu diesem Ensemble von Kulissen zählten. Diese Akademie – die NUMMER DREI des besagten Fünfzacks – besaß ein großes, gutbewachtes Areal, auf dem besonders fruchtbare und für uns unerreichbare Kastanienbäume wuchsen. Sonnabend nachmittags konnte man in den nahe dem Seiteneingang gelegenen Kinosaal gehen und sich einen Kriegsfilm ansehen. Etwas anderes als Kriegsfilme zeigten die Militärs nie – ich wäre aber trotzdem gern hingegangen, wenn ich nicht zu meinem Vater hätte pflichtfahren müssen. Die Akademie – im Volksmund »Kadetka« genannt – lag in der Nähe der Burg und war von meinem Haus etwa so weit entfernt wie das Stadion. Aufgrund dieser strategisch ausgewogenen Lage gehörten zu meinem Leben – als Ausgleich zu den Fußballfans – viele Offiziersanwärter und ihre ebenfalls uniformierten Offiziersdozenten, die sich jeden Tag von den Straßenbahn- und Bushaltestellen zum Unterricht schleppten. Mit meinen und Skopkas Knallgranaten ließen sich nicht nur die Fußballfans aus dem Hinterhalt effekvoll attackieren, auch die Männer in den grünen Ausgehuniformen zuckten ganz hübsch.

Nachdem sich die nur dem müden Lernprozeß verpflichtete Soldateska aus den Verkehrsmitteln ergossen hatte, lief sie meist wesentlich langsamer »zur Arbeit« als die übrige arbeitende Bevölkerung. Von Marschieren oder wenigstens würdigem Schreiten konnte bei diesen Auftritten nie die Rede sein. In den Händen oder auf den Schultern der Männer sah man sowieso nie irgendwelche Waffen, auch nicht an ihren Gürteln. Diese Soldaten trugen nur Aktentaschen, Stoffnetze oder Papiertüten mit Brötchen und Speckwürstchen.

Dazu muß man wissen: Die Eliten unserer im Jahre 1939 aufgelösten Armee wurden während des Protektorats gnadenlos dezimiert. Die entlassenen Offiziere hatten ihre Strukturen für den konspirativen Widerstand genutzt und gingen in immer neuen nachrückenden Wellen in die Folterkammern der Gestapo und in den Tod. Die verbliebenen Reste, selbstverständlich auch die Rückkehrer aus den westlichen Armeen, erwartete nach dem Krieg ein ähnliches Schicksal – sogar auch ohne jegliche Beteiligung am neuen Widerstand. Die Verfolgungswelle begann gleich nach der 48er Machtergreifung – die Offiziere wurden verhaftet, gefoltert, außergerichtlich oder gerichtlich umgebracht; die Verschonten in die Armut getrieben, entehrt, vergessen. Nur ein Teil setzte sich ab. Die vakanten Offiziersposten wurden anschließend mit in Schnellkursen ausgebildeten jungen Kommunisten, möglichst Arbeitersöhnen besetzt.

In meiner Zeit lagen alle Kriege dieser Erde in weiter Ferne, und ich konnte mir nie vorstellen, daß die an mir vorbeischlendernden Kampfausbilder oder gar ihre Kampflehrlinge anderen Menschen weh tun könnten, es sogar gern wollen sollten. Trotzdem – sie waren tagtäglich genau mit solchen und noch schlimmeren Dingen beschäftigt. Die einen leiteten die anderen an, trieben sie vor sich her, gaben ihr auslöschendes Können weiter. In meiner unmittelbaren Nähe wurden pausenlos Kriegsszenarien simuliert, Siegeschancen durchgerechnet, Menschenmassen auf Waagschalen geworfen. Der Zaun der Akademie war massiv, leicht zu überwinden, wir betraten das Gelände trotzdem nie. Ganz in der Nähe der Akademie residierte auch noch der Generalstab der Armee.

Der Norden unserer Gegend war lange Zeit – bevor die Zerstörungskommandos ankamen – ausnahmsweise tatsächlich voller Frieden gewesen. Nur der Verkehr nahm immer mehr zu – und mit ihm wälzten sich auf mich und meine

Freunde unausweichlich bitterböse tektonische Ereignisse heran. Diese wurden in den Köpfen zwar nicht militärischer, trotzdem ähnlich rücksichtsloser Planer ausgebrütet.

Unsere Hauptverkehrsader hieß »Boulevard der Verteidiger des Friedens«, dieser markierte die Grenze zu den nördlichen, stadthistorisch jüngeren Außenbezirken. In diesem Gebiet nördlich des Boulevards lagen alle unsere lebendigen Einkaufsstraßen – und der Boulevard selbst gehörte natürlich auch zu dieser Geschäftszone. Noch weiter im Norden lagen die chinesische und ägyptische Botschaft – und auch noch andere Botschaften –, außerdem das ruhige Residenzgelände der Amerikaner und weiter unten meine Schule. Unten im Tal dann der größte und älteste Prager Park Stromovka – das ehemalige Wildgehege unserer Könige. Unmittelbar um den »Boulevard der Verteidiger des Friedens« herum lag aber noch das, worüber ich jetzt erzählen möchte – es waren die wuchernden Innenhöfe der großen Wohnkarrees.

Die Innenareale der einzelnen Häuserblocks waren viel interessanter als die offenen Gärten oder mickrigen Höfe in meiner Straße – oder die Höfe der anderen, teilweise villendurchsetzten und nur einseitig bebauten Straßenzüge. Das charakterliche Innenleben der großen Häuserblocks, ihr seelischer RAUM-ATEM, war von Straßenkarree zu Straßenkarree jeweils sehr unterschiedlich; die planlose Gestaltung dieser Räume war mit der Zeit einfach in individuell geprägte Verkramung ausgeartet. Für Uneingeweihte waren diese abgekapselten Areale jedenfalls schwer zu überschauen und wirkten so gut wie unüberwindbar.

In den besseren, aber auch schlechteren Prager Vierteln gibt es gar keine Vorder- und Hinterhäuser, in Prag gibt es sowieso so gut wie keine mit Wohntrakts zugebauten Innenhöfe. In Prag hat jedes einzelne Haus seinen eigenen in der Regel abgezäunten und mehr oder weniger dreckigen kleinen Hof, der von den kleinen Höfen der anderen angrenzenden Häuser umzingelt ist – und die Summe dieser disparaten Einzelhöfe bildet das gerade beschriebene, von der Außenwelt abgeschottete Großraumbiotop.

Die gefühlten Eigentumsverhältnisse, die auf diesen parzellierten, trotzdem volkseigenen Flächen damals herrschten, waren ebenfalls bemerkenswert: archaisch, pervers kleinlich, zeitgefroren. Wenn auch dieser schrebergartenkolonieähnliche Raum damals niemandem wirklich gehören durfte, er gehörte den vielen Anrainern in ihrer Phantasie doch. Die jeweilige halb-anonyme Menschenansammlung empfand sogar stark dümmlich ihre Eigentumsrechte und vertrat sie unter Umständen verbissen.

– RAUS AUS UNSEREM HOF!!!

Bei unseren bandenmäßigen Unternehmungen war es in Gefahrensituationen trotz aller physischen oder menschenhassbedingten Hindernisse nie ein Problem, quer durch diese Höfe in eine der dahinter- oder umliegenden Straßen zu flüchten. Die Häuser wurden am Tag nicht verschlossen, die Hoftüren auch nicht. Und wir kannten alle Schwachstellen der vielen armseligen Barrieren, kamen dank irgendwelcher Mülltonnen, Garagen- und Schuppendächer, an den Teppichstangen entlang oder über dauerhaft aufgebaute Stützgerüste immer problemlos weiter.

Wir waren nie wirklich zu fangen und schwer einzuschüchtern. Wenn man uns in den Hausfluren oder aus den Fenstern anbrüllte, waren wir am Ende der Schimpfkanonade schon längst auf einem der benachbarten Grundstükke. Wir konnten uns meistens zwischen mehreren unterschiedlichen Fluchtrichtungen entscheiden, in größter Not waren wir außerdem in der Lage, durch die dichten Kronen der auf der Mittellinie wuchernden Büsche zu schwimmen. Das machte auch die verbissensten Verfolger oft sprachlos – dabei wäre besonders hier ein Lamento mehr als angebracht, weil bei diesem Rudern im Grünbereich Unmengen an kleinen und größeren Ästen zu Bruch gingen. Unser

Hauptfeind und der Hauptgrund, die Tauglichkeit unserer Fluchtwege regelmäßig zu prüfen, war der freiwillige Parkwächter und Helfershelfer der Polizei, der von uns DER LEDERNE genannt wurde. Er trug das ganze Jahr über einen – wie wir dachten – von der Gestapo abgestaubten Ledermantel, der allerdings eher grün als blauschwarz war. Die schlimmste Waffe des Ledermannes waren sein Jagdfernrohr und seine auf Hunderte von Metern nervtötende Trillerpfeife. Auf dem Grasbuckel des Stadttors waren wir vor seinem Fernrohr beispielsweise nur hinter den Sträuchern und breiten Schornsteinen sicher.

Der staatsbrutale Angriff gegen unser Bandenwesen und die heilig-heilen Innenhöfe kam vollkommen unerwartet. So etwas wie eine Bürgerbefragung gab es zu diesem Großvorhaben am VIERTEN HORN meines Fünfzacks selbstverständlich nicht. Die Verkehrsader von Prag 6, der »Boulevard der Verteidiger des Friedens«, war für den zunehmenden Verkehr in einem Abschnitt zu eng geworden – und Schuld an dieser langgezogenen Abwürgung hatten unter anderem auch zwei von unseren beliebtesten Häuserkarrees. Hier staute und sammelte sich alles, was in die westliche Richtung, also zu den Außenbezirken und auf die Ausfallstraßen hinauswollte. Das gleiche galt natürlich für den in die Stadt einfallenden Gegenverkehr. Die Zeit drängte.

Bei einer der Engstellen handelte es sich ausgerechnet um den geschäftigsten Ort unserer Gegend. Dieser Abschnitt des Boulevards bestand vorwiegend aus dreistöckigen Bürgerhäusern aus dem neunzehnten Jahrhundert, in ihnen residierten alle unsere wichtigen Geschäfte. Die Bürgersteige waren aus Raumnot eng und quollen dauernd über. Hier befanden sich die Fleischerei, der Bäcker, der Friseur, die Konditorei, der Feinkostladen, die Schreibwarenhandlung, die Apotheke, zwei Kioske und vieles mehr. Zum Beispiel auch ein spezieller Laden, der für uns viel wichtiger war als die Konditorei und der ausschließlich Bonbons und andere trockene Süßwaren führte. Natürlich war hier auch die Drogerie, in der wir uns mit den meisten Zutaten für unsere Wurfbomben versorgen konnten. Und mein geliebter Stoffladen gehörte zu diesem Ensemble und versorgte mich und meine Cousine mit billigen Stoffen, als wir uns das Nähen mit der fußbetriebenen Nähmaschine beibringen wollten. Das Schaufenster des Optikers ging mich nichts an – ich hatte gute Augen –, um so mehr interessierte mich das Miedergeschäft und das Geschäft mit orthopädischen und medizinischen Hilfsutensilien. In die letztgenannten Läden sind ich und meine Freunde allerdings nie eingetreten.

Daß der »Boulevard der Verteidiger des Friedens« zu eng war, fiel den Stadtplanern schon in den dreißiger Jahren auf, als dieser Boulevard noch Belcredi-Straße hieß. In den dreißiger Jahren hatte man aber schon an unser aller Zukunft gedacht und zwei Neubauten um etwa acht Meter zurückgesetzt. Die Nischen, die vor diesen weiterhin modern wirkenden Häusern entstanden waren, waren Orte der Ruhe und der Ausdehnung, im Sommer hatten sie dank der kunstvoll gestutzten Zierbäume fast etwas Mediterranes. Der Pedikör, Herr Bamsa, lud bei schönem Wetter seine Damen hinaus aus seinem Laden und plazierte sie auf Stühle, die er auf dem Bürgersteig in eine Reihe stellte. Man sah dort oft mehrere zufriedene Frauen mit nackten Beinen sitzen, ihre Füßen steckten in emaillierten Waschschüsseln mit warmem Wasser – und man stellte sich bildhaft vor, wie ihre überschüssige Hornhaut quoll und immer heller wurde. Herr Bamsa benutzte zum Sitzen eine niedrige gepolsterte Fußbank. Er arbeitete abwechselnd und unterschiedslos gründlich an den einzelnen Zehen und Fußsohlen – unterhielt sich allerdings mit allen Damen auf einmal. Wenn wir auf der Flucht vor dem ledernen Gestapomann waren, mußten wir aufpassen, nicht über die Damenbeine zu stolpern oder in die seitlich abgestellten Schüsseln zu treten.

Das Tempo der kommenden Zerstörung war für sozialistische Verhältnisse enorm. In kürzester Zeit wurden ganze Häuserreihen entmietet, etliche meiner Mitschüler mußten auch die Schule wechseln und verschwanden unwiederbringlich in irgendwelchen grausigen Siedlungen am Stadtrand. Dann kamen die Abrißbirnen angewackelt und die Bagger angestunken. Manche dieser Fahrzeuge prahlten schamlos mit einem großen Schriftzug – dem sprechenden Namen ihrer Firma: Volkseigener Betrieb DEMOLICE. Das Spezialgerät wie die Abrißbirnen kam von der Firma DESTRUKTA. Die Demolierung hatte noch etwas Aufregendes an sich, und wir sahen sogar ein, daß auch die zurückgesetzten modernen Prachthäuser für die neue Verkehrsader nicht weit genug zurückgesetzt worden waren. Und man konnte sich aus einem Grund sogar freuen: Endlich würde auch Schluß sein mit den unschönen Szenen bei den alljährlichen Militärparaden am 9. Mai. In der Engstelle kam es immer zu gewissen Quetschungen der sonst tadellosen soldatischen Marschblocks. Die neue Zeit sollte nach Prag 6 einfach Tag für Tag problemlos und vielspurig angerollt kommen – egal ob auf Lastautos, in dicken sowjetischen Wolgas oder durchgeschüttelt in den Zweitaktern aus der DDR. Prag 6 sollte für die ankommenden Gäste, bevor sie in der Enge der Innenstadt steckenblieben, etwas von der Monumentalität einer Großstadt vermitteln. Großzügig breite Straßen waren in Prag tatsächlich Mangelware.

Der böse Schock kam, als nach dem Abriß die sonst verborgenen und öffentlichkeitsscheuen Häuserrückseiten zum Vorschein kamen – also die Hoffassaden der boulevardabgewandten Häuserzeilen, die stehengeblieben waren. Diese Fassaden waren nie dazu bestimmt gewesen, innenhoffremden Blicken ausgesetzt zu werden. Auch als diese Fassaden noch neu waren, mußten sie nicht sonderlich repräsentieren, sie sollten nur einigermaßen funktional sein, mehr nicht; jetzt waren sie zu allem Unglück noch unvorstellbar dreckig. Wir schämten uns plötzlich für ihre Nacktheit, schämten uns gemeinschaftlich, schämten uns wie der Großteil der noch nicht ganz abgestumpften Erwachsenen von Prag 6. Diese Scham schien sich außerdem unabhängig davon zu entfalten, wie stark man sich mit den verbliebenen Häusern und ihren Bewohnern verbunden fühlte. Und man begriff, wie geheim es war, daß diese zerschundenen Häuserrücken so unansehnlich waren. Der immaterielle Part des aktuellen verkehrsplanerischen Angriffs – hinterrücks auf dem Umweg über die Ästhetik – war besonders empörend. Hier kämpften nicht ehrlich und frontal bemannte Bagger gegen unbemannte Häuser oder umgekehrt, hier wurden einfach entblößte Schamteile der verletzbaren Stadtseele jedem hergelaufenen Spießer zum Drauftreten vorgesetzt.

Die Unterwäsche auf den Leinen flatterte plötzlich ungeschützt vor Spannern jedes Geladenheitsgrades, die verschönerten oder umfunktionierten Balkone unter zerfetzten Markisen waren den Kommentaren aller bastelwütigen Besserwisser ausgesetzt. Andersfarbig angepinselte Fensterumrandungen klagten sich selbst an – denunzierten sich im Grunde als konzeptionslose und egoistische Übergriffe. Zusätzlich weinten viele der entsprechenden Fensterbänke links und recht wie aus wimperlosen Augenwinkeln, weil die modernen sozialistischen Wandfarben nicht wirklich wasserfest waren. Wir hätten mit den beschämten Fenstern gern gemeinsam geheult. Der Hauptgrund unserer Trauer war aber ein anderer – alle unsere Hof-Verstecke, in denen wir uns vor brisanten Konflikten oder nach erfolgten Angriffen sammeln konnten, waren nichts mehr wert, alle unsere Fluchtwege waren für jedermann einsehbar und lagen wie auf einem Präsentierteller.

Infolge der Verbreiterung der Chaussee ging naturgemäß das ganze dortige Leben zugrunde, und weil der Publikumsverkehr ausblieb, verschwanden aus den umliegenden Straßen nach und nach auch andere wichtige Geschäfte. In den verlassenen Ladenräumen wurden daraufhin Verkaufsstellen für betrieblichen Spezialbedarf untergebracht. Man konnte sich – täglich, wenn man wollte – unförmige Dichtungen für irgendwelche Grubenpumpen besorgen oder passende Tresore bestellen. In dem Geschäft für Tresore standen zu allem Unglück nur unansehnliche Geldkassetten im Schaufenster, weil man dort auf irgendwelche Probleme mit der Statik der Fußböden gestoßen war. Ein Tresor soll sich sogar eigenständig durch den Fußboden in den Keller verdrückt haben. Eine Sparkassenfiliale blieb der Bevölkerung als einzige erhalten – das muffige Geldgetue an deren Schaltern ging uns Nicht-Erwachsene aber noch nichts an.

Die Rückseiten der stehengebliebenen Häuser wurden irgendwann neu verputzt und gestrichen, schäbig und schamhaft sind sie aber trotzdem für immer geblieben. Mich macht ihr Anblick jedenfalls bis heute wütend. Die Zeit, in der ich mich beim Klettern über die Hofzäune unvorstellbar dreckig machen und Rückzugsmöglichkeiten hinter irgendwelchen suppenden Mülltonnen gebrauchen konnte, ging allerdings schon bald nach der Schändung und Zerschneidung meiner Gegend zu Ende. Und irgendwann wollte ich meine Zeit fast ausschließlich mit meiner Clique und für alle Spießer gut sichtbar verbringen – lieber auf einem Bürgersteig als in einem Hof und möglichst dort, wo ich gemeinschaftlich stören und bewußt provozieren konnte.

Der Stubenhocker Petr Skopka blieb natürlich weiter mein Freund und war wie gewohnt immer schwer beschäftigt. Er hatte inzwischen kaum Zeit, parallel zu seinen Stubenaktivitäten auch noch draußen im Freien Unfug zu treiben. Außerdem hatte er drei kaputte Finger. Wir trafen uns aber auch in früheren Phasen unserer Freundschaft manchmal längere Zeit gar nicht, sahen uns nur in der Schule. Das lag unter anderem daran, daß Skopka riskante Aktionen mit übertriebenem Körpereinsatz immer schon mißbilligt hatte. Auch aus einem ganz praktischen Grund – wegen seiner starken Brille war er viel zu lahm und langsam. Bei anspruchsvolleren Kommandounternehmen wollte ihn deswegen niemand dabeihaben. Zu einem Bruch kam es zwischen uns beiden trotzdem nie. Kurioserweise verrieten wir in der Schule beide niemals restlos, wie viele Gemeinsamkeiten uns eigentlich verbanden. In der Cliquenzeit entfremdete ich mich meinem lieben Petr leider noch etwas mehr, viel mehr, als unserer Freundschaft guttat. Petr war für die clique-üblichen Umgangsarten psychisch aber wirklich nicht passend gerüstet. Und ich hätte ihn wegen des sich abzeichnenden Sitten- und Fleißverfalls dort sowieso nicht gern als Zeugen gehabt.

– Ihr steht die ganzen Nachmittage nur so herum, ist das nicht langweilig, Georg?

Er verabscheute Herumlungern wie die Pest. So reiften wir beide noch etwas unabhängiger voneinander als in der Vergangenheit, verloren uns aber trotzdem nie aus den Augen. Manchmal tauschten wir uns auf dem Schulweg aus – intensiv und wie unter Zeitdruck; Skopas Aufklärungskampagne, bei der reichlich Vaginalduft aufgewirbelt worden war, lag weit hinter uns. Die Themen wechselten sich schnell ab, und ich war froh, als Skopka wieder einmal schwach wurde. Er hatte als aufmerksamer Beobachter der Realität bemerkt, daß der auf den Hinterbeinen stehende Löwe im tschechoslowakischen Staatswappen außer einem Doppelschweif am Hintern auch vorn einen fast richtigen kleinen, allerdings hodensacklosen Schwanz hatte – getarnt in Form eines Fellzipfels. Der auf Kontinuität bedachte Skopka pflegte noch immer seine schon in der frühen Kindheit angelegte Briefmarkensammlung, und so konnten wir die wechselnde Gestaltung des tschechischen Löwen mit einer Lupe studieren. Wir waren erleichtert, daß niemand auf die Idee gekommen war, den tierischen Penis durch das slowakische Wappen oder den fünfzackigen Stern zu verdecken. Für Skopka war es ein besonderes Ereignis, als unser Arbeiterpräsident Novotný eines Tages überraschend zum schönsten Staatsmann der Welt gekürt wurde. Auf den Briefmarken sah er wirklich wie ein Edelmann aus. Diese Auszeichnung hatte ihm zwar nicht die UNO, die WHO oder UNESCO verliehen, sondern ein internationaler Philatelistenverband, aber immerhin. Skopkas Stolz auf unser Land fand ich in diesem Zusammenhang etwas übertrieben, auch weil unser Präsident eher als eine dumme Witzfigur angesehen wurde. Im Parteijargon hieß er sogar »Das blasse Nichts«. Aber bei allen unseren Differenzen – Petr und ich gingen miteinander immer vorsichtig und respektvoll um. Und er war seinerzeit beispielsweise froh, daß ich nie ein festes Mitglied der allseits verschrieenen Affenbande geworden war.

Als meine Cliquenzeit anbrach, gab es die berüchtigte Affenbande nicht mehr. Lange Jahre hatte ich mich allerdings – fast durchgehend und trotz vielschichtiger Bedenken – von dieser Vereinigung stark angezogen gefühlt. Und als es einmal zu einer vorübergehenden Annäherung gekommen war, war ich überglücklich. Die geplante Kooperation hatte mir neue Perspektiven eröffnet, und ich konnte hoffen, wieder vergleichbar aufregende Dinge wie bei der Herstellung der Wurfgranaten zu erleben. Der Anführer der Bande war niemand sonst als der Bulgare Dschagarow – der ehemalige erfolglose Verderber unseres kambodschanischen Prinzen. Mit Dschagarow kam ich nur außerhalb der Schule schlecht klar. In der Schule waren wir uns wesentlich näher, er war so etwas wie ein Parallelentwurf von mir. Er hatte wie ich keinen richtigen Vater vorzuweisen und war als Bulgare sogar noch gebrandmarkter als ein einheimischer Jude. Nur mein kraushaariger zukünftiger Cliquenkumpel Sternküker – ein Sprößling aus einer hinterkaukasischen Familie – konnte sich mit ihm als Exot einigermaßen messen. Dschagarow brachte mir in der Schule die schlimmsten bulgarischen Schimpfwörter bei, allerdings mit der Warnung, sie auf keinen Fall zu verwenden.

– Wenn du so etwas zu einem Bulgaren sagst, schlägt er dich mit den Fäusten tot oder durchlöchert dich mit einem Maschinengewehr!

Da er beim Prinzen keinen Erfolg gehabt hatte, versuchte er nicht nur mich, sondern auch andere anfälligere Individuen zu verrohen – zunehmend mit Hilfe seiner exotischen Schimpfwörter. Die allerschlimmste dieser Beschimpfungen klang lautmalerisch und sogar ausgesprochen maschinengewehr-rhythmisch: »MAMATA GAMATA PUTKA MRSNA.« Da ich mich etwa vierzig Jahre lang an das Nutzungsverbot gehalten habe, konnte ich die versprochene Wirkung dieses Zauberspruchs nie nachprüfen – auch nicht die Richtigkeit dieses phonetisch so eindrucksvollen Satzes. Heute weiß ich: Dschagarow beherrschte seine Vatersprache nicht wirklich. Eine dreckige Mutterfotze kommt in dem Spruch zwar vor, vom Ficken ist darin allerdings – und in einem verbalen Angriff dieses Kalibers wäre dies ein Muß – nicht die Rede. Und »gama(ta)« bedeutet komischerweise »Tonleiter(die)«. Seinen magischen Phantasiespruch »Mamata gamata putka mrsna« übersetzte mir Dschagarow damals frei und einigermaßen richtig als »DIE FOTZE DEINER MUTTER IST DRECKIG«. Eine Tonleiter fehlte in der Übersetzung allerdings, statt »gamata« hätte es sowieso »gadna« (widerlich) heißen müssen – also »Mamata gadna ...«.

Weil die Mitglieder der Affenbande sich im Hirschgraben und außerdem in den wilden Hängen, mit denen das Letná-Plateau zur Moldau hinabfiel, perfekt auskannten, waren sie zum Zeitpunkt meiner Quasi-Aufnahme wie berufen dazu, die in diesem Gebiet stattfindenden Bauarbeiten auszuspionieren. Das Prager Volk munkelte damals, die Partei- und Staatsspitze baue sich dort einen Atombunker und verbinde durch Tunnel alle wichtigen Regierungsgebäude der Stadt miteinander. Diese Vermutung entsprach – wie man heute weiß – größtenteils auch der Wahrheit. Das geheimnisumtratschte Bauareal befand sich zwischen dem Gelände des ehemaligen Stalindenkmals und dem steil abfallenden Abkürzungspfad für Fußgänger – im Volksmund das »Mauseloch« genannt. Von unserem Haus aus gesehen lag es in südöstlicher Richtung. Damit bin ich bei der letzten Spitze meines fünfzackigen Drudenfußes angelangt, die letzte Lücke schließt sich – und ich habe inzwischen genügend Anhaltspunkte dafür, den Ort, an dem ich meine Kindheit und Jugend verbracht habe, als vollständig umstellt zu empfinden.

Die Affen waren wegen des baulichen Angriffs auf ihr Gebiet schwer verärgert. Im Grunde agierte der Staat auf dem von ihnen beanspruchten Gelände, er schlug in die südöstliche, besonders unzugängliche Hälfte des Affenlandes tiefe Schneisen. Daß aus geographischer Sicht das Wirkungsgebiet der Bande durch das »Mauseloch« und die für den übrigen Verkehr bestimmte Serpentine immer schon zerschnitten war, war dagegen nie ein Problem gewesen. Man agierte gern in beiden Hälften des Hangs, hatte dank einer zwischen den beiden Teilen errichteten Fußgängerbrücke sogar die Möglichkeit, sich schnell auf das gegenüberliegende Gebiet zurückzuziehen. Die Affenbanditen waren sowieso immer viel beweglicher als alle ihre Rivalen. Als das Blut-Wasser-Gemisch in den Schienen ins Tal hinunterlief, umgingen sie durch ihre geheimen Pfade das polizeilich gesperrte »Mauseloch« und waren unten auf der Kleinseite schneller angekommen als das verdünnte Blut.

Für einen Bunker war die südliche Spitze des Letná-Plateaus aus strategischer Sicht ideal. Die Prager Burg, der offizielle Sitz des Präsidenten, war relativ nah. Und mit Hilfe eines entsprechenden Verbindungstunnels konnte auch die nahe gelegene Militärakademie problemlos eingebunden werden. Die dort gerade unterrichtende oder im nahen Generalstabsgebäude sicher oft anwesende Generalität mußte bei einem atomaren Schlag unbedingt mitgeschützt werden. Meine Straße befand sich ausgerechnet auf der geometrischen Verbindungslinie des Bunkers und der Burg, und ich hatte eine Zeitlang das Gefühl, aus der Tiefe kommendes Knattern von Preßlufthämmern zu spüren. Viele Jahre später war ich mir so gut wie sicher, diese Geräusche beim Bau der zweiten Prager U-Bahn-Strecke wiederzuerkennen. Die Metrolinie A wurde tatsächlich direkt unter unserem Haus gebuddelt – allerdings quer zu der seinerzeit nur phantasierten Bunkerverbindung zur Prager Burg. Wie ich jetzt weiß, wurde ein derartiger Geheimtunnel nie gebaut und war nicht einmal geplant worden.

In der Nähe der zukünftigen zentralen Bunkerblase lagen noch andere, für das Land überlebenswichtige Gebäudekomplexe. Das fliesenweiß leuchtende Innenministerium stand protzig nur einen Sprung hinter dem Gelände des Stalindenkmals, das Amtsgebäude des Ministerpräsidenten und der Regierung lag gleich unterhalb des »Mauselochs« an der Moldau. Der dazugehörige Eingang in die Eingeweide des Bergs war hier unten sogar sichtbar – getarnt als ein Tor zu einem Hochspannungstransformator. In der Nähe befanden sich – und das war mehr als günstig – außerdem noch das riesige Gebäude der zentralen Planungskommission und weitere Ministerien, wenn auch am anderen Flußufer. Dort thronte vor allem auch das eigentliche Machtzentrum des Landes – das Zentralkomitee. Und zum Zentralkomitee der Partei gehörte nun mal sein zentraler Wasserkopf – das schlagkräftige Politbüro, das den Schutz zuallererst nötig hatte.

Unter dem Areal des Stalindenkmals hatte man schon immer ausgedehnte Bunkeranlagen vermutet. Diese brauchten jetzt mit dem sich weiter ins Berginnere hineinfressenden Superbunker nur verbunden zu werden. Unsere ganze

Gegend war sowieso schon voller unterirdisch geführter Rohre und geheimer Leitungen. Da man neben dem Hradschiner Burgareal und dem Veitsdom keinen hohen Schornstein aufstellen konnte, leitete man die Fernwärme zur Burg und anderen staatswichtigen Gebäuden aus einem weitentfernten Kraftwerk in Prag 7. Die Geometrie dieser heißen Verbindungen sah man deutlich im Winter, weil auf ihnen der Schnee nie liegenblieb. Sichtbar waren diese Spuren besonders auf den Rasenflächen der Parks. Eine dieser Tauspuren konnte ich direkt aus meinem Fenster sehen.

Der neue Bunkerkomplex wurde aber nicht nur beheizt, er war angeblich auch mit jedem anderen erdenklichen Komfort ausgestattet. Mitten im Berg sollte sich sogar ein modernes Krankenhaus befunden haben. Und nicht zu vergessen: An der äußersten Spitze des Letná-Plateaus stand auch noch die bombastische Kramář-Villa, die die Regierung als Gästehaus für hohe Staatsbesuche nutzte. Ein Staatsgast hätte im Notfall einfach mit dem Fahrstuhl oder mit einer Rutsche in das Innere des Berges hinabsausen und beispielsweise – wenn er Fidel Castro hieße – in der klimatisierten Intensivstation des Krankenhauses eine Zigarre rauchen können.

Der ganze Berg, auf dem sich meine Straße befand, wurde nach und nach also ausgehöhlt und von innen mit meterdicken Betonwänden ausgekleidet. Das konnte ich aus meinen eigenen Beobachtungen schlußfolgern. Der im angrenzenden Park Tag und Nacht arbeitende Förderturm war gut sichtbar, die Zementsilos schickten periodisch häßliche Staubwolken in die Luft, man hörte pausenlos große Betonmischmaschinen brummen. Von den Wachen am Baustellentor wurden außerdem in regelmäßigen Abständen riesige Lastwagen voller Schiefer-, Quarz- und Sandsteingeröll hinausgewunken. Die stark geschichtete Gesteinsstruktur des Berges kannte ich gut, beim Klettern in den Hängen – am »Mauseloch« beispielsweise – kam man mit den gefährlich bröckelnden Pelokarbonat-Schichten oft in Berührung. Die schwerbeladenen riesigen Laster kamen natürlich nie leer zur Baustelle zurück – die meisten waren randvoll mit Kies, Stahlruten oder dicken Stahlplatten beladen.

Mein Antrieb, sich der Affenbande anzuschließen, speiste sich noch aus einer anderen Quelle. Es gab Gerüchte, die Partei- und Staatsführung horte irgendwo dort im Untergrund (unter dem marmornen Stalin-Sockel?) die besten Kartoffeln, die der tschechische Boden hergab – und die Kader würden die begehrten länglichen »Hörnchen« nur unter sich verteilen. In den Läden sah man diese Delikatesse tatsächlich nie. Meine Mutter empörte sich, diesmal aber nicht gegen unsere Bonzen. Sie fand es unwürdig, solchen Gerüchten Glauben zu schenken, und unanständig, sie ungeprüft zu verbreiten.

– Das kann nicht stimmen. So etwas dürfen die Parteileute nicht, so etwas tun sie auch nicht!

Unser Vorteil – also der der Affenbande und nun auch meiner – war, daß unsere Staatsführung sich damals keiner aktuellen terroristischen Bedrohung ausgesetzt fühlte. Videokameras gab es damals zwar schon, man nannte sie »industrielles Fernsehen« – diese Technik war aber aufwendig, und die Kameras waren viel zu groß. Überwachungstechnik wurde auf der Baustelle also nicht installiert, offenbar auch keine Lichtschranken, keine Stolperfallen, von Selbstschußanlagen aus DDR-Produktion gar nicht zu sprechen. Besonders mannstark schien dieses geheime Objekt auch nicht umstellt worden zu sein. Das Volk wußte, daß es einiges nicht wissen durfte, und lugte meistens nicht einmal zwischen die Bretter der Zäune. Die Wachen hatten zwar einige Hunde, diese waren aber offensichtlich – abgestumpft durch die vielen Laster-Abgase und übersättigt von den Gerüchen aus einer Ausfluggaststätte in der unmittelbaren Nähe – etwas indifferent bis riechfaul geworden. Das hatte die Affenbande schon im Vorfeld in Erfahrung gebracht. Und obwohl man von den Bäumen der Umgebung das ganze Gelände problemlos überblicken konnte, entschied Dschagarow eines Tages, ein Kommandounternehmen zu starten.

– Eine Prüfung vor Ort ist immer besser.

Dschagarow war ein erfahrener Anführer. Er teilte die Mannschaft in zwei Vorausspäher für die »eigentliche Operation« und in einen Basistrupp, der direkt auf dem Gelände Stellung beziehen sollte. Dieser Basistrupp sollte von einer ausgemachten Stelle aus die Fluchtwege – also die Schwachstellen des Zauns – überwachen und nach Möglichkeit freihalten. Dann gab es noch den »Schmiertrupp«. Ich stand als untergeordneter Räubergast also Schmiere – ganz allein. In der gerade laufenden Probephase hatte ich nur den Status eines Geduldeten. Während der Vorbereitung waren mir allerdings alle geheimen Kriegspfade der Bande im Hang unterhalb der sowieso immer bewachten Kramář-Villa gezeigt worden – an sich schon ein großer Gewinn für mich. Ebenfalls vor der Aktion hatte ich von Dschagarow erfahren, woher er sein Wissen für derartige Einsätze bezog: Wenn seine tschechische Mutter nicht zu Hause war, sah er sich oft Kriegs- und Spionagefilme an, besonders gern bulgarische Spionagestreifen, die damals nicht zufällig so beliebt waren – sie hatten offenbar ein gewisses Niveau. Sie besaßen vielleicht sogar so etwas wie Realitätsnähe.

Unser Angriff auf die Verteidigungsbastion des Staates verlief völlig unspektakulär. Als einer der Späher hinter einem Sandhaufen einige Arbeiter mit Bierflaschen erschreckt hatte, kam es zu einem nicht besonders geordneten Rückzug der gesamten Mannschaft.

– Haut bloß hier ab, Mann! schrien die Männer gedämpft.

Auf dem freien Gelände hinter dem Zaun rannten wir anschließend nicht im Pulk auseinander und nicht in dieselbe

Richtung. Daß wir uns so weitflächig verteilt hatten, war eher panikbedingt, entsprach nur teilweise unserem Plan »C«. Ich lief bis nach unten zur Moldau und dann sogar bis zur übernächsten Brücke. Anschließend wechselte ich auf die andere Moldauseite, ging am Landwirtschaftsministerium, an der Parteizentrale, an der Zentrale der weltumspannenden Gewerkschaftsbewegung und an der Juristischen Fakultät vorbei – und kehrte erst über die Karlsbrücke und die Kleinseite zurück. Als wir uns an einer verabredeten Stelle im Chotek-Park nach etwa zwei Stunden trafen, erfuhr ich, daß auf der Baustelle überhaupt nichts Verdächtiges zu sehen gewesen war. Natürlich auch keine einzige fallengelassene Kartoffel. Als ich meinem Vater von unserer Aktion und den Gerüchten über die Kartoffeln und das Krankenhaus – leise auf seinem Balkon – erzählte, sah ich ihn zum ersten Mal blaß werden. Er verriet mir nichts und verbot mir, Dschagarow in der Zukunft als meinen Kumpel zu betrachten. An den Wochentagen hatte mein Vater allerdings keinerlei Macht über mich.

In meiner unterbunkerten und umstellten Gegend reiften und wüteten – in anderen Bandenformationen als ich oder Dschagarow – unter anderem auch die rabiaten Moník-Brüder. Diese beiden hatten eine Schwester, die ich damals persönlich leider nicht kannte. Sie hieß Libuše Moníková und sollte viel später eine bekannte Schriftstellerin werden. Libuše war in ihren jungen Jahren, wie ich jetzt weiß, im Gegensatz zu ihren Brüdern ein eher sanftes Wesen. Sie war um einiges älter als ich und fiel damals auch anderen Zeitgenossen nicht sonderlich auf – in motorisch-negativer Hinsicht wie ihre Brüder schon gar nicht. Der große Fünfzack hat uns allerdings alle geprägt.

Die Baustelle des Bunkers wurde irgendwann fertiggestellt und anschließend mit Erdreich abgedeckt. Die entsprechende Ecke des Park wurde wieder begrünt. Oberirdisch sichtbar blieben dort nur die vergitterten und in Friedenszeiten nicht verbarrikadierten Schächte der Belüftungsanlage. Diese breiten Öffnungen wurden geschickt in einen Teil der alten Festungsmauer eingelassen. So etwas wie einen Eingang für das Volk gab es nicht. Unweit des Bunkerareals standen damals noch die kubistischen, schwarzgetünchten Holzbaracken des Studentenwohnheims KOLONKA. Dort hatte Anfang der fünfziger Jahre – also vor und nach meiner Geburt – der Schriftsteller Milan Kundera gewohnt, gelernt und als studentischer Vertreter gewirkt. An Dramatik hat es in meiner Gegend nicht gemangelt.

man wärmte sich die hände im schneegestöber

Nach dem Einmarsch der befreundeten Armeen begann –
wie schon berichtet – der massenhafte gesellschaftliche Abstieg der landeseigenen Eliten. Mutters Chefredakteur und
etliche andere ihrer Kollegen wurden Fensterputzer oder
einfache Arbeiter, viele Schriftsteller verschwanden in Hei-
zungskellern, Historiker, Politologen und Philosophen mußten sich umgewöhnen und an ihren Werken nachts arbeiten,
weil sie Nachtwächter geworden waren. Die gefährdeten
Meinungsführer emigrierten vorsorglich – bei weitem aber
nicht alle. Der blinde Klaudius hatte als Behinderter das
Recht auf eine Schonfrist und durfte eine Weile namenlos
seinen Untergebenen von früher zuarbeiten; nachdem er
schließlich entlassen wurde, durfte er nur von Blindenwerk-
stätten beschäftigt werden. Meine zweisprachig aufgewach-
sene und viersprachig bewanderte Mutter wurde Übersetze-
rin. Wie es damals üblich war, brauchte sie dazu mindestens
einen physisch existierenden und politisch unbelasteten
Menschen, der ihr seinen Namen zur Verfügung stellte –
die Übersetzungen wurden dann unter diesem Namen
veröffentlicht. Diese Helfer hießen im Volksmund »Dach-
decker«. Sie kassierten pro forma die Honorare und reichten sie weiter. Mindestens eine gutwillige Seele auf der Auf-
traggeberseite wußte auch Bescheid.
Jeder gesellschaftliche Aufstieg – oft aber auch schon ein
bescheiden organisierter Nicht-Absturz – wurde in der
Nach-Invasionszeit ausschließlich denjenigen erlaubt, die es
mit der Moral nicht allzu streng nehmen wollten. In mir
steckte viel zu viel an sturer, in der Familie tradierter Moral.
Und ich hatte niemanden zu ernähren, ich mußte niemanden

beschützen. Ich konnte es mir leisten, die frisch angebrochene und mit Knochenfäule befallene Zeit mit Abenteuern zu
verbringen, und wünschte mir nichts anderes, als irgendwo
ganz unten zu landen. Meine einzige konkrete Aufgabe bestand darin, mir passende Härteprüfungen auszusuchen, die
zu meiner gründlichen und nicht allzu quälenden Reifung
beitragen würden. Anschließend wollte ich an der Seite einer
reizenden Frau nur noch glücklich werden, mehr nicht.

Vor mir lagen lauter unbekannte und aufregend süße
Dinge. Im Gegensatz zu den politisch Abgestraften war ich
jung und fühlte mich jeder harten Arbeit gewachsen. Und
von Bohumil Hrabal wußte ich sowieso, daß Glück, Wahrheit und andere weltbewegende Dinge überall zu finden
waren. Von Hrabal wußte damals allerdings jedermann,
wie witzig und lebendig es in den Enklaven der einfachen
Leute, in den schmuddeligen Kneipen und den Quartieren
aller möglichen Randgestalten zugehen konnte. Die unzähligen Schwerenöter aus seinen Büchern waren so etwas
wie Zeitgenossen und Brüder von jedem, der sich in sie
beim Lesen verliebt hatte. Man vermutete sie überall.

Dazu muß man wissen: Hrabal schrieb schon seit seiner
Jugend, konnte aber unter den Nazis, anschließend auch
unter dem neuen Regime nicht publizieren. Als in den sechziger Jahren seine Erzählungen nach und nach heraus-
gebracht werden durften, waren es reife Meisterwerke. Sie
waren schockierend anders als alles, was es sonst zu lesen
gab, sie waren so tief und zugleich so einfach zu verstehen,
daß sich auch Jugendliche auf sie stürzten, die sonst überhaupt keine Literatur lasen. Und weil Hrabal seine Texte
sehr lange zurückhalten mußte, erschienen seine Bücher
hintereinander in erschreckend schnellem Rhythmus. Hrabal hat das Tschechische gereinigt und bereichert, keine
Übersetzung in eine Fremdsprache wird diese Qualitäten
widerspiegeln können. Die Leute machten dauernd hrabal-
schwere Anspielungen, man sprach und intonierte etwas

anders, man ließ spontan und hemmungslos jeden Unsinn aus sich fließen – mit der Überzeugung, etwas Tiefe würde sich darin, wie bei Hrabal eben, schon finden. Wenn man auf den Straßen junge Leute – meine Zeitgenossen – vor Lachen laut brüllen hörte, konnte man sicher sein, daß sie sich gerade über die neusten Hrabalgeschichten ausgetauscht hatten. Etwas anderes las man eine Zeitlang gar nicht. Einen kleinen Haken gab es dabei allerdings: Viele der Geschichten von Meister Hrabal spielten nicht in der Gegenwart, sie waren teilweise in einer so gut wie versunkenen Welt angesiedelt. Jeder Leser mit Phantasie wurde trotzdem ein Teil dieser rückverwurzelten Kunstwelt. Daher war man, besonders wenn man – wie ich – in den sechziger Jahren zu lesen begonnen hatte, nicht ganz von dieser Welt. So gesehen leisteten sich die Tschechen, leisteten wir uns alle in dieser Zeit den Luxus, in unserem Alltag Literatur zu leben. Erst die Russen brachten uns die Realität wieder.

Die Jahre bis zum Einmarsch waren dagegen voller unschuldiger Naivität und Optimismus, man leckte sich an den neuen Freiheiten überall satt, löffelte, wo es nur ging. Von den kommenden Abstürzen ahnte man noch nichts, man freute sich ungehemmt auf alles, was die Zukunft noch bringen sollte. Und jedermann versuchte – frei nach Hrabal eben –, wenigstens punktuell auch die einfachsten Dinge des Alltags wie Weltereignisse zu feiern. Man ärgerte sich grundsätzlich nicht, genoß die kleinen oder größeren Absurditäten des Lebens und lachte über sie so viel wie möglich – egal, wie weit man vom vernünftigen Weg schon abgedriftet war. Bildlich gesprochen: Man öffnete im Winter die Fenster und wärmte sich weit draußen die Hände – wie in Hrabals Erzählung »Prager Krippenspiel«. Ein Mann reibt sich dort seine Hände im Schneegestöber, weil es im ausgekühlten Gebäude, in dem er gerade zu tun hat, noch wesentlich kälter ist. Das Gebäude ist zu alledem eine ehemalige Synagoge voller abgestellter Theaterkulissen – daher auch voller ehemaliger Inszenierungen. Vielleicht haben wir es dem von Hrabal unabsichtlich eingeleiteten mentalen Training zu verdanken, daß das tschechische Volk rechtzeitig auf seine spätere Nacheinmarsch-Proletarisierung vorbereitet wurde. Als der Kahlschlag dann begann, stand man im Grunde in den Startlöchern.

Nachdem unser Land von den befreundeten Armeen befriedet worden war, kam es allerdings nicht zur Bildung einer großen subkulturellen Gemeinschaft aus weisen und fröhlichen Individuen. Dazu war die Realität nicht witzig genug – und auch die humorvollsten und weisesten Männer des Landes wurden in ihren niederen Berufen irgendwann müde und tiefernst. Die meisten Tschechen kehrten sowieso nach und nach – trotz Hrabal – wieder zu ihrem Pragmatismus und ihrer Verschlagenheit zurück. In den vergangenen Jahrhunderten war unseren Vorfahren meistens auch nichts Besseres übriggeblieben.

Ich hatte vor, unbedingt zu den vielen Alt- oder Neuproletariern zu fliehen. Das schien mir der einzig klare Radikalschritt und einzig mögliche Ausweg zu sein. Dort unten wollte ich vor allem – verdreckt wie nur möglich – für spätere Zeiten sauber bleiben. In dieser häßlichen Zeit, dachte ich, müßte das Leben gerade dort ganz wahrhaftig sein, den substantiellen Dingen jedenfalls am nächsten. Einfache Straßenkehrer kannte ich schon – ein mit meiner Mutter befreundeter Schriftsteller war einer –, dieses Leben fand ich aber nicht aufregend genug. Und nur bedingt lustig. Dieser Bekannte fegte sich im Park – ganz in Gedanken versunken – einmal an einer echten Leiche vorbei und wurde daraufhin von der Polizei verhört.

– Sie fegten einfach weiter und beachteten den toten Körper gar nicht? Diesen Unsinn sollen wir Ihnen glauben?

– Es war viertel nach sechs, und ich war furchtbar müde, sagte der Mann – und die Polizisten freuten sich.

– Seid ihr Schriftsteller überhaupt Menschen?

Die Müllabfuhr hatte im Sozialismus den furchtbarsten Ruf, die Müllabfuhr war das allerletzte. Allerdings schon lange vor der russischen Invasion. Übelgelaunte bis aggressiv geladene Müllmänner gehörten in Prag schon seit meiner Kindheit zum Stadtbild. Glühende Wildheit auszustrahlen war für diese Leute Pflicht und Bestandteil ihres Berufskodex, kleine Kinder mit dreckigen Händen oder noch dreckigeren Handschuhen zu erschrecken war ihr Kulturprogramm. Aber üble Wut mußte immer im Spiel sein. Der Lohn für die Beseitigung von jedermanns Dreck beinhaltete einfach das Recht auf Rache, das Recht auf das Rückschleudern von Absonderungen, die irgendwo übergequollen waren und in die geordnete Wirklichkeit nicht paßten. Und wenn es schon nicht der stinkende und materielle Dreck sein durfte, dann wenigstens der abgrundtiefe seelische. Wenn einer dieser Dreckfürsten freundlich gewesen wäre, hätte er sich der gröbsten Imageschädigung schuldig gemacht.

Alle diese Männer hatten in ihrem Leben schon viel zu viel Schmutz gesehen, trugen Unmengen an Stinkbildern in sich – das sah man ihnen an. Sie waren aber nicht einfach SCHLECHT GELAUNT, gaben ihre Brutalität nicht nur durch den Äther ab, die Folge ihrer Geladenheit war, daß sie auch real, das heißt physisch gefährlich waren. Sie wirkten immer gehetzt und arbeiteten unter – was den Arbeitsschutz betrifft – extrem ungünstigem Zeitdruck. Daß sie als gemeingefährliche Zeitbomben in Anmarsch waren, spürte man schon auf Hunderte von Metern. Wenn sie dann anrückten, erschrak man noch zusätzlich, weil etwas Grundsätzliches gar nicht mitgekommen war – ihr Denken und Fühlen schien von ihnen weit entfernt zu sein. Sicher waren die Seelen dieser Männer – ohne daß man es bemerkt hatte – wie ein Vorauskommando an einem vorbeigerauscht. Eine andere Erklärung für die erschreckend bewußtheitsarmen Auftritte der Müllarbeiter gab es nicht. Sie waren nie ganz bei sich.

Natürlich wollten sie ihre Tagesrouten vor allem aus dem Grund schnell abgrasen, weil sie ihre geheimnisumwitterten Pausen so lange wie nur möglich zelebrieren wollten. Außerdem reagierten sie sich bei ihrem donnerlauten Treiben einfach ab. Sie konnten vollkommen legal Fußgänger gefährden, konnten zeigen, wer der Herr der Prager Straßen war. Und jedermann wußte Bescheid: Wenn eine Müllmannschaft wie eine kompakt zusammengefügte Tonnenwalze unterwegs war, konnte man leicht zum Krüppel gemacht, im schlimmsten Fall zu Biomasse zerquetscht werden.

Über die technische Seite der Schreckensherrschaft der Prager Müllarmee sollte man einiges wissen: Die Mülltonnen der Firma MEVA hatten damals nicht nur keine eingepreßten Chips in ihren Bodys wie ihre heutigen Schwestern, sie hatten nicht einmal eigene Räder. Und sie waren auch im leeren Zustand – weil sie aus massivem verzinktem Blech gefertigt waren – relativ schwer. Sie hatten aber wenigstens keine Ecken und konnten von den Entsorgungsspezialisten in Schräglage auf der Kante fortbewegt werden. Sie wurden unter Zuhilfenahme des Deckelgriffs, der so als Knauf genutzt wurde, GEROLLT. Das geschah einhändig und sah überraschend ästhetisch aus. Wenn genug Platz da war und viele der rundlichen Tonnen gleichzeitig entsorgt werden mußten, rollte ein Mann in der Regel zwei Tonnen auf einmal – mit jeder Hand eine, gegenläufig, versteht sich. Beide Tonnen waren dabei zu seinem Körper hin geneigt – die linke drehte sich im Uhrzeigersinn, die rechte andersherum –, und so ging es schnell geradeaus. Die geschickte und gestählte Muskelmasse des Mannes, die Trägheit der Tonnen oder vielmehr die Trägheit des gesamten Körper-Tonne-Gesamtgefüges dominierten dann das Geschehen. Ein unvergeßlicher, göttlicher Anblick war das!

Bei dem Rollmarsch dieses panzerähnlichen Mensch-Tonnen-Vehikels hatte – wenn der Tonnenlenker sich dem Spott seiner Kollegen nicht ausliefern oder die Häme seitens der Bevölkerung nicht einhandeln wollte – seitlich nichts zu wanken, der Steuermann durfte sich die Richtung nicht von den Tonnen diktieren lassen, er und nur er hatte bei seiner Fahrt das Gewaltmonopol. Die Männer wußten natürlich, daß sie gleichzeitig Objekte der Bewunderung waren – und sie genossen es im Verborgenen auch. Sie waren so etwas wie Magier, Akrobaten und Dompteure in einem, Tänzer der Schwergewichtsklasse, für mich waren sie die Meister aller Schwergewichtstanzverbände der Welt. Sie waren jederzeit in der Lage, einer fast unzähmbaren, wild rotierenden Doppelmasse eine gewisse Ruhe zu geben und einen konstanten Richtungsvektor vorzuschreiben – und dies ausgerechnet mit Hilfe ZWEIER Lenkräder. Wo gibt es auf der Welt etwas ähnlich Unmögliches? Was sie uns regelmäßig vorführten, war einfach hohe Kunst.

Das Vorwärtskommen bedurfte allerdings eines hohen Grades an Konzentration. Ein starrer, schräg zum Boden gerichteter Blick gehörte dazu. Und so gesehen konnten dabei Fußgänger, Kinderwagen oder Haustiere unmöglich beachtet und geschont werden, plötzliche Ausweichmanöver wären auch beim besten Willen nicht durchführbar. Die Fußgänger und ihre Hunde mußten selbst sehen, wo sie blieben, wohin sie sich in Sicherheit bringen konnten. Sie hatten frühzeitig oder eben im richtigen Moment zur Seite zu springen. Auch die tauben, blinden oder behinderten Menschen unter ihnen sollten das Zittern der Bürgersteige in ausreichender Vorwarnzeit spüren lernen.

Die Arbeit der Männer konnte in Prag niemand auf die leichte Schulter oder unter die leise Fußsohle nehmen. Wenn diese oft bärtigen Bärenmänner – es waren tatsächlich richtige MÄNNER! – ihren großen Auftritt hatten, dann herrschte Krieg. Die meisten Menschen, die gerade unterwegs waren, achteten auf einen ausreichenden Sicherheitsabstand, blieben ebenfalls lieber in Bewegung – sie wechselten flink die Straßenseite, verteilten sich dynamisch um das Epizentrum des Sturms. Nur Dummköpfe blieben stehen und glotzten. Wenn eine Tonne nach dem Um- und Auskippen ausgeklinkt und auf die Pflastersteine der Straße fallengelassen wurde, hörte sich das an wie ein Kanonenschuß. Die Tonnen wurden anschließend gegen Bordsteinkanten geknallt, sie wurden über Stufen, Treppen und Treppchen gerollt – und wenn es nötig war, führte die Rolltour auch durch Hausflure, Durchfahrten, Höfe und Einfahrten. In resonanzstarken Gewölben dröhnte es dann wie in der Hölle, wie in den Kathedralen der gefallenen Engel. Und wenn die Männer weitergezogen waren, sah es – nach der überall verstreuten Asche oder den verschütteten farbenfrohen Flüssigkeiten zu urteilen (oft waren rote oder rotbraune Soßen dabei) – tatsächlich wie nach einem Krieg aus. Man konnte sich ohne weiteres vorstellen, durch die Straßen wären gerade feindliche Kämpfer gezogen, mordend und brandschatzend.

Auf einer solchen Tour hätte man beinah die Leiche meiner Großmutter Lizzy zurückgelassen. Die gewissenhafte Lizzy sah auf dem Bürgersteig ein Stück Abfall und hob es in ihrem sittlichen Streben nach gemeinschaftlicher Vervollkommnung der Stadt umgehend auf. Der ankommenden Tonnenwalze wollte sie es anschließend übergeben und dem Tonnenlenker mitteilen, daß dieses Abfallstück einem vorauseilenden Kollegen aus einer der bereitgestellten Tonnen herausgefallen war. Zu der Übergabe kam es nicht. Lizzy wurde mit voller Wucht angerollt und umgeworfen.

– Blöde Kuh, schrie sie der Mann an, wo hast du deine Arschaugen?

Ein jüngerer Müllmann erschrak und wollte der alten Frau wieder auf die Beine helfen, in Sekundenschnelle bekam er dafür einen kaltblütigen Faustschlag in den Rücken.

– Renn lieber um die Ecke, du Idiot! Wenn ich dort warten muß, gibt es noch mehr davon!

Mein Schlachtplan für die nächste Zukunft war klar: Wenn schon auf den Müllgrund sinken, dann wirklich, wenn schon manuell arbeiten, dann dort, wo der Sozialismus am häßlichsten war. Ich wollte mich ekeln und den zivilisatorischen Überresten so nah wie möglich kommen. Es sollte mich aber noch viel Mühe kosten, bis ich in meinen erträumten Dreck eintauchen durfte. Die Müllabfuhr sollte es aber unbedingt sein. Ich hatte das Getue der Müllmänner sowieso schon lange im Visier, und der seltsam stabile, fast inhaltsunabhängige Gestank ihrer Tonnen lag seit meiner Kindheit fest in meinem Geruchsgedächtnis gespeichert. Und als klar wurde, daß ich bei der Prüfung meines Haßfaches »Die Geschichte der Arbeiterbewegung« nur durchfallen konnte – es hätte aber, wenn ich unvorsichtig oder sogar ausfällig geworden wäre, noch schlimmer kommen können –, verließ ich eines Tages meine grauenhaft verschulte und ideologisch immer wachsamer werdende Universität. In dieser hochschulähnlichen Einrichtung, die man nach heutigen Maßstäben schwer eine Univcrsität nennen könnte, fühlten sich nur kindische, politisch vertrottelte Kleinstadtelemente und Halbgeister wohl. Ich mußte mir jeden Tag ansehen, wie meine Mitstudenten nach den mit ordinärem Klingeln beendeten Vorlesungen wie Herdenwesen die Treppen heruntertrampelten und dabei vergnüglich juchzten. Und ich mußte mich dagegen wehren, mich von ihrer Fröhlichkeit animieren zu lassen. Sie, die mehrheitlich aus der Provinz kamen, waren voller Begeisterung auch aus dem Grund, weil sie ihren Provinzstädten entfliehen und die Hauptstadt Prag bevölkern durften. Sie ahnten nicht, wie grauenhaft sich Prag inzwischen verändert hatte. Ich hatte mich von diesen Leuten nicht einmal verabschiedet, war frei und ging in das zentrale Personalbüro des Müllimperiums.

– Mir gefällt die Arbeit.

– Wir nehmen Sie nicht.

– Sie brauchen doch Leute, überall steht das.

– Ich kann Sie mit den Männern nicht zusammenarbeiten lassen, das stehen Sie niemals durch.

– Ich schaffe alles. Das sind eben richtige Männer, ich komme dort schon klar.

– Es kommt nicht in Frage, Sie wissen über die Arbeit gar nichts. Man steht um vier Uhr früh auf, alle sind etwas mürrisch. Manche Kollegen haben außerdem – ich meine HATTEN immer wieder mal – leichte Alkoholprobleme ...

– Mir ist alles recht.

– NEIN!!! – und diese Antwort war endgültig.

Später habe ich es zwar doch noch geschafft, mich unter die Müllbeseitiger zu mischen, in Prag habe ich mir aber erst einmal einen anderen Traum erfüllt. Ich wurde Fahrer bei der staatlichen Wohnungsbauverwaltung im Zentrum unserer ergrauten Stadt, konnte den ganzen Tag mit einem Kleinlaster herumkurven, in den engen Straßen und auf dem wackeligen Pflaster Stadtrallye fahren, Menschen und andere rennende Hindernisse zur Seite scheuchen. Wenn ich schlechte Laune hatte, konnte ich das Auto, das mir nicht gehörte, nach Belieben quälen. Als ich eines Tages eine ganze Ladung Toilettenbecken geladen hatte, wurde ich regelrecht euphorisch. Ich hatte es fast geschafft! Ich war endlich ungefähr dort, wo ich die ganze Zeit hatte sein wollen – auch wenn ich mit dem Dreck erst einmal nur indirekt zu tun hatte. Meine Kloschüsseln waren unbenutzt, ich war vorläufig noch auf der saubereren Seite des Dreckgeschäfts.

Um mich herum wuchsen gleichzeitig Bedenken. Nachdem ich nach der Arbeit – wie ein richtiger Mann eben – in der einzigen ernstzunehmenden Kneipe unserer Gegend ein großes Bier bestellt hatte, wackelte der alte Kneipier ausnahmsweise schwermütig mit dem Kopf und sagte:

– Du trinkst jetzt also auch. Wie alle anderen. Wie heißt du eigentlich?

– Georg.

Bis dahin hatte mich der sonst eher cholerische Mann nur als einen Frischling gekannt, der an seiner strategisch einzigartig liegenden Eckkneipe – sie liegt gegenüber dem barocken Tor und heißt bis heute »Na valech«, was so viel wie »Auf den Schanzen« bedeutet – immer nur brav vorbeigegangen war oder am massiv gemauerten Zaun auf der gegenüberliegenden Straßenseite mit anderen Halbstarken und ihren Bräuten stundenlang herumgestanden und sich des Lebens gefreut hatte. Die Bedenken der Intellektuellen, die um meine Mutter schlichen, waren noch ernster.

– Reise lieber aus, Georg, hau einfach ab, sagte einer immer wieder. Ihr verblödet hier alle. Eine ganze Generation ohne Bildung, das wird grauenhaft. Nur Trottel und politische Schleimer studieren noch. Geh in den Westen.

Solche Sprüche heizten in mir leider gewaltige Ängste vor Gehirnerweichung und meiner drohenden Degenerierung an. Ich fühlte mich intellektuell tatsächlich stark unterfordert. Ich wollte zwar Menschen und das rauhe Leben im Abseits studieren, über das alles irgendwann auch schreiben, verblöden wollte ich dabei aber auf keinen Fall. Meine Texte sollten Niveau haben, die Stärken von Hemingway, Dos Passos, Saroyan, Kerouac und Hrabal vereinen und mich aus den gesellschaftlichen Sümpfen irgendwann wieder nach oben bringen. Um nichts auf der Welt durfte ich – eine bessere Metapher dafür gibt es für mich bis heute nicht – zum onanierenden Schotten am Brunnenrand werden. Dieser Schotte aus einem typischen Schottenwitz war damals in aller Munde. Der onanierende Mann spritzt sich nebenbei Wasser aus dem Brunnen in den Mund und sagt: »Whisky und Frauen, das ist für mich das Allergrößte.«

Tagtäglich konnte ich sehen, daß der Sozialismus zwar nicht besonders gut funktionierte, trotzdem war es verwunderlich, daß er überhaupt noch funktionierte. Dazu gab es verschiedene Theorien. Ein philosophisch begabter Bröt-

271

chenausfahrer, der früher Baßgitarrist einer bekannten Rockband war, offenbarte mir in einer Kneipe seine originäre Brötchen-Theorie. Die Bäcker stünden auch im Sozialismus unter dem Zwang, jeden Tag Unmengen von Brötchen zu backen – und das tun sie, weil sie auch welche essen wollen. Außerdem wollen morgens auch alle anderen Menschen frische Brötchen essen – sonst gäbe es im Land bald gefährliche Aufstände. Und so springe der Motor der ganzen Gesellschaft jeden Tag in der Frühe überhaupt an, meinte mein neuer Freund. Andere Arbeiter, so wie Ingenieure, Putzfrauen oder Wissenschaftler, wüßten dann ganz genau, daß sie auch ein bißchen würden arbeiten müssen, um beim Bäcker am nächsten Tag wieder ihre Brötchen zu bekommen. Sie würden nicht allzuviel arbeiten müssen, aber gerade so, daß das wirtschaftliche Gemeinwesen, an dessen Anfang die am frühesten aufstehende Bäckergilde stünde, am Funktionieren gehalten würde.

Der Sozialismus funktionierte in gewissen Grenzen tatsächlich. Und tatsächlich hatte er das der Initiative und Kraft vieler verantwortungsbewußter Menschen zu verdanken, die nicht stillsitzen konnten, die ihre Arbeit ernst nahmen und auch nicht zuließen, daß die antriebsschwächeren Teile der Gesellschaft mit einem Bummelstreik das Land lahmlegten. Viele dieser Fleißigen schufteten sich dabei – unglücklich über so viel Ignoranz und Idiotie um sie herum – regelrecht kaputt. Sie opferten sich für einen Staat, der nicht dankbar sein konnte, der sich selbstzerstörerisch auffraß und dessen Seele schon seit langem tot war.

nun haben wir, was wir wollten

In den goldenen Sechzigern belegte man etwas liberaler gesinnte Parteifunktionäre gern mit einem paraphrasierten Friedrich-Engels-Zitat: »DER ANTEIL DER OHRFEIGE AN DER MENSCHWERDUNG DES FUNKTIONÄRS«. Mit der allgemeinen Menschwerdung ging es damals tatsächlich vorwärts. Und man sah nicht allzugern zurück, die blutigen Siege sollten irgendwann doch lieber vergessen werden. Schließlich hatte unser schöner Präsident Novotný schon im Jahre 1960 den endgültigen Sieg des Sozialismus verkündet und damit alle Feinde des Fortschritts für abgeschafft erklärt. Die Inhaftierten wurden nach und nach im Stillen freigelassen, juristisch rehabilitieren wollte man sie vorsichtshalber aber nicht. Rehabilitiert wurde in den sechziger Jahren schließlich nur eine kleine Minderheit – die Opfer der innerparteilichen Säuberungen.

Was die fünfziger Jahre betrifft, waren für meine Mutter und ihre Freunde höchstens die Slánský-Prozesse ein Thema gewesen. Dieses Justizverbrechen mauserte sich mit der Zeit zu einer Art Vorzeige-Schattenseite des damaligen Regimes. Dabei war Slánský – parteiintern schon in den dreißiger Jahren »zrzavá potvora«, »DAS ROTHAARIGE MISTVIEH«, genannt – selbst ein furchtbarer Stalinist.

Bei uns zu Hause spielten die Verbrechen des Staates nur punktuell eine Rolle. Zum Beispiel wenn Herr Eisler zu Besuch war, der nach seiner Rückkehr aus der englischen Emigration verhaftet und zu zwölf Jahren wegen Spionage verurteilt worden war. Oder wenn man einem der gebrochenen »kleinbürgerlichen Elemente« zufällig auf der Straße begegnet war.

– Er war ein großzügiger netter Mann, hatte die ruhigsten Hände, die ich je gesehen habe. Jetzt sieht er vollkommen durchsichtig aus.

– Wer war das? fragte ich nach der Begegnung.

– Ich habe in seiner Möbelfirma im Büro gearbeitet – vor dem Studium.

Meine Mutter erzählte mir im Laufe der Jahre über einige Begegnungen dieser Art. Manche der Menschen, die »Pech gehabt hatten«, erkannte man kaum wieder, sagte sie. Sie würden schleichen, statt zu gehen – als ob ihr seitlich orientiertes Humpeln mit der Gehrichtung nicht harmonieren würde.

– Ich habe Sie beinah nicht erkannt, begrüßte meine Mutter einmal einen bekannten Bohemisten, der als Katholik das kommunistische Regime von Anfang an nicht angenommen und viele Jahre im Gefängnis verbracht hatte.

– Schön, daß wir uns treffen! Bin so froh, gerade Sie zu sehen, rief Herr Professor begeistert. Mir geht es leider nicht gut, wissen Sie, ich lebe sehr isoliert – und weit draußen an der Peripherie. Außerdem bin ich vollkommen allein geblieben.

– Das tut mir furchtbar leid.

– Als ich im Gefängnis war – vielleicht haben Sie davon gehört –, hat sich meine ganze Familie mit Pilzen vergiftet. Ich durfte nicht mal zur Beerdigung.

– Ja, natürlich, ich weiß das. Wir alle waren furchtbar empört. Sie haben noch viele Bewunderer, wissen Sie das? Viele Ihrer Schüler denken oft an Sie.

– Das freut mich, das freut mich sehr.

– Wissen Sie, ich bin gleich nach dem Krieg und dem Lager Kommunistin geworden, nicht erst nach Achtundvierzig. Im Krieg haben die Kommunisten die meisten Opfer gebracht.

– Das sagt die offizielle Geschichtsschreibung, meine

Liebe – unter uns gesagt. Ich gebe euch jungen Menschen aber keine Schuld, Ihnen schon gar nicht. Aber wissen Sie, wen ich neulich getroffen habe?

– Ja?

– Den blinden Klaudius, er lief völlig allein herum. Er war auch mein Schüler, als ich noch unterrichten durfte. Er macht sich bis heute furchtbare Vorwürfe wegen der Säuberungen von damals. Die jungen Kommunisten haben an der Fakultät furchtbar gewütet – das ist wahr.

– Klaudius ist bald selbst unter die Räder gekommen.

– Zum Schluß haben wir zusammen sogar gesungen, stellen Sie sich das vor. Ich habe meine Lebendigkeit auch nicht ganz verloren.

– Kláda singt ja so gern.

– Und er hat auch Humor. Wir gingen in eine Kneipe, tranken etwas und sangen dann – leise, versteht sich – das alte Aufbaulied: »Teď' když máme, co jsme chtěli …« – »DA WIR NUN HABEN, WAS WIR WOLLTEN«. Aber lassen wir das, das Leben geht weiter. Sie sind so wunderbar jung geblieben – trotz des Lagers!

– Sie haben doch viel mehr hinter sich, Herr Professor, bei mir waren das nur drei Jahre – und ich war viel jünger.

– Es war nicht so schlimm, für meine Familie war es viel schlimmer. Was mich betrifft, habe ich furchtbar viel Zeit verloren. Acht Jahre – meine Arbeiten bestehen aus einem Haufen von Fragmenten. Und jetzt spielen meine Augen nicht mehr mit.

ihre waschlappen waren voller hautpartikel, hautfett und hautbakterien

Dana besuchte ich in größeren Abständen weiter, natürlich heimlich, und wir schliefen fleißig miteinander. Mir war sowieso nicht klar, wie diese Gewohnheit beendet werden sollte. Körperlich ging alles wunderbar widerstandslos von der Hand und vom Glied – außerdem wie immer wortlos, ohne anstrengende Vorspiele mit Annäherungsdiskussionen oder Fragestunden. Wenn ich Lust hatte, konnte ich ihr dort, wo sie gerade war, die Hose herunterziehen und sie in den unmöglichsten Stellungen besamen. Auf dem Küchentisch, im Bad auf der Waschmaschine, im Flur an der Wand oder sonstwo einfach freistehend – ob sie momentan gerade ihre Tage hatte oder nicht. Beim Planen meiner Besuche konnte ich mich danach gar nicht richten. Als aus ihr einmal ein ganzer Rühr&Gerinn-Blutkuchen mit Spermagarnierung herausfiel und auf den Fußboden klatschte, kommentierten wir es lieber nicht.

Weil es wegen unserer Stummheit nie klar war, ob und wann Dana einen Orgasmus hatte, gewöhnte ich mir an, oft als erstes ihre Klitoris mit dem Mund zu verschlingen, bis sie sich durch ihre Atmung verriet. Wirklich behaglich war mir bei unserem körperreduzierten Getue irgendwann nicht mehr. Wir wurden und wurden uns trotz der vielen Schleimitäten überhaupt nicht vertrauter. In meiner eingenebelten Zukunft kam Dana vorsichtshalber nicht vor. Und sie ließ mich im Gegenzug auch einfach zappeln – einfach aus Ratlosigkeit, denke ich. Wie konkret sie sich mit ihrer eigenen Zukunft beschäftigte, wußte ich nicht.

– Woran denkst du, traute ich mich manchmal zu fragen.

– An gar nichts weiter.

– Ich sehe schon an deiner Körperhaltung, wenn du ganz woanders bist.

– Es waren gar keine Gedanken, nur schwimmende Bilder.

– Aber an etwas hast du dabei doch gedacht.

– Ich habe nur gebildert.

Zum Ausgleich führten wir gelegentlich überraschend geistbeladene, aber vollkommen unpersönliche Gespräche. Mich trieb mein postpubertäres Bedürfnis, mich fürs Höhere vorzubereiten, und ich hörte Dana oft einfach nur geduldig zu. Ich bewunderte sie, und sie genoß es. Dabei hantierte sie beim abstrakt-formalen Theoretisieren schon immer mit nur angedeuteten Denkfiguren, und ihre Zuhörer schreckte sie damit normalerweise eher ab. Bei uns zu Hause wurde über ihre Art zu philosophieren gelegentlich gelästert. Die von ihr produzierten Gedankensplitter wirkten berührungsscheu und waren aufeinander nur sehr lose bezogen – trotzdem bis zur völligen Unbrauchbarkeit miteinander verknotet. Im Zusammenhang mir ihrer Arbeit verabscheute Dana dagegen jede Theorie und war im Grunde nie gezwungen, ihre Gedankengebilde auf Stringenz prüfen zu lassen.

– Stell dir das vor wie drei Schienenstränge, die versuchen, sich nicht zu treffen – es aber müssen. Und es sind immer drei. Auf dem unvermeidlichen Schnittpunkt steht dann der alte, frisch aus der Eierschale geschlüpfte Baum. Er war von Anfang an vollkommen ... wie die jungen Blätter, über die wir neulich gesprochen haben. Weißt du noch? Dort, wo man hinstrebt, ist schon alles fertig. Man muß immer nur das Sterben neu gestalten. Weißt du, was ich meine, Georg?

– Ja, ungefähr.

– Ich habe in der letzten Zeit auch viel über das Sprechen nachgedacht, über das in der Stimme steckende Vermögen, Nuancen auszudrücken. Hier höre ich manchmal tagelang nur dieses Kreischen, Klappern oder Quieken. Du hast neulich in Prag Gitarre geübt und gesungen. Hier wäre das deplaziert – das Landleben läßt es im Grunde nicht zu, es wäre Verschmutzung. Diese Art von Rhythmus oder Takteinteilung produziert die Natur von sich aus nicht – zum Glück, aber aus gutem Grund, denke ich. Sie braucht es einfach nicht, und so soll es auch bleiben. Das Atmen und der Herzschlag sind eher dazu da, nicht wahrgenommen zu werden, oder? Aber die Stimmen – die sind gefährlich, sie sind einerseits Ausstoß, andererseits eine potentielle und wie unter Zwang entgegenzunehmende Penetration. In das Taktmaß und in Resonanzgefäße eingezwängte Stimmen kommen bei mir regelmäßig als Schmerz an. Deswegen vertrage ich hier kein Radio. Vibrationen haben immer mit dem Überschreiten von irgendwelchen Schwellen zu tun. Diese federn sich gern eigenmächtig ab, bäumen sich auf, liegen eine Weile scheinbar ruhig auf dem Boden, richten sich aber plötzlich wieder auf – womöglich sogar kerzengerade. Es ist eine Illusion zu denken, man schreite voran, indem man irgendwelche Stufen überwindet. Bei der Fortbewegung – dem FortSCHRITT sozusagen – kommt es höchstens darauf an, nicht mit den eigentlich störenden Strömungen in Konflikt zu kommen. Ich kann keine Uhr tragen, sonst hätte ich nie eine klare Linie zeichnen oder eine Rundung glätten können.

Anfangs fiel es mir leicht, mich für ihre Monologe zu begeistern, jetzt hatte ich manchmal das Gefühl, daß sie mich – oder andere Zuhörer – kraft ihrer Rätsel eher in Schach halten und nebenbei Bewunderungszoll kassieren wollte. Ob ihr ihre Bedürftigkeit bewußt war, wußte ich nicht. Auf ihre Wortflüsse zu reagieren hatte jedenfalls gar keinen Sinn. Sie erwartete es nicht und fühlte sich eher gestört, wenn jemand versuchte mitzureden. Und ich stellte mit Erschrecken fest, daß sich zwischen uns etwas mischte, was ich auch von zu Hause gut kannte. Zu Hause nannte ich es die ENTFERNUNGSABHÄNGIGE MUTTER-

ALLERGIE. Wenn ich meine Mutter einige Tage nicht gesehen hatte, freute ich mich, sie zu Hause wieder anzutreffen. Ich freute mich immer noch, wenn ich sie in einer gewissen Entfernung vor mir sah – wenn sie dann aber direkt vor mir stand, mich mit ihren Augen verschlang und manchmal vor Freude kindisch mit den Armen wedelte, war es mit der Zuneigung auf einen Schlag vorbei.

Zwischen mir und Dana verkeilte sich langsam eine sanfte Gereiztheit. Sie war an mich de facto fest gebunden, ich war dagegen die ganze Zeit frei. Ihr lief die Zeit davon – mir aber nicht. Die Tiere schienen die unharmonischen Schwingungen zwischen uns zu wittern. Der Storch Alfons wurde irrationalerweise eifersüchtig und attackierte mich, zwischen den Papageien gab es ungewöhnlich heftige Streitigkeiten, und die Eichhörnchen wirkten depressiv. Bei einem Beischlaf in der Küche überraschte mich einmal eine furchtbare Beklemmung in der Brust, und ich hatte zum ersten Mal das Gefühl, daß ich irgendwann später herzkrank werden könnte. Auf jeden Fall schnürte mich so etwas wie ein Schuldgefühl ein, und ich war mir so gut wie sicher, etwas grundsätzlich Unrechtes zu tun. Kurz danach wurde ich tatsächlich bestraft – und ziemlich hart. Dana hatte einen Blechkuchen aus ENTkernten Kirschen gebacken, ein einziger Kern war aber doch dringeblieben. Als ich mit voller Wucht auf ihn biß und mir die Hälfte eines Backenzahns abbrach, war ich darüber nur kurz entsetzt. Wütend war ich überraschenderweise gar nicht. Ich war sogar zufrieden – als ob ich eine Art Strafe abgebüßt hätte. Mir war, als ob von mir sowieso erwartet worden wäre, vivisezierte Organteile abzugeben – für Dana, für meine Mutter oder für eine andere Frau, die ich wegen der aktuellen Verstrickung irgendwo warten ließ.

An Dana störten mich plötzlich Dinge, die ich früher eher reizend fand, und was mich schon immer gestört hatte, störte mich jetzt dreifach. Teilweise begann ich mich vor einigen Dingen bei ihr zu ekeln. Die überall vorhandenen Dreckkulturen rüsteten weiter auf und waren dabei, auch meine eigenen Körperöffnungen und Schleimhäute anzugreifen – vollkommen kulturlos.

– Ausfluß – so etwas hatte ich noch nie! Ist das Ausfluß?

Die ganze Sudelwirtschaft, das Unkonventionelle daran, verlor rapide an Frische und Anziehungskraft. Und ich sah Danas Keimaufzuchtsfarm immer mehr ihre wenig putzigen Perspektiven an. Einmal entdeckte ich in der uralten Waschmaschine nasse »saubere« Wäsche, die Dana vergessen hatte aufzuhängen.

– Wie lange liegt das Zeug schon drin?

– Hab ich vergessen ... drei, vier Tage vielleicht.

– Das Zeug gärt schon. Und stinkt! Hast du überhaupt Waschpulver?

Was im Haus außerdem stank, waren alle Wisch-, aber auch Waschlappen. Danas Lappen für die Körperpflege wurden grundsätzlich nie in die Dreckwäsche getan. Außerdem wurden sie, weil sie nicht luftig aufgehängt wurden, nie richtig trocken. Der Faulgeruch, den sie nach einer gewissen Zeit verbreiteten, war immer der gleiche. Nach der Theorie von Dana wuschen sich die Lappen bei der Säuberung der Körperoberfläche selbst mit. Dank Seife, Reibung und gründlicher Spülung seien sie die Sauberkeit selbst, meinte sie. Daß die Lappen voller abgeschabter Hautpartikel, Hautfett, Hautbakterien sein mußten, ließ sie nicht gelten. Ich versuchte es mit kurzen Vorträgen.

– Die ganze Feuchtigkeit zieht aus dem Bad nicht weg und kondensiert. Und deine Lappen sind voller Leben, zucken schon. Biologie ist langweilig, einiges habe ich inzwischen aber mitbekommen.

– Ich schmeiß die Lappen ab und zu weg. Sie fühlen sich mit der Zeit etwas klebrig an, vielleicht hast du recht.

– Dein Bad ist eine einzige Schimmelzelle – dein grüner Salon.

Danas Küche sah in der Regel auch gräßlich aus. Daß Tassen und Teller mehrmals genutzt wurden, war noch das geringste Problem. Dana ließ auch ungewaschene Töpfe und Pfannen tagelang herumstehen, bis alle daran klebenden Reste festgetrocknet waren und sich tatsächlich schwer abwaschen ließen. Das Fett wurde ranzig, verharzte nach und nach auch auf den Metall- und Holzgriffen. Für den Kampf gegen die diversen Verkrustungen erfand Dana irgendwann eine naturnahe Methode. Sie trug die unerfreulichsten Krustenträger zu einem nahe gelegenen Bach, legte sie in die Strömung und beschwerte sie mit Steinen. Manchmal vergaß sie dort die Töpfe oder Pfannen tagelang, fuhr weg. Nach starken Regenfällen mußte sie in hohen Gummistiefeln ihre Küchenausrüstung suchen gehen. Oft waren die einzelnen Stücke auf Hunderten von Metern verteilt, manche verschwanden in verschlammten Biegungen des Baches für immer. Danas Reinigungsmethode hatte noch einen Schwachpunkt: Im kalten Wasser blieb alles Fette weiter fett, nach dem Einsammeln mochte man nichts anfassen – man blieb an der Fettschicht regelrecht kleben. Ich kannte das von meinem Vater.

Danas Haushalt hatte mich früher allerdings auch mit beglückenden Erlebnissen beliefert – mit Zeugnissen der fluidalen Selbstreinigung beispielsweise. Ich hatte beobachtet, daß die allgemeine Verdreckung nicht so stark anwuchs, wie sie aufgrund des ständigen Neuzuwachses theoretisch hätte wuchern müssen. Ein Teil des Drecks war mit der Zeit doch verschwunden – irgendwann, irgendwohin, ohne jegliches Fegen, Wischen oder Wienern, ganz und gar unauffällig. Die in Ruhe gelassenen Dreckpartikel verteilen sich offenbar eigenständig, setzen sich neu zusammen – und diejenigen, die sich gerade in einem Bewegungs- oder Transformationsprozeß befinden, werden gerechtigkeitshalber nicht zum Dreck gezählt. Während der umfangreichen Selbstreinigungsprozeduren werden die eigentlichen Dreckpartikel notgedrungen dauernd zerdrückt, eingerieben, weitergereicht – oder sie fressen sich eigenständig in irgendwelche geheimen Verstecke ein. Nebenbei werden sie ab und zu abgeleckt, eingezutscht, resorbiert, bei gegenläufigen Aktivitäten wiederum sauber ausgeschieden, aufnahmefreudig verdünnt, verlustreich pulverisiert – und sie fliegen anschließend mit irgendwelchen Vögeln als Kot in Richtung Mittelmeer. Mit diesem reinigenden Abtransport beziehungsweise der oberflächenaktiven Tiefenzirkulation schien es bei Dana irgendwann vorbei zu sein.

Einmal überraschte uns eine größere Gruppe Bekannter, die Dana spontan besuchen wollte. Das erste, was wir von diesen Leuten zu sehen bekamen, war ein Schuh mit einer zertretenen Kackwurst. Eine junge Frau war knapp vor Danas Hof in einen Hundehaufen getreten.

– Muß ich irgendwie abwaschen, sagte sie und ging schnurstracks zum Spültisch.

Niemand hielt sie auf, niemand sagte etwas, Dana schon gar nicht. Ich wollte eine Weile nicht glauben, daß das, was diese Frau möglicherweise vorhatte, tatsächlich passieren würde. Im Abwaschbecken lagen noch ungewaschene Teller und Bestecke. Die Frau drehte den Wasserhahn auf und ließ den Dreck von ihrem Schuh herunterlaufen und herumspritzen. Der ursprüngliche Tellerdreck erstrahlte kurz in seiner gerade beendeten Noch-Eßbarkeit. Man hätte es als eine anschließende Rache bewerten können, daß die Gemüsesuppe, die Dana ganz und gar unschuldig zu kochen begann, voller seltsamer kleiner Nudelchen war – für Teigwaren sah diese Einlage aber viel zu organisch, um nicht zu sagen lebendig aus. Als ich beim Essen begriffen hatte, daß es sich um Würmer handelte, kippte ich meinen Teil der Wurmkolonie in den Ausguß – also zu den inzwischen fast vergessenen Kotspritzern. Allerdings mußte ich die anderen Gäste zu Ende essen lassen.

Nebenbei hatte ich wenigstens Zeit, die Würmerquelle zu

suchen. Die Reste der Brut fand ich schließlich im Gefäß mit getrocknetem Wurzelgemüse. Die Würmer zappelten nicht, waren irgendwann mitdehydriert worden. Die gut-gewürzte Suppe wurde von allen gelobt. Daß Dana ihre Gäste bewirtete, war an sich eine Ausnahme. Normaler-weise kümmerte sie sich um nichts weiter, wenn Besuch kam. Sie wartete eher, bis die Leute ihre Verpflegung und/oder auch Unterbringung selbst in die Hand nahmen – und beobachtete interessiert, wie unterschiedlich sie es taten.

Die vielen organischen Reste, die in der Küche überall gut erreichbar lagerten, lockten seit langem unterschiedliche Ameisenvölker ins Haus. Ihre Wander- und Umzugsrouten wurden regelmäßig frequentiert, und die Streckenführung quer durch die Räume blieb relativ konstant. Wenn im Ab-wasch etwas Leckeres übriggeblieben war, nahmen die Ameisen gern auch einen größeren Umweg in Kauf. Hinter-her war alles blitzblank. Besonders rege waren die winzigen Pharaoameisen – und diese kamen eines Tages sogar direkt aus dem Ausguß gekrochen. Dana unternahm auch gegen diese Plage nichts weiter, da sie von anderen Heimgesuch-ten Bescheid wußte:

– Die wird man sowieso nicht los.

Daß mich Danas Hygiene-Ignoranz anfangs so anzog, wurde mir langsam unheimlich. Bei uns zu Hause wären manche Dinge nie möglich gewesen, nie zugelassen wor-den. Eines war bei der Anzahl von Frauen allerdings nicht zu verhindern – bei uns wurde dauernd menstruiert, pausen-los sah man irgendwo breitgeklatschte Blutstropfen liegen, und mir hatte diese – kriegsbedingte, dachte ich – Bluterei früher so viel Angst gemacht, daß ich über ihre fortpflan-zungstechnische Seite lange nichts wissen wollte. Dabei war sie mir irgendwann diffus erklärt worden. Trotz (oder we-gen?) der harten Lagerjahre – in der Zeit blieb die Men-struation grundsätzlich weg – bluteten manche der Damen bis ins hohe Alter, jedenfalls überraschend lange.

Eine wirklich scheußliche Angelegenheit passierte bei uns zu Hause nur ein einziges Mal. Schuld daran war allerdings die von den Tschechen übernommene Leidenschaft für Kuttelflecke. Die zerklüfteten Kutteln stammen bekanntlich aus dem ersten Rindervormagen, dem Zottenmagen. Dort finden zwar zum Glück lediglich die ersten Zersetzungsprozesse statt, trotzdem müssen die Kutteln ordentlich gewaschen werden. Großmutter Lizzy war einmal etwas verträumt und warf die Kutteln, die vom Schlachter nur grob abgespült worden waren, leider gleich ins kochende Wasser. Die Suppe wollte später allen, die sich für sie angemeldet hatten, nicht so recht schmecken. Nachdem das Geschmacksproblem analysiert worden war, einigte man sich auf eine positive, egal wie halbkorrekte Abschlußformel:

– Jetzt wissen wir wenigstens, wie Scheiße schmeckt.

Unter Dana litten leider auch alle ihre technischen Geräte, sie waren ausnahmslos in einem fürchterlichen Zustand. Wenn ich bei ihr war, konnte ich den Anblick verwackelter Steckdosen oder entblößter Kabelenden nicht ertragen, auch nicht die Geräusche quietschender Kugellager oder klemmender Türen. Deswegen werkelte ich bei ihr andauernd herum. Es machte mir zwar auch etwas Spaß, die Mühe war im Grunde aber vergeblich, der Allgemeinzustand des Hauses besserte sich einfach nicht. Und Dana wollte es offenbar auch nicht anders. Wenn die Nähmaschine grauenhafte Nähte produzierte, war einmal die Spannung des unteren Fadens viel zu straff, das andere Mal klemmte der obere Faden irgendwo – und die Spannung stimmte wieder nicht. Das übernächste Mal steckten hinter der Spulenkapsel festgebackene Fussel.

– Sie näht aber noch, meinte Dana.

Daß die Batterien in ihren Taschenlampen ausliefen, war die Regel. Warum aber alle Abflußrohre – trotz gelegentlicher Reinigung – dauernd voller Dreck nicht gekannter Güte waren, war seltsam. Dieser Dreck bildete in den Rohren eine Art Teppichboden, oft lagen darin langgestreckte schmale Läufer – geflochten aus Haaren und pflanzlichen Fasern. Wir freuten uns beim Anblick der befreiten Dreck-masse immer wieder von neuem. Das war in dem Zu-sammenhang aber auch das einzige Vergnügen. Bei uns zu Hause produzierten wir und unsere Umwelt niemals einen derartigen Rohr-Schmant und nicht annähernd so viele Fa-serkuchen.

Weil ich handwerklich vieles noch nicht wirklich be-herrschte und einiges erst lernen mußte, beging ich oft böse Fehler. Ich schaffte es beispielsweise nicht, einen Stuhl aus Hartholz zu stabilisieren, obwohl ich der Meinung war, mit Holz einigermaßen umgehen zu können. Bei dieser Repara-tur hatte ich sogar zwei Stahlwinkel und viele Schrauben verbaut, der Stuhl wackelte aber trotzdem weiter und brach eines Tages unter Danas dickem Nachbarn zusammen. Der sah sich die reparierten Schwachstellen unter der Sitzfläche gleich an – noch auf dem Boden im Liegen. Dabei entdeck-te er meine Winkel und die vielen lockeren Schrauben – diese steckten nämlich in völlig ausgehöhlten, beim Schrau-ben freigeleierten Löchern.

– Welcher Idiot war hier dran? So ein Schwachsinn! Die Löcher hätte man vorbohren müssen, geleimt ist hier auch nichts.

Nach diesem Vorfall bekam ich einen Schreck, ich könn-te hier bei Dana eines Tages zu einem Onkel-Ableger mutie-ren. Oder vielleicht zu einer noch viel schlimmeren Krea-tur – Onkel ONKEL war im Vergleich zu mir ein wahrer Zauberer. Warum ich den Stuhl nicht geleimt hatte, konnte der Nachbar nicht wissen. Ich hatte nicht nur keinen Leim dabei, mir fehlten längere Zwingen, mit denen ich die ganze Sitzfläche hätte umfassen können. Daß ich beim Schrauben in das edle harte Holz glatte Krater hineingewühlt hatte, quält mich bis heute.

Im stillen Konkurrenz- und Abgrenzungskampf mit meinem Onkel entwickelte ich irgendwann eine Leidenschaft für alle Arten von Werkzeugen. Mir sollte nie wieder ein passendes oder sogar rettendes Werkzeug für einen speziellen Eingriff fehlen. Eine Zeitlang kaufte ich wahllos alles mögliche, was ich bezahlen konnte. Und ich konnte es: Ich fand immer eine ahnungslose Tante, die die Notwendigkeit dieser oder jener Anschaffung akzeptierte und mir das nötige Geld gab. In Prag gab es damals einige überraschend üppig sortierte Eisenwarenläden, und Werkzeuge waren zum Glück überhaupt nicht teuer. Besonders gern kaufte ich exotische, kurios aussehende Arbeitsgeräte, bei denen ich nicht einmal wußte, für welche Arbeiten sie eigentlich gedacht waren. Ich war mir aber sicher: In meiner glücklichen Zukunft würde es kein beschämendes Versagen mehr geben. Und tatsächlich gab es später immer wieder solche Momente. Manchmal erst nach zehn oder fünfzehn Jahren kam ein dreibackiger Abzieher zum Einsatz, ein um die Ecke bohrender Futteraufsatz oder beispielsweise ein dünner, ganze fünfunddreißig Zentimeter langer Schraubenzieher.

Meine frühen handwerklichen Einsätze sind im Grunde aber nicht mein Thema. Die eigentliche Problembaustelle war damals selbstverständlich Dana selbst. Und mich umschimmelte das dumme Gefühl, sie in ihrem Haus auf Dauer doch nicht allein lassen zu dürfen. Bei Frauen hatte ich später nie etwas dagegen, wenn sie Hilfsbedürftigkeit abstrahlten. Bei Dana wußte ich aber nicht, wo ich hätte anfangen sollen. Bei Wasserrohren, Batterien, Ameisenrouten? Und egal, wie viele Vitamine und Mineralstoffe sie dank ihrer Brennesselsuppen zu sich nahm, sie lebte furchtbar ungesund.

Meine Fluchttendenzen hingen im Grunde, wie schon angesprochen, nicht mit Danas Hygieneproblemen oder ihren teilweise unerträglichen Tieren zusammen. In ihrer ganzen Sanftheit – und das merkte ich erst relativ spät – steckte unterschwellig auch etwas furchtbar Diktatorisches. Weil ich so viel jünger war, ordnete ich mich in der Regel bedenkenlos unter, irgendwann war es mit meiner Bedenkenlosigkeit aber zu Ende. Dana brachte ihrer verseuchten Umgebung, ihren kränkelnden Geräten oder ihren unerzogenen Schutzbefohlenen unendlich viel Toleranz entgegen, wollte aber doch alle wichtigen Entscheidungen allein und diskussionslos treffen. Mit ihren Tieren ging das gut. Unauffällig manipulativ, natürlich immer im denkbar sanftesten Ton, praktizierte sie das aber auch im Umgang mit mir. Und das fühlte sich oft grausam falsch an.

– Machen wir das lieber nicht anders? Doch lieber nicht so ... Das wird bestimmt viel besser.

Dana konnte nie gelernt haben, Kompromisse auszuhandeln. Außerdem steckten in ihr zu viele seltsame Geheimkräfte. Diese seelischen Dunkellöcher schienen in ihr so tief verkramt zu sein, daß an sie niemand herankam – sie selbst offenbar auch nicht. Schon in den Phasen unserer körperzentrierten Dauerbeschäftigung war es zu Ausbrüchen gekommen, die ich lieber schnell wieder vergaß. Sie war beim Sex, wie gesagt, sehr still und zurückhaltend, auf Dauer bekam es ihr aber doch nicht. Und so wurde sie manchmal – mit einem Orgasmus hatte das nichts zu tun – von stillen Spasmen heimgesucht. Sie bäumte sich plötzlich – für mich, der gerade intensivst mit dem Streicheln ihres Schamhaars oder ihrer Brüste beschäftigt war, blieb es ein Rätsel – aus ihrer Rückenlage lautlos auf, drückte ihren Bauch in die Luft, hob ihren ganzen Oberkörper zu einer Brücke und noch einmal und noch einmal mit voller Kraft. Einmal sagte sie dazu einen einzigen Satz:

– Ich hab' vor zwanzig Jahren jemanden sehr geliebt.

Wer das war, verriet sie mir nicht. Ein anderes Mal begann sie ohne eine Ankündigung oder Erklärung meinen gesamten Oberkörper abzulecken. Es kitzelte, und ihre trocknende Spucke kühlte schnell ab. Ich ließ sie an mir arbeiten, wunderte mich nur, was sie davon hatte. Meine Haut war nach der Fahrradfahrt sicher ziemlich salzig – vielleicht fast so salzig wie ihr Mund nach unserer mitternächtlichen Salzbrotmahlzeit hinter den Vorhängen.

Wir hatten natürlich nicht verhütet. Sie hatte die Notwendigkeit dazu nie angesprochen, und bei uns zu Hause hieß es immer, Dana hätte früher sehr gern Kinder gehabt, wäre aber ganz und gar unfruchtbar. Und weil sie es sicher auch war, kümmerte sie sich gynäkologisch um gar nichts mehr. Eine derartige Lässigkeit fand ich großartig. Einen Schrekken jagte sie mir einmal aber doch ein, als sie kurz verlauten ließ, sie sei schon seit zwanzig Jahren nicht beim Frauenarzt gewesen – zu anderen Ärzten ginge sie schließlich auch nicht. Und obwohl klar war, daß unsere Familie eine ganze Schar beschnittener Gynäkologen hätte in Marsch setzen können, wollte sie darüber nichts hören.

– Jetzt geht es nicht mehr, die würden mit mir furchtbar schimpfen. Ich komme mit meinen Kräutern schon klar.

Bei Dana vergammelten nebenbei auch wertvolle Kunstwerke. Sie hatte von ihrem Vater, der Maler und Kunstsammler war, einige Bilder der tschechischen Moderne geerbt. Und ich ahnte lange nicht, daß die dunkel gewordenen und teilweise von Vögeln betröpfelten Bilder von bekannten Malern stammten. Kein Zufall, daß ausgerechnet Dana auf die Idee gekommen war, ihre eigenen Skulpturen mit Dreck zu bewerfen.

– Das da ist ein früher Filla, einen Špála habe ich auch, den sieht man jetzt hinter den Büchern aber nicht – ist mir sowieso zu bunt.

In irgendwelchen Koffern bewahrte sie außerdem einen Haufen Korrespondenz ihres Vaters aus der Vorkriegszeit auf. Später wollte sie alles dem Nationalen Literaturarchiv übergeben. In der aktuellen politischen Situation kam es für sie allerdings nicht in Frage.

– Den Idioten gebe ich es nicht, überlasse es lieber meinen Mäusen oder am besten Wanderratten.

Die Möglichkeit, daß in naher Zukunft auch Dana mit Haut, Haar und Kleidung das Beuteziel irgendwelcher Zerfallsbeschleuniger werden könnte, schienen inzwischen auch einige wirbellose Tiere zu wittern, hatte ich das Gefühl – Motten und fliegende Ameisen stiegen in ganzen Formationen auf, Wespen wüteten oft scheinbar grundlos und ungewöhnlich laut, und verrückt gewordene Marienkäfer verbündeten sich manchmal mit Mücken und flogen in der Gegend regelrechte Angriffe auf alle warmblütigen Oberflächen.

Das Ende unserer sexuellen Beziehung brachten uns allerdings nicht irgendwelche Krankheiten, meine Ängste oder mein wach gewordener Sinn für Hygiene, dieses Ende wurde bei einem Ausflug zu Danas Bekannten im Nachbardorf eingeläutet. Diese besaßen ein berüchtigt schönes Anwesen, und sie veranstalteten dort manchmal Gartenfeste. Wir ließen die Tiere unser Dreckparadies bewachen und fuhren auf zwei furchterregenden Fahrrädern kurz entschlossen hin.

Vor einiger Zeit hatte mich der blinde Klaudius auf einige Bildhauer neugierig gemacht – und auf seine Meinung verließ ich mich gern. Kláda empfing in seinem Wohnzimmer den ganzen Tag gebildete und hochbegabte Besucher, ließ sich pausenlos alles Wichtige erzählen, beschreiben, vorlesen. Am Ende eines jeden Tages wußte er über vieles in der Welt wieder bestens Bescheid. Bei einem Treffen, das bei meiner Mutter stattfand, sagte er:

– Seltsamerweise haben wir momentan keine großen Maler. Alle wichtigen Schriftsteller publizieren nicht oder sind im Ausland, beim Film und im Theater können auch die begabtesten Leute nicht zeigen, was sie können. Nur die Bildhauer läßt man noch einigermaßen in Ruhe, und viele davon sind großartig, gehören wirklich zur Weltklasse.

Er nannte dann einige Namen, Danas Nachbar war dabei.

Dana selbst hatte mir über ihren Kollegen nie viel erzählt. Sie lebte vollkommen anders als er, die beiden respektierten einander lediglich – mehr aber nicht. So wußte ich nur, daß der Gastgeber beruflich zu den nicht vollständig Ausgegrenzten gehörte und teilweise auch größere offizielle Aufträge bekam. Seine Frau Yvette war Malerin. Das Gehöft der beiden sollte ein Kleinod und Wunderwerk sein. Der abseits stehende Bauernhof war aber nicht einfach nur wunderschön, wie man schon von weitem sehen konnte, er war traumhaft ästhetisch gestaltet und auch ausgesprochen funktional ausgebaut. In der Scheune gab es zwei Ateliers. Englischer Rasen bedeckte das ganze Gelände und war auch in den letzten Winkeln kurz geschnitten und edeldicht. Eine saftige Brennessel für eine geschmacksfreie Brennesselsuppe sah man nirgendwo. Da und dort standen Plastiken aus Granit, dazwischen einige aus Holz. Die aus Holz waren riesig, und obwohl sie nicht gegenständlich waren, wirkten sie bedrohlich wie fleischfressende Drachen. Kunst entdeckte man überall. Aus dem Dach des Hauptgebäudes erhoben sich kleine Schreckgestalten – oder ihre Teile wie Hexenkrallen und Teufelshufe. Bei genauerem Hinsehen waren es aus Ton gebrannte Einzelstücke, deren Sockel wie Dachziegel geformt waren und sich zwischen die anderen Dachziegel schieben ließen. Aber auch die Wände des Hauses waren keine glatten Wände, man entdeckte – vor allem an den Ecken – unterschiedlich stilisierte Fratzen aus Sandstein. Sie waren fest eingemauert, drum herum war alles sauber verputzt. Dana zeigte mir einen Kopf, aus dessen Ohr und Auge eine Flamme herausschoß, mußte mir aber nicht weiter verraten, wer damit gemeint war.

Auch die unwichtigsten Nebengebäude waren bestens restauriert und solide mit Hilfe von Teer, Altöl und Kreide behandelt worden. An allen Außenwänden, auch an diesen Schuppen hing außerdem etwas Schönes, zur Kunst erhobenes Ready-Gemachtes oder Gemaltes. Dana und ich schau-

ten uns oft an, ich dachte meistens an ihre grünen Dreck-
männer.

Was uns bei dem Fest außerdem noch erwartete – also die
Hauptattraktion –, konnten wir anfangs noch nicht ahnen.
Der extrem sonnige und warme Frühlingstag brachte die
sonnenverrückte Yvette auf die (spontane?) Idee, daß sich
alle ausziehen sollten. Alle sollten vollkommen nackt herumlaufen, so wie Yvette es auf dem Grundstück auch oft
tat – so oft, wie es nur ging. Es sprach rein praktisch nichts
dagegen. Das Gehöft stand weit genug vom Dorf entfernt,
das Grundstück war groß und außerdem zur Landstraße
hin mit dichten Hecken abgeschirmt. Das nudistische Vorhaben machte trotzdem – wie man mitbekommen konnte –
fast alle verlegen.

Der Gastgeber war ein bulliges Exemplar von einem reso-
luten Hammer-, Meißel- und Stemmeisen-Mann –, und daß
er Alkoholiker mit ungesunder Gesichtshaut war, tat seinem beeindruckenden Äußeren keinen Abbruch. Gefeiert
werden sollten allerdings nicht die beiden Gastgeber als das
Hohe Paar – das eigentliche Ausstellungsstück des Tages
sollte eindeutig Yvette sein, Yvette allein. Sie war viel jünger als ihr Mann und eindeutig das schönste Wesen weit
und breit. An dem Tag sicher die schönste Frau auf Erden,
das ideale Traumstück, das man sich für die Weitergabe der
eigenen Gene vorstellen konnte. Und da sie sich als erste
ausgezogen hatte, konnte es jeder beurteilen. Sie war ma-
kellos gebaut und besaß Brüste, an deren Proportionalität
und Plazierung alles voller Harmonie war – wie bei einer
griechischen Statue. Ihre Schultern hielt sie selbstverständlich gerade und stolz. Außerdem hatte sie eine riesige Lok-
kenmähne, angemessen buschige Venushügelbehaarung,
und in der Hüfte war sie außergewöhnlich schmal. Da ihr
Rücken aber eine saubere Gesamtgeometrie aufwies und
ihre Wirbelsäule im Kreuz korrekt durchgedrückt war, waren ihre Arschwölbungen trotz ihres Knabenbeckens ausrei-

chend markant. Zu meiner Beruhigung hätte ich an ihr gern etwas Unvollkommenes entdeckt, es war aber einfach unmöglich. Weil auch Yvette klar war, daß sie die Allerschönste war, strahlte und lachte sie pausenlos – und das machte sie natürlich noch anziehender, peitschte ihre Attraktivität in unerträgliche Höhen. An dem Tag begriff ich, warum mich schlanke Frauen mehr anzogen als dicke: Die schlanken und zierlichen Frauenkörper würden bei der Kopulation mit einem Penis gegebener Größe verhältnismäßig expansiver ausgefüllt als die dickeren.

Dana und ich waren nicht als ein Paar gekommen, außerdem verkörperte Dana nach außen eher meine Familie, ersetzte sozusagen meine Mutter. Das anstehende Gesellschaftsspiel war, wie gesagt, nicht nur uns unangenehm – trotz aller Proteste wurde am Ende aber niemandem erlaubt, angezogen zu bleiben. Dana war überraschenderweise überhaupt nicht gelassen und über die Situation erhaben. So kannte ich sie gar nicht, sie litt sichtlich und vergab dadurch noch zusätzliche Schönheitspunkte. Was mich betrifft, hatte ich in erster Linie fürchterliche Angst vor akut drohender Dauerkrampf-Erektion. In meiner Brust zog sich unterdrückte Panik zusammen, meine leicht angelaufene Eichel brannte im Innern, meine sämtlichen Erektionsblut-Sperren und Samen-Schleusen warteten nur auf die entsprechenden Startschüsse. Dana hatte zwar keine schlechte Figur, war aber nicht die Jüngste, außerdem beanspruchten ihre Brüste zu wenig Luftraum. Und Brüste, die der Umwelt kein Volumen abzweigen, entfalten beim aufrechten Gang die naturgewollte Fernwirkung nur unzureichend – für die überwiegende ALLGEMANNHEIT jedenfalls (mein altes Thema seit den frühen Schultagen). Solche Brüste entsprechen der genetisch kodierten Zweckdienlichkeit also nicht ganz programmgemäß und werden daher nicht wirklich ernst genommen – egal, wie erigibel ihre Warzen oder wie milchproduktiv die in sie mündenden, an sich ausdeh-

292

nungsbescheidenen Milchdrüsen sein sollten. Danas Körperhaltung war, wie ich jetzt feststellen mußte, auch nicht die beste, und ihre Backenzähne – wie ich wußte – waren teilweise böse dezimiert. Das sah man ihr zum Glück aber nur dann an, wenn man sie bei ihren Kaumanövern genauer beobachtete. Wieso Yvettes straffe Haut jetzt schon so gleichmäßig bräunlich aussah, war mir schleierhaft. Dana und ich waren weiß, zwischen Danas schmalen Schenkeln klaffte eine luftige Lücke, mein Rücken war übersät mit beuligen Pickeln.

Dana hatte gegen Yvette absolut keine Chance, meine Chancen bei Yvette waren gleich null, Dana und ich fühlten uns wie zwei Wracks kurz vor einem Ausrangierungsverdikt. Dana sammelte mit der Zeit etwas Mut zusammen und behauptete sich auf dem Fleischjahrmarkt klugerweise einfach verbal. Sie verursachte mit ihren Zaubersprüchen allerdings zusätzliche Irritationen. Diese törnten die Männer natürlich gar nicht an, depotenzierten sie eher; Dana bekam auf diese Weise aber wenigstens auch attraktivere Männerexemplare gut in den Griff. Trotz ihres Minibusens und der Sichtlücke zwischen den Schenkeln.

– Die Zukunft nähert sich auf fremden Hörnern, Sie verstehen mich, nicht wahr? Wer fällt, wird nicht aufgespießt. Wer fällt, liegt zwar im Dreck, von unten aus dem Dreck kommen aber wenigstens die lila Erdbeeren – für mich allerdings ein Symbol für nur vermeintliche, dümmlich dämonisierte Gefahr. Kennt man von irgendwo, nicht? Von den Franzosen aus den Zwanzigern ... oder?

– Na, ich weiß nicht.

– Nein, passen Sie auf! An dem figürlichen Wortbild stimmt doch etwas nicht – die Zukunft selbst ist mit Hörnern immer gut bewaffnet gewesen.

Auch andere Frauen konnten sich, da sie mit unendlich vielen Makeln besprenkelt, behangen und bepackt waren, mit Yvette absolut nicht messen und wären vor Scham sicher am liebsten unter den englischen Rasen gekrochen. Sie beobachteten dauernd ihre erschöpften und im Innern inzwischen nur aus Flüssigmagma bestehenden Männer, die dauernd auch noch andere – nicht nur Yvettes – glückversprechende Körperoberflächen musterten und einigermaßen spuckefrei über große Distanzen besabberten. Ich spreche hier natürlich auch über mich. Zur Auswahl gab es auf dem Gelände mehrere jüngere Schönheiten, sogar auch einige zarthäutige Mädchen mit noch frühlingsfrisch durchschimmerndem Schamhaar. Dana hatte auch mich gut im Blick.

Irgendwann sollten wir alle in den Gemüsegarten kommen, um Salat und anderes Grünzeug für das gemeinsame Mittagessen zu holen. Der Gemüsegarten war als Ganzes natürlich auch eine Art Kunstwerk und Ausstellungsstück. Ich kam eher zufällig hinter Yvette zum Einsatz und konnte mein Glück nicht fassen, als sich diese göttliche Erscheinung plötzlich freiheraus bückte, um irgendwo etwas Unkraut zu jäten und auch an dieser Stelle die gestalterische Vollkommenheit herzustellen. Was ich dabei plötzlich und vollkommen unverhofft zu sehen bekam, kurierte mich auf einen Schlag. Daß mir Yvette ihren wunderbar pelzigen Fotzhügel entgegenstreckte und dabei ihre ganze Scham öffnete, war plötzlich zweitrangig. Ich sah, daß sie um den Anus herum irgendwelche Auswüchse, Wucherungen sitzen hatte, deren Existenz auf Menschenkörpern mir bis dahin vollkommen unbekannt war. Waren es äußere Hämorrhoiden? – Waren es Analprolapse? – Waren es Marisken? Oder waren es Folgen einer mißglückten Operation? fragte ich mich – und das gleiche frage ich mich bis heute. Ich drehte mich instinktiv schnell weg, so daß ich noch mitbekam, wie sich ein ebenfalls stark abgelenkter und mit einem scharfen Spaten ausgestatteter Helfershelfer gefährlich verletzte. Er hatte seinen Spaten – verzweifelt durch seine unerfüllbare Ficksehnsucht, nehme ich an – in die Erde rammen wollen und hackte sich dabei beinah einige Zehen ab.

Die Afteröffnung meiner zukünftigen Lebensgefährtin, überlegte ich mir hinterher, würde aussehen müssen wie ein zarter Babymund. Auf jeden Fall würde sie frei sein müssen von egal wie gearteten Kutteln.

Wie es nach diesem erotischen Foltertag zwischen mir und Dana weiterging, ist schnell erzählt. Als wir nach Hause kamen, wollte ich sie als erstes ins Bett bugsieren – und sie sagte wütend NEIN. Das war neu und bedeutete den totalen Bruch unserer einvernehmlich festgebumsten Regeln. Weil wir aber innerseelische Dinge generell nicht gewohnt waren zu besprechen, verlief auch der an diesem Tag eingeläutete Trennungsprozeß vollkommen wortlos. Auch wenn folgendes damit nicht unbedingt zusammenhängt: Beim Fellatio hatten ihre Lippen und ihre Zunge ähnlich artikulationsschwach agiert. Unser Sex hatte inzwischen sowieso etwas Rituell-Maschinelles, und ich war während unserer gemeinsamen Zeit – was das Sprechen betrifft – eher auf das Zuhören spezialisiert. Zwischen uns kam es also zu keiner Aussprache, der weitere Gang der Dinge blieb offen, bedeutete im Grunde aber das Ende. Ich hörte irgendwann auf, Dana zu besuchen, von ihr kamen keine einladenden Signale. Wer von uns in den nächsten Monaten sexuell mehr litt, weiß ich nicht. Wenn wir uns begegneten, gaben wir uns einfach die Hand.

sein auge blieb trocken, floß nicht aus

Den Penis meines Onkels habe ich als Kind nur ein einziges Mal gesehen. An dem Tag und in dem Augenblick war er besonders klein und schrumpelig gewesen, deswegen auch überraschend dunkelhäutig, und sah wie eine Kackwurst aus, die an einer falschen Stelle herausgekommen war. Mein Onkel konnte zu allem Unglück kein »ř« aussprechen. An sich hat es im Land der Tschechen und Mähren nie als ein Verbrechen gegolten, trotzdem quälen sich die meisten der NUR-28-Konsonanten-Sprecher in der Kindheit mit seltsamen Sprechübungen, um wegen des fehlenden neunundzwanzigsten Mitlauts nicht aufzufallen. Manche lernen es trotzdem nie und benutzen ihr Leben lang ein gequältes Ersatz-»ř«. Auch einer unserer Präsidenten mußte sich mit dieser Konsonantenkrücke begnügen. Onkel ONKEL hatte bei uns von Anfang an – wie mehrfach geschildert – keinen besonders guten Stand. Er leistete sich immer wieder Fehlgriffe, die man nicht vergessen und die man ihm auch nie ganz verzeihen wollte. Wenigstens konnte man einige originelle Anekdoten – hinter Onkels Rücken versteht sich – mit Vergnügen zum Besten geben und Onkels schlechten Ruf in der Stadt auf diese Weise festigen. Als Tante Eva nach der Entbindung nach Hause kam und mit meiner ersten Cousine im Körbchen auf dem Treppenabsatz stand, hielt er ihr statt Blumen eine Schüssel mit kochendem Wasser entgegen. Sie sollte darin ihre Hände desinfizieren.
Aber wie schon einmal angesprochen: Der körperwuchtige Onkel ONKEL rückt trotz allem mit würdiger Gewalt ins Zentrum meines Interesses und überschattet mit Leichtigkeit die eine oder andere liebenswürdige Tante. Und noch et-

was anderes setzt sich dabei vorsichtig in Bewegung: Ich beginne mich mit meinem Onkel solidarisch zu fühlen. Beides hätte ich mir früher nicht träumen lassen. Als junger Mann soll Onkel ONKEL witzig und lebendig gewesen sein. Über seine Beiträge zur guten Laune wurde uns Kindern aber grundsätzlich nie etwas erzählt, keiner seiner Scherze ist Teil der familienkollektiven Überlieferung geworden. Viel später sagte ich mir in diesem Zusammenhang: Die Vorstellung, daß das Matriarchat eine bessere Welt hätte hervorbringen können, würde sich garantiert als illusorisch erweisen.

Aufgrund meiner neu entdeckten positiven Regungen für meinen Onkel will ich ihm auf keinen Fall unrecht tun – und ich möchte nicht, daß mich meine lieben Cousinen, Onkels Töchter, irgendwann verfluchen und zum Teufel schicken – in eine Hölle, die von sadistischen Weibsbildern betrieben und von versklavten Onkelknechten am Laufen gehalten würde. Ich tue schon etwas Gutes, denke ich, wenn ich über diesen Mann schreibe. Ohne diese Aufzeichnungen würde es heute nicht mal ein kleines Restchen meines kolossalen Onkels geben, weil nach seinem Tod alle seine angesammelten Schätze – aber auch Fotos und alles Schriftliche – in den Müll wanderten. Leider begehe ich mit meiner sich steigernden Hinwendung aber auch ein kleines Verbrechen. Es war ein eindeutiger Wunsch von ihm, nicht nur kostenneutral und grablos, sondern auch ganz und gar namenlos aus dieser Welt zu verschwinden, sich also schnellstens in pulverisierten Dünger unserer Felder und Wiesen zu verwandeln. Strenggenommen bedeutete das in seinen Vorstellungen, denke ich, daß er absolut KEINE ERINNERUNGSRÜCKSTÄNDE zurücklassen wollte. Das mindeste, woran ich mich in diesem Text unbedingt halten muß: Onkels wahrer Name wird nicht verraten. Ich bleibe bei dem neutralen, dafür gedoppelten Tarnnamen.

In diesem Verschwindenwollen steckte natürlich etwas Feiges. Zu Lebzeiten war mein Onkel dagegen – in handwerklicher Hinsicht jedenfalls – ein extrem mutiger Mann. Leider setzte er gleichzeitig seine partielle Clownsrolle durch diverse Mißgeschicke immer weiter fort – fast als wollte er der ihn umdrückenden Meinung, er sei irreparabel lächerlich, entgegenkommen und diese irgendwann auch endgültig besiegelt sehen. Trotzdem führten seine fleischigen Zauberhände in der Wohnung eine Art Parallelexistenz, und sie blieben über Jahre trotz Onkels angeblich angeborener Faulheit grenzenlos geschickt.

Mein Onkel, dieser entthronte Leithammel, der für unsere Gemeinschaft lebensnotwendig war, führte lange Jahre alle schwierigen und hochqualifizierten Arbeiten – wenn er in Gang kam – grundsätzlich ein-mann-diktatorisch aus. Jedenfalls so lange, bis er den tobenden Sackgassenkampf gegen die Frauen, aber auch den Kampf gegen seine eigene Trägheit verlor. Er versteifte besonders effektvoll, wenn er bockig war, und in der Versteifung war es für ihn sicherlich am ökonomischsten, seine Einsiedlerruhe zu genießen, als gegen sie anzukämpfen. Irgendwann entdeckte er endlich, stelle ich mir vor, sein Bedürfnis nach Rückzug und Einkehr, lernte, seine innere Stille mit dem Dröhnen seines Fernsehers unter einen harmonieprallen Hut zu bringen. Er sprach mit der Zeit immer weniger und tat immer weniger. Und irgendwann wollte, sollte oder DURFTE er auch nichts mehr tun. Nachdem er in seinem Fernsehsessel (es war ein regelrecht königlicher OHRENSESSEL – ein durchgesessenes, milbenschwangeres und fleischgleich verfettetes Monster, das einem auch in Onkels Abwesenheit Furcht einflößte) definitiv versackt war, umpolsterte er sich vollständig, fraß sich eine ausdrucksarme Fettschicht im Gesicht an und baute leicht ab. Dann rührte er schon auf der Grundlage seiner hochgezüchteten Widerstandsethik sowieso nichts mehr an. Darüber konnte sich allerdings niemand von uns wirklich freuen – unsere Wohnung, die sich nach seinem letzten handwerklichen Großangriff nie wieder erholen sollte, füll-

te sich mit kaputten Geräten und schwärenden Schwachstellen. Diverse Probleme warteten nur darauf, sich zu
Schwerpunkten chronischer Katastrophen aufzuschwingen.

– Bei mir brennt eine Birne nur manchmal, flimmert so.
Und Ernas Steckdosen sind heiß.

– Ja, ja, ich mach's irgendwann.

– Nächstes Jahr?

– Vielleicht.

Nach und nach wurde ich – einfach aus Not – inoffiziell
zu Onkels Nachfolger ernannt. Quälend war dabei, daß
ich nicht nur von Onkels handwerklicher Kompetenz weit
entfernt war, ich kam vor allem an sein Tempo und seine
Entschlußkraft nie heran.

– Georg ist so langsam (aber süß), er ist so übergründlich
(reizend, oder?), er baut für die Ewigkeit (wie rührend!),
hieß es, wenn ich für kleinere Instandsetzungsarbeiten engagiert wurde und nach mehreren Tagen immer noch nicht
fertig war.

Onkels erbitterter Kampf gegen die große Frauenschar
durchlief eine wechselvolle Geschichte. Ein einstechendes
Zwischenspiel in seinem Ohrensessel-Verwachsungsdrama
bildete ein Arbeitsunfall, nach dem Onkel ONKEL etwas
schlechter sehen konnte. Zum Verhängnis wurde ihm leider
seine Begeisterung für neuartige Geräte, Werkzeuge oder
neu erfundene Arbeitsutensilien. Als im Lande die ersten
Teppichmesser auftauchten und unter Männern – manchmal nur anhand von Abbildungen – als eine sensationelle
Innovation diskutiert wurden, besorgte sich mein Onkel
bald ein ganz und gar reales Exemplar. Woher er seinen
Cutter hatte, wußte niemand. Das Stück kann nur Import-
ware aus dem kapitalistischen Ausland gewesen sein. Er
zeigte uns allen – stolz und offenherzig – diese handwerkliche Wunderwaffe, schob die schräge und mit Bruchkerben
versehene Klinge hin und her, also rein und raus aus dem
schmalen Gehäuse. Dummerweise belastete er die Klinge in

einer Schwächesekunde auch seitlich und hatte nicht bedacht, daß gehärteter Stahl nicht auch noch biegsam sein kann. Ein Klingensegment brach bei diesem übermütigen Akt ab und schoß ihm direkt ins Auge. Onkel stürzte wie ein Verrückter in Ernas Küche, wo gerade einige Damen zu einer Beratung zusammengekommen waren, und schrie:

– He! He! Scheiß HCS-Stahl!

– HCS, was bedeutet HCS? fragten die Tanten.

Der Onkel versuchte mit seinem entsetzten Gesichtsausdruck den Ernst der Lage zu untermalen und zeigte auf seine Wange, um sein angestochenes Auge nicht zu verdecken, also für den nötigen Blickkontakt freizuhalten.

– Zahn abgebrochen?

– Hast du auf etwas Eisenhaltiges gebissen?

Die Segmentspitze steckte zum Glück nur in der Hornhaut, und Onkels Auge floß nicht aus. Sein technologisches Vorsprungswissen behielt er allerdings für immer für sich, weigerte sich eisern-stahlfest, uns die Abkürzung HCS zu erläutern. Sein Schweigen, wenn er gefragt wurde, seine Weigerungen, wenn er angefleht wurde – also seine NEINS – waren berüchtigt. Als Louis Armstrong in Prag war und sein Konzert live übertragen wurde, lehnte er es ab, den Fernsehapparat lauter zu stellen. Die ganze Familie saß vor seiner häßlichen Kiste, und meine Mutter versuchte ihm, ihrem Schwager und Kunstfremdling, mehrmals zu erklären, Jazz müsse laut gehört werden.

– Satchmo wird nicht noch einmal nach Prag kommen.

– Nein, er ist laut genug.

Viel Ärger und Streit gab es immer wieder wegen Onkels penetranter Raucherei. Alle haßten den Geruch seines tödlich starken, meist billigen bulgarischen Pfeifentabaks, baten ihn oder rieten ihm, aus gesundheitlichen Gründen mit dem Rauchen aufzuhören oder wenigstens die Tabaksorte zu wechseln. Manchmal ging man zu leeren Drohungen über, die sich Onkel gern rauchend anhörte.

– Wenn ich ein eigenes Zimmer hätte, hätten wir alle unsere Ruhe.

Daß wir Ruhe gehabt hätten, war eine Illusion, was aber die Rauchbelästigung anging, durfte er sich tatsächlich unschuldig fühlen. Sein Rauch verbreitete sich in der Stratosphäre seiner Schrankburg relativ ungebremst und wurde mit jeder Türbewegung in die restlichen Räume gepumpt. Die durchlässigen Stellen, also die Lecks seiner Barrikade vollständig abzudichten war in der Tat unmöglich.

Eines Tages überraschte uns mein Onkel mit einem großen Clou. Er hatte offenbar im Stillen an einem ausgefeilten Plan für eine Rauchabzugsanlage gearbeitet, die nach der Phase der gründlichen Recherchen, der Projektierung, der Anschaffung aller Komponenten und der letztendlichen Installation das Problem tatsächlich behob. Daraufhin erntete er spontan viel Bewunderung und wurde mit ehrlich gemeintem – aber auch mitleidigem – Lob überschüttet.

Das sozialistisch unförmige und keinesfalls leise arbeitende Luftabzugsgerät war leistungsstark und stand auf dem Fußboden, um wenigstens die Sicht aus dem Fenster nicht zu versperren. Leider war das Ungetüm – weil mit dicken flexiblen Schläuchen ausgestattet – unendlich häßlich und eher für Chemielabore oder für Schweißarbeiten in irgendwelchen Hohlräumen konzipiert. Aber das war nicht unser Problem, auch Onkel ONKEL kannte solche feingeistigen Hemmungen nicht. Der schlagende Vorteil seiner rettenden Lösung: Das saugende Schlauchende konnte der liebe Onkel ONKEL mit Hilfe eines mobilen Ständers direkt neben sich plazieren. Er konnte also direkt in das dunkle Loch hineinpaffen und dabei natürlich auch mühelos fernsehen. Der Rauch breitete sich im Raum gar nicht erst aus. Meinen ausschließlich auf Funktionalität bedachten Onkel störte es überhaupt nicht, daß ihn das dunkle Loch pausenlos anstarrte und ihm den Rauch regelrecht aus der Lunge zog. Der pustende Schlauch, der an die »Ausstoßöffnung«

des Wirbelmonstrums angeschlossen war, führte am Ende durch zwei Fensterscheiben nach draußen. Das heißt: In diese Scheiben hatte Onkel vom Glaser große runde Löcher schneiden lassen müssen, und die entsprechende Fensterhälfte des Doppelfensters ließ sich nach der Installation nicht ohne weiteres öffnen. Onkels Zimmer bekam nebenbei den Charme einer Giftmischerwerkstatt.

Bei der Lüftung seines Schrankgeheimnisses – also der Preisgabe seiner geldgefüllten Blechkassette – half mir und meiner jüngeren Cousine nach einem Jahr Wartezeit der reine Zufall. Als Tante Bombes autonomer ELEKTRISCHER Kühlschrank – der das gasbetriebene gemeinsame Stinkungetüm in den Schatten stellen sollte – angeliefert wurde, passierte folgendes: Der Lieferant nahm beim Überwinden einer Schwelle zu viel Fahrt auf, und bevor er realisieren konnte, daß er sich nicht in einem geräumigen Zimmer, sondern in einem schmalen Korridor befand, raste er in Onkels Burgmauer und ausgerechnet in den Rücken seines Kleiderschranks. Eine dünne Holzplatte platzte auf, eine Leiste löste sich und ein Teil der Rückwandfüllung fiel auf den Fußboden. Das Säckchen mit der Kassette, das sich im Schrank sehr weit hinten befand, lag plötzlich vorn und war vom Gang aus ohne jeglichen Aufwand greifbar.

– Guck mal, ein Blechtresor, sagte die ältere, nichtsahnende Cousine.

Die jüngere tat so, als ob sie die hervorquellende Wäsche ihres Vaters ordnen wollte, lief anschließend in die Wagenburg und brachte von der anderen Seite den Packen der Liebesbriefe mit.

Was danach genau hinter den Kulissen geschah, welche Art von Aussprachen, Vereinbarungen, Klärungen es gab, erfuhren wir drei Nachwachsenden nie. Gab es ein Verhör oder sogar eine Anklageerhebung »Alle gegen einen«? – ich habe es auch später nicht erfahren. Tante Eva, Onkels Frau, war bei uns eine große Autorität, und sie verhängte über diese Sache offenbar ein strenges Moratorium. Aber sicher war einiges auch für sie im Dunkeln geblieben. Ein Auto wollte Onkel ONKEL sowieso seit langem kaufen, ein Bauernhaus auf dem Lande ebenfalls. Das war allerdings sowieso ein Teil seiner früheren und überhaupt nicht geheimen Planungen.

– Ein Auto muß zuerst her, um das Haus auf dem Lande überhaupt suchen zu können, sagte er immer wieder.

Daß kurze Zeit später ein Kaufvertrag für das Auto unterschrieben wurde, kann mit dem schockierenden Geldsegen nicht direkt zusammengehangen haben – die Kaufanmeldung war schon einige Jahre alt. Nahm man dem Onkel einen Teil des Geldes einfach ab? Mußte er seine geheimen Quellen offenlegen – oder sogar seine noch geheimeren Pläne? Aus Evas Moratorium wurde ein Grabgeheimnis. Onkels Sonderschatz wurde aber – nehme ich an – aus überhaupt nicht geheimen Quellen gespeist, er wurde eventuell nur kontinuierlich und konsequent gefüttert. Garantiert wurde er aber – denke ich heute – von einem streng geschützten Privatteil seiner Bewußtheit verwaltet, in dem er eine Art phantasierter Freiheit genießen konnte. Irgendwo schwebte ihm vielleicht doch ein anderes Leben vor, eine Möglichkeit, sich Würde zu organisieren und notfalls eben zu kaufen. Das wäre nur zu verständlich gewesen. Das lange erwartete Auto stand tatsächlich irgendwann vor unserem Haus – es war der rundliche Zweitakter »Wartburg« aus der Deutschen Demokratischen Republik.

– Das beste Zweitakterauto der Welt, meinte Onkel ONKEL.

Im Zusammenhang mit dem Kauf gab es anfangs leise Forderungen, Onkel solle bedürftige Familienmitglieder mit seinem Tuckermobil bei Bedarf auch transportieren – von irgendwo abholen oder irgendwohin bringen. Mein Onkel war aber ein Weigerungsprofi, und alle kannten bald seinen hammerstarken Trick: Immer wenn die Gefahr drohte, er könnte als Fahrer gebraucht werden, gab er vor, er hätte »leider soeben« ein Schnäpschen getrunken.

– Schade! Tut mir leid. Hab gerade etwas ...

In der Regel stimmte das, zum Beweis hauchte er den Fragenden auch gleich an. Und in der Tschechoslowakei galt damals, genauso wie heute in Tschechien, aus gutem Grund die strenge Null-Promille-Grenze. Kurze Zeit nach der Anschaffung des Autos kauften er und Eva ein Bauernhaus, an dem »sehr viel zu tun war«. An den Wochenenden konnten die zurückgelassenen Wohnungsbewohner also aufatmen. Im Umgehungsgang der Onkelsburg wurde laut gerufen, getrampelt, hin und her geschlurft, bei besonders ausgelassener Stimmung sogar gesungen, getänzelt, bei Bedarf auch gegen die Schränke geboxt. Alles unter dem Motto: DER HAUSTYRANN IST BESIEGT UND VERTRIEBEN. Mit der Ausgelassenheit durfte man es aber nicht übertreiben. Die hinter den Vorhängen hochkant lauernden Teppiche intensivierten gern ihr Eigenleben und kippten manchmal nach außen, überraschten einen wie schlechtversteckte Leichen.

Onkel ONKEL plante unterdessen noch eine ganz andere, hochgradig brisante Investition – und in diese wollte er offenbar nicht nur viel von seinem angesparten Geld stecken, in dieses Projekt sollten außerdem seine ganze Ehre und die letzten Reste seiner Glaubwürdigkeit investiert werden. Uns sollte es allerdings viel mehr Leid bescheren als alles, was dieser Mann bislang verbrochen hatte. Mein Onkel ONKEL – der einzige volljährige Mann unserer Behausung – versprach uns den Bau einer ultramodernen Wasserumlaufheizung, die die ganze Etage mit Wärme versorgen und uns endlich die Sorgen mit unseren kohlenmonoxidal schwelenden Dauerbrandöfen und explosionsfreudigen Gasheizungen nehmen sollte. Bei seinen wiederholten Ankündigungen war Onkel voller Optimismus und wirkte überhaupt nicht

so, als ob man ihm dieses Projekt als eine Art Buße abge-
preßt hätte. Es war auf keinen Fall eine Strafaufgabe, es
war sein ureigenes Prestigeunternehmen.

Aufgrund der Exklusivität seines handwerklichen Könnens und aufgrund seines Wissensvorsprungs wollte man
ihn beinah umgehend frei walten und schalten lassen, er
selbst hatte aber um eine allgemeine Aussprache, also um
die Einberufung einer Informationsrunde gebeten. Er wollte aus gutem Grund einen Konsens erreichen – wußte offenbar nur zu gut, daß er grenzenlose Baufreiheit und grünes
Licht ohne irgendwelche Rotphasen brauchen würde. In
den heißen Arbeitsphasen – und darauf wollte er uns vorbereiten – würde von den »Maßnahmen« jedes Familienmitglied mehr oder weniger stark betroffen sein, jeder Raum
mehr oder weniger in Mitleidenschaft gezogen werden.
Zum Glück hatte Onkel ONKEL das Wort »Mitleidenschaft« in den Mund genommen – und einem (unserem!)
Teil der Wohnung brachte dies tatsächlich die Rettung.
Meine Mutter, die nicht gerne litt, wurde mißtrauisch und
fragte, was sie sich darunter konkret vorzustellen hätte. Die
technische Seite der Sache, die sie daraufhin erläutert bekam, verstand sie zwar nicht ganz, sie ließ sich aber nicht
verwirren und blieb erstaunlich hellsichtig. Ähnlich wie der
einfache Bauer, der in einer Erzählung von Egon Erwin
Kisch mißtrauisch wird, als ihm in dem von einem Boden-
spekulanten diktierten Kaufvertrag plötzlich das Hilfsverb
»WURDE« negativ auffällt. »Was für ein WURDE? ... Sie
haben mir ein ›wurde‹ einreden wollen! Von ›wurde‹ haben
wir aber nichts ausgemacht.«

– Bei uns nicht, auf keinen Fall! meinte meine Mutter. Ich
will keine Überlaufbehälter oder Entlüftungsventile sehen,
ich will kein Gluckern hören, das in meinem Zimmer her-
umwandert. UMLAUF! Wenn ich das schon höre. Kein Umlauf bei mir! Ich brauche meine Autonomie.

– Es wird nicht gluckern!

– Wozu dann die Entlüftungsventile?

– Aber nein! Die sind nur in der Phase der Auffüllung des Systems von Bedeutung.

Mein Onkel verstand es geschickt, die technisch ahnungslosen Frauenhirne durch weitere, spitzentechnologisch demagogische Überzeugungsarbeit zu manipulieren. Nur meine Mutter zeigte sich von ihrer harten Seite, und bei ihrem NEIN blieb es auch.

Die ultimative Schlacht um die Etagenheizung sollte praktisch Onkels letzte ernstzunehmende sein. Ein Triumph wäre ihm und uns allen aus mehreren Gründen zu wünschen gewesen, auch wenn die Gefahr bestanden hätte, daß er seine abgesteckten Befugnisse mißbraucht und seine erstarkte Definitionskompetenz auf andere Gebiete umgelegt hätte. Es kam aber, wie es kam, unsere Wohnung sollte nie wieder das werden, was sie einmal gewesen war. Und weil die mit diesem Vorhaben verbundenen Eingriffe in ihrer Mehrzahl irreversibel waren, konnten uns leider keine Schönheitsreparaturen oder reuigen Wiederherstellungsmaßnahmen mehr retten. Wir mußten unsere Vergangenheit vergessen und uns – wie die allein gebliebenen Frauen nach dem Krieg – neu sammeln und orientieren. Onkels revolutionäre Strafaktion bedeutete einfach das Ende unserer egal wie unschönen, trotzdem funktionierenden Idylle. Während der Bauzeit sollten wir eine ganze Weile auf einer Schutthalde leben und auf dieser auch Knochensplitter und Knochenstaub, Muskelfasern und Sehnenschnipsel, Nervenzellen und Synapsen zurücklassen. Seitdem hasse ich jegliche Bautätigkeit in Objekten, in denen ich gleichzeitig wohnen muß. Nebenbei läutete mein Onkel – symbolisch auf jeden Fall – das endgültige Ende meiner Kindheit ein. Gerechtigkeitshalber wurde der Schreckensherrscher nach dieser Aktion gezwungen, sein manuell aktives Leben auf unserer Etage einzustellen. Aber der Reihe nach.

Onkel ONKEL wurde wegen einiger kleiner, ihm schon anfangs unterlaufener Mißgeschicke gereizt und war sicher auch wegen des REIN THEORETISCH möglichen Mißerfolgs so verbissen, so erfüllt von Rachelust gegen bestimmte widerspenstige Materialien, daß in seinem mächtigen Körper punktuell zu viel an roher Kraft frei wurde. In ihm tickten etliche TNT-Megakilos einer falsch berechneten Sprengladung. Und er schoß tatsächlich einfach schon im Vorfeld mehrmals über das Ziel hinaus. Zweimal hämmerte er sich – sauber arbeitende Kernbohrer oder Steinfräsen gab es damals noch nicht – in ein anderes Zimmer durch. Beim ersten Vorfall gehörte dieses Zimmer zu unserer Wohnung, im anderen Fall lag der Raum dummerweise im Nebenhaus. Zwischen unserem und dem in der gleichen Zeit gebauten Gebäude nebenan gab es nur eine relativ dünne Wand.

Bei dem gutgemeinten Aufklärungsgespräch hatte sich alles relativ problemlos, vor allem wirklich machbar angehört, logisch und fortschrittlich sowieso. An dem Projekt konnte – das war auch mein Eindruck – nur eine irrational veranlagte Frau wie meine Mutter etwas auszusetzen haben. An sich würde diese wärmespendende Einrichtung so ideal sein und so genial funktionieren müssen, wie eine neu errichtete Gesellschaftsform funktioniert hätte, wenn in sie nur das Beste, was die Menschheit zu bieten hat, hineingerettet worden wäre. Ein alter großer Metallofen – beheizbar allerdings möglichst nur mit gutem Koks – stand schon irgendwo bereit und wartete auf seinen neuzeitlichen Einsatz; in den Ofen sollte nach seiner Aufstellung ein maßgerecht vom Fachmann zusammengeschweißter Kessel versenkt werden – mit vertikal verlaufenden Öffnungen für die lodernden Flammen und zugstarken Ströme von Rauch und Heißluft. Das kalte Wasser würde hinein-, das warme aus dem Kessel hinausfließen. Eine kleine Pumpe würde dieses »Zirkulat« – mit speziellen Zusätzen angereichert – in Bewegung halten. Noch Fragen?

– Wie groß ist die Pumpe?

– Nicht groß.

– Ist sie aber vielleicht laut?

– Ist nicht sehr laut. Natürliche Zirkulation durch Schwerkraft ist in der waagerecht verlaufenden Rohrleitung nicht möglich.

– Aha???!

Ein kleines Risiko bestand natürlich darin, daß es mit kleinen Etagenheizungen für Einzelhaushalte damals kaum Erfahrungen gab. Niemand im weiten Umkreis besaß etwas Vergleichbares, keine einheimische Firma produzierte solche Anlagen. Der Kapitalist hatte zwar angeblich schon vor dem Krieg welche gebaut und eingesetzt, die Gerüchte darüber ähnelten leider informationsarmen Legenden aus prähistorischer Zeit. Vielleicht wollte mein Onkel nebenbei in die Geschichte der sozialistischen Volkswirtschaft eingehen. Er wäre sicher einer der energiepolitischen Pioniere der Neuzeit gewesen, die ein solches Höllensystem eigenhändig gebaut und in Betrieb genommen hätten. Und noch eine große Unbekannte gab es, von der niemand von uns etwas ahnen konnte: Diese Heizung verfügte selbstverständlich über keinerlei Elektronik – aber auch über keinerlei andere einfachere Regulierungs- und Steuerungselemente. Außerdem war sie nicht in der Lage, sich in kritischen Situationen eigenständig abzuwürgen. Alles hing vom Geschick des Heizers ab – aber auch von der Disziplin der Flammen, des Wassers und der Qualität der beim Bau des SYSTEMS eingesetzten Materialien.

Einiges wurde uns sicher bewußt verschwiegen, manches an Hürden und Schwierigkeiten ahnte garantiert aber auch der arme Onkel nicht. Sein Enthusiasmus riß einige mit, mich persönlich sogar mit einer ungeheuren Kraft, obwohl ich von der Neuerung dank meiner Mutter ausgeschlossen bleiben sollte. Seit Gagarins mutiger Erdumrundung war ich für technische Wunder leicht zu begeistern, meinen Freund und technikkundigen Vorkämpfer Skopka hatte ich als leuchtendes Beispiel immer vor Augen. Ich sah eine glänzende moderne Heizapparatur vor mir, sah unsere zufriedene Familie, die voller Bewunderung meinen Onkel beim Nachlegen von jederzeit bestellbarem Koks zusah. Ich witterte regelrecht schon die Wärme, wie sie sich durch die überall in der Wohnung sich windenden Rohre bewegen und die aufnahmebereiten Heizkörper füllen würde. Die in der Luft wirbelnde Asche, der ätzende Rauch oder zischende Wasserdampf kamen in meinen Visionen nicht vor. Bei der Familie Skopka wurde selbstverständlich noch mit Öfen geheizt.

Als der BODY – ein riesiger eckiger Eisenofen – angeliefert wurde, war ich leicht entsetzt. Er sah ausgesprochen vorsintflutlich aus. War aber wirklich imposant – so einen Koloß, der früher sicher eine ganze Werkhalle mit Kohlen beheizen konnte, hatte ich noch nie gesehen. Und ich wußte sowieso, daß dies nur die äußere Hülle war, daß das eigentliche Herz der Anlage erst noch hinzukommen würde, um passend im Bauch des Monstrums versenkt zu werden. Der Heizvorgang an sich würde dann – unabhängig von ästhetischen Äußerlichkeiten – sowieso durch die Bewegung des Wassers geschehen: unsichtbar, dynamisch, eben dank Wärmeleitfähigkeit des Wassers, dank Wärmetauschvorgängen in den Heizkörpern und dank anschließender Luftzirkulation.

Onkels Haus auf dem Lande wurde für die nächsten Monate den Winden, dem Regen, wilden Tieren und tobenden Jugendlichen aus dem Dorf überlassen. Mein Onkel rückte unterdessen mit einem Helfer an – einem schon rein äußerlich gewalttätig wirkenden Spezialisten. Die beiden Männer wuchteten einige beeindruckend aussehende Geräte die Treppe hoch und legten an den Wochenenden regelmäßig los. Daß wir alle uns vor dem Onkel aus gutem Grund zu fürchten hatten, wurde jetzt offensichtlich. So große Stemmeisen, Vorschlaghämmer, Bohr- und Säge-Gerätschaften hatten wir noch nie gesehen. So gewaltige Schläge und Hiebe waren in unserer Gegenwart noch nie ausgeführt worden, so brutale Kraftakte und Materialabsonderungen für unser Glück noch nie nötig gewesen. Onkel und sein Kumpel hatten dabei vorerst blendende Laune und strahlten unerschöpfliche Zuversicht aus – mit oder ohne einer Bierflasche in der Hand. Die primäre Zerstörungsarbeit machte ihnen einfach riesigen Spaß. Alle Wohnungsbewohnerinnen zitterten während der akutesten Arbeitsschübe und flüchteten nach Möglichkeit. Dadurch erhielten die beiden Männer genau das, was sie wollten – die vollständige BAUFREIHEIT. Manche der Arbeitsgeräusche waren beeindruckend und unvergeßlich, man hörte die Fleißarbeit der beiden auch auf der Straße und im Hof.

– Nein! kreischte Erna, ich bekomme schon das große Bibbern, wenn sich neben mir einer die Fingernägel feilt!

Außerdem roch man dauernd einiges, und man konnte das Fortschreiten der Arbeiten in der Regel auch unter den Türen hervorkriechen sehen. Überall verbreitete sich feinster Mörtelstaub, er krabbelte durch alle Ritzen, blieb überall liegen, beschichtete auch die glattesten Oberflächen. Alle Damen empfanden diese weiße Pest schon als eine ausreichende Bedrohung, hatten aber absolut keine Ahnung, daß auf sie noch viel mehr zukommen sollte.

– Schlimmer als der Hunger und die Wanzen in Auschwitz wird es jetzt nicht sein, meinte meine optimistische Großmutter Lizzy.

Die Träume vom modernen Heizungssystem wurden nach und nach konkret umgesetzt, die entsprechenden Voraussetzungen und Tatsachen geschaffen. Für die vom Onkel ausführlich beschriebenen Umlaufkreise, die auf manchen Strecken parallel verlaufen mußten, wurden breite und tiefe Schneisen in die Wände geschlagen. Wo eine Holztäfelung vorhanden war, wurde sie mit einer unförmigen, zur Kreissäge umgebastelten Bohrmaschine demoliert, mehrere Türfutter wurden oberhalb des Fußbodens waagerecht oder schräg aufgeschlitzt und wunderschön abgetretene alte Hartholzschwellen mannhaft hochgezerrt. Das alles war aber absolut nötig – die Warm- und Kaltwasserwege mußten auch den letzten Winkel der Wohnung erreichen. Bei dem Kampf mit den hartnäckigen Schwellen quietschten einige rostige Nägel so, daß manche Tanten weinen mußten. Urtante Bombe bekam einen Schüttelfrostanfall. Bei diesen Arbeiten sackten oder verzogen sich viele Türrahmen so drastisch, daß die entsprechenden Türen eine Zeitlang nicht geschlossen, manche sogar überhaupt nicht bewegt werden konnten. Die Männer machten auch keinen Halt vor Parkettböden, rissen zackige Schneisen hinein und füllten die entstandenen Gräben mit häßlichen Brettern aus. Bei diesen wippenden und knarrenden Provisorien blieb es dann auch. Herrlich gefräste Fußbodenleisten wurden meterweise herausgerissen und zerbrochen. Museumsreife Gasheizungen, die nicht nur explosionswütig waren, sondern auch regelwidrig an unzulässige Schornsteinzüge angeschlossen worden waren, wurden entsorgt. Daran, daß für sie eventuell auch ein Ersatz hätte angeschafft werden können, dachte dabei niemand. Gerechtigkeitshalber muß ich allerdings eins anführen: Onkel ONKEL ließ seinen eigenen Lebensbereich genauso bluten wie die Lebensräume aller anderen Betroffenen. Wegen der zentralen Lage seines Zimmers teilweise sogar noch böser.

Der allgemeine Kahlschlag traf auch die Prachtstücke der Wohnung – die verzierten hohen Kachelöfen, die der Wohnung bis zuletzt etwas Schloßartiges verliehen hatten. Diese mußten der Moderne weichen, sie sollten sowieso niemals mehr zu etwas nützlich sein. Nichts, was dem Onkel und seinem Helfershelfer in den Weg kam, wurde verschont. Man mußte den beiden inzwischen alles genehmigen und glauben – es gab sowieso kein Zurück. So hochgradig adrenalisierten Menschen, die sich zu derart mitleidslosen At-

tacken auf alle egal wie wertvollen Hindernisse berechtigt
fühlten, hatte man sich einfach zu beugen. Onkel ONKEL
als der Gespannführer war unaufhaltsam wie ein solda-
tischer Bulldozerfahrer, der von einem kurzzeitig sieges-
berauschten Generalstab vorgeschickt wurde – und der
ohne die Möglichkeit, über das eventuell fragwürdig gewordene Zerstörungswerk Rücksprache zu halten, weiter-
kämpfte.

– Bourgeoiser Schrott, lachte der Onkel, als er mit seinem
Kompagnon die kaputten grünen Kacheln und hellen Scha-
mottesteine dieser Kachelöfen herausschleppte und auf einen Haufen neben die Mülltonnen warf.

Es waren die letzten Akte dieser großen industriellen Rebellion, das letzte freudige Aufbäumen bei diesem mit der
traurigen Person meines Onkels verbundenen Geschichts-
sprung. Fast die gesamte Wohnung war anschließend ohne
jegliche Heizungsmöglichkeit, ein Testbetrieb eines kleinen
Heizkreises – zur Probe – war nicht vorgesehen. Die ganze
Bauerei war zeitlich sowieso längst im Verzug. Thermo-
dynamisch gesehen konnte jetzt aber überhaupt nichts
mehr schiefgehen. In den vielen Kanälen, breiten Schlitzen,
Einschnitten und Mauer-Durchbrüchen lagen schon längst –
wie vorgesehen – die hochgelobten flexiblen Schläuche. An
sich war diese Installationsvariante – statt traditioneller
Stahlrohre Plastikschläuche zu verlegen – damals eine absolute Neuheit. Diese fortschrittlichen Schläuche, die erstaunlicherweise mit simplen Schlauchschellen angeschlossen
und miteinander verbunden wurden, sollten genausogut
heißes Wasser ertragen, das heißt dicht bleiben und nicht
platzen. Und man kam beim Verlegen ohne die üblichen
und aufwendigen Schweißarbeiten aus.

Endlich kam es dann zu der letzten Phase des Aufbaus: In
den Bauch des Ofens wurde das Herz der Anlage versenkt –
der lange erwartete wasserdichte Kessel voller Strömungs-
löcher. Der Spätherbst und das unvermeidliche Desaster

konnten kommen. Diejenigen, die sich hatten anschließen lassen und sich von einem Teil ihrer Möbel hatten verabschieden müssen – an ihrer Stelle standen nun mal die furchtbar unförmigen Heizkörper –, warteten ungeduldig auf den Startschuß und auf die Wärme.

Die stark wärmesüchtige Tante Györgyi starb beinah in dieser Zeit. Der Herbst hatte schon zeitig mit einer Kältewelle begonnen. Während dieser befand sich der zu versenkende Kessel noch in der Schweißerwerkstatt. Nachdem dieses Prachtstück endgültig angeschlossen, die Anlage mit Wasser gefüllt und von den meisten Luftblasen befreit worden war, kündigte Onkel ONKEL endlich eine kurze Laufphase an. Alle verkrochen sich in ihren Zimmern, warteten gespannt und zitterten – jetzt eher vor Aufregung. Man hörte lange Zeit aufmerksam zu – und man konnte einiges tatsächlich sehr gut hören oder als Erschütterung spüren. Man traute sich allerdings nicht in den Flur. Niemand hatte Lust, sich mit einer Kohlenschippe erschlagen zu lassen. Daß die Umlaufpumpe bereits lief, wußte man schon – man spürte ihre Mühen mehr als deutlich. Die Wände vibrierten regelrecht, in manchen Schränken klirrte das Geschirr. Die grobe Pumpe stand leider nicht auf einer schaumstoff- oder gummiartigen Unterlage, so etwas wie federnde Schwingungsdämpfer waren für die Montage wahrscheinlich sowieso nie vorgesehen gewesen. Schon in der kurzen Probephase bekam man das dumme Gefühl, in dem elektrischen Pumpgetüm würde etwas zermalmt – nebenbei auch ein Teil von einem selbst. Die geballte Gedankenenergie vieler Tantenhirne konnte dieser Wassermühle, die ihnen den Schlaf zu rauben drohte, bald nur einen schnellen Kollaps wünschen.

Die Wohnung blieb trotz des aus dem Flur kommenden Krachs weiterhin kalt. Der Onkel schaufelte, knallte mit den gußeisernen Türen des Ofenbodys, wackelte an den irgendwann provisorisch angebrachten Thermometern, bewegte alle möglichen Klappen und Schübe – heizte eben. Im Flur war es heiß wie in der Hölle. Und der Onkel schwieg, schwitzte stark und murmelte vor sich hin. Daher erfuhren wir niemals, warum sein System, dieses beeindruckende und an sich ausreichend heiße Monstrum, keine Wärme abgeben wollte. Keine Wärme, immer nur Wasser – kaltes Wasser, manchmal auch lauwarmes. Wir und die Nachbarn unter uns wurden mehrmals von mehreren kleinen oder größeren Wassereruptionen heimgesucht. Da sich der Onkel auch später grundsätzlich weigerte, uns das Versagen seiner Befeuerungs- und Zirkulationsanlage zu erläutern, verdammte er sich selbst zu seiner schon angekündigten und wirklich eisern-finalen Stille.

Onkel ONKEL blieb trotz allem ein Mann der Tat und rückte schon am nächsten Tag nach dem Desaster mit großen Rollen elektrischer Kabel an. Er beschenkte außerdem alle Betroffenen mit Radiatoren, organisierte den für die Normalverbraucher damals nicht genehmigungsfähigen, weil billigen Nachtstrom – und zwar unbegrenzt für den ganzen Tag –, und in den ihm ausgelieferten Wohnungsbereichen begann man praktisch über Nacht elektrisch zu heizen. Und eins mußte man meinem Onkel lassen: Diese Variante der Wärmeerzeugung war ebenfalls MODERN und außerdem hundertprozentig sauber – sogar unvergleichlich sauberer als die aufgegebene. In der Übergangszeit lagen überall noch etliche provisorische und besonders dicke Verlängerungskabel herum, diese verschwanden aber nach und nach. Als ein geschickter Bastler und Elektriker versenkte Onkel ONKEL alle häßlichen Zuleitungen in den vielen, großzügig bemessenen Schlauchkanälen. Trotzdem verlor die Wohnung seit dieser Zeit nie wieder den Charme einer Baustelle – dazu waren die Bausubstanzwunden zu gravierend. Und obwohl die Wohnung schon immer ein zernarbtes Provisorium gewesen war, gelang einem wie mir nie wieder, die kaputten Schwellen, die Negativspuren der

herausgerissenen Kachelöfen oder die abgesackte Holztäfelung ganz zu ignorieren. Ich sah noch nach Jahren immer
automatisch hin und litt. Dank ihres grenzenlosen Optimismus konnte dieser Katastrophe wieder nur meine Hauptgroßmutter Lizzy etwas abgewinnen:

– Wenn diesem Mann etwas gelingt, kann man sich darüber oft auch nicht freuen. Es ist steril und ohne Seele.

entspannt schnippelten sie in meinem beisein an ihren schamhaaren herum

In meinem Leben gab es immer wieder Momente, in denen ich Lust hatte, irgendwelche Idioten abzuschießen. Ich besaß sogar eine echte Pistole – ein schweres schmiedeeisernes Perkussionsgerät mit einem mächtigen Lauf, Kaliber etwa 20 mm. Es war leider nur ein lahmer Vorderlader aus dem neunzehnten Jahrhundert. Einen Vorrat an Schießpulver hatte ich schon, den popelte ich mir nach und nach aus den in Vaters Schubfächern verstreuten Patronen zusammen. Über deren Verbrauch und Verbleib wurde in seinem Ministerium offenbar nicht streng gewacht. Irgendwann war ich de facto schießbereit, da in den Lauf meiner Pistole gewöhnliche Stahlkugeln aus Kugellagern paßten. In einem der von uns frequentierten Innenhöfe befand sich eine Reparaturwerkstatt für mächtige Elektromotoren, so daß ich immer genügend Kabel, Klemmleisten, Stahlringe – und eben auch Kugeln aus Kugellagern – vorrätig hatte. Wirklich geschossen habe ich mit meiner leicht rissigen Antiquität zum Glück kein einziges Mal.

Richtige Waffen wurden in Prag natürlich frei verkauft – allerdings nur an Individuen mit den passenden Pässen. Einmal fiel meiner Mutter eine Gruppe arabisch aussehender Männer auf. Sie marschierten die Nationalstraße lang, sahen nicht nach links oder rechts und wirkten für Touristen ungewöhnlich zielstrebig. Meine Mutter überkam das Gefühl, diese Männer hätten ein ganz bestimmtes Ziel vor Augen – das stadtbekannte, kurz vor dem Jungmann-Platz liegende Waffengeschäft. Sie betrat das Geschäft kurz nach dem Fünferkommando.

– We would like to buy some pistols. The 75's are the best, with a 15 shot magazine.
– Nine millimeter – Luger. No problem.
– But not those heavy Makarows!
– We don't sell Russian Makarows.
– How many, how many can you give us?
– Five.
– Five for each of us?!
– Yes, sure. We have enough in stock.
– Twenty five 75's, please, sagte der Anführer.

Die Männer legten ihre Pässe hin, bekamen fünfundzwanzig Pistolen, bezahlten bar und gingen. Ihr Kampf mußte nach dem Sechs-Tage-Krieg weitergehen. Bei uns begann gerade der politische Vorfrühling, und weil die staatliche Zensurbehörde immer zahnloser wurde, konnte meine Mutter ihren Artikel über den legal-lockeren Waffenhandel an der Theke auch veröffentlichen. Der kurze Text hieß »5 x 5 Geschenke für Nahost«. Irgendwann kam der Frühling richtig in Gang, die Zensurbehörde löste sich – noch vor der offiziellen Abschaffung der Zensur – auf eigenen Wunsch auf, und die Dinge bewegten sich auf den damals noch absolut unvorstellbaren Einmarsch zu.

Meine Mutter war in der Auslandsabteilung ihrer Zeitschrift eher für kürzere Artikel zuständig, schrieb in den sechziger Jahren aber immer wieder auch ausführliche, gründlich recherchierte Reportagen – auch aus dem kapitalistischen Ausland. Selbstverständlich mußten diese Reportagen etwas Fortschrittliches oder Fortschrittkonformes zum Thema haben. So berichtete meine Mutter über junge Kommunisten in England und ihren leicht schwächelnden Stern (»Morning Star«), schrieb über die israelischen Kibbuzim, über die Berliner Mauer und ähnliches. Sie beschäftigte sich aber auch mit der Problematik der Todesstrafe, mit der Suche nach der Identität von Traven oder dem letzten Stand der Shakespeare-Forschung. Beim Schreiben der

Artikel – ihre Angst vor dem Urteil ihrer Kollegen war riesig – quälte sie sich dann manchmal wochenlang.

Mein Vater schrieb nicht, er versuchte mir anders zu imponieren. Und weil ihn in der Welt eher grob-männliche Angelegenheiten interessierten, konnte er gelegentlich sogar auf realistische Schilderungen von Grausamkeiten zurückgreifen. Er schilderte mir mit Vergnügen, wie die chinesischen Frontkämpfer beim Kampf um Korea in solchen Massen starben, daß die nachrückenden Soldaten regelrecht über Leichenberge ihrer Kameraden, also die vor ihnen dezimierten Angriffswellen steigen mußten. Oder er spielte mir vor, wie sich die Vietnamesen in ihren unterirdischen Labyrinthen aufgeopfert hatten. Als die Franzosen mit langen spitzen Stahlruten nach den geheimen Gängen suchten, hielten die Vietnamesen ihre Rücken bereit, boten also ihre Oberkörper den stechenden Soldaten gezielt an und ersetzten so die fehlende Erdmasse. Sie ließen sich unter Umständen töten, nur um den in Reihen systematisch vorgehenden Franzosen die Lage ihrer Hohlräume nicht preiszugeben. Mein Vater hätte mich sicher gern zu einem – den Vietnamesen ebenbürtigen – Kämpfer und Helden erzogen.

Ich ließ meinen Vater seine Geschichten absondern, nickte brav, und wenn das Mittagessen nahte, ging ich mit einer beigefarbenen Plastikkanne in die nächste Kneipe frischgezapftes Bier holen. Draußen verbrachte ich dann soviel Zeit wie nur möglich, zurück ging ich etwas schneller. Ob mein Vater persönlich gegen die französische Kolonialmacht unter dem weichen tropischen Boden mitgekämpft hatte, blieb zum Glück für immer sein Geheimnis. Wenn ich mich in seinem Beisein manchmal etwas freier gefühlt und meine Vorsicht vergessen hatte, beging ich regelmäßig dumme Fehler. Am gefährlichsten wurde es für mich, wenn ich beim Erzählen versuchte zu scherzen. Prompt konterte mein Vater mit einem frischen Prachtscherz, der gezielt meinen eigenen ironisch aufgriff und gnadenlos herabsetzte. Niemand beherrschte solche Manöver besser als er – jedenfalls niemand aus meiner Umgebung. Mein Vater führte mir in solchen Momenten vor, wie naiv und eingeschränkt ich war – und genoß triumphierend meine Gesichtsrötung. Und weil er mich dabei ausdauernd anglotzte, glühte ich eine ganze Weile nach. Die Verwirrungen, in die mich mein Vater – subtil oder weniger subtil – dauernd hineintrieb oder hineinlaufen ließ, waren ganz anderer Natur als die offenen Kränkungen, die mir meine Mutter ab und an zufügen mußte.

Das schmale Schlafsofa im Zimmer meiner Mutter stammte ausnahmsweise nicht von den geflohenen Deutschen. Es war ein modernes, trotzdem erstaunlich robustes Möbelstück. Es hatte vier dünne, sich nach unten verjüngende Beine und wurde in den sechziger Jahren angeschafft. Im Stil war es trotzdem ein Kind der ästhetisch grausamen Fünfziger. Trotz seiner Dünnbeinigkeit hielt dieses Sofa zum Glück einiges aus – wie schon kurz berichtet auch ausgedehnte Paarübungen von Erwachsenen. Dieses Möbelstück wurde unter anderem auch Zeuge einer Art Zusatztraumatisierung der Zweiten Generation – jedenfalls einer großen Kränkung meiner Person. Meine Mutter meinte eines Tages, ich dürfe nach dem Aufstehen nicht mehr unter ihre Decke kriechen. Ich verstand sie im ersten Moment nicht richtig. So hatte unser Tag sonst immer begonnen, und so sollte es in meinem Leben auch weitergehen. Ein Leben ohne Mutters morgendliche Wärme, ohne das Verschwinden in ihrem Haardschungel und ohne ihren Duft wäre doch sinnlos. Unser Aufbruch in den Tag war sowieso voller Rituale. Unsere Kochnische war so winzig, daß wir beim gemeinsamen Frühstück radial (aber auch tangential) nur sehr eingeschränkt agieren konnten. Wir saßen mit unseren halben Hintern auf einem gemeinsamen Hocker – und zwar im Neunzig-Grad-Winkel zueinander. Mutters Tisch war dabei die einzige vorhandene, in der eigentlichen Nische untergebrachte Arbeitsfläche, mein Tisch war eine etwas zu tief liegende Holzplatte, die auf der Badewanne lag – weiter hinten stand dort noch eine verzinkte Schüssel für den Abwasch. Meißner Porzellan und einige Restexemplare unseres Silberbestecks werteten diese unrunde, nach außen geöffnete Tafelrunde ein bißchen auf. Wir konnten uns beim Essen nicht in die Augen sehen. Unsere winzige Küche befand sich – das werde ich nach dieser Schilderung nicht mehr bestreiten können – in unserem Badezimmer.

Daß ich nicht mehr unter Mutters Federbett kriechen durfte, war sicher richtig. Ich war dreizehn oder vierzehn und mußte langsam zu einer angemessenen Selbständigkeit geführt werden – wenn nötig auch unter Schmerzen und extremen Härtebedingungen. Bestimmte Grenzen überschritt meine Mutter im Umgang mit mir selbstverständlich nie. Deswegen wurde auch meine Eichel unter meiner damals noch nicht abgetrennten Vorhaut nie gewaschen und begann mir irgendwann Probleme zu bereiten. Meine Mutter traute sich ebensowenig meine Gehörgänge zu reinigen, obwohl sie eigentlich für die Sauberkeit meines gesamten Körpers alleinverantwortlich war. Bei einer schulischen Hygienekontrolle fiel mein überquellendes Ohrenschmalz eines Tages natürlich auf.

Wenn ich manche meiner frühen Sorgeneinbrüche im Sinne der Qualitätskontrolle heute prüfe, fällt mir auf, daß ich als Kind bestimmte Kategorien der Alltagssorgen mochte – jedenfalls mochte ich offenbar die Atmosphäre, die diese Sorgen mit sich brachten. Es waren natürlich solche, die nicht von mir, sondern eben von den Erwachsenen gelöst werden mußten. Wenn es Probleme gab – egal, welche –, wurden umgehend mehrere beschnittene Spezialisten alarmiert, herbeigerufen und einem familiären Kreuzverhör unterzogen. Bei diesen Runden herrschte eine freudig erregte Atmosphäre voller Interesse und Fürsorglichkeit. Am schön-

sten war es, wenn die anwesenden weisen Männer alle auf
einmal bei uns eintrafen, ihren Tee aus unseren deutschen,
teilweise zwiebelgemusterten Tassen tranken und gemütlich über den besten Weg aus der Krise nachdachten. Im
Fall meiner Vorhaut ging alles sehr schnell. Als einer dieser
Medizinmänner mein harmloses Sekret zu Gesicht bekam,
das sich im Laufe der Zeit zu einer trockenquark-ähnlichen
Kruste verdichtet hatte, sagte er resolut:

– Beschneiden! Für seine Zukünftige oder vielmehr seine
ZukünftigEN wird es sowieso besser sein. Du wirst dich
dort aber trotzdem auch waschen müssen.

Bald wurde ich in ein herrliches, in SEIN Krankenhaus
eingewiesen. Professor G. war dort der große Chef, und als
ich in Begleitung meiner Mutter ankam, wurden wir von
ihm persönlich begrüßt. Konsequenterweise wurde ich anschließend wie ein Privatpatient betreut, obwohl es so eine
Patientenkategorie im Sozialismus überhaupt nicht gab. Ich
lag in einem Zweibettzimmer und nicht in einem großen
mit fünf anderen kaputten, schwerkranken oder sterbenden
Männern. Die Schwestern waren mutterzuckerfreundlich
zu mir, und bei der Operation bekam ich die süßeste, weiter oben schon erwähnte Narkose verordnet – den schönsten Rausch, den sich ein Mensch wünschen kann. So
glücklich wie nach dem anschließenden Erwachen war ich
in meinem damaligen Leben bislang noch nie gewesen.
Meine glückliche Zukunft hätte soeben begonnen, dachte
ich eine ganze Weile. Daß mein ebenfalls bevorzugter Mit-
patient in einer Nacht plötzlich starb, konnte an meiner er-
starkten Zuversicht überhaupt nichts ändern.

Vielleicht sollte ich mich nicht übertrieben konkret darüber auslassen, aber klare Anzeichen dafür, daß so etwas
wie das Weltjudentum doch existiert, gab es um mich herum damals zuhauf. In allen möglichen Ländern der Erde
hatten wir irgendeinen mehr oder weniger nützlichen »Verwandten« – »unsere Leut«, drückte man es in Anlehnung

an das Jiddische aus. Diese Weltjuden waren bei uns durch Briefe oder materielle Zuwendungen dauerhaft präsent. Im Winter kam immer eine große Kiste Jaffa-Orangen vom Onkel Hans aus Israel. Aus der Türkei kamen sogar mehrmals im Jahr die besten Rosinen der Welt – die in Istanbul lebende Rosinentante Ruth war einsam, wollte uns in unserer sozialistischen Misere unter die Arme greifen, und andere rettende Ideen als Rosinenbombardements hatte sie einfach nicht. Insgesamt bekamen wir von ihr so viele Rosinen zugeschickt, daß wir sie teilweise an unsere unersättliche Putzfrau Frau Šlajsová verfüttern mußten. Meine silbernen Tabletten gegen das Bettnässen schickte Onkel Otto aus New York, mit riesigen Büchsen voller unappetitlich schrumpeliger Oliven belieferte uns Rudi Munk aus Milano. Die Schokoladen, die bei uns Kindern regelmäßig Oralorgasmen auslösten, kamen aus den Niederlanden. Von dort kamen außerdem immer wieder einige Gulden, die in Tuzex-Wertbons umgetauscht werden konnten und alle möglichen kapitalistischen Wunder ins Haus brachten.

– Der Westen hat's in sich, kommentierte man die prächtig funktionierenden Anschaffungen bei uns – auf Deutsch, versteht sich.

– Wartet mal ab, meinte regelmäßig Urtante Bombe; manchmal schwieg sie aber lieber.

Als ich einmal nachfragte, wer der Absender unserer schönen Gulden war, erfuhr ich, daß dieser Mensch wieder zu dieser typischen Sorte von Verbindungsträgern gehörte, die mit uns kein kleines bißchen verwandt waren. In diesem Fall handelte es sich um den langjährigen Liebhaber der Frau eines Halbbruders meines Großvaters. Seine Geliebte, die Emrl hieß, sowie ihr betrogener Mann starben im Ghetto von Łódż. Indirekt über unsere Familie konnte dieser Liebende auf diese Weise die größtmögliche Nähe zu seiner verstorbenen Emrl herstellen. In die Tschechoslowakei – für ihn war es schon eins der Einzugsgebiete des sowjetischen GULAG – wollte er leibhaftig auf keinen Fall einreisen. Wer die mir zuerst suspekten Pistaziennüsse schickte oder die gepreßten Fladen aus getrockneten Aprikosen, weiß ich nicht mehr. Eine dieser Sendungen kam, glaube ich, aus Marokko. Wichtig war dabei etwas anderes: Damals, in der Tiefe der sechziger Jahre, mitten im Prag des angeschlagenen Turbofortschritts, spielten solche dinglichen Epiphanien die Rolle der übelsten Einstiegsdrogen – es handelte sich um Requisiten aus der endlos weiten Fata-Morgana-Welt hinter den engen Grenzen unseres Landes. Nebenbei demonstrierten diese Sendungen und ihre Inhalte natürlich auch die Durchlässigkeit aller möglichen Grenzen. Die paradiesisch schmelzende Schokolade, die salzigen Pistazien, die gummiartigen Aprikosenfladen und und ... bedeuteten aber nicht nur, daß es irgendwo eine ganz andere Art von Leben gab, die Aprikosenfladen brachten – ganz und gar materiell – den Geruch und die Atmosphäre eines marokkanischen Marktes zu uns, die für das Westgeld angeschafften Transistorradios von ungeahnter Empfangskraft belieferten uns mit unzensierten Nachrichten ohne Ende, mit den Orangen betraten einmal sogar israelische Spinnen unsere Wohnung. Ich wuchs zwar in der schönsten Ecke der schönsten Stadt auf Erden auf, trotzdem wollte ich aus dieser Stadt irgendwann auch verschwinden – und das um jeden Preis. Dieser intensive Wunsch war nie sehr konkret, mein Drang zur Flucht steckte in mir trotzdem fest. Wenn mich zwischendurch meine Unruhe packte, setzte ich mich auf mein jüdisches Rennrad »Favorit« – zurückgelassenes Prachtstück eines nach Kanada emigrierten Verwandtensohnes – und fuhr kurzerhand raus aus der Stadt. Als sich eines Tages die Möglichkeit ergab, Prag tatsächlich zu verlassen, ging ich auch. Dann noch einmal und noch einmal. Nach einigen Versuchen habe ich es tatsächlich geschafft.

Viele Bekannte meiner Mutter waren Ärzte, aber nur einer war Gynäkologe. Ich forschte oft in seinem Gesicht, ob sich das, was er jeden Tag vielfach zu sehen bekam, in seiner Mimik festgeschrieben hätte. Er war ein offenherziger, gutgelaunter Mann, dessen Augen amüsiert strahlten, auch wenn er gerade nicht lächelte. Ich nahm an, den Grund für seine dauerhaft gute Laune zu kennen. Wie ich erst später erfuhr, war er außerdem – und davon gab es ein ganzes Netzwerk in Prag – ein heimlich praktizierender Psychoanalytiker. Woher sich seine gute Laune hauptsächlich gespeist hatte, konnte ich abschließend nicht klären. Wenn man mich fragte, was ich im Leben werden wollte, sagte ich meistens: Lastwagenfahrer. Die riesigen Lastautos der Marke »Tatra« entsprachen mir mit ihrem Gedröhne, ihren riesigen Rädern und ihrem Gewaltgebaren ungemein. Ich konnte sie eine Zeitlang täglich bewundern, als sie die Baustelle des Atombunkers belieferten und auszuhöhlen halfen. Irgendwelche alternativen Träume hätte ich gar nicht verraten können, weil ich keine hatte. Meine glückliche Zukunft war im Grunde berufsneutral. Ich wußte nur, was ich absolut NICHT wollte. Und das war das meiste, was um mich herum an glücklosen Existenzentwürfen zu sehen war. Wohin ich mich auch wandte, gab es etwas Unästhetisches, Ungesundes, Unfrohes. Egal, auf was ich mich konzentrierte, irgendwann watschelte mir ein infarktbedrohter Mann ins Bild – und so einer konnte ich einfach nicht werden wollen. Mein Vater warf sich manchmal ganze Häufchen Nitroglyzerintabletten in den Mund. Er explodierte zwar nicht, starb aber trotzdem als erster. Als Onkel ONKEL tatsächlich einen Herzinfarkt bekommen hatte und im Krankenhaus lag, meinte seine Frau Eva trocken:
– Da muß er durch.
In seiner Abwesenheit wurde in seiner Schrankburg ein Gefäß entdeckt, das ich und meine jüngere Cousine komischerweise nicht zu untersuchen gewagt hatten. Darin be-

wahrte der Onkel irgendeine seltsame Substanz auf, die wie Schießpulver aussah. Wie sich herausstellte, handelte es sich um die Überreste seines Bruders, der schon recht früh an einem Infarkt gestorben war. Dieser eingeäscherte Onkelbruder sollte eigentlich in einem Urnenhain bestattet werden, aus Kostengründen schob es Onkel ONKEL aber immer weiter hinaus – bis alle den zwischengelagerten Aschemann vergaßen.

– Diese Kulturlosigkeit! regte sich Eva auf und bedauerte wie schon oft, sich von ihrem Mann nicht längst getrennt zu haben. Jetzt geht es natürlich nicht mehr, meinte sie.

Nachdem der Onkel aus dem Krankenhaus gekommen war, jammerte er konsequent bei jeder Gelegenheit, in der er sich ungerecht behandelt fühlte. Besonders dann, wenn ein zu ehrliches Wort in seine Richtung fallengelassen wurde.

– Macht nur so weiter, ich werde sowieso nicht mehr lange da sein.

Nach der anschließenden Rehabilitation verordnete er sich – als Ausgleich zu den vielen Ungerechtigkeiten dieser Welt und im Widerspruch zu allen moderneren Fachmeinungen – eine so radikale Schonung, daß er danach noch fast vierzig Jahre am Leben blieb. Auf diese Weise schaffte er es sogar, am Ende die gesamte Frauenschar zu überleben.

Daß unseren Messer-Jossip, der sich bei uns einmal die Hand durchstochen hatte, ein langes Leben erwartete, war eher unwahrscheinlich. Ein Mensch wie Jossip konnte ich also auch nicht werden wollen. Jossip verstümmelte sich aus Wut immer wieder mal, seine Wunden waren inzwischen teilweise gut sichtbar. Ihm fehlte ein Stück von einem Ohr (»für Vincent«), dann kamen zwei Fingerkuppen hinzu. Er hatte tiefe Schnitte am Oberarm, einmal durchstach er sich sogar seinen Oberschenkel.

– Ich weiß doch, wo die Schlagadern langlaufen, Leute ...

Nach seinen alkoholbefeuerten Gewalttaten ging es ihm

immer viel besser. Er lief wieder ruhig und zufrieden herum, erzählte offen und fröhlich von der aktuellsten Selbstbestrafung, wirkte wie erlöst. Franz Kafka, der Meister des Kristallklaren, hätte für mich unter den vielen Pragern vielleicht noch den besten aller Väter abgegeben haben können – seinerzeit. Ich stellte ihn mir in dieser Rolle jedenfalls einmal vor, und es klappte recht gut. Sagte der aufmerksame Franz doch an der Ostsee zu seinem kleinen Neffen, der gerade gestolpert und hingefallen war:

– Wie geschickt bist du gefallen und wie geschickt wieder aufgestanden!

Mir blieb wirklich nichts anderes übrig, als mich an den Frauen zu orientieren. Von deren Körpern und ihrer gesamten Präsenz ging eine derartige Kraft aus, daß mit ihnen auch die wagemutigsten Muskelprotze, die mich ebenfalls in freudige Erregung versetzen konnten, nie mithalten konnten. Es gab natürlich auch warnende Stimmen um mich herum.

– Der Junge wird hier in eurer Weiberherde noch verrückt.

Als ich einmal im Ferienlager den falschen Waschraum angesteuert hatte, überraschte ich eine unscheinbare, unter den Jungs für ihren Busen allerdings berüchtigte Küchenfrau, die sich gerade ihren Oberkörper einseifte. Ich blieb in der Tür stehen, sie war allein. Sie kreiste mit ihrem Waschlappen ausdauernd um ihre beiden Brüste herum und setzte ihr Kreisen, nachdem sie mich im Spiegel bereits entdeckt hatte, noch ein wenig fort. Sie sah mich dabei leicht schuldbewußt an wie eine Onanistin – wie ein Mensch, der um Vergebung bitten müßte. Und sie bedeckte sich mit ihren Armen erst dann, nachdem ich ihr blickgefunkt hatte, die an mich gerichtete Bitte akzeptiert zu haben. Strenggenommen vollzog die Frau ihre Schamreaktion recht spät, und ich war mit damals sicher: Sie wollte mir ihre beiden Busenbabys, auf die sie wahrscheinlich stolz war, tatsächlich vorführen. Ich verschwand dann einfach, ohne etwas zu sagen, und ließ die Frau als diejenige dastehen, die etwas Unrechtes getan hätte.

Die nächste frühe Entdeckung eines vollkommen nackten Frauenkörpers war etwas spektakulärer. Als meine Mutter und ich einmal in Ostrau – in ihrer Geburtsstadt – Station machten, übernachteten wir in einem Hotel. Meine Mutter ging abends noch allein spazieren und ließ mich in unserem Doppelbett allein. Daraufhin ging ich auch hinaus. Ich kletterte aufs Fenster und untersuchte den breiten Sims, der sich entlang der ganzen Fassade zog und den ich schon im Hellen entdeckt hatte. Es war ein lauer Abend, und ich verließ das Zimmer voller Leichtigkeit. Aus dem dritten Stock sah ich den großen Teil der Innenstadt und hatte dabei das Gefühl, Ostrau gerade auch für mich zu erobern. Ich lief an der Fassade lang und konnte immer weiter vordringen – auf dem Weg ums Haus herum gab es absolut keine Hindernisse. Wie im Sozialismus üblich blätterte überall der Putz ab, der Sims war voll davon, wirkte an sich aber stabil. Schon im übernächsten Nebenzimmer kam die große Überraschung: Ich sah durch die Vorhänge eine nackte Gestalt und konnte mein Glück im ersten Moment kaum fassen. Die Frau war nicht die jüngste, nicht die schlankste, sie bewegte sich trotzdem sehr anmutig wie ein junges Mädchen – und vor allem vollkommen ungezwungen. Ich schwankte in meiner Begeisterung etwas, hinter meinem Rücken hatte ich zum Glück noch zehn bis zwanzig Zentimeter betretbarer fester Fläche – und mir ging es gut. Am liebsten hätte ich gehüpft und getanzt. Die Nackte beschäftigte sich mit ihrer Garderobe, hielt ihre Kleider einzeln hoch, stellte sich vor den Spiegel, tänzelte und prüfte sich streng. Ich konnte sie von allen Seiten taxieren. So eine sich ohne jegliche Scham bewegende Frau hatte ich bislang noch nie zu Gesicht bekommen. Wenn ich später meine eigene

Frau gefunden haben würde, würde sich diese vor mir genausowenig genieren. Der nächste Beweis dafür, daß die Zukunft traumhaft sein würde, war erbracht. Und Ostrau wurde in diesem Moment nicht nur Mutters, sondern auch meine Heimatstadt.

Wieso sich meine Frau vor mir nicht würde zieren müssen, war klar: weil sie mir davor schon ALLES AUSGIEBIG GEZEIGT haben würde. Ungeklärt blieb für mich dabei nur, ob der tiefgreifende Zauber des Mösenreiches von meinen ausgiebigen Studien würde unberührt – also auf Dauer unberührt – bleiben können. Ich mußte mich erst einmal gedulden – eine Klärung war auf Anhieb nicht zu haben. Als ein wahrer Wissenschaftler freute ich mich darüber, daß eine so breitgefurchte Forschungsarbeit noch vor mir lag, und es war mir egal, wie anstrengend sie sein würde. Wie werden – grübelte ich wiederholt – in einem die Anziehungskräfte der Möse überhaupt genährt, wenn man sie normalerweise nie zu Gesicht bekommt? Oder von einem anderen Ende gefragt: Wie soll man unter diesen Bedingungen die in einem aus den Untiefen kommende Mösenbesessenheit durch Blickkontakt und die entsprechende Bildbearbeitung überhaupt kultivieren? Und wie sollen – frage ich mich bis heute – die an die Evolution angeketteten Männermännchen sie verfeinert haben, wenn der aufrechte Gang die Mösenstellung so gravierend und recht plötzlich verändert hat? Warum jagen den Männern vulvale Sichtattacken angeblich Angst ein, wie ich einmal gelesen habe? Es kann doch nicht einfach daran liegen, daß dies das eine oder andere Mal im ungünstigen Moment oder bei ungünstiger Beleuchtung geschieht! Fragen über Fragen. Zu dieser Problematik hat, nebenbei gesagt, ein bedeutender experimenteller Dichter des zwanzigsten Jahrhunderts bereits vielsagende Sprachspiele angefertigt: » ... das Gekröse wird immer gekröser, das Böse immer böser, das Lotterielose lotterieloser, das Möse immer möser ...«

Heute will ich gar nicht mehr so viel zu sehen bekommen. Die phantasie-generierten Bilder, die man sich jederzeit heraufholen kann, sind nicht nur viel reiner, sie sind sogar anziehender. Wenn sich mir zufällig ein Blick auf eine freigegebene Mösenquelle bietet, sage ich zwar nicht nein, sehe aber – von Extremfällen wie bei Yvette abgesehen – eher ungerührt hin. Und beschäftige mich mit dem Mösenreich wie ein unparteiischer Juror unter beispielsweise mechanisch-praktischen Gesichtspunkten. Es ist in der Tat unglaublich, wie sich die Schamgegend der Frau für den Betrachter verändert, wenn sich diese schamlos bückt – dies geschieht nämlich überhaupt nicht zum Besten des gehüteten Heiligtums. Der Schamhügel drückt sich dabei mit Gewalt zwischen die Schenkel und ist plötzlich viel zu weit nach hinten verlagert, befindet sich jedenfalls woanders, als es sich ein Unkundiger ausmalen würde. Zusätzlich ziehen sich die Schamlippen dank geheimnisvoller Ziehkräfte auseinander, und der ganze Vulvabereich wirkt großspurig verunstaltet. Die Vulva blüht dabei nicht frühlingshaft, sondern geradezu herbstlich auf, so daß man sich Sorgen zu machen beginnt, sie könnte auch einmal ganz verblühen – bei fehlender Vorsicht und Pflege beispielsweise. Das Gewalttätige der Wirkung in Extremlagen geht eindeutig auf das Kontrastprogramm zurück, das die möseale Anschauungspalette einem normalerweise bietet. Im Ruhezustand präsentiert sich die eher nach innen gekehrte Gegend unaufdringlich und zart – um so härter kommt dann der Hüpfer ins Gesicht, wenn die Möse in die Offensive geht! Als ob sie in diesem Moment aufhören würde, sich an die geltenden Regeln zu halten.

Meine Mutter und ich gingen in der DDR selbstverständlich nie freiwillig zum FKK-Strand wie die schamlosen DeDeRons. Einmal aber waren wir auf Hiddensee wandern, und als wir aus einem Wäldchen und einem Schilfstreifen auftauchten, standen wir plötzlich mitten in dem inkriminierten Strandabschnitt – und mußten einfach hindurch. Die vielen nackten Menschen wirkten auf mich wie eine siegreiche Armee – sie waren selbstbewußt und schienen unverletzbar zu sein. Das verdankten sie dem Umstand, reimte ich mir zusammen, daß sie als Sieger keinen Schutz mehr nötig hatten. Ihre – wie mir schien – spöttischen Blikke deuteten sogar noch mehr an: Diese Menschen würden eventuell auch außerhalb des Strandes nicht einfach zu erschüttern sein. Ich sah die entspannt liegenden Frauen und fühlte mich in der blendenden Sonne irgendwann – trotz meiner Kleidung – fast genauso unschuldig wie sie. Meine Mutter mahnte mich trotzdem mehrmals. Ich hörte in ihrer Stimme pures Entsetzen und verstand es nicht ganz.

– Guck nicht hin, nedívej se tam, nedívej se! schrie sie mich an – sie, meine angeblich praxisnahe Ausbilderin!

Auf mich wirkten auch diejenigen der nach der Sonne ausgerichteten FKK-Damen unschuldig, die mir ihren Schamhügel – wenn dieser auf dem Sandburggefälle höher lag als ihr Kopf – regelrecht frontal entgegenschoben. Wenn sie dabei wie nebenbei noch den Kopf hoben, war das der Gipfel. Sie sahen einen vollkommen ungerührt an – zivil wie beim Einkaufen. In meiner FKK-losen und -feindlichen Heimat hätte ich Nacktmösen – garniert mit solch ruhigen Blicken – niemals zu Gesicht bekommen. Ein typisches Exemplar einer absoluten Schamkünstlerin war Vaters Frau. Wenn sie unterwegs in der Natur urinieren gehen mußte, verschwand sie für mindestens zwanzig Minuten. Auch im dichten Wald ging sie extrem weit, so daß man sie auch mit einem Feldstecher nicht hätte sehen können. Da sie leider eine schwere Orientierungsschwäche hatte, mußte man sie manchmal suchen gehen.

Eine ähnlich selbstverständliche und angenehm asexuelle Atmosphäre wie an dem Ostsee-Strand erlebte ich später noch einmal, als ich beruflich mit einer Ballettruppe zu tun hatte und mit den Tänzern und TÄNZERINNEN auf Tour war. Beim Umziehen vor den Auftritten schnippelten die Frauen seelenruhig an ihren Schamhaaren herum, grätschten dabei ihre Beinchen – und kümmerten sich überhaupt nicht darum, ob ihnen jemand ins Guckloch sah. Man sah auch nicht hin, ich bald auch nicht mehr. Wir waren alle Profis und betrachteten unsere Körper nüchtern als Arbeitsgeräte. Auch in die Duschen gingen wir gemeinsam und redeten dabei nicht anders als beim gemeinsamen Frühstück.

Kleine Stücke nackter Haut zu sehen ist im Grunde aufregend genug. Zum Nachdenken über das Eigentliche reicht es vollkommen, und wenn es um die Geheimnisse der hier behandelten Anziehungskräfte des weiblichen Körpers geht, ist es sowieso egal, an welchem Punkt man dabei ansetzt. Ich habe meine – bitte nicht lachen – NEUE BESCHEIDENHEIT relativ spät, erst inmitten des in unserem Land neuetablierten Kapitalismus entwickelt, obwohl die mitgekommene Überflutung mit sexuellen Reizen teilweise erschreckend war. Zum Glück erregt mich also wieder – fast wie in alten Zeiten – schon der Anblick kleinster Ausschnitte warmer Frauenhaut. Ein Stück Schulter, die Ansatzsteigung der Brüste, ein Streifen Haut unter einer hochgerutschten Bluse, der Bauchnabel eines sich streckenden Oberkörpers – solche Details bombardieren mich mit ausreichender Sprengkraft. Auf diesen fruchtbaren kleinen Feldern ist schon alles Wichtige vorhanden, hier können die Keime der Verschmelzung und Vermehrung eine ausreichende Menge Fadennetze auswerfen und können von hier aus mit ihren Wurzeln – wenn gewünscht – weiter in die Tiefe tauchen. Früher war für mich sogar ein heißer Blick auf der Titelseite einer lächerlichen sozialistischen Zeitschrift aufregend genug gewesen. Meine neue Bescheidenheit hat also eine lange Vorgeschichte.

Bewegliche oder unbewegliche Pornoerzeugnisse konnte ich mir in der damaligen Zeit nicht besorgen; nachdem sie mit dem Kapitalismus angeschwemmt kamen, brauchte ich die traurigen, beweglichen oder unbeweglichen Bilder nicht mehr. Als ich einmal – mitten in den neuen Zeiten – von weitem eine Serviererin sah, die im Vorgarten eines Cafés in einem hautfarbenen Oberteil bediente, lief ich in ein Blumenbeet hinein und verlor vor innerem Aufruhr beinah das Gleichgewicht. Ich war wie unter Schock. Ich hatte im ersten Moment gedacht, diese selbstbewußte Frau wäre oben vollkommen entblößt, liefe so in aller Öffentlichkeit. Und noch während der Betäubung und beim Anblick der zertretenen Blumen wurde mir klar: Nur das treibt mich an, nur diese Kraft bringt mich weiter, nichts anderes. An dem Tag war ich – auch weil gerade subtropische Temperaturen herrschten – zu nichts mehr zu gebrauchen.

Da ich es hasse, wenn man von Prosaschreibern mit bedeutungsbeladenen Träumen belästigt wird, würde ich in diesem alles andere als kurzen Text niemals einen Traum festhalten wollen, wenn es nicht unbedingt nötig wäre. Beschreibungen sprachfreier Bilder finde ich sowieso dröge – nur um Olfaktorisches sich bemühende Traktate sind noch peinlicher. Und Traumschilderungen sind einfach das Allerschlimmste, weil sie dank der Wichtigkeit jedes noch so seltsamen Details viel zu viel Erzählraum beanspruchen. Meine Träume sind in der Regel sprachlos und duftlos. Am liebsten würde ich über bilderlose Düfte träumen und gespannt abwarten, ob sie noch stärkere Schocks auslösen können als einen anspringende Mösen in der Realität. Und schließlich würde ich alles für mich behalten.

Der folgende Traum ist ein reiner Bildtraum: Ich betrete einen Raum, in dem meine ältere Cousine mit Hilfe einiger Tanten und Großmütter uriniert. Sie kniet oder sitzt seitlich – verkrampft und unbequem – auf ihrem Bett, neben ihr steht ein Nachttopf. Das, woraus sie uriniert und was sie des Gewichts wegen mit beiden Händen halten muß, ist ein riesengroßer, fetter und dunkelhäutiger – trotzdem alles

andere als erigierter – Penis. Er ist groß wie eine mittelgroße Salami, leicht gebogen wie eine Mettwurst, gefärbt
wie erythrozytenreiche Blutwurst im Echtdarm, prall wie
Schinkenpolnische. Sagen wir etwa dreißig Zentimeter
lang, im Durchmesser an die sieben Zentimeter stark. An
die Proportionen dieses Organs im erregten Zustand wage
ich gar nicht zu denken. Die arme Cousine braucht in ihrer
beschwerlichen Position unbedingt die Hilfe aller beteiligten Frauen – den pissenden Fettschwanz versorgt sie allerdings allein. Dieser wirkt in diesem recht instabilen Körper-
arrangement – in dieser Schwanz-Pietà sozusagen – wie der
ruhende Mittelpunkt. Alle die in ihrer Schräg- oder Bück-
lage erstarrten Weibsbilder sehen mich gequält und leidend
an, ich schaue lange zurück und täusche Verständnis vor,
nicke mit dem Kopf. »Ich weiß, ich weiß Bescheid«, versuche ich damit zu sagen. Eine andere Bezeichnung für das
ganze Bildnis könnte lauten: »Ecce-Penis«. Ich deute den
Verschwörerinnen gestisch und mimisch das Versprechen
an, über die Mißbildung der Cousine niemandem zu erzählen. Und ich verlasse wieder den Raum, um die weitere Ver-
sorgung der Gehandicapten nicht zu stören.

Hinter den Türen wurde bei uns natürlich ausgiebig auch
über körperliche Intim-Angelegenheiten gesprochen. Zwar
nur selten, dafür aber laut genug. Sexuell aktiv waren bei
uns nur meine Mutter und Tante Erna mit ihren wechselnden Auserwählten, und wenn etwas Sexprivates zu erfahren
war, dann eben bei diesen beiden Frauen. Ich und meine
jüngere, mit mir mehr verbündete Cousine hörten einmal
hinter einer Tür zu, als sich unsere Tante Erna mit der
Großmutter Lizzy beriet – und ihr einige ihrer Probleme
und Eigenarten erläuterte.
– Ich will noch auf den letzten Millimetern die Freiheit haben, NEIN zu sagen, bevor er reinkommt. Weiß du, was ich
meine?

– Ja, natürlich. Es ist aber störrisch.

– Und was soll ich tun?

– Du mußt nachgeben – und möglichst mit Freude. Ich hatte für mein Leben noch ganz andere Regeln. Die Frau muß lernen zu schweigen. Merk dir das.

In der Unterhaltung kamen die beiden später wieder auf das ORGAN zu sprechen, das Tante Erna offenbar noch weitere Probleme bereitete. Da ich und meine Cousine aber mit Grübeln über die Bedeutung der »letzten Millimeter« beschäftigt waren, hatten wir die Überleitung leider verpaßt.

– Du bist da vielleicht etwas entzündet, vielleicht kratzt du dich mit dem harten Klopapier an deinem Zäpfchen – beim Abwischen. Du mußt aufpassen. Oder kaufe dir für die Devisen das weiche Westpapier, es ist dreilagig, deswegen sind die einzelnen Schichten besonders zart.

– Das ist mir für das bißchen Pisse zu schade. Ich möchte mit dir aber noch etwas anderes besprechen.

– Ja?

– Auf keinen Fall aber weitererzählen!

– Nein, keine Angst.

– Wenn ich stark erregt bin, kommt aus mir so viel Flüssigkeit heraus, daß ich mich schäme. Es spritzt regelrecht aus mir. Vielleicht entwickele ich auch deswegen diese Angst, deswegen vielleicht dieses Zumachenwollen.

– Was für eine Flüssigkeit? fragte ich die Cousine anschließend.

– Weiß ich nicht, keine Ahnung – die spinnt einfach.

Viele Erkenntnisse über die Weiblichkeit und weibliche Körperlichkeit mußte ich mir im Leben allein erarbeiten. Daß in der Regel die Frau den Mann wählt und daß die Frau nicht nur wählen, sondern in Paarungsangelegenheiten auch letztendlich entscheiden sollte, empfand ich aus folgendem Grund vollkommen verständlich: Die Penetration und alle anschließenden Befruchtungs-, Keimungs- und Reifungsvorgänge spielen sich nun mal in der Frau, also an oder innerhalb ihrer Körpergrenzen ab. Normalerweise jedenfalls.

Wie bereits geschildert rutschte der Aufklärungswille meiner Mutter gegen null, wenn ausgerechnet reale Ganzkörpernacktheit im Spiel war. In unverfänglicheren Situationen wurde sie aber sofort wieder pädagogisch aktiv. Wenn vor uns ein weibliches Wesen lief, dem man unterhalb des Minirocks zwischen den Schenkeln hindurchsehen konnte, forderte mich meine Mutter auf, diesen Spalt zu beurteilen. Daß die stoffsparende Mode ausgerechnet in den sechziger Jahren aufkam, war dafür äußerst günstig.

– Was meinst du, ist es schön oder nicht? Gefällt es dir?

– Sieht gut aus, schlanke Beine sind immer schön.

– Nein! meinte sie unwirsch. Wenn sich die Schenkel einer Frau nicht berühren, ist es unvorteilhaft. Sieht man bei mir etwa durch? Nein! Na bitte.

Unschön fand meine Mutter außerdem, wenn eine Frau unproportioniert lange Beine hatte – wenn der Oberkörper also unnatürlich kurz wirkte. Das Tschechische hat für dieses Phänomen sogar einen speziellen Ausdruck parat: »vysoké chcaní«, was übersetzt nichts anderes als »HOHES PISSEN« bedeutet. Wenn zu dieser Disproportionalität noch ein viel zu kurzer Hals hinzukam, war meine fundamental-darwinistisch tickende Mutter nicht zu beruhigen.

– Guck dir das an, das geht so nicht.

Manchmal deutete sie draußen in der Öffentlichkeit auf junge Frauen, die sie besonders attraktiv fand. Wenn sie an ihnen aber doch etwas Unvollkommenes entdeckt hatte, urteilte sie relativ grausam:

– Sie könnte eigentlich ansprechend aussehen, aber nur bei einer bestimmten Beleuchtung.

Daß manche Damen es nicht sein lassen konnten, in Richtung meines Unterleibs zu starren, mußte ich auch bald feststellen. Als ich einer Nachbarin aus unserer Straße einmal etwas vorbeibringen mußte, war sie ausgesprochen NETT zu mir, lächelte mich pausenlos an, schmeichelte mir, redete immer weiter, so daß ich aus ihrer stickigen Wohnung ewig nicht herauskam. Und weil ich nicht unhöflich sein wollte, blieb ich und hörte mir ihre vollkommen übertriebenen Loblieder weiter an. Sie schwärmte über meine Erfolge in der Schule und beim Ausdauersport, erwähnte meine handwerklichen Großtaten, über die ihr berichtet worden war. Als ich mich langsam rückwärts in Richtung Tür schob und aus der Tür trat, blieb sie noch im Türrahmen stehen, sah mir intensiv in die Augen, nagelte mich also auch noch im Treppenhaus fest. Dabei konnte sie es nicht lassen, immer wieder kurz meinen halbgeöffneten Hosenstall zu mustern. Ich hatte bereits vor einer ganzen Weile gemerkt, daß der Reißverschluß nach unten gerutscht war, war aber zu stolz, ihn unter dem aufgebauten Druck nach oben zu ziehen. Erst Stunden später begriff ich, daß diese Frau möglicherweise davon geträumt hatte, von mir verführt zu werden – wenn nicht gleich, dann eventuell irgendwann später. Daß ich noch etwas nachreifen könnte, war in ihrem Blick auch noch verborgen gewesen, hatte ich den Eindruck. In ihrer Penetranz sprach sie auf alle Fälle eine Art unverbindlicher Einladung für die Zukunft aus. Und ich habe sie und ihre Offerte nicht vergessen, wie man sieht.

Von der kindesmißbräuchlichen Busfahrt mit Schmuseexzessen habe ich ausgiebig berichtet, leider ist es zu derartigen körperlichen Abenteuern nie wieder gekommen – trotzdem tat ich gut daran, mich regelmäßig auch für die Bildungsfahrten anzumelden (mich mitanmelden zu lassen), an denen mehrheitlich Erwachsene teilnahmen. Bei allen mir erinnerlichen Betriebsbusfahrten, die quer durch unser Land führten und mit langen Heimfahrten im Dunkeln abgerundet wurden, war die ideelle Marschrichtung immer

die gleiche – die Endstation hieß Unterleib, unter dem Gür-
telstrich ging es dann also um Sex; egal, ob Innenministeri-
umsangestellte, Spionenführer, Antispione oder momentan
zurückgezogene Agenten in den Bussen saßen oder ob es
sich bei den Erwachsenen um Verlagslektoren, -buchhalter,
Schriftsteller oder schriftstellernde Journalisten handelte.
Alle diese Erwachsenen legten irgendwann ihre Hemmungen und ihre Scham ab. Bei den Heimfahrten wurde natürlich getrunken, meistens irgendwelche mährischen Weine.
Und als es draußen dämmerig wurde, begann man zu singen. Anfangs waren einigermaßen anständige Liebes- und
Weinanpreisungslieder an der Reihe, mit der Zeit wurden
die Liedtexte aber immer schlüpfriger – bis die Hardcore-
Nummern an die Reihe kamen.

»To je vocas mýho muže / vždyť ho poznám podle kůže ...
Das ist der Schwanz meines Mannes, den erkenn' ich an seinem Leder.«

Dieses offenbar allen jeweiligen Mitfahrenden bekannte
Lied war damals regelmäßig auf dem Programm. Die Geschichte, die darin erzählt wird, ist wirklich kurios – und für
mich blieb sie auch deshalb unvergeßlich. Die besungene
Frau, also das singende Ich, ist sich beim Anblick eines her-
umliegenden Penis erstaunlicherweise ganz sicher, wem das
schlaffe Würstchen gehört – sie identifiziert den Inhaber
und ehemaligen Träger an der Beschaffenheit der Haut. Wie
oder warum es zu der Amputation gekommen ist, erklärt
das Lied leider nicht. Diese Unklarheit am Rande schien
aber niemanden zu stören. Daß die Frau – stutzte ich – eher
vom »Leder« des abgetrennten Schwanzes spricht und nicht
ein feineres Wort für Haut benutzt, hat zwar mit dem Reim
und Rhythmus zu tun, die Abgebrühtheit der Ausdrucks-
weise schockierte mich trotzdem jedesmal. Ich erkannte unsere Begleiter, die bei Tageslicht so seriös gewirkt hatten,
nicht wieder. Und alle sangen mit. Meinem Vater war alles
zuzutrauen – aber auch meine Mutter war jedesmal mit von

der Partie. Sie vergnügte und amüsierte sich proletarisch wie alle anderen: »... den erkenn' ich an seinem Leder.«

In einem anderen auch sehr beliebten Lied, das traditionell gesungen wurde, weist der Liebhaber die Schuld für das Schwängern seiner Geliebten weit von sich und sagt: »Dazu war ich zu betrunken. Sie war es! Sie hat ihn in ihr Händchen genommen und sich ihn selbst reingesteckt ...«

And everybody: »Strčila si ho tam saamaaaa«, sang meine Mutter. Oder ich hörte zwischen den Stimmen der Abwehrspezialisten oder Möchtegernspione meinen Vater: »Byl jsem vopilej ... ich war zu betrunken, vzala si ho do ručičky ... hat ihn in ihr Händchen genommen ...«

Als der schlimmste Verderber der tschechischen Jugend müßte aber wahrscheinlich unser Nationaldichter Jaroslav Vrchlický bezeichnet werden. Er war eindeutig ein Genie und eine besessene, dauernd überkochende Reim-Maschine, der später nur Vítěslav Nezval das Wasser reichen konnte. Vrchlický schrieb eine Unmenge von Gedichten, Epen und Stücken und übersetzte alle dem Volk noch nicht bekannten Werke der Weltliteratur ins Tschechische. Wenn er ein Deutscher gewesen und hundert Jahre früher geboren worden wäre, hätte Goethe nicht einen ehrfürchtigen Kollegen wie Schiller, sondern einen wild herausfordernden und auch endlos gebildeten Universal-Rauschekopf zu ertragen gehabt. Ausgerechnet dieser überproduktive und kreative Mann schrieb eines der übelsten pornographischen Epen, die das neunzehnte Jahrhundert erblicken sollte – den »RITTER GEIL«. Und weil dieses Fickepos seit seiner Entstehung in unzähligen Privatdrucken erschienen war, gehört dieses Werk, das voller schockierender und auch hier nicht zitierbarer Reime ist, zum kulturellen Gemeingut des tschechischen Volkes. Auch während der sozialistischen Ära kannten es alle Generationen. Nur Vrchlickýs üble »Ode auf die Scheiße« geriet lange Zeit in Vergessenheit (»des

Abends denke ich oft über die Scheißwurst nach / und wenn ich sie mir näher ansehe, muß ich jaulen vor Lachen oder vergieße Tränen ...«).

Die pornographische Geschichte des ahnungslosen Ritters Geil ist relativ einfach gestrickt: Der verrückte Ritter steckt seinen Penis überall hinein, wo er irgendwelche Löcher entdeckt, bis man auf seiner Burg den Grund seines sonderbaren Tuns begreift: Der unglückliche junge Adelsmann ahnt nicht, daß es ausgerechnet unter den weiblichen Röcken eine passende Öffnung für sein Glied gäbe. Der Ritter wird aufgeklärt und umgehend erlöst, die Orgien nehmen daraufhin kein Ende – und Vrchlickýs Reim-Eskapaden auch nicht. Wo bleibt hier Goethe mit seinen »Römischen Elegien« oder »Venezianischen Epigrammen«?

Manchmal war ich – vielleicht dank der dauerhaften botenstoff-erotischen Überflutung – so verwirrt, daß ich reinen Unsinn redete. Als ich einmal auf der Straße von einer Bekannten unvermittelt gefragt wurde, wie es meiner Tante Györgyi gehe, fiel mir ein vollkommen falscher Satz aus dem Mund heraus:

– Die ist doch gestorben.

Ich merkte schon während des Absonderns der ersten Silben, daß ich etwas vollkommen Verkehrtes aussprach, war aber ratlos, wie ich mir aus dem sinnlosen Unglücksloch wieder heraushelfen sollte.

– Ach, das tut mir leid! Wann war das, wieso weiß ich nichts davon? Wann ist das Begräbnis, um Gottes willen?

– April, April, sagte ich kurz entschlossen und rannte weg.

Es war zwar längst schon Mai, dieser Mai war aber kalt wie ein normal warmer März, und ich bin bis heute davon überzeugt, daß mein Spontanscherz noch das Beste war, was sich in dem unglückseligen Moment tun ließ. Am Ende kam ich moralisch noch einigermaßen glimpflich davon. Unsere Gegend war gerade voller Kanonen und Panzer –

unsere Armee mußte abends und nachts auf dem Boulevard der Verteidiger des Friedens für die alljährliche Siegesparade üben – und die Tanten einigten sich auf eine Formel, die sie auch nach außen vertreten wollten: Ich sei wegen des ganzen Kriegsgeräts verwirrt gewesen und hatte nicht überlegt, was ich sagte.

– Georg ist eben ein kleiner Witzbold, sagte man von mir außerdem, er sollte es aber nicht übertreiben.

Eine Weile zwang ich mich, so oft wie möglich Witze zu reißen, auch wenn mir überhaupt nicht danach war.

den einmarsch haben wir gewonnen

Die Panzer und Panzerwagen, die in der Nacht vom zwanzigsten auf den einundzwanzigsten August 1968 eingeflogen wurden, rollten vom Flughafen Ruzyně die acht Kilometer lange Leninstraße entlang, fuhren auf dem kreisrunden Platz der Großen sozialistischen Oktoberrevolution nach rechts, und nachdem sie dabei viel Asphalt pulverisiert hatten, steuerten die Panzer die Straße des Slowakischen Nationalaufstandes an – und die sogenannte Pulverbrücke. Über diese überwanden sie unsere eingleisige lokale Eisenbahnlinie, um die weiterhin hindernisfreie Fahrt auf dem Boulevard der Verteidiger des Friedens fortzusetzen. Auf der richtigen Kreuzung nahmen sie dann den kürzesten Weg in Richtung Innenstadt. Ihre Route tangierte erst das große Gelände der Militärakademie und führte anschließend durch die aus unseren Fenstern gut einsehbare Mickiewiczstraße sowie durch die einst mit verdünntem Blut befeuchtete Serpentine. Unterhalb der letzten Serpentinenbiegung lag an der Moldau schon der Regierungssitz, auf der anderen Flußseite die Parteizentrale. Eine junge Frau aus unserem Haus winkte den durch die Mickiewiczstraße fahrenden Soldaten über den Gartenzaun zu. Vorbeiziehenden Soldaten winke man eben. Das tue ihnen hier in der Fremde, so fern ihrer Heimat und so spät nach Mitternacht, sicher gut.

– Das bin ich seit meiner Kindheit so gewohnt, meinte sie.

Kurze Zeit später stellten sich andere Prager den Panzern in den Weg und wurden überrollt. Besonders viele Menschen kamen zum Rundfunkgebäude und kesselten die Panzer regelrecht ein. Dabei gelang es einigen, mit Eisenstangen oder Spitzhacken Löcher in die Fässer mit Treibstoffreserven zu schlagen, die die Panzer im Huckepack trugen. Manche der Panzer brannten sofort los, bei anderen mußte man mit Stoffetzen und Streichhölzern nachhelfen. Mit solchen Nahkämpfen hatten die Russen offenbar nicht gerechnet. Wenn man an die Panzer dicht genug herankam, hatte man einigermaßen gute Karten, nicht gesehen und nicht erschossen zu werden. Der Rundfunk sendete allerdings bald schon von woanders, die Redakteure meldeten sich weiterhin mit ihren vollen Namen. In den brennenden Panzern begann irgendwann die Munition zu explodieren.

Nachdem die Kämpfe abgeklungen waren, herrschte in der Stadt eine euphorische Stimmung, der Tagesrhythmus war wie verlangsamt, Streß und Probleme hatten eher die Besatzer. Und ich erlebte Abenteuerferien erster Güte. Als beim Abreißen eines Straßenschildes ein Panzerwagen an mir vorbeifuhr und nicht schoß, fühlte ich mich wie ein Held. Diese ersten Runden haben wir eindeutig gewonnen, die verstummten Besatzer hatten nach mehreren Tagen immer noch keins der Medien in der Hand. Die volkseigenen Druckereien druckten dagegen am laufenden Band Flugblätter und Notausgaben der Zeitungen, der Vertrieb lief reibungslos. Die Russen hielten wenigstens mit Panzern alle Brücken besetzt, auf dem Altstädter Ring stand im Kreis eine ganze Batterie von Flugabwehrkanonen. Da auch die Polizei und die Geheimdienste am Widerstand teilnahmen, hatten die Russen von dieser Seite keine Hilfe zu erwarten. Aus Wut zerschossen sie uns nebenbei die Fassade des Nationalmuseums. Als Antwort hat man die dabei entstandene Fassadengrafik prompt nach dem sowjetischen Verteidigungsminister benannt – EL GRETSCHKO.

Wie hoch wir eigentlich verloren hatten, bekamen wir erst nach und nach zu spüren. Und irgendwann mit voller Härte. Daher waren für mich die folgenden Jahre viel prägender als der kurze Sieg. Der gewohnte sozialistische Raubbau kam bald wieder in Gang, und die Tschechen traten –

jetzt unter russischer Aufsicht – regulär nur gegeneinander an, das heißt Mann gegen Mann. Und man konnte ganz sicher sein: Das größere Schwein gewann immer.

Wohin der ganze Reichtum des Landes in den letzten zwanzig Jahren immer wieder verschwunden war, war marxistisch-leninistisch schwer zu klären – er war aber nachweislich in ein unendlich tiefes Loch gefallen. Das geraubte deutsche Eigentum war weg, die Schätze der nach 1948 enteigneten tschechischen Privatwirtschaft waren ebenfalls in kurzer Zeit aufgerieben. Und natürlich hatte der Kollektivierungsraub des landwirtschaftlichen Bodens die neue Republik auch nicht reich gemacht, genausowenig wie der Raub aller relevanten Guthaben bei der Währungsreform von 1953 – bei dieser Armutssprechung auch jedes einfachen Sparers. Vor dem Krieg hatte die Tschechoslowakei zu den wirtschaftlich und kulturell führenden Ländern Europas gehört.

Nach dem Einmarsch kam der SPIEGEL noch weiter an, pausierte einige Wochen, trudelte dann und wann wieder ein. Irgendwann wurde meine und Mutters Quelle aber abgewürgt, und unsere glückliche Spiegelzeit ging zu Ende. Dieser Einschnitt war noch schlimmer als der befürchtete von 1962, als der böse Franz Josef unseren Augstein ins Gefängnis hatte stecken lassen.

jede dieser dreißigtausend schönbeinigen frauen putzte sich täglich die zähne

In der Evolution wird man als Kreatur – vom anpassungs-
fähigen Einzeller bis zum umweltopportunistischen Wirbel-
tier – darauf getrimmt, die Realität so zu nehmen, wie sie
ist: als die einzig annehmbare. Gleichzeitig wird uns empfohlen – offenbar um unsere Verzweiflungsanfälligkeit zu
mildern –, diese Realität als die nicht nur normalste und an-
passungswürdigste, sondern als die in jeder Hinsicht beste
aller lieferbaren zu feiern. Es gibt kleine Völker, zu deren
Kodex es gehört, den jeweiligen Herrscher des Staates, auf
dessen Territorium sie sich gerade aufhalten, vorbehaltlos
zu respektieren. Man kämpft und stirbt für den Gebieter
sogar, wenn Bedarf besteht. Mir leuchtet eine solche Haltung nicht ein. Auf mich umgemünzt, hätte ich mich irgendwann – statt für die Befreiung Tibets – für die Expansion
der kommunistischen Unordnung beispielsweise in Afrika
aufopfern müssen.

Ich wuchs langsam heran – nicht auffallend in den Himmel, aber immerhin. Und zum Glück wuchs ich im Frieden auf. In meinen jungen Jahren wurde ich kein einziges
Mal lobotomiert, lagerinterniert, psychiatrisiert, elektroge-
schockt oder in irgendwelche Toiletten kopfgetunkt. Auch
wohnungsintern drohte mir kein Körperkrieg: Ich konnte
frei entscheiden, ob ich das eine oder andere häusliche Dog-
ma ernst nahm oder nicht. In meinen ideal-nahen Freiräu-
men – und diese genoß und nutzte ich natürlich – konnten
dann auch Biologie, Geologie oder Geographie ausgesprochen amüsant sein. Es reichte, meiner England-Tante Erna
einige gezielte Fragen zu stellen oder ihr das angeblich Neu-
ste aus der Schule zu erzählen.

– Die Karpaten werden immer spitzer statt runder.

Erna nahm einem alles ab. Sie glaubte sowieso, China läge auf der südlichen Hemisphäre und der Kilimandscharo stünde auf Atlantis.

– Ich bin dumm, ich weiß es, sagte sie manchmal entwaffnend.

– Erna, essen Känguruhs Kaninchenfleisch?

Mit zunehmendem Alter versuchte Erna, die unterschiedlichsten weltpolitischen Angelegenheiten vorsichtshalber auf einen Nenner zu bringen, und fragte bei Diskussionen gern mittendrin: »IST DA WAS MIT JUDEN?«

– Wie?

– Das mit Argentinien, es ist so weit weg.

– Darum geht es dort aber nicht. Machst du Witze?

– Nein.

– Es gibt aber einen Witz mit genau dieser Frage.

Unmittelbar nach dem Krieg war Tante Erna noch vergleichsweise geistreich gewesen. Als ein Nachbar aus dem Haus von meiner Mutter wissen wollte, ob man sie in Auschwitz geohrfeigt habe, bekam ausgerechnet Erna einen Lachanfall. Anschließend riet sie meiner Mutter, für einige Zeit nach England zu gehen.

– Bleib mindestens drei Jahre dort.

Meine Mutter hatte nach dem Krieg sowieso eine eigenwillige Neurose entwickelt und kam in Prag nicht wirklich zurecht. Sie fragte sich bei jedem Menschen, den sie neu kennenlernte, ob er sich im Lager einigermaßen anständig oder – was sie eher annahm – wie ein Raubschwein benommen hätte. England heilte sie in diesem Punkt dann tatsächlich, und sie hörte auf, die Menschen nach ihrer KZ-Tauglichkeit zu beurteilen.

– Für Konzentrationslager wurde man eben nicht geschaffen.

Meine Mutter kam im Sommer 1948 unter anderem deswegen zurück, um beim Aufbau des Sozialismus mitzuhelfen; außerdem hatte sie beschlossen, doch noch zu studieren. Den Februarsieg ihrer Partei hatte sie trotz des Aufschreis der britischen Presse seinerzeit begrüßt. Insgesamt war sie nur ein Jahr auf der Insel gewesen. Als sie zurückkam, stand in der Wohnung ein Zimmer frei. Baronin Nádhernás Flucht über die Grenze nach Bayern war geglückt, und die Baronin war längst – die beiden Frauen vollbrachten eine Art Rochade – bei den von meiner Mutter so geliebten Engländern.

– Die Insel wurde seit 1066 nicht erobert, nie wieder besetzt – das merkt man den Leuten einfach an, Georg.

England erholte sich nach dem Krieg langsam, in Deutschland arbeitete man am Wirtschaftswunder, nur um mich herum zehrte man von der Substanz und steuerte die Wirtschaft – trotz des anfänglichen Aufbau-Elans – nach sowjetischem Muster ins Abseits. Und um auf das kapiteleingangs eröffnete Thema der Realitätswahrnehmung zurückzukommen: Mein Prag war ein idealer Ort für jemanden, dem das Gefühl für die Greifbarkeit der Realität als der am besten annehmbaren Normalität dauernd entgleiten sollte. Wobei ich schon wieder dabei bin – DER WIEVIELTE VERSUCH IST ES SCHON? –, meine Vergangenheit ausgerechnet durch Wühlen, Sudeln, Rätseln und und ordnen zu wollen.

In meinem Leben gab es wiederholt Momente, in denen ich mich außerhalb der Wohnung wie im Feindesland bewegte. Ich fühlte mich wie ein ausgesetztes Haustier oder wie eine von Biologen nur provisorisch klassifizierte Kreatur, die in einen falschen Dschungel entlassen worden war. Ich mußte lernen, die Spannung, die das allgemeine Tummeln und Treiben in diesem städtischen Dschungel dauerhaft erzeugte, nicht allzu ungefiltert abzubekommen. Die attackenfreudigen Spannungen waren teilweise dinglichen Ursprungs. Das heißt: Die Dinge stellten Forderungen. Auf den Prager Straßen schlichen natürlich auch unzählbare Menschen herum – diese waren mir allerdings oft viel fremder, als es der dingdominierte Teil der Realität je sein konnte.

Manchmal erlebte ich den Alltag aber auch aalglatt unproblematisch, spürte früh genug, wie die diversen belebten und unbelebten Realitätssplitter nur darum bettelten, in ihrem Frohsinn und ihrer Sinnhaftigkeit wahrgenommen zu werden; das heißt möglichst nicht anders als in ihrer Funktionalität beziehungsweise ihrem naturhaften Gewachsensein. Irgendwann wollte ich von diesen illusorischen Angeboten aber nichts mehr hören, konnte allerdings auch nicht aufhören, über ihre Daseinsberechtigung zu grübeln. Diese meine, sagen wir, »intellektsarme Gefühlsarbeit am Differenzieren und Abgrenzen« bedeutete in meinem Fall zwar einen gewissen Fortschritt, zur wirklichen Autonomie – zur Befreiung aus dem Trichter der Familie beispielsweise – reichte sie aber absolut nicht.

Die Forderungen der übermächtigen Wirklichkeit bauten – egal, wie ich mich zu ihnen verhielt – periodisch einen ungeheueren Membranendruck auf, und ich mußte in jeder Lebenslage immer wieder für einen möglichst drainagenreichen Ausgleich sorgen. Und mir wurde eines Tages klar: Wenn ich in der Zukunft extramural bestehen wollte, würde ich mir einige Tricks erarbeiten müssen. Zum Glück bin ich am Ende nicht gescheitert: Ich entkam einem gammelsozialistischen Zugriff, zu einem feuer- oder explosionsgestützten Finalschlag gegen mich kam es nicht, und ich akzeptierte die vorwiegend MÄNNERBEHERRSCHTE außerhäusliche Realitätswirrnis schließlich ohne Groll. Und ich trickste weiter, ich mußte es tun. Ich erweiterte mein Seelenleben vorsorglich auf die Dinge selbst. Jedenfalls auf diejenigen, die es meiner Meinung nach wert waren. Es war sicher kein Zufall, daß in der Schule ausgerechnet Physik zu meinem wichtigsten Fach wurde.

Wenn ich draußen herumlief, war ich dauernd damit beschäftigt, die Umwelt in meiner Phantasie zu reparieren. Im

Sozialismus zerbrach, versackte, zersetzte sich sowieso pausenlos etwas oder blätterte dickschichtig ab. Ich litt darunter wie ein zwanghafter Verwalter, der für dieses Chaos die letzte Verantwortung zu tragen hätte. Zusätzlich flossen in meinem Inneren viele der erinnerten Bilder und der bebilderten Erinnerungen summarisch ineinander – wie Abwässer aus Anschlußkanälen in einen Hauptkanal. Und diese Bilder setzten ihr progredientes Rissebilden in mir fort, verwitterten wie bautechnisch mißratene Wandmosaiken. Als ein sozialistischer Untertan war man an alle Arten von Mosaiken gewöhnt. Diese am Sowjetgeschmack orientierten Verschönerungswerke waren bei der damaligen Obrigkeit sehr beliebt, wurden zur Aufhellung des Alltags so oft wie möglich eingesetzt – und sie waren in der Lage, auch die repräsentativsten Sichtflächen auf einen Schlag zu verschandeln. Im Rückblick betrachte ich die sozrealistischen Mosaiken als fleischgewordene Dekonstruktionen der ihnen zugrunde liegenden Idee. Sie bröckelten in der Regel schon nach dem ersten sozialistischen Winter gravitationsgequält zu Boden und schrien aus löchrigen Gesichtern oder fleckigen Brustkörben nach Erlösung. Ich hätte mich niemals wie der Schöpfer am siebenten Tag ausruhen können. Ich sah aber bald ein, daß das meiste um mich herum nicht zu retten war. Hinter den bröckelnden Wandmosaiken blinzelte bald schon die poröse und alles andere als für die rote Ewigkeit errichtete Ziegelsubstanz.

Mein Manövrieren durch die institutionell zusammengeschusterte Wirklichkeit wurde regelrecht erfrischend, wenn es mir gelang, mich unterwegs auf kleine, eine gewisse Ästhetik besitzende Details zu konzentrieren. Ich konnte mich bei ihnen kurz ausruhen. Und das war angesichts der Häßlichkeit vieler befallener Oberflächen mehr als tröstlich. In manchen Realitätsbrocken steckte erstaunlich viel Seele, so daß die weiter oben kurz angerissene ding-bedingte Spannung sich vorübergehend legen konnte. Bestimmte profane, partiell aber doch hochästhetische Artefakte wurden daher meine Verbündeten, sie forderten nichts mehr, sie wurden Teilhaber meiner Ordnung – oder vielmehr ich ein Teilhaber ihrer. Die Masse der übrigen, in Geiselhaft gehaltenen Dinge, ihr existentielles Unglück oder – oft genug im Sozialismus – ihr falsch gewählter Einsatz- oder Aufstellungsort rückten in den Hintergrund. Mein wichtigster Trick bestand also darin, alles Abstoßende zu ignorieren und den unterwegs verstreuten, in seiner Autonomie und Anmut überlebenden Kleinkram zu mögen.

Ich untersuchte wie ein Kleinkind dauernd die Unterlage, auf der ich lief, oder die Kulissen, an denen ich mich vorbeischlich. Ich fokussierte die leuchtend polierten Erhebungen von Gullydeckeln, fand eingemeißelte Geheimzeichen auf den Bordsteinen, feierte widerstandsfähige Muttermale der vielen großflächig befallenen Häuserwände, freute mich über die zu Stein gewordene und überall in der Stadt vorhandene Sorgfalt, die mir liebevolle und in längst nicht mehr gepflegten Gräbern ruhende Arbeiterhände hinterlassen hatten. Einmal entdeckte ich im Schrank einer billigen Unterkunft überraschend originelle Kleiderhaken. Diese waren an den Innentüren befestigt, bestanden aus stabilem Kupferdraht, und jeder von ihnen war etwas unterschiedlich geformt. Die Haken waren eindeutig das Werk eines heimischen Bastlers – aber was für eines! Alle Drahtenden wurden mit witzig gerollten Kringeln abgeschlossen, und diese neigten sich in unterschiedlichen Winkeln zueinander. An jeder Innentür befanden sich mehrere solche Haken-Ensembles, ihre Anordnung hatte etwas Harmonisches, von peinlicher Spießigkeit keine Spur. Vor allem die geringelten Enden beschäftigten mich eine ganze Weile, ihr Zweck war mir ein Rätsel. Die verspielt wirkenden Drahtenden lagen flach am Holz der Türen, zu etwas Praktischem konnten sie nicht kreiert worden sein. Irgendwann fiel mir eine für das Innentürereignis passende Formel ein: NUR SO. Die Drahtenden waren »nur so« gebogen, in den Nutzalltag ohne jegliche Auflagen entlassen worden. Ein viel gescheiterer Mensch als ich, der meine Mutter bei einem Empfang in der israelischen Botschaft mit massiven Flirtattacken bedrängt hatte, hätte dazu ein mittel- bis schwergewichtiges Diktum abgeben können – beispielsweise dieses: »Dann liegen die Kunstwerke nackt vor der Prüfung ihres cui bono, vor dem sie allein das löchrige Dach der heimischen Kultur behütet.« Die Werke dieses Mannes hätte ich damals noch nicht verstehen, deswegen ihn auch nicht adorieren können, seinen wunderbaren Namen – Theodor W. Adorno – prägte ich mir aber für immer ein. Auch über seine Vitalität wußte ich dank meiner Mutter auf einen Schlag Bescheid.

– Wir haben uns in Paris schon mal gesehen, nicht wahr, Verehrteste?

– Nein, Herr Adorno, das hätte ich mir sicher gemerkt.

– Also war das in Rom? Widersprechen Sie mir bitte nicht!

Mein nächster Outdoor-Trick bestand darin, daß ich versuchte, den festgelegten Zweck der Dinge nicht sofort zu bejahen, sondern die Dinge erst im vorverdauten Zustand an mich heranzulassen – sie mir von anderen Menschen sozusagen vorkosten zu lassen. Und manchmal gelang mir dann tatsächlich, das Erlebnisvergnügen anderer zu simulieren. Meine Rettung waren aber hauptsächlich – wie bereits mehr als reichlich angesprochen – immer wieder die Frauen. Nur Frauen konnten mir einen dauerhaften, mit der Wirklichkeit der anderen harmonierenden Zugang bieten, und ich ahnte, daß ich ohne das frauliche Fluidum niemals eine Berechtigung für einen einigermaßen befriedigenden Realitätszugriff bekommen würde. Dank der Frauen war mir die egal wie fragwürdige Problemnormalität doch einigermaßen vertraut, und ich konnte immer wieder auch meinen Zukunftsglauben auffrischen. Dieses keusche und selbstlose An-die-Hand-Nehmen ist einer der Gründe dafür, warum ich allen weiblichen Wesen für immer etwas schuldig bleiben werde.

Aus Dankbarkeit vervollkommnete ich mit der Zeit meine Begabung, in den Frauen grundsätzlich nur ihre Schönheit zu sehen, auch wenn manche von ihnen mit ihr nicht übermäßig beschenkt worden waren. Ich liebte es, den zurückgesendeten Blicken ablesen zu können, daß mein Interesse angekommen war und meine Aufmerksamkeit, meine Hochachtung angenommen worden waren. Seltsamerweise war diesem Spiel immer etwas beigemischt, was ich zum Glück auch noch erkannt hatte. Als Mann besaß ich eine dümmlich-ungerechte Definitionsmacht, eine Macht, um die ich niemanden gebeten hatte, die mir einfach aus geheimen Naturquellen zufloß – und für die ich nie zu bezahlen brauchte. Letzten Endes ist die Natur aber doch gnädig und auf einen Ausgleich bedacht. Beim handfesten Geschlechterkampf setzen die Frauen mitunter schwere Waffen ein, und ich war froh, über meine mir geschenkten Krafthebel Bescheid zu wissen. Meine Mutter war bekanntermaßen auch keine einfache Gegnerin. Bei Machtspielen in der Kindheit wußte ich immer von vornherein, wie diese ausgehen würden: Ich würde schreien, bis mir der Atem wegbleiben würde, und meine Mutter – glücklich, daß ich trotz des stumm aufgerissenen Mauls immer noch lebte – würde mich trösten.

Wie ich schon einmal geschildert habe, machte es mir nichts aus, gelegentlich ins Krankenhaus eingeliefert zu werden, und ich verstand nicht ganz, warum die meisten Menschen diese Einrichtungen so verabscheuen. Es ist an sich sowieso seelengesünder, sich überall – eben auch im Krankenhaus – glücklich zu fühlen. Ob man dort nun als Protektionskind oder als lästiger Greis liegt. In den Prager Krankenhäusern tummelten sich immer schon, war mein Eindruck, Unmengen an reizenden und interessanten Damen, die angewiesen und auch gern bereit waren, sich um einen mit Hingabe und Begeisterung zu kümmern. Ihre schwesterlichen Blicke waren voller Glanz und hatten wenig mit eingeübter Professionalität zu tun. Wenn ich mir persönlich einen oder mehrere Knochen brach oder fleischlich verletzt wurde, war ich nicht verzweifelt, sondern bereits auf der Liege im Krankenwagen überaus froh. Ich wußte, daß man mich am Ziel schon voller mütterlicher Vorfreude erwartete. Als ich später einmal kollabiert war und auf dem Boden lag, fieberte ich einerseits der Rettung durch die von mir hochgeschätzte Technik, andererseits den vielen lieben Helferinnen entgegen. Wenn sogar mehrheitlich schöne Ärztinnen statt Ärzte an meiner Wiederbelebung beteiligt waren, war ich im siebenten Himmel. Daß ich bei manchen meiner Unfälle hätte sterben können, kam mir nie in den Sinn. So etwas paßte nicht in meine Lebensplanung. Meine Retter würden es niemals zulassen, die auf mich wartende Zukunft leer ausgehen zu lassen. Wegen dieser Zuversicht konnte ich, wenn meine Verzweiflung allzu groß war, ohne weiteres auch größere physische Risiken eingehen. Ich konnte zum Beispiel auf einer mehrspurigen Straße zwischen den Autos laufen, irgendwo unterwegs aus den Straßenbahnen springen, nachts auf meinem nicht beleuchteten Rennrad durch die Stadt rasen und mich bei Bedarf an fahrenden Lastautos festhalten.

Meine Fokussierung auf die Frauen war selbstverständlich auch lästig – auch für mich, versteht sich. Ich konnte keine Straße entlanggehen, ohne meine Glotzaugen pausenlos in Zoombereitschaft zu halten. Ich war darauf trainiert, meine Linsen sofort scharf zu stellen, wenn in mein Sichtfeld etwas Frauenähnliches geraten sollte. Jegliches Nachdenken war während dieses fruchtlosen Lauerns nicht möglich. Wenn die gewitterten Objekte endlich auftauchten, wurden sie konzentriert auf Schönheit und auf sonstige für die Arterhaltung wichtige Merkmale untersucht. Dabei zog ich meinen Hals manchmal so in die Länge, daß es knackte. Zusätzlich wurden die Zielpersonen ganzkörperlich ausgeleuchtet und natürlich gleich aus irgendeinem, dem erstbesten Grund als Beute verworfen. Ich hatte in der Regel ja etwas anderes zu tun oder wäre meistens gar nicht in der Lage gewesen, den Mund aufzutun.

Zum Glück wußte ich aber, daß ich in der Glotz-Hinsicht nicht allein auf der Welt war. Als einmal eine hochgewachsene, devisen-modisch gekleidete und stark geschminkte junge Schönheit mit einer riesigen blonden Mähne unsere Gegend durchquerte, sah ich, wie im Handumdrehen das Leben mehrerer Straßenzüge in Aufruhr geriet. Es war schwer zu fassen, was eigentlich geschah, für meine wache Person war dieses Aufhorchen eines halben Stadtteils aber nicht zu überspüren. Alle sichtbaren Lebewesen standen plötzlich wie unter Strom und waren voller endloser Neugier. Die komplette Menge der auf der Straße vorhandenen Männer verwandelte sich in ein Rudel, das gerade durch eindeutige Alarmsignale informiert worden war. Es herrschte eine Stimmung wie in einer ausgedörrten Steppe oder in der winterlichen Taiga – jedenfalls wie in einer von Durst oder Hunger (oder von beiden) beherrschten Gegend. Eine Welle der schäumenden Erwartung sauste nur so um die Ecken. Plötzlich erschienen dort neue und neue Männerköpfe mit aufgerissenen Augen, aus allen Nebenstraßen kamen Individuen angehüpft, um danach zu forschen, was für eine Sensation durch unser Viertel marschierte und mitten am Tag die Alltagsketten zu sprengen drohte. In manchen Gesichtern sah man sogar leichte Angst. Vielleicht meinten diese Vorsichtigen, ein Aufstand wäre im Gange oder ein Aufwiegler gerade dabei, ihn auszurufen. Diese Individuen hatten beinah recht – unser Viertel war von einem Aufstand nicht weit entfernt.

Als ein Mensch, der für die Realität irgendwann zugelassen werden und deswegen auch den Zweck seiner Zwänge kennen wollte, mußte ich mich fragen, auf welche Ziele meine Glotzerei eigentlich ausgerichtet war. Zumal es sich um ein Massenphänomen des Weltmännertums zu handeln schien. Ich wollte also unbedingt wissen: Wohin sollen die Glotzaktivitäten führen? Wie könnten diese Vorgänge enden, und welche Erlösungsvarianten böten sich uns Männern überhaupt an? Die Antwort war eindeutig: Die leere Glotzerei führt zu gar nichts, man sollte sie sich lieber sparen. Wenn sie im Alltag in eine griffige und gut geschmierte Realität übergehen sollte, müßte sie in kurzen körperlichen Berührungen der anvisierten Weibchen münden – in kurzem Schmusen, Drücken, Streicheln ... im Lippenrutschen an ihren gestreckten Hälsen ... und vielleicht in einem krönenden Kuß am Haaransatz hinter dem Ohr. Und was dann? Wie würden die Fortsetzung und die endgültige Befreiung aussehen? Sollte man sich anschließend mit hektischem Hin- und Hergeschiebe irgendwo vor fremden Menschen lächerlich machen? Und wohin mit dem unvermeidlichen Ejakulat? Wie abwischen? Wohin entsorgen? Womit auswaschen oder von der Kleidung bürsten? NICHT DOCH! Bloß nicht!

Manche Dinge muß man einfach säuberlich aufschreiben, um ihren Idiotiewert zu erkennen. Die zum Sackgassendasein verurteilten Glotz-Vorhaben sind lächerlich, und man sollte sich hüten, sich zu ihnen öffentlich überhaupt zu bekennen. Das Dilemma bleibt einem trotzdem erhalten, der Drang nach dem optimalisierten Abgrasen der möglicherweise frei verfügbaren Glücksangebote ebenfalls. Eine Befreiung vom Glotzdrang wird einem nur der Tod oder eine schwere Krankheit bringen. Trotzdem sollte man bei dem inneren Diskurs nicht schlappmachen, alle Modalitäten zu Ende denken und gegeneinander abwägen. Leider stolpert man dabei gleich über die nächste und übernächste Schwierigkeit! Wie soll man die eigene Not einigermaßen kulturvoll in ein Damenohr trichtern? Gibt es vielleicht be-

354

sondere, ausgesuchte Frauengestalten, mit denen man – im Rahmen einer gefühlvollen Annäherung, versteht sich – über sich als DEM SCHWEIN DER KULTURGESCHICHTE diskutieren könnte?

Es ist natürlich angenehmer, wenn man solche und ähnlich unter Samenbläschendruck geratenen Angelegenheiten an anderen Mannesexemplaren studieren kann. Einmal sah ich unseren kiezeigenen alternden Dichter die Mickiewicz-straße langgehen. Der kleinwüchsige Mann lief wie gewohnt etwas gebückt, hielt seinen Oberkörper auch seitlich nicht wirklich gerade, seine ganze Erscheinung prägte notgedrungen eine gewisse Achsenkrümmung. Wenn aber junge Mädchen irgendwo auftauchten, richtete sich der Mann kerzengerade auf. Er wurde ein Stück größer, zog auch seinen Hals in die Länge und zutschte sich mit seinen wärmesensorischen Augen an die jungen Körper heran, fixierte ihr venendurchschlängeltes Fleisch wie ein Vampir. Seine Augen glitten gerade noch über die Dächer der parkenden Autos; er konnte also unauffällig in Bewegung bleiben, ohne daß ihm irgendwelche Details der lebensfrohen Weiblichkeit entgehen konnten. Er kostete alles aus, was zu haben war, lief insgesamt etwas langsamer, beschleunigte nur, wenn ihm ein parkender Transporter oder ein höheres Fahrzeug den Blick zu versperren drohten. Und er zuckte wie ein überraschtes Wiesel zusammen, wenn die Mädchen seine Observationsmanöver bemerkt hatten.

Beim jahrelangen Grübeln darüber, wieso man fremde Blicke spüren kann, kam ich eines Tages auf die Lösung – unabhängig von Rupert Sheldrake und im partiellen Widerspruch zu ihm. Für mich steht fest, daß wir Menschen so etwas wie einen optischen, besser gesagt SEHZENTRUM-GESTÜTZTEN WITTERUNGSSINN besitzen. Ob die Entscheidung, aufrecht zu gehen, in der Steppe oder noch auf den Bäumen fiel, spielt in diesem Zusammenhang keine Rolle – den feinen Geruchssinn der Vierbeiner mußte der

Australopithecus, nachdem er sich aufgerichtet hatte, sowieso ablegen. Dafür sollten unsere Vorfahren die Möglichkeit bekommen, ihre frei gewordenen Gehirnkapazitäten für die Vervollkommnung ganz anderer Fähigkeiten zu nutzen: Unter anderem für das möglichst sichere Spüren von Blicken. Der Blickkontakt wurde zur differenzierten Verständigung beispielsweise auch immer wichtiger – das Augenweiß wurde sichtbar, die Augenbewegungen nutzte man bei der Jagd verstärkt zur lautlosen Kommunikation. Und der Geruchssinn verkümmerte rapide weiter.

Die Tiere spüren – im Gegensatz zu uns Menschen – nicht unbedingt, wenn sie von den Blicken freßgieriger Feinde verfolgt werden. Wenn der Wind günstig steht, kann sich die jagende Löwin ihre Antilopen so lange ansehen, wie sie will. Der Australopithecus mit seinem verkümmerten Geruchssinn mußte sich aber unbedingt schnell umstellen, um nicht ahnungslos angefallen und gefressen zu werden. Er mußte lernen, BLICKE ZU RIECHEN. Was der aufrechte Gang auch noch mit sich brachte, tut einem – nebenbei gesagt – heute noch weh: Bei diesem folgenschweren Vorgang KLAPPTEN DIE WEIBCHEN IHRE WARMEN ÖFFNUNGEN KALTMÖSIG ZWISCHEN DIE BEINE, und die Männchen kamen nicht umhin, ihr Aggregat gefährlich vorgelagert zu tragen.

Das Nachdenken über meinen Gesichtssinn beschäftigte mich mein Leben lang. Ich grübelte oft über die Probleme der Kraft und Durchdringlichkeit meiner – auch geschlechtsindifferenten – Glotzereien nach, weil mein Glotzen den meisten meiner Mitmenschen in der Regel nicht gefiel. Ich entdeckte bei passenden wie unpassenden Gelegenheiten, wie unangenehm ich aufgefallen war, in manchen Haushalten galt ich sogar als schlecht erzogen. Und nachdem ich mehrmals erlebt hatte, daß sogar ehrwürdige Männer unter meinen Blickattacken zittrigen Respekt vor mir bekamen, wurde ich stutzig. Zum Glück war ich nicht wirklich überheblich und wußte, daß mir eigentlich nichts Derartiges zustand. Bei meinen Streifzügen mit meinen ausgefahrenen Glotzorganen benahm ich mich im Grunde unschuldig, hatte nichts Böses im Sinn, wollte niemanden einschüchtern, provozieren oder vom Sockel stürzen. Ich wollte den Ehrenmännern, wie es überall meine Art war, nur kurz und tief in den Raum hinter ihren Augenhöhlen schauen. Auch physikalisch gesehen ist es ein eher einfacher Vorgang – könnte man meinen. Aber: Kamen dabei nur harmlose Lichtsignale durch meine Netzhaut in mein Gehirn hinein, oder sendete mein Schädel zusätzlich geheime Strahlen in die umgekehrte Richtung? Trotz meiner Skepsis und meines diskreten Grübelns verführten mich meine Erfahrungen doch irgendwann dazu, daß ich leichte Größenphantasien entwickelte – ohne daß ich begründen konnte, auf welchen Fähigkeiten oder Verdiensten diese überhaupt beruhten. Ich wußte aber nur zu gut, daß es mir ein leichtes war, bestrafungswürdige Rivalen auch vollkommen wortlos zu depotenzieren.

Ich sprach meine diesbezüglichen Erkenntnisse eine Ewigkeit nicht aus, behielt sie lieber für mich. Zu dieser Vorsicht hatte mich ein kleines Früherlebnis angehalten. Als ich einmal eine harmlose und für mich völlig alltägliche Beobachtung ausgesprochen hatte, merkte ich, wie alle Umstehenden – auch diejenigen, die von meiner Bemerkung gar nicht betroffen waren – mißtrauisch versteiften. Dabei war das, was ich geäußert hatte, ganz und gar aggressionsfrei – jedenfalls im Vergleich zu meinen sonstigen Denk-Ketzereien. Ich sagte etwa folgendes:

– Wenn sich M. nach etwas umdreht, hebt er immer den Kopf leicht nach oben, dabei spannt sich sein Hals irgendwie an – und diese Spannung zieht sich bis zu seinem Augenwinkel. Er sieht dann plötzlich so überheblich aus.

Eine arglose Bemerkung, könnte man meinen. Da meine Zuhörer aber so irritiert reagierten, spürte ich, daß mein Spruch alles andere als harmlos, sondern unanständig war –

und ich wurde rot. Den Grund für die leichte Angst der Leute erklärte ich mir erst nachträglich, als ich wieder allein war. Weil ich in der Runde preisgegeben hatte, wie genau ich mir andere Menschen ansah – und wie gewohnt ich es anscheinend war, einiges auch zu benennen –, schwante allen, daß ich offenbar in der Lage war, aus jedem von ihnen etwas hervorzudeuten.

– Guckst du dir alle Männer so genau an? Paß auf, sagte einer noch, um meine Errötung gegen mich auszuspielen.

Daß meine durchdringenden Blicke den meisten Menschen nicht behagten, daß sie sich von mir belästigt fühlten, hatte leider einige handfeste Gründe. Alle diese Vorsichtigen lagen mit ihrem Mißtrauen also nicht ganz falsch. Hinter meiner Glotzerei stand natürlich auch so etwas wie das Verlangen nach KORREKTUREN. Ich hätte dem einen oder anderen manchmal doch ganz gern ins Gesicht gegriffen und irgendwelche Unvollkommenheiten geradegerückt – Warzen abgekniffen, Muttermale wegradiert, Tränensäcke ausgewrungen, Mundwinkel hochgezogen, Runzeln geglättet. Ab und an hätte ich am liebsten aber auch tiefere Einschnitte vorgenommen, mich direkt zu den Seelen meiner Forschungsobjekte vorgearbeitet. Dank der bei mir irgendwann angekommenen Erkenntnis, daß für die meisten fleischlichen Oberflächenschäden der Menschen ihr Seelenleben verantwortlich ist, hätte ich für diese Eingriffe auch eine klare wissenschaftliche Grundlage gehabt. In mir steckte nicht etwa ein geborener Therapeut – das, was ich anzubieten hätte, hätte man eher »Aktionistisches Modellieren« nennen können. Ich hätte mir die Unglücklichen am liebsten mit Hilfe von fein-invasiven Meißeln vorgenommen, hätte mich an die Gründe für ihre Zukunfts- und Gegenwartsbitternis mit gezielt-angemessener Gewalt herangemacht, wäre in ihre eiternden Vergangenheitsgeschwüre getaucht, hätte ihren Groll so schnell wie möglich drainagiert, ihre Spannungen in die richtigen Kanäle geleitet und ihre Wunden unter freiem Himmel ausschwären lassen. Ich hätte den Blick der Menschen damit so schnell wie möglich nur für die Wunder der Gegenwart frei gemacht. Ihre Haut würde sich daraufhin schon von allein straffen, ihre Tränensäcke würden sich eigenständig trockenlegen und ihre Warzen eines Morgens einfach abfallen.

Diejenigen, die sich trauten, meine Blicke als eine Provokation aufzufassen, mußten notgedrungen auch ihre Wut zeigen.

– Was glotzt du, du Idiot.

– Renn mal gegen, sagte einer zu mir und hielt mir seine Faust entgegen.

Wenn ich meine Blicke absolut nicht unter Kontrolle hatte, immer wieder hinsehen mußte und die Belästigten keinen weiteren Rat wußten, machten sie mir auch konkrete Angebote.

– Prügel gefällig?

Die Blicke, die ich auf Frauen richtete, waren selbstverständlich hochgradig bedürftig. Diese weicheierischen Anteile kannte ich nur zu gut, wußte aber lange nicht, wie leicht sie von Dritten durchschaut werden könnten. Als ich die vergleichbar ungeschützt hinausposaunte Bedürftigkeit endlich unter die Lupe nahm, Blicke von Männern, die sich ähnlich armselig aufgeführt hatten, freilegte, wußte ich schlagartig Bescheid. Ein Freund von mir schaute einer jungen Rezeptionsdame beim Verlassen eines Provinzhotels so lange und intensiv in die Augen, bis diese ihn anlächelte. Ich fand die Situation furchtbar kindisch, und mein bester Freund tat mir leid. Aber ich sollte vielleicht nicht allzulaut krähen. Einmal fuhr ich durch die halbe Stadt in eine bestimmte Kneipe, um mir den Arsch einer Kellnerin von nahem anzusehen. Am Tag hatte ich sie und ihr Hinterteil nur flüchtig aus der Straßenbahn gesehen und war so unruhig geworden, daß ich noch einmal antanzen mußte. Ich wollte diese Frau ganzheitlich und von allen Seiten begutachten.

Nach der vollkommen sinnlosen Recherchefahrt hoffte ich, mich nie wieder auf ein solches Abenteuer einzulassen. Die Frau wirkte nämlich – Arsch hin oder her – alles andere als glücklich, ihr Gesicht war – Unglück hin oder her – schon von Natur aus disharmonisch, und mit ihrer großporigen Haut stimmte etwas nicht. Außerdem fehlte ihr ein Backenzahn.

Um wieviel schöner waren dagegen, erinnerte ich mich, die alten Frauen unten den blühenden Prager Linden! In jeder Saison gingen sie mit ihren Haushaltsleitern wenigstens einmal auf Wanderschaft. In unserer Gegend standen dann Unmengen von Omas in unterschiedlich luftiger Höhe – überall dort, wo die gelbstrahlenden Äste der Linden einigermaßen niedrig hingen. Alles duftete, die Frauen pflückten die Blüten, und man konnte ihnen unter die Röcke sehen, wenn man Interesse am Wissen über die Heilwirkung der Lindenblüte zeigte.

In der Kindheit hatte ich die naturdiktierten, geschlechtsgepeitschten Verhaltensstandards dauernd vor Augen. Ich sah, was zwischen Männern und Frauen im Prager Menschenzoo vor sich ging und offenbar auch nicht anders als auf diese kanonisierte Art zu laufen hatte. Nämlich wie am Fließband und ohne jegliche Skrupel. Ein Herr Professor, der bei uns im Haus wohnte, schleppte dauernd schöne junge Studentinnen in seine Wohnung. Er war Junggeselle und lebte mit seiner uralten tauben Mutter zusammen. Ich sah ihn oft mit seinen reizenden Begleiterinnen im Treppenhaus, weil ich dort regelmäßig mit einem Tennisball Fußball spielte. Ihm gefielen nur schöne Frauen, sagte er einmal einem Freund meiner Mutter, der seinen vortrefflichen Geschmack gelobt hatte. Auch die Bekannten meiner Mutter – allesamt verheiratete Männer – waren keine korrektiv tauglichen Bespiele für mich. Einige von ihnen unterhielten feste Beziehungen nicht nur zu ihren Zweitfrauen, sondern parallel auch noch zu ihren wechselnden Drittfrauen. Als Thema waren Untreue, Doppeltreue oder Trippeltreue bei uns immer präsent – und nie als etwas Außergewöhnliches oder Anstößiges kommentiert worden.

Bei meinen Beobachtungen ignorierte ich keinesfalls Einzelgänger, die etwas anders funktionierten als die Mehrheit. Auch wenn ich manches lange überhaupt nicht nachfühlen konnte. Ein Bekannter meiner Mutter war beispielsweise entzückt von dicken Frauenwaden, sprach von ihnen mit einer solchen Hingabe und Offenheit, daß man ihm diese Vorliebe glauben mußte. Mir blieb seine Leidenschaft so lange fremd, bis mir einmal auffiel, wie dieser Mensch plötzlich die Beine meiner Mutter zu fixieren begann. Im Normalzustand waren ihm ihre Waden und Schenkel sicher nicht dick genug, meine Mutter hatte ihre Beine aber gerade übereinandergeschlagen – und ihre oben liegende Wade war dadurch breiter geworden, beulte sich aus und wirkte ungewöhnlich voluminös. Der Mann war wie gelähmt und zu einem vernünftigen Gespräch nicht mehr fähig. Er begann stotternd von seinem großen Unglück aus alten Zeiten zu erzählen. Eine Jugendliebe von ihm – die Frau mit den dicksten Waden, die er sich erträumen konnte – hatte ihn von einem Tag auf den anderen verlassen und jemand anderen geheiratet. Und dieser Rivale hatte diese Wadenbeste – als sie ihm insgesamt zu dick wurde – wiederum eines Tages verlassen. Selbstverständlich hatte der Schuft diese Frau in ihrer ganzen Dickwadigkeit nie gewürdigt.

Die ersten Vorgespräche zum Thema »Die Frau und der Alltag« und »Das Mysterium des Zusammenlebens« führte ich ausgerechnet mit ebendiesem wadenbesessenen Sonderexemplar von Mann, der sich zu einem partiellen Misogyn entwickelt hatte und in einer katastrophalen Ehe-Notgemeinschaft vegetierte. Auf meine freudig erregten Fragen bekam ich deswegen entsprechend häßliche Antworten.

– Es ist furchtbar, tagtäglich die gleiche Frau ... Sie putzt sich ausgerechnet dann die Zähne, wenn man ins Bad will. Überall liegt ihre Unterwäsche herum.

– Aber das, genau das ist doch das Schöne daran. Jeden Tag zu sehen, wie sich die Frau, die EIGENE FRAU ihre Zähne neben einem putzt ... und die Unterwäsche dauernd durch die Luft wirbeln läßt!

– Nein! Glaub mir, Georg, das alles geht einem nur noch auf den Geist. Wenn sie zum Beispiel Schnupfen hat, bleibt im Waschbecken ihre angetrocknete Rotze dauernd kleben und läßt sich ohne Berührung nicht wegspülen. Eklig ist das. Außerdem immer wieder diese blutigen Binden! Und wie die im Mülleimer stinken – schon nach kürzester Zeit! Das kannst du dir gar nicht vorstellen. Am nächsten Tag willst du einfach nur raus auf die Straße, und du bleibst dort, so lange du laufen kannst.

Als ich bei einem Sport- und Turnfest in einem riesigen Prager Stadion Zehntausende braungebrannte nackte Frauenbeine gesehen hatte, wurde mir das Problematische meiner großflächig keimenden Sehnsüchte überdeutlich bewußt – trotz meines zarten Alters. Die unübersehbare Menge an Frauen, die es auf der Welt gab – im und außerhalb des Stadions –, war an sich schon ein Grund zum Verzweifeln. Dieses Meer konnte ein Einzelwesen niemals mit Glück beschenken. Dabei war jede dieser Frauen – jedenfalls nach den mir gerade präsentierten schlanken Beinen zu urteilen – eine umwerfende Schönheit. Jede von ihnen hätte ein glückliches Leben verdient, jede von ihnen versprach jedem einigermaßen seh-potenten Mann Glück und Erfüllung. Auf der Zuschauertribüne saß ich neben meiner Mutter und war lange sprachlos. Nachträglich sprach ich tagelang nur von den schönen Frauenbeinen, von nichts anderem – von diesen Zehntausenden und Abertausenden Beinen. Das Sportstadion Strahov ist – jedenfalls was die 60 000 Quadratmeter, also ganze ACHT Fußballfelder große Turnfläche betrifft – das europaweit größte Stadion. Die Fläche konnte also auch die größte Menge an synchron turnenden Frauen aufnehmen. Das Sportliche, Harmonische, die Gleichzeitigkeit der Arm- und Beinbewegungen, die geometrischen Muster, die die Turnerinnen auf der riesigen Fläche entstehen ließen, alles, was ich sah, spielte für mich eine nur untergeordnete Rolle. Was sich mir eingebrannt hatte, waren ausschließlich die nackten Beine. Notgedrungen dachte ich später aber auch daran, daß sich alle diese dreißigtausend Frauen zweimal täglich die Zähne putzten – oder es zumindest hätten tun sollen.

In meiner unmittelbaren Nähe ging es punktuell aber auch ausgesprochen triebschwach zu – sogar bei einem jungen männlichen Wesen. Er war mein Mitschüler, schien unter der Turnhose so gut wie penislos zu sein, außerdem war er dicklich, langsam, trotz allem aber äußerst freundlich. Sein Vater arbeitete – wie meiner – bei der »Geheimpolizei«. Dieser Bursche hatte bekanntermaßen ein körperliches Geheimnis und durfte als einziger während des Unterrichts ungefragt auf die Toilette gehen. Worin sein Geheimnis bestand, wußte leider niemand so recht. Als ich einmal vom Arztbesuch in die Schule kam und unerwartet die Toilette betrat, hockte dieser Leisetreter mitten im Raum oberhalb eines Fußbodenabflusses und urinierte. Wir lächelten uns an. Da wir beide gewissermaßen zum geheimpolizeilichen Nachwuchs gehörten, habe ich über seine frauliche Art zu pinkeln niemandem etwas erzählt.

Dieses arme Geschöpf hatte außerdem eine von einer Herzoperation stammende Narbe mitten auf der Brust, und diese wurde in den Sommermonaten oft sichtbar. Weil der Bursche ein unsicherer, wehrloser Mensch war, mußte er seine Narbe oft vorzeigen und sich blöden Fragen aussetzen. Manche wollten immer auch noch mehr sehen, fragten ihn nach weiteren Narben. Vielleicht »da unten«? Außerdem besaß er eine dauerhaft fließende Augenhöhle.

Entlang seiner Nase bildete sich im Laufe jedes Vormittags eine braune Spur, die oft bis zu seiner Oberlippe reichte, in seinen Mundwinkeln nisteten immer Häubchen von weißlichem Schaum. Wahrscheinlich erleichterte er sich eben – vorsorglich libidinös, könnte man meinen – auf diese Weise, tropfte gleich oben am Kopf aus. Im großen und ganzen war er ein neidloser und gütiger Kerl. Als ich ihn nach vielen Jahren traf, war er rund und sah vollkommen zufrieden aus. Zu diesem Zeitpunkt war er auf alle Fälle viel gelassener als ich, der im Leben an der Seite von fraulichen Wesen noch einiges durchzustehen hatte.

Übrigens: Für Theodor W. Adorno und seine triebgesteuerte Attacke hatte meine Mutter großes Verständnis. Adornos Frau sei so furchtbar häßlich, meinte sie.

beachte den einbrecher nicht –
wir werden ihn einfach ignorieren

Auf mein formbares Wesen hat unter anderem auch ein sportives Prachtexemplar von Mann einen eindeutig positiven, wenn nicht sogar voranpeitschenden Einfluß gehabt. Es war der äußerst bewegliche Herr Zátopek, der berühmteste tschechische Langstreckenläufer aller Zeiten. Für diese Einflußnahme reichte es vollkommen aus, daß Zátopek ab und zu an mir – und meistens nur am nördlichen Rand meines Wirkungsreviers – leise und unauffällig vorbeihuschte. Er durfte oder wollte nicht abtrainieren, lief viel und oft und wurde manchmal auch im Osten beim Stalindenkmal, im Westen bei der Militärakademie und in der Nähe der Burg gesichtet. Er war kein junger Mann mehr, aber wie schnell er immer noch laufen konnte! Sich im Leben zu behaupten und mit anderen mitzuhalten würde nicht leicht sein – das war mir schon damals klar. Zátopek muß in der Villengegend gewohnt haben, die hinter dem Sportplatz meiner Schule lag. Einmal saß er auf einer Parkbank, aß Kirschen und schnipste die Kerne in unsere Richtung. Er beschoß also meine wehrlose, in einer geordneten Formation zum Sportunterricht marschierende Klasse und lächelte zweideutig. Jeder wußte, wer Zátopek war, und jeder zitterte vor Angst – allerdings nicht wegen seiner Kirschkerne, sondern weil uns mehrere lungenverbrennende Aufwärmrunden auf unserer verhaßten Aschenbahn bevorstanden.

Skopka brauchte keinen Stoffhasen vor der Nase wie ein Windhund, Petr Skopka schöpfte genügend Antrieb aus gehirneigenen Quellen. Er reifte daher viel schneller als ich, und sein Tun wurde substantieller – es gedieh auch weitgehend schleim- und nackthaut-unabhängig. Trotz seiner Vernünftigkeit blieb Skopka seinem tödlich-destruktiven Bastlertum allerdings treu. Und weil er für alle radikalen Innovationen nach wie vor offen war, war er konsequenterweise dazu bestimmt, irgendwann systemgefährdend zu werden. Auf diese Weise hielt ich mich dauerhaft in der Nähe eines Individuums auf, das großen Ärger zu veranstalten drohte und das früher oder später wirklich Ärger bekommen sollte.

Skopkas nächste Gefährdung unserer friedliebenden Republik wirkte anfangs vollkommen harmlos. Er war Abonnent der Jugendzeitschrift »ABC der jungen Techniker und Naturwissenschaftler«, und umtriebig wie er war, fand er immer noch Zeit, alle möglichen, dort propagierten Aktivitäten mitzumachen. Die Zeitschrift stiftete ihre jungen Leser an, das und jenes zusammenzufummeln, zu verbessern oder selbst zu erfinden – und man versprach den Fleißigsten von ihnen, Artikel über ihre Fleißarbeit abzudrucken. Alle zukünftigen Tüftler und Nachwuchswissenschaftler waren wie elektrisiert. Ein Mitschüler aus unserer Parallelklasse berichtete in einer Glosse empört, wieviel Wasser der Volkswirtschaft verlorenginge, wenn alle Bürger ihre Wasserhähne leichtsinnig tropfen ließen. Er hatte eine Stunde lang Wasser in einen Meßbecher tropfen lassen, dann mit 24 multipliziert, dann mit sieben, schließlich – aus Vorsicht, vielleicht war es eine kleine Zensurmaßnahme – mit dem Hundertstel der Einwohnerzahl von Prag. Die Zahl, die er in seinem kurzen Artikel nannte, war schockierend. Und alle kamen auf die naheliegende Idee, daß sicher ungeahnt viele Nachbarn und Freunde ihre Wasserhähne ebenfalls tropfen ließen. Wir alle waren aufgerüttelt und hielten unsere sozialistischen Augen weit offen. Skopka winkte ab und korrigierte bald die publizierten Zahlen – allerdings nur klassenintern und mündlich. Sein Artikel, in dem er riet, die oft nicht erhältlichen Dichtungen aus den Wasser-

hahn-Spindeln herauszunehmen, sie einzufetten und umzu-
drehen, wurde nicht abgedruckt.

In einer anderen Nummer der Zeitschrift wurde der Vorschlag einer neuartig verbesserten Kneifzange ausgezeichnet. An einer der Backen war ein Huckel angeschweißt, so
daß man mit dem so erhöhten Hebel Nägel aller Hartnäk-
kigkeitsgrade herausziehen konnte. Das ließ Skopka wieder
nicht ruhen. Er meinte, dieser viel zu schmale Stützhuckel
würde in dem beim Hebeln zu stark belasteten Holz häßliche Druckspuren hinterlassen. Und er reichte umgehend
eine verbesserte Version dieser Erfindung ein, in der an
ebendiesen Huckel ein abgerundetes breites Plättchen angelötet (hart angelötet!) worden war. Sein Vater fertigte ihm
auf der Arbeit eine professionelle technische Zeichnung dazu. Skopkas Vorschlag wurde daraufhin tatsächlich abgedruckt. Er wurde sogar persönlich in die Redaktion ein-
geladen und bald zu einem externen Mitarbeiter ernannt.
Das war der Anfang seiner neuen steilen Karriere.

Die Zeitschrift »ABC der jungen Techniker und Naturwissenschaftler« (kurz »ABietschko« genannt) rief kurz
danach eine Bewegung ins Leben, die auf Skopka wie zu-
geschnitten war. Es war die sogenannte Bewegung der
»Raumschiff-Besatzungen«. Diese neuartigen Zellen der
technikbesessenen Jugend bekamen sofort einen unglaubli-
chen Zulauf. Offensichtlich regten die Väter dieser Idee im
Jungvolk das Bedürfnis an, anders als staatlich gelenkt vor-
anzukommen – oder es zumindest zu versuchen. Viele Jungs
witterten natürlich auch die Chance, auf diese Weise den lästigen Pioniernachmittagen zu entfliehen. Sie blieben zwar
offiziell weiter Pioniere, bastelten aber lieber an ideologie-
freien Modellen, trainierten für die Schwerelosigkeit oder
prägten sich Sternbilder ein, um sich bei intergalaktischen
Flügen eigenständig orientieren zu können. Die Palette der
Themen war endlos, die alle zwei Wochen erscheinende
Zeitschrift lieferte unablässig Anleitungen, Anregungen,

Tips und weiterbildende Artikel. Viele der zukünftigen Kosmonauten hörten aber bald auf zu basteln und schoben ihre Raumschiff-Aktivitäten nur vor, um der organisierten pionierlichen Langeweile vollständig zu entkommen. Und die ewigjungen, vielleicht auch etwas infantilen Initiatoren der Bewegung ahnten wahrscheinlich nicht, was sie eigentlich angezettelt hatten. Unbewußt war dieser Zug aber eindeutig gegen die Einheitstuerei des Staates gerichtet. Für diese These spricht, daß sich die einzelnen Raumschiff-Mannschaften stadtviertelweise und hierarchisch organisieren, im Grunde ein autonomes Netzwerk bilden sollten. Um sich »auszutauschen«, wie es hieß. Man tauschte sich tatsächlich manchmal aus. Und auch wenn es nicht der Fall war, fühlte man sich trotzdem einer autonomen Brüderschaft zugehörig – einer Art Freimaurerloge für Heranwachsende. Zusätzlich war man – trotz eines Minimalaufwands – schon so etwas wie ein potentieller Kandidat für die herannahende und sogar vertikale Flucht aus der häuslichen Enge. Außerdem würde man, nachdem man eines Tages in der kasachischen Steppe oberhalb einer Rauchwolke in den reinen Himmel stach, alle anderen Bewohner der Erde ihre Kleinheit spüren lassen können.

Die Karriereanfänge der meisten Raumschiff-Aktivisten waren erst einmal bescheiden. Von heute aus kann ich aber trotzdem behaupten, daß das, was ich an Skopkas Seite erleben durfte, eine geschichtsträchtige Relevanz hatte. Ich wurde im Grunde ein Zeuge des ersten zarten, aber brisanten Versuchs, eine revisionistische Bewegung in der Tschechoslowakei zu gründen – mehrere Jahre vor dem viel bekannteren Prager Frühling. Daher sollte sich, denke ich, die aktuelle Geschichtsforschung irgendwann meinem Freund Skopka und den anderen Weltraum-Aktivisten zuwenden und sie als so etwas wie kleine Dubčeks würdigen. Für meinen Freund Skopka würde es mich freuen. Nach alldem Mühsal und den kleinen, trotzdem schweren Anfängen.

Wer hätte beispielsweise von ihm, diesem versponnenen Trainer unschuldiger Fliegen, früher so etwas gedacht! Und wer hätte geahnt, daß seine erste oppositionelle Tat ausgerechnet mit der Eroberung des Kosmos zu tun haben würde! Skopka, der Fliegenquäler, Skopka, der nach dem Ostblock-Zusammenbruch erste demokratisch gewählte Bürgermeister von Prag – dieser Petr Skopka half schon als Vierzehnjähriger, an den Grundfesten der sozialistischen Gesellschaft zu rütteln und eine politische Parallelstruktur aufzubauen. Und diese war, wie man sich denken kann, dem Sozialismus wesensfremd und hätte nur zum Ende der Einheitsharmonie zwischen Volk und Partei führen können.

Unter dem Motto der ganzen Aktion »Das All ruft« ging es in der Bewegung aber trotzdem einigermaßen sozialistisch zu. Das allgemeine Fiebern hing natürlich eng mit dem aktuellen kaltkriegerischen Wettbewerb der politischen Systeme zusammen. Unsere fortschrittliche Gesellschaftsform sollte auch in der Zukunft die Nase vorn behalten – vor den frech aufstrebenden Amerikanern. Da Skopka zu den Gründungssöhnen der Bewegung gehörte, wurde er auf Anhieb Leiter des Netzwerks von Prag 6, also ein Koordinator der einzelnen Raumschiff-Besatzungen – der sogenannte »Gouverneur« unseres Stadtteils. Er kannte die Gründungsväter der Bewegung persönlich und saß in einem zentralen Gremium als Vertreter der Basis – in einer Art Buddelkasten-Politbüro. Außerdem war er ein wichtiger Ideenlieferant für die Treffs, Wettbewerbe und Bastelvorhaben. Er wirkte sogar bei einem Auftritt im Fernsehen mit. Skopkas sich eng um die Weltraumtechnologie rankende Zukunft schien gesichert zu sein. Und obwohl seine Zukunft ganz anders ausgefüllt zu sein schien als meine, glühte Skopka genauso vor Optimismus wie mein erotisiertes Ich.

Eine oppositionelle Bewegung ist aus der ekstatischen Zellteilung der Raumschiff-Besatzungen natürlich nie hervorgegangen, die Hysterie legte sich nach etwa zwei Jahren, und die Bewegung schlief irgendwann ein. Ihre Initiatoren – die Redakteure der Zeitschrift »ABC der jungen Techniker und Naturwissenschaftler« – wurden daher nie als politische Verbrecher belangt, mußten sich nie vor einem Strafgericht verantworten. Und auch Petr trafen keine disziplinarischen Maßnahmen. Er bekam dafür ganz andere Sorgen. Die Konflikte mit seinem Vater spitzten sich schon auf dem Höhenpunkt seiner Gouverneurskarriere dramatisch zu, und ausgerechnet in der Zeit des massenhaften Verglühens der Raumkapselbewegung wurde er beinah Opfer einer Gewalttat – genau gesagt eines väterlichen Wohnungseinbruchs.

Über den Ernährungsterror von Frau Skopková habe ich buch-eingangs schon kurz berichtet, das außergewöhnliche Werden ihres Sohnes hatte aber noch andere häusliche Schattenseiten. Skopka litt dort nicht übermäßig, seine Beschäftigung mit technischen Dingen lenkte ihn zum Glück ab – und über sein Zuhause sprach er sowieso ungern. Er war extrem neugierig, ausdauernd und organisatorisch begabt, da er aber ein eher praktisch denkender Mensch war, plagte ihn in der Schule ausgerechnet meine geliebte Mathematik. Er wollte und konnte beispielsweise – noch als Weltraumaktivist! – nicht begreifen, warum eine Zahl größer wird, wenn man sie mit einer anderen Zahl zwischen NULL und EINS dividiert. Von solchen schwierig zu überwindenden Denkhürden hatte es in Skopkas Schulzeit sogar mehrere gegeben – und er brachte immer wieder schlechte Zensuren nach Hause. Daß er von seinem Vater regelmäßig geschlagen wurde, wußte ich lange nicht. Mir war nur aufgefallen, daß er sich beim Umziehen vor dem Sportunterricht oft sehr schamhaft verhielt.

Einmal begleitete ich ihn nach Hause, sein Vater war überraschenderweise schon da – und wollte die letzte, sicher endlich benotete Mathearbeit sehen. Petr murmelte, die hätten wir noch nicht zurückbekommen. Das war ein Fehler – dieses Täuschungsmanöver aus niederen Motiven machte alles nur noch schlimmer. Skopkas nicht geschlechtlich, sondern vor Mißtrauen erregter Vater durchwühlte daraufhin den im Flur liegenden Schulranzen, fand die Arbeit mit einer VIER MINUS – schlechter wäre nur noch die FÜNF – und befahl dem Sohn, die Hose herunterzulassen. Ich begriff erst einmal nicht, was die beiden vorhatten – und wäre in meiner solidarischen Ahnungslosigkeit sogar bereit gewesen, mich auch auszuziehen. So etwas wie Züchtigung gab es in meiner Welt nicht, Schläge auf schmerzende Körperteile vermutete ich im fernen neunzehnten Jahrhundert oder in der dritten Welt. Ich wurde aufgefordert, gut zuzusehen. Zum Schlagen wurde ein altes krummgewordenes Lineal aus dunklem Holz benutzt. Petrs Vater war gnadenlos, Petr selbst aber tapfer, tränte geräuschlos. Der Tag der Rache kam bald. Petr und ich standen einmal gegen Abend in der Nähe des barocken Tores, dem Zentrum unserer Gegend, und diskutierten, ob die Sowjets eine Chance hätten, als erste auf dem Mond zu landen. Der schwärmerische Petr war gerade dabei gewesen, so etwas wie den zukünftigen unbemannten Russentrampler »Lunochod« zu entwerfen, als wir im angrenzenden Park eine wankende Gestalt erblickten.

– Schnell weg, das ist mein Vater, sagte Skopka und rannte durch die tunnelartige Durchfahrt zur anderen Seite des Torhügels.

Wir kletterten an einer der schrägen Böschungen zwischen den Büschen nach oben, begegneten dabei niemandem. Auch auf dem oberen grasbewachsenen Plateau war kein Mensch. Die Situation war etwas ungewohnt. Hier trafen sich sonst die unterschiedlichsten Cliquen und Banden, Skopka gehörte nicht unbedingt hierher. Wir legten uns in die breite südliche Rinne oberhalb des Torbogens und beobachteten den betrunkenen Schläger, der auf dem Vorplatz herumstolperte und nah dran war, auf die Granitpflasterung zu stürzen. Vater Skopka lief an unserer Beobachtungsstelle schließlich vorbei – etwa acht Meter unter uns –, bog dann um die Ecke und setzte seine beschwerliche Wanderung an der Flanke des Tores fort. Vielleicht wollte er eine oder sogar noch mehrere Runden drehen – nach Hause hätte er sonst geradeaus gehen müssen. Eventuell wollte er auf diese Weise Zeit gewinnen und etwas ausnüchtern. Von oben hatten wir die ganze Gegend gut im Blick, ohne dabei gesehen zu werden – und wir konnten sogar bei Positionswechseln in Deckung bleiben. Da der Säufer den angrenzenden Bürgersteig nicht verlassen und die erste sanfte Kurve genommen hatte, konnte man davon ausgehen, daß er demnächst tatsächlich zu der vermuteten längeren Umrundung ansetzen würde. An der Nordseite des Tores befanden sich – und befinden sich bis heute – links und rechts noch die ursprünglichen Verteidigungsgräben. Der Normalbürger muß hier den Umweg in Kauf nehmen – es sei denn, er will entlang eines der schmalen Trampelpfade in die Büsche pissen gehen. Skopkas Vater lief inzwischen um den linken Graben herum, wir hatten Zeit. Etwa nach der Hälfte seiner vermeintlichen Runde blieb er stehen und betrachtete den Himmel, an dem nichts zu sehen war. Dann setzte er seine Wanderung fort, und es war nun so gut wie sicher, daß er an der gegenüberliegenden Toreinfahrt bald wieder vorbeigehen würde. Petr entsicherte seine Hose, sie rutschte ihm dabei leicht nach unten. Auf dem Ansatz seines Hinterns sah ich frische Striemen. Wir standen oberhalb der Einfahrt, nah der Torbogenkante. Nur hier führt der Bürgersteig direkt an der Wand entlang. Unsere Vorräte an Knallgranaten waren längst verbraucht, wir warteten eine ganze Weile, es dämmerte. Ich war inzwischen auch pißbereit – und als die unregelmäßigen Schritte senkrecht unter uns zu hören waren, ließen wir synchron los. Da wir uns verborgen halten mußten und nicht unmittelbar an der Kante stehen konnten, sahen wir nicht, ob wir den Läufer tatsächlich getroffen hatten. Petr hatte aber ein feines Gehör und meinte, das Plätschern hätte kurzzeitig etwas gedämpft geklungen.

Dieser kleine Schauerregen machte Skopkas Vater sicherlich nicht viel aus, er schimpfte jedenfalls nicht hörbar. Skopka untersuchte abends den Hut und Mantel seines Erzeugers, entdeckte dabei aber keine klaren Spuren mehr. Eine Geruchsprobe brachte auch kein Ergebnis, weil alle Kleidungsstücke, die die chemische Reinigung eines sozialistischen Reinigungsbetriebes hinter sich hatten, sowieso streng rochen. Noch unmittelbar vor dem eigentlichen Pißangriff hatte mich Skopka um ein absolutes Stillschweigen gebeten – und ich habe mich daran bis heute gehalten.

Wenn ich von Gerüchen spreche, muß ich die unterschiedlichen Geruchsnoten erwähnen, die die Wohnungen meiner Mitschüler kennzeichneten. Eine bestimmte Art Muffigkeit war von keiner dieser Behausungen wegzudenken, und sie blieb, worüber ich mich schon damals wunderte, erstaunlich konstant. Da und dort vorhandene Großmütter trugen zu dem Geruchsklima immer entschieden bei, und je älter sie waren, desto stärker machten sie sich bemerkbar. Aber auch die Lichtverhältnisse waren an den Verdampfungsvorgängen oder der molekularen Zusammensetzung der Luft offenbar stark beteiligt. Je dunkler eine Wohnung war, desto stickiger roch sie. In manchen Fluren merkte man, daß sie nie gelüftet wurden, in manchen Küchen roch es nach den immer gleichen billigen Mehlsoßen, in manchen Schlafzimmern nach durchgelegenen und verschwitzten Betten. Bei manchen Mitschülern stanken Hunde, Katzen oder Meerschweine, bei einem, der immer etwas abgerissen aussah, stapelte sich in einer Ecke dreckige Wäsche samt gelbbraun verfärbter Unterhosen – seine Wohnung muffte besonders brisant. Prager Parterrewohnungen besaßen in der Regel mindestens eine feuchte Wand. Aber selbst wenn alle Wände trocken wirkten, sogen diese Räume die grünmoosige Luft der Innenhöfe zwangsläufig immer ein – durch alle vorhandenen Fensterritzen. Aber natürlich auch osmotisch mit allen noch durchlässigen Wandporen. Und noch etwas war am Klima jedes Hauses stark beteiligt – und dies darf in Prag bis heute auf keine leicht zu lüftende Kappe genommen werden: Es ist das unbewegliche Duftmilieu der dunklen, sich im Hauskern befindenden Luftschächte – der so genannten LICHTSCHÄCHTE; und in diese führen die schmalen Fenster aller Toiletten, Badezimmer und muffiger Besenkammern.

Bei der in Prag üblichen Bauweise gruppieren sich die Toiletten und Badezimmer um die Lichtschächte herum und haben keine Fenster nach außen. So sind sie von jeglicher übertriebener Frische oder von störenden Wettereinflüssen gut abgeschirmt – daher wenigstens immer konstant temperiert; und sie ermöglichen es unter Umständen, quer über den Schacht Intimverrichtungen der Nachbarn zu beobachten oder ihren lauten Streitereien zuzuhören. Von diesen DUNKLEN Lichtschächten fühlen sich automatisch nicht nur alte und junge Späher angezogen, dummerweise ziehen diese tiefen Grotten auch jugendliche Selbstmörder stark an. Allein an unserer Schule gab es in meiner Zeit zwei solcher Sprünge in den Abgrund. Weil unten in der Kellerebene der Schächte meistens aber hohe Schichten aus alten Scheuerlappen, blutigen Binden und feuchten Badezimmerläufern lagerten – bedeckt mit flauschigen Matten aus Staubmäusen –, endeten die beiden Selbstmordversuche nicht tödlich. Es ist zu hoffen, daß mehrere dieser Verzweifelten, nachdem sie zwischen den dort sicher auch noch reichlich verstreuten Kondomen und Damenschlüpfern zu sich gekommen waren, zu neuem Leben erweckt wurden.

Tante Györgyis nicht gelüftetes Zimmer roch nicht gut, Tante Peprls Verließ dampfte kellerhaft, und der gemeinschaftliche Flur unserer Etage war auch kein olfaktorisches Vorzeigeobjekt. Onkel ONKELs Pfeifengeruch blieb bei uns trotz seines Rauchabsaugers sowieso immer gegenwärtig, vermischte sich mit den Abgasdämpfen unseres schon erwähnten Kühlschranks, zum Glück aber auch mit Mutters Zigarettenduft der Marke »Lípa« – was bezeichnenderweise Linde bedeutet. Unser Teil der Wohnung roch eindeutig viel besser als der Rest, und in unseren Zimmern duftete es oft sogar nach Wald. Meine Mutter und ich brachten uns aus dem Urlaub immer aufregende Gerüche mit – frisch harzende Splitter Waldholz, die bei Waldarbeiten liegengeblieben waren, Wacholderäste mit Blüten oder Beeren – oder Pilze, die wir einfach nur trocknen ließen und nicht unbedingt essen wollten. Das am besten duftende Holz kam aus Mutters nordmährischen Beskyden, ihrer eigentlichen Naturheimat bei Ostrau. Als ich einmal aus der Schule kam und ein beim Sportunterricht durchgeschwitztes Oberhemd nach Hause brachte – nicht meins, aus Versehen hatte ich mir ein fremdes geschnappt –, gab es in der gesamten Wohnung einen Aufstand. Alle rochen, daß bei uns ein Fremdling eingezogen war, alle befürchteten die Invasion eines eurasienfremden Skunks oder Opossums und suchten es überall. Alle wußten, daß ein Wesen mit derartigem Körpergeruch in unserer Großfamilie niemals geduldet werden würde. Die stinkende Quelle der Aufregung hing dabei reglos im Badezimmer.

Auch als ich und Großmutter Lizzy meine Mutter in ihrem Tuberkulose-Internierungslager besuchten, gab sie uns etwas gut Riechendes mit auf den Weg. Meistens ganze Bündel von Gräsern und Wiesenblumen. Die Zeit vor ihrem Weggang ins Sanatorium war seltsam bedrückend gewesen, auch wenn mir nie in den Sinn gekommen war, daß mir meine Mutter hätte wegsterben können. Dabei hatte ihr Siechtum ein ganzes Jahr gedauert. Sie wurde immer schwächer und müder, und ihre schönen oder weniger schönen jüdischen Ärzte rätselten, was ihr gefehlt haben könnte. Und weil einer von ihnen Chefarzt der psychiatrischen Klinik von Bohnice war – meine Mutter und ich kannten uns dort bereits gut aus –, nahm er sie vorsorglich für mehrere Wochen zur Beobachtung auf. Ihr ging es dort überhaupt nicht besser, und sie sah unter den vielen Problemfällen auch einigermaßen verstört aus. Niemand kam in dieser Zeit auf die Idee, sie zum Röntgen zu schicken. Irgendwann hatte sie sich in einem der Lungenflügel ordentliche Löcher freigelüftet. Mit TBC war damals noch weniger zu spaßen als heute. Insgesamt fiel das Jahr der großen Trennung trotzdem in die eher harmonische Zeit unserer Beziehung, einfach in die Zeit, die eindeutig unsere gemeinsame gewesen war. Wenn meine Mutter über diese Periode sprach, sagte sie gern scherzhaft: »Ja, damals – ALS WIR BEIDE NOCH KLEIN WAREN.«

Wir beiden Kleinen erlebten damals wirklich allerlei, waren ungeschickt und unvernünftig wie zwei Geschwister, die ohne väterliche Aufsicht auskommen mußten. Einmal stellten wir die Haushaltsleiter auf und wollten gemeinsam eine Gardine aufhängen. Ich kletterte als erster nach oben, meine Mutter kam nach und lächelte mich lieblich an. Ich konnte leider nicht zurücklächeln, weil mein kleiner Finger im Spalt zwischen den beiden Leiterhälften gerade in die Zange genommen worden war. Das Gewicht unser beiden Körper drückte ihn immer flacher zusammen, und ich wurde dabei so gründlich ruhiggestellt, daß ich bis auf weiteres stumm blieb. Ich sah meine Mutter konzentriert an und litt. Unsere Gesichter waren auf der gleichen Höhe, und meine Mutter fragte mich geduldig aus, forschte danach, was mir fehlte. Sie blieb liebevoll in meiner Nähe, studierte weiter meine Mimik, streichelte mich. Aus meinen Augen quoll dabei leider so viel Wasser, daß mein Blick – zu meinem

Flachfinger hin – verschwommen war, die Blickrichtung undeutlich blieb. So aufregend ging es bei uns also manchmal zu – damals, als wir beide noch klein waren. Das Gute bei solchen und ähnlichen Vorfällen: Beim Trösten war meine Mutter wirklich ausdauernd, und wenn ich nach einer Stunde immer noch wimmerte, bekam ich weiterhin Trost gespendet, der tatsächlich frei von jeglicher mütterlicher Ungeduld war; irgendwann auch frei von jeglichem Restschmerz meinerseits.

Als die Tuberkulose meiner Mutter wieder vollständig ausgeheilt war und sie nicht gerade eine Depression hatte, konnte ich mit ihr wieder ungehindert lachen und endlos scherzen. Manche Scherze durfte ich mit ihr aber nie anstellen. Man durfte meiner Mutter keine abgetrennten menschlichen Gliedmaßen präsentieren – das hieß zum Beispiel, daß ich meine Hand möglichst nie hinter einer nur angelehnten Tür vorzeigen durfte. Manchmal wollte ich meine Mutter allerdings doch hysterisch schreien hören. Dann reichte es beispielsweise, unter ihr Bett zu kriechen und einen Fuß herauszustrecken. Ihre Schreie waren köstlich. Und weil sie meine Späße regelmäßig unbeschadet überstand, wollte ich sie in ihrer Erschreckbarkeit fit halten. Manchmal hing mein Fuß zur Abwechslung aus einem Schrank, ein anderes Mal versteckte ich mich hinter einem Vorhang und ließ meinen Kopf wie ein Erhängter baumeln – die Schlinge des Verlängerungskabels hielt ich dabei hinter mir mit zwei Fingern fest. Bei meinen Raubzügen durch die Innenhöfe brachte ich manchmal Teile von Schaufensterpuppen mit – und wie zufällig lag dann mal ein Arm oder ein Knie auf dem Teppich.

Manche dieser kleinen Scherze gefielen meiner Mutter am Ende doch, jedenfalls sprach sie nie ein eindeutiges diesbezügliches Verbot aus. Als sie mich während eines Gesprächs mit einem unsympathischen Besucher zu lange nicht beachtet hatte, zündete ich unter dem Stuhl des Belästigers ein kleines Feuerchen an und ging weg. Leider bekam dabei der nach dem Krieg nicht mitgeflüchtete Perserteppich einen großen schwarzen Brandfleck verpaßt. Manchmal legte ich meiner Mutter Zeitungsblätter unter ihr Bettlaken oder versteckte eine Plastiktüte mit kalten Kieselsteinen unter ihrer Decke. Als sie einmal besonders früh schlafen gehen wollte, nähte ich schnell ihr Nachthemd am Kopfkissen fest – und beobachtete unauffällig, wie sie voller Unglauben daran zog und den festen Zusammenhalt zwischen den zwei so unterschiedlichen Stoffteilen lange nicht fassen konnte. Sie zog ihr Nachthemd mehrmals hoch, das Kissen kam immer wieder mit. Bei den Handarbeiten in der Schule lernten wir gerade die Grundzüge des Nähens.

Meine Mutter erzählte mir von meinem Vater nicht nur Schlechtes, sie hatte ihn früher männlich anziehend, charmant und witzig gefunden. Vor der Hochzeit hatte sie ihn wirklich geliebt. Leider begriff sie schon wenige Minuten nach der Zeremonie, daß sie einen Fehler gemacht hatte. Die beiden liefen die Treppe des Altstädter Rathauses hinunter, und sie fühlte, daß sie diesen Menschen neben sich nicht lange würde ertragen können. Schon die ersten Monate des Zusammenlebens waren quälend, alle Tanten mischten sich in die Beziehung ein, mein listiger Vater dachte sich immer mehr Dienste und Sondereinsätze aus, weigerte sich grundsätzlich, nach dem Baden seinen abgesetzten Körperdreck aus der Badewanne zu entfernen oder seine Dreckwäsche in den Wäschekorb zu stecken. Nach einem halben Jahr fuhr er in seinem Dienstwagen über die damals noch befahrbare Karlsbrücke und sah dort eine junge Schönheit entlanglaufen. Und die wunderschöne Frau auf dem Bürgersteig war niemand sonst als seine eigene Frau – und sie wirkte über alle Maßen glücklich. Mein Vater war von ihr wieder wie verzaubert. Zu diesem Zeitpunkt wohnte er schon woanders, seine Geliebte mit zartblonder Haut und vielen blau durchschimmernden Venen war bei ihm aber noch nicht eingezogen – es gab noch ein Zurück. Er rief meine Mutter abends an und erzählte ihr, wie sie ihn auf der Brücke bezaubert hatte.

– Du bist ein Trottel! Ich habe ausgerechnet auf der Brücke beschlossen, mich von dir scheiden zu lassen.

In der Grundschule waren anfangs nur ich und Dschagarow die beiden Scheidungsschandflecke der Klasse. Viel später trennten sich plötzlich auch Skopkas Eltern – wenn auch nur räumlich. Dafür aber dramatisch. Mein Vater und meine Mutter hatten sich, wie mir immer wieder erzählt wurde, vor dem Scheidungsrichter seinerzeit noch leidenschaftlich geküßt, wonach dieser meinte, so eine schöne Scheidung hätte er noch nie zelebrieren dürfen. Bei den Eltern von Skopka lief einiges anders als bei meinen Eltern, der Trennungsgrund war aber der übliche. Frau Skopková wollte nicht akzeptieren, daß ein Prager Mann, der etwas auf sich hielt, nicht ohne eine Zweitfrau auskommen konnte. Nachdem sie ihrem Langpenisträger auf die Schliche gekommen war, befahl sie ihm, zu seiner Geliebten zu ziehen – obwohl sie wußte, daß diese junge Tussi gar keine eigene Wohnung besaß. Weil ihr Mann sich aber weigerte zu gehen, schmiß sie eines Tages seine Unterwäsche, etwas an Kleidung und griffbereite Teile seines Papierkrams in offene Kartons, stellte diese vor die Tür und ließ das Schloß der Wohnungstür auswechseln.

Als Vater Skopka heimkam, war er mit der Situation und der unvollständigen Herausgabe seiner Habseligkeiten furchtbar unzufrieden. Er haute und hämmerte an die Tür, wütete im Flur und rief in den nächsten Tagen pausenlos an. Frau Skopková blieb aber hart und stellte einfach weitere Kartons vor die Tür. Eines Tages kam ihr Mann dann wieder – allerdings mit Verstärkung, er hatte einen Freund dabei. Und dieser fuhr beruflich einen Kleintransporter. Ich war gerade bei Skopka zu Besuch. Skopka hatte mich viel

zu lange mit irgendwelchen optischen Experimenten ge-
langweilt – damit war jetzt Schluß. Draußen war sowieso
wunderschönes Wetter, und meine Clique sammelte sich
längst an unserem Geländer am Festungsgraben. Leider
konnte ich die Wohnung jetzt unmöglich verlassen. Wir
hörten das wütende Klingeln und Hämmern an der Tür,
hörten die Drohungen. Die Heftigkeit, die von Skopkas Vater ausging, war auch durch Erschütterungen zu spüren – er
trat inzwischen kräftig gegen die Tür und brachte damit
auch die auf Skopkas Tisch liegenden Linsen in Bewegung.
Die Linsen gaben auf dem blanken Holztisch leise Geräusche von sich, wir schwiegen. Skopka tat die ganze Zeit so,
als ob die Art des väterlichen Auftritts nichts Besonderes
und sowieso zu erwarten gewesen wäre. Von seiner Mutter
hatte er die strikte Anweisung, seinen Alten auf keinen Fall
hereinzulassen. Sich daran zu halten machte ihm große
Freude.

– Ich brauche meine Krawatten! brüllte es vor der Tür.

– Beachte ihn nicht, sagte Petr, er hätte es sich früher anders überlegen sollen. Er wird sich schon beruhigen.

– Ich brauche meine Aktenordner, meine Krawatten und
meine Medikamente.

– Ich soll den Idioten ruhig brüllen lassen, meinte meine
Mutter. Also lassen wir uns nicht stören.

Alles lief dann aber anders, als es sich Petr und seine Mutter vorgestellt hatten. Vater Skopka nahm irgendwann Anlauf, rannte die Tür ein und stand plötzlich im Flur. Ich
staunte, wie leicht und reibungslos dies vor sich ging – wie
in einer Filmszene mit präparierten Türflügeln. Dieser Mann
schaffte es, eine verschlossene Tür einzurennen – sogar ohne
den zweiten Mann und beim allerersten Versuch. Das Holz
um das Schloß herum hatte nachgegeben, war zersplittert
und zerfasert, zeigte rohes Fleisch. Mein Vertrauen und meine Verliebtheit in das duftende Material Holz wurden dadurch nachhaltig erschüttert. Und es ist kein Zufall, daß ich

mich später zunehmend von Metallen angezogen fühlte –
ohne sie allerdings wirklich zu lieben.

– Beachte ihn nicht, wir ignorieren ihn einfach, sagte Petr,
ich muß noch eine Konvexkonkavlinse dazwischenschieben.

Als er das sagte, schleppten sein Vater und dessen Freund
gerade einen Schrank durch den Flur. Noch eine halbe
Stunde lang suchte sich Vater Skopka schweigend einiges
zusammen und ging wieder. Bis dahin mußte ich bei Petr
bleiben. Nach einem Monat zog Vater Skopka wieder ein.
Die Wohnungsnot war in Prag so drückend, daß noch viel
schlimmer zerstrittene Ehepaare für immer zusammenge-
keilt bleiben mußten.

Mit Petr Skopka blieb ich trotz meiner Fußball- und Cli-
quen-Aktivitäten weiter verbunden. Einmal kam er in der
Pause zu mir und meinen Gleichgesinnten, als wir uns gerade über sexuelle Perversionen lustig gemacht hatten.
Skopka wurde in dieser Zeit insgesamt – das hing sicher mit
seinen verantwortungsvollen Gouverneursaufgaben zusammen – offensiver, und als er begriff, wie wir mit dem Thema
Sex umgingen, stellte er uns zur Rede und hielt uns – trotz
einiger gröberer Versuche, ihn zu stoppen – einen Vortrag
über den Ernst, der der Sexualität gebühre. Seiner Meinung
nach gäbe es bei diesen Dingen überhaupt nichts zu lachen.
Die Sexualität sei ernst und NUR ernst zu behandeln, da sie
der Fortpflanzung diene – also nichts Geringerem als der
Erhaltung des Lebens auf Erden.

– Egal, wie lächerlich Kopulation auch aussehen mag, witzig ist daran überhaupt nichts!

– In der Schwerelosigkeit vielleicht aber doch!

– Ich kann darüber wirklich nicht lachen, antwortete
Skopka leise und tapfer, bückte sich plötzlich und zog sich
in gekrümmter Haltung eine Socke glatt.

Skopka war immer noch dabei, die Gründung weiterer
Raumkapsel-Besatzungen anzuregen und diese dann auch

konsequent anzuleiten. Er suchte weitere Interessierte für die Bewegung – offenbar wollte er unbedingt Zuwachszahlen vorweisen. Ich half ihm manchmal aus alter Freundschaft, obwohl diese Beschäftigung eher langweilig war. Beim Agitieren gingen wir von Wohnung zu Wohnung, besuchten die potentiellen Kandidaten. Manche waren Skopka von anderen empfohlen worden, manche hatte ich vorgeschlagen, weil ich einfach neugierig auf ihr Zuhause war. An sich war ich ein befugter und erfahrener Werber, da ich meine Clique ebenfalls als eine Raumschiff-Besatzung angemeldet hatte und formal als ihr Chef galt. Skopka duldete den Betrug eine Zeitlang, es besserte einfach die Statistik seines Gouvernements auf. Zum Glück wußte Skopka nicht, wie unverschämt wir die dem Kosmos geweihten Aktivitäten an manchen Nachmittagen parodiert hatten. Wir balancierten beispielsweise auf dem Gelände oberhalb der Festungsmauer und übten mit ausgebreiteten Armen das Fliegen. In der Regel sprangen wir irgendwann zur Straße hin – nur der tolpatschige Kumpel Sternküker fiel einmal drei Meter nach unten in die Botanik, amputierte dabei einseitig eine Eibe, die seinen Fall zum Glück etwas abgebremst hatte. Er zerriß sich dabei leider seine österreichische Jeans und ein Ohrläppchen.

– Du bist ein toter Mann, meinte jemand. In der Eibe steckt Taxin.

– Scheiße, meine Jeans! jammerte Sternküker. Die Beeren sind jedenfalls nicht giftig, die habe ich schon einmal gezutscht.

– Bist du bescheuert?

– Niemand hat sich das getraut, nur ich.

– Vielleicht solltest du an den Nadeln kauen, die sind auf jeden Fall deftiger.

Sternküker kletterte an der bröckeligen Ziegelmauer hoch, rutschte weit oben aber wieder ab und sprang hinunter. Weil wir über ihn wieder lachten, nahm er mit bloßer

Hand eine ausgetrocknete Hundekacke und warf sie in unsere Richtung. Normalerweise waren wir aber eher nett zueinander. Meine Raumschiff-Mannschaft war absolut kein Schlägertrupp und im Grunde harmlos. In Prag hatte es dafür – lange vor uns – ganz andere Wilde gegeben. Es war aber nicht verwunderlich, daß ausgerechnet solche mit Legenden umgebenen Früchtchen des Bösen meine Idole gewesen waren. In den fünfziger Jahren gab es beispielsweise die »Vyšehrader Reiter« – eine Bande von kriminellen Jugendlichen, über die sich alle Prager Spießer furchtbar aufgeregt hatten. Die Bande war vor allem in den südöstlichen Bezirken von Prag aktiv. Auf mich wirkte schon der poetische Name der Bande berauschend. Die Jungs waren in dieser Zeit eindeutig die übelsten Prominenten des Landes. Der im Süden oberhalb eines imposanten, in die Moldau fallenden Felsens liegende Vyšehrad – die Hochburg – ist nicht nur aus der vorgeschichtlichen Zeit sagenumwittert und als besiedelte Festung älter als die eigentliche Prager Burg – dort befindet sich außerdem der Ehrenfriedhof des Landes. Dort ruhen viele der größten Geister, die das tschechische Volk hervorgebracht hat – und die Vyšehrader Großstadtbanditen, diese Schreckgestalten der neuen Zeit, waren in meinen Augen nah dran, sich zwischen die würdevollen Ahnen einzureihen. Egal, wie sadistisch und niveaulos sie gewesen waren. Sie überfielen am Tag alte Menschen, begrapschten nebenbei Busen älterer Damen, beraubten nachts Pärchen in den Parks, zerlegten geklaute Motorräder, schlugen absolut rücksichtslos ihre Gegner zusammen. Das Anziehende an den Burschen war, daß sie damals die auffallendsten Provokateure Prags waren, ihre pure Existenz traf die sozialistischen Moralstatthalter mit voller Wucht zwischen die Augen. Auch dank ihrer Haare, ihrer Röhrenhosen und der von ihnen verehrten Musik; diese nannte sich – für jeden Bürger mit gesundem Menschenverstand vollkommen unlogisch – Rock 'n' Roll.

Das Herangären der neuen Generation war später in den sechziger Jahren nicht mehr zu stoppen, der Würgegriff des Sozialismus schwächelte sowieso. Kurz vor 1968 sahen die Musiker der Gruppe »The Primitives Group« so übel aus, daß man gegen sie in den Fünfzigern auch militärisch – wie gegen die »Vyšehrader Reiter« – vorgegangen wäre. Kurz nach dem Ende der »Primitives« durchbrachen dann »The Plastic People of the Universe« endlich alle Dämme – und ich war endlich alt genug, um einiges davon direkt mitzuerleben. Ihre ersten Konzerte fanden in der Kneipe »Na Ořechovce« in Prag 6 statt – nur drei Straßenbahnstationen von meiner Wohnung entfernt. Die plastischen Menschen entfachten bei ihren Konzerten gefährliche Höllenfeuer, ließen Benzin spucken, fürchterliches russisches Parfüm ins Publikum spritzen und warfen bei Freilichtauftritten Nebelgranaten aus Armeebeständen von der Bühne. Beim Konzert in der Galerie »Mánes« spritzte das Blut aus einem frisch geschlachteten Huhn so weit in Richtung Publikum, daß sich einige Damen erbrachen oder ohnmächtig wurden.

Den Trend zur psychedelischen Musik hatten andere Big-Beat-Bands der ersten Generation gründlich verschlafen. Sie berauschten sich weiter am unspektakulären Gitarrensound und traten ordentlich bekleidet auf – manche sogar in zweiteiligen Uniformen, also in kragenlosen Jacketts und Faltenhosen, andere bekannte Bands wie die »Sputnici« immerhin in karierten Hemden. Skopka hätte ausgerechnet diese Band sicher besonders gemocht, wenn er Zeit gehabt hätte, zu derartigen Konzerten zu gehen.

Auf der Bühne im Freizeitpark »Julius Fučík« traten eines Nachmittags hintereinander mehrere brave Bands auf, der Unmut im Publikum war von Anfang an, auch schon bei den Sputniks, zu spüren. Beim Auftritt einer Band, die nach den Sputniks tatsächlich uniformiert auftrat, ging die Menge dann auf die Barrikaden – diese Burschen trugen um den Hals sogar farbige Schleifen, und ihre Musik war ebenfalls ungenießbar. Man wünschte sich und erwartete musikalische Rebellion, bekam statt dessen – und im fürchterlichsten Tschechisch – etwas über Liebe, regnerische Nachmittage und zu oft gefärbte Mädchenhaare zu hören. Diese Gute-Laune-Musik kam inzwischen einer Provokation gleich.

– BEI BIG BEAT LÄCHELT MAN NICHT, IHR IDIOTEN, brüllte jemand mit einer tierisch lauten Stimme.

Etwas Aufrührerisches wollte und konnte diese Gruppe aber nicht liefern, die Stimmung im Publikum wurde bedrohlich. Die Leute pfiffen inzwischen so stark, daß die damals noch brustschwachen Verstärker dagegen wenig ausrichten konnten. Ich saß auf einer Seitenmauer und staunte. Die Musik gefiel mir auch nicht, so viel Wut, daß ich etwas hätte demolieren wollen, spürte ich aber nicht. Und laut zu pfeifen mußte ich noch lernen. Viele der aufgewühlten Rockfans, bis dahin friedliche Besucher des Freizeitparks »Julius Fučík«, waren inzwischen nicht mehr zu stoppen, und die Zerstörungsorgie konnte beginnen. Und ich sah etwas, was ich davor noch nie gesehen hatte – die Auswirkungen der gezielt UNfreundlich angewendeten Menschenkraft. Der Anblick der leicht nachgebenden Möbelstücke, die kurz davor noch so stabil gewirkt hatten, war unendlich amüsant. Ich sah trotzdem nur zu und blieb auf meiner Steinmauer sitzen – mein Respekt vor dem Material aus den tschechischen Wäldern, mein Respekt vor menschlicher Arbeit und vor intakten volkseigenen Gebrauchswerten war viel zu groß. Gelenke der Klappstühle stöhnten, Schirme knickten um, das Holz der massiven Bänke gab irgendwann auch nach. Schließlich kippten einige Budenwände um – sie fielen nach außen, begruben Mülleimer unter sich, warfen einbeinige Biertische und freistehende Grillvorrichtungen um, verscheuchten herumstehende Würstchenesser. Die uniformierten Musiker waren aber Profis und spielten trotz des Affenlärms noch eine Weile weiter, beworfen wurden sie höchstens mit Pappbechern.

Irgendwann kamen einige Polizisten angerannt, hatten aber keinerlei Ausrüstung dabei und griffen nicht ein. Sie brüllten unhörbar, hatten nicht einmal Megaphone mitgenommen – und man beachtete sie nicht. Die Bandtechniker stellten die Verstärker irgendwann ab – und weil ich mich den Zerstörern des sozialistischen Eigentums nicht wirklich zugehörig fühlte, ging ich ohne jede Hektik nach Hause. Die Polizei schickte schließlich doch eine größere Truppe vorbei, traf die wildgewordene Jugend aber nicht mehr an. Diese diskutierte die Ereignisse längst schon irgendwo beim Bier und kümmerte sich keinen Deut darum, was man am nächsten Tag in der Presse über sie schreiben würde.

Der Prager Frühling meldete sich in den sechziger Jahren an mehreren Fronten, massiv dann seit dem Sommer 1967. Den Anfang machten die Schriftsteller auf ihrem Kongreß im Juni, dann waren – wie in jeder bröckelnden Diktatur – die Studenten an der Reihe. Und ich erfuhr alles brühwarm von meiner Mutter. Der Anlaß für den studentischen Aufruhr war erst einmal banal. Weil die Leitung eines Studentenheims nicht in der Lage war, die rigorose Hausordnung durchzusetzen, strafte man die lernenden, aber auch anders nachtaktiven Hochschüler dergestalt, daß man ihnen – den Kollektivschuldigen, also den ganzen Blocks – immer wieder den Strom abschaltete. Eines Tages nahmen diese ihre bereits brennenden Kerzen in die Hand und machten sich auf den Weg in die Innenstadt. Ihre modernen Vorzeige-Unterkünfte standen weit oberhalb der Stadt beim Turnfeststadion, in dem mir einst die 60 000 nackten Frauenbeine präsentiert worden waren. Zu Fuß kommt man von dort, wenn man durch die Grünanlagen von Petřín läuft, sehr schnell hinunter in die Stadt. Die Studenten nahmen bei dieser Demonstration aber den längeren Weg an der Prager Burg entlang. Unterwegs skandierten sie konsequent ihre relativ harmlose Losung:

– WIR WOLLEN LICHT!

Sie passierten den Sitz des Präsidenten und erreichten durch die Nerudagasse sogar den oberen Teil des Kleinseitner Rings, hinter der Moldau lag schon das Zentrum. Über den Fluß kamen sie nicht mehr, sie wurden auseinandergetrieben und zusammengeschlagen. An der Aufmüpfigkeit der Studentenschaft und ihrer Bereitschaft zum Aufruhr waren damals die Beatniks, allen voran ausgerechnet Allen Ginsberg, nicht ganz unschuldig. Man ließ Ginsberg als einen radikalen USA-Kritiker im Februar 1965 einreisen, und die Prager Studenten wählten ihn am Ersten Mai zum König ihres historischen Straßenfestes und Spektakels »Majáles«. Die Ausgelassenheit, mit der diese Krönung gefeiert wurde, paßte der Staatsmacht natürlich überhaupt nicht, und Ginsberg wurde innerhalb einer Woche wegen Rowdytums, Trunkenheit, Rauschmittelmißbrauchs und Verherrlichung der Homosexualität ausgewiesen. Man hatte ihn von Anfang an bespitzeln lassen, hatte in seinem privaten Tagebuch gestöbert. Die Kleinbürger waren über den Chaoten und Verführer der Jugend empört, und die Partei nutzte die Gelegenheit zu gezielten Schlägen. Die frechen Studenten hatten sich bei ihrem von der Partei- und Staatsführung so großzügig genehmigten Umzug sowieso ungeheuerlich viele Freiheiten herausgenommen. Bei der Demonstration für mehr Licht – also zwei Jahre später – hatten sie keinen eingereisten Fremdrebellen mehr nötig.

An der Grundspießigkeit des kleinen Mannes haben leider auch die späteren freien acht Monate von 1968 nicht viel geändert. In den siebziger Jahren standen die Kleinbürger – egal, wie politisch andersdenkend sie waren – bei manchen Ereignissen wieder geschlossen hinter der Staatsmacht. Nach einem denunziatorischen Propagandafeldzug gegen die inzwischen in den real existierenden Untergrund abgetauchten »The Plastic People of the Universe« war die Aufregung überall zu spüren.

– Pfui! Die waschen sich nicht! ... Wie sie nur aussehen! ... Diese fettigen Haare! Und dazu noch der fürchterliche Krach! Arbeiten sie überhaupt? Haare abschneiden und ab in die Kohlengruben!

Wie einer dieser Rocker auf der Straße haßerfüllt eingekesselt wurde, erlebte ich einmal ganz unmittelbar. An einer Straßenbahnhaltestelle, an der ich umsteigen mußte, stand nicht nur eine unansehnliche Ansammlung von Normalbürgern, dort stand – abseits von allen – auch der Gitarrist und Keyborder der Plastic People, Josef Janíček. Er stand dort in seiner ganzen Häßlichkeit: lange, nach vorn fallende Haare, eine extrem schiefe Nase im schiefen Gesicht voller Pickel und Pickelnarben, zerknitterte grüne Kutte, löchrige Jeans, breitgelatschte Schuhe – in seinem Gesicht hielt er aber ein schönes ironisches Lächeln bereit und schützte sich vor der ihn anfallenden Ablehnung. Er stützte sich auf seinen Gitarrenkasten, wartete geduldig – im Grunde brav wie alle anderen. Und er wußte genau, daß er die Verkörperung der aktuellen Pestgefahr war, Bote der schlimmsten Infektionsbrut, Pogromjude und Lynchjustizneger zugleich. Mit dem Ekel, der Wut und dem phantasierten Machtgefühl der Menge, die die ganze Staatsmacht hinter sich zu stehen hatte, mußte er gelernt haben zu existieren. Ich stand nicht weit von ihm, war voller Bewunderung, Begeisterung und Hilflosigkeit. So normal, kurzhaarig und ordentlich angezogen, wie ich war, bedeutete ich für ihn absolut keine fraktionelle Verstärkung. Und ich wäre es für mein Gitarristen- und Widerstandsidol Janíček auch dann nicht gewesen, wenn ich meine Unsicherheit überwunden und mich in meinen ordentlichen sauberen Jeans getraut hätte, zu ihm zu gehen und zu sagen:

– Hallo, Bruder, ich kenne dich schon seit der Zeit bei der Primitives Group.

Im Rahmen der Kampagne gegen den rockmusikalischen Underground gab es nicht nur mehrere aggressive Artikel in der Presse, die Propagandaspezialisten ließen im Rahmen einer Fernsehsendung sogar Ausschnitte aus beschlagnahmtem Filmmaterial der Plastics ausstrahlen. Auf diese Weise konnte ich überhaupt einige ihrer illegalen Auftritte sehen, nahm über Mikrophon den Ton der ganzen Sendung auf – an Onkel ONKELS Fernsehapparat und hinter Onkels Rükken, versteht sich.

Im Sozialismus wuchs in einem wie nebenbei eine Art Dauerangst – kontinuierlich und unmerklich. Leicht auszumachen war diese Angst vor allem als Angst vor der Polizei. Und man bekam sie, ohne mit der Polizei unbedingt Ärger gehabt zu haben. Als ich später an die Zerstörungsorgien beim Freilichtkonzert im Fučík-Park dachte, wurde mir klar, daß diese Angst damals noch nicht in mir eingefressen gewesen war. Die gejagten und verfolgten Langhaarigen, die von den Kleinbürgern spöttisch Máničky – Mariechen – genannt wurden, kannten diese Angst dagegen schon seit langem. Und natürlich auch alle »Parasiten« unserer Gesellschaft – also diejenigen, die formell gerade keine reguläre Beschäftigung vorweisen konnten. Aber unwesentlich später – im Grunde hing es mit dem Einmarsch der Russen zusammen – zuckte es in mir auch schon präventiv vorsichtshalber beim Anblick eines jeden auf der Straße auftauchenden Polizisten. Dieser Staat durfte schon immer ungeniert zuschlagen und alle Züchtigungsmaßnahmen in den Medien als gerechte Wohltaten feiern – nach dem Russeneinmarsch setzte man diese Tradition wieder schamlos fort. Und ich wurde unweigerlich einer von denen, die sich schon seit der Machtusurpation von 1948 pausenlos bedroht gefühlt haben mußten. Ich war inzwischen von den gleichen buntgemischten Schrecken umstellt. Dummerweise hatte ich zusätzlich das Gefühl, daß mir mein ideell-politisches Delinquententum anzusehen war. Das unwillkürliche Zucken beim Anblick jeder polizeigrünen Uniform wurde daher zur Regel. Auch die harmlosen Uniformträger aus der Militärakademie, die sich in meiner Gegend weiterhin herumtrieben, mutierten für mich zu politischen Gegnern. In meiner Kindheit empfand ich noch alle Uniformierten als freundlich und hilfsbereit – und es wurde grundsätzlich nicht gezuckt. Die Farbe der Polizeiuniformen war früher sowieso blau.

In den Jahren nach der Invasion steigerten sich in mir aus Wut gegen den überall sichtbaren Zerfall, aus Verzweiflung über den Untergang von Kultur und Anstand aggressive Tötungsimpulse. Die überschießende Wut kam manchmal so plötzlich in mir auf, daß ich sie schwer unterdrücken konnte. Einmal ging ich mit einem kaputten Regenschirm über die Straße und merkte, wie mich zwei junge Dummköpfe wegen des eingeknickten Regenschirmrands auslachten. Sie saßen an der Kreuzung in ihrem häßlichen Lieferwagen, ihre Fenster waren offen – und sie lachten nicht nur, sie riefen mir auch noch etwas Spöttisches zu und qualmten dabei. In dieser Zeit hörte ich mehrmals am Tag Strawinskys »Le sacre« und war voller wildester Energie. Außerdem trug ich dank der gewaltigen Kraft der Musik ein Übermaß an Würde in mir, die ich mir auf keinen Fall beschmutzen lassen wollte. Die beiden Raucher im Auto hatten vielleicht nur gute Laune, ich war trotzdem außer mir. Schon mein erstes großes Musikerlebnis in der Kindheit hatte mit bevorstehender Rache zu tun. Die fünfzehn Paukenschläge nach Tybalts Tod – in Prokofjeffs Romeo und Julia – hörte ich mir manchmal endlos lange an. Ich nahm den Tonarm immer wieder hoch, setzte die Nadel in die richtige Lücke hinter den »Tanz«, und »Tybalts Tod« begann von neuem – und ich wartete fiebrig auf die fünfzehn quälend langsamen Fortissimo-Schläge, freute mich auf das anschließende herrliche Katastrophengejaule und -trompete, spürte, wie sich diese Feier des Todes, die beste aller tragischen Stimmungen, die sich ein Mensch im Vorfeld eines Rachefeldzugs wünschen kann, mit jedem Takt in mich tiefer hineinfraß.

Ich nahm – die beiden im Auto sitzenden Lachidioten im

Visier und meinen kaputten Regenschirm in der linken Hand – den erstbesten Pflasterstein und warf ihn mit voller Wucht aufs Ziel. Dummerweise warf ich viel zu genau, und der Stein flog tatsächlich durchs offene Fenster in die Kabine, flog in Richtung des Beifahrerkopfes. In dem Moment rannte ich aber schon los und konnte nichts mehr sehen. Ich hörte auch keinen Schrei, kein Hupen, keine quietschenden Reifen. Da die Presse in der äußerst kompakten »Schwarzen Chronik« nur eine eingeschränkte Anzahl von Polizeiberichten bringen durfte (fünf, sechs, sieben ... mehr als zehn auf keinen Fall), erfuhr ich nie, was ich damals angerichtet hatte.

Während der Tage des Wartens auf den eventuellen Zugriff der Polizei packte mich ein vernichtend schlechtes Gewissen wegen meiner verstorbenen Kellertante Peprl. Ich hatte mich von ihr seinerzeit nicht ordentlich verabschiedet, und mir wurde plötzlich klar, daß es für manche Dinge von einem Moment auf den anderen zu spät sein kann. Peprl war die erste bei uns, die starb. Sie starb im Krankenhaus, ich hatte sie dort nur ein einziges Mal besucht. Als ihr Ende nahte, hatte ich Ferien. Ein Besuch hätte sowieso keinen Sinn gehabt, meinte jemand, Peprl hätte angeblich niemanden mehr wahrnehmen können. Ich hatte mich damals auf die Erwachsenen, die meinten, über die restlichen Wahrnehmungsfähigkeiten von Sterbenden Bescheid zu wissen, verlassen. Dabei war Tante Peprl in ihrer Körperhülle sicher hellwach gewesen. Ausgerechnet sie hatte in ihrem Keller lange Jahre für den Tod geübt und ihre Sinne für alle möglichen durch die Wände oder das Doppelfenster zu empfangenden Signale geschärft. Wenn sie bei ausgeschaltetem Licht im Dunklen saß, war sie doch – um sich nicht zu langweilen – sicher vor allem darauf aus, Vibrationen, Schattenwürfe oder Erschütterungen zu empfangen. Ich behielt das Gefühl, Tante Peprl viel schuldig geblieben zu sein, ihr irgendeinen Wunsch nicht erfüllt zu haben.

frau šlajsová

Unsere Putzfrau aus dem schon erwähnten Stamme VER-SCHLEISS – Frau Šlajsová – war nicht nur herzlich und liebenswert wie alle mich umgebenden Damen, sie war günstigerweise auch noch putzwütig. Und im Gegensatz zu allen mir bekannten Frauen war sie bärenstark. Sie war ein riesiges Weib, war gut fettbepolstert und wie ein Nutztier außerdem reichlich mit Muskulatur bepackt. Sie hatte unmenschlich rauhe Hände, von den Elephanten abgekupferte Füße und einen Arsch, der – was seine Größe betraf – in der gesamten Republik nur schwer seinesgleichen gefunden hätte. Außerdem besaß sie ballonartige Knie, auf die sie sich bei Bedarf mit voller Wucht fallenlassen konnte, ohne sich weh zu tun; und man sah sie dauernd irgendwo auf einem ihrer Knie herumkurven – oder auf beiden. Sie war eine Ringerin der schwersten Möbelklasse und konnte beispielsweise auch halbwegs volle Kleiderschränke so fest anpacken, daß diese ihr folgten. Jedenfalls war sie in der Lage, bei Bedarf alle Möbelstücke, die die Spannweite ihrer Arme nicht überschritten, allein anzuheben und parkettschonend anderswo abzusetzen. Über solche und ähnliche Kunststücke von ihr wurde bei uns immer mit größtem Respekt gesprochen.

Frau Šlajsová im Zusammenhang mit dem guten Geruch unserer Wohnung nicht zu erwähnen wäre nicht nur ungerecht – es wäre eine regelrechte Schandtat, eine verbrecherische Unterlassung erster Güte. Bei meiner Mutter, bei Großmutter Lizzy und mir durfte sie regelmäßig putzwüten, und das tat sie auch. Sie putzte und säuberte leidenschaftlich und lächelte immer zurück, wenn man sie lächelnd ansah. Tante Györgyis Bereich und den des Onkels durfte sie dagegen nicht einmal betreten – sie hätte dort auch nichts zum Lachen gehabt. Györgyi ließ sowieso kaum jemanden zu sich herein, und Onkels Raum war voller sensibler Dinge, die niemals in eine Frauenhand geraten durften. Und Frau Šlajsová für ihre Distanzlosigkeit gegenüber Mensch und Materie noch zu bezahlen kam für ihn außerdem nicht in Frage. Bei Erna hatte Frau Šlajsová nur begrenzte Putzrechte, außerdem wurde sie bei der Arbeit pausenlos vollgequatscht – das heißt von Erna im Grunde beaufsichtigt. Zarte Gegenstände wie Vasen wurden vor dem Reinemachen aber nicht nur bei Erna rechtzeitig in Sicherheit gebracht. Frau Šlajsová galt allgemein als gefährlich, da sie ihre Kraft oft zu hemmungslos einsetzte. Außerdem arbeitete sie gern mit althergebrachten radikalen Putzmitteln – oft mit reinen Chemikalien. Solange darunter nur ihre Hände litten, ließ man sie schaumfrei oder vielschäumend walten, schalten, ätzen und zersetzen.

Der Höhepunkt des Jahres war für Frau Šlajsová der gründliche Frühjahrsputz, »gruntování« genannt. An diesem Tag bekam sie etwas höheren Stundenlohn als sonst und hatte noch bessere Laune als sonst – aber natürlich nicht wegen der auch in diesem Fall bescheidenen Bezahlung, sondern wegen der vor ihr stehenden und edlen Großaufgabe. Diese bestand darin, die zu putzenden Räume auf den Kopf zu stellen. Vorübergehend sollte an dem Tag nichts bleiben, wie es war und wo es war. Schränke wurden von der Wand abgerückt und auch von hinten mit Schaum gewischt und desinfiziert, schwere Teppiche wurden zusammengerollt und zum Klopfen in den Hof geschleppt, Matratzen auf den Balkon hochkant gestellt und alle Betten umgekippt. Nirgendwo sollte ein Körnchen Staub unentdeckt haften- oder sogar klebenbleiben. Das eigentliche Putzobjekt, auf das sich Frau Šlajsová anschließend stürzte, war der Parkettfußboden – das in der Hierarchie sich am tiefsten befindende Objektwesen unser Wohnung, auf dem sich die sichtbare wie unsichtbare Quintessenz allen Drecks und aller Übel vermuten oder festmachen ließ. Unsere Fußböden waren, weil man bei uns jegliche Art Lackierung verabscheute, leider tatsächlich immer voller Flecke und anderer sichtbarer Dreckzeugnisse. Jeder zum Boden gefallene Tropfen SAUBEREN(!) Wassers – von Tee, Kaffee oder Wein ganz zu schweigen – hinterließ Spuren. Sauberes Wasser helle, andere Substanzen eher dunkle Spuren, aber auch die hellen Stellen verdüsterten sich mit der Zeit. Der Totaleinsatz von Frau Šlajsová wurde irgendwann unvermeidlich.

Wenn am Tag des »Gründlichmachens« ein Zimmer freigeräumt war, legte Frau Šlajsová los, rückte mit mehreren Eimern Wasser, mit Kernseife, rauhborstigen Bürsten, vielen häßlichen Lappen und einem Bausch Stahlwolle an. Familien, die eine solche Radikalkur in ihren Wohnungen nicht regelmäßig durchführten, wurden von uns allen verachtet. Frau Šlajsová bürstete das Parkett zuerst mit viel Schaum, scheuerte und schrubbte dann einzelne Parkettabschnitte mit ihrer rohen Bürste so gründlich, bis das harte Holz samt aller Dreckpartikel weich und nachgiebig wurde. Der erste Eimer mit dem schlimmsten Dreckwasser roch am abscheulichsten, darin wurde sicher nicht nur Kernseife aufgelöst. Den anderen, etwas saubereren Drecklaugen mischte sie auf jeden Fall noch etwas zum Desinfizieren bei. Gummihandschuhe verabscheute Frau Šlajsová auch beim Gründlichmachen. Beim anschließenden Reiben mit der Stahlwolle kam natürlich etwas Holzsubstanz abhanden – und das sollte auch so sein. Sie schabte die Oberfläche einfach konsequent in einer Richtung so lange ab, bis sich vor ihren Knien eine längliche Spur Schabholz ansammelte. Die nassen Holzkrümel wanderten dann weiter mit ihr mit und wurden ab und zu zusammengefegt. Ihr Eingriff in die Tiefen der Parkettoberfläche galt natürlich nicht nur den Flekken, dem eingefressenen Staub und dem Schmierdreck, sondern einfach allen mikroskopischen Lebewesen, die von uns in den oberen Holzschichten vermutet wurden. Am Ende war der Fußboden sicher so gut wie keimfrei – kurzzeitig jedenfalls. Nachdem die schabende Frau Šlajsová in der Nähe der Tür angekommen war, ging es an der Fensterseite wieder los. Das noch etwas feuchte Parkett wurde nach und nach gründlich gebohnert und die letzten noch lebenden Keime grausam mit Wachs erstickt. Wenn ich von der Schule nach Hause kam, war wenigstens ein Raum schon fertig – alles glänzte wie neu und roch unbeschreiblich nach totaler Reinheit. In der Wohnung herrschte das reinste Glücksgefühl. So etwas wie der Neuanfang unser aller Leben war angesagt, die Vermehrung und Vervollkommnung alles Lebendigen – unsere, aber auch die der unzähligen Keimstämme – konnte von vorn beginnen. In den fertig geputzten Räumen wirkte alles wie verändert, obwohl die Möbelstücke wieder an der gleichen Stelle standen, wo sie immer schon gestanden hatten. Natürlich strahlten alle fertig geputzten Oberflächen und glänzten dank der frisch aufgetragenen Politur, und natürlich strahlte auch Frau Šlajsová – sie war stolz und überglücklich. Dieser himmlisch putzgeilen Ausnahmeerscheinung war am frühen Nachmittag erstaunlicherweise noch gar keine Abschlaffung anzusehen, obwohl die Unermüdliche schon längst dabei war, das nächste, bereits ausgeräumte Zimmer zu schrubben.

Weil Frau Šlajsová alle großen Aufgaben liebte, blühte sie auch an den Tagen auf, an denen GROSSE WÄSCHE dran war. Große Wäsche hieß bei uns in der Regel Kochwäsche, weil alles, was nicht unbedingt geschont werden mußte, mit Vorliebe gleich mitgekocht wurde. Die Kochwäsche wurde in der ganzen Familie eine Weile gesammelt – so lange, bis der Berg für Frau Šlajsová groß genug war. Unsere Großfamilie besaß, wie man sich denken kann, noch keine Waschmaschine. Am Vorabend des großen Waschtages wurde der riesige Wäscheberg in eine Badewanne geworfen und unter Wasser gesetzt – zum zwölfstündigen Einweichen. Am nächsten Morgen begab sich die rauhhändige Šlajsová als erstes in die hinter den Kellern liegende Waschküche, heizte den Kessel ein, rieb Kernseife, bereitete alles Nötige vor. Schließlich schleppte sie in Eimern die schwer gewordene nasse Wäsche nach unten. Dort verschwand diese Ladung im beinah kochenden Wasser, und Frau Šlajsová verschwand ihrerseits auch – in den schweren Wasserdämpfen. Sie wurde in ihnen trotz ihrer Breite und Größe tatsächlich so gut wie unsichtbar.

– Frau Šlajsová, sind Sie da?

– Natürlich, bleib aber lieber draußen, Georg. Hier kann man nicht atmen – und der Ofen glüht.

Der Grund für diese Zurückweisungen war klar – Frau Šlajsová war praktisch entkleidet, köchelte so gut wie nackt. In der Waschküche herrschte eine unvorstellbare Hitze, und die dort erreichte relative Feuchtigkeit lag sicher bei hundert Prozent. Was Frau Šlajsová zum Bleichen nutzte, wußte ich nicht, der ätzende Geruch, der aus dem Raum strömte, ließ einen aber das Schlimmste befürchten.

Frau Šlajsová fühlte sich dort trotz allem wie in ihrem Element, hatte ich das Gefühl. Sie wollte wie ein Fisch im Wasser alle Wonnen dieser dampfschweren Arbeit auskosten und weigerte sich grundsätzlich, bei den Kocharbeiten das Fenster zum Hof zu öffnen. Vielleicht wollte sie die Umwelt nicht verpesten, vielleicht fürchtete sie, ihre optimale Betriebs-, also Körpertemperatur zu verlieren und sich dabei noch zu verkühlen. Etwas Frischluft kam in den Raum nur durch die angelehnte Tür zum Kellergang. Einmal sah ich Frau Šlajsová in den Nebelschwaden breitbeinig auf einem hohen Hocker sitzen und mit dem zünftigen meterlangen Waschlöffel die familiäre Kochbrühe rühren. Sie saß mit dem Rücken zur Tür, dem Türspalt war sie dabei seitlich leicht zugewandt. Sie hatte nur ihren durchgehenden Unterrock an, »kombiné« genannt, ihre überdimensionalen Brüste quollen über, Büstenhalter trug sie sowieso nie. Wie ich wußte, hatte sie ihr Leben lang allein gelebt. Sie saß etwas unruhig, erhob sich immer wieder leicht, setzte sich wieder hin und rieb ihre riesigen Arschbacken an der – im Verhältnis zu ihrem Unterleib – winzigen Sitzfläche des Hockers. Dann hob sie ihren Sitzapparat wieder leicht an und stellte sich zur Abwechslung etwas breitbeiniger hin – und rührte, ruderte und schaufelte mit ihren nackten oberen Extremitäten fleißig weiter. Plötzlich packte sie den schweren Hocker regelrecht zwischen ihre mächtigen Schenkel, rutschte auf ihm – trotz der gnadenlosen Umklammerung – nach vorn und schob sich dann wieder zurück. Anschließend fuhr sie wieder nach vorn, wobei sie ihren Schambereich anscheinend als Reibe- und Bremsklotz nutzte ... Wenn ich damals jemanden gehabt hätte, mit dem ich über diese Nummer von Frau Šlajsová hätte reden können!

Es hätte durchaus auch eine Frau sein dürfen – eine familienfremde, versteht sich. Oder mein freigeistiger Großvater Schornstein, den ich manchmal aus seinem Ostrauer Grab gern herausgeholt hätte – wenn schon nicht vom Himmel heruntergezogen. Was mir über ihn und die vergnügliche Vorkriegszeit alles erzählt wurde! Er machte einmal einer Bekannten, die unangemeldet zu Besuch kam, die Tür auf, hatte aber lediglich sein Oberhemd an; darunter war er nackt.

– Ich bin immer gern bereit, wie Sie sehen.

Großvater Schornstein hätte mir sicher einiges genau erläutert und mir meine Karriere als Mösenschaftler behutsam geebnet. Und ich hätte Frau Šlajsová Geheimnis, aber sicher nicht nur dieses, viel früher lüften können. Heute weiß ich beispielsweise auch ohne die Hilfe meines Großvaters, daß etliche Damen das wildstreunende Fremdinteresse an ihrem Zentralorgan alles andere als unerfreulich finden. Sie fühlen sich aber natürlich nur dann nicht peinlich berührt, wenn die mösenmagnetische Aufmerksamkeit in der Wortwahl sittlich und erst einmal – IM ERNST! – auf Narration und Deskription beschränkt bleibt.

in der stadt gab es immer mehr
rollstuhl-desperados auf crashkurs

In Prag war man umgeben von Diplomingenieuren. Überall auf den Straßen, in den Büros, auf Baustellen, in den Schlangen vor Geschäften, in Straßenbahnen oder Theatern. Überall hörte man:

– Guten Tag, Herr Ingenieur ... ach, Sie sind es, Frau Ingenieur, haben Sie eingekauft? ... Sie haben sich aber gar nicht verändert, Herr Ingenieur ... Sehen Sie mal, da geht Herr Ingenieur Kapr über die Straße ...

Ich persönlich wurde auch von Diplomingenieuren umlagert. Mein Vater war einer, mein Onkel und erstaunlicherweise sogar meine Mutter. Onkels Frau Eva sowieso, sie war aber noch mehr. In unserem Mietshaus gab es dann noch zwei oder drei weitere Diplomingenieure, wenn nicht mehr – manche versuchten, ähnlich wie meine Mutter, ihren Titel geheimzuhalten. Diese Ingenieurdichte kam in Prag nicht deshalb zustande, weil man in der Vergangenheit auf technische Berufe so versessen gewesen wäre. Diesen Titel trugen neben den echten Hardware-Ingenieuren zum Beispiel auch alle tschechischen Ökonomen und Landwirte. Die ihnen eher zustehenden Titel Dipl.-Ökon., Dipl.-Landw. gab es bei uns einfach nicht, was eine gewisse Tradition hatte. Und weil Fachschulabsolventen überhaupt keine Titel trugen, war bei den Hochschülern auch das Kürzel »Dipl.« überflüssig – jeder »Ing.« war von Hause aus ein diplomveredelter Mensch.

Diese fehlende Differenzierung war natürlich etwas ungerecht. Alle techniklahmen, trotzdem titelstolzen »Ing.«-Träger – also Land- und Forstwirte, Ökonomen, Verwaltungs-, Handels- oder Kaufmannswirte – wurden auf die gleiche Stufe mit den viel härter ausgebildeten Bauingenieuren, Maschinenbauern oder Chemikern gestellt. Daß diese von sich selbst eine viel höhere Meinung hatten, war vollkommen berechtigt. Die einzigen, die sich aus dieser undefinierbaren grauen Ingenieurmasse abheben konnten, waren die Architekten, die den Titel »Ing. arch.« tragen durften. Bei uns im Haus wohnte ein »arch.«, der aber einfach ein umtriebiger und begabter Tischler war, der sich nebenbei – also inoffiziell als Privatmann – auf das Entwerfen kompletter Wohnungseinrichtungen, also auf die Innenarchitektur spezialisiert hatte.

Die Aufwertung der nichttechnischen Berufe und die allgemeine Titel-Nivellierung sollte in der Nachkriegszeit vielleicht ausdrücken, daß alle jungen Menschen beim Aufbau des Staates mit gleichwertiger Kraft und gleichem Engagement anzutreten hätten. Sie sollten unsere sozialistische Wirtschaft zügig zum Blühen bringen und später wissenschaftlich zum Kommunismus führen. Wir gehörten nun mal zur sowjetischen Herrschaftssphäre, und in der UdSSR gab es dank Stalins Sprachverliebtheit und seiner Definitionskunst einst auch INGENIEURE DER MENSCHLICHEN SEELE. Väterchen Stalin meinte damit in den dreißiger Jahren alle dem Fortschritt dienenden Schriftsteller – also diejenigen, die noch nicht weggesperrt, nicht in Arbeitslager geschickt oder liquidiert worden waren.

Weil unser sozialistisches Land wirtschaftlich vorankommen wollte, mußten natürlich verstärkt diplomierte Ökonomen und Landwirte ausgebildet werden. Die Ökonomische Hochschule von Prag bekam dafür ein riesiges Gebäude einer früheren Gewerbeschule zugeteilt, und weil dieses nicht ausreichte, nistete sich das Hochschulmonstrum auch in vielen anderen Gebäuden der Stadt ein. Die Landwirte wollten dieser Expansion nicht tatenlos zusehen und breiteten sich am Stadtrand im Norden der Stadt hemmungslos aus. In allen diesen zentralen oder dezentralen Gebäudekomplexen summte es von zukünftigen Ingenieuren wie in konkurrenzwütigen Wespenstöcken. Bei der undifferenzierten Titelvergabepraxis blieb es dann die ganze Zeit.

Die kommunistische Generation meiner Eltern wurde fast flächendeckend mit den Ingenieurtiteln bedacht. Unter dem Dach einer gleich nach 1945 neu geschaffenen und ideologisch ausgerichteten »Sozialpolitischen Hochschule« begann man klassenbewußte Journalisten, Soziologen, marxistische Philosophen, Spezialisten für den Wissenschaftlichen Kommunismus und Diplomaten auszubilden. Diese Hochschule sollte ein fortschrittliches Bollwerk gegen die bürgerliche und damals noch nicht gleichgeschaltete Karlsuniversität bilden. Nachdem die Sozialpolitische Hochschule überflüssig geworden war und aufgelöst wurde, bekamen alle ihre Absolventen die Ing.-Titel nachgeworfen – auf diese Weise auch meine Mutter und mein Vater, dem ich hier posthum den Titel »Stuben-Ingenieur der Spionageabwehr« verleihen möchte.

In meiner Kindheit kannte ich also sehr viele Ingenieure – neben allen unseren Doktoren der Medizin im Grunde ausschließlich fast NUR Ingenieure. Darunter war zu meinem Leidwesen aber kein einziger ordentlich ausgebildeter Fachmann für irgendwelche durchströmten Apparaturen, summenden Aggregate, stolze Betonkonstruktionen oder transistorenbepackte Elektronikwunder. Und mit der Titelverseuchung wurde es in meiner Jugendzeit überhaupt nicht besser, ausgerechnet nach dem Einmarsch kam es dann sogar zu einem neuartigen Dammbruch. In dieser Zeit mußten sich viele Intellektuelle abenteuerliche Berufe suchen und waren auf den unteren Ebenen der Gesellschaft gelandet. Und weil inzwischen kein Mensch mehr aus politischen Gründen erhängt oder erschossen wurde, blieben unserem Land ganze Divisionen von Ingenieuren und Doktoren vollständig erhalten – nur ihre demographische Verteilung hatte sich verschoben. Vielen Titelträgern begegnete man in

Fabriken, auf schäbigen Garagenhöfen oder vor düsteren Großküchen mit Eßnäpfen auf den Knien. Und sie streiften in der Regel ihre Scheu und Lässigkeit ab, achteten sogar konsequent darauf, ordentlich tituliert zu werden. Man ließ sie dann eher in Ruhe. Ihre Vorgesetzten verlangten von ihnen unter Umständen keine körperlich allzu schweren Einsätze, ließen sie, wenn es der Parteisekretär nicht sah, ihre Bücher lesen oder über ihren Manuskripten sitzen.

Der Ingenieurwahn griff merkwürdigerweise also wieder um sich – wütete natürlich auch verstärkt in den oberen Etagen der Gesellschaft. Die Positionen der Verjagten hatten dort junge Nachwuchsingenieure besetzt. Sie kamen oft vom Lande, stammten aus einfachen Verhältnissen.

– Strawinsky? Kenne ich nicht – oder doch? Sicher ein sowjetischer Ökonom.

In einem Forschungsinstitut saß sogar die ehemalige Putzfrau des Hauses im Chefsessel einer Abteilung, nachdem sie im Crashdurchlauf ein Ingenieurstudium absolviert hatte. Politisch war sie schon lange die institutsinterne Scharfmacherin Nummer eins gewesen. Im Grunde machte das Land in den siebziger Jahren eine besondere Variante geistiger Wiedergeburt durch. Niemand schämte sich mehr, ein Ingenieur zu sein. Man schämte sich auch sonst recht wenig. Inzwischen trugen auch studierte Spitzensportler diesen Titel gern öffentlich, sahen keinen Grund dafür, ihn wegen seiner Irrelevanz bei Leibesübungen zu unterschlagen. Einer unserer Tennisspieler der Weltklasse, der als ein solcher einmal sogar Wimbledon gewann, war ein Diplomingenieur. Und man mußte sich im Radio – es war im Jahre neunzehnhundertdreiundsiebzig – solche Sätze anhören:

– Unser Spitzensportler Ingenieur Kodeš gewann das diesjährige Wimbledonturnier! Ingenieur Kodeš, Ingenieur Kodeš, Ingenieur Kodeš ... ist tatsächlich der diesjährige Wimbledonsieger! Damit avanciert er eindeutig zum wichtigsten Sportler des Jahres.

Der Kult des Ingenieur-Titels saß im Land unausrottbar tief. Er kulminierte schon einmal in den sechziger Jahren – auf einem noch absurderen, noch ingenieur-fremderen Terrain. Der Titelträger war Ing. Bobek. Pavel Bobek war unter anderem Sänger der bedeutenden Band »Olympic«, er war Rocker der ersten Generation, die für den gefährlich klingenden und von der Obrigkeit kriminalisierten Rock 'n' Roll den Tarnnamen BIG BEAT erfunden hatte. Ing. Bobek war der wichtigste Frontman unserer politisch und dann auch musikalisch erwachten Republik, als Sänger war er erstklassig, sang mit einer rauhen, stark gepreßten Stimme. Sein Aufstieg begann in einer Zeit, als diese Musik der GROSSEN SCHLÄGE kulturpolitisch erst durchgesetzt werden mußte. Der Rocker Ing. Bobek war dafür sicher der richtige Mann und spielte dank seines Titels bei der Etablierung des Rock 'n' Roll in der Tschechoslowakei eine bedeutende Rolle. Das Wort Bobek bedeutet im Tschechischen soviel wie Kötel.

Daß ich nur noch ganz nach unten, zum Müll, zu den Müllmännern oder noch tiefer sinken wollte, war vor diesem Hintergrund nur logisch. Wie unerträglich und lächerlich das weitere Existieren inmitten der vielen Titelträger geworden war, wurde mir einmal in der Straßenbahn vorgeführt. Zwei noch junge, erstaunlich hellsichtige, außerdem noch ungewöhnlich unbeschwerte Witzbolde standen dort am Fenster und beobachteten die Menschenmenge auf der Straße. Und kommentierten das Tun und Lassen besonders auffälliger Individuen gnadenlos und titulierten sie messerscharf und präzise. Im Blick hatten sie eine Straßenbahnhaltestelle, dahinter eine Baustelle samt einiger Bauarbeiter und einer Baugrube. Die vom übrigen Verkehr eingekeilte Straßenbahn stand die ganze Zeit still.

– Guck dir mal diesen Doktor da an ... typisch, in jeder Hand eine Flasche Medizin. Pilsner ist doch kein Bier, oder? Ist doch so. Der Mann ist ein richtiger Kneipendoktor.

– He? Der Ingenieur mit der Pappschachtel auf dem Rükken, was schleppt er da, dieser Doppeldepp, ein richtiger Fachdoktor der Transportkunde ist das. Wie kann man sich derart unwissenschaftlich anstellen! Eine Körperhaltung wie aus dem orthopädischen Gruselkabinett. Und was hat er in der Schachtel überhaupt drin? Ersatzbandscheiben für die ganze Familie vielleicht.

– Die Ingenieure verkommen klamottenmäßig immer mehr, merkst du das? Kaufen sich aus Solidarität nur die häßlichste Konfektion – nur weil sie von ähnlichen Reißbrett-Ingenieuren entworfen wurde. Und darunter tragen diese Leute vorzugsweise syrische Unterhosen, Hodenquetscher aus Nahost, wetten? Sie achten gar nicht auf ein ingenieurmäßiges Auftreten, kennen keine Berufswürde.

– Und was sie mit ihren Glatzen immer anstellen – typische Ingenieurfuzzis, die sich ihre Kopfhaut beim Nachdenken versengt haben. Neuerdings schmeißen sich diese Leute ihre strähnigen Seitenhaare über die kahlen Schädel bis zum nächsten Ohr rüber – von einer Seite auf die andere, kleben sich die Strähnen oben auf der Haut auch noch fest, angeblich mit Fotokleber oder Eiweiß. So ein Glatzkopfindianer kommt sich dann wie ein vollbehaarter Kaltblüter vor. Sie könnten sich über ihre Birnen genausogut Pflaumenmuspalatschinken oder trockene Kuhfladen werfen.

– Echte Kopfdressmänner, Ausstellungsstücke für den Export in die tropengequälten Bruderländer. Nur der Titel, nur der Titel ist wichtig – das ist ein und alles für sie. Und vor allem keine kritischen Blicke in den Spiegel werfen.

– Selbststudium, Vervollkommnung, Weiterbildung – für diese Säulen der Gesellschaft sind das alles einfach Fremdwörter. Dabei gibt es bei uns so viele gute Fachzeitschriften. »Die Welt der Sowjets«, »Die Sowjetfrau im Moderausch«, »Landwirtschaft in der Steppe und hinterm Polarkreis« und und.

– Guck mal, der in der offenen Windjacke – die geht ihm

bis zu den Knien, solche echten Jacken-Ingenieure sehen wir immer gern. Und drunter ein falsch gepflegter, ausgehängter Wollpullover von der Mami, der hinten sogar noch zehn Zentimeter länger ist als die Jacke. In die großen Jackentaschen könnte er sich problemlos geklaute Säuglinge stecken. Und der da, der so herumwackelt, weil er in seine Umhängetaschen eingeschnürt ist – das ist eine echte Einkaufsbeutelkreatur, dieser Esel mit Diplom, an allen Seiten hängt an ihm etwas dran, links und rechts, quer um den Hals, bravo! Dem Mann fehlt nur noch ein Herrentäschchen. Auf dem Rücken hat er natürlich noch einen Rucksack – kann dieses Ingenieurbaby überhaupt noch atmen?

– Was ist aber jetzt los – hat er etwa grüne Haare? NEIN! In seinem Rucksack steckt einfach eine Palme!

– Aber, aber, wackeln tut er, hoffentlich kippt uns der Taschenmann nicht gleich um ... zu welcher Seite, was meinst du? Dieser Ing. wird seine ganzen Umhängsel nur in der umgekehrten Reihenfolge wieder los, ist ihm das klar? Packt der Ingenieur seine Entpackung zu Hause ganz allein, oder wird er lieber eingeschnürt bleiben, bis die Mama kommt? Und wieder so ein Unterhosenprofessor da drüben – steckt sich sein Hemd in seine Unterhose aus dem fortschrittlichen Syrien, so daß man das syrische Spitzenerzeugnis jetzt tatsächlich sehen kann. Und ja!!! Es ist eine syrische Unterhose, jetzt läßt sich auch der Aufnäher erahnen, endlich!

– Lauter Ingenieure, auch hier drin. Quetschen sich in unseren Wagen rein, bleiben an der Tür stehen, und hier in der Mitte könnte man Csárdás tanzen. Warum diskutieren die zwei Professoren über diesen Gully – dort vor der Baustelle, siehst du sie? Jetzt taucht der nächste Ingenieur auf, der mit dem Laster, sieh mal einer an! Wie geschickt der rückwärts fahren kann, trotz der Rußwolken aus dem Auspuff. Rauchen tut er auch noch nebenbei! Augen voller Qualm und Tränen.

– Und der Ingenieur hinten bei den Zementsäcken ist bestimmt sein Beifahrer – der wedelt und wedelt, unterhält sich dabei aber mit der Tussi im Bauwagen. Bald wird er seinen Kumpel glatt in die Grube hineindirigieren, wetten?
– Vielleicht hat sich der Rückwärtsgang-Ingenieur ein paar Tricks bei den Fledermäusen abgeguckt. Und wie schnell er mit seinem Laster blindlings unterwegs ist, der traut sich was! Sein Beifahrerdoktorand wedelt und winkt, achtet auf gar nichts mehr. Vorsicht – die Zementsäcke!
– Die sind jetzt hin! Zwei sind unter den Rädern, unwiederbringlich, sie werden wenigstens den Schlamm andicken. Jetzt kurvt der Lenkradingenieur tatsächlich raus aus der Ausfahrt – hat dabei sogar die Torpfosten stehenlassen. Bald wird er dafür die beiden Gully-Professoren platt machen, wenn ihm keiner die Zigarette aus dem Mund nimmt.

Die Stadt verrottete zusehends. Innerlich wie äußerlich. Und jeder kannte den Titel eines 1967 erschienenen Fotobandes mit Texten von Hrabal: DIESE STADT IST IN GEMEINSAMER PFLEGE DER BEWOHNER. Dieser ironisch-melancholische Wunschtraum besaß in den rosigen fünfziger Jahren punktuell vielleicht noch etwas Realität. Damals fanden an den Wochenenden tatsächlich noch freiwillige Arbeitseinsätze statt, bei denen die Prager in Scharen die Straßen ihrer Umgebung säuberten und ihre in der Nähe liegenden Parks pflegten – im Rahmen der sogenannten »Aktion Z«. Wir Kinder machten begeistert mit. Das »Z« stand dabei für ZVELEBOVÁNÍ, was auf Tschechisch etwa Hebung, Belebung, Veredelung bedeutet. Dieser Aktionismus schlief irgendwann natürlich ein, und nach dem Einmarsch machte man im Rahmen der dumpfen Unzufriedenheit dann überhaupt nichts mehr – für die Stadt nicht, nicht für den Staat, für den Sozialismus schon gar nicht. Jedenfalls nichts, was man nicht unbedingt tun mußte – und auch das tat man möglichst nur zum Schein. Dabei wurde man in dieser Zeit der NORMALISIERUNG – dieses euphemistische Vergewaltigungswort war der Stützpfeiler der offiziellen Rhetorik – pausenlos darauf getrimmt, alles besser zu machen als während der konterrevolutionären VERIRRUNG von 1968.

Die allgemeine Schlamperei der Normalisierungszeit war trotzdem grenzenlos, auch in den Staatsämtern, bei der Polizei und der Stadtverwaltung – dort zelebrierte man vor allem die Frühstücks-, Mittags- und Kaffeepausen. Und zwischendurch auch noch die Pausen für zwanglose Unterhaltungen, also die Besprechungspausen. Die Folgen bekam man immer wieder zu spüren. Man kontrollierte die Kanalisation nicht mehr, achtete nicht auf verdächtige Absakkungen und Absenkungen des Bodens, und eines Tages wurde bei starkem Regen eine Straße vollständig unterspült. Der Bürgersteig samt einer Haltestelle öffnete sich, und auf einen Schlag verschwand eine Menge Prager Bürger unter der Erde. Oder war das in Brünn? Ehrlich gesagt las ich, seitdem die Russen im Land waren, überhaupt keine Zeitungen mehr. Manche unserer Mitmenschen hielten sich bei der Absackung angeblich an den bröckelnden Rändern des Lochs noch eine Weile fest, bis auch sie den anderen folgten. In der Stadt lief jedenfalls – Brünn hin oder her – eine Unzahl von zuverlässigen Augenzeugen herum. Den nichtssagenden Kurzmeldungen in der Presse, in denen dieses Unglück verharmlost wurde, mißtraute man zutiefst. Um so aufgeregter wurde die Sache diskutiert, die Augenzeugen, die dem Unglück nur knapp entkommen waren, waren unsere neuen Helden. Manche der Abgesackten wurden angeblich nie gefunden. Vielleicht waren aber auch gute Schwimmer dabei, meinte jemand.

Daß ein alter Mann aus unserer Nachbarschaft in Eigeninitiative Schilder mit einem roten Pfeil und der Aufschrift »BURG« an den Laternenpfählen befestigte, paßte nicht unbedingt in diese lethargischen siebziger Jahre – der Mann hatte für seinen Eifer aber einen handfesten Grund. Er bastelte die Schilder selbst, sogar bei der Aufstellung kletterte er ohne fremde Hilfe auf seine wacklige Leiter. So bestückte er nach und nach auch etwas entferntere Ecken der Gegend. Mit seinen Schildern wollte er nicht nur den armen, in unserer Gegend regelmäßig unglücklich werdenden Touristen helfen, er wollte auf seiner Parkbank einfach seine verdiente Ruhe genießen. In dieser Zeit wurden wir leider alle belästigt, nicht nur er. Die Touristen stellten – tags wie nachts – jedermann die gleiche Frage:

– HRADSCHIN? Wo ist hier die Burg? We don't see any castle here. Can you help us?

Das Problem unseres schönen Stadtteils bestand nicht darin, daß man uns die Burg weggenommen hätte. Unser Problem war, daß am »Boulevard der Verteidiger des Friedens« eine Metrostation mit dem – auf die amtliche Bezeichnung unseres ganzen Viertels bezogenen – Namen »Die Hradschiner« gebaut worden war. Diese Station lag allerdings auf der flußabgewandten Seite der Burg, weit unterhalb der eigentlichen Burganhöhe. Außerdem wurden die Aussteigenden auf dem so eindrucksvoll verbreiteten »Boulevard« erst einmal in die vollkommen falschen Richtungen orientiert – also dorthin, wo die Burg eben NICHT lag. Und die Burg konnte man von hier beim besten Willen auch nicht sehen. Was man nach dem Auftauchen aus dem Untergrund sah, waren mehrere Bus- und Straßenbahnhaltestellen, dieser Anblick war allerdings trügerisch. Bergauf zur Burg führten von diesem Knotenpunkt aus nicht nur keine Schienen, sondern auch keine anderen Verkehrswege; alle vorhandenen Querstraßen waren längst verbarrikadiert. Die Burg lag im Grunde nicht weit weg und war zu Fuß einigermaßen gut erreichbar – theoretisch jedenfalls. In unserer Gegend irrten also ständig Touristen umher, die ihre Stadtpläne in den Händen hielten und versuchten, sie nach Norden auszurichten. Sie drehten sich dabei wiederholt um ihre Achse, kämpften auf den kaputten Bürgersteigen mit ihrem Gleichgewicht und störten. Manche liefen erfolglos umher und sahen wiederholt zum Himmel in der Hoffnung, dort die riesigen Türme des Veitsdoms zu entdecken. Die Burg und der Dom befanden sich dabei südlich von ihnen, verborgen hinter Häusern und den Bäumen unserer Parks. Viele der Touristen gerieten in Verzweiflung.

– BURG – CASTLE – CASTELLO – CASTILLO?

Unter den Burgsuchenden hatte auch unser Zentralkneipier zu leiden. Es war derselbe Mann, der sich Sorgen um mich gemacht hatte, ich könnte zum Biersäufer werden. In der Nähe der Metrostation gab es selbstverständlich keine öffentlichen Toiletten, und die fremdländischen Orientierungsläufer mußten irgendwann – streßgeladen, wie sie waren – auch pinkeln gehen. Der Kneipier sah ihnen ihre gutgefüllten Harnblasen sofort an. Diese Leute hatten einen speziell fragenden Blick, hielten einen Stadtplan in der Hand und liefen leicht schuldbewußt auf seine Kneipe zu. Wenn er diese Nur-Pissen-Woller sah, fackelte er nicht lange und verscheuchte sie möglichst schon in seinem Vorgarten. Ob sie vielleicht auch essen oder trinken wollten, war zweitrangig – er mochte diese herumhetzenden Ausländer einfach nicht. Er fühlte sich von ihnen von vornherein beleidigt, da diese Leute sein gemütliches Gartenlokal nicht würdigen, sondern im Grunde nur weiterziehen wollten – zur Burg eben. Man sah den Mann oft, wie er aus der Kneipentür hinausgerannt kam und auf Deutsch und Englisch brüllte:

– NEIN! HIER NICHT! – DETS ENAF! NOU PISS! NOU DABBEL-JÚ-SÍ! WIR SIND EINE GASTSTÄTTE!

Von den meisten Menschen unbemerkt, kreuzte während meiner Kindheit ein pensionierter Straßenpflasterer durch Prag, der sich auf das Ausbessern kleinflächiger Bürgersteigschäden spezialisiert hatte. Offenbar konnte er den Anblick von kaputten Bürgersteigen nicht ertragen und wollte sich partout nicht zur Ruhe setzen. Ob er wenigstens für die sensibleren Prager ein Begriff war, weiß ich nicht – für mich war er es auf alle Fälle. Die verlotterte Stadtverwaltung war bei der Beschäftigung mit sich selbst und beim hausinternen Herumgequatsche schon immer ausreichend gefordert, die Stadt wurde nach Möglichkeit sich selbst überlassen. Neben der dauernd von neuem zerfallenden historischen Bausubstanz auch noch alle Prager Bürgersteige in Schuß zu halten, sogar kleinste Schäden kontinuierlich beseitigen zu lassen war einfach zu viel verlangt. Die Bürgersteigpflasterung bestand zu allem Unglück aus kleinen rosafarbenen und bläulichen Steinen und sollte bestimmte historische Muster aufweisen. Der alte Einzelkämpfer fuhr auf eigene Faust mit seinem Handwagen tagaus, tagein herum, legte die kaputten Stellen frei, füllte sie mit seiner speziellen Sand-Kalk-Mischung, belegte sie mit den Plastersteinen, klopfte dann mit gezielten kurzen Schlägen auf jedes einzelne dieser Steinchen und ließ nach und nach die beschädigten Mosaikmuster neu entstehen. Wenn er sich vom Boden zu erheben begann, dauerte es eine Weile – das Strecken seiner Knie fiel ihm schwer. Wenn er sich wieder aufgerichtet hatte, sah man ihm seine Schmerzen auch deutlich an. Am Ende stampfte er die reparierten Stellen mit einer hölzernen Handramme fest. Sand, Kalk, Wasser und einen Vorrat an Pflastersteinen hatte der Mann in seinem Wägelchen immer dabei. Irgendwann gab es den Mann, der unser auseinanderfallendes Prag geflickt hatte, leider nicht mehr. Nach dem Einmarsch der Russen hätte eine derartige Epiphanie sowieso nicht ins Straßenbild gepaßt. Dieser Mann war für mich immer ein Vorbild, und er blieb es auch.

Der Allgemeinheit wurde in den siebziger Jahren etwas ganz anderes zum Staunen geboten. Besser gesagt – zum Glotzen, Anhimmeln und Nichtfassenkönnen. Es war nichts Göttliches, es waren ganz irdische Trupps konzentrierter schwedischer Bauarbeiter. Die Schweden haben uns im Dreißigjährigen Krieg unglaubliche Schätze aus der eigentlich uneinnehmbaren Prager Burg geklaut, da sie von einem verräterischen Mönch hineingelassen worden waren – und haben uns die geraubten Kostbarkeiten nie wieder zurückgegeben. Vielleicht als eine kleine Entschädigung boten sie uns jetzt etwas anderes an. Auf den Baustellen konnte der tschechische Mann, ausnahmsweise auch die tschechische Frau, Dinge sehen, die man im Sozialismus bis dahin noch nie gesehen hatte.

Große und komplizierte Gebäudekomplexe konnte die sozialistische Bauwirtschaft nicht mehr eigenständig bewältigen – in einem vernünftigen Zeitrahmen jedenfalls. Sicher wollte man mit der Vergabe dieser Großaufträge verhindern, daß im Zentrum der Hauptstadt jeder sehen konnte, was auf einer einheimischen Baustelle alles passierte – oder eben nicht passierte. Man ließ also für teure Devisen die Schweden kommen – und ihre Zulieferer, also tschechische Firmen, bezahlte man ebenfalls mit harten Devisen. Was sich unsere Wirtschafts- und Parteikapitäne damit eingehandelt hatten, ahnten sie nicht. An vielen Orten, in vielen Büros stand oft die Arbeit still, weil die Belegschaft RICHTIGE ARBEIT SEHEN WOLLTE. Man ließ alles stehen und liegen und wanderte während der Arbeitszeit zu den Baustellen. Diese wurden regelrecht belagert, Menschen hielten sich dort stundenlang auf, standen wie festgenagelt an den Zäunen und schauten zu. Nach und nach wechselten sich dort ganze Menschentrauben ab, und wenn irgendwo ein besonders erstaunlicher Arbeitsvorgang gestartet wurde, verlagerten sich die Beobachtungstrupps einfach am Zaun entlang – in einer geschlossenen Formation wie ein Bienenschwarm.

Was hinter dem Zaun vor sich ging, war wirklich kaum zu fassen. Die Schweden arbeiteten überhaupt nicht hastig, trotzdem unglaublich effektiv. Nichts stand still, alle Arbeiten schlossen sich nahtlos an die vorherigen an – und am nächsten Tag war der Bau wieder sichtbar vorangeschritten. Deswegen mußte man auch jeden Tag wenigstens einmal vorbeigeschaut haben. Die Schweden waren bald sichtlich genervt – kamen sich hinter dem Bauzaun wie zur Schau gestellte Exoten vor.

Das Tempo, mit dem die neuen Kaufhäuser im Stadtzentrum wuchsen, gehörte für die Tschechen zu einer Art Weltwunder. Auf den tschechischen Baustellen geschah trotz der Präsenz vieler geschickter Hände monatelang manchmal gar nichts – obwohl dort auch viele Arbeiter in Bewegung gehalten wurden und nachprüfbar irgend etwas taten. Manche von ihnen standen natürlich auch manchmal herum, manche rauchten pausenlos, andere aßen oder warteten auf irgendwelches Material, das bis auf weiteres nicht lieferbar war. Trotzdem – an sich waren diese Leute natürlich nicht faul, sie machten sich tagtäglich ihre Gedanken, was sie als nächstes anpacken könnten; und wenn dann ihre Stunde kam, legten sie auch los. Wirklich Tag für Tag ihres baulichen Berufslebens. In welchem schwarzen Loch ihre Arbeit verschwunden war, blieb letzten Endes schleierhaft – oft sicher auch für sie selbst. Als Außenstehender konnte man ewig darüber grübeln – bis man irgendwann feststellte, daß auf manchen Baustellen überhaupt keine Änderungen des bereits Erreichten zu entdecken waren. Manchmal realisierte man erst mit einer Verspätung, daß sich deswegen überhaupt nichts tat, weil alle Arbeiter komplett abgezogen worden waren. Warum dann plötzlich nur diejenigen wiederkamen, die erst einmal nichts zu tun hatten, erfuhr man auch wieder nicht. Schon am Rohbau größerer Gebäudekomplexe wurde quälend lange herumgewerkelt, anschließend wurden diese Monsterklötze unendlich lange in ihrem Inneren ausgebaut – und man sah von außen wieder keine Fortschritte. Vor allem diese Feinarbeiten konnten sich mehrere Jahre hinziehen. Als man mit dem Innenleben der Bauten endlich fertig war, ging es schon wieder mit den Reparaturen und Ausbesserungen am nicht ausreichend geschützten Äußeren des Rohbaus los. Die strengen sozialistischen Winter hatten den in der Zwischenzeit nicht beheizten Geisterbauten sowieso schwer zugesetzt. Kurze Zeit nachdem diese Gebäude bezogen worden waren, sah man ihnen schon die ersten Zerfallserscheinungen an und empfand tiefste Schadenfreude.

Bei den Schweden war alles anders. Man spürte eine Art Ablaufharmonie, wie man es von Körperschaften der großen Kunst, zum Beispiel von Weltklasseorchestern, kannte. Man beobachtete das respektvolle Miteinander zwischen Mensch und Maschine, zwischen der unsichtbaren Leitungsebene und der ausführenden Arbeiterschaft – und nahm das offenbar widerstandslos angenommene Ticken irgendwelcher riesigen Harmonogramme wahr. Es gab keine Hektik, keine Auseinandersetzungen oder vor Wut durch die Luft fliegende Werkzeuge, auch keine chaotisch abgelegten Materialreste, keine Berge von Schutt und Abfall. Die Overalls der Arbeiter waren oft sauberer als die Alltagskleidung einiger einheimischer Männer, die von ihren Ehefrauen als Sorgeobjekte – Pflegefälle auf Knabenniveau – aufgegeben worden waren.

Die Wut und Verzweiflung, die man auf den Straßen überall zu spüren bekam, wurde immer bedrückender. Einige Verzweifelte, die nicht in die allgemeine Ohnmacht verfallen wollten, suchten nach Entlastungsventilen – bis sie sie fanden und öffneten. Eine junge Frau raste einmal aus Wut über die politische Situation und die Feigheit ihrer Mitmenschen mit ihrem Laster in eine wartende Menschenmenge. Es gab ein Blutbad mit einigen Toten, der Blutmenge entsprechend, gab es auch viele Augenzeugen – und weil man auf diese so angewiesen war, vermehrten sie sich mit der Zeit noch. Die Presseagentur erwähnte trotz besseren Wissens nur einen »tragischen Verkehrsunfall«. Einiges bekam man aber ganz unmittelbar mit. Mir fiel zum Beispiel auf, daß die Anzahl der Menschen, die in der Stadt hinkten und humpelten, gestiegen war. Und wenn es sich ergab, daß man sie in ein Gespräch verwickeln und nach dem Grund ihres Hinkens fragen konnte, zeigten sie wütend auf die vorbeifahrenden Autos:

– Die Schweine fahren einem in den Kurven einfach über die Fersen.

– Wirklich?

– Ja! Oder über die Füße! Auf der Kleinseite ist es am schlimmsten. Dort, wo die Kreuzungen durch die Seitenstraßen umfahren werden – am Újezd zum Beispiel. Diese Idioten kennen die Ideallinie und schneiden die Ecken einfach über die Bordsteinkanten. Und wenn gerade eine Straßenbahn kommt, fahren sie trotzdem weiter, auch wenn es zu eng ist. Daß sie dabei über die Füße der Leute rattern und nicht über Pflastersteine, kriegen sie gar nicht mit.

Bei diesen Gesprächen gab ich vorsichtshalber nicht zu, daß ich als Lieferwagenfahrer eines Tages auch zu den Fußplätterern gehören könnte. Bisher hatte ich in meiner Arbeitszeit zwar noch niemanden verletzt, die Ecken, an denen man – nah am Limit, versteht sich – brutal über die Bordsteinkanten fuhr, kannte ich allerdings recht gut. Und nicht nur die im Zentrum, sondern auch diejenigen außerhalb des Zuständigkeitsbereichs meiner Wohnungsbauverwaltung. Der allgemeine Brutalisierungstrend war tatsächlich nicht mehr aufzuhalten. In der Stadt vermehrten sich zusätzlich noch ganz anders geartete Gewalttäter. Ich nannte sie die Rollstuhl-Desperados und empfand sie wegen ihrer Unangreifbarkeit als besonders gefährlich. Sie steuerten ihre Gestelle ähnlich risikoreich wie die Autofahrer – und da sie sich auf den Bürgersteigen ohne Einschränkungen und immer mit dem Vorfahrt-Gefühl austoben durften, bewegten sie sich auf vorprogrammiertem Crashkurs. Sie fuhren manchmal einfach schnurstracks durch die Menge, ohne Rücksicht darauf, ob sie von den Passanten rechtzeitig gesehen werden konnten oder nicht – und sie ließen ihren Mitmenschen kaum Zeit zu reagieren. Auf die unvermeidbaren Unfälle freuten sie sich offenbar schon und hatten als Behinderte wenig zu befürchten. Einen von ihnen kannte ich persönlich aus einer Kneipe. Er hatte die Stadt so satt, daß er vorhatte, samt Rollstuhl nach Amerika auszuwandern. Und er freute sich schon auf die Amerikaner, weil diese so freundlich lächelnde Menschen seien. Die Amis würde er mit seinem Rollstuhl auch nicht anfahren wollen, niemals. Dort würde er sowieso einen behindertengerechten Buick fahren.

Aber auch die Helfershelfer der Behinderten – wenn sie als Schieber das Sagen hatten – übernahmen bald den neu eingeführten Fahrstil, schoben ihre Schützlinge mit so hohem Tempo durch die Menge, daß sie besonders pechbefleckten Bewohnern der Goldenen Stadt zusätzlich zu ihren Füßen und Fersen auch noch die Schienbeine lädierten. Wer die Zeichen des neuen Zeitalters nicht erkannt hatte, also unaufmerksam oder fluchtunwillig blieb, mußte mit noch schlimmeren Frontalkollisionen rechnen. Und wenn es zu einem Zusammenprall kam, wurden die Geschädigten auch noch abgebrüllt.

– Arschloch, kannst du nicht aufpassen? feuerte der aufopferungsgeile Schieber wie aus einer abgesägten Schrotflinte. Siehst du nicht den Behinderten? Bald bist du auch so weit, paß auf!

Ausgerechnet in dieser finsteren Zeit wollte die Stadtverwaltung wenigstens etwas Gutes für die Blinden tun und ließ an vielen Ampelkreuzungen neu entwickelte Jaulsignalgeber installieren. Das hatte zur Folge, daß das viel zu laute Gejaule während der Grünphasen den Menschen im weiten Umkreis den Schlaf raubte. Das Leben in Prag wurde aber aus vielen anderen Gründen unerträglich. Die Abgebrühtheit und Gefühlsstumpfheit ging so weit, daß man es wagen konnte, an den Abenden tapfere Jäger herbeizurufen, um in der Innenstadt die lästigen und die alte Bausubstanz gefährdenden Tauben zu dezimieren. Das Abschießen geschah vor aller Augen. Die Jäger kamen mit ihren kleinkalibrigen Gewehren und begannen systematisch, die Tauben ins Visier zu nehmen. Mitten in der Stadt, regelmäßig zum Beispiel auf dem Altstädter Ring. Diejenigen Vögel, die sich auf die vielen Simse der umliegenden Häuser oder auf entferntere Dächer gerettet hatten, wurden mit ruhigen Schritten verfolgt und – ahnungslos, wie sie waren – dort erwischt. »Peng« ... und »Klatsch«, »Peng« und ... (nach dem senkrechten Flug auf die Pflasterung) »Klatsch«. Ich höre das bis heute.

Nachdem ich kein Müllmann werden durfte und nur ein einfacher Ausfahrer geworden war, wußte ich, daß ich mich irgendwann würde umorientieren müssen. Etwas in mir wollte unbedingt aus der Stadt heraus. Den Anlaß lieferte mir ein Mädchen, das eines Tages zwischen zwei parkenden Lastern vor mein bremslahmes Lieferauto gelaufen war. Das Mädchen kam mit einer leichten Gehirnerschütterung davon. Ich lobte mich still für meine Reaktionsschnelligkeit, war mehr als erleichtert und auch stolz. Ich hatte im engsten Prager Straßenlabyrinth, in das damals noch jeder Verkehrsverbrecher hineingelassen wurde, kompromißlos, trotzdem zentimetergenau fahren gelernt, und da ich bis dahin niemanden umgebracht hatte, war es wirklich höchste Zeit zu verschwinden. Daß mein aktueller Beruf von der Politik unabhängig war, reichte mir inzwischen nicht mehr. Außerdem hatte meine aktuelle Existenz auch mit einer bescheiden hellen Zukunft – trotz des wiederholten Ausfahrens von glänzenden Klosettschüsseln – wenig zu tun. Und ich wohnte immer noch brav zu Hause.

Am Anfang meines Berufslebens wollte ich mich im Rahmen meiner Möglichkeiten noch verantwortungsvoll einbringen, meiner schönen Geburtsstadt etwas zurückgeben und wenigstens in einem begrenzten Umfang ein bißchen Ordnung in das allgemeine Chaos bringen. Ich machte in meinem Betrieb auf ungesicherte Schwachstellen unserer Lagerhallen aufmerksam und warnte vor Dieben – bald danach wurde tatsächlich eingebrochen. Auf den Baustellen befestigte ich manchmal wackelige Bauteile, die drohten, Menschen zu erschlagen, unterwegs entfernte ich von den Fahrbahnen massive Metallstücke oder ganze Aggregate, die marode Fahrzeuge verloren hatten, oder ich steckte in irgendwelchen Nebenstraßen augenfällige Äste in offene Gullylöcher, um diese wenigstens für andere Fahrer, die nicht immer aufmerksam nach vorn schauten, sichtbar zu machen. Meine schöne Stadt und mein Land waren aber nicht mehr zu retten. Sogar mein Lieferauto wurde trotz meiner Fürsorge gemeingefährlich, und ich konnte dagegen wenig ausrichten. Die Mechaniker meines Betriebes waren faul und schickten mich immer wieder weg, wenn ich sie auf irgendwelche Klappergeräusche aufmerksam machte. Sie schauten sich beim Vorbeigehen manchmal schnell das und jenes an, traten gegen die Räder, bückten sich leicht, um zu sehen, ob am Chassis noch alles dran war. Wenn ich dort Risse sauberwischte und sie ihnen zeigte, vertrösteten sie mich, der Zustand meines Autos sei außergewöhnlich stabil.

– Diese Risse sind uralt, daran hat sich seit Jahren nichts geändert.

Als einmal ein Rohrleger von seiner Straßengrube aus einen Blick unter mein parkendes Ungeheuer geworfen und mich darauf aufmerksam gemacht hatte, daß an der Antriebswelle kurz vor dem Differentialgetriebe vollkommen lose Schrauben baumelten, traute ich mich auf dem Garagenhof, einen Mechaniker anzubrüllen. Das war leider ein grober Fehler. Ich war ein Neuling, war viel zu jung und hatte die im Betrieb herrschende Hierarchie mißachtet – als Strafe bekam ich vom Meister persönlich einen spontanen Schwergewichts-Arschtritt, den ich zwei Wochen später noch spürte. Die Tritte des Hausmeisters Erben während meiner Schulzeit waren wesentlich liebevoller.

Ungeheuerlichkeiten begegneten einem überall, wohin man kam. Im Großhandel für Kabel fiel mir einmal auf, daß man dort beim Verkauf der Meterware keine Latten oder andere Hilfsinstrumente zum Messen nutzte, sondern einfach nur an den Kabeltrommeln kurbelte. Einer der Männer drehte und drehte und ließ das Kabel auf den Boden fallen. Der zweite kam dann mit einem Bolzenschneider vorbei und schnitt das »abgemessene« Stück ab. Für die Männer stand, wie ich bald erfuhr, für jede Trommel fest, wieviel Kabelmeter bei einer Umdrehung – bei einem sicher vor vielen Jahren vorgenommenen Pilotversuch – abgewickelt würden. So genügte es ihnen, nur die reine Anzahl der Umdrehungen zu zählen, um die verlangte Meterzahl zu ermitteln. Man unterhielt sich dabei, die Trommel wurde locker und eher wie nebenbei bewegt, und in der Regel wurde offenbar auch großzügig gezählt – lieber zwei Umdrehungen mehr als eine zu wenig. Dabei war die Schwachstelle der angewandten Methode niemandem aufgefallen. Niemanden kümmerte, daß die Länge der Schlaufen mit dem abnehmenden Durchmesser der restlichen Kabelschichten kontinuierlich abnahm.

– Bis jetzt hat sich darüber niemand beschwert, meinte einer. Wir machen das hier immer so.

– Bist du ein Schlaumeier oder kommunistisches Arschloch? fragte ein anderer.

Im Rahmen meiner eigenen Arbeitsaufgaben bedrückten mich leider noch andere Dinge. Ich mußte mich an den allgemein üblichen Betrügereien beteiligen – und diese wurden jeden Tag und von jedem einzelnen Fahrer auch unbedingt erwartet. Ich durfte auf keinen Fall aus der Reihe tanzen. Am Ende eines jeden Tages mußte man sich lange Strecken und fiktive Fuhren zusammenphantasieren, auch wenn man sie an einem einzigen Tag gar nicht hätte bewältigen können. Mit unserer Bezahlung hatte diese Praxis überhaupt nichts zu tun. Wie ich bald mitbekam, wußte die Buchhaltung über unser Treiben bestens Bescheid. Da wir Fahrer beim Tanken mit Gutscheinen zahlten, allerdings viel weniger Benzin verbrauchten, als der nach oben getriebenen Kilometerzahl entsprach, öffneten sich in mir unbekannten Hinterzimmern Freiräume für sozialistische Privatnutzung der erwirtschafteten Gutscheine. In die genauen Abläufe wurde ich allerdings nie eingeweiht.

Das obligatorische Ausfüllen des Fahrtenbuches war eine zeitraubende Arbeit, das manuelle Manipulieren des Tachometers war außerdem unangenehm und riskant. Ich mußte jeden Tag, bevor ich in die Garage einfuhr, irgendwo anhalten, den Tacho ausbauen und mit einem Schraubenzieher eine Weile an einer Schraube drehen. In der ruhigen Nebenstraße unweit des Garagenhofes sah ich oft auch die anderen Fahrer, wie sie das gleiche taten. Als mir einmal eine Überwurfmutter, die das ganze Tachogehäuse an der Armatur von hinten festzuhalten hatte, in einen Hohlraum der Karosserie hineingefallen war, war ich vollkommen verzweifelt. Einer der Fahrer war gnädig und half mir. Diese Gefahr kannte er, und er kannte auch die Geheimnisse der Karosserie. Und da mein Auto zum Glück schon ziemlich durchgerostet war, nahm er einen robusten Schraubenzieher in die Hand und stach das Blech an einer Stelle einfach durch – gleich beim ersten Versuch. Ein Hammer war dazu gar nicht nötig. Er würgte anschließend so lange im Hohlraum der Säule, bis er eine gemütliche Öffnung ausgehebelt hatte – und holte die feingewindige und unersetzbare Spezialmutter heraus.

– Ein Wunder, daß das Auto noch zusammenhält, sagte ich.

– Vielleicht nicht mehr lange. Ich bin mit meinem Fahrerhäuschen schon mal nach vorn geflogen. Du darfst nicht zu stark bremsen – bremst das Ding überhaupt noch?

Zum Glück gab es noch die Wochenenden. Ich war schon seit einiger Zeit unter die Bergsteiger gegangen und fuhr regelmäßig zu irgendwelchen Sandsteinfelsen klettern. Was die Schwierigkeitsgrade betraf, zählte ich die ganze Zeit zu den Anfängern – trotzdem war es nicht schwer, auf die Idee zu kommen, in welche Richtung meine ersehnte Flucht aus Prag erfolgen könnte. Ich wollte unbedingt so weit weg von meiner Familie wie nur möglich, wollte auch keine Möglichkeit mehr haben, Dana zu besuchen. Ich kündigte rechtzeitig bei meinem Betrieb, packte an einem Freitag etwas mehr Klamotten zusammen als gewöhnlich, und als ich schon auf der Treppe war, versetzte ich meiner Mutter den nächsten großen Stoß, der sich in die lange Serie von schweren Todeshieben würdig einreihen konnte.

– Ich komme nicht wieder.

– Was heißt das? fragte sie.

– Ich bleibe in den Bergen, fahre in die Slowakei. Ich will dort in erster Linie bergsteigen, beruhigte ich sie. Aber auch schreiben.

– Du willst weg vor mir, nicht wahr, Georg.

mutter anna iolanthe

Die folgende Frage blieb familienintern lange Zeit offen: Ist der liebe Georg erwachsen oder doch noch ein Kind? Daran sollte auch mein unartiges Verschwinden vorerst nicht viel ändern. Man versuchte – aber das war schon immer so –, die eingespielte Kontinuität zu wahren. Sogar einige Jahre vor meinem Weggang wurde ich noch gefragt, ob mein STUHL-GANG in Ordnung sei. Regelmäßig? Nicht zu hart?

– Gehst du morgens, Georg? Morgens ist es am gesündesten.

Was ich mittags gegessen hatte, wollte von mir meine liebste Großmutter Lizzy sowieso jeden Tag wissen.

– Um Gottes willen, Georg! Jetzt gibt es das gleiche zum Abendbrot – tut mir so leid.

Daß wir dort wohnten, wo wir wohnten, daß wir also so schön wohnten in Prag, hatte unsere Familie meiner Mutter Anna zu verdanken. Sie, ihre Mutter Lizzy und Schwester Eva hatten sich nach der Flucht vom Todesmarsch erst einmal nach Ostrau begeben. Meine Mutter hatte sich am schnellsten erholt und war als Ein-Frau-Vorauskommando bald nach Prag aufgebrochen, um eine große Wohnung für alle, die zurückgekommen waren oder noch erwartet wurden, zu finden. Sie suchte sich die schönste Gegend aus und fragte den erstbesten Polizisten, der auf einer Kreuzung den Verkehr regelte, ob er ihr helfen könne. Dieser Mann wußte zufällig, daß gerade eine prächtige Riesenwohnung am barocken Tor, an der »Písecká brána«, frei geworden war.

– Die Familie Otto mußte raus, Deutsche. Er war der hiesige Apotheker. Die Wohnung wird aber bestimmt geteilt werden müssen.

Meine Mutter ging, resolut wie sie war, sofort zur zuständigen Wohnungsvergabestelle und bekam den Schlüssel. Eine der nächsten Amtshandlungen von ihr war der Gang zum Lagerhaus, in dem man vor der Deportation alle beweglichen Teile des Besitzes hatte deponieren müssen. Das einzige, was sie zurückhaben wollte, waren drei Ölbilder – ihr eigenes Porträt und die ihrer Mutter und Schwester. Als meine Mutter gemalt worden war, war sie zwölf Jahre alt. Beim Abholen der Bilder war sie neunzehn.

– Keine Möbel, danke, davon haben wir genug.

Die meisten Türen in unserer Wohnung schlossen nie ganz richtig, und wenn, dann nur mit gezieltem Kraftaufwand oder mit einem für jede Tür etwas anderen Trick. Und nach Onkels heiztechnischer Heimsuchung war alles nur noch schlimmer geworden. Jede einzigartig abgesackte, das heißt nicht nur individuell verzogene Tür mußte im Grunde als ein sensibles Einzelwesen behandelt werden. Und nicht alle bei uns konnten sich in alle unsere Türen wirklich einfühlen. Und so hörte man tagtäglich, wie irgendwo – man wußte meistens auch genau, wo – Holz an Holz stieß, sich Holz quietschend an Blechbeschlägen rieb, wie eine unter Spannung stehende Tür wuchtig ausrastete oder eine andere im Schließblech des Türrahmens nur ungenügend einrastete. Diejenigen Türen, deren Schnapper nicht vollständig einfahren konnten, sprangen erwartungsgemäß bald wieder auf und machten sich auf den Rückweg. Das machen generell alle Türen, die nicht hundertprozentig senkrecht hängen; manche unserer Türen hingen sogar sichtbar schief. »Buff«, machte es nach einer knapp bemessenen Ruhepause, wenn die betreffende Tür an das angrenzende Möbelstück, einen Stopper oder an die Wand stieß. Warum erzähle ich das alles? Ich war kein Kind mehr, und ich wollte – solche Impulse kannte ich lange genug – nicht nur weg von meiner ganzen Familie, ich wollte genauso weg von allen diesen Türen und ihrem taktlosen Dauer-konzert.

Meine Mutter Anna himmelte mich an, blickte gern zu mir auf – und die Intensität, die dabei aus ihren unanständig herausgedrückten Augäpfeln auf mich einströmte, war für mich immer schwerer zu ertragen. Sie beobachtete mich beispielsweise mit Vorliebe, wenn ich Musik hörte. Oft hampelte sie dabei wenig sympathisch, machte dazu unpassende Grimassen oder bewegte ihre Hände im Takt. Daraus konnte ich schließen, daß sie nichts fühlte. Wenn ich ihr die Sensibilität bestimmter Töne in Tonleitern erklären wollte, ihr beispielsweise die beiden Terz- und Septimevarianten auf der Gitarre vorspielte, wußte ich nicht recht, ob die Bedeutung dieser grundlegenden, für Menschen wie mich beinah fleischzersetzenden Halbton-Unterschiede bei ihr überhaupt ankam. Sie sah mich einmal voller Bewunderung an, als ich ihr einen kleinen Vortrag über Ironie in der Musik hielt. Ich spielte ihr zwei mehr als deutliche Stellen vor, die ich in der »Geschichte vom Soldaten« von Strawinsky gefunden hatte.

– Dieses Gehampele und die irrwitzige Intensität – das kann einfach nicht ernst gemeint sein. Als er das komponiert hat, war der erste Weltkriegswahnsinn noch voll im Gange.

– Interessant! sagte sie und strahlte mich an. Ich höre das aber nicht, Georg.

Obwohl mir ihre Bewunderung kurzzeitig auch guttat, empfand ich sie – eben weil sie von ihr kam – als schwere Belästigung. Ich wurde gegen ihre Eigenarten immer allergischer, reagierte darauf regelmäßig mit einer Art Kopfüberdruck. Ich sah meiner Mutter beispielsweise deutlich an, wie eifersüchtig sich einige ihrer Gesichtsmuskeln versteiften, wenn ich mir eine andere Frau ansah. Theoretisch wünschte sie mir natürlich eine passende und mir entsprechende – junge! – Freundin, in diesem Wunsch steckte aber gleichzeitig ein großes Problem. Meine Mutter war furchtbar verwöhnt, sie war es zu lange gewohnt gewesen, die Schönste und Anziehendste weit und breit zu sein. Und alle jungen Mädchen hatten viel feinere Haut als sie, wesentlich elastischere Körper und oft auch bessere Laune – die beste Laune voller süßester Ahnungslosigkeit. Manche Urteile meiner Mutter, die durch diese sie bedrohende Entwicklung geprägt waren, wurden zunehmend irrational. Oft fand sie auch ausgesprochen unbedarfte, manchmal sogar ausgerechnet häßliche junge Frauen wunderschön. Und das konnte, dachte ich mir, nur mit dem frischen Gesichtsepithel dieser mittelmäßigen Geschöpfe zu tun gehabt haben – oder mit ihren knabenhaften Gesäßen, die noch nichts auszusitzen hatten. Mir war es inzwischen etwas unheimlich, wie durchschaubar meine Mutter zu werden drohte. Schon sehr früh war es überdeutlich, daß sie sich für alle weiteren Anzeichen des Alterns schämen werden würde. Ich wollte ihr dabei nicht unbedingt zusehen.

Wenn ich meine Julie-Driscoll-Platte aufgelegt hatte, rannte meine Mutter schnell weg. Julie Driscolls Stimme war einmalig – schrill, selbstbewußt, penetrant. Julie Driscoll kümmerte sich in meiner Phantasie wenig darum, ob Männer vor ihr Angst hatten oder nicht. »Season of the Witch« war einer ihrer besten Titel. Meine Julie war eine außergewöhnlich begehrenswerte Hexe, sie war das Gegenteil meiner Mutter, die ihre Kränkungen und Komplexe gern und gekonnt immer wegschluckte – lächelnd, versteht sich. Julie Driscoll schien dagegen eine Art Kampfansage an die Adresse aller männerfügsamen Frauen herauszuposaunen. Meine Mutter kam aber auch mit meinen kreischenden Bulgarinnen nicht klar. Diese schrien ihr urslawisches, unter türkischer Herrschaft (Unterjochungsdauer: 500 Jahre) angesammeltes Leid mit ungehemmter Kraft heraus. Sie rissen noch genauso wie im Mittelalter ihre selbstbewußten Münder auf und ließen in ihren Brustkörben lange Resonanzsäulen vibrieren. Ihre seltsam gepreßten Kehlkopfstimmen polarisierten unsere ganze Etage. Die bulgarischen Weiber trauten sich einfach, sich ihr Leid auch ansehen zu lassen. LÄCHELN hätte eine kreischende Bulgarin bei der dauerhaften Gesichtsverzerrung und der resonanzrelevant nach hinten gezwängten Halspartie sowieso nicht gekonnt. Ehrlich gesagt war ich bei uns der Einzige, den diese Musik wirklich begeisterte.

Auf Fotos aus der Kindheit sieht meine Mutter oft leicht eingeschnappt aus, manchmal auch etwas melancholisch; auf späteren Jugendbildern aus der Nachkriegszeit dann eher verträumt. Sicher war sie damals sogar zukunftsverträumt, so wie ich es später werden sollte. Auf diesen Bildern, auf denen man ihr überhaupt keine KZ-Unannehmlichkeiten mehr ansieht, hat sie außerdem eine ruhend wissende, fast weise Ausstrahlung. Dabei kam sie sich nie als wirklich wissend, ausreichend gebildet oder sogar weise vor. Aber an Schönheit scheint oft auch ein Schimmer von Weisheit zu haften – bei allen Defiziten, in aller Unschuld. Die gegenteiligen Klischees über die DUMMEN SCHÖNHEITEN können nicht stimmen, sagte ich mir eines Tages, als ich wieder einmal alte großformatige Schwarzweißbilder meiner Mutter studierte. Die Bilder stammten von meinem begabten Vater, dem seine Jugendfreunde prophezeit hatten, er könnte ein guter Fotograf werden.

Wenn ein schöner Mensch vor ein Midlife-Tribunal tritt, das nach einer strengen Prüfung der Fakten über die Sinn- und Zweckhaftigkeit seiner Existenz zu befinden hat, kann sich dieser Träger des zeitgemäßen Schönheitsideals wenigstens einer Sache sicher sein: Er hat mit seinem Äußeren einen menschheitsgenehmen Dienst bereits abgeleistet. So gesehen hat er es im Leben viel einfacher als die weniger schönen um ihn herum, das Atmen und gelegentliche Stöhnen fällt ihm grundsätzlich leichter. Außerdem konnte er, der nicht nur als schön galt, sondern sich auch selbst schön fand, von einem höher gelegenen Podest durchstarten. Seine Blickrichtung war eine andere, zu ihm wurde naturgemäß aufgeblickt.

Der gelassene, von den Wissenden geprägte Gesichtszug wird den Schönen umsonst, einfach wie nebenbei zur Verfügung gestellt – zur Stärkung bekommen viele von ihnen sogar einen zusätzlichen Wertcoupon zwischen die Schenkel geschoben. Diese Menschen besitzen eine sich selbst bestätigende AURA DER GEWISSHEIT im Grunde seit der Kindheit. Nach meinem Gefühl haben sie eine gewisse Bedeutungssicherheit aber schon seit ihrer Zeugung in sich getragen – als eine milchige Vorahnung zumindest. Sie sind mit den Auswirkungen ihrer Aura aufgewachsen und gereift, sie sind unablässig gestärkt worden. Sie konnten ihr machtbehauchtes Selbstwertgefühl andere Menschen jederzeit spüren lassen; egal, wie fragil ihre Aura oder wie härteungeprüft ihr Selbstwertgefühl während ihrer jungen Jahre sein mochten. Und nochmals ganz ohne Neid gesagt: Dank ihres Beitrags zur Ästhetik der menschlichen Lebensräume haben diese Menschen tatsächlich nicht ganz ohne Sinn geatmet und gestöhnt, nicht zwecklos an den Energiereserven der Welt gezapft. Bis zum Zeitpunkt der Midlife-Prüfung jedenfalls.

Da aber das Genießen der Schönheit – der der anderen oder seiner eigenen – natürlich nicht alles ist, was ein Mensch auf Erden zu leisten hat, kann die Schönheit in der zweiten Lebenshälfte zu einem ernstzunehmenden Pflegefall mutieren. Selbstverständlich konnten nicht alle dieser Schönen die ihnen vorgesetzten Härteprüfungen unverletzt überstanden, nicht jede Hochhürde heil überstolpert haben. Und wenn ein unschön angeschlagener Schöner abstürzt, gibt er nach dem Entblättern nicht unbedingt schönere Signale von sich als einige seiner weniger verwöhnten Mitmenschen.

niemand konnte ihn von seinen haaren, seiner nässe und seiner nervosität befreien

In der Slowakei blieb ich erst einmal nicht lange. Das Wetter war scheußlich, die winterliche Klettersaison war vorbei und die sommerliche Hochsaison noch in weiter Ferne. Ich hockte ganz allein in einer Schutzhütte – und schlief allein in einem Schlafsaal mit zwanzig Betten. Eine Übernachtung kostete dort nur fünfzehn Kronen. Ich hatte diese Hütte aber nicht nur wegen des Preises gewählt, sondern auch wegen der mittleren Höhenlage – in die Ortschaften an der Bergbahn war es nicht übertrieben weit, in die Hochtäler ebenfalls nicht. Ich versorgte mich natürlich auch sonst sehr preiswert, aß fast ausschließlich Brot mit geräuchertem Schmelzkäse. Tee und Pulversuppen konnte ich mir in einem mit Blech ausgeschlagenen Vorraum selbst kochen – auf meinem mitgebrachten Benzinkocher. Am Tag lief ich in der Gegend herum und sah mich nach Arbeit um. Abends saß ich in der Hütte an einem langen Eßtisch, an dem sonst ganze Klettermannschaften ihren Grog tranken und sich unschöne Konserveninnereien auf ihre Brote schmierten. Die Herbergsmutter – eine ehemalige Bergsteigerin der Nationalmannschaft – stand in der Tür zur Küche und wollte mit mir tiefe Gespräche über die Einsamkeit in den Bergen führen. Sie sah immer noch beeindruckend sehnig aus und verschlang mich mit ihren Augen. Diese Augen hatten – wie ich wußte – schon die Spitze des Nanga Parbat aus nächster Nähe gesehen. Ihre frostgeschädigte Nase und ihr sich offenbar dauerhaft abpellendes linkes Ohr schimmerten an den blanken Stellen im hellen Klitoriszartrosa, und die Frau sah in ihrer partiellen Pflegebedürftigkeit reizend aus. Und ich hätte, wenn mir danach gewesen wäre, mit ihr in ihrem Privatkabuff schlafen können – und ihren tapferen und mit Bergluft durchströmten Körper nach weiteren interessanten Frostschäden absuchen können.

Nach drei Tagen war ich leider so depressiv geworden, daß ich Magenkrämpfe bekam, meinen Schmelzkäse nicht mehr riechen konnte und in ein Restaurant essen gehen mußte. Nachdem ich unten in Smokovec eine Weile herumgelaufen war, kam es für mich plötzlich nicht in Frage, mich in einer gewöhnlichen Gaststätte abspeisen zu lassen, und ich peilte das beste Lokal des Ortes an – das Restaurant des Interhotels Tatra. So zerknittert und ungepflegt, wie ich inzwischen aussah, hätte man mich eigentlich nicht hereinlassen dürfen. Im Speisesaal saßen aber kaum Gäste.

– Haben Sie für heute reserviert?

– Leider nicht. Der Abstieg hat viel zu lange gedauert.

Die Bergsteigerkluft war in der Gegend offenbar so etwas wie ein VIP-Ausweis, man ließ mich eintreten. Die Schweinesteaks im dünnen Knoblauchmantel waren so köstlich, daß ich am liebsten »repete« gesagt hätte – also das gleiche noch einmal bestellt hätte. Für verfressene Tschechen in gewöhnlichen Kneipen nichts Ungewöhnliches. Früher funktionierte es in besonders traditionell geführten Häusern sogar wortlos. Wenn man das Besteck nicht überkreuzt auf dem Teller plazierte, sondern parallel zueinander neben dem Teller – nicht auf dem Teller – liegen ließ und einen entsprechenden Blick aufsetzte, wußte der Kellner sofort, was dies bedeutete. Man war zufrieden, aber noch nicht ganz satt, und man wollte genau das gleiche noch einmal vorgesetzt bekommen. Der Gast konnte sich also ganz still verhalten, sich meditativ auf das dritte und vierte Mittagsbier konzentrieren und überlegen, ob er anschließend vielleicht noch eine dritte Portion bewältigen würde.

Ich fühlte mich an dem Abend im Interhotel für mein gutes Geld so liebevoll versorgt, daß ich in dieser mutterschoßähnlichen Einrichtung am liebsten gleich als Hotelgast geblieben wäre. Mein halbes Hunger- und mein ganzes Sehnsuchtsproblem löste ich anschließend ganz einfach – ich ließ mir für den nächsten Tag einen Tisch reservieren. Für das Mittag- und auch das Abendessen. Der nächtliche Aufstieg zu meinem Zwanzig-Betten-Gemach war ein bitterer gesellschaftlicher Abstieg, und meine schwer gewordenen Beine streikten von Anfang an. Aus Verzweiflung vertilgte ich auf einem Rastplatz eine trockene Brotkante. Am nächsten Tag kam ich nicht nur zum Essen in mein Hotel. Ich brachte mein ganzes Gepäck mit – und die Überzeugung, keine andere Wahl gehabt zu haben, als dort ein Zimmer zu beziehen. Ich nahm sogar ein prächtiges Zimmer nach vorn. Ein Kabuff mit einem dreckigen Fenster zum Hof lehnte ich glatt ab. Ich stand lange auf dem Balkon, sah mir aus dem dritten Stock die Promenade an – und seitlich auch die Gipfel und die Pässe meiner geliebten Berge. Die Arbeitssuche vergaß ich erst einmal. An vielen Gegenständen und Utensilien entdeckte ich den alten Namen des Hotels: GRAND. Hier war ich passend und endlich angemessen untergebracht. Gleich am ersten Abend durfte ich sogar etwas Kunst genießen – im großen Speisesaal sollte ein Klavierkonzert stattfinden. Ein Pianist aus der Kreisstadt war in der ganzen Gegend mit kleinen Plakaten angekündigt worden und sollte auf dem Flügel, auf dem im Moment noch Servietten, Zahnstocher und Salzstreuer abgestellt waren, eine bunte Mischung aus klassischen, romantischen, aber auch modernen Klavierstücken zum besten geben.

Der Start des Konzerts war leider schlecht konzipiert. Der Künstler wurde von keinem Conférencier angekündigt, er kam vollkommen lautlos herein und stand in seinem Frack dümmlich und viel zu lange neben seinem Gerät. Jede dort zugebrachte Sekunde war eine falsch investierte. Die Gesichtsmuskeln des Mannes befanden sich in einem hochfrequenten Spannungsspiel, versprachen nichts Gutes, und seine Körperlichkeit besaß wenig an kunstfeuriger Aus-

strahlung. Ich phantasierte sofort, daß er sich dauernd ver-
klimpern würde. Er machte auf mich schon zu diesem Zeitpunkt den Eindruck eines Schicksalsgeschlagenen, der
wahrscheinlich nichts anderes gewohnt war, als von einem
Schreckerlebnis zum nächsten zu torkeln. Viele Gäste be-
merkten den Menschen gar nicht oder hielten ihn für einen
Oberaufseher der Kellnerschaft. Daß wir so wenige waren,
war für den Interpreten sicher ein Schock.

Im Saal saßen verstreut – an ihren Eßtischen wohlgemerkt – etwa fünfzehn Zuhörer. Ein Ehepaar klatschte leise und verschämt. Der Pianist akzeptierte diese Begrüßung
aber nicht und stand weiter reglos da. Einige aßen immer
noch, unterhielten sich relativ laut und wußten gar nicht,
daß sie störten. Mit Recht zeigte der Mann endlich seine
Unzufriedenheit verstärkt – mimisch wenigstens. Er fixierte mit bösen Blicken die Applaussäumigen, versuchte vor
allem die Köpfe derer unter Blickbeschuß zu nehmen, die
ihm ihre Gesichter noch nicht zugewandt hatten. Wenn
er konsequent gewesen wäre, hätte er zur Herstellung der
Ruhe unbedingt die reichlich vorhandenen Salzstreuer als
Wurfgeschosse benutzt. Diese standen aufgereiht auf einem
Nebentisch. Er hätte unbedingt ganz schnell handeln müssen, tat aber nichts, tänzelte leicht.

Sein Dilemma war zugegebenermaßen gewaltig. Er hatte
keine Machtmittel zur Hand, besaß lediglich die ihm allein
gehörende Gewißheit seines Könnens und wollte sich nicht
auf das Niveau der Betreuungsperson seiner selbst herab-
stufen. Außerdem war er kein Mann des Wortes. Und er
war allein. Dabei hätte unbedingt jemand – wenn schon
nicht mit Salzstreuern geworfen werden sollte – längst zu
kulturvolleren, trotzdem strengen Mahnungen übergehen
müssen. In seiner Ratlosigkeit begann der Mann am Deckel
seines Flügels zu hantieren. Er fummelte dort so lange, bis
ihm die Stütze aus der Hand fiel und seine Notenblätter ins
Klavierinnere auf die Seiten rutschten. Daraufhin konnte er

den Deckel sogar bei passend kakophonischer Untermalung neu justieren. Als er damit fertig war, fing er an, sich mechanisch und mit geschlossenen Augen zu verbeugen. Einige klatschten deutlich und klar, wenn auch freudlos. Bei weitem waren es nicht alle.

Erst als der Mensch zu spielen begann, erinnerten sich die Kellner an das hektographierte Programm, daß sie hätten verteilen sollen. Laut Programmzettel erwarteten uns nun Klaviertranskriptionen einiger Klassik-Evergreens und einzelne Sätze bekannter Klaviersonaten. Als Höhepunkt wollte uns der Künstler außerdem eigene Kompositionen vorstellen, die melodisch auf berühmten Arien und sogar Schlagern basierten. Der Abend sollte anscheinend unter dem Motto: »Kennen Sie diese Melodie?« stehen.

Ich war von Anfang an in keinem guten Zustand, die erste Hoteleuphorie war – schon nachmittags – so gut wie verflogen. Ich fühlte mich furchtbar einsam und bedauerte inzwischen, meine menschlich so präsente Herbergsmutter verlassen zu haben. Bei dem Konzert ahnte ich von Anfang an nichts Gutes und hoffte stark, dieses Erlebnis würde mich nicht in noch tiefere Seelenabgründe herabziehen. Leider saß ich relativ weit vorn – und ich sah nicht nur alles genau, was vor sich ging, ich hörte auch vieles, was man bei einem Konzert nicht unbedingt hören sollte. Ich litt mit dem musikalischen Selbstquäler und -folterer von der ersten Sekunde an mit. Der Mann war so nervös, daß er überall schwitzte. Daß ihm der Schweiß vom Gesicht auf die Klaviatur tropfte, hätte noch als betriebsüblich gelten können, seine Hände schwitzten aber ebenfalls enorm – und außerhalb jeder Betriebstoleranz. Er rutschte, wie ich anfangs schon geahnt hatte, besonders oft von den schwarzen Halbtontasten ab, und ich sah, daß sogar seine Handrücken vor Schweiß glänzten. Seine eher dünnen und glanzlosen Haare schillerten bald wie pomadisiert. Und weil sie dank der Feuchtigkeit immer schwerer wurden, fielen sie ihm wie einem Pudel dauernd über die Augen und blieben dort auf seiner nassen Stirn gnadenlos kleben. Irgendwann halfen ihm dagegen auch keine heftigen und schräg nach hinten gerichteten Kopfbewegungen mehr. Bei diesen Einmalzuckungen sausten lediglich einige Schweißtropfen durch die Gegend. Natürlich nicht ganze Wölkchen, wie man sie nach besonders harten Punchs beim Boxen beobachten kann.

Der Ärmste mußte irgendwann kurze Zäsuren einlegen und sich von seiner Haarplage manuell befreien. Sein Spiel litt zu allem Unglück außerdem noch darunter, daß er mit seinen nassen Fingern beim Umblättern an den Notenblättern haftenblieb. Obwohl er sich große Mühe gab, das Tempo zu halten, und obwohl seine Griffe geübt wirkten, fand der Mann gegen die erstarkte Papierkohäsion kein Rezept. Das durch die leichten Verzögerungen verursachte Stocken war irritierend, für ihn sicher besonders. Vielleicht mußte er deswegen sogar ganze Takte überspringen. Inzwischen spielte es aber keine besondere Rolle mehr, ob Tschaikowskij mit einer jazzigen Synkope aufgefrischt wurde oder nicht.

Ich war nah daran zu flüchten. Nachdem ich diese Alternative verworfen hatte, überlegte ich eine Weile, ob ich nicht nach vorn gehen und dem Mann vielleicht unauffällig helfen sollte. Ich hätte unter dem Vorwand, seine inzwischen dauernd kollabierenden Notenblätter aufrichten zu wollen, nebenbei mit einer Stoffserviette seine Stirn, seine Handrücken oder die Tasten ... Nein, es war unmöglich. Niemand konnte den Mann erlösen und ihn von seinen Haaren, seiner Nässe und seiner Nervosität befreien.

Er kämpfte trotz aller Widrigkeiten weiter, blieb erstaunlich tapfer und musizierte voller Hingabe. Zu dieser gehörte auch seine sicher gut eingeübte Körpersprache. Er schwang seinen Oberkörper hin und her, versteifte ihn bei länger gehaltenen Akkorden, um ihn an nachfolgenden weicheren Stellen wieder unschön zusammensacken zu lassen. Noch viel schwerer zu ertragen war aber etwas anderes – es waren die gut sichtbaren Atembewegungen seines Brustkorbs, die ihm die Aura eines grobschlächtigen Schwerstarbeiters verliehen. Und er war tatsächlich einer! Physiologisch gesehen was es vollkommen legitim, daß sich seine enorme Anspannung ein Entlastungsventil gesucht hatte. Der Mann atmete aber so intensiv, daß ich es leider auch ganz deutlich hören konnte. Beim Einatmen pfiff und rasselte es in seinen Bronchien wie bei einem Asthmatiker, beim Ausatmen seufzte er tief. Ich bekam Angst um ihn und mußte an das Röcheln von Sterbenden denken, das ich mir während meiner Jugend schon zweimal hatte anhören müssen – bei meinen im übrigen so schönen Krankenhausaufenthalten.

Die Atemgeräusche des Mannes intensivierten sich in dramatischen Passagen enorm, beim Lufteinziehen schienen sogar seine Nüstern zu flattern. Mit einer freudigen Anleihe bei den Pferden hatte diese Flatterei aber kaum etwas gemein – die Pferde tun es sowieso beim Ausatmen. Bei dem aktuellen Überlebenskampf ging es einfach um die ausreichende Zufuhr des benötigten Sauerstoffs. Der Schwergewichtsklavierkämpfer konnte die Luft einfach nicht anders einziehen als implosionsartig durch seine Nase, da er gleichzeitig seine Lippen – offenbar aus mimik-choreographischen Gründen – fest aufeinanderpressen mußte. Mir kam nebenbei noch ein anderer erschreckender Gedanke: Vielleicht war der Mann tatsächlich ein Asthmatiker und ehemaliger Patient eines der benachbarten Kurhäuser – oder einer ganz anderen Einrichtung.

In den kurzen Pausen zwischen den einzelnen Stücken wischte sich unser Interpret überall den Schweiß ab, säuberte auch die Tastatur und versuchte, sich unauffällig aus einem kleinen Fläschchen etwas Flüssiges in den Mund zu sprühen. Zwischen den einzelnen musikalischen »Komplexen« gönnte er sich etwas längere Pausen und verbeugte sich – noch sitzend und mit geschlossenen Augen – in Richtung des Publikums, obwohl nur vereinzelt und eher vorsichtig geklatscht wurde. Man wußte beim besten Willen nicht, wie man sich verhalten sollte – jede Art von Beifall hätte bei ihm wie ein ironischer Kommentar ankommen können. Die häßlichen Verbeugungseinlagen des sitzenden Mannes verärgerten sicher den einen oder anderen Gast zusätzlich, irritierten in ihrer Unvernunft nur noch mehr – und bereiteten den Boden für den grausamen Abschluß des Abends.

Das reguläre Ende des »Musikalischen Bouquets« erlebten wir zum Glück nicht mehr. Der Künstler entschloß sich, uns ausgerechnet seine eigenen Kreationen schuldig zu bleiben. Vielleicht sollte es eine Art Strafe sein. Der viel wahrscheinlichere Grund war aber seine völlige Entkräftung. Nach dem einigermaßen würdigen Schlußakkord blieb der entromantisierte Titan eine Weile still sitzen, sammelte sich innerlich und trocknere sich erst danach gründlich ab – ausführlich und würdig. Daraufhin richtete er sich überraschend energisch auf und bot uns frontal die schon wieder naß angelaufene Stirn. Der finale Beifall war voller Erleichterung, fiel aber ausgesprochen schwächlich aus. Manche applaudierten gar nicht. Der Mann verbeugte sich schnell und mit Verve, verstärkt in die Richtung, aus der der Applaus einigermaßen deutlich kam.

Für die Allgemeinheit wäre es – taktisch gesehen – sicher gut gewesen, wenn wir alle einigermaßen laut applaudiert hätten. Und ich hätte gern allen Anwesenden die Vorteile einer egal wie unaufrichtigen Würdigung nahegebracht, wenn es möglich gewesen wäre. Ich befürchtete inzwischen schwere Endkampf-Komplikationen – unspezifisch, aber deutlich. Es schien sich etwas Schlimmes zusammenzubrauen. Kurz phantasierte ich über eine Bombe, die man in der Nähe des Hotels hätte hochgehen lassen können. Eine gut dosierte Ablenkungsexplosion hätte uns – die Zuhörer und den Pianisten – voneinander sicher am saubersten getrennt.

Der Mann verbeugte sich herausfordernd und mit glühenden Augen inzwischen auch in die Richtung derer, die NICHT klatschten. Er wackelte und wackelte mit dem Oberkörper immer heftiger, und weil einige mitleidige Damen seine gymnastische Einlage – wenigstens leise – weiter klatschend begleiteten, ging es eine Weile so weiter. Ich schwitzte vor Scham inzwischen fast so intensiv wie unser Vorturner in der Anfangsphase seines Klavierspiels. Als es im Raum wieder still wurde, blieb der Mensch trotzdem neben seinem Flügel stehen und begann anschließend zum Schrecken aller, sich in diese Stille abermals zu verbeugen. Es handelte sich eindeutig um eine Anklage. Ihn wurmte aber sicher nicht nur die fehlende Intensität unseres gerade abgelieferten Applauses, mit seinen feinen Ohren hatte er sicher auch dessen Widersprüchlichkeit erkannt oder sogar einige konkrete Mißtöne herausgehört.

Als Lohn für sein nachbebenartiges Wiederwackeln bekam der Mensch trotz des allgemeinen Widerwillens doch noch etwas Beifall gespendet. Sogar einige Männer ließen sich dazu herab – wahrscheinlich aber nur, um das Drama schnell beenden zu helfen. Danach begab sich der Mann tatsächlich auf den Rückzug, setzte dabei aber seine Verbeugeübungen fort. Dieses kindische Anbiedern während der inzwischen stillen, also applauslosen Endphase wirkte überraschenderweise sogar passend – wie eine nach einem Rollenwechsel bewußt angesetzte Kommentar-Darbietung. Man konnte meinen, dieser Mensch würde sich gerade selbst parodieren. Der eigentliche Zweck des langsamen Krebsganges war allerdings klar: In der Rolle des abgehenden Clowns konnte uns der Mann noch gut im Blick behalten, konnte sich selektiv in die Augen derer hineinbohren, die ihn besonders enttäuscht hatten. Gerade diese Individuen sollten jetzt vielleicht Mut beweisen – sie sollten aufrichtig zum Ausdruck bringen, daß sie ihn, auch als Menschen, tatsächlich nicht mochten. Eventuell hatte er aber irrigerweise doch noch gehofft, man würde ihn von seinem Rückzug abhalten wollen. Er verschwand dann endlich.

Als ich nach einer kleinen Entspannungspause den durchnäßten Menschen wieder neben seinem Flügel stehen sah, konnte ich es kaum glauben. Das, was er sich gerade antat, war abgründiger Masochismus. Er wollte es offenbar wirklich wissen – und nahm die Gefahr in Kauf, mit Gläsern oder Aschenbechern beworfen zu werden. Für den aktuellen Anerkennungsanlauf wandelte der Verbeugungsdesperado seine Taktik leicht ab. Er sah nach und nach bettelnd und regungslos in die Augen aller Willigen und Dankbaren von vorhin, also besonders in die Augen der Damen, die ihm in der ersten Abschiedsphase zugetan gewesen waren. Und nachdem ihm Geräusche, die man als Klatschen gelten lassen konnte, zu Ohren kamen, begann er in die betreffende Richtung – und demonstrativ nur in diese – zu wackeln. Etwas war jetzt tatsächlich neu und anders. Dem Mann war es dank seiner Beharrlichkeit und seines Einfühlungsvermögens gelungen, eine einigermaßen rhythmische Harmonie zwischen seinen Bewegungen und einem Teil der Applauskulisse herzustellen. Aber es stellte sich noch etwas ganz Besonderes ein: Man konnte den Mann inzwischen fernsteuern, hatte ich den Eindruck. Als eine Dame – sicher nur, um uns allen ein Applaus-Ejakulat zu entlocken – etwas verschnellert zu klatschen begann, verbeugte sich der Mann tatsächlich etwas zügiger. Dabei traute er sich sogar, die Nichtklatschenden mit seinen strengen Augen wieder unter Blickbeschuß zu nehmen.

Mittlerweile hätte man diesem Ausdauerkämpfer sogar Bewunderung entgegenbringen können – und schon deswegen applaudieren müssen. Ich tat es mit einer gewissen Intensität und bekam von ihm einen langen, überaus dankbaren Blick zugespielt. Zum Glück bewegte sich der Mensch während seines Wackel-Endkrampfs gleichzeitig aus dem Saal hinaus – natürlich bis zum Schluß konsequent rückwärts. Er verschwand aber nur, um NOCHMALS zu kommen! Man beachtete ihn diesmal aber wirklich nicht mehr, manche wandten sich ganz ab, andere sahen mit voller Absicht durch ihn durch. Alle waren gründlich angeekelt, tauschten sich intensiv aus, viele lachten.

Der Interpret, der nicht mehr gebraucht wurde, verfolgte aufmerksam die Atomisierung seiner Zuhörergemeinde, zog die Ignoranz der Menschen mit seinen breiten Nüstern tief ein und sah auch deutlich, daß man seine körperlichen Eigenarten an manchen Tischen nachmachte. Kurz saß er noch zusammengesackt auf seinem Drehstuhl und bekam aus Mitleid ein Glas Weißwein von einem der Kellner gereicht. Ich versuchte, nicht mehr hinzusehen. Irgendwann war der Mann weg. Nach diesem Erlebnis prägte ich mir für immer ein: So tief darfst du nie im Leben sinken.

Nach vier Tagen des Hotelaufenthalts war leider mein Geld verbraucht, und ich war vollkommen demoralisiert. Wegen meiner sich steigernden Schüchternheit hatte ich auch keine Arbeit gefunden. Dabei gab es Arbeit überall. Ich schaffte es zwar, in einige ansässige Betriebe vorzudringen, in den Personalbüros erzählte ich aber nur Dinge, die gegen meine Eignung sprachen.

– Nein, ich habe noch nie ein Schloß von innen gesehen.

Oder ich flüchtete wortlos, wenn ich in dem Personalbüro mehr als drei Augenpaare auf mich gerichtet sah.

– Pardon, sagte ich, verbeugte mich wie der Konzertpianist und ging.

In der Gegend hielten sich dauerhaft viele bekannte Bergsteiger auf. Man sah sie während der Woche in der Arbeitskluft herumlaufen oder in irgendwelchen Firmenfahrzeugen vorbeifahren. Manche dieser luftgegerbten Gesichter kannte ich aus der Zeitschrift »Der Bergsteiger«, die ich mir in Prag ab und zu gekauft hatte. Es waren meine Idole, sie hatten manche Extremrouten als erste bestiegen – und diese trugen ihre Namen. Sie lebten in den Bergen, um in ihrer Freizeit nichts anderes tun zu können, als wieder und wieder in die senkrechtesten Wände zu steigen und ihre sehnige Gesundheit aufs Spiel zu setzen. Ich konnte leider nichts mehr aufs Spiel setzen, ich war zu nichts zu gebrauchen. Infolge meiner Depression wurden meine Muskeln ohnehin so schlaff, daß ans Klettern gar nicht zu denken war. Ich wäre sicher schon beim Aufstieg in eine glitschige Spalte gerutscht. Ich meldete mich in Prag bei einem Freund an und verschwand mit dem erstbesten Nachtzug.

die quader standen ruhig, atmeten vor sich hin und waren sich selbst genug

In Prag plötzlich wie ein Tourist herumzulaufen, wie ein Unbehauster dazustehen, war für mich vollkommen neu. Berauschend war es leider überhaupt nicht. Mein Freund wohnte in einer in vier Wohneinheiten zerteilten Höhle. Die Straßen des Arbeiterviertels Žižkov waren abschüssig und trotz ihrer Baumlosigkeit düster. Ihre Düsterkeit verursachte vor allem die Enge, den Rest besorgte ihr Dreck, der – auf der Straßenebene reichlich vorhanden – an den Fassaden problemlos vier Stockwerke hochkriechen konnte. Für Bäume hätte es in dem Straßengedränge gar keinen Platz gegeben. Für mich war es eine Gegend voller städtischer Kulturlosigkeiten, und an so etwas war ich von früher überhaupt nicht gewöhnt. Mehr noch – diese häßliche Seite meiner goldigen Stadt war mir aus nächster Nähe vollkommen unbekannt. Ich bekam das Gefühl, in ein chemiedampfgeplagtes Industriegebiet irgendwo im Braunkohlerevier des Nordwestens versetzt worden zu sein – in eine ähnlich chlorophylfreie Untergangswüste, wie ich sie von meinen Rennrad-Erkundungsfahrten kannte.

Die Mitbewohner meines Freundes waren drei ältere Männer, die sich schon seit Urzeiten kannten. Ein vierter Mann dieser Brüderschaft war ein Jahr zuvor zu einer Frau gezogen und von ihr angeblich mit Rattengift umgebracht worden – möglicherweise wegen seiner Briefmarkensammlung. So etwas gab es bei uns zu Hause auch nicht.

Die Diele der Wohnung war geräumig und diente allen Bewohnern als Gemeinschaftsraum. Ein Horror für mich. Die Küche bewirtschafteten die Männer gemeinsam. Ich durfte als ein illegaler Untermieter in einer verkramten

Kammer auf einer Matratze schlafen und dafür etwas in die gemeinsame Kasse einzahlen. Die Männer rauchten viel und spielten andauernd Karten, ihre nichtssagenden Gespräche waren endlos. Ich war aus der einigermaßen heilen Bergwelt praktisch über Nacht in einer Beziehungs- und Wohneinöde gelandet. Ich tröstete mich damit, daß ich mir früher eigentlich derartige – oder noch viel üblere – Erfahrungen gewünscht hatte. In meinen vorvergangenen Phantasien hatte sich diese Wirklichkeit allerdings viel aufregender angefühlt. Die Abkoppelung von meinem mütterlichen und tantenhaften Zuhause war darin ein angenehmer, wenn nicht sogar amüsanter Schritt in Richtung Autonomie, ein äußerlich zwar düsteres, trotzdem von zuverlässigen Strahlenquellen durchflutetes Intermezzo gewesen – eine Horizonterweiterung für höhere Söhne sozusagen. Das aktuell erreichte Vorstadium meiner Zukunft war leider nur unappetitlich und sauerstoffarm, und ich ließ alle Gedanken darüber, wie ich mein Leben konkret gestalten sollte, erst einmal lieber unberührt. In der Küche faulten hinter dem Abfalleimer haufenweise Essenreste, in einer Ecke der Diele wuchs ein Berg dreckiger Wäsche. Mir war dank des unausrottbaren Geruchs der Wohnung dauernd übel, und in einer hellen Sekunde fragte ich mich doch, wie mein erwachsenes Leben nach dem Wegfall aller mich schützenden Träumereien später aussehen könnte. Und mir schwante, daß mein Dasein unter Umständen einmal auch die Anziehungskraft stinkender Füße und bakteriellseuchiger Achselhöhlen annehmen könnte.

Auf Umwegen über einen anderen Freund erfuhr ich, daß meine mich fernumschlingende Mutter furchtbar litt. Das war aber logisch – Trennungen sind eben schmerzhaft. Und alle Schmerzen haben auch ihr Gutes. Mir ging es auch nicht besonders. Mein Hauptproblem war, daß ich unter einem starken und nicht benennbaren Druck stand. Die Spannung in mir war so überbordend, daß ich zu gar nichts zu gebrauchen war. Ich konnte nicht klar denken und keine Beschlüsse fassen, konnte mich auf überhaupt nichts konzentrieren, natürlich auch nicht lesen. Meine Seele rotierte in mir intensiv in einer Art Leerlauf, gleichzeitig schäumte und blubberte sie dumpf vor sich hin. Dieses Rotieren, Blubbern, Schäumen – oder was es war – blieb dabei wie unter einem schweren Deckel stecken.

Auf der Straße steigerte sich dafür meine Vorliebe zum maßlos unkontrollierten Herumglotzen. An sich – wie berichtet – nichts Neues bei mir, meine Glotzleidenschaft wurde aber zu einem ernsten Problem. Ich betrieb sie wie unter Zwang und nahm alles mit so krankhafter Neugier wahr, daß ich manchmal Angst bekam, mich übergeben oder anders erleichtern zu müssen. Unerfüllte Menschenleben auf lustlosen Beinen, wissende Tiere, Tausende von Details in Vitrinen und auf Bürgersteigen, viel zu viele plötzliche Standortverlagerungen von beräderten Vehikeln. Alle diese Straßenbilder hätten für mich nicht weiter überraschend sein müssen – nicht das üble DINGVERHALTEN, nicht das kindliche Tummeln der Sachwerte oder die ruhigen Geheimzeichen auf den Bordsteinen. Auch die eingezwängten und viel zu selten aktivierten Pimmel der Männer waren meine alten Phantasieziele. Und plötzlich beherrscht das Straßenbild ein Ehepaar – und ihr zusammengerollter Teppich auf Schultern, die aus dem Takt geraten sind, oder ein Kinderwagen mit unterschiedlich schräg eingeknickten Achsen. ETWAS WAR NEU. Niemand entschuldigt sich bei mir, mich so gnadenlos mit Eindrücken zu überfrachten. Zwar war ich mit den meisten Straßenorganismen – wie gewohnt – nur auf Distanz und nur imaginär verbunden, vollständig okkupiert fühlte ich mich durch die von ihnen verursachte Bilderflut jetzt aber trotzdem. Persönliche Bekanntschaften hätten sicher einiges gemildert.

– Wohin des Weges? hätte ich am liebsten jeden einzelnen gefragt, oder:

– Heißen Sie nicht ... Sie wissen schon ... ich bin hier vollkommen fremd in der Stadt.

Die sich wild überlagernden Aktivitäten der Menschen mit ihren Handwagen, Goldkettchen oder sichtbaren Halsgeschwülsten waren vielleicht dazu bestimmt, mich bis in meine Zukunft zu begleiten, mich ähnlich intensiv zu belästigen wie jetzt – jedenfalls ähnlich hochpräsent zu sein, vergleichbar saugnäpfig. Und wenn sie mich irgendwann doch zermürben und besiegen sollten, würden sie die Reste meines Glücks sicherlich auch noch mit irgendwelchen kulturlosen Abfällen verrühren wollen. Häßliche Zukunftsvisionen malt man sich wesentlich konturschärfer, weil konkreter aus als die schönen in ihrer Diffusität, merkte ich nebenbei. Das alltägliche Grauen rückte unterdessen immer näher an mich heran – die Seele dieses Grauens, nicht unbedingt ihre materiellen Devastate von den Bürgersteigen oder ihr angegammelter Abrieb aus der Nähe von Kücheneimern. Die Schritt für Schritt sich vor dem Umfallen rettenden Menschenkörper um mich herum wirkten nur teilweise lächerlich. Ich dachte beim Anblick der tapfer wackelnden Gleichgewichtskünstler eher darüber nach, wie ähnlich wir uns alle sind, wie gleichförmig unsere ständig mutierende Gattung immerhin noch ist. Trotz der um sich greifenden Mißachtung der Normen und des guten Geschmacks. Ich war voller Respekt: Die Spannungen und Zuckungen der an die fünfzig in allen Gesichtern vorhandenen Muskeln – läuft dort drüben etwa Dana? – konnten Unmengen an Nuancen ausdrücken, und jeder egal wie verwirrte Straßenidiot war in der Lage, den Großteil der mimischen Signale an den anderen zu dekodieren. Lauter kleine Genies, keine Frage. Gleichzeitig ging ich davon aus, daß das Ausmaß der das eigene Leben betreffenden Ahnungslosigkeit überall erschreckend hoch sein mußte. Ob diese Ahnungslosigkeit in den eigenen vier Wänden anschwoll, ob sie im Winter schrumpfte – dazu hätte ich den einen oder anderen Exper-

ten gern befragt. Und ob es ihr, der Ahnungslosigkeit –
UND MIR – guttat, wenn wir Menschen ungehemmt stra-
ßenläufig blieben, mußte auch ungeklärt bleiben. Auf der
Straße vergrub sie sich, die Ahnungslosigkeit, wenigstens
nicht, blieb nicht mimik-neutral, schlaffte nicht ab, konnte
sich den Blicken der Forscher und ihrer Adlaten nicht ganz
entziehen – würde man mich etwa fremde Wohnungen
inspizieren lassen? Oder wenigstens die Höfe? Hinter die
aktuellen Zusammenhänge zu blicken war auf alle Fälle nur
über Umwege möglich.

– Was wollen Sie hier? Ich hole gleich die Polizei.

– Der hat hier letzte Woche doch unsere Bettwäsche von
der Leine geklaut. Den kenne ich!

Die Masse der offenen Fragen blieb natürlich unbeant-
wortet, schwoll im Minutentakt unaufhaltsam an, es war
mehr als deutlich, daß ich gequält wurde. Hatte beispielsweise der gerade geschleppte Teppich die richtigen Maße?
Daß er häßlich war und farblich mit irgendwelchen Vorhängen nicht harmonieren würde, stand für mich dagegen
fest. Und die Qualitätsprobleme, mit denen alle sozialistischen Bruderländer zu kämpfen hatten! Die gesamte sozialistische Familie basierte inzwischen auf Tauschgeschäften,
viele Teppiche kamen von sonstwo aus der Welt – als Ent-
gelt für etwas, was die Staatsbanken der jeweiligen Bruderländer IM HALBSOZIALISTISCHEN AUFBAU mit Geld
nie hätten bezahlen können. Sollte ich mich lächerlich machen und mir das aktuelle statistische Jahrbuch besorgen?
Meine Informiertheit tendierte faktisch gegen null. Genauso unmöglich war es, mich selbst irgendwohin einzuordnen. Mich gab es hier gar nicht – und sollte es auch nicht
geben. Ich konnte die Stadt nur aushalten, wenn ich mich
ständig in Bewegung hielt, wenn ich die Frequenz der Eindrücke steigerte und die Schichtung meiner Erlebnisse so
hoch auftürmte, bis kein Schimmer mehr hindurchkam. Ich
wollte nichts anderes als laufen – ich wollte laufen, laufen,

immer weiter laufen, so lange laufen, bis ich vor Müdigkeit
umfiel. Ich lief in Prag immer schon gern umher. Allerdings
bewegte ich mich jetzt in einer ganz anderen Manier als
früher. Ich mußte meine Anwesenheit verheimlichen, hatte
unendlich viel Zeit und wohnte nicht in der Nähe der kö-
niglichen Burg. Auf diese Weise bekam die unantastbare
Beziehung, die ich zu Dreck und Abfall, zum Ausgestoße-
nen und Abgeschäumten unterhielt, ein frisches Funda-
ment. Früher näherte ich mich den Abgründen nur des
Studiums wegen und blieb dabei möglichst in sicherer Entfernung – jetzt begann ich endlich, ein ehrlicher Teil des
Stadt- und Universumsdrecks zu werden.

Das katzengoldige Prag hatte an den Peripherien unglaubliche städtische Grausamkeiten hervorgebracht oder sie
dorthin abgesondert. Fast das Schlimmste waren die riesigen
und architektonisch unterschiedlich verbrecherischen Plat-
tenbaugebiete. Sie standen lange nach dem Verschwinden
der Bauarbeiterhorden immer noch inmitten zerwühlter
Wiesen, die später einmal zu Grünanlagen sterilisiert werden
sollten. Da und dort konnte man noch einigen vereinzelten
und schwerverletzten Obstbäumen beim Sterben zusehen –
und sich im Blickfeld dieser Bäume die ruhigen alten Obst-
gärten vorstellen, die es dort einmal gegeben hatte.

Die länglichen oder turmartigen Wohnbunker waren billig und schlecht gebaut. Schon nach kurzer Zeit gebaren die
virulenten Betonplatten – vor allem an den Ecken – breite
Risse. Diese mußten von LANGSAMEN EINGREIFTRUP-
PEN auf gefährlich hängenden Plattformen provisorisch
mit einer klebrig-grünlichen Masse zugeschmiert werden.
Manche dieser Außenwände wurden so großzügig undicht,
daß die Bewohner auf die Straße sehen konnten; etwas
Regenwasser wurde ihnen gelegentlich auch noch hinein-
geblasen. Irgendwann verschwanden diese exponierten Sei-
tenwände und Ecken doch hinter massiven Gerüsten und
wurden monatelang bearbeitet. Nebenbei kamen dort auch

Hinrichtungskommandos zum Einsatz – so hörte sich das jedenfalls an. Wie ich durch Nachforschungen feststellte, hing das pausenlose Schießen aber nicht mit Tötungen von Pfuschern oder Verantwortungsträgern zusammen. Die Arbeiter schossen lediglich mit mir bislang vollkommen unbekannten Bolzenschußgeräten und belegten die Betonwände mit Dämmplatten, die daraufhin unter häßlich grauer Verkleidung verschwinden sollten. Einer der Arbeiter meinte allerdings, dieser ganze Aktionismus wäre grundverkehrt.

– Die Dämmung ist Schrott – wie unsere Ingenieurklasse. Im nächsten Frühjahr wird alles anfangen zu bröckeln. Und dahinter wird sich nur Kondenswasser sammeln, das Regenwasser und die Schimmelpilze sowieso.

Daß ich mich in den Neubaugebieten von allen Seiten beschossen fühlte, war nicht der Grund dafür, daß ich versuchte, sie zu meiden. Mich zog sowieso eher die ursprüngliche Bausubstanz der Stadt an. In diesen Vierteln konnte man an ruhigere Zeiten denken, in denen die Alltagsrealität noch in der Gesellschaft wurzeln durfte und nicht an irgendwelchen Schreibtischen von Neuzeit-Demiurgen entworfen – also nicht umgeworfen und bei Blasmusik vergewaltigt wurde, um zum dauerprovisorischen Richtfest gepeitscht zu werden. Ich suchte gierig nach diesen Rudimenten, wollte mir vorstellen, wie es sich an den Rändern meiner Stadt früher vielleicht gelebt hatte. Die Häuser der billig gebauten alten Arbeiterviertel waren niedrig, sie hatten kleine Höfe, in denen noch leere Hundehütten standen. Manche Straßenzüge wirkten eher kleinstädtisch, fast dörflich. Nur anhand der Ausdehnung dieser schlecht durchbluteten Vernachlässigungszonen konnte man noch erkennen, daß man sich in einer Großstadt befand. Die Nekrose war hier aber eindeutig auf Siegeskurs. Viele Dächer und Dachrinnen waren seit Jahren undicht, das Regenwasser floß breitflächig an den Wänden herunter. Und weil die Fallrohre unten in der Regel verstopft waren, verbreitete sich die Feuchtigkeit auch von unten nach oben. Die feuchten Stellen setzten Moos an, auf den Dächern vegetierten schon die Birken, der Putz fiel ab und die Wände zeigten rohes Fleisch. Und weil es sich nicht lohnte, diese ärmlichen Behausungen für die sozialistische Zukunft zu erhalten, wurde in sie auch nicht investiert. An ihrer Stelle sollten später sowieso Plattenbauten der nächsten Generation, des nächsten oder übernächsten Fünfjahrplanes – wenn es die Ressourcen eben erlaubten – zu stehen kommen. Aber den wenigen rekonstruierten Häusern sah man den zeitgeistgerechten Trend zum Niedergang auch schon an. Die sozialistischen Verschönerungsmaßnahmen hatten gegen die Witterung wenig Chancen, manche der frisch aufgetragenen Farben blätterten trotz ihrer Jungfräulichkeit großschuppig ab, oft hatten sich ihre wasserlöslichen Anteile schon längst über die Bürgersteige ergossen; und an den neu verputzten Stellen quoll der Mörtel auch schon wieder zu beeindruckenden Beulenlandschaften auf. So konnte man im Zeitraffertempo sehen, wie die Fehlgeburten der geleisteten Arbeit Runzeln bekamen, wie die Früchte der geopferten Begabung und der ausgequetschten Restenergie lediglich darum kämpften, im Verrottungswettbewerb möglichst nicht zu gewinnen.

Aber das war immer noch nicht das Schlimmste an der Peripherie. Am schlimmsten waren die nicht genutzten Industriegrundstücke, die die sozialistischen Betriebe zum Abstellen oder Zwischenlagern ihrer ausgedienten Maschinen, ihres nicht mehr reparablen Fuhrparks, ihrer unbrauchbar gewordenen Güter nutzten – oder zum Entsorgen ihrer gefährlichen Abfälle mißbrauchen durften. Manche Gegenden sahen vor allem abends apokalyptisch aus. Überall undefinierbare schwarze Berge von Schutt, auf denen man Silhouetten von spielenden Kindern sah. Dort stemmten sich wie in einem Freilichtmuseum technische Ungetüme gegen die Abendsonne und glichen in ihrer Trauer erstarrten Sauriern. Diese funktionsfreudigen Wesen würden für das Land nie wieder ruck-zucken dürfen, sie langweilten sich wie eingeschlossene und vergessene Haustiere. In einem unbebaubaren Seitental fand ich eine Art Skansen von neuzeitlichen Pyramiden aus unterschiedlichen und unterschiedlich stark leckenden Industriefässern. Manche dieser Pyramiden blubberten und tickten dabei wie Bomben. Ihre besonders gewichtsgequälten unteren Kaskadenstufen signalisierten mit Morsezeichen, sich demnächst mit Wucht erleichtern zu wollen. Sie drohten ganze Straßenzüge mit zyankalihaltigem oder anders giftigem Brei zu überfluten. An manchen Flächen sah man aber auch interessante Industrieraritäten und begriff, daß in einigen Betrieben offenbar noch vor kurzem mit Maschinen vom Anfang des Jahrhunderts gearbeitet worden war.

Um mich zu beschäftigen, versuchte ich, den tieferen Zweck der besonders interessanten Überraschungen zu begreifen. Auf den ersten Blick sah man oft nur Materialreste, Bauschutt oder diversen Sondermüll, dabei handelte es sich teilweise eher um Restvorräte, die an den freien Flächen für schlechte oder noch schlechtere Zeiten deponiert worden waren. Die gewieften Betriebsleiter wußten genau: Alle möglichen Materialien könnten wieder knapp werden und würden eines Tages schwer aufzutreiben sein. Und was man einmal auf Lager hatte, würde man später als Tauschobjekt für andere Mangelgüter verwenden können.

Zum Wesen der Mangelwirtschaft gehörte seit langem noch etwas ganz anderes: Viele Betriebe produzierten massenhaft Güter, die niemand mehr wollte, jedenfalls so massenhaft nicht gebrauchen konnte. Dabei kam es trotzdem nicht in Frage, aus diesem Grund ganze Produktionsstrekken aufzugeben und die Arbeiter zu entlassen – also produzierte man unverdrossen weiter und füllte mit den Überschüssen irgendwelche Lagerhallen. Wegen der überall drückenden Überschüsse bekamen die Betriebe irgendwann die Erlaubnis, die nicht absetzbaren Lagerhüter im Rundfunk anzupreisen. Diese Idee war wirklich rettend. Und weil der tschechische Mensch an sich schöpferisch ist, wurde diese Art Rette-sich-wer-kann-Werbung auf weitere Gebiete ausgeweitet. So verwandelten sich diese speziellen Werbeeinlagen, diese kurzen Entblößungen plötzlich zu einer Plattform für rege Tauschgeschäfte ganz anderer Art und hatten etwas höchst Ordinär-Verräterisches an sich. Mit der Zeit wirkten sie auf mich – auch dank der drum herum präsenten Kulturlosigkeit – immer pornographischer. Jedermann durfte sich an seinem heimischen Radio bald die absurdesten Trödelblödeleien und Offenbarungseide anhören.

»HALLO! Betrieb XXX hat eine ältere, aber voll funktionsfähige EXZENTER-REVOLVERPRESSE RP-T 42 zu bieten und braucht dringend diverse Alu-Profile aller Arten und Stärken – es können auch Reste sein. Bitte melden unter der Telefonnummer ...«

Oder: »Wir haben mehrere Kompressortypen für Kohlehydrierung im Einsatz – außerdem einige ausrangierte; suchen Partner zwecks Austausch von Ersatzteilen.«

Oder: »Brauchen unbedingt 8-Loch-Flansche Norm-III 70/150mm für unsere Salzsäure-Fernleitung. DRINGEND!! Die Leckgefahr ist akut!!!«

Die ganze Wirtschaft wurde zwar zentral gelenkt, was die überschüssigen Betriebsgrundstücke betraf, hatten die Werksleitungen aber viel unternehmerische Freiheit behalten. Bei der Aufrechterhaltung des allgemeinen Notstandes war fast alles erlaubt. Und weil es so viel war, was unbedingt getan werden mußte, blieb das, was nicht den Status einer Katastrophe besaß, unerledigt. Gammeln und gammeln lassen schien am Ende die vernünftigste Devise zu sein. Schon die Sicherung des jeweiligen nackten Produktionsablaufs verlangte von allen Beteiligten oft das Äußerste an Kraft, überall bewegte man sich an den Grenzen der Leistungsfähigkeit. Die Verantwortlichen waren oft herzkrank oder aufgrund der Vernachlässigung ihrer Zähne schmerztablettenabhängig. Zum Aufräumen oder Verschönern von Tausenden von lästigen Ecken oder ganzer Areale hatte man absolut keine Zeit, keine Manneskapazitäten mehr übrig. Jeder Leiter klagte Tag für Tag, ihm würden »Leute fehlen«.

Bei meinen Wanderungen lernte ich, daß man auch vor jeder Art architektonischer Vorzeigeobjekte Angst haben mußte. In ihnen offenbarte sich der noch nicht ganz erstickte gesellschaftliche Ehrgeiz, gleichzeitig steckten dabei alle – der Staat, seine Architekten und Baubetriebe – in unzähligen Hemmschuhen. Meine Angst betraf nicht nur die mangelhafte Ausführungsqualität dieser Prachtbauten, nicht nur die finale Doch-Häßlichkeit ihres Möchtegern-Modernismus. In der Regel haperte es einfach schon grundsätzlich an ihrer Gesamtkonzeption. Meistens handelte es sich um Einkaufs- und Dienstleistungszentren. Auf den zweiten Blick entdeckte ich an den Gebäuden immer irgendwelche störenden – weil funktionslosen – Elemente, irgendwelche mangelhaft-logischen Vorsprünge, kaum frequentierte Aufgänge oder Ecken, die nur infolge machtvoller Schachzüge von Parteisekretären dekoriert oder nach fiesen Interventionen der Geschäftsleitung freudlos genutzt wurden. Manche Plattformen wurden vom Volk trotzdem dauerhaft gemieden, weil sie nach jedem kleinen Regenfall unter Wasser standen – und auch unter Wasser blieben. Überproportionale Galerien schrien vor Langeweile, weil die Menschen einen viel günstigeren Zugang ins Gebäudeinnere gefunden hatten. Und wenn diese Abkürzung durch eine Textilabteilung führte, wurden dabei eben einige Kleiderständer umgerannt. In manchen viel zu engen Eingängen bedrängten sich die Menschen gegenseitig mit ihren Einkaufstaschen, kamen sich dort sozialistisch näher. Der besorgungsorientierte Drang der Körpertrauben drückte die Eingangstüren wiederholt gegen die Türstopper, und die entstandenen

Hebelkräfte waren auch für die robustesten Türscharniere auf Dauer tödlich, auch der beste slowakische Stahl schlaffte eines Tages ab. Die nicht genutzten Ecken und Winkel der Einzelhandelsparadiese wurden nach und nach vollgepißt und vollgedreckt, und man gab es irgendwann auf, sie sauberzuhalten. Der Urin fraß sich ins Mauerwerk und blieb mit ihm chemisch auf immer und ewig verbunden. Aber die unglücklichen Ecken waren sowieso für nichts und wieder nichts auf der Welt, waren von Anfang an zum Verdrecken und Verrecken verurteilt.

Zu diesen Bauten gehörten natürlich noch einige falsch konzipierte Fenster, die nachträglich mit billigen Ziegeln zugemauert und danach nicht verputzt wurden. Nach und nach wurden einige nicht zuzumauernde Schwachstellen an den Flanken der Gebäude mit schlecht angestrichenen Gittern abgesichert, die Außenwände zierten bald rostige Tränenspuren, und die mit Gittern besonders reichlich bedachten Schnapsläden verwandelten sich in kleine Festungen und glichen primitiven Bankfilialen, wie man sie aus gesetzesfernen Provinznestern kannte. Irgendwann kamen die Zimmerleute und errichteten endlich an der passenden Stelle des Gebäudes eine provisorische Zusatztreppe aus Holz, die dort noch viele Jahre – also dauerhaft – zu bleiben und zu dienen hatte. Nebenbei stützten sie mit ihren Balken die experimentell zarten Stufen der disharmonisch breiten Aufgänge, weil diese inzwischen viel zu viele Risse gebildet hatten. So sahen die neuzeitlichen Prachtbauten bald wie vergammelte, zum Abriß vorbestimmte Ruinen aus, die sich als halboffizielle Toiletten und öffentliche Kotzanstalten regelrecht anboten.

Ich hielt es in der Männergemeinschaft nicht lange aus – und mußte es letzten Endes auch nicht. Nachdem ich, der auserwählte Glückspilz, in einer Telefonzelle ein Notizbuch mit meinen gesamten Adressen und Telefonnummern hatte

liegenlassen, rief mich eines Tages ein slowakischer Ge-
birgsträger an. Er hatte mein Notizbuch gefunden, kurz
bevor er in die Tatra zurückfahren mußte. Und wollte nun
wissen, wie er mir meine wertvollen Adressen und Nummern am besten übergeben könnte. Ich mußte also zurück
in die Berge – genau dorthin, wo ich vor kurzem gewesen
war. Die Zeit drängte sowieso – ich hätte eigentlich arbeiten gehen, das heißt ein Arbeitsverhältnis nachweisen müssen. Arbeitslosigkeit gab es im Lande nicht, es herrschte im
Gegenteil die strengste Arbeitspflicht. Und weil der Stempel
des Betriebes – mit Datum – direkt in den Ausweis gedrückt
wurde, konnte jeder Polizist an jeder Ecke feststellen, ob
man aktuell beschäftigt war oder nicht – also ein Gammler
oder kein Gammler war. Für die Menschen mit einem jungfräulichen Einstellungsstempel war das Alltagsmanagement
dagegen ganz einfach. In der Arbeitszeit sozialistisch einkaufen, sozialistisch auf dem Betriebsgelände entspannen –
das durfte man ohne Ende. Man mußte sich das nur entsprechend einrichten. Die besonders Pfiffigen richteten sich
in verborgenen Nischen ihrer Betriebe sogar bequeme
Schlafplätze ein.

Ich hätte dagegen – dank des gefürchteten Paragraphen
203, mit dessen Hilfe »die Organe« aus einem einmaligen
Vergehen problemlos ein Verbrechen fabrizieren konnten –
bald verhaftet werden können. Theoretisch war man bereits
nach sechs Wochen ein Verbrecher, und die Gefängnisse
waren voll von Gammlern und Parasiten wie mir. Die Polizei wußte, wo diese Leute am besten zu finden waren und
an welchen Merkmalen man sie erkennen konnte. Oft hatten diese Leute nur versucht, sich eine Weile außerhalb der
Zugriffsmöglichkeiten von Kaderabteilungen durchzuschla-
gen, manche wollten sich einfach eine kurze Pause gönnen.
Meine Haare waren noch nicht allzu lang, und ich wirkte
bei meinen Spaziergängen vielleicht sogar wie ein produktiv irrender Verantwortungsträger. Trotzdem – ich lebte

schon länger von geliehenem Geld und war im Grunde ein klassisches Exemplar eines Parasiten. Ein Fahnenflüchtiger war ich zum Glück nicht. Ich war kurz vor meiner Flucht in die Berge überraschenderweise ausgemustert worden – wegen einiger Knochenbrüche aus der Kindheit und aufgrund späterer, zum Teil aktueller Verletzungen, die ich mir bei Stürzen von Sandsteintürmen zugezogen hatte.

Wieder in die Natur einzutauchen war heilsam. Und daß ich dort jemanden persönlich kannte, in diesem Menschen einen Verbündeten hatte, änderte meine Situation grundsätzlich. Ich fühlte mich in den Bergen auf einen Schlag unvergleichlich besser. Auf der Schutzhütte meines Notizbuchretters nahm man mich zwar nicht gleich auf, ich durfte mir zwischenzeitlich aber einen anderen Traum erfüllen. Ich wurde endlich zu einem FAST-MÜLLMANN; mein Arbeitgeber war ein relativ harmloser Gartenbaubetrieb. Wir pflegten Parks, Wege, Straßen und Plätze, wir leerten aber regelmäßig auch Abfallkörbe und mußten manchmal auch fallengelassenen Dreck einsammeln gehen. Meine Mitarbeiter waren wilde, zum Glück aber abstinente Roma und zahme, dafür stark verwahrloste Alkoholiker. Ich befand mich tatsächlich ziemlich weit unten. Am Tag der turnusmäßigen Leerung der Abfallkörbe war die Stimmung unserer Truppe etwas verdüstert. Niemand machte diese stinkende Arbeit gern, niemand bückte sich mit Begeisterung dem Dreck entgegen, den die Idioten von Touristen neben die überfüllten Abfallkörbe geworfen hatten. Wir fuhren los, waren grimmig, arbeiteten möglichst schnell und waren – wenn es sein mußte und wir aufgehalten oder gestört wurden – auch etwas unhöflich. An die unverfälschte Wut unserer Großstadtkollegen aus Prag kamen wir aber nie heran. Darüber hinaus fehlten uns die rollbaren Mülltonnen.
 In der Freizeit ging ich konsequent klettern oder machte lange Blitztouren über alle erreichbaren Pässe. Ich mußte

trainieren und überholte die lahmen Touristen mit einem Tempo, von dem sie nur träumen konnten. Vor der Arbeit als Lastträger hatte mich eines Tages ein älterer Bekannter aus Prag, als wir uns bei einer Tour zufällig trafen, allerdings nachdrücklich gewarnt.

– Das stehst du niemals durch, Georg. Man trägt sechzig, siebzig Kilo auf den Schultern. Was das nur für den Rücken bedeutet, kannst du dir vielleicht vorstellen. Und die Strecken bis zu den Hütten sind furchtbar lang – an die sieben Kilometer. Bei einem Höhenunterschied von achthundert Metern.

– Ich freue mich drauf.

– Nein, nein, Georg, hör zu. Du gehst dabei wirklich ein. Ich habe es vor Jahren mal versucht, und da bin ich noch dauernd klettern gegangen. Ich habe einen der Träger gebeten, mich sein Gestell abwechselnd tragen zu lassen, lauter Kisten mit Konserven.

– Hab ich auch schon probiert, ich kenne dort jemanden. Es ging.

– Glaub ich nicht! Nach dreißig Metern wünscht sich ein Normalsterblicher bei jedem einzelnen Schritt nur, daß er nicht umfällt. Daß man in dieser Verfassung noch die Moränen überwinden könnte, ist längst reine Illusion. Falls man es bis zu den steilen Hängen aber doch geschafft hat, steht man irgendwann vor einer Stufe von zwanzig Zentimetern und weiß, daß man nicht in der Lage sein wird, sich mit einem einzigen Bein hochzustemmen. Weder mit dem linken noch mit dem rechten. Und du bist so dünn! Wieviel wiegst du, Georg?

– Sechzig Kilo.

– Man hat sich noch einmal auf dem Rücken, vergiß das nicht. Wenn man gut sein will, und das wollen dann sowieso alle, trägt man sogar noch mehr. Der Aufstieg dauert drei, vier Stunden, es sind Tausende von Schritten, Tausende von Stufen! Stell dir vor, du müßtest – deine Körpermasse mitgerechnet – hundertdreißig Kilo nach oben bringen. Man betet vor jeder Stufe, bis zum nächsten Halt bei Bewußtsein zu bleiben – und zwischendurch kann man die Kraxe gar nicht absetzen, stolpern darf man sowieso nie.

– Das weiß ich doch alles. Man muß das Gewicht einfach gut verteilen. Die schweren Dinge müssen oben sein, möglichst oberhalb der Schultern. Und Pausen kann man nur auf den größeren flachen Steinen einlegen, klar.

– Kluges Köpfchen. Oft ist man im Tal wirklich ganz allein, man sitzt auf seinem Stein und ist mit den Gurten an die Kraxe wie festgekettet. Und dann? So naiv darfst du doch nicht rangehen. Ich war damals nach einem halben Kilometer vollkommen erledigt.

Die Natur um mich herum war von der Politik unbelastet und von der Rücksichtslosigkeit der volkseigenen Industrie noch nicht gezeichnet. Kaputtgefahrene Prager Fersen und geplättete Zehen, tote Tauben auf dem Altstädter Ring oder Behinderte auf Kollisionskurs gingen mich nichts mehr an. Mitten in dieser Natur zu sein tat mir so gut, daß ich mir sicher war, als Lastenträger nicht zu versagen. Ob mein Kreislauf leistungsfähig genug war und meine Muskeln auf Dauer wirklich durchhalten würden, wußte ich nicht, mental war ich aber in Höchstform. Ich wollte auf keinen Fall unten im Tal bleiben – zwischen den fetten Urlaubern und faulen Kurgästen. Auch das Interhotel »GRAND« lockte mich nicht mehr, ich kannte es jetzt als ein unerschrockener Entsorger einiger Abfallkörbe vor seiner Straßenfront. Ich wollte unbedingt oben in einer Hütte aus Felssteinen leben, oberhalb der alltäglichen Eile, oberhalb aller Dächer, aller Kurparks und ihres Mülls.

Wie es ist, früh mitten in einer stillen Landschaft zu erwachen, wußte ich unter anderem dank Dana. Eine starke Beziehung zur Natur hatten auch ihre Freunde, die ab und zu bei ihr auftauchten. Darunter war ein bekannter Fotograf. Er kam immer wieder mal, um einsame, das heißt einzeln stehende Bäume in der Umgebung zu fotografieren. Er hatte seit mehreren Jahren bestimmte Bilder im Kopf und vergaß sie nicht. Die Fotos, die er bereits gemacht hatte, waren ihm meistens nicht gut genug, und oft fand er seine Lieblingsbäume wiederholt nicht im richtigen Moment vor. In der Regel lag es am Licht oder an der Luftfeuchtigkeit oder an mehreren Faktoren gleichzeitig. Er kam außerdem aus einem ganz anderen Grund – Dana wusch ihm bei dieser Gelegenheit seine angesammelte Unterwäsche. Wie es zu diesem Brauch gekommen war, fragte ich lieber nicht.

Für das Gelingen der Baumaufnahmen war – von den Licht- und Feuchtigkeitsverhältnissen abgesehen – noch etwas anderes entscheidend: wieviel Kontrast der aktuell vorhandene Hintergrund gerade bot. Der Mann wartete schon mehrere Jahre darauf, daß auf einem bestimmten Feld wieder Gerste gesät werden würde. Im klaren schrägen Abendlicht schillern und leuchten die langen Gerstengrannen ungewöhnlich hell und bestrahlen die Blätter der umstehenden Bäume von unten. Nichts, was dort sonst wuchs, war ihm als Unter- und Hintergrund gut genug. Von allen Bäumen liebte er besonders die Eichen. Die mußte er sowieso im Frühjahr in dem Moment erwischen, wenn sie noch wenig Chlorophyll in den Blättern hatten. Da sie etwas später schlüpfen als der Rest der Landschaft, setze sich ihr Babygrün von der Umgebung besonders gut ab.

– Eichenblätter sehen anfangs bräunlich aus – aber nur kurz. Achte mal drauf, Georg.

Wenn dieser Mensch bei Dana auftauchte, die Luft aber feucht und das Licht deswegen zu diffus war, schlug sie ihm vor, bald wiederzukommen – und nächstes Jahr sowieso.

– Mehr als zehn Unterhosen hast du doch nicht. Und drecksteif solltest du hier besser nicht ankommen.

Für eine bestimmte Baumgruppe brauchte der Mann als Hintergrund ein blühendes Rapsfeld. Raps hatte es dort schon einmal gegeben, und er wollte die damalige Serie gern wiederholen. Bis auf diesem Feld wieder Raps gesät wurde, dauerte es, wie ich später erfuhr, sechs oder sieben Jahre. Aber auch das Warten auf ein einziges Bild konnte eine Ewigkeit dauern. Oft saß er an einer Stelle lange Stunden – oder er ging zwischendurch spazieren und kam erst nach Stunden wieder zurück. Und wenn er sah, daß die Sonne noch nicht weit genug war, um längere Schatten zu werfen und schärfere Konturen in die Baumkronen zu zeichnen, wartete er weiter.

Wahrscheinlich bastelte sich dieser Mensch besonders während dieser Wartestunden eine eigene Erklärung dafür, warum die Menschen menschleere Naturbilder so lieben und es bevorzugen, in der Natur womöglich allein zu sein. Die Liebe zur Natur hinge seiner Meinung nach mit dem – nebenbei sozialismusfremden – Besitzdenken zusammen. In einer verlassenen Landschaft müsse man sich die Natur nicht mit anderen teilen, meinte er. Man hätte die Illusion, diesen Teil der Erde ausschließlich für sich zu haben, nur für sich allein.

In meinen Bergen war ich inzwischen wirklich oft allein, die Sommersaison war noch nicht angebrochen. Ich probierte manchmal verbotene und nicht ausgeschilderte Strecken aus, kämpfte mich durch die Steinwildnis, betrat Nebentäler über vereiste schmale Hangrinnen und traf lange Stunden keinen einzigen Menschen. Sporadisch schrieb ich an Dana kurze Briefe, verriet ihr unter anderem, daß ich einige Wochen in Prag gewesen war, und bat sie, es für sich zu behalten. Nebenbei konnte ich es nicht lassen, sie zu fragen, was sie gerade anhatte und was für Wäsche sie daruntertrug. Aber eigentlich war ich neugierig darauf, wie es ihren Kubricks ging. Vor allem, wie es dem Kubrick Nummer drei ging und der Nummer vier und fünf. An der Entstehung dieser drei hatte ich mitgewirkt.

Die KUBRICKS waren Danas puristische Grasquader – Skulpturen, die sie direkt in der Landschaft baute, um sie dort auch stehenzulassen. Sie hatte ihren ersten Quader spontan KUBRICK benannt – warum, konnte man sich ungefähr denken. Sie weigerte sich allerdings hartnäckig, ihre graswüchsigen Erhebungen plattzureden.

– Saint-Exupéry sagt irgendwo, die Technik sei dazu da, um zu verschwinden.

– Wie hat er das gemeint?

– In ihrer Perfektion unsichtbar zu werden, vielleicht. Ich weiß es nicht genau. Auf alle Fälle hat er sich wunderbar geirrt. Ich muß trotzdem oft an den Satz denken.

Danas weitere Quader wurden nur noch mit einfachen Ordnungszahlen bezeichnet. Sie bestanden größtenteils nur aus dem Material, das sich in der Umgebung auftreiben ließ. Ein Kubrick wurde im großen und ganzen von einer Holzkonstruktion aus gespaltenem Hartholz zusammengehalten. Zum Bau brauchte man außerdem etliche Steine und viel Lehm, der aus einer stillgelegten Lehmgrube kam. Bevor es mit dem eigentlichen Bau losging, waren noch einige Vorarbeiten nötig. Dana wühlte mit einem handbetriebenen Erdbohrer Löcher in die Erde und versenkte lange Schaumwürste darin, die Feuchtigkeit hochziehen und die Kubricks mit etwas Wasser versorgen sollten. Wie sie ihre späteren Kubricks genau baute, erzählte sie niemandem gern. Die Wände wurden jedenfalls mit Weidenruten ausgeflochten und die Oberfläche so dornig präpariert, daß sich daran ganze Grasbüschel halten konnten. Kubricks, besonders die Frischlinge, mußten in trockeneren Sommerzeiten gepflegt, ab und zu auch repariert werden – vor Gewittern wurden sie anfangs abgedeckt. Aber normalerweise standen sie still und bedürfnislos da. Sie atmeten vor sich hin und waren sich selbst genug.

Urvater Kubrick und Kubrick zwei trockneten zu oft aus, die Nummer eins wurde irgendwann aufgegeben und der

Natur überlassen. Die späten Exemplare bekamen noch eine andere Art Bewässerung. Außer der Saugvorrichtung hatten sie in ihrem Bauch einen kleinen, mit Folie ausgelegten Tümpel und konnten durch eine Öffnung betankt werden. Ich hatte seit dem Physik- und Sportunterricht in der Schule von der kapillaren Elevation eine ganz hohe Meinung und fühlte mich mit den sich selbst befeuchtenden Kuben gewissermaßen verwandt.

Ich wurde kurz vor dem Sommer endlich als Träger eingestellt, man brauchte unbedingt Verstärkung. Daß ich oben auf der Hütte auch wohnen konnte, war ganz wichtig – und genau das richtige für mich. Einen viel besseren Fluchtort hätte ich damals kaum finden können. Die Schutzhütte lag weit oberhalb der Baumgrenze. Auf diese Weise lebte ich weit weg von allem, was hinter mir lag. Und ich wohnte so hoch über der Meeresoberfläche, wie es in der kleinen Tschechoslowakei nur ging. Meine Mutter und die ganze Tantenherde verlor ich dort vollkommen aus den Augen, und folgerichtig vergaß ich bald, Briefe an meine sogenannten Nächsten zu schreiben. Meine Mutter hat mir diesen Verrat nie verziehen. Noch schwerer betroffen war allerdings meine stille Großmutter Lizzy – in ihrem Fall tat es mir auch aufrichtig leid. Lizzy verzieh mir aber grundsätzlich alles.

Ich hatte gar keinen Grund, mit jemandem böse zu sein. Mein neues Leben machte mich nur glücklich, und meine Mutter war mir einfach egal. Und ich war so im Reinen mit mir, daß ich beim Schleppen der Lasten – trotz der Skepsis meines neuen Chefs – tatsächlich nicht zusammenbrach. Ich hatte mit dreißig Kilo Gewicht angefangen, nach einem Monat war ich schon bei sechzig. Beim Aufstieg mit einer turmartigen Gasflasche, die über siebzig Kilo wog – zehn Kilo mehr als ich –, kam ich mir wie ein Übermensch vor. Die einfachen alten Tragkraxen aus Holz schienen einem

Energien unbekannter Vorgänger einzuflößen. Außerdem brach die Klettersaison an, und ich bestieg nach und nach alle wichtigen Gipfel. Auf wirklich schwere Routen traute ich mich zwar noch nicht, ich hatte aber Zeit. Die tschechoslowakische Armee hatte an mir allerdings, das wurde in den Bergen deutlich, einen durchaus brauchbaren Verteidiger des Sozialismus verloren.

– Schade, schade, hatte einer der Offiziere nach meiner Ausmusterung zu mir gesagt. Wir brauchen doch jeden Mann!

Irgendwann kam der Herbst, der Schnee fiel sehr früh. Die anderen Träger, die nur über Sommer arbeiten wollten, verabschiedeten sich, und auf der Hütte blieben außer mir nur der Leiter und mein einheimischer Freund, der allerdings auch im Tal bei den Eltern wohnen konnte. Nach größeren Schneefällen schaffte es manchmal tagelang kein Trampeltourist, sich bis nach oben durchzukämpfen. Und weil mein Chef und mein Freund den ganzen Winter dauernd nur Ski fahren wollten – und möglichst dort, wo es Skilifte gab –, blieb ich auf der Hütte oft ganz allein. Drum herum nur Berggipfel und unberührte weiße Flächen. So viel Einsamkeit würde ich im Leben nie wieder geschenkt bekommen, das war mehr als deutlich. Der Winter war endlos, und ich hätte ihn gern noch viel länger gehabt, nur für mich allein.

onkel ONKEL

Wie ich aus einigen flehenden Briefen aus Prag und gelegentlichen münzenverschlingenden Telefonaten erfahren
hatte, gab es bei uns im Haus einige Veränderungen. In einen getrennt vermieteten Teil einer Wohnung im ersten
Stock zog ein Geruchsmagier ein. Der Mann war angeblich
sehr umgänglich und verwickelte bald einen nach dem anderen in lange Gespräche. Seine gewinnende Distanzlosigkeit war für alle ein Novum. Der Mann wußte bald über
viele private Angelegenheiten gut Bescheid, beriet den einen
oder anderen bei persönlichen Entscheidungen, war trotz
alledem aber nicht indiskret. Das Besondere an ihm war,
daß er alle Bewohner des Hauses bald auch dem Geruch
nach unterscheiden konnte. Ich persönlich bildete mir ein,
ein sensibles Medium für Gerüche zu sein, und ich kannte
viele schockartige Geruchserlebnisse – mit diesem Mann,
der sich zu Demonstrationszwecken sogar auf Tests und
Blindversuche einließ, hätte ich mich aber auf keinen Fall
messen können. Zum Erkennen einer Person reichte ihm –
wie einem Hund – nur ein Kleidungsstück, und angeblich
bekam er beim Schnuppern sogar einen hündischen Gesichtsausdruck. Onkel ONKEL wurde zu seinem vertraute-
sten Mitbewohner und zum wichtigsten Berichterstatter
über seine Riechkunst. Onkel war mehrmals dabei, als
dieser Mensch im Treppenhaus erriet, wer kurz vor ihm
hochgestiegen war. Er benäselte kurz das Geländer und die
Treppe, segelte mit seinen Nüstern auch in den höheren
Luftschichten – und nannte den Namen.

Sein großer Kummer war, daß er keine eigene Toilette hatte und sie weder in sein Zimmer noch in seine kleine Ab-

stellkammer einbauen lassen konnte. Er hatte nur eine Waschnische im Flur, seine Toilette war auf der anderen Seite des Treppenabsatzes und wurde auch von einer anderen Partei genutzt. Der handwerklich unterbeschäftigte Onkel ONKEL empfahl sich ihm als der richtige Mann für derartige Spezialaufträge.

– Ich werde mir schon etwas einfallen lassen.

– In meinem Strang gibt es aber nur ein dünnes Abflußrohr, und das würde verstopfen.

– Das Problem kenne ich natürlich.

Diesmal machte Onkel ONKEL alles richtig. Er konstruierte für den Mann einen handbetriebenen Kack- & Toilettenpapiermixer mit Schneckenbeförderung. Das angeschaffte Klosettbecken wurde nach einigen unumgänglichen Vorarbeiten auf ein erhöhtes Podest gestellt und wirkte dort – auch dank eines auffälligen Aufklebers – angeblich wie ein Kunstobjekt. Auf dem Aufkleber stand »SERVICE«, und ich konnte mir lange nicht vorstellen, daß es ausgerechnet mein Onkel war, der sich diesen Scherz erlaubt hatte. »SER VÍCE« heißt auf Tschechisch nämlich »scheiß mehr«.

Nach dem Entleeren festgepreßter Substanzen reichte es natürlich nicht, nur die Spülung zu betätigen. Man stieg vom Podest herunter und mußte beim Spülen gleichzeitig an einer Kurbel drehen. Das war dann aber auch alles. Onkels Mixmaschine nutzte das natürliche Gefälle und litt nicht an Rückstauproblemen – ihr Mechanismus war absolut zuverlässig. Die verfeinerte Jauche wurde mit sanfter Gewalt der rotierenden Schnecke einfach in das alte dünne Abflußrohr geleitet. Es handelte sich tatsächlich um eine innovative Leistung ersten Ranges – industriell gefertigte Anlagen für den Hausgebrauch gab es damals noch nicht. Für den Geruchskünstler brachte die Einquartierung einer Toilette zwar unangenehme Gestanksattacken mit sich, trotzdem aber eine ungeheuere Steigerung seiner Lebensqualität.

Heute tragen solche Geräte die euphemistische und vollkommen sach-entfremdete Bezeichnung »Hebeanlage«. Jeder, der seine gemixten Exkremente heben lassen will, kann diesen Akt der Erhebung an die elektrisch angetriebenen Innereien eines Plastikgehäuses delegieren. Diese setzen sich bei Bedarf zwar automatisch in Gang, verarbeiten die Ausscheidungen aber nur so lange, bis der ohne jegliche Sensibilität arbeitende Mixer sich selbst zugekotet hat. Früher oder später beginnt das Gehäuse sowieso zu suppen. Allerdings ist die Hebeanlage tatsächlich in der Lage, die angerührte Suppe auch in die Höhe zu pumpen. Die stehende Hydrokacksäule steht dann allerdings unter suppenstatischem Dauerdruck und kehrt daher logischerweise auch gern zurück.

Onkel ONKEL und der Geruchskünstler wurden Freunde. Wegen dem Geruchsstau, der in dem ebenfalls vom Onkel zusammengezimmerten Toilettenverschlag zu befürchten war, bekam der Geruchskünstler nachträglich auch eine Luftabzugsanlage verpaßt. Es war ein baugleiches Modell, wie es Onkel oben auch besaß.

– Er muß seine Nasenschleimhäute unbedingt schützen. Deswegen raucht er auch nicht und benutzt keine scharfen Gewürze. Alkohol trinkt er natürlich auch nicht.

Die beiden saßen oft zusammen in dem kleinen Wohnzimmer des Mannes im ersten Stock, und Onkel rauchte seine Pfeifen oft eben dort – und grundsätzlich bei offenem Fenster. Wenn einer von den beiden auf die Toilette ging, konnte ihm der andere kurbelnd behilflich sein. Die dichten Rauchwolken, die bei Onkels Paff-Orgien oft dicht an der Hauswand aufstiegen, krochen wenig später in die Fenster der höher gelegenen Wohnungen, also auch in unsere Wohnung. Anfangs hatte man den Onkel verdächtigt, er hätte mit seiner angezündeten Pfeife zwischendurch – trotz des strikten Verbots – andere Räume unserer Wohnung betreten. Dabei rauchte er einfach die ganze Zeit zwei Stockwerke tiefer am Fenster seines neuen Freundes, lachte dort laut und leerte behutsam seine Likörfläschchen.

Sonst passierte bei uns zu Hause nichts aufregend Neues. Wie mir gelegentlich über den alltäglichen Stillstand berichtet wurde, fand ich etwas erschreckend. Aber es half mir eines Tages wenigstens zu verstehen, warum bei uns alle am glücklichsten waren, wenn sich im Leben überhaupt nichts änderte oder zumindest wenig tat. Auch früher war es nicht anders gewesen: Wenn ich manchmal vorgeschlagen hatte, in unserem Wohnbereich eine Kleinigkeit zu verschönern, war mein Wunsch als ungehörig abgetan und ich womöglich als Spießer verhöhnt worden. Alle üppigeren Veränderungsträume waren bei uns sowieso verpönt, galten als unvernünftige und nicht ungefährliche Phantasmen; und rebellische Ansätze, sie trotzdem zu realisieren, stufte man gleich als kriminell ein. War doch jeder Veränderer nur dabei, das Bestehende und immer noch einigermaßen Funktionierende aus REINER WILLKÜR durcheinanderzubringen – also ohne jede existentielle Bedrohung und objektive Not. So gesehen konnten solche dazugehörigen Impulse nur in einem beinahe geistesverwirrten Seeleninneren geboren worden sein und würden sowieso nur ungesunde Verschwendung bedeuten. Solange draußen keine Pogromstimmung aufkam, solange man nicht tatsächlich gezwungen wurde, sich zu rühren, schien es ratsam, sich ruhig zu verhalten. Man sollte sich offenbar in Zufriedenheit üben und es vermeiden, mit störender Agilität seine Umwelt zu provozieren.

So gesehen war Onkel ONKEL tatsächlich nie einer vor uns. Politisch – also in einem Punkt – war er es aber zum Glück doch. Politisch konnte man auf ihn zählen, obwohl er, um seine verantwortungsvolle Arbeit zu behalten, nach dem Einmarsch als einziger aus der Familie in der Partei geblieben war – also die Säuberungen heil überstanden hatte.

Meine Mutter und Tante Eva hatten sich selbstverständlich geweigert, die militärische Okkupation als Befreiung zu sehen und für die brüderliche Hilfe gegen die Konterrevolution dankbar zu sein. Onkels Scham über die parteiliche Erniedrigung wurde taktvoll respektiert, und seine Parteimitgliedschaft bekam mit der Zeit den Status eines schlimmen Geheimnisses. Tante Bombe war schon immer parteilos, staatenlos war sie sowieso.

egal, was man ruft, unten hören die leute immer nur »hilfe!«

Im Winter kamen vor allem solche Bergsteiger auf die Hütte, die unbedingt die mit Eis und Schnee bedeckten Nordwände besteigen wollten. Die Tage waren kurz, oft mußten die Burschen mitten in der Wand biwakieren und kamen erst am nächsten Tag mit abgefrorenen Fingerspitzen oder gefährlich unempfindlichen Zehen zurück. Das wollte ich ihnen nicht unbedingt nachmachen, ich wartete lieber auf den Frühling. Eins lernte ich aber dabei: Wenn niemand schrie, mußte und sollte man sich auch keine Sorgen machen, man ging einfach schlafen. Es hätte keinen Sinn gehabt, an irgendwelche Unbekannten, über deren Qualitäten und Standorte man nichts wußte, seine Gedanken zu verschwenden – helfen konnte man ihnen sowieso nicht. Wenn also im Tal kein Gebrülle zu hören war, wurde die jeweilige Absenz beim Rettungsdienst nicht gemeldet. Die Leute kamen in der Regel alle zurück – und waren trotz ihrer Lädierungen immer glücklich. Blutende Wunden hatten sie nur selten.

Mit meinem eigenen Bergsteigerleben ging es im Frühjahr dann tatsächlich aufwärts, wortwörtlich bergauf. Als im Frühsommer ein begabter, aber auch gefährlich ehrgeiziger Bergsteiger im Tal auftauchte, wurde die Lage sogar dramatisch. Dieser Mensch wollte unbedingt in die Nationalmannschaft aufgenommen werden, um mit dieser im übernächsten Jahr auf eine Expedition in den Himalaja gehen zu können. So brach auf meiner kleinen Hütte die Hölle los, und auch ohne die vereisten Nordwände ging es plötzlich um Leben und Tod. Dieser besessene Kletterer – eigentlich war er ein Sandsteinspezialist – brauchte für seine Extremstrecken einen zweiten Mann und mußte, um sich für die Nationalauswahl zu qualifizieren, hintereinander alle gefährlichen Wände besteigen und möglichst alle hochgradig schwierigen Routen absolvieren. Anfangs suchte er sich wahllos begeisterungsfähige Freizeitsportler aus. Diese waren meistens aber nur einmal zu gebrauchen. Nach der Rückkehr standen sie unter Schock und sahen extrem blaß aus. Sie wollten möglichst nie wieder glatte Felsen sehen, wollten sich nie wieder wundern müssen, wie man überhängende Felsdecken überhaupt lebend verlassen kann.

Der Bergwandextremist hieß ausgerechnet Petr – genauso wie mein alter Freund Skopka –, und seine Anziehungskraft blieb trotz seines düsteren Leumunds ungebrochen. Petr war einfach pausenlos voller Gelassenheit und Freude. Wenn er auftauchte, konnte man sich nicht vorstellen, ihm könnte jemals etwas zustoßen. Abends schien er nie abgekämpft und müde zu sein, erzählte Anekdoten aus dem Leben in seiner Kleinstadt und machte sich über seine vaterlose Familie lustig, das heißt besonders über seine eigene Mutter. Nebenbei zog er irgendwelche Touristen auf, tat es aber so gutmütig, daß er niemals Ärger bekam. Und er freute sich den ganzen Abend auf den kommenden, das heißt den nächsten gefährlichen Tag.

– Jungs, kann man mit der Lastenschlepperei ganz gut verdienen?

– Klar! antwortete er für uns alle. Jeder hat sich davon schon ein Haus gebaut.

Petr hatte einen schmalen, alles andere als tierischen Schädel, dafür hatte aber seine Figur eindeutig etwas Affenartiges. Seine Arme waren extrem lang, seine riesigen Hände baumelten, wenn er sich nur ein bißchen bückte, neben seinen Knien; so breite Schultern wie seine hatte ich bis dahin noch nie gesehen. Und er war dauernd beim Üben – er kletterte zwischendurch an den Wänden und Ecken meiner Schutzhütte herum. Die Wände bestanden aus relativ glatten Granitsteinen, und niemand außer ihm konnte sich an den kleinen Unebenheiten der Granitquader lange halten. Petr schaffte es dagegen, um die ganze Hütte herumzuklettern. Dabei ist das seitliche Traversieren viel schwerer als jedes vertikale Aufsteigen. Abends machte er im Vorraum der Hütte bei unseren Klimmzug-Wettbewerben mit und gewann sie meistens. Nebenbei sah er sich wie auf einem Sklavenmarkt nach neuen Kletterpartnern um.

Ich war immer schon ein Leichtgewicht und hatte seit der Schulzeit keine Probleme, mich an Stangen oder Seilen freihändig – also ohne Beine – bis zur Decke hochzuhangeln. Jetzt kam noch mein seelisches Leichtgefühl hinzu. Bei den abendlichen Wettkämpfen schaffte ich manchmal mehr als zwanzig Klimmzüge, und eines Tages konnte ich zu Petrs verlockendem Angebot nicht mehr nein sagen. Es herrschte sowieso Not am Mann. Petr hatte vor, den ganzen Sommer zu bleiben.

Schon bei unserem ersten gemeinsamen Aufstieg erfuhr ich relativ viel über sein Mutterleiden. In seiner dauerhaften Heiterkeit hatte er keine Hemmungen, seine familiären Probleme preiszugeben – egal, wie intim diese waren. Wie im Lande üblich lebte er noch zu Hause, seine Mutter hing an ihm wie eine Klette und hatte um ihn fürchterliche Angst. Sie zitterte angeblich dauernd – egal, ob er, wie sie meinte, zu gedankenlos die Straßen überquerte, egal, ob er, wie sie meinte, viel zu schnell mit seinem Rennrad unterwegs war oder viel zu laut politische Witze erzählte. Ihr zuliebe hätte er sich vor allem aber niemals in der Nähe von irgendwelchen Felsen herumtreiben dürfen. Dabei war Petr, was das Klettern anging, absolut nicht zu bremsen. Er war maßlos – schon auf den Geröllhängen unterhalb der eigentlichen Felswände kletterte er da und dort an vorgelagerten kleinen Felsvorsprüngen und trainierte an passenden wie unpassenden Felsbrocken irgendwelche Griffe. Petr ertrug seine Mutter einigermaßen geduldig – offenbar auch dank seines

Humors. Er flüchtete vor ihr allerdings so oft, wie er nur konnte.

– Auf zum Gipfel, bis der Mami schwindlig wird, sagte er immer wieder.

Zur Illustration der Beziehung paßte, daß ihm seine Mutter einmal ein Glas selbstgemachter Mehlschwitze geschickt hatte. Er sollte sich aus dem Zeug Soßen kochen.

Petr brachte mich in der Folgezeit mehrmals beinah um. Wir hingen manchmal stundenlang in unseren Strickleitern an Haken, die Petr in nicht ganz vertrauenswürdige Spalten eingeschlagen hatte. Manche Abschnitte der Routen waren vollkommen senkrecht, manche waren noch schlimmer und ragten wie Dächer über uns. Das Hauptrisiko hatte zwar Petr zu tragen – er ging immer als erster –, mein Risikoanteil war mir aber hoch genug.

– Toller Überhang, freute sich Petr jedesmal wie ein Kind.

An glatten Wänden rutschte er immer wieder kurz ab, blieb aber wie ein Gecko an kleinsten Unebenheiten kleben und setzte sich bald wieder in Bewegung.

– So darf man nicht klettern, Georg, das weißt du. Drei sichere Punkte, nach Möglichkeit reversibel ...

Irgendwann schlug er einen Haken ein und erzählte, wenn ich nah genug war, amüsante Gruselerlebnisse aus der Vergangenheit.

– In vielen Wänden gibt es wegen der Überhänge kein Zurück mehr, beruhigte er mich gern.

Abends bat er in der Hütte regelmäßig darum, den großen Abendabwasch machen zu dürfen. Im Abwaschwasser würden die vielen Schürfwunden an seinen Händen am schnellsten heilen, meinte er. Um zu trainieren, hatte er sich sowieso auch als Träger einstellen lassen und schleppte zwischendurch Lasten wie alle anderen. Und weil unsere Hütte formell zu den Interhotels gehörte und Petr uns manchmal – zusätzlich zu seinen Abwaschdiensten – dabei half, die Konserven zu öffnen und deren erhitzte Inhalte zu servieren, nannte er sich bei Nachfragen einfach Interhotel-koch. Ein solcher war ich natürlich auch und wohnte im Grunde die ganze Zeit schon unter dem Dach unseres egal wie winzigen Interhotels.

Wenn Petr, der Spitzenkoch, beim Klettern von der Wand abfiel, blieb er trotzdem immer vollkommen ruhig. Ihm schien grundsätzlich alles lösbar zu sein. Manche Stellen waren leicht überhängend, so daß er zu weit von der Wand baumelte und an die griffigen Stellen nicht herankam – dann zog er sich eben mit seinen dünnen Spezialschlingen wieder hoch. Sein eiserner »Zug aufs Ziel«, sein Bewe-gungsdrang in Richtung Himmel hatten etwas Besessenes. Er krümmte und streckte sich manchmal stur im Takt wie eine Raupe, wirkte dabei wie ein mechanisch aufgezogener und außer Kontrolle geratener Frankenstein. Wenn er sich durch irgendwelche Spalten hochschob, dabei gutmütig fluchte und witzelte, gleichzeitig aber auch immer schwerer atmen mußte, wußte ich, daß ich allen Grund hatte, mich zu fürchten – im gleichen Abschnitt würde ich mich auch bald hochquälen müssen.

– Hier geht es ordentlich bergauf, wunderbar – kannst dich schon freuen, Georg.

Einen ganz bösen Sturz fabrizierte Petr nur ein einziges Mal. Die Route war extrem bröckelig, und nachdem er einen Stein zu schnell belastet und aus der Wand gezogen hatte, flog er ab – und weil er sich mit den Beinen offenbar leicht gegen die Wand gestemmt hatte, machte er in der Luft als erstes einen eleganten Bogen. Bei seinem Fall riß Petr einen zwischendurch hastig eingeschlagenen Siche-rungshaken aus der Wand, außerdem noch einen Holzkeil aus einer breiten Fuge. Die erst kürzlich erstbestiegene Klet-terroute, eine saubere Direttissima, war ausgerechnet nach dem Formel-1-Fahrer Jochen Rindt benannt worden – dem größten der vielen Formel-1-Toten, wie ich wenig später er-fahren sollte. Petr flog immer weiter, flatterte an mir vorbei, machte sich auf den Weg nach unten. Das alles passierte sehr schnell und in vollkommener Stille. Petr hatte nicht einmal Zeit, den Anfang eines Fluchs anzudeuten.

Die letzten Haken, die übriggeblieben waren, waren diejenigen, mit denen meine Stellung gesichert war. Die Haken waren links und rechts eines im Grunde losen Steins eingeschlagen, der in einem breiten Spalt klemmte. Dank dieser beiden Haken klemmte der Stein wirklich fest, war von beiden Seiten regelrecht eingekeilt. Diese Zwei-Haken-Sicherung, die ich in der Zwischenzeit direkt vor meinen Augen hatte, sah etwas experimentell aus, das heißt nicht ganz vertrauenswürdig – Petr hatte an dieser Stelle aber keine andere Wahl gehabt.

Wie ich aus dem Physikunterricht wußte, fliegt man schon nach drei Sekunden mit der Geschwindigkeit von über 100 Stundenkilometern. Irgendwann kam dann der Ruck – und dieser kam, da die oberen Fixpunkte fehlten, aus einer unerwarteten Richtung. Über die nächsten Momente weiß ich leider nichts. Ich wurde nach unten gerissen, mein Körper war nur als ein steifer Bremsklotz gefragt. Als alles vorbei war, hing ich etwas schräg an der Wand und fühlte mich in meiner festgezurrten Seilschlaufe wie gefesselt. Petr baumelte weit unter mir, schien aber nirgendwo aufgeschlagen zu sein. Die beiden Sicherungshaken hielten den nach unten vektorierten Stoß aus – sie hielten den Stein fest, hielten sich gegenseitig fest, hatten die Belastung ertragen, die man zum Abbremsen eines 75-Kilo-Körpers bei einer Geschwindigkeit von etwa 100 km/h eben braucht.

– Jochen Rindt hatte bei seinem Unfall einen solchen Punktevorsprung, daß er die Weltmeisterschaft am Ende trotzdem gewonnen hat – als Toter. Ein Ding, was? sagte Petr, als er wieder bei mir ankam.

Petr kletterte gleich weiter, ihm war tatsächlich nichts passiert. Dafür war ich bald voller Blut. Mir fehlten an den Händen, Armen und am Hals ganze Hautstreifen, die mir unser Seil heruntergeschmirgelt hatte. Anfangs waren die offenen Stellen – vor lauter Schreck, nahm ich an – noch vollkommen trocken gewesen, obwohl darin breitflächig ruhendes Muskelfleisch zu sehen war. Als ich meinen Stand verlassen wollte und seitlich auf die Sicherungshaken einschlug, erlebte ich noch eine weitere Überraschung. Die beiden Haken, die uns das Leben gerettet hatten, ließen sich mit nur zwei erschreckend leichten Schlägen sofort lockern.

Petr hatte den Sturz als eine völlige Lappalie abgehakt, das systematische Absolvieren der Extremrouten ging weiter. Da wir gleichzeitig auch arbeiten, also Proviant, Brennholz und Baumaterial aus dem Tal schleppen mußten, waren wir manchmal etwas erschöpft – bereits vor dem Aufstieg. Viele Enttäuschungen bereiteten mir in den Extremabschnitten ausgerechnet meine Arme. Mit ihnen mußte ich oft lange oberhalb meines Kopfes ausharren, mit Karabinern und Strickleitern hantieren – und irgendwann nahte der Punkt, an dem ich mich nur noch als eine tickende Fallbirne empfand. Ich sah es im voraus kommen, konnte aber nichts mehr tun – die Oberarme waren leergelaufen, meine Finger rutschten ab, die Hände öffneten sich. Meine kurzen Stürze waren zwar relativ risikolos – Petr hielt das Seil grundsätzlich kurz –, ich baumelte aber oft unglücklich in der Luft oder inmitten einer vollkommen glatten Felsplatte. Petr war geduldig und gab mir gute Tips, helfen mußte ich mir dann selbst.

Manchmal wußte ich nicht gleich, wie ich mich aus meinen verknoteten Schlingen befreien sollte, und schnürte mich ab. Ein ruhiger Profi war ich immer noch nicht. Was ich praktizierte, war teilweise einfach »learning by falling«. Da wir keine Walkie-talkies hatten, brach unsere Kommunikation, wenn Petr hinter einer massiven Wandkante verschwunden war, manchmal vollkommen zusammen. Und das war fatal, wenn beispielsweise das Seil irgendwo klemmte oder ich an einer Stelle unbedingt mehr Bewegungsfreiheit gebraucht hätte. Wenn ich nicht weiterwußte, schrie ich lange in den Wind, mußte mich schließlich einfach totstellen. Irgendwann seilte sich der neugierige Petr wie eine Spinne am Hilfsseil herab. Manchmal machte man sich unten im Tal Sorgen um uns, und irgendwelche unterbeschäftigten Kletterer, die die Lust überkam, Menschenleben zu retten, riefen uns lauthals zu. In der Regel dann, wenn wir uns zu lange an einer schwierigen Stelle aufgehalten hatten. Petr prägte mir aber streng ein:

– Bleib immer ganz still. Egal, was man ruft – unten hören die Leute immer nur »Hilfe!«

Mehrmals handelten wir uns böse Komplikationen dadurch ein, daß wir keine Stirnleuchten hatten. Petrs gute Laune und sein Optimismus waren unerschöpflich – und er machte in seinem Aktionismus auch fatale Fehler. Er verschätzte sich zum Beispiel in der Zeit, überredete mich, nachmittags – nach dem Lastenschleppen vom Vormittag wohlgemerkt – doch noch schnell aufzubrechen. Zum Biwakieren nahmen wir natürlich nichts mit. Einmal wurde es wirklich knapp, ein anderes Mal rettete uns der Mond. Zuletzt blieben wir aber tatsächlich in der Dämmerung – und dann eben über Nacht – einfach in den Seilen hängen. Und ohne Licht am Helm waren wir zur Bewegungslosigkeit verurteilt. In dieser Nacht verriet mir Petr seinen Traum, den er eigentlich für sich behalten, also geheimhalten wollte.

– In Kalifornien gibt es eine senkrechte und vollkommen glatte Granitwand, tausend Meter hoch, stell dir das vor, Georg. Das Tal heißt Yosemite, da gehöre ich hin.

Ich erzählte ihm endlich auch einiges über mich und meine Mutter. Und später schlief ich in meinen Schlingen sogar mehrmals ein. Als es heller wurde, ging es weiter. Vom letzten Sims der Wand sahen wir den Sonnenaufgang, und unsere kalt gewordenen roten Nasen glühten dabei wie Alarmleuchten.

Ich hatte diese Balanceakte an den Abgrundkanten nicht nur gesund überlebt, ich wurde ähnlich sorglos wie Petr. Als er abgereist war und mich zurückgelassen hatte, ging ich allein in die Wände. Petrs Benimmregeln für die Extremrouten hatte ich übernommen: Solange man an drei Punkten einen Halt hat, verschwendet man keine Vorstellungskraft darauf, daß es den freien Fall gibt. Was zählt, ist die entspannte Gegenwart. An irgendwelche Tanten, zerfallende Städte, alternde Mütter, häßliche Paragraphen oder Schlafplätze in den Betrieben zu denken wäre gefährliche Zeitverschwendung. Vor Augen hat man den sichtbaren Abschnitt des Aufstiegs, in den nächsten Sekunden gibt es einige Griffe zu bedenken und hinter sich zu bringen. Wenn sich meine vielen Tanten unterhalb der Felswand versammelt hätten, hätte es sicher ein herrliches Stimmenkonzert gegeben.

– Ist das etwa DAS KIND? Ist dieses zarte Wesen unser Georg? Nein, das kann nicht sein! Solche Qualen würde er uns niemals bereiten. Wie hält er sich dort fest? Was macht er so weit oben überhaupt, warum klettert er immer höher? Dabei geht es da überhaupt nicht weiter!

– Ruhe da unten! Natürlich geht es hier weiter.

– NEiiiN! würden sie stöhnen und schließlich in die Knie gehen. Nicht doch, komm zurück! Das alles kann nur böse enden! Aber WIE kommt der Unglücksrabe überhaupt herunter? Hast du etwas zu trinken dabei? Hast du eine Wollstrickjacke im Rucksack? Auf dem Gipfel wird es viel kälter sein als hier – und du bist so dünn angezogen.

Heute denke ich an meine Solotouren alles andere als schweiß- und schwindelfrei. Ich kletterte oft völlig ungesichert, außerdem wußte auf meiner Hütte niemand, wohin ich aufgebrochen war. Ich fühlte mich genauso unzerstörbar wie mein Meister. Petrs lange Arme, seine am Sandstein trainierten Finger und seinen Traum vom Yosemite Valley hatte ich trotzdem nicht. Eines Tages verliebte ich mich in

473

die Schwester eines Bergsteigers, die als Versorgungsmamsell mitgekommen war und auf der Hütte ebenfalls übernachtete. Als abends Wein getrunken wurde, hatten wir beide das am Tisch laufende Gespräch irgendwann ausgeblendet und begannen uns spontan und vor aller Augen zu küssen. Um die anvisierten Lippen des anderen zu erreichen, mußten wir, da wir nicht nebeneinandersaßen, einer Weinflasche und zwei Kerzen ausweichen und unsere verdrehten Hälse leicht strecken. Ihre glatten Haare reichten, wenn sie sich im Sitzen etwas bückte, fast bis zum Fußboden. Wir kannten uns erst seit zwei Tagen, hatten uns zwischendurch höchstens dreimal kurz unterhalten und uns beim Begrüßen nicht einmal die Hand gegeben. Unser Kuß war die erste körperliche Berührung zwischen uns – und alle wußten das. Alle am Tisch schauten uns zu, die ganze Tischrunde wurde still und freute sich über die frisch geschlüpfte Liebe, die die erste Schallmauer durchbrochen hatte. Auch der sehnige und mädchenlose Bruder freute sich über das Glück seiner Schwester. Mein Leben war auf bestem Wege, noch besser und heller zu werden. Meine glückliche Zukunft schien 2015 Meter oberhalb des Meeresspiegels möglich zu sein.

Eines Tages kam über Funk die Nachricht, daß für mich ein Telegramm aus der Hauptstadt gekommen war – meine Mutter hätte einen Schlaganfall bekommen. Ich mußte nach Hause. So kehrte ich nach knapp zwei Jahren in die Gegenwart zurück.

Ich wurde praktisch über Nacht wieder zum behüteten Kind der Familie und konnte dagegen wenig ausrichten. Wie derartige Rückschaltungen in der Seele verschachtelt werden, ist mir bis heute nicht ganz klar. Mein aktueller Absturz war schlimmer als das halbe Sterben für Jochen Rindt. Mutters Schlaganfall war zum Glück relativ harmlos. Sie erholte sich schnell, kam aus dem Krankenhaus lächelnd wieder heim und sah vollkommen unverändert aus. Sie sollte sich schonen. Eines Abends kamen mehrere Ärzte unseres Vertrauens zu uns, riefen die ganze Familie zusammen und hielten uns abwechselnd kleine Vorträge. Das Fazit: Meine geschwächte Mutter brauche liebevolle Zuwendung, Aufregungen aller Art seien zu vermeiden. Und sie müsse das Rauchen aufgeben. Da meine Mutter das Rauchen aber auf keinen Fall aufgeben wollte, brach sie seit dieser »kleinen Episode« ihre Zigaretten in zwei Hälften und rauchte immer nur halb so viel – die vordere Zigarettenhälfte genoß sie allerdings teerreich ohne Filter.

Meine ganze Energie war wie verflogen, ich war schwach und lustlos, fühlte mich wie eine zerbrechliche Tonfigur – oder wie ein Reagenzglas vor einer drohenden Implosion. Zum Sporttreiben fehlte mir jede Motivation, und ich trainierte aus Ahnungslosigkeit auch nicht ab. Das hatte vor allem für meine Beinmuskeln verheerende Folgen. Bald konnte ich kaum stehen, meine aufgegeilten Beine, die in den Bergen an schwere Belastungen gewöhnt waren, taten Tag und Nacht weh. Ich fühlte mich wie ein Invalide, in den Straßenbahnen litt ich wie ein mißachteter Greis. Wahrscheinlich um meine innere Verfassung sichtbar zu machen, begann ich sogar plötzlich, etwas gebückt zu laufen. Einen Sitzplatz bot man mir in den Verkehrsmitteln trotzdem nicht an.

Da ich oft keine Lust hatte, mich zu rasieren, gab ich es bis auf weiteres auf. So wuchs mein Gesicht nach und nach zu, und ich sah innerhalb kurzer Zeit wie ein anderer Mensch aus. Meine Mutter brauchte mich irgendwann nicht mehr als ihren Rekonvaleszenzbegleiter, ich kam von ihr aber trotzdem nicht weg. Theoretisch hätte ich wieder in die Berge gehen können – meine Schreibmaschine, meine Kletterausrüstung, ein Teil meines Gepäcks und meine Gitarre waren immer noch dort –, ich fühlte mich dem Leben in den Bergen aber absolut nicht gewachsen.

An manchen schönen Abenden wäre ich früher unbedingt in die Stadt gegangen, hätte mich mit jemandem verabredet – das alles kam jetzt nicht in Frage. Alle gaben mir sowieso direkt oder indirekt zu verstehen, daß ich zu Hause als Mann gebraucht wurde.

– Mein Tisch wackelt schon wieder ..., der Abfluß – du weißt schon ..., irgendwo unter dem Waschbecken tropft es, ich höre das ...

Diese etwas hysterisch vorgetragenen Bitten waren im Flur an der Tagesordnung und inzwischen nur für mich bestimmt. Zu alledem hatte ich plötzlich keine Vorstellung davon, wofür ich in meinem Leben sonst noch zu gebrauchen war als für den Dienst an meiner Familie. Ich hätte meine Mutter, die tropfenden Wasserleitungen und meine menstruierenden Tanten nur verlassen können, wenn ich beispielsweise für eine Himalaja-Expedition geeignet gewesen wäre und man mich in die Mannschaft geholt hätte. Das Nachdenken über meine helle Zukunft hatte in meiner aktuellen Verfassung überhaupt keinen Sinn. Manchmal nahm ich meinen Schlafsack und verschwand nachts im Park. Solche kurzen Befreiungsversuche waren natürlich lächerlich. Die Gefahr, von der Polizei entdeckt oder von freigelassenen Hunden angegriffen zu werden, war außerdem groß. Es war sowieso schwer, einen sauberen und geschützten Schlafplatz zu finden. Im Park schlief ich meistens nur einige Stunden und kehrte in der Morgendämmerung wieder heim.

Ich war voller Verstockungen, erkannte mich selbst nicht wieder. Ich sprach plötzlich furchtbar undeutlich und mehr nach innen als nach außen. Daher verstand man mich akustisch immer schwerer. Auf der Straße wollte ich am liebsten niemandem begegnen, und wenn ich einen Bekannten traf, brachte es außer den artikulatorischen Qualen auch noch inhaltsbezogenen Streß mit sich. Ich mußte in Kurzform und vor allem schlüssig – also meinem vorausgesetzten intellektuellen Niveau entsprechend – erklären, wie es um meine weitere Lebensplanung stand. Am besten ging es mir noch in meinem Zimmer. Dort fühlte ich mich behütet und abgeschirmt, bekam aber auch dort Panik, wenn ich im Flur fremde Stimmen zu hören bekam. Ich wollte keine Menschen, ich wollte nur noch Musik hören, ich wollte stumm bleiben dürfen und in meinem Kopf Töne speichern.

Daß ich im Zimmer meiner Großmutter wohnte, paßte mir seit meiner Rückkehr immer weniger. Der einzige, der sich mal getraut hatte, mich wegen dieses engen Zusammenlebens anzusprechen, war der Freund unserer Familie Ludvík Vaculík. In seiner entwaffnenden Direktheit, für die er allgemein bekannt war, fragte er mich einmal:

– Ist das nicht seltsam, mit der eigenen Großmutter in einem Zimmer zu schlafen? Wie ist das? Wie kommt ihr miteinander aus?

In seinen Reden, Reportagen und auch in seinem Manifest »2000 Worte« sprach er die Dinge ähnlich direkt an, und er ging in seinen späteren Texten – den Feuilletons und in seinem Traumbuch – mit sich selbst und anderen Menschen nicht viel anders um. Der Schriftsteller Jiří Gruša benahm sich schon damals ausgesprochen diplomatisch. Als ich einmal eine Platte mit alter spanischer Musik – für Vihuela und eine Tenorstimme – aufgelegt hatte, klopfte er bei mir an und interessierte sich nicht für meine Wohnsituation und die zwei weit voneinander stehenden Betten, sondern nur für meine Schallplatte.

– Sechzehntes Jahrhundert, unglaublich.

In Prag zu einer eigenen Wohnung zu kommen war bei der herrschenden Wohnungsnot fast unmöglich. Anders unmöglich erschien mir die Vorstellung, Dana nur aus praktischen Gründen wieder zu begehren und mich in ihrem Tierheim einzuquartieren. Ich wollte nicht einmal, daß sie mich in meiner aktuellen Abbauphase zu sehen bekam. Und in welchem Pflegezustand sie sich gerade befand, wußte ich ungefähr. Der Tantenrat machte sich schon länger Sorgen um sie.

Meine Mutter war einmal auf die Idee gekommen, mich bei einer Wohnungsgenossenschaft anzumelden und dort auch einen Grundbetrag einzuzahlen. Dieser Mitgliedsbeitrag war aber angesichts des herrschenden Raummangels und der florierenden Bestechungswirtschaft lächerlich. Sogar beim einvernehmlichen Wohnungstausch mußte derjenige, der sich vergrößern wollte, heimlich vereinbarte Unsummen an den Tauschpartner zahlen – im voraus und in bar, versteht sich. Zu einer Wohnung wäre ich, so wie ich geschaffen und finanziell ausgestattet war, nie gekommen. Die Vegetiergemeinschaft der drei alten Männer, in der ich vor zwei Jahren untergekommen war, gab es sicher noch, das war für mich aber keine Alternative. Auch wenn der nächste Mitbewohner mit Rattengift beseitigt worden sein sollte.

Ich war voller ungeklärter Ängste, mein Herz klopfte grundlos, schwer und ausdauernd. Ich hatte niemanden, dem ich das, was in mir los war, hätte beichten können. Aber ich wußte sowieso nicht, worüber ich hätte reden sollen. Über solche Dinge wie grundloses Herzklopfen sprach man in Prag nicht. Mein ängstliches Herz klopfte besonders stark, wenn ich auf der Straße eine Frau sah, die meiner Mutter ähnelte. Dummerweise sah ich meine Mutter phasenweise recht oft. Die geringsten Merkmale, die mich an sie erinnerten, reichten mir schon – etwas an der Kleidung, an der Kopfhaltung, am Gang. Irgendwann gestand ich mir, daß ich sie haßte, vergaß diesen explosionsartig hochgeschossenen Gedanken aber sofort wieder. Er war zu absurd. Mit meinem Leben versöhnten mich kurzfristig nur meine langen Fahrradfahrten. Wenn Dana zu uns zu Besuch kommen sollte, versuchte ich irgendwo auswärts zu übernachten.

Draußen in der Landschaft erwärmten mich immer wieder diffuse Fluchtwünsche, besonders wenn ich schöne, abseits stehende Bauernhäuser sah. Gleichzeitig begriff ich, wie unselbständig ich in Wirklichkeit war, wie unfähig, in meiner Seelenenge frei zu handeln, praktische Entscheidungen zu treffen, mein kindliches Dasein beispielsweise mit einem Faustschlag auf einen unserer verwackelten Eßtische zu beenden.

Inzwischen plagten mich nicht nur meine Beine und mein Herz, sondern auch mein Magen. Ich wurde von mehreren Ärzten untersucht, wurde in der Klinik von Professor G. geröntgt, abgehorcht und abgeklopft – und man stellte fest, daß ich zu viel Luft im Bauch (METEORISMUS!) hatte. Langsam, aber sicher war ich – dies war die Meinung unseres privaten Ärztekollegiums – auf dem besten Weg, Magen- oder Zwölffingerdarmgeschwüre zu entwickeln. In Prag waren Verdauungstraktgeschwüre damals sowieso eine Modekrankheit, gegen die bestimmt auch Danas beste Kräuter nicht geholfen hätten. Man mußte auf der Straße nur einen bestimmten Gesichtsausdruck aufsetzen, um eine Geschwür-Diagnose von einem x-beliebigen Trottel verpaßt zu bekommen. Dieser wußte auch gleich, was einem fehlte oder wovon man zuviel hatte – ZUVIEL SÄURE beispielsweise ... Überall hörte man die gleichen Gespräche.

– Du auch?

– Ja, am Zwölffingerdarm. Und deine Geschwüre?

– Alles weg, habe inzwischen nur einen halben Magen. Mein Bruder hat so gut wie gar keinen.

Bald war ich soweit, daß man mich bei unserem, mit unserer Familie befreundeten Nervenspezialisten in der psychiatrischen Klinik in Bohnice aufnehmen wollte – zu einer Art Chefarztbehandlung, versteht sich. Auf den Röntgenaufnahmen meines mit weißer Kontrastmasse gefüllten Magens waren nämlich keine Geschwüre zu entdecken gewesen. Vor mir öffnete sich langsam die Perspektive einer Odyssee durch alle empfehlenswerten Kliniken des Landes.

Meine Zukunft gab es in dieser Zeit vorsichtshalber gar nicht. Ich war mit voller Wucht zu Hause angekommen, wohnte dort, wo ich die ganze Kindheit gewohnt hatte – trotzdem war nichts wie früher. In dieser Situation bekamen wir in der Wohnung einen Zuwachs – bei uns zog unverhofft Mutters langjähriger offizieller Liebhaber ein. Er war ein gebildeter und begabter Mann, er war Schriftsteller und ein guter Erzähler. Über manche privaten Dinge erzählte er aber auch meiner Mutter nichts. Wahrscheinlich dümpelte sein innereheliches Parallelleben auch noch weiter – irgendwo im Prager Normbereich. Bis zu dem aktuellen Haßausbruch seiner Gattin jedenfalls. Die seit Jahren Betrogene war inzwischen tablettenabhängig und trank. Trinken tat sie nur quartalsweise – dann aber richtig.

– Sie bewirft mich einfach mit Tassen und Tellern! Auf diesem Niveau spielt sich das jetzt ab bei uns! Soll sie die Teller auf den Boden schmeißen, wenn ich nicht zu Hause bin!

Daß sich in meiner Nähe ein zweiter erwachsener Mann aufhielt, bedeutete für mich eine aufregende Abwechslung. Im Gegensatz zu meinem Onkel handelte es sich um ein Wesen mit stark behaarten Armen und einem festen Händedruck. Meine Mutter und ihr Freund verstanden sich stundenweise ausgezeichnet, waren es aber absolut nicht gewohnt, miteinander in einer Wohnung auszukommen. Als meine Mutter dreckige Socken neben dem Telefon liegen sah, sagte sie nachdenklich:

– Nein, das geht nicht, so geht das nicht.

Nach Hause konnte sie ihren Liebsten trotzdem nicht schicken. Bald fing der Mann an zu jammern, daß er das und jenes im Fernsehen nicht sehen konnte, und enthüllte damit, wie brav er seine Abende zu Hause offenbar sonst zu verbringen gewohnt war. Ab und zu sah er beim Onkel fern, litt aber unter dessen Stimmungsdiktatur und seiner Sturheit. Die Schrankburg wollte er bald nicht mehr betreten. Den ganzen Abend mit meiner Mutter reden konnte er aber auch nicht – und zum Lesen mußte er angeblich allein im Raum sein.

Er fand eine exzellente Lösung. Er legte sich in die Badewanne, okkupierte das Bad für Stunden und las einfach dort. Und weil er kein abgekühltes Wasser mochte, zog er dauernd den Stöpsel heraus und ließ warmes Wasser nachlaufen. Die Badezimmertür war verschlossen, das Fenster zum Lichtschacht wie gewohnt auch. Und unser uralter, oft zündfauler Durchlauferhitzer verbrauchte nach und nach den nur begrenzt vorhandenen Sauerstoff.

In den Phasen des akuten Sauerstoffmangels verringerte sich wenigstens die Wahrscheinlichkeit, daß der Durchlauferhitzer aus Verpuffungsübermut explodierte. Die immer wieder erfolgenden Explosionen, bei denen meistens das Abzugsrohr abgeschossen wurde, waren für den jeweiligen Badenden auch nicht ungefährlich. Mutters Freund lag also eines Tages friedlich in der Wanne und atmete beim Lesen vor sich hin – und als aus den Wasserdämpfen die letzten Sauerstoffreste ausgebrannt und ausgeatmet waren, dafür aber der Kohlenmonoxidgehalt angestiegen war, fühlte der eingeweichte Mann plötzlich, daß sein Bewußtsein ihn im Stich lassen wollte. Er schaffte es, mit den letzten Kräften aufzustehen, sein Buch vor den Wassermassen zu retten und zwei Schritte in Richtung Flur zu tun. Dann fiel er gegen die milchverglaste Tür.

Was mir durch die Glastür entgegenfiel, war seltsam – ein trockenes Buch in den verkrampften Fingern einer verschwitzten Leiche. So etwas sieht man im Leben wirklich nicht oft. Der Mann versuchte noch kurz, durch die zersplitterte Scheibe weiterzukommen – instinktiv zum Sauerstoff hin. Zwischen uns schwankte sein trockenes, noch nicht blutbeflecktes Buch in der Luft. Ich stand still, mein behaarter Stiefvater näherte sich mir zentimeterweise, aber doch erfolglos weiter, rollte dabei mit den Augen. Er hatte mehrere böse Schnitte im Gesicht und an den Händen, sein Blut kolorierte die in die unteren Glasscheiben geätzten Rosen tatsächlich rot. Zum Glück hatte er sich bei seinem Stunt keine Schlagader verletzt.

Nachdem mein Neustiefvater aus dem Krankenhaus entlassen worden war, wurde er als ein Leidender wieder zu Hause aufgenommen. Und ich wußte dank des schwadenschweren Vorfalls wenigstens, wie der Tod aussieht, wenn er versucht, einem eine Publikation aus dem Jenseits zu überreichen.

im schnellen takt glitten vorschlaghämmer
knapp an ihren köpfen vorbei

Der blutbesiegelte Todessprung blieb nicht ohne Folgen. Meine Mutter wandte sich noch mehr ihrem eigentlichen von ihr niemals zu trennenden Partner zu – also mir. Ich fand kein Abführmittel dagegen, kein Gegengift, ich wußte nicht, wie ich sie von ihrer animalischen Liebe abbringen sollte. Strenggenommen tat sie nichts wirklich Verbotenes. Nur punktuell sah sie ihr Liebesobjekt – also mich – etwas zu lange und zu intensiv an. Oft deutlich über das Zeitlimit hinaus. Das heißt über die Markierung, die einem der landesübliche Anstand vorgibt. Was dieses Übermaß an Glotzenmüssen angeht, waren wir beide zwar verwandte Seelen, ich betrieb diese Unsitte aber zu anderen Zwecken und alles andere als inzestuös. Sollte ich meiner Mutter bei ihren liebeschmelzigen Blickattacken ins Gesicht spucken? Das war unmöglich. Es wäre unangemessen, unhygienisch, ungut. Zwischen uns herrschte Frieden, ich hatte keinen greifbaren Grund, sie zu benetzen oder zu schlagen. Und weil zwischen uns Frieden herrschte, sprach auch nichts dagegen, miteinander ins Kino zu gehen, jemanden zu besuchen oder einen Ausflug zu unternehmen. Besonders unsere Ausflüge waren unvergeßlich. Sie waren fast ausnahmslos grausam.

Meine Mutter liebte die Natur ähnlich wie ich, wünschte sich, ins Grüne allerdings so bequem wie möglich zu gelangen. Sie hatte keine Lust, in der mittelböhmischen Hügellandschaft stundenlang in die Pedale zu treten, vor allem hatte sie aber Angst vor den vielen unaufmerksamen, aus Liebe zu derselben Hügellandschaft oft abgelenkten Autofahrern. Wir fuhren also mit der Straßenbahn zum Stadtrand, meistens stiegen wir aber auf dem Busbahnhof in einen nach Diesel und Getriebeöl stinkenden Bus und wurden bis zum Ort unserer Wunschträume durchgerüttelt und durchgeschüttelt. Wir gehörten dabei zu einer Gemeinschaft, die bei jeder Bremsung, bei jedem nicht sauber eingelegten Gang synchron zu einer ähnlichen Zuckung nach vorn oder hinten veranlaßt wurde. Unser ständiger Begleiter war dabei der brüllende Motor, der bei den RTO-Bussen von Škoda sichtbar neben dem Fahrer, im Grunde direkt vor uns im Großraum thronte – abgedeckt mit einer gewölbten, nur leicht gepolsterten Haube.

Meine Seele klumpte und würgte von Anfang an so extrem, daß die auf das Draußensein eingeplante Freude jedesmal nichts anderes als eine Totgeburt werden konnte. Egal, wie unbequem die Sitze im Bus waren, egal, wie schlimm wir zusätzlich in manchen Kurven hin und her geworfen oder in Schlaglöchern hochgeschleudert wurden, mir kam diese Art Unternehmung trotzdem unerträglich spießig vor. Ich wollte auf keinen Fall zu den schweigenden Langweilern und Bravlingen gezählt werden, die mit uns im Bus unterwegs waren. Wenn ich mit ihnen aber im gleichen Verkehrsmittel saß, in die gleiche Richtung fuhr und aus einer ähnlichen Plastikflasche trank, deren farbige Kappe einem als Becher diente, war ich einfach einer von ihnen.

Irgendwann stiegen meine Mutter und ich aus, und wir starteten unsere sportive Wanderung oder betraten die zu besichtigende Sehenswürdigkeit – eine Burgruine oder einen gepflegten Schloßgarten mit barocken Statuen. Da und dort gab es natürlich auch einigermaßen einladende Bierlokale. Wenn es schön war, konnte man irgendwo unter Bäumen sitzen und sich einreden, man wäre ein Teil dieser unanfechtbaren Idylle. Einmal saßen wir an einem malerischen Dorfplatz. Im Vorgarten der Kneipe saßen schon einige biertrinkende Genießer voller Vollkostvorfreude. Meine Mutter sah elegant aus, ich sah mit meinem zugewucherten

Gesicht viel älter aus – so wirkten wir vielleicht wie ein nur leicht ungleichaltriges Paar. Das Wetter war optimal, und die prächtigen, früher offensichtlich reichen Gehöfte, die sich in Sichtweite befanden, waren erstaunlich gut erhalten. Wir hätten gelassen und glücklich sein können, trotzdem war es die Hölle. Die Bedrückung zwischen uns war so unmenschlich, daß ich – ausgerechnet auf diesem heilen Fleckchen der Dorfarchitektur – Lust hatte, augenblicklich zu verdunsten oder wenigstens wie ein zum Lokalkolorit passender Kuhfladen zu zerfließen. Mein Rippenkorb war wie zusammengeknebelt, mein Herz klopfte mir die ganze Zeit sowieso schon mit Wucht gegen die Luftröhre – und ich hatte bei jedem Atemzug zu tun, genügend Sauerstoff zu bekommen. Reden konnte ich deswegen kaum. Wir aßen Knödel, viel zu viele Knödel. Alle, die in dem Vorgarten saßen, aßen ebenfalls Knödel. Und das, was ich nach und nach einzeln schluckte, waren verformte kleine Schluckknödel. Sie rutschten viel zu langsam in Richtung meiner sich nicht auftuenden – oder doch? – Magengeschwüre, und die bildliche Vorstellung, die ich mir von meinem nervösen Magen gemacht hatte, bremste die Knödelklumpen unterwegs noch zusätzlich. Ich bekam anschließend das Gefühl, mit lauter glitschigen Klumpen verfüllt zu sein – mit Stöpseln, die in mir als säurebeständige Bremsklötze noch lange steckenbleiben würden. Und sicherlich würde ich schon in der nahen Zukunft auch äußerlich zu einem typisch tschechischen Knödelmann mutieren. Ich spürte regelrecht, wie in mir das großknödelförmige Ekelpaket zu keimen und zu gären begann, und ich begriff, daß Pech und Unglück mich eines Tages – mich, das glückliche Kind – ohne weiteres in ein wutgemästetes Arschloch verwandeln könnten. Etwas Grundsätzliches lief in meinem Leben vollkommen falsch. Der aktuelle Kontrast zwischen meinen knödeligen Untergangsphantasien und der harmonischen dörflichen Umgebung war in seiner Intensität gefährlich.

Andere Leben, auch das der wachdösenden und ergebenen Spießer um uns herum, schienen mit der Welt dagegen einigermaßen eins zu sein.

– Was ist mit dir?

– Mir geht es nicht gut, bin bedrückt.

– So ein schönes Wetter, schade! Du bräuchtest mehr Vitamine.

Mich konnte nur eines trösten: Wenn ich an so einem schönen Tag in der Stadt geblieben wäre, wäre nicht unbedingt meine Schrumpfbrust als Mittelpunkt meiner Sorgen dran, sondern eher mein unter Überdruck geratener Festkörperschädel. Ich tickte sowieso paradox: Wenn ich mich innerlich geschwächt fühlte, wurde automatisch mein gesamtes Inneres widersinnig produktiv. Ich wurde aus seelischen Schlammfängern und Fettabscheidern mit den unbekömmlichsten Substanzen versorgt und trotz der zwischengeschalteten Schieber und Rückstauklappen von gewaltigen Gefühls-Eruptaten belästigt. Vielleicht waren diese Vorgänge mondphasenabhängig, also weibisch, wer weiß. Ich wurde auf jeden Fall periodisch von schwer benennbaren Sensationen heimgesucht, für die ich irgendwann einen brauchbaren Behelfsbegriff gefunden hatte: DIE FISCHVERGIFTUNG. Ich fühlte mich regelmäßig fischvergiftet, ohne dafür verdorbenen oder überhaupt Fisch essen zu müssen. Da diese Benennung auf der sachlichen Ebene nicht vermittelbar war, benutzte ich sie nur intern für mich.

Meiner Mutter ging es bei unseren gelegentlichen Knödelessen auch nicht blendend. Ich sah ihr die Gerinnung ihrer anfänglichen Freude genau an. Sie wollte einen schönen Tag an der Seite ihres hoffnungsvollen Sohnes genießen, bekam aber nur ein gequältes Gegenüber zu sehen – und als Nachspeise noch eine unbegründete Kontaktsperre vorgesetzt. Ich wußte genau, daß sie neben mir ertrank. So wie es mir ging, hatte ich aber absolut keine Wahl – ich sah sie sinken und war darauf vorbereitet, sie untergehen zu lassen.

Etwas in mir wollte sie sowieso endlich aus meinem Leben jagen. Sie jedenfalls an einen Punkt befördern, an dem es kein Zurück mehr gegeben hätte. Dazu gab es, wenn ich mir das reichhaltige Waffenarsenal vor Augen führte, das jede Küche, jeder Werkzeugkasten enthielt, unterwegs jeder Pflasterstein- oder Eisenschrotthaufen beherbergte, allerlei Möglichkeiten. Wie hätte mich meine Mutter im ersten Moment nur angesehen, wenn ich die griffbereite Speisegabel in meine Rechte genommen und ihre Hand plötzlich an die Tischplatte gegabelt hätte?

Theoretisch hätten wir uns auch umarmen und uns gegenseitig trösten können. Das lag aber weit außerhalb unserer eingeschnürten Welt. Wir konnten uns inzwischen nicht einmal leicht berühren. Ich erlebte sowieso gerade eine berührungsminimalistische Zeit, und meine Mutter war fast das letzte Wesen, das ich mit gutem Gefühl hätte hautnah spüren wollen. Manchmal ließ ich sie tagelang zappeln, sprach mit ihr möglichst nicht – oder sprach mit anderen Menschen und beachtete sie demonstrativ nicht –, bis sie plötzlich »grundlos« in Tränen ausbrach. Das passierte ihr einmal sogar im Beisein von Besuchern. Weil es für ihre Heulerei keinen sichtbaren Anlaß gab, schämte sie sich dafür und entschuldigte sich bei allen mehrmals – wirr und unlogisch.

In der Folgezeit nahm ich zweimal den Anlauf zu einem GESPRÄCH. Ich wollte erklären, daß es mit uns so nicht weiterginge. Kein leichtes Unterfangen: Man muß bedenken, daß es bei uns zu Hause nicht üblich war, Kontroversen auszutragen, und daß Menschen, die sich stritten und einander sogar wie primitive Grobiane anfeferten, aus tiefster Seele verachtet wurden. Wenn ich in fremder Umgebung erwachsene Menschen laut losschimpfen hörte, zuckte ich in Erwartung einer unvermeidlichen und garantiert vernichtenden Gewaltexplosion zusammen. Ich hatte es also niemals gelernt, Aussprachen als gesunde Reinigungsrituale zu betreiben. Jedes meiner hektisch angesetzten Klärungsgespräche mit meiner Mutter blieb daher in einem vollkommen hilflosen Stadium stecken. Ich hatte mir einige wenige Sätze zurechtgelegt, mehr aber nicht. Was meinen Ausführungen fehlte, war in erster Linie eine ruhige Einleitung. Daran hätte sich eine lautere, von mir aus wütende Auseinandersetzung anschließen können. Ich war vor dem eigentlichen Start der Aktion aber leider so nervös geworden, daß ich – als Eröffnung sozusagen – sofort hochgereizt, angespannt loslegte und viel zu schnell sprach. Ich blubberte dabei vor inhaltlich unbegründeter, scheinbar nicht begründbarer Feindseligkeit.

– Laß mich mich sein, misch dich nicht ... ich kann nicht dein ein und alles ... du willst zu viel, ich kann nicht ...

Auf mich selbst wurde ich natürlich genauso wütend, weil ich noch zusätzlich zu stottern begann. Meine Mutter erschrak über die geballte Ladung Lieblosigkeit, die sie von mir in dieser Form noch nie zu hören bekommen hatte.

– Was hast du bloß gegen mich, das ist furchtbar!

Da ich mich aber als schwach und unsicher präsentierte, deutete sich auf ihren Lippen bald so etwas wie ein leichtes Siegeslächeln. Und wenn sie mich auch nicht wirklich auslachte, wußte sie, daß der Boden für eine kleine Gegenoffensive reif war.

– Du hast keinen Grund, mit mir so häßlich zu sprechen. Sag es doch ruhig. Ich habe dir überhaupt nichts angetan.

Sie hatte nicht ganz unrecht, eine übergeordnete Wissende war sie trotzdem nicht. Vielleicht waren die Wände unserer Wohnung, unsere Schränke, Vorhänge, Wasserhähne oder unser dummhellblaues Linoleum im Flur schuld an allem. Oder die Wohnungsnot, die Gravitation, Magnetismus, Oberflächenkohäsion oder die stellenweise boshaft schwingende Erdkernenergie. Um vor Wut nicht zu platzen, kam ich irgendwann auf die rettende Idee, mit Fäusten gegen die Wände zu schlagen. Ich genoß den Schmerz, ich

488

genoß außerdem, welchen Aufprall meine Handgelenke ertragen konnten, ohne zu zersplittern. Weil ich nicht in der Lage war, meine Mutter mündlich in die Mangel zu nehmen, entwarf ich einige Briefe. Ich entwarf diese Schriftstücke ruhig und geduldig, überarbeitete sie mehrmals, am Ende waren sie so unaufgeregt, wie es mir nur möglich war. Und ich war fest davon überzeugt, der Inhalt der Schreiben würde meiner Mutter sofort einleuchten. Kurzzeitig hatte ich sogar die Hoffnung, wir würden uns schreibend näherkommen. Ich hatte mich gewaltig geirrt. Meine Mutter war schon von meinem ersten Brief, den ich als abgebbar und gut verdaulich eingestuft hatte, so verletzt, daß sie mir eine dreimonatige Schweigekur vorschlug.

– Du bist grausam. Solche Grausamkeiten sogar aufzuschreiben – das macht man einfach nicht.

Wenn ich mir die damaligen Briefe heute ansehe, finde ich sie vollkommen harmlos, beinah liebevoll. Sätze wie »du hältst mich immer noch an der Nabelschnur fest« oder »die Aggression, die du mir verbietest, wende ich gegen mich selbst« würde ich auch heute ohne weiteres unterschreiben. Wie wir aus der Krise herauskommen sollten, war nach diesem Mißerfolg vollkommen unklar. Einer von uns hätte sich natürlich umbringen können. Beim Phantasieren, wie ich es meinerseits am besten bewerkstelligen könnte, war ich beinah glücklich.

In dieser Zeit erfüllte ich mir einen meiner nächsten Lebensträume und wurde Hilfsschlosser in einer kleinen kommunalen Werkstatt. Wirklich erlöst fühlte ich mich durch die manuelle Arbeit nicht, gesprächiger wurde ich auch nicht, wenigstens war ich aber kaum zu Hause. Ich lernte schweißen, erwarb später sogar einen Schweißerpaß und war in meinem verstockten Inneren stolz, daß ich mir ein echtes Handwerk beibringen durfte. Die Arbeit mit Metall, das nicht so leicht zerbrach wie Holz und durch brutale Hammerschläge und andere Gewaltmaßnahmen formbar war, entsprach mir ungemein. Wenn ein Bauteil sich durch Wärme verzogen hatte, Wellen schlug oder nicht rechtwinklig war, fummelte man nicht lange und machte aus dem Werkstück »keine Schweizer Uhr« – wie der Meister sagte. Man nahm einfach einen schweren Hammer und ging zu unserer zentral gelegenen, sieben Zentimeter dikken Stahlplatte. Dort wurde das Ding einfach mit Gewalt und ohne jeden Widerspruch GERICHTET. Ich liebte außerdem die Arbeit mit dem Winkelschleifer, und mir wird bis heute warm ums Herz, wenn ich den Geruch in die Nase bekomme, der sich beim glühenden Abrieb der Schleifscheiben ausbreitet.

Wenn ich nach Hause kam, gab es trotz meiner vielen handwerklichen Erlebnisse kaum etwas zu erzählen. Die Arbeit machte mich müde, und meine Mutter meinte, ich würde nicht nur Vitamine, sondern auch mehr Energie gebrauchen können. In meine Suppen schmiß sie deswegen immer einen Löffel Schweineschmalz. Gesprächiger machte mich das Schmalz leider auch nicht. Ich saß oft zusammengesackt an unserem Teilfamilientisch und wälzte lange den – den ganzen Tag gehegten – Vorsatz, eine Anekdote, eine Besonderheit oder überraschende Neuigkeit zum besten zu geben. Ich wollte, daß wir miteinander wieder lachten. In der Regel blieb es bei meinem stummen Wunsch und bei meinen Preßqualen. Ich war ein Mann des Metalls geworden, trotzdem war ich gleichzeitig das, was ich von früher nur allzugut kannte – klein Georg lieb zu Haus. Ein nettes Kind, fröhlich wie früher, war ich aber eindeutig nicht mehr. Mir blieb nichts anderes übrig, als auf ein Wunder zu warten. Zwischendurch freute ich mich über ganz winzige warme Gefühlssignale aus meinem Inneren, versuchte, auf kleinste Gleichgewichtsfunken zu achten, und redete mir ein, mich in einem etwas langgezogenen Inkubationsstadium zu befinden. In der angenehm schmuddeligen Werkstatt war ich mit der Realität fest verdrahtet, trotzdem war mir klar, daß mich meine Hämmer, Winkelschleifer, Lederschürzen und Schweißbrillen als Menschen nicht wirklich voranbringen konnten. Mein kleines Land kam mir sowieso wie eine unsicher gelagerte, kippelige Metallplatte vor, ich war ein kleiner, darin eingenieteter Wurm, und was sich außerhalb meines begrenzten Horizonts in der großen Welt tat, war für mich absolut unerreichbar. Aber auch hinter den Rändern des kleinen tschechischen Kessels konnte es nicht einfach nur Glück geben, dachte ich. Erdbeben, Überflutungen, Vulkanausbrüche, Meteoriteneinschläge – und vieles mehr. Unmengen an Verzweiflungskeimlingen hockten überall auf der Welt geduldig wie Zecken, ganze Armeen davon warteten in stabilen Startlöchern auf ungeschützt-poröse Wirtsorganismen, jede Art von Unheil war jederzeit lieferbar – frei Haus, besonders für die Ärmsten unter den Geschwächten, versteht sich. Zusätzliche menschliche Begleit- und Normalkatastrophen – das Portemonnaie samt Personalausweis verloren! –, Morde, Schlangenbisse, Meniskusprobleme nicht mitgerechnet. Aber auch in meiner engen Hauptstadt war ich inzwischen so gut wie geliefert, hatte ich das Gefühl. Bei einem meiner nächtlichen Spaziergänge pöbelten mich einmal drei angetrunkene Frauen an.

– Den fotzen wir einfach ab! schrien sie mir nach. Renn doch nicht weg, Bürschchen, sag doch was.

Bloß nicht, schrie es in mir trotzig – in aller Stille sogar noch lauter als laut. Bloß nicht, hallte es in mir nach, laß das alles – DU HEILIGER HODENSACK-BIMBAM – nur ein Angsttraum sein. Ich bitte dich, mein lieber barmherziger Bimbam: Klapp' bloß nicht solche scheinbereiten Schenkel vor mir auf, gib meiner Welt doch nicht ein derartig MÖSENLOSES ARSCHGESICHT! Meine äußere Attraktivität sank bei Tageslicht so stark ab, daß ich in den Augen vieler Frauen immer öfter vollkommene Gleichgültigkeit erblicken konnte. Das war wirklich neu.

491

Aufs Metall zu hauen reichte mir irgendwann nicht mehr. Ich war inzwischen körperlich etwas besser dran, wollte wieder Sport treiben – und entschied mich spontan für Karate. Bei Karate trainiert man die Schläge zwar ohne Ende, beim Kämpfen – also den regulären Kämpfen – schlägt man aber nicht zu, man tut sich also gegenseitig möglichst nicht weh. Mit dem schwarzbegürteten Meister meines Vereins hatte ich leider etwas Pech. Er war klein und hatte schwere Minderwertigkeitskomplexe, die sich ihm in sein sozialistisches Sadistengesicht fest eingeschrieben hatten. Ich beklagte mich aber nicht, lernte Karate damals eben so und nicht anders kennen. Außerdem ließen sich meine Mitkämpfer – wir alle befanden uns auf dem Weg zum fernöstlich Höheren – genauso widerspruchslos quälen wie ich. Jammern war während des Trainings verpönt, und Beschwerden waren sowieso nicht zugelassen – zu keinem Zeitpunkt, an keiner Stelle. Schmerzen in allen Schattierungen und aller Grade sollten dagegen als ein Segen hingenommen werden, und ich litt in dieser Zeit tatsächlich nicht ungern. Das, was sich unser Meister herausnahm, überstieg leider oft die physischen Widerstandsmöglichkeiten unserer Körper. Der Meister versuchte vielleicht, uns in eine märchenhafte Welt der »martial arts« zu entführen, mitten im Sozialismus ein Stück Mittelalter des alten abgeschotteten Japans aufblühen zu lassen, im Grunde befanden wir uns aber in seiner Folter- oder zumindest Dekompensationskammer. Zu der verrohten Stimmung in der Stadt paßte unser pervertiertes Training allerdings einwandfrei. Daß in anderen Klubs und Vereinen kein vergleichbarer Terror herrschte, erfuhr ich erst später.

Der kleine breitschultrige Mann mochte keine Turnmatten – und fand es sowieso besser, wenn wir mit dem nackten Parkettboden in Kontakt traten. Wir mußten üben, hart auf den harten Boden zu fallen und dabei hart zu bleiben. Wir mußten dauernd die ganze Turnhallenlänge hin und her rollen, also in schneller Folge Rollen schlagen, noch eine, noch eine und noch eine – und wieder zurück. Regelmäßig und ausdauernd mußten wir außerdem spezielle Liegestütze trainieren, bei denen wir uns nur auf zwei Gelenke unserer Fäuste stützen durften – auf das des jeweiligen Zeige- und Mittelfingers. Danach wurden unsere Fäuste streng kontrolliert. Wer Druckstellen auch woanders hatte – sich also entlastet und geschummelt hatte –, mußte weitermachen, seinen Körper vor aller Augen bis zur totalen Entkräftung hochstemmen üben, was früher oder später zu einer lächerlichen Absackung führte. In der Regel mußte der Bestrafte am Ende jeder Hebung auf seinen schmerzenden Fäusten sogar noch einen kleinen Sprung vorführen, sich also kurz in die Luft hochfedern – und wieder genau auf den zwei abzuhärtenden Gelenken landen. Nach seinem finalen Kollaps gab es vorsichtshalber eine Endkontrolle.

Mir machten vor allem die Rollen auf dem Parkett furchtbare Probleme, weil mich dabei keine Gewebepakete schützten. Ich war voller nicht abgepolsterter Knochen, Gelenkkapseln und Vorsprünge. Ich verletzte mir besonders oft die Ellenbogen, quetschte mir irgendwelche Schleimbeutel kaputt, außerdem waren mein Kreuz, die Schultern und die Arme dauernd mit Blutergüssen übersät. Zusätzlich zu den vielen Härteübungen bekam man beim Training oft noch irgendwelche Zusatzstrafen aufgebrummt. Ich machte beim Üben von Katas – den festgelegten Bewegungsabläufen – immer wieder Schrittfehler, weil ich mir die einzelnen Positionswechsel nicht schnell genug merken konnte. Das gefiel dem strengen Meister ganz und gar nicht. Er paßte gut auf oder kommandierte jemanden ab, der auf die Einhaltung der Schrittfolgen achten und die Sünder herauswinken sollte. Der Meister ließ daraufhin alle anderen weiterüben, die schwarzen Schafe mußten entweder wieder ihre Gelenke ruinieren oder wie Häschen am äußeren Rand der Halle Hüpfmarathon veranstalten. Manche fielen mit

Muskelkrämpfen irgendwann um. Nach einer kleinen Pause durften sie dann weiterhäseln. Für diejenigen, die einfach in der Hocke blieben, weil ihnen die Kraft ausging, gab es nur Verachtung. Nach dem Ende der Strafrunden ging es weiter mit den Katas. Und beim nächsten Fehltritt wurde man ohne Gnade erneut bestraft, auch die Krampfanfälligen mußten wieder zum Häschenhüpfen antreten. Nachdem der Meister gemerkt hatte, daß mir die Hüpferei nicht viel ausmachte, wurde ich mit Vorliebe zum Gelenkeschinden verurteilt. Wenn es um das abwechselnde Partnertraining der Bauchmuskulatur ging – man drosch seinem Gegenüber mit voller Wucht gegen die Bauchdecke –, teilte mich mein Meister gern einem seiner treuen Jünger zu. Diese hatten sich mit der Zeit natürlich riesengroße Fäuste zugelegt und droschen mit der Schubkraft ihres ganzen Oberkörpers und ihrer breiten Oberschenkel – aus der Hüfte heraus, wie es so schön heißt.

Eine Regel war beim Training besonders gemein: Man durfte sich um die Verletzten auf keinen Fall kümmern. Wer sich so übel weh tat, daß er sich nicht mehr rühren konnte, durfte sich still auf einer Matte in der Ecke winden – den geheiligten Raum nach dem Abklingen der schlimmsten Schmerzen aber trotzdem nicht vorzeitig verlassen. Und tatsächlich schafften es nach gewisser Zeit auch diejenigen, die gerissene Sehnen oder angebrochene Knochen hatten, aufzustehen und – wenn das Training für uns alle vorbei war – sich eigenständig nach Hause zu schleppen.

Diese Art Aufzucht war dazu gedacht, mit der Zeit auch zarte Geister zu brutalisieren. Wer das Härteregime nicht aushielt, mußte früher oder später einfach desertieren. Was mich betrifft, legte ich irgendwann meine frühere Zurückhaltung ab und war bereit, bei Bedarf doch aufs lebende Fleisch meiner Mitmenschen einzuschlagen. Ich wollte das Training bald nicht mehr anders haben, als es war, pflegte mich an den trainingsfreien Tagen intensiv, um wieder regelmäßig antreten zu können. Mein Körpergefühl wurde trotz der vielen Lädierungen insgesamt immer besser, meine Beine kamen auf meinem jüdischen Rennrad wieder zu Kräften, und meine lahmarschige Verdauung lief wieder reibungslos ohne Magendruck oder Darmkrämpfe ab. Zum Glück bin ich beim regelmäßigen Entleeren aber nicht so weit gesunken, daß ich den in der Slowakei aufgeschnappten Spruch GUTES SCHEISSEN IST HALBER BEISCHLAF für mich gelten lassen konnte. Bei den Katas, deren Ablauf ich mir irgendwann fest eingeprägt hatte, liebte ich besonders das befreiende Schlußgebrüll – das »KIAI«, das den zukünftigen realen Gegner akustisch einschüchtern oder gar umhauchen sollte. Meine KIAIs waren eine Art Karate-Orgasmen der Ersatzklasse. Die Kämpfe mochte ich auch, nahm mich dabei aber vor den Burschen in acht, die sonst beim Training besonders freundlich waren und dauernd lächelten. Ausgerechnet diese Lächler verwandelten sich bei den Kämpfen in die verbissensten Schläger, ausgerechnet in ihnen steckte der stärkste Vernichtungswille. Ihr Lächeln verschwand in der Kampfsituation vollständig, man sah ihnen eher so etwas wie die reine Mordlust an.

Natürlich träumte ich auch davon, mit meiner Handkante irgendwann dicke Ziegelsteine zu durchschlagen. Diese Art Schläge hatten wir aber leider nicht geübt. Ich mußte es heimlich für mich tun und drosch zu Hause mit meiner Handkante auf unsere häßlichen Möbelstücke ein, auf alle möglichen Schränke, Kommoden, auf unsere Tische oder auf die Wände. Die Vermöbel-Prügelfrequenz meiner zu bestrafenden Zielobjekte steigerte sich natürlich in Abhängigkeit davon, wie häßlich die einzelnen Prügelziele waren.

– Was tut er da?

– Was machst du, Georg, mein Lieber?

Außerhalb des Trainingsraumes fühlte ich mich bald unangreifbar und unverwundbar, dank der Abwehrtechnik den Normalbürgern hochgradig überlegen – und so wollte ich endlich auch im realen Leben zuschlagen. Das wurde uns natürlich strengstens verboten. Um mir nicht feige vorzukommen, suchte ich mir nachts beim Spazierengehen irgendwelche dicken großen Kerle aus. Sie sollten möglichst größer, schwerer und stärker sein als ich. Ganze Grüppchen zu erledigen wäre auch einem angehenden Karateka sicher möglich gewesen, das wollte ich aber erst später in Angriff nehmen. Ich wußte, daß diese Kunst nicht nur eine Frage der Übung war. Bei den blitzschnellen Entscheidungen über die sinnvolle Reihenfolge der Schläge und über die Bewegungsabläufe in bezug auf den hierarchisch einzuschätzenden Gruppengegner spielte vielmehr die Intuition eine wichtige Rolle. In der Theorie war ich gut, für den praktischen Einsatz noch etwas unentschlossen. Ich ging auf die ausgewählte Zielperson in irgendeiner Nebenstraße schnell zu und achtete vor allem auf das Nichtvorhandensein von Zeugen. Schon mein Gang und mein Blick schüchterten diese Männer furchtbar ein. Ein Mensch, dem man sich auf eine solche entschlossene Art und Weise nähert, weiß, daß er geschlagen werden wird.

– Nein! ruft er dann, was ist los, ich hab doch nichts ...

Solche Leute erstarren vor Schreck, und man kann sie schlagen, wohin man will. Es war eine Art Training am lebendigen Menschensack. Wegen der oft fehlenden oder mangelhaften Abwehr waren diese Trainingseinheiten natürlich vollkommen wertlos.

Mein Musikgeschmack änderte sich in dieser Zeit rasant, ich wollte immer brutalere Töne hören als je zuvor – und so unschöne, wie es nur ging. Zum Glück erkrachte diese Art von Musik überall, und ich war wie elektrisiert, wenn ich üble Geräusche, schmutzige Oberton-Derivate oder dumpfrhythmische Vibrationen zu hören bekam. Zum Beispiel an Baustellen, wenn Stahlträger in die Erde gerammt wurden oder wenn Kampfarbeiter mit Preßlufthämmern antraten, um Betonruinen zu zerpulvern. Aber auch unser Haus war voller derart dreckiger Musik – dauernd wurde beim Bohren die Knorpelsubstanz des Hauses malträtiert, beim Hämmern die Mikrostruktur des alles zusammenhaltenden Fugenmörtels geschwächt. Außerdem waren die Innereien vieler Wasserhähne alt und ausgeleiert, und wenn sie aufgedreht wurden, produzierten sie ein unbarmherziges Rattern. Je grausamer diese Geräusch-Absonderungen waren, desto besser. Das ganze Rohrsystem des Hauses fieberte manchmal mit, die Wände zitterten, lose Gegenstände vibrierten, überall gab es tonfarben-intensive Rückmeldungen, Resonanzeffekte en masse. Das ganze Haus war ein Orchesterensemble, das von Tante Ernas Kreischen oft noch unterstützt wurde.

– Ich kann nicht mehr – wie die V1!

– Über die haben die Engländer doch gelacht, hast du mal erzählt.

Eine Zeitlang konnte ich ausschließlich nur die »Plastic People of the Universe« hören, hatte mir alle greifbaren, illegal verbreiteten Aufnahmen besorgt und mit meinem Spulengerät überspielt. Ihre Konzerte wurden inzwischen nur in bestimmten Kneipen, nur im engen Umkreis des Undergrounds und erst einen Tag vor dem Auftritt bekanntgegeben – und ich erfuhr von den Konzerten immer erst im Nachhinein. Um so maßloser hörte ich mir meine Tonbänder an, liebte die alles andere als elastische Radikalität dieser Rockmusik, genoß die gebrüllten Wutausbrüche. Das Volumen der hartplastischen Stimme von Milan Hlavsa war umwerfend: »UNGEZIEFER IN DER HAUT, UNGEZIEFER IN DEN HAAREN, UNGEZIEFER IM BLUT ...« Die spastischen Metaphern stimmten mit meinen eigenen Bildern überein: »AM HIMMEL LÄUFT EIN UNGEHEUER – IST DAS DIE LEPRA ODER DIE PEST? ... DIE WÖLFE KOMMEN AUS DEN BERGEN ... DIE KRÄHEN KREI-

SCHEN HÄSSLICH AUF ...« Die magma-heiße Gefühlslage
dieser Leute war einfach auch meine: »DER APOKALYPTI-
SCHE VOGEL KAUT EINE BLUTIGE MASSE ZU BREI ...
DER APOKALYPTISCHE VOGEL SPRITZT GIFT INS
DENKEN ... DER APOKALYPTISCHE VOGEL HUSTET
SCHWEFELSTAUB«. Hlavsas Stimme war voller unerhör-
ter Kraft. Der gigantische Überdruck, den sein Brustkorb
aufbauen konnte, hätte meine eher zarten Stimmbänder si-
cher auf der Stelle zerfetzt und sie wie Schleimreste aus mir
herausgeschleudert. Hlavsa lief irgendwo in der gleichen
Stadt herum. Ich war scheu und einsam – unfähig, mich
diesem verwandten und angeblich überaus freundlichen
Menschen zu nähern. »IN EINER MAGISCHEN NACHT
BEGANN DIE ZEIT ... WIR LEBEN IN PRAG, DAS IST
DORT ... IN EINER MAGISCHEN NACHT BEGANN DIE
ZEIT ... WIR LEBEN IN PRAG ... IN EINER MAGISCHEN
NACHT WIRD HIER DER GEIST ERSCHEINEN ... WIR
LEBEN IN PRAG, DAS IST DORT«.

Wenn es Gelegenheit gab, sah ich gern zu, wenn die von mir
so bewunderten Gleisarbeiter ihre Großeinsätze zelebrier-
ten – ich ging genauso gern hin wie in der Kindheit. Diese
besondere Berufsgruppe behielt noch in der Zeit der allgemeinen Demoralisierung ihr Arbeitsethos, vielleicht waren
diese schönen Männer inzwischen die letzten Arbeitsmohi-
kaner des Landes. Sicher spielte es eine Rolle, daß die Gleis-
verleger gezwungen waren, straßenmittig vor aller Augen
zu arbeiten. Außerdem mußten sie immer im strengen Zeit-
plan bleiben – und jedesmal auch wirklich fertig werden, da
man die betroffenen Straßenbahnlinien nicht tagelang still-
legen konnte. Manchmal wurden nur kleine Schienenab-
schnitte ausgewechselt, verschweißt, die Nähte anschließend
glattgeschliffen. In der Regel passierte das alles nachts, die
glühenden Funkengeysire sah ich dann noch beim Einschlafen vor mir.

Die Männer waren natürlich auch in der Lage, hochkomplizierte, mehrmals verzweigte und zusätzlich noch gewölbte Kreuzungen über Nacht aufzureißen und auf der gesamten Fläche noch in der gleichen Nacht neue Weichen und kurvengebogene Gleise zu verlegen, so daß am nächsten Morgen der Straßenbahnverkehr wieder rollen konnte. Im Laufe des nächsten Tages wurden höchstens die letzten Reste der Fahrbahn zugepflastert.

Ausgerechnet unsere blutgetränkte Kreuzung mit den vielen Weichen gehörte zu denen, die oft repariert oder komplett erneuert werden mußten. Der Ablauf der entsprechenden Hau-Ruck-Aktionen war immer der gleiche. Am frühen Abend rückte eine riesige Kompanie an, die Kreuzung wurde mit museumsreifen Bogenlampen umstellt, einige wenige Baufahrzeuge und Preßluftkompressoren brummten am Rande oder stanken still vor sich hin. Der Erfolg der ganzen Mission basierte vor allem auf reiner Muskelkraft – die Arbeiter, es waren an die fünfzig Mann, standen überall in Grüppchen herum oder waren am Rande mit irgendwelchen Vorbereitungen beschäftigt. Auch die unvermeidlichen Zuschauer gingen irgendwann in Position oder nahmen sich vor, später wiederzukommen. Als ich kleiner war, hatte ich das Problem, daß ich nachts nicht allein auf die Straße durfte. Meine Mutter hatte bei einer Elternversammlung dankend aufgeschnappt, daß Grundschulkinder bis zwanzig Uhr zu Hause zu sein hätten. Es war ein übler mutterherrschaftlicher Trick, um mich zu bändigen und zusätzlich zu knechten. Ich mußte mich damals also, wenn ich diese Kreuzungswiedergeburten hatte verfolgen wollen, heimlich anziehen und mich hinausschleichen.

Die Arbeiter legten Punkt zweiundzwanzig Uhr los. Alle umliegenden Straßen wurden abgesperrt, und auf der ganzen Kreuzung begann es zu wimmeln. Die Männer bewegten sich nicht unbedingt schnell, dafür aber hochorganisiert. Und ganz wichtig: Alle ihre Griffe waren von einer gewachsenen Ästhetik. Man sah ihnen ihren individuellen Stolz an, auch den Stolz auf den Mannschaftsgeist. Zu diesem gehörte der Anspruch auf die bedingungslose Präzision jedes einzelnen. Und sie wußten, wie genau sie beobachtet wurden. Im Sommer lief diese halbe Hundertschaft natürlich mit nackten Oberkörpern herum. Auch einige ungewöhnlich elegante und auffällig frisierte Herren fanden sich am Rande der Baustelle ein – wie von riesigen Magneten aus weit entfernten Bezirken angezogen. Solche feinen Gestalten hatte ich in größerer Zahl nur bei diesen Gelegenheiten zu sehen bekommen.

Bei der unter Leistungsdruck stehenden Aktion mußte jeder Handgriff zum richtigen Zeitpunkt erfolgen. Alle möglichen Teilmontagen auf Nebenschauplätzen waren aufeinander abgestimmt, Vorarbeiter verständigten sich bei dem hymnischen Riesenkrach mit ausgeklügelten Handzeichen. Außerdem führten die Arbeiter ab und an gewisse Glanznummern auf. Ich liebte es besonders, wenn mit Vorschlaghämmern lange eiserne Pflöcke in die Erde gerammt wurden. Es sprach nichts dagegen, diese Arbeit einen einzigen Mann machen zu lassen, man stellte dafür aber immer zwei ab. Das auf die beiden zukommende Problem bestand vor allem darin, sich räumlich-rhythmisch einwandfrei abzustimmen und zu ergänzen. Die beiden Männer stellten sich frontal zueinander, der Pflock steckte mittig zwischen ihnen. Dann ging es abwechselnd und im atemberaubenden Rhythmus los. Weil das Tempo so hoch war, schob sich der zu versenkende Stab erstaunlich schnell in den Boden, etwas ruckartig, ähnlich gleitend, wie es beim Daumenkino der Fall gewesen wäre. Und es war wie im Kino. Diese rasende Hauerei, bei der im schnellen Takt zwei schwere Hämmer aneinanderglitten, abwechselnd aus großer Höhe knapp am Kopf des gebückten Partners vorbeisausten und das Ende des Pflocks TREFFEN MUSSTEN, war umwerfend. Das war höchste Kunst, diese Hauerei war gleichzeitig auch die beste Musik für meine Ohren.

Zum konkreten Ablauf der Hauerei noch folgendes: Nach dem erfolgten Schlag auf den Pflock mußte der nach vorn gebückte Arbeiter immer sofort links zur Seite weichen, weil der Riesenhammer seines Gegenübers schon auf den Weg in Richtung seines Hinterkopfes geschickt worden war – und zwar ohne jede Rücksicht. Der fallende Hammer nahm bald schon an Geschwindigkeit zu, der untere Mann richtete sich in einem kleinen seitlichen Bogen behende auf, die Bahn und die Aufprallstelle waren nun vollständig frei, der beschleunigte obere Hammer sauste weiter und schlug dann mit voller Wucht zu – und der inzwischen oben angekommene Mann sammelte sich längst schon gleitend zu seiner Entladung, sein Hammer war bereits im Zenit, der Mann legte los, ließ seinem jetzt gefragten Hammer seine Muskelkraft zukommen und konnte dabei genausowenig darauf achten, wo sich der Kopf seines Kumpans in diesem Moment befand. Die Vollkommenheit des Zusammenspiels ergänzte die Schönheit der beiden pulsierenden Körper noch zusätzlich. Viele der anderen Arbeiter schauten während dieser kurzen Intermezzi zu, trotz des Zeitmangels – auch sie wollten den Anblick genießen und nicht allein den Bordsteingästen das ganze Vergnügen überlassen. Tack – tack – tack – tack – tack – tack ... Ich erlebte nie, daß einer der Männer danebengehauen, den Partner in rhythmische Bedrängnis gebracht oder umgebracht hätte. Das schnelle Trommeln, das angesichts der großen Masse der Hämmer etwas unwirklich wirkte, war leider immer viel zu schnell zu Ende. Die Männer richteten sich anschließend auf, die Arbeit um sie herum ging schon wieder weiter. Der Stolz der Hammermänner verbot es ihnen, sich nach anerkennenden Blicken umzuschauen. Zum Glück kam nie einer aus dem Publikum auf die Idee zu applaudieren.

petr skopka

Skopka war im Grunde ein apolitischer Mensch, studierte Maschinenbau, konzentrierte sich zusätzlich auf die Flugzeug- und Raketentechnik. Sein großes Vorbild war – neben dem verstorbenen Koroljow – der amerikanische Aerodynamiker Francis Melvin Rogallo, der lange mit der Entwicklung flexibler Tragflächen beschäftigt gewesen war und schließlich für die NASA am Gemini-Projekt gearbeitet hatte. Rogallos Gleitschirme kamen bei der NASA zwar nie zum Einsatz, mit dem dreieckigen Flügel konnte sich der ein oder andere Mensch aber den Wunsch erfüllen, endlich wie ein neuerschaffenes Wesen längere Zeit in der Luft zu kurven. Als die ersten Bilder der Rogallo-Drachen in den Zeitschriften erschienen waren, war Skopka wie getrieben und vernachlässigte sein Studium. Die Geräte schienen – die Herrlichkeit dieser Vorstellung ging ihm nicht aus dem Kopf – im Zusammenspiel mit dem Körper des Fliegers steuerbar zu sein. Man hing in ihrer relativ einfachen Rohrkonstruktion fast waagerecht und durfte sich, auch wenn man sich in puncto Wendigkeit mit Schwalben oder Stubenfliegen sicher nicht messen konnte, wie ein König der Lüfte fühlen. Da es Skopka nicht gelang, einen Bauplan für den Flügel aufzutreiben, erarbeitete er schließlich eigenhändig – als Vorlage dienten ihm Fotos aus deutschen Zeitschriften – eine professionelle technische Zeichnung. Nach einem längeren Besorgungskampf hatte er endlich alle nötigen Leichtmetallrohre und -profile zusammen, und nachdem er auch noch Dacron für die Bespannung bekommen hatte, konnte er mit dem Bau seines eigenen Fluggeräts beginnen. Er war sicher einer der ersten in der damaligen Tschechoslowakei.

Sein erster Flugversuch war leider alles andere als erfolgreich. Skopka hatte in seinen Berechnungen eine Kleinigkeit nicht berücksichtigt: Die gewünschte Gleitfähigkeit 1 zu 3 wäre nur bei einem Gegenwind von mindestens sechs Metern pro Sekunde zu erreichen gewesen. Auch das Verhältnis bestimmter Längenmaße stimmte nicht ganz. Die durch die Perspektive verzerrten Fotos waren als Vorlage eben nicht ideal. Bei seinem ersten Start war Skopka voller Optimismus. Er lief mit seinem imposanten Flügel den Hang herunter, lief und lief, hob und hob aber trotzdem nicht ab – der benötigte Gegenwind kam ihm an dem Tag leider nicht entgegen. Er lief verbissen weiter, obwohl er keinen nennenswerten Auftrieb spürte und obwohl er wußte, daß er wegen seiner Größe und seiner schweren Knochen nicht der Leichteste war. Für ihn gab es keinen Grund, an seinen Berechnungen zu zweifeln, keinen Grund, irgendwann an den Abbruch der Raserei und an das rechtzeitige Abbremsen zu denken. Der Hang des kegeligen und baumlosen Hügels bei Louny hatte genau die richtige Neigung, und Skopka rechnete damit, in der nächsten oder spätestens übernächsten Sekunde abzuheben. Er lief wirklich schnell, lief so lange, bis der Hang mit einem scharfen Knick in der Ebene des Flusses Ohře endete und sein Flügel sich in den fruchtbaren Ackerboden hineinbohrte. Skopka brach sich bei dem Aufprall sein linkes Schlüsselbein und zertrümmerte sich teilweise die linke Schulter. Logischerweise hatten auch die wertvollen Spezialrohre stark gelitten – das schmerzte Skopka noch viel mehr. Seine Genesungszeit nutzte er anschließend zur Weiterbildung. Beim zweiten Versuch wollte er alles richtig machen und endlich abheben. Als ich ihn in dieser Zeit einmal traf, war er nur in einem Punkt etwas skeptisch.

– Es ist leider nicht ganz klar, wie sich die Kommunisten zu der Fliegerei verhalten werden.

Skopkas bester Freund aus seinem Studium war ein Spezialist für massive, angeblich tötungsfähige Schleudern und Armbrüste. Er baute sie, wie Skopka seinen Drachen, ebenfalls aus Leichtmetall. Allein schon die langen Gummizüge der langstieligen Geräte konnten einem – sogar im schlaffen Zustand – Angst einjagen. Speziell die Schleudern wurden von diesem schießwütigen Menschen schöpferisch weiterentwickelt. Sie hatten am unteren Ende des langen Haltegriffs einen Dorn und ließen sich problemlos in die Erde rammen. Beim Schießen stemmte man sich gegen die Schleuder mit einem ausgestreckten Bein. Auf diese Weise war es möglich, die starken und langen Gummizüge ungeheuer weit zu spannen. Die beiden Bastler borgten sich eines Tages ein Auto, packten Skopkas Rogallo-Wing aufs Dach, Schleuder und scharfe Munition – spitze Stahlstachel – kamen in den Kofferraum. So bewaffnet brachen sie nach Südmähren auf, wo sich ebenfalls wunderbar kahle Hügel befinden. Es war im Herbst, Skopkas Freund wollte auf Hasenjagd gehen, außerdem hatten die beiden vor, südmährische Weine zu verkosten. Kurz vor dem Ziel hatten sie sich leider verfahren und kamen so nah an die österreichische Grenze, daß man sie festnahm. Die Grenzer gingen sofort von versuchter Republikflucht aus, andere Vergehen kannten sie dort sowieso kaum. Als sie im Kofferraum das Waffenarsenal fanden (»Du wolltest deinem Freund Deckung geben, was?«), war es für alle Ausreden zu spät. Skopka war verzweifelt und wurde beim Verhör irgendwann frech.

– Du wolltest also nur aus Spaß fliegen, du Spaßvogel?

– Nein! brüllte Skopka, der auch seinen zweiten Flugversuch als Fiasko enden sah, ich wollte aus der Luft auf unser Land scheißen!

Sein Rogallo wurde schließlich demoliert, und die beiden wurden verprügelt. Die gezielten Faustschläge hinterließen interessanterweise keine Blutergüsse. Spätnachts warf man sie dann im Wald aus dem Auto. Und weil den Grenzern offenbar aufgegangen war, eventuell zu weit gegangen zu sein, verständigten sie nicht die Staatsanwaltschaft. Und Skopka und sein Freund konnten weiterstudieren – auch weil eine entsprechende Meldung der örtlichen mährischen Polizei von einer Sekretärin der Fakultät absichtlich verkramt wurde.

Als im Jahre 1977 die Charta gegründet wurde, war Skopka mit seinem Studium längst fertig und mit seiner Arbeit unzufrieden; unrettbar veraltete Motore für Kleinflugzeuge weiterzuentwickeln fand er lächerlich. Außerdem lag sein Betrieb am Rand von Prag, und Skopka hatte keine Lust, sich jeden Tag in den überfüllten Bussen drängen zu müssen. Zusätzlich fühlte er sich bei diesen Fahrten von den Busfahrern würdelos behandelt. Einmal schnappte er, als sich die barbarischen Lenker an einer Endhaltestelle unterhielten, etwas auf, was seinen Verdacht voll und ganz bestätigte.

– Die Idioten kullern wie eine Ladung Kartoffel, wenn man schnell genug bremst.

– In scharfen Kurven fallen sie gern die Treppen runter. Oder setzen sich den anderen auf den Schoß, krallen sich an irgendwelchen Frisuren fest. Im Spiegel sieht das irre aus.

Skopka unterschrieb die Charta 77 und erfüllte sich infolgedessen einen anderen großen Techniker-Traum – er wurde Bauarbeiter bei der Metro. Mir ging es ausgerechnet in dieser Zeit psychisch so miserabel, daß mir einiges von Skopkas Werdeabstieg entgangen war. Ich war mit meiner Mutter, meinem Karate und meiner Metallverarbeitung ausreichend ausgelastet und für nichts anderes zu gebrauchen. An sich hätte ich auch gern für das Gute an der Seite der Besten gekämpft, dazu war ich inzwischen aber zu negativistisch geladen und vollkommen isoliert.

Zu den Schikanen, die die Charta-Unterzeichner über sich ergehen lassen mußten, gehörte, daß man die Autobesitzer unter ihnen auf die Zulassungsstelle bestellte, um ihnen ihre Papiere aus vorgeschobenen Gründen abzunehmen. Gern weitete man dies auch – im Sinne der wiederbelebten Sippenhaft – auf alle greifbaren Familienangehörigen aus. So bestellte man auch Skopkas Vater ein – in der irrigen Annahme, dieser würde sein Auto nebenbei auch seinem Sohn überlassen. Bei der Gelegenheit lernte Vater Skopka zufällig den blinden Dissidenten Klaudius kennen, der kurioserweise tatsächlich auch ein Auto besaß. Gefahren wurde es allerdings von anderen – von seiner Frau, seinen Freunden oder Freundinnen. Zur Zulassungsstelle kam der Charta-Unterzeichner Klaudius wie gewohnt allein mit der Straßenbahn. Er fuhr durch die halbe Stadt – ausgerüstet nur mit seiner extradunklen Ray-Charles-Brille. Vater Skopka sah den bebrillten ruhigen Mann im Warteraum sitzen, und ihm fiel nicht ein, daß dieser Mensch blind sein könnte. Klaudius wurde irgendwann aufgerufen und betrat schnellen Schrittes das Büro. Seine Pkw-Zulassung hielt er dabei in der Hand. Im Gegensatz zum alten Skopka wußte er genau, was ihm blühte. Durch die noch halbgeöffnete Tür konnten schließlich alle Wartenden den Anfang eines denkwürdigen Dialogs hören:

– Sind Sie mit Ihrem Pkw gekommen? schrie der überarbeitete und übel geladene Beamte.

– NEIN, HERR WACHTMEISTER, ICH BIN VOLLKOMMEN BLIND! brüllte Klaudius zurück.

sie betrat die landschaft, trat in sie hinein

Die Belegungsstruktur unserer Wohnung blieb im Grunde fast unverändert – war so gut und so schlecht wie in alten Zeiten. Nur Tante Györgyi verlagerte ihre Kochnische in eines der Bäder, kopierte damit unsere Bade- und Koch-Kombination. Ihr Gaskocher stand auf einem gefährlich wackeligen Brett, als Küchentisch diente ihr eine viel zu schmale Platte, die sie über die Badewanne legte. Wenn eine andere weibliche Person gerade baden wollte, konnte sie es darunter ruhig tun. Manchmal fielen ein paar Zwiebelringe, einige Tomatenscheiben oder Wurstwürfel ins Wasser, man witzelte danach über Zwiebel-, Tomaten- oder Wurstbäder. Als einmal ein ganzes Töpfchen mit peperonihaltigem ungarischen Letscho zwischen die Beine von Ur-Tante Bombe kippte, gab es allerdings Krach. In der Wohnung galten sowieso ganz unterschiedliche hygienische Standards. Der Peperoni-Vorfall wäre bei Erna nicht möglich gewesen. In der ursprünglichen alten Küche, die von ihr dominiert wurde, war nicht einmal das Händewaschen im Spülbecken fürs Geschirr erlaubt.

Mein Zuhause bekam für mich endgültig etwas Panoptikales, und ich paßte als übergereiftes Kind ganz ausgezeichnet darein. Ich ging sowieso wenig aus, da ich die untergehende Stadt außerhalb der Wohnung immer unerträglicher fand. So wurde ich immer mehr zu einem Stuben-Autisten meiner eigenen Liga und hatte bei der mich umgebenden Fürsorglichkeit keinen vernünftigen Grund, depressiv oder bei Gelegenheit ausfällig zu werden – mir fehlte ja nichts. Mein häßlicher Bart wucherte leider nicht ganz gleichmäßig und schützte mich vor fremden Blicken nur unzureichend.

Auf der Straße versteckte ich mich gern zusätzlich unter einer abgetragenen Schirmmütze.

Wenn ich mich in der Stadt ausnahmsweise auf Gespräche mit fremden Menschen einließ, bekamen diese überraschend schnell das Gefühl, ich würde mich über sie lustig machen. Das war neu, und ich verstand es selbst nicht. Mir war absolut nicht danach, jemanden zu provozieren – dazu war ich viel zu schwach und demoralisiert, von ironischer Kraftprotzerei weit entfernt. Um nach außen einigermaßen normtüchtig zu wirken, studierte ich meine Mimik vor dem Spiegel und versuchte, an mir zu arbeiten. Nebenbei entwickelte ich eine ganze Palette gesichtsgymnastischer Übungen. Weil ich früher mit den unterschiedlichsten Menschen gut klarkam, wußte ich wenigstens, wie gewöhnliche Gespräche zu klingen und mimisch-gestikulatorisch auszusehen hatten. So mimte ich bei Gelegenheit mich selbst, formte meine Natürlichkeit einfach nach. Ich spielte Leichtigkeit oder Ergriffenheit, täuschte gegenstandsbezogenes Interesse vor – mit meinem ganzen Geschick und den Resten meines Charmes. Leider stand ich dabei oft unter starkem Überdruck. Wenn ich irgendwo am Tisch saß, leitete ich meine überschüssige Spannung in die Füße und die Wadenmuskeln ab, wo diese Krampferei niemandem auffallen konnte. Nach solchen Tischrunden fühlte ich mich oft wie nach einer kleinen Bergtour, im schlimmsten Fall bekam ich Wadenkrämpfe.

Normal war das alles nicht. Mich suchten, wenn ich gerade unter keinen aktuellen Karateverletzungen litt, sowieso schon dauernd diverse hypochondrische Phantasien heim. Die Reste meines Zukunftsoptimismus verließen mich zum Glück aber auch in dieser Zeit nicht ganz. Wenn ich in eine lebensbedrohliche Lage kommen sollte, träumte ich, würde es bestimmt in der Nähe einer spezialisierten Klinik der Fall sein. Selbst eine Herzattacke, die ich als Fußgänger mitten auf einer befahrenen Kreuzung bekommen sollte, würde mich in die Tür eines Rettungsfahrzeugs stolpern lassen.

Zu Besuch kamen zu uns dieselben Menschen wie früher, sie erschienen mir allerdings wesentlich seltsamer als früher. Eine Freundin von Erna hatte keine Nase, jedenfalls nur einen kleinen Rest davon. Wir Kinder hatten uns früher vor ihr gegruselt, hielten uns aber gern in ihrer Nähe auf, wenn sie bei Erna zu Besuch war. Man konnte der Frau nämlich bis in den Kopf hineinsehen. Und wir begriffen angesichts ihres Schädels schon damals, daß der Kopf eines Menschen nicht voller Gehirnmasse ist, sondern teilweise ziemlich hohl. Gleichzeitig war mir bei den Hohlraumstudien klar geworden, daß nicht alle zentral gelegenen Frauenöffnungen als aufreizend gelten müssen.

Ein Arzt, ehemaliger Busenfreund von Tante Erna, änderte alle halbe Jahre seine Gesichtsfarbe. Mal war er verdüstert grau, dann grünlich, ein Jahr lang sah er ziemlich gelb aus, danach fast weiß. In meiner letzten Erinnerung ist er bläulich. Er trug immer einen extravaganten Hut und nahm ihn auch in der Wohnung oft nicht ab. Einmal mußte ihn Onkel ONKEL im Auto mitnehmen – ungern, versteht sich. Sie kurvten in Onkels lautem Wartburg durch die Stadt, der Verkehr war wie immer voller Nervosität, der Onkel bremste wutgeladen, oft erst im letzten Moment. Er stand wegen einer wichtigen Fernsehsendung, die er nicht verpassen wollte, unter Zeitdruck. Sein in dieser Zeit weißblasser Mitfahrer nahm plötzlich seinen Hut ab und kotzte wortlos hinein.

– Ihr Hut! schrie Onkel ungläubig.

– Und Ihr Auto? sagte der Weißling und warf seinen Hut samt Inhalt noch während der Fahrt aus dem Fenster.

Dieser Mensch des verblassenden Farbspektrums litt angeblich an einer ominösen Stoffwechselkrankheit, die nach und nach alle wichtigen Organe befiel – und sie dann allerdings wieder verließ, ohne einen Schaden anzurichten. Das behauptete er jedenfalls. Wegen seiner Verfärbungen nahm man bei uns allerdings an, er sei nicht nur krank, sondern vor allem tablettenabhängig. Als Arzt konnte er sich verschreiben, was er wollte. Zu seiner Selbstmedikation gehörten eventuell Drogen und sicherlich auch noch experimentelle Mittel gegen seine Verfärbungen. Vorsichtshalber ließ sich niemand von uns bei ihm behandeln. Nur meine Mutter hatte ihn in einer Notsituation einmal aufgesucht, und er hatte ihr einen so heftigen Pneumothorax unter die Rippen verpaßt, daß ihr die Luft weggeblieben war. Wegen seiner verfestigten früheren Zuneigung zu Erna kam er leider regelmäßig zu uns – gefürchtet wurde er allerdings nicht wegen seiner medizinischen Gemeingefährlichkeit (»Immer schon zwei linke Hände gehabt ...«), sondern wegen seines Ordnungssinns bei gemeinsamen Gesprächen. Oft erst nach einer halben Stunde eines wie immer chaotisch verlaufenden Austauschs rief er laut:

– Stop! Wie sind wir überhaupt auf dieses Thema gekommen?

Und er begann, im Schnelldurchlauf alle Sprünge des Gesprächs, die wilden Assoziationsketten rückwärts zu verfolgen – bis er wieder beim Ausgangspunkt ankam. Alles hatte wieder seine Ordnung, man atmete aus. Nachdem er das allgemeine Durcheinander wieder zugelassen hatte, wußte man, daß es irgendwann wieder ein Stop geben würde. Zu allem Unglück vertrug er es nicht, wenn bei uns Krümel auf dem Fußboden lagen. Er sammelte sie im Umkreis seines Stuhls einzeln auf ein Häufchen und entsorgte sie später auf einmal – inzwischen tat er es, ohne um Erlaubnis zu bitten. Er vertrug außerdem keine Flecke an den Gläsern, polierte sein Glas als erstes grundsätzlich nach, und wenn es noch möglich war, putzte er wortlos auch die der anderen. Einer der Gründe, warum er sich bei uns wohl fühlte und letztlich auch geduldet werden mußte, war, daß er auch aus Ostrau kam – aus der Brutstadt unserer Familie. Er konnte nicht aufhören, von der Herrlichkeit dieser damals so reichen Industriemetropole zu schwärmen. Niemand war zwar seiner Meinung, über seine Loblieder und seine Begeisterung freute man sich trotzdem.

– So reich, so sauber, so freundlich! Man hätte damals von den Bürgersteigen essen können. Alle, auch die Arbeiter, waren reich, außerdem bekam jeder ständig Gutscheine in die Hand gedrückt – wißt ihr noch, diese Einkaufscoupons. Die Arbeiter bekamen sie jedenfalls in den Fabriken und kauften sich überall alles, was sie wollten. Der Handel blühte, alle waren glücklich – und die Stimmung auf den Straßen!

– Eigentlich stank die ganze Stadt nach faulen Eiern.

– Nein!

– Doch, doch. Das kam von dem ganzen Schwefel aus der Kohle, die Hochöfen standen doch mitten in der Stadt. Ich war als Kind dauernd krank, krank von dem Ruß und den Giften.

– Das bißchen Ruß!

– Ein bißchen? Der Himmel war nie richtig zu sehen, von den Stahlwerken und aus den Kokereien strömten unendlich breite Rauchwolken. Und auf dem Boden lag überall eine dicke Dreckschicht.

– Ja, das stimmt. Nach dem Lüften mußte man alle Möbel gleich wieder sauberwischen. In manchen Haushalten blieb auf Dauer alles nur noch unter Tüchern verborgen, besonders die Polstermöbel.

– Ostrau war doch bekanntlich die dreckigste Stadt auf der ganzen Welt, traute sich die nächste Tante zu sagen. Ich sehe das noch vor mir – der Dreck fiel in dicken Flocken hinunter wie schwarzer Schnee. Und die Rußkörner waren groß wie kleine Erbsen, die Kinder hätten auf dem Ruß Schlitten fahren können.

– Sie schlitterten auch, mitten im Sommer!!!

Der nächste Experte unseres Panoptikums war ein GUTER UND SCHÖNER Internist, der das Leben eines – sagen wir – Kampf-Rauchers führte. Er war einer von Mutters Vertrauten, als sie sich mit ihrer auch von ihm nicht erkannten Tuberkulose gequält hatte. Dank seiner Schönheit wog dieses kleine Versagen aber nie wirklich schwer. Dieser von Frauen umschwärmte Mensch hörte etwa alle zwei Jahre auf zu rauchen. Wenn er wieder anfing, wußte seine Frau, daß er im Krankenhaus eine neue Schwester als Geliebte gefunden hatte. Einmal sah ich ihn und seine Frau zufällig in der Stadt. Sie liefen auf der anderen Straßenseite lang, zwischen ihnen klaffte eine gut sichtbare Bezogenheitslücke. Ich verfolgte und beobachtete die beiden eine Weile. Seitdem glaube ich zu wissen, welchen Gesichtsausdruck ein Mann im Beisein seiner Frau trägt, wenn er in Gedanken mit seiner Geliebten beschäftigt ist. Er rauchte wie besessen.

Leider war dieser Arzt in spannungsgeladenen Zeiten – mit oder ohne Nikotin, also fast immer – ein furchtbarer Diskutant. Er redete allen alles aus und verhinderte damit nebenbei, daß man beispielsweise das Thema Untreue oder sein kompliziertes Suchtverhalten zum Gesprächsthema machen konnte. Er war in der Lage, alle vom Gegenteil dessen zu überzeugen, was sie zuvor gedacht hatten, das heißt mit Gewißheit zu wissen glaubten. Bei der nächsten Gelegenheit war er allerdings ohne weiteres in der Lage, den finalen Beweis des genauen Gegenteils seiner eigenen Behauptungen abzuliefern. Er redete auf denjenigen, der sich ihm leichtsinnig in den Weg stellte, so lange ein, bis dieser Mensch – bei uns war es immer eine Frau – anfing zu weinen.

– Die Niederländer errichteten die humansten Kolonien der Welt. Wenn niederländische Kolonien Vorbild für alle anderen gewesen wären, hätten die Belgier bei der Vernichtung durch Arbeit nicht das neuzeitliche Massenmorden eingeläutet, die Engländer immer noch die besten Teeplantagen der Welt besessen – und die Deutschen hätten sich in Afrika auch besser benommen. Und Hitler wäre uns eventuell erspart geblieben.

– Die Holländer haben in Indonesien furchtbare Massaker begangen, glaube ich. Habe ich jedenfalls gehört, wandte Tante Györgyi vorsichtig ein.

– Nein! Das waren ganz harmlose Befriedungsmaßnahmen. Die NIEDERländer waren viel zu intelligent, um Haß zu säen! Von Max Havelaar nie etwas gehört, was? Dieses Völkchen wußte schon immer, daß gute Behandlung zu einem guten Miteinander und ein gutes Verhältnis dann auch zur besseren Produktivität führt. Jeder Niederländer läßt dem anderen einfach seine Würde – »in zijn waarde laten«, sagen sie gern. Also wenn sich dazu eine Gelegenheit bietet.

– Die Deutschen sind im Grunde die besseren Juden, wandte die kältephobe Tante Györgyi ein, um der finalen Schlacht um die Niederländer zu entgehen.

– He?

– Das fiel mir neulich so ein. Die Deutschen sind noch fleißiger, noch ordentlicher und akkurater als wir.

– Aber ...

– Nein, nein, laß es bitte so stehen. Eigentlich müßte man nach Deutschland auswandern. Im Grunde beginnt hier in Prag schon der Balkan.

– Und dann immer jammern wegen »tehén turó«, griff Erna sie überraschend erregt an.

– Genau! Tehén turó, tehén turó – das haben wir gern.

– Stimmt, meinte Györgyi, der tschechische Quark ist so würgig-trocken und fest, nicht so leicht wie tehén turó – den kriegen die Tschechen einfach nicht hin. Und pogácsa gibt es hier auch nicht. Ich will aber noch etwas zu den Gaskammern sagen. Die ganze Welt hat sich auf die Gaskammern und die Deutschen eingeschossen, dabei die Russen vollkommen aus den Augen verloren.

– Die Russen haben für vieles keine eigenen Wörter, gar keine Ausdrücke, unglaublich! rief unser schöner Internist unangemessen laut aus.

– Laß mich doch ausreden! Mir ist hier nicht warm genug, ich gehe gleich.

– Bitte, bitte.

– Die Russen haben riesige Häftlingskolonnen bei schlimmster Kälte in Marsch gesetzt – ohne Essen und ohne Decken, die Baracken waren noch nicht fertiggebaut.

– Das stimmt, meinte Tante Eva. Man tötete die Leute einfach durch Schlamperei – und genauso massenhaft. Überlebt haben den Wahnsinn irgendwelche kriminellen Kannibalen. Im Grunde ist es vergleichbar mit den Gaskammern.

– NEIN! DIE KÄLTE IST VIEL SCHLIMMER ALS GAS, TÖTET LANGSAMER! schrie Tante Györgyi erhitzt. Ich gehe jetzt.

– Jeder denkt sich sein Leben so oder anders zurecht, sagte Lizzy.

– Was soll das wieder bedeuten? fragte Györgyi.

– Ich habe mich an diesen Spruch neulich erinnert, weiß aber nicht, von wem er stammt. Mit dir oder deinem Kälteproblem hat es aber nichts zu tun, entschuldige, Györgyi.

– Es müßte heißen: Jeder FÜHLT sich sein Leben zurecht, sagte der ungeduldig paffende Internist. Habe ich recht? Natürlich habe ich recht.

Besondere Schwierigkeiten gab es, wenn bei uns Besuch aus dem Ausland aufkreuzte – zum Beispiel unsere reichen Verwandten aus Long Island, New York (die »Besitzer« der Totenmaske von Karl Kraus). Ich mochte diese beiden ehemaligen Ostrauer überhaupt nicht. Die amerikanische Tante lachte breitmäulig und so muskulös, daß ich als Kind oft Angst hatte, sie könnte jederzeit auch zubeißen. Über die Häßlichkeit unseres Zuhauses mußten die beiden entsetzt gewesen sein, ließen sich aber kaum etwas anmerken.

Wenn sie in Prag waren, wohnten sie sowieso im Hotel. Zu einem schweren Eklat kam es, als man der Ami-Tante wegen ihrer Hüftschmerzen ein Schmerzzäpfchen empfahl – und ihr eines aushändigte. Man ahnte nicht, wie fremd für sie im fernen Amerika Arschzäpfchen geworden waren, wunderte sich nur, warum sie plötzlich ein Glas Wasser verlangte. Dann ging alles sehr schnell, und das fette Ding war ruck, zuck geschluckt. Danach herrschte eine Weile die totale Stille – bis jemand meinte, die Wirkstoffe müßten auch auf diese Weise in den Körper gelangen. Die hüftleidende Frau bekam von dem Zäpfchen leider eine Gallenkolik und schwor, nie wieder nach Europa zu kommen. Dann ging sie zu guter Letzt auf die falsche Toilette und entdeckte dort Tante Erna, die sich vor ihr an diesem Tag verstecken wollte. Zum Schluß wurde noch unser Land beschimpft, das nicht in der Lage war, immer ausreichende Mengen an Toilettenpapier zu produzieren.

– Man braucht doch nur den Durchschnittsverbrauch mit der Bevölkerungszahl zu multiplizieren – und so viel Toilettenpapier herstellen wie eben nötig. Wofür habt ihr denn eure Planwirtschaft?

Manchmal hatte ich fast den Eindruck, in Ostrau vor dem Krieg zu leben. Daher paßten seit meinem Wiedereintritt in die Prager Troposphäre einige Menschen nicht in mein antiquiertes Umfeld, rückten zwischenzeitlich von mir weit weg. Danas Leben fand ich mittlerweile auch mehr als wunderlich. Mit meiner Mutter war sie allerdings längst versöhnt.

Als ich Dana doch einmal besuchte, kam mir schleierhaft vor, aus welchen Quellen ihr Chaos immer noch seine Lebensfähigkeit schöpfte und wieso die lahmende Gemeinschaft noch nicht untergegangen war. Dana sah eingefallen aus, war gealtert. Von meiner Mutter wußte ich, daß Dana seit längerem über Bauch- und Rückenschmerzen klagte, trotzdem aber nicht zum Arzt gegangen war. Das Haus befand sich in einem fürchterlichen Zustand. Mäuse bewegten sich inzwischen in Scharen frei herum. Hinter einem Küchenschrank und einem Regal befanden sich offenbar einige Nester. Durch die Fugen der dazugehörigen Rückwände sah ich da und dort einen dünnen Mäuschenschwanz hängen oder sogar seitlich herausragen. Da ich wenigstens diese Plage – in Danas Interesse – etwas reduzieren wollte, erklärte ich dem Mäusevolk heimlich den Krieg. Ich rechnete mir gute Gewinnchancen aus. Die Nager sind zwar flink, haben auf ihren Schwänzen aber keine Augen. Und nachdem Dana mit einem mit ihr befreundeten Landvermesser zu den Kubricks gegangen war, um ihnen irgendwelche geometrisch relevanten Koordinaten zu verpassen (oder sie zu überprüfen), nahm ich eine schmale Flachzange und zog die Mäuse an ihren langen Schwänzen nach und nach ins Freie. Ich verfütterte sie frisch an die Katzen und die äußerlich nicht alternden Störche. Wenn ich mit der Maus dem weniger scheuen Alfons näher kam, warf er seinen Schnabelkopf weit nach hinten, baute sich vor mir schutzlos wie vor seinem Partner auf – und klapperte mir im voraus seinen Dank zu. Die Restmäuse, die ich nicht erwischen konnte, weil sie sich hinter zu schmalen Fugen aufhielten und ihre Schwänze nicht freigaben, erstach ich mit einem Brotmesser. Sie fielen naturgemäß nach unten, wo ich sie unter dem Regal einsammeln konnte. Nach der leicht blutigen Aktion bekam ich fürchterliche Angst um alles, was im Haus noch lebte.

– Wegen meiner vielen Tiere darf ich nicht ernsthaft krank werden, hatte Dana schon früher mehrmals gesagt.

Für die aktuelle Bedrückung im Haus gab es noch einen ganz konkreten Grund. Ausgerechnet durch Danas Gegend sollte die erste sozialistische und endlich RICHTIGE Autobahn in Richtung Brünn geführt werden. Für Dana war das eine Horrorvorstellung. Sie hatte vorgehabt, für immer in der von ihr geliebten Landschaft zu bleiben. Den Dauerkrach der vorbeifahrenden Autos würde sie auf keinen Fall ertragen, meinte sie, niemals ausblenden können.

Ihre letzten Wochen konnte ich mir nachträglich grob rekonstruieren – ich versuchte es jedenfalls. Einiges ging aus ihrem etwas wirren Abschiedsbrief hervor. »Ich habe die Baggerhörner schon gesehen ...« In den letzten Wochen, erzählte uns Danas Nachbar, wurden ihre Unterbauchschmerzen unerträglich. Sie hatte ihre Tiere verscheucht oder verschenkt, manche muß sie getötet haben. Wohin sie sich selbst verkrochen haben könnte, wußte niemand. Ihr Brief verriet nur etwas über »Sahnehäubchen guter Tabletten«. Kurioserweise wurde Danas Körper nie gefunden. Ich war mit meiner Mutter mehrmals wegen der Auflösung des Hausrats dort, zu den Kubricks und der nahenden Autobahnbaustelle ging ich aber nicht, verschob es immer wieder. Dagegen hatten die Bauarbeiten viel früher begonnen, als man erwartet hatte. Die Bagger und Planierraupen hatten die Landschaft rigoros zerwühlt und begradigt, wühlten und begradigten immer noch, fraßen sich weiter durch, die im Wege stehenden Grasquader waren dabei offenbar gar nicht aufgefallen. Auch mit dem Innenleben der kleinen Hindernisse hatte sich anscheinend niemand beschäftigt. Als wir in Prag von zwei Polizisten befragt wurden, ging es vor allem um die Tatsache, daß Danas Haus vor einiger Zeit auf meine Mutter umgeschrieben worden war. Sehr gründlich war die Befragung allerdings nicht. Viel wichtiger schien den beiden ein Exhibitionist zu sein, der sich in unseren Parks herumgetrieben haben sollte.

Dana konnte lange nicht für tot erklärt werden, das Haus gehörte meiner Mutter aber trotzdem. Sie fuhr von Anfang an regelmäßig hin, machte dort lange Zeit nur sauber.

Ich lebte in Prag, lebte dort aber gleichzeitig nicht wirklich. Bei uns zu Hause wurden seit Jahren keine Tageszeitungen mehr gelesen – nicht das »Rudé právo« (»Rotes Recht«), nicht »Die Volksdemokratie« oder »Das freie Wort«. »Die junge Front« oder das Nachmittagsblatt »Das abendliche Prag« natürlich auch nicht. In den Medien gab es bekanntermaßen drei Sorten von Nachrichten: Die wahren – zu denen rechnete man grundsätzlich nur den Sport –, die wahrscheinlichen – das waren die Wetterberichte; bei den restlichen politischen ging man davon aus, daß sie gelogen, bewußt zurechtgewürgt oder voller weißer Flecke waren. Bei uns hörte man aus gutem Grund lieber den äußerst kultivierten Österreichischen Rundfunk, Österreich Eins. Deshalb wußten wir beispielsweise über die österreichische Wirtschaft besser Bescheid als über die einheimische.

– Die armen Österreicher! jammerte immer wieder die Wien-liebende Großmutter Lizzy. Eine Zeitlang machte ihr besonders das sinkende österreichische Bruttosozialprodukt große Sorgen.

Die Atmosphäre in Prag wurde immer bedrückender. Ich war inzwischen voller Haß auf alles, was mich umgab. Das Fernsehen war schon lange unerträglich, der Rundfunk wurde bald genauso ungenießbar. Um die geballten Lügen mit frischem Wind zu vermischen, war – bald nach dem Einmarsch – sogar ein neuer Sender gegründet worden: Radio Vltava. Für mich war das von Anfang an der Sender der Kollaborateure. Er hieß genauso wie der Propagandasender der Okkupationstruppen, der seinerzeit in der DDR installiert worden war und uns im fehlerhaften Tschechisch auf Linie bringen sollte. Im Grunde waren aber längst alle Fernseh- und Rundfunkstationen gleichgeschaltet – die Unterschiede zwischen ihnen waren ohne Belang. Die Intonation der Sprecher wurde immer künstlicher, mich beleidigte schon jeder falsch angesetzte Ton ihrer Stimmen, vollkommen unabhängig vom Lügengehalt der Beiträge. Bereits die ersten ausgesabberten Silben empfand ich als einen gezielten Angriff auf meine Person und wurde auf alle diese

518

Zeichen der Neuzeit bis aufs Kratzblut allergisch. In meiner Machtlosigkeit halfen mir leider keine Karateschläge, keine mit einer Knorpelschicht überwucherten Gelenke, kein KIAI.

Ich schottete mich von allen lauten – nicht nur von den papierenen – Medien möglichst ab, konnte aber nicht immer vor den Rundfunkbelästigern flüchten. In meiner Werkstatt war es zum Glück meistens laut genug, das Radio wurde aber nicht immer vollständig übertönt. Mein geliebtes Tschechisch füllte sich in den Mäulern der Sprecherprofis mit völlig überflüssigen, gerngewichtigen Pausen und kleinen Zusatz-Zäsuren. Die von den Ansagern gekonnt ziselierten Sätze bekamen außerdem sinnwidrig akzentuierte und übertrieben melodiöse Hebungen. Zusätzlich zu denen, die zum natürlich gesprochenen Tschechisch sowieso gehören.

Ich versuchte im Rahmen meiner Seelenhygiene wenigstens, für die diversen Vergewaltigungsakte an der Sprache sachliche Beschreibungen und Termini zu finden. Die angestrebte überkorrekte Intonation sollte uns offenbar – halb singend eben – gedankliche Tiefe, Wahrhaftigkeit und Empathie vorgaukeln. Dabei klang die zur Schau gestellte Lebendigkeit dieser Vorsinger nur nach unreflektiertem Kalkül. Diese munteren Stimmen waren bemüht, einen A-priori-Gleichklang mit uns Hörern herzustellen, uns alle auf den dümmlichsten gemeinsamen Nenner zu bringen. Anschließend sollten wir alle so etwas wie ein dauerfröhliches Miteinander zelebrieren. Wer sich nicht einbeziehen lassen wollte, sollte – wie ich – unten im Dreck an der Seite des niederen Proletariats vergammeln, seinen Unwert verinnerlichen und beim Anblick der übrigen Verkrachten in sich gehen.

Leider stießen die Sprachdeformationen erstaunlich viele Menschen überhaupt nicht ab, und der Normalbürger gewöhnte sich an das angebotene Verdummungstheater recht schnell. Auch an den auffälligsten intonatorischen Unstimmigkeiten störte man sich nicht anders als an harmlosen Verhaspelungen – und irgendwann wurden nicht einmal mehr die brisantesten NEUERUNGEN registriert. Der galoppierende Sprachbefall gehörte zu unserem Alltag. Auch der allseits bekannte Spruch der »netten Tür« in der U-Bahn – »Ukončete výstup a nástup, dveře se zavírají« (Beenden Sie den Aus- und Einstieg, die Tür schließt) – klang in meinen musikverwöhnten Ohren grauenhaft. Dieser Singesatz folterte mich jahrelang, eisern bei jeder einzelnen Fahrt bis zum Aussteigen, konsequent in jeder Station, unzählige Male jeden Tag, wieder und wieder. Der Spruch empörte mich wegen der in ihm steckenden Überzeugung, Fürsorglichkeit auszudrücken, quälte mich mit seiner selbstzufriedenen Gewißheit, in der unveränderlichen Frische auch zukünftig immer weiter tönen zu dürfen. Die ihm innewohnende aufgesetzte Freundlichkeit widersprach in erster Linie der VERACHTUNG, die uns der Staat jeden Tag sonst entgegenbrachte. Und weil dieser Staat ein zentral organisiertes Gefüge war und alle seine Teile – auch alle seine Waggons, Türen und Lautsprecher – für die gemeinsamen, von den Einheitsgangstern der Partei ausgerufenen Ziele zu kämpfen hatten, war auch diese Stimme die STIMME DER PARTEI, sie war für mich ein Teil ihres unendlich mächtigen Propagandachors.

Auf der Straße sprach man untereinander natürlich noch anders. Die melodiöse Verlogenheit expandierte aber trotzdem – ganz ähnlich sprachen plötzlich auch Redakteure von wissenschaftlichen Sendungen oder Verkünder irgendwelcher Neuigkeiten für Bastler. Die ekligen Stimmhebungen verunstalteten bald jeden gewöhnlichen Aussagesatz, nach und nach wurde jede Natürlichkeit aus den offiziell gesprochenen Sätzen getilgt. Jeder Mensch, der in den Medien anders gesprochen hätte, hätte verraten, sich nicht an die geltenden Regeln halten zu wollen – man hätte ihn frü-

her oder später von seinem Mikrophon verjagt. Schließlich
übernahmen nach und nach auch alle Schauspieler diesen
künstlichen Tonfall, und das Neu-Tschechisch fraß sich
gnadenlos in die Kulturlandschaft ein. Ausländische Filme,
die synchronisiert wurden, konnten der Verunstaltung ebenfalls nicht entkommen – und auch filmische Großtaten
wurden dadurch ungenießbar. Für mich blieb das SYNTHE-
TISCHE Neu-Tschechisch immer eine Kunstsprache.

Als ich zufällig einmal kurz eine primitive amerikanische
Serie in Onkels Fernsehgerät verfolgte, traute ich meinen
Ohren nicht. Die Perversion hatte die nächste Qualitäts-
stufe erreicht. Die Synchronsprecher versuchten mit Mitteln
des entwurzelten Tschechisch, sich locker-kraftstrotzend
und souverän-freiheitsverwöhnt zu geben – eben ameri-
kanisch. Ihre Stimmen überschlugen sich regelrecht vor
Übermut – allerdings völlig inadäquat und unlogisch, eben
unabhängig vom emotionalen Gehalt der Dialoge. Infolgedessen wirkten die auf dem Bildschirm agierenden Schauspieler wie Kinder unter Kokain, wie Manisch-Depressive,
die gerade ihre positive Erregungsphase auslebten – oder
wie Ferdydurkisten, die an einer unpassenden Stelle der
Gesellschaftshierarchie in eine falsche Erziehungsanstalt gesteckt worden waren. Ich mußte auch an Marquis de Sade
und Peter Weiss' Stück denken. Vielleicht verdrehte und
parodierte hier ein neuzeitlicher Sadist, umgeben von der
Nachwuchsgarde eines Irrenhauses, irgendwelche Vorlagen,
deren ursprüngliche Intention und ideologische Stoßvekto-
risierung mir nicht zugänglich war.

Zur Beruhigung versuchte ich wieder und wieder, für den
allgemeinen Sprechwahn und Sprachverfall Worte zu finden, suchte nach einem Satz, mit dem man diese partielle
Abkoppelung der Sprache vom Seelenleben der Gesellschaft
beschreiben könnte. »Was diese Leute bei ihrer pervertier-
ten Beschallung mit uns treiben«, notierte ich mir eines Tages, »ist AUF EINLULLUNG UND ÜBEREINSTIMMUNG

ZIELENDER PARASEMANTISCHER TRANSPORT VON NUR MUSIKALISCH ZU ERFASSENDEN SIGNALEN – EIN TRANSFER, DER UNTERSCHWELLIG VONSTAT- TEN GEHT UND AUF DIE FINALE ÜBERSTÜLPUNG DER SCHEINBAR TRANSPARENT FEILGEBOTENEN INHAL- TE ANGELEGT IST.« Sicher war das aber nicht die letzt- gültige Definition des damaligen Verbrechens an meiner Sprache. Allerdings war auch ein von mir konsultierter Pho- netiker nicht in der Lage, diese Beobachtungen der klang- lichen Vorgänge ohne weiteres einzuordnen, geschweige denn sie wirklich schlüssig zu klassifizieren.

Das Volk sah sich die nicht nur sprachlich verunstalteten Machwerke im Kino und im Fernsehen trotz allem gern an. Und über die aktuellen Folgen der unterschiedlichen, vor allem der original-tschechischen Fernsehserien wurde mit vollem Ernst fleißig diskutiert – wie über das wahre Leben selbst. Und was für niedliche und reizende Kinderfilme im Lande immer noch produziert würden! schwärmte man bei den auswertenden Gesprächen während der Arbeitszeit. Sie würden sogar erfolgreich exportiert – sieh mal einer an! Zu meinem Entsetzen mutierten die Leute langsam zu Notpro- gramm-Patrioten und versuchten, wenigstens auf etwas – und sei es aufgepäppelter Schrott – stolz zu sein. Die gehalt- reduzierten Unterhaltungsproduktionen waren allerdings äußerst geschickt gestrickt – tatsächlich zu gleichen Maßen für die zu erziehenden Kleinen wie für die klein zu halten- den Großen gedacht.

Auch bei der Benennung der Prager U-Bahn-Stationen be- ging unsere Obrigkeit ein schweres Verbrechen. Gegen alle üblichen sprachlichen Regeln wurden die einzelnen Statio- nen damals nicht schlicht nach dem entsprechenden Stadt- teil, der anliegenden Straße oder dem zugehörigen Platz be- nannt, sondern adjektivistisch. Statt »Kleinstadt« sollte die Station an der Moldau plötzlich »Die Kleinstädter«, die am anderen Ufer statt »Altstadt« »Die Altstädter« heißen. Unsere Station bekam natürlich den Namen »Die Hradschiner« verpaßt. Dabei konnte der »Prag Hauptbahnhof« weiterhin den schlichten alten Namen behalten und wurde nicht in »Der Prager« umbenannt. Die U-Bahn-Station »Museum« durfte wahrscheinlich nur deswegen »Museum« heißen, weil man sie schwerlich »Die Museale« nennen konnte. Das hinter dieser schiefen Benennungspraxis stehende psychologische Motiv erklärte ich mir bald: Alles hing wieder mit dem angestrebten NETTEN TON zusammen, mit dem man in jedem U-Bahn-Zug umsabbert wurde. Die gütige Staats- und Parteiführung schenkte uns Pragern die ersehnte Metro mit allen ihren schönen Bahnhöfen, und sie wollte uns nach der feierlichen Eröffnung unbedingt folgendes singen hören: »Freuen wir uns alle miteinand! Seien wir dankbar! Tanzen wir doch vorsichtig eine Bahnsteigpolonäse, statt nur verstockt herumzustehen. Es ist unser aller Metro – und wir wollen die nächste angesagte Station NICHT mit der eigentlichen Altstadt verwechseln, es ist doch die prächtige ... es ist UNSERE neuerbaute ALTSTÄDTER, und die nächste wird unser aller KLEINSTÄDTER Station sein, und klatschen wir gemeinsam in die Hände: Die übernächste, an dem beispielsweise auch unser lieber Georg aussteigen wird, ist unsere besonders schön gestaltete HRADSCHINER.«

Leider wurde ich – dauergequält, wie ich war – nach und nach zu einem Radikalinski, redete wie ein Radikalinski und wurde als ein solcher gern beschämt.

– Na, na, nicht so radikal, Georg, warum so radikal, junger Mann ...

Das besonders Kränkende daran war, daß an diesen ruhig vorgetragenen Vorwürfen etwas dran war. Und ich ahnte, daß es mir wahrscheinlich nicht helfen würde, noch mehr zu wüten. Ich mußte lernen, meinen Ekel zu schlucken – wie nach der in der Presse publizierten Selbstkritik meines Idols Bohumil HRABAL. Hrabal hatte sich irgendwann nicht mehr kräftig und gesund genug gefühlt, um wieder als ein Ausgestoßener existieren zu können, und er hatte sich dem Druck gebeugt. Pro forma, versteht sich. Seine Selbstkritik wurde in einem betont lockeren, freundlich geführten Inteview untergebracht. Trotzdem konnte ich die Bücher, die dann offiziell erscheinen durften, aus Enttäuschung lange Jahre nicht lesen. Sie waren ohnehin nicht nur zensurbereinigt, sondern auch eigenhändig von Hrabal entschärft worden.

Die ganze offizielle Kultur wurde für mich vollständig tabu, die Verlogenheit erfaßte inzwischen auch den allerletzten Winkel der Gesellschaft. Inzwischen mied ich auch symphonische Konzerte. Der Dirigent mußte zur Eröffnung des Konzerts zwar nicht bekennen, er würde die Politik der Partei unterstützen und den Einmarsch der befreundeten Armeen gutheißen, man wußte aber, daß er eine derartige Erklärung öffentlich abgegeben haben mußte, wenn er dort stand, wo er stand. Einmal wollte ich mich über die NEUE GRAUSAMKEIT aber doch informieren und ging gezielt in ein ideologisch besonders verschrieenes Theater. Dort hatte, wie ich wußte, ein politisch hartgesottener Regisseur – und nun auch Chef des Hauses – ein strenges Regime eingeführt. Seine Inszenierung war so grauenhaft, daß auch bekannte Schauspieler auf der Bühne wie Amateure wirkten. Außerdem gab es dauernd böse Pannen. Die Kulissenschieber schlampten und brachten zur falschen Zeit Dekorationen in Bewegung, in anderen Situationen fehlten auf der Bühne die nötigen Gesprächspartner. Es sah beinah nach Sabotage aus. Das Publikum amüsierte sich bei dieser Peer-Gynt-Inszenierung köstlich.

Das eigentliche Erlebnis des Abends lieferte allerdings der Regisseur selbst. Weil immer mehr Zuschauer vorzeitig flüchteten, entschloß er sich, rigoros durchzugreifen. Schon eine Weile vor dem Schlußvorhang versuchte er, die Flüchtenden am Verlassen des Saales zu hindern. Erst versperrte er vorschriftswidrig von außen einige der Ausgangstüren, mit den Abgefangenen diskutierte er dann halblaut und schaffte es sogar, einige zur Rückkehr zu bewegen. Als dann der Vorhang fiel, die Ausgänge entriegelt werden mußten, stürmten die meisten sofort zu den Türen – natürlich ohne zu applaudieren. Der Mann hielt es nicht mehr aus und tat das einzige, was ihm übrigblieb: Er breitete seine Arme aus und stellte sich dem Strom entgegen.

– Nein, noch nicht! Applaus! schrie er. Es gab noch keinen Applaus!

Als die Menge versuchte, ihm auszuweichen und eine andere Tür anzusteuern, wechselte er – seine langen Arme hielt er die ganze Zeit weit ausgestreckt – zum anderen Ausgang und wiederholte seinen verzweifelten Appell:

– Nein, jetzt noch nicht! Das ist nicht richtig, das ist nicht fair!

ostfront, märz 1944

In einer der Seitenstraßen vom Altstädter Ring, in der der blinde Klaudius wohnte, konnte man öfter seinen mit einer großen schwarzen Brille geschmückten Kopf durch die Menge gleiten sehen. Egal, ob er sich allein auf den Weg gemacht hatte oder nicht, er blieb nie lange allein. Meist war er von mehreren gestikulierenden Bekannten und Freunden umgeben, der Schwarm bewegte sich in der verkehrsberuhigten Zone wie ein Touristengrüppchen. Im Gegensatz zu den Touristen beachteten diese Leute keine Sehenswürdigkeiten, diskutierten laut, und ihre Zahl blieb in der Regel nie konstant – manche verabschiedeten sich zwischendurch, andere kamen hinzu. Kláda alias Klaudius zog mit seiner körperlichen und geistigen Präsenz einfach Menschen an, sah dabei dank seiner Größe und seiner auffälligen Brille wie ein Aussichtsturm aus – oder wie das Periskop eines U-Boots. Von manchen Freunden von früher wurde er »Teiresias« genannt, er mochte es aber nicht.

– Hört auf damit, früher war ich schon mal der »Seher der Partei«. Dabei bin ich einfach nur blind.

In den fünfziger Jahren war er tatsächlich von einem hohen Parteifunktionär in den höchsten Tönen gelobt worden: »Genosse Klaudius ist zwar blind, er SIEHT aber – und besser als viele andere Genossen aus unseren Reihen, er sieht in die Zukunft!« Aber schon Anfang der sechziger Jahre wurde der große Seher wegen seiner Kontakte zu Tito-verdorbenen Jugoslawen verhaftet, verhört und in die Provinz ausgespuckt. Diese Strafaktion hatte unser schöner Präsidenten Novotný höchstpersönlich eingeleitet.

Nach dem Einmarsch von Achtundsechzig avancierte

Klaudius endgültig zum Regimegegner auf Lebenszeit. Dank seiner Blindheit hatte er unter den Dissidenten eine Sonderstellung – er wurde von der Staatssicherheit geschont, zum Ausgleich aber um so mehr gehaßt. Trotzdem hielten viele Freunde weiter zu ihm – auch im Verlauf der schärfsten Repressionen. Natürlich aber nicht alle.

– Letzte Woche sind mehrere Leute an mir vorbeigelaufen, ohne zu grüßen ... kann ich aber verstehen. Ich erkenne sie auch, wenn sie miteinander nur ganz leise reden. Nachträglich hat sich bei mir einer entschuldigt – mit einem Zettelchen im Briefkasten, sein Sohn will studieren.

Klaudius hatte trotzdem genügend Verbündete. Er fand beispielsweise immer jemanden, der ihm zu Hause vorlas. Daß sich oft ein Schwarm um ihn bildete, konnte man als eine Art Kompensationsangebot verstehen. Klaudius war nach einem Unglück in der Kindheit als einziger am Leben geblieben – als einziger aus seiner Dorfschule. Als seine einklassige Schule einen Ausflug zum nahe gelegenen Fluß unternahm, mußte er als Blinder zu Hause bleiben. Es herrschte Hochwasser, die Fähre, die alle Kinder aufgenommen hatte, war überladen und ging mitten im Strom unter. Danach war Klaudius in seinem Dorf als Kind praktisch allein.

In Prag wollte er nie geführt werden, einhaken wollte er sich auch auf keinen Fall. Beim Nebeneinanderschlendern reichte ihm offenbar die Infrarotstrahlung der körperlichen 100-Watt-Birne, die Geräusche der Schritte und das Rascheln der Kleidung. Wenn man die Richtung wechselte, ging er mit, reagierte so fein wie ein mit dem Partner abgestimmter Profi-Tänzer. Als ich ihn einmal mitten in einer Gruppe von Freunden laufen und gestikulieren sah, gesellte ich mich vorsichtig hinzu und blieb erst einmal still – grüßte vor allem aus Scheu nicht gleich. So bekam ich noch mit, wie er den Rest der Länder Afrikas aufsagte.

– ... Zaïre, Angola, Sambia, Namibia, Botsuana ... Ich bat die Männer mit einem Zeichen, ihn nicht zu unterbrechen.

Er hatte, wie ich später noch erfuhr, irgendwo an der geopolitisch schwierigsten Westküste angefangen: Senegal, Gambia, Bissau, Guinea, Sierra Leone ... weiter über Togo bis Königreich Dahomey, das inzwischen Benin hieß ... und im Anschluß an Kamerun hatte er den ganzen Norden und Osten abgearbeitet, sich schließlich ins Kontinentinnere durchgewühlt, allmählich dann in den Süden.

– Soll ich noch alle asiatischen Flüsse aufzählen, bis mir auch der Letzte glaubt? sagte er, nachdem er mit Swasiland und Lesotho die Aufzählung abgeschlossen hatte.

– Nein! Wir wollten doch über den blöden Schwejk reden, sagte etwas ungeduldig sein Freund, der Politologe H. – noch bevor ich den Mund aufmachen konnte.

– Ich könnte euch gern auch den Verlauf der Ostfront beschreiben – vor Stalingrad oder nach Stalingrad, egal in welchem Kriegsjahr oder Kriegsmonat.

– Du wolltest doch selbst zu Schwejk ...

– Natürlich! Ich habe mir neulich wieder mal den Schwejk vorgenommen – und zwar gründlich. Wir sind aber mehr geworden, nicht wahr? Jemand läuft mit.

– Hier bin ich, sagte ich nach zwei Schritten.

Er drehte sich um und fand schnell meine Schulter, meinen Arm und natürlich auch meine nach zwei Schritten in seine Dunkelheit ausgestreckte Hand. Seine Berührung zu spüren war wieder ein kleines Erlebnis. Daß die Frauen es mochten, war kein Wunder.

– Du riechst ähnlich wie deine Mutter, Georg. Wann wurde dein barockes Tor gebaut? Das weißt du aber längst ... Komm mit. Die ganze Welt ist von unserem Schwejk immer so begeistert – und mir geht das schon lange auf den Geist. Es ist ein Beispiel dafür, daß Literatur auch viel Schaden anrichten kann – sie kann den Ruf ganzer Landstriche schädigen oder ein Volk in eine Schieflage bringen. Wir als kleine Schwejks! – inzwischen ist dieser Irrtum mit uns verwachsen wie ein schlecht plazierter Tumor. Zusätzlich geistern in den Hinterköpfen der Leute auch noch die Figuren von Hrabal herum. Als Ausländer stellt man sich gern vor, die Tschechen würden sich dauernd nur amüsieren, egal, wie scharf ihnen die Jauche ins Gesicht geblasen wird. Dabei bringt sich hier dauernd jemand um – oder emigriert und stirbt in München an seiner Verlorenheit. Und denjenigen, die aus diesem Kessel unbedingt rausmöchten, aber aus Angst hierbleiben, setzen gnadenlos ihre Magenbeschwerden zu. Wo sollen bei uns Leichtigkeit oder wurzelfeste Heiterkeit überhaupt herkommen – bei diesem Mangel an Sonne und erlaubter Reife? Und bei dieser stehenden Prager Dreckluft, nebenbei gesagt? Und wenn in diesem Morast einer gerade nicht selbst depressiv ist, ist es zur Abwechslung sein bester Freund, den gerade die Frau verlassen hat und dem jede Klarsicht verlorenging. Leider sind wir keine stolze Nation, stimmt's? Die Hussitenzeit liegt schon viel zu weit zurück. Damals waren wir aber wirklich die Avantgarde von Europa – allen weit voraus, auch als es dann um die religiöse Versöhnung ging.

– Egal, was du uns erzählen willst, Kládo, sagte der Philosoph K., ich möchte kurz eines loswerden: Bei solchen Zuschreibungen von außerhalb – also auch bei diesem fremdländischen Blick auf die angeblichen Schwejks – werden meistens Prioritäten mißachtet oder disparate Ebenen miteinander vermischt. Außerdem wird der Grad der Bewußtheit, die bei den Leuten ja doch im Spiel ist, nicht ernst genommen.

– Das ist mir zu allgemein ... hoffentlich reden wir nicht aneinander vorbei.

– Laß mich das zu Ende bringen: Zwischenmenschlich, also UNTEREINANDER, geht es hier dauernd und trotz des politischen Drucks doch mit Witz und humorig zu, das siehst du bestimmt nicht anders. Die Leute albern ohne Ende – auch wenn es von Hašeks Spielvorlage weit entfernt sein dürfte. Auch sprachlich jonglieren die meisten gern herum, ausgiebig und ohne Ende. An sich sind die Tschechen als Ironiker wirklich begabt – egal, was für ein häßliches Bild manche magengequälten Gnome äußerlich auch abgeben. Natürlich sind die Witzeleien meistens nichts anderes als geschickte Abwehr, man federt einen Teil der eingesteckten Schläge ab. Aber warum sollte dabei auch die natürliche Intuition versagt haben?

– Abwehr, abfedern ... solche Wörter mag ich nicht, sagte der Kritiker und ehemalige Chefredakteur J. Er wedelte dabei mit seinem Fensterputzereimer und seiner Holzstange in der Luft, da er beim Sprechen gern mit beiden Händen gestikulierte. Sich die Dinge auf Distanz halten ist heutzutage absolut nötig.

– Was soll man mit der Alltagshärte sonst tun? fragte zwischendurch der Politologe H. Die Leute schützen sich einfach vor Demütigungen. Wir verlieren aber den Faden, fürchte ich.

– Trotzdem kann einem sozusagen die Art der Ausführung auf die Nerven gehen, beeilte sich noch J., der ehemalige Chefredakteur, zu sagen, wobei er seinen Eimer auf die Stange fädelte und sich diese auf seine Schulter hob. Die Leute zerren dauernd auch an den ernstesten Realitätssplittern – hochintelligent, keine Frage. Ganz bestimmte Tatsachen werden dabei aber natürlich ausgeblendet, einfach geschickt nicht einbezogen. Scheiß Eimer, ich bin heute aber wirklich früh fertig geworden! sagte er noch und hatte inzwischen seine beiden Hände frei. Sein Eimer baumelte auf der Stange hinter seinem Rücken.

– Moment! Ich will noch einen Satz loswerden und zusammenfassen, sagte K. Lacht aber nicht, es geht um die Lage der Nation! Ich persönlich gehe, was die aktuelle Situation anbetrifft, immer noch von einem intellektuellen Kultivierungsprozeß aus – und dieser nährt sich eben von der lebendigen Alltagssprache. Trotz aller Düsterkeit um uns herum, trotz der Sprache der Medien, also egal, wie versprengt sich diese Kreativität an der Basis auch manifestiert.

– STOP! rief Kláda, laßt uns doch endlich über Schwejk reden. Ich habe im Kopf einen längeren Vortrag fertig, zum Abtippen habe ich jetzt aber absolut keine Zeit. Dabei geht es um das schlimmste Mißverständnis unserer Literaturgeschichte, meiner Meinung nach wurde es noch nicht schlüssig benannt.

– Die Tschechen als Schwejks – das könnte man als einen volkstümlichen Topos vielleicht auch stehenlassen.

– Nein! Es ist gefährlicher Unsinn! Ein einlullendes Klischee! Der Geniestreich von Hašek wird nur benutzt – und man drückt sich einfach davor, im heutigen Dreck zu wühlen. Dabei stinkt der Vergleich an allen Ecken und Enden, sagte Kláda, wurde aber wieder unterbrochen.

– Schwejk entstand nicht WÄHREND der Unterwerfung, sondern als es die Monarchie nicht mehr gab, mischte sich der ungeduldig gewordene Politologe H. ein. Die Figur ist sowieso das Ergebnis einer rückwärtigen Projektion – damit will ich natürlich nichts gegen Hašek sagen.

– Stör' nicht meine Exponentialkurven, blaffte ihn Kláda an. Wir haben nun mal seit mehr als fünfzig Jahren dieses Buch und haben die dazugehörigen Interpretationen. Außerhalb der Buchdeckel zappeln wir als Nation aber wie unbedarft weiter, lassen uns von entzückten Zaungästen etikettieren – und verwenden das Klischee bei Bedarf auch noch selbst. Schwejk ist doch ein kleiner Held, oder? Jedenfalls wird er als ein solcher weltweit gefeiert ... ein so einfach gestricktes Pappmodell! Und ein viel zu dünnes Schutzschild obendrein.

– Bist du schon bei deiner Theorie, oder ist das erst die Einleitung zur Weiterleitung an die Überleitung? hakte H. nach.

– Ich möchte jetzt nicht mehr unterbrochen werden! Im Kern geht es mir um folgendes: Schwejk ist eine reine

Kunstfigur. Und weil er eine so großartige Erfindung ist, ist er in vielem auch sehr wahr. ABER! – dieser Mann ist nur innerhalb der Romankonstruktion das besondere Wesen, das uns ans Herz gewachsen ist. Und nur dort kann man ihn so großartig finden.

– Andere humoristische Konstruktionen sind auch nur dazu da, Emotionen unauffällig zu bedienen – vielleicht nur anders als bei Hašek, wandte der eimertragende Chefredakteur ein. Und solche Humorgebilde basieren generell auf Übertreibung. Nebenbei können sie schamlos böse sein – sie sind eben NICHT GANZ ERNST. Alles wie bei Hašek gehabt ...

– Ja, ja, ich habe hier aber noch ein Stück weitergedacht, sagte Kláda ungeduldig. Keine Angst – ich will bei der Begründung nur einige ganz konkrete Knotenpunkte ansprechen. Schwejk wird für die Wirklichkeit – und das ist der Kern meines Vortrags – für immer untauglich sein und hier immer nur ein Phantom bleiben, bleiben müssen. Auf dem Papier ist er dagegen nicht nur witzig, sondern auch glaubhaft. Ihr habt bestimmt den Film mit Hrušínský gesehen – ich kenne ihn auch ...

– GRAUENHAFT! Auch im Theater ist Schwejk unerträglich.

– Da haben wir es doch! rief Kláda so laut, daß sich Leute in der näheren Umgebung umdrehten. Er funktioniert nur beim Lesen so reibungslos – dank unserer Phantasie. Die müssen WIR eben beisteuern – und erst dann kommt die Humormaschine wirklich in Gang. Bei vergleichbaren Verschiebungen ins Absurde läuft es natürlich auch nicht viel anders, da hast du recht.

– Oscar Wilde oder Shaw ... Haben sonstwelche berühmten Satiriker anders gearbeitet?

– Hašek ist aber einmalig und extrem, deswegen streitet man sich über ihn bis heute. Aber ich komme jetzt zu den anderen Knotenpunkten, diese betreffen den Lesevorgang:

Wir reichern uns die egal wie absurden Handlungen von Hašeks Akteuren beim Lesen automatisch mit Hašeks Intelligenz und seinem Witz als Schreiber an. Ohne es zu merken, werden wir von ihm also mit kontextualem Wissen beliefert und bekommen die Möglichkeit, uns über die Gegenspieler von Schwejk zu erheben – natürlich auch über den dummen Schwejk selbst.

– Darüber habe ich aber schon mal geschrieben, sagte der Philosoph K.

– Das hier sind Vorgänge auf einer Metaebene! Darum ging es bei dir nicht.

– Kann sein. Mir ging es um das Hybride in der Figur. Er ist dumm, er ist aber auch wissend – und wir wissen, daß er – manchmal jedenfalls – Bescheid weiß. Wobei wir auch wissen, daß er bei dem ganzen Schwachsinn, den er anrichtet, doch nur begrenzt intelligent sein dürfte. In diesem Zusammenhang habe ich nachgewiesen, daß die These, Schwejk würde seine Dummheit die ganze Zeit nur vortäuschen, vollkommen unhaltbar ist.

– Ich habe diese ganzen Widersprüche jetzt endlich aufgelöst, ob du es glaubst oder nicht! rief Kláda so erregt, daß einige Passanten uns ruckartig auswichen. Außerdem bekamen wir eine sichtbare Begleitung. Das wurde Kláda durch gezielte Klopfzeichen mit dem Ellenbogen bekanntgegeben.

– Wenn wir uns klarmachen, fuhr Kláda fort und ließ sich nicht stören, daß der Wissende in der Schwejkfigur eben nur Hašek ist, nicht Schwejk selbst, wird das Denkgebäude wieder sauber und problemlos begehbar. Hier liegt aber auch der Schwachpunkt der Transposition in die Realität! In unserer Realität ist der nützliche Genius von Hašek einfach nicht vorhanden. Die intellektuelle Draufsicht fehlt einem im Alltag sowieso oft genug, jedem von uns.

– Ostfront, März 1944, du könntest den Herren hinter uns etwas Bildung zukommen lassen.

– Jetzt nicht. Ich bin mit dem Schwejk noch nicht fertig.

In der Realität würde dieses Schwejkeln einfach auf halbintelligentes und schleimiges »Herumeiern« zusammenschrumpfen. Zum Lachen würde uns überhaupt nichts übrigbleiben, höchstens nur etwas Lächerlichkeit.

– Du wirst schon recht haben, sagte der Politologe H. Ich habe einmal versucht, mir Schwejk konkret in der Gegenwart vorzustellen – er wäre ein unerträglicher Mensch, denke ich. Außerdem hätten seine Vorgesetzten die nur vorgetäuschte Dummheit – vermutlich vorgetäuschte oder wie auch immer – instinktiv als eine bewußte Provokation eingestuft und gnadenlos bestraft.

– Genau! So dumm, wie er sich im Sozialismus angestellt hätte, so dumm darf man heute auf keinen Fall sein! donnerte Kláda. Jeder, der mit heiler Haut davonkommen möchte, muß sich durchschlängeln. Und ein geschickter Mensch provoziert niemals. Wenn jemand die Obrigkeit reizt, dann sind wir es, dann sind das die jungen Aussteiger – oder die Plastischen Rocker unseres blind rollenden Planeten. Und alle, die die Macht reizen, tun das nicht durch Schwejkeln, sondern durch Geradlinigkeit.

– Darf ich zusammenfassen? fragte der Philosoph K. Man kann – wenn ich das richtig sehe – von Glück sprechen, daß es keine realen Schwejks geben kann. Wenn die Leute diesen Naivling jahrelang konsequent gespielt hätten, wären sie in dieser Rolle irgendwann zu Kretins mutiert.

– Jemand sollte das Gespräch protokollieren, sagte Kláda leise. Wer macht das?

Etwas gebückt flüsterte er noch leiser:

– Ich habe junge Leute, die es für das Jahrbuch noch abtippen könnten. Die haben eine superstarke alte Maschine – die schafft bis zu dreizehn Kopien! Die letzten sind sogar lesbar.

– Ich hätte jetzt etwas Zeit, sagte H., obwohl Eins-zu-eins-Abschriften deine Stärke sind.

– Wir haben den Zusammenhang mit der sprachlichen

Witzebene noch nicht drin, nutzte der Philosoph K. die entstandene Zäsur. Das war vorhin mein Ansatz – ganz am Anfang, falls das noch jemand außer Kláda weiß.

– Immer dieses Herumblödeln – darüber wollte ich sowieso noch sprechen, sagte der Chefredakteur J. und verlagerte den Eimer auf die andere Seite seines Rückens.

– Ich bin hier der Philosophieprofessor, oder? Und hier ist meine Universität, laß mich bitte wenigstens auf dem Bürgersteig vor meiner alten Arbeitsstelle ausreden! Es ist doch beeindruckend, wie lustig es hier im Lande immerhin noch zugeht. Es wird sogar – haben wir schon besprochen – hochgradig exzessiv gewitzelt. Die Leute versuchen, jedes brisante Thema in eine harmlose Geschichte zu verpacken, und fangen alles mögliche spielerisch ab. Das ist an sich doch legitim – wie auch jede Verdrängung legitim ist. Die asiatischen Kampftheoretiker würden sicher meinen, die Tschechen würden auf diese Weise die Energie der Gegner für sich nutzen – um bei den Schlägen unverletzt zu bleiben.

– Wieso unverletzt? Eine Frage wäre sowieso noch zu klären, sagte der durchsetzungsschwächelnde Politologe H. Ob und in welchem Maße dieses Witzeln die reale Verfassung der Leute widerspiegelt – oder anders: wie adäquat das ideologische Bombardement von ihnen überhaupt verarbeitet worden ist. Leider passen sich die Leute den Lügen viel zu bedenkenlos an.

– Nebenbei bemerkt, sagte triumphierend der Philosoph K.: Genau das, also den Grad der Bewußtheit, habe ich davor auch schon ins Gespräch gebracht.

– Ohne Protokoll bleibt von dem ganzen Hin und Her nur Chaos übrig! rief Klaudius unglücklich. Zum Stichpunkt Dummheit haben wir auch noch nicht alles drin. Als wir die satirischen Konstruktionen verallgemeinert haben, haben wir das Besondere von Hašek leichtsinnig übergangen: Das aus theoretischer Sicht Einmalige und Extreme ist bei ihm gerade die durchvariierte Dominanz der Dummheit. So gewagt hat mit dem Schwachsinn aller Graden noch niemand gespielt wie Hašek. Und hier wurzeln auch die Aporien der vielen Analysen.

– Ich möchte auch noch eine Sache loswerden – obwohl man ähnliche Weisheiten eigentlich gar nicht aussprechen dürfte, warf der jüngere Schriftsteller P. H. ein.

– Sag mal, du warst die ganze Zeit sowieso viel zu still. Wir sind neugierig.

– Nein ... doch lieber nicht.

– Was ist los?

– Es ist nicht wegen der Begleitung, ich möchte das in mir noch eine Weile sortieren.

– Jetzt sind wir aber neugierig.

P. H. sagte daraufhin leise:

– Eigentlich sollte man so eine Sau-Meinung lieber für sich behalten, irgendwann hat man die Korrektheit aber satt. Wenn ich mal sage, das Volk wäre dumm, regen sich immer alle auf. Ich sage es jetzt aber doch: DAS VOLK IST DUMM – und es ist es wirklich.

– Nein, niemand ist dumm! Vorsicht! Das gefällt mir gar nicht, rief Kláda.

– Ich war zum Beispiel ein übler Fanatiker in der Fünfzigern, lachte der Philosoph K. – und auch als junger Professor war ich nicht viel besser. Dumm war ich trotzdem nicht, und die bekloppten Achtundsechziger später im Westen auch nicht.

– Wir können darüber morgen weiterreden, sagte Klaudius. Bei mir in der Wohnung wird es wenigstens abgehört und ordentlich protokolliert. Und du wirst deinen dummen Spruch schlüssig begründen müssen, bist doch ein kluger Schriftsteller – nicht wahr?

– Ich unterhalte mich doch oft mit normalen Leuten, schon aus Neugier, wehrte sich P. H. Was für ein Quatsch die sich einrichtern lassen, das glaubt ihr gar nicht.

– Reden wir morgen darüber, okay?

– Das, was er meint ... also was dahinterstehen könnte, ist vielleicht die Denkschlamperei der Leute, ihr emotionaler Vandalismus. Pfiffig sind sie trotzdem.

– Was mir dazu noch einfällt, sagte H.: In ihrer unfreiwillig würdelosen Art machen sie sich oft etwas lächerlich, ironisieren AN SICH SELBST, am lebendigen Leib sozusagen. Und auch wenn das nicht unbedingt Schwejkeln ist, gerade darin könnte eventuell ein Stück davon stecken.

– Ich kann nicht mehr! rief Klaudius.

– So oder so, sagte der Philosoph K., die Intelligenz der Tschechen ist, was ihre sprachlichen Fähigkeiten betrifft, auf jeden Fall beeindruckend. Das innovative Potential der Sprache ist zum Glück auch enorm. Die Leute kreieren oft über Nacht Neologismen, irgendwelche Kürzel werden zu Verben, es gibt scharfgenau denunzierende Mißbildungen – und alle diese Neuwörter sind subversiv ohne Ende. Das müßtest du den Leuten doch lassen.

– Das stimmt, sagte P. H.

– Mich stört dabei einiges trotzdem maßlos, mischte sich Kláda ein. Zum Beispiel die vielen Diminutive. Sie sind oft inadäquat bis geschmacklos, alles mögliche wird verniedlicht und verharmlost. Neulich hat mir jemand erzählt: Man belästigt die parteilosen Lehrer – nach ihrer Arbeitszeit wohlgemerkt – mit politischen Nachhilfeschulungen, und sie nennen diese propagandistischen Zwangsmaßnahmen gemütlich »posezeníčko«, Nachsitzerchen.

– Die Sprache verrät alles mögliche – ob man es will oder nicht, sagte der Philosoph K. Neulich hörte ich jemanden »příhodička«, Vorfallchen, statt Schlaganfall sagen. An sich hat das bei uns aber Tradition, denke ich – nach der tschechischen Blasmusik zu urteilen, müßte das Volk schon seit Generationen immer gut gelaunt gewesen sein. Und noch ein Beispiel für diese Art von Verniedlichung: Das Wort für Handschellen ist ein Diminutivum – »želízka«, Eisenchen. Nett gesagt, oder?

– Nachsitzerchen, dieses »posezeníčko«, bringt – analog zu den Handschellen – auch eine Art Freiheitsberaubung mit sich, sagte Kláda. Mit der Tendenz, auch Tradition von mir aus, hast du bestimmt recht. Mit Schwejkeln haben diese Verniedlichungen allerdings wieder nichts zu tun.

– Hat jemand Lust zu lernen, wie man Schaufenster ruck, zuck sauber bekommt? Das ist auch kein Schwejkeln. Wegen meiner Übersetzungen ist es für mich existentiell, fügte der Chefredakteur etwas entnervt hinzu. »Der eiserne Gustav« darf endgültig nicht erscheinen, wißt ihr das schon? Wegen unserem lieben Präsidenten.

– Nur weil Husák Gustav heißt?

– Genau, nur wegen dem GUSTÁV.

Irgendwann löste sich die Gruppe auf, die Männer hatten noch andere Wege vor sich und sicher noch viele interessante Dinge zu erledigen. Unsere Begleiter mußten sich entscheiden und sich auch voneinander trennen. Ich blieb mit Kláda allein und ging mit ihm zur Bibliothek, wo er mit jemandem verabredet war.

– An uns kristallisiert sich das schlechte Gewissen, das die Leute mit der Zeit angehäuft haben, sagte er nach einer Weile. Das werden wir noch zu spüren bekommen, warte mal ab. Die Volksseele vermutet hinter jedem Dagegensein intellektuelle Überheblichkeit.

– Hat dich jemand angegriffen?

– Nicht direkt, ich spüre das aber. Trotzdem würde ich das nicht so persönlich nehmen. Ich bin ein glücklicher Mensch, mir fehlt nichts. Über diese, im Grunde unsere Zeit sollten unbedingt jüngere Leute etwas schreiben. Alles muß aber noch etwas reifen, das ist klar. Von unserer Garde kommt zwar viel kluges Zeug, intellektuell erreicht man die Leute niemals wirklich. Man müßte Romane oder Stükke schreiben. Außerdem sind wir Alten mit dem jetzigen Mist total verstrickt.

– Ich werde keine Romane schreiben, Prosa lehne ich sowieso ab. Ich will lieber auf alles draufhauen, möglichst auf jedes einzelne Wort.

– Vielleicht nachdem du alles zerhauen hast, Georg, warte mal ab. Das Erzählen hat etwas Magisches, glaub mir. Im Grunde will man als Leser – in jedem Zeitalter – immer nur wissen, wie es weitergeht, und vor allem, wie es in seinem eigenen Leben weitergehen wird und ob es besser wird. PAPA, MAMA, WIE GEHT ES WEITER ...

– Ist das nicht etwas kindisch? sagte ich vorsichtig.

– Natürlich! Aber egal, wie kindisch solche Sehnsüchte sind, sie helfen einem weiter.

– Schreibst du weiter an den Erinnerungen?

– Nein. Ich wurde vor allem mit den fünfziger Jahren furchtbar unzufrieden. Außerdem stecke ich täglich so tief in dem, was jetzt los ist ... mir fällt es sowieso schwer, mich mit meinem vergangenen Kleinkram zu beschäftigen. Ich würde viel lieber Prosa schreiben, kann es aber nicht. Noch zu den Romanen: Wenn die Geschichte gut ist, kann man beim Lesen die eigene Gegenwart in die Zukunft verlagern und sie dort auch fühlen. Als Leser durchbricht man im Grunde eine Art Schallmauer, flüchtet aus dem Jetzt nach vorn ... Ich höre jetzt aber auf zu dozieren.

Nach einer Pause fragte er mich:

– Wohnst du noch zu Hause?

– Ja.

– Alles tolle Frauen um dich herum, wunderbare Menschen. Du solltest aber unbedingt ausziehen, hörst du. Von deinem Vater wirst du dich nicht befreien müssen, das wird der Verrückte schon selbst erledigen. Ich kannte Láďa vom Studium ganz gut, das weißt du aber. Er war ein ganz großer Trickser, lernte immer nur kurz vor den Prüfungen. Damals nannten ihn manche noch Ladios, das hat er dir vielleicht verschwiegen. Den Namen hatte er schon vor Urzeiten auf dem Gymnasium von seinem Griechischlehrer bekommen.

– Von meiner Mutter kenne ich einen anderen alten Spitznamen von ihm – Tabakschnorros.

– Seine Eltern waren arm gewesen. Dein Großvater hat das ganze Leben die Prager Straßenbahnen angestrichen, nicht wahr?

Nach der Implosion unseres Sozialismus, also der Umvolution von 1989, traf ich Kláda noch zwei- oder dreimal. Eins der Gespräche war etwas länger.

– Was ich neulich gehört habe! sagte er. Ich mußte erst einmal länger nachdenken, wie der Mensch auf diesen Unsinn überhaupt kommen konnte – dabei ist er kein Dummer. Er meinte, die Dissidenten hätten in ihren Kreisen die ganze Zeit nicht jeden Normalsterblichen geduldet, weil sie später – sozusagen in weiser Voraussicht der zukünftigen Ordnung – die politischen Posten nur unter sich verteilen wollten.

– Verstehe ich nicht ganz.

– Mußt du auch nicht, warte ... Mir persönlich ging es gut, habe auch nie gejammert – aber die anderen, das waren doch alles mutige Leute, oder? Und die sollten damals spekuliert und auf den sinkenden Kurs der Kommunisten gesetzt haben? Absurd! Existentiell war alles vollkommen ungewiß. Vor allem die jüngeren Leute hat die Polizei gezielt drangsaliert – geprügelt, kahlgeschoren, mit brennenden Streichhölzern gequält. Und die Volksseele verliert kein Wort über die eigene Feigheit.

– Alle sagen jetzt generell »unter den Kommunisten«. Egal, wieweit sie selbst mitgemacht haben.

– Das alles hat etwas Entrücktes. Aber die Leute vergessen nichts und erlassen auch nichts – an sich ist das in Ordnung. Die Jüngeren hatten diesen Staat außerdem nie gewollt – wir dagegen ja. Ich habe mich damals mit großer Begeisterung ins Zeug gelegt, war ein geschickter Agitator – das kannst du mir ruhig glauben. Für solche Dinge bekommen wir jetzt auch ordentlich Dresche.

– Daß der Mut aus der Dissidentenzeit so wenig zählt, finde ich trotzdem bescheuert. Von der Mitschuld könnte man euch einiges auch erlassen.

– Wir sind hier nicht in Südafrika, von mir aus sollen die Leute ruhig stur bleiben. Das kollektive Wissen ist sowieso hartnäckig, man müßte sich über das zögerliche Vergessen eigentlich freuen. Die Rekatholisierung unter den Habsburgern ist beispielsweise auch nicht vergessen – und die begann vor über dreihundertfünfzig Jahren. Die Tschechen sind bis heute nicht tief gläubig.

– Meinst du die Katholiken?

– Nein, das betrifft doch alle. Die Leute glauben bei uns generell eher pro forma, jedenfalls nicht wirklich inbrünstig. Die Vergewaltigung traf damals die ganze Nation – und der Katholizismus war nichts anderes als die Religion der damaligen Okkupanten. Was uns davon geblieben ist, ist unsere Skepsis. Es gibt bis heute kaum Fanatismus. Man sollte mit den Leuten nicht zu streng sein.

– Das sagst gerade du?

– Ja, ich muß es unbedingt so sagen. Wir fühlten uns damals wie Menschen eines besonderen Schlags, wie Väterchen Stalin uns vorsagte – und wir waren auf unseren vermeintlich neuartigen Fanatismus auch noch stolz. Zum Glück hielt das nicht lange an. Trotzdem: Dichter wurden hingerichtet oder in den Tod getrieben – und nicht wenige! –, einfache Existenzen millionenfach kaputtgespielt. Mit uns sind dünnpfiffige Emotionen durchgegangen, das wollen heutzutage viele nicht mehr wahrhaben. Auch die ganze nachträgliche Reformiererei in den Sechzigern – alles Illusion und Unsinn. Aber clever sind die Leute wirklich ohne Ende. In dem Vorwurf gegen die Dissidenten steckt ein hochintelligenter Dreh. Im Grunde rechtfertigt man das eigene Stillhalten nicht nur damit, daß man in gewisse Kreise »nicht reingelassen wurde«, man feiert gleichzeitig so etwas wie seine angeborene Weisheit – als ob man schon immer Bescheid gewußt hätte ... Wenn das aber wieder Schwejkeln sein sollte, dann gute Nacht.

– Inzwischen kommen sie sich vielleicht noch sauberer vor als du.

– Ich komme mir überhaupt nicht sauber vor. Ich bin schuldig und bleibe es auch. Unsere Scheißpartei hat die Leute um die Möglichkeit gebracht, unter normalen Verhältnissen erwachsen zu werden. Darauf hätten sie aber ein Recht gehabt.

meine mutter ließ sich seine erinnerungen
in ihr schönes ohr flüstern

Da ich meine Schulfreunde, Freunde aus meiner alten Clique und auch die späteren vom Gymnasium mied, verein-
samte ich zunehmend und ließ mich bald darauf ein, die berüchtigten Besuchsgänge meiner Mutter mitzumachen. Sie
ging in einem bestimmten turnusartigen Rhythmus zu allen
alten Bekannten der Familie, pflegte diese unkündbaren
Kontakte teilweise seit Jahrzehnten und versprühte dort gekonnt ihre Lebendigkeit. Diese besondere Dienstleistung
wurde inzwischen auch von ihr erwartet. Von mir – dem
Kind – erwartete man dagegen nichts weiter und konnte
zu mir nicht einmal »Georg, bist du aber groß geworden«
sagen. Es wäre sowieso glatt gelogen gewesen. Da ich diese
Leute allerdings schon seit der frühen Kindheit kannte, war
es an sich angebracht, daß ich diese Kontakte nicht ganz
einschlafen ließ. Außerdem bestand die Möglichkeit, in
ihrem Umfeld jüngeren weiblichen Wesen zu begegnen.
  Manche dieser alten Leute lebten relativ ärmlich, manche
dagegen in ihren alten, vor dem Krieg herrschaftlich ein-
gerichteten Wohnungen, denen man das Großbourgeoise
sofort ansah. Sie besaßen immer noch prächtige, von ange-
sehenen Innenarchitekten entworfene Polstergarnituren,
zogen sich tadellos an – wenn auch die Damen des Hauses
inzwischen eine längere proletarische Vergangenheit hinter
sich hatten. Manche dieser Bekannten waren Verwandte
von weltbekannten Menschen. Frau S. war die Tochter von
Franz Kafkas Lieblingsschwester Ottla, die nächste Dame
war Schwägerin von E. E. Kisch, irgendwer war mit Max
Brod verwandt oder eng befreundet gewesen, der nächste
mit der Werfel-Familie, der übernächste alte Mann war ein

berühmter Shakespeare-Übersetzer und kannte seit seiner Jugend sowieso alle und jeden. Einer dieser alten Männer war seit Jahren mit allen seinen Restkräften dabei, den Ulysses zu übersetzen (»Ich quäle mich damit immer noch ...«), der nächste war Germanist und Altphilologe und war seit Jahrzehnten in erster Linie darauf konzentriert, sich von seinen jüdischen Unzulänglichkeitsgefühlen aufzehren zu lassen. Prag hatte für uns dank dieses etwas vergreisten Netzwerks etwas übersichtlich Konstantes und Zeitloses, was vom aktuellen Geschehen in Prag so gut wie abgekoppelt war.

Der letztgenannte, über achtzigjährige Übersetzer war seit dreißig Jahren leider nie wirklich gesund, fühlte sich seit über fünfzig Jahren als Dichter nicht genügend anerkannt und war schon seit seiner Jugend oft depressiv. Meine Mutter mußte ihn vor allem nach seiner Inhaftierung in den fünfziger Jahren immer wieder aufmuntern, auch bei unseren aktuellen Besuchen war das die ganze Zeit ihre Hauptaufgabe. Die Frau des alten Mannes bat sie immer wieder – telefonisch und heimlich – ausdrücklich darum, ihren Mann bei den Besuchen etwas aufbauen zu helfen.

– Sie sind immer so intensiv! Das tut ihm immer gut.

Ihr Mann war wahrscheinlich der beste tschechische Nachdichter aus dem Deutschen, man durfte es ihm aber nie so pur sagen. Man hätte damit seine eigentliche Größe als DICHTER in Frage gestellt. Wenn es doch mal um seine Nachdichtungen ging, war es unumgänglich, wenigstens einmal das Wörtchen »kongenial« fallenzulassen.

– Neulich hat ihn einer loben wollen, das war furchtbar. Sagen Sie ihm bitte niemals, daß er der größte Nachdichter aller Zeiten ist! Er hört daraus sofort das NACH und NUR heraus.

Bei den Begegnungen konnte meine Mutter erzählen, was sie wollte. Dem Alten ging es dabei trotz seiner abgründigen Untröstlichkeit gleich viel besser. Er hatte als junger

Mensch wild und hoffnungsvoll zu dichten begonnen, schrieb vor allem Liebes- und Naturlyrik. Nach dem Krieg, den er in England überlebt hatte, war das Schreiben aber fast ausschließlich zu seiner Privatsache geworden. Daran sei natürlich auch der rechthaberische Adorno schuld gewesen, klagte er, nicht nur die Verhältnisse. Trotzdem betrachtete er sich noch dreißig Jahre nach dem Krieg in erster Linie als ein Dichter. Und es war ratsam, bei dem Besuch eines seiner Gedichte aus den dreißiger oder zwanziger Jahren zu erwähnen, am besten gleich irgendwelche besonders gelungenen Stellen zu zitieren. Grundsätzlich änderte das aber nichts. Für seine Selbstzweifel gab es natürlich einige gute Gründe. Bei uns zu Hause wurden regelmäßig einige weniger gelungene Stellen aus seinem Werk zitiert, und wir amüsierten uns über sie gern. Verständigungssprache war in diesen Fällen notgedrungen Deutsch.

– Ich möchte nicht als eine »überreife Frucht« umworben werden, meinte gelegentlich Tante Erna, obwohl ausgerechnet sie eine solche war.

– Ich nicht als »tabuschwere Knospe«.

»Ich zermalme dein ›Nein‹ in meiner Gier aus Schleim«, soll er bei einer Privatlesung mal deklamiert haben. Eventuell wurde ihm die Autorschaft dieser Zeile von ehemaligen Kollegen aber nur angedichtet. Er hatte vor allem Rilke, Heine und Schiller übersetzt, Goethe hatte er seinem größten, inzwischen allerdings verstorbenen Rivalen überlassen müssen.

Mit meiner Mutter unterhielt sich der alte Dichter natürlich nur deutsch. Mich quälten beim Zuhören inzwischen nicht mehr die in den deutschen Sätzen viel zu spät auftauchenden Verb-Vorsilben, das Hauptproblem war hier das unerträgliche Flüstern des Alten. Er sprach so leise, daß ich in seiner Wohnung immer das Gefühl bekam, mich in der Nähe von einsturzgefährdeten Grabstätten zu befinden – wenn nicht sogar in der Grabesnähe des gerade noch atmenden Gastgebers. Seltsam war, daß der Mann trotz seines Alters noch ein erstaunlich gutes Gehör hatte, allerdings der Meinung war, seine Altersschwerhörigkeit würde von Woche zu Woche schlimmer. Und weil er alle Schwerhörigen und zu laut sprechenden Menschen haßte, drosselte er aus Vorsicht seine eigene Stimme unverhältnismäßig und rücksichtslos.

– Mit welcher Lautstärke mich alle immer anbrüllen!

Er selbst nahm leider an, er würde normal laut sprechen. Dabei kamen aus seinem Mund meistens nur leise gehauchte Wortschatten – verstärkt höchstens durch schleimvibrierendes Röcheln. Schon aus der Entfernung von zwei Metern konnte man ihn kaum hören, verstehen schon gar nicht. Das schaffte allerdings eine ganz besondere Gesprächsatmosphäre und hatte einen nicht zu vernachlässigenden Nebeneffekt – meine Mutter mußte im Laufe der Begegnung immer näher an ihn heranrücken. Er flüsterte seine Erinnerungen – meist immer die gleichen – in ihr schönes Ohr und verplemperte mit ihnen unsere gemeinsame Gegenwart. Für mich hätte es verheerende Folgen gehabt, wenn ich mein akustisches Ausgeschlossensein angesprochen hätte. Erlaubt war nur trübnislose Dankbarkeit.

Im Grunde wollte er meine Mutter nur für sich allein haben, ich sollte mich eher mit seiner zarten, gefährlich dürren, trotzdem immer reizend lächelnden Frau unterhalten – am liebsten in der kleinen Küche nebenan, in der immer genug zu tun und zu helfen sei, wie er gern betonte. Wenn ich nicht in der Küche war, saß ich oft resigniert in einem separaten großen Sessel ein Stück zu weit weg von den beiden Flüsterturteln und hörte nichts. Die Gattin des Alten interessierte sich für die tausend Mal wiederholten Geschichten sowieso nicht mehr, und wenn sie in der Küche fertig geworden war und sich leise zu uns gesellt hatte, schwieg sie meistens – wie ich auch. Den Monologisierer machte es sowieso unruhig, wenn er das Gefühl bekam, jemand strebte danach, irgendwelche konkurrierenden Gesprächsthemen ins Spiel zu bringen. Auf diese Weise erfuhr er nichts Neues. Seine Frau und ich sahen uns ab und zu in die Augen und schafften uns nebenbei unser eigenes, noch leiseres Miteinander. Über den Alten wurden schon immer verschiedene Anekdoten erzählt. Angeblich soll er schon als junger Mann manchmal so ungewöhnlich leise gesprochen haben, daß er sich selbst nicht präsent genug vorkam.

– Was habe ich gerade gesagt? scherzte er über sich, als es ihm noch möglich war.

Im Krieg hatte er in der englischen Armee gedient und mußte dort jahrelang furchtbar früh aufstehen. Er litt unter der ständigen Müdigkeit, verbrachte angeblich die ganze Zeit im somnambulen Zustand. Als er einmal vor tschechischen Soldaten einen Vortrag über deutsche Geschichte halten sollte, sprach er wie aus einem Traum heraus, leider immer leiser und leiser – bis er bei seinem eigenen Vortrag einschlief. Diese Geschichte erzählte er sogar einigermaßen laut.

– Im Raum wurde es, das bemerkte ich noch, ungewohnt still. Es war kurz nach dem Frühstück, ich beugte mich über meinen Tisch und schwebte wieder halb in meinen Träumen. Allerdings wunderte ich mich eine Weile ganz bewußt, wieso die vielen Männer so ruhig vor mir saßen. Und wieso sie so passiv waren – sie schrieben nicht, sie lasen nicht, nichts tat sich. Niemand sagte ein Wort, trotzdem wirkten sie alle wie gebannt, schienen auf etwas zu warten, sahen mich an – dann kippte ich wahrscheinlich nach vorn.

Eine andere Anekdote besagte, daß der junge Dichter damals – immer kurz bevor sein nächster eigener Gedichtband erscheinen sollte – wie verändert gewesen sei. Seine Körperhaltung soll eine andere gewesen sein, er soll größer und muskulöser gewirkt haben. Und als der Band dann herauskam, hätte er eine Zeitlang doppelt so laut wie üblich gesprochen.

Ich hätte bei den Besuchen eigentlich auch gern mitgeredet, um mein Deutsch aufzubessern, dazu kam es aber fast nie. Ich langweilte mich und spielte nebenbei wenigstens mit der feinen Oberfläche des plüschigen Lehnstuhls, in dem ich saß. Die Härchen schimmerten teilweise ganz hell; wenn man sie mit der Hand in die andere Richtung strich, wurden sie wieder dunkel. Das alles spielte sich in den schönsten Bordeaux-Tönen ab. Bei uns zu Hause gab es keine Plüschmöbel. Plötzlich donnerte mich eine laute Stimme wie vom Himmel an, eine Stimme, die ich so nicht kannte. Der Dichter konnte offensichtlich auch ganz anders:

– Verschmierst du dort unsere Schlagsahne, Georg?

Als wir einen Bekannten auf seiner neuen Arbeitsstelle – ABSCHIEBESTELLE, wie er sagte – besuchten, bestätigte sich mir einmal, wie wahr – oder fast wahr – alle abgedroschenen Redewendungen sein können. Konkret ging es um eine besondere Art der Tränenausscheidung. Ich ging auf die Hinterhof-Toilette der schmuddeligen Büros, und im Vorraum, in dem ich mich entscheiden sollte, welchem Geschlecht ich angehörte, waren auf den Klotüren keine Buchstaben, keine Symbole angebracht, sondern Pin-up-Bilder: Auf der einen ein wunderschöner junger Mann mit entblößtem Oberkörper und einer Zigarre im Mund, auf der anderen eine Göttin in Bikini. Als ich die stolze weibliche Traumfigur sah, schossen mir die Tränen nicht IN DIE AUGEN, sondern regelrecht AUS DEN AUGEN heraus – wie zwei kleine Geysire. Ich stand da und wußte absolut nicht, welche Tür ich ansteuern sollte. Allerdings waren mir Zweifel vor derart verwirrend bebilderten Klotüren überhaupt nicht neu. Instinktiv zog es mich natürlich immer zu den Frauen – eben dorthin, wo diese sich oft in Scharen aufhielten und einzeln ihre Höschen herunterzogen.

Vieles war – wie gesagt – wie früher, fast wie in der Kindheit, trotzdem grundsätzlich anders. Ich kannte meine Mutter inzwischen recht gut, und das relativ unkindlich. Und wie ich eines Tages erfuhr, kannte ich sie sogar wesentlich besser als ihr Liebhaber, obwohl dieser mit ihr – als seiner Zweitfrau – inzwischen mehr als zehn Jahre liiert war. Meine Mutter hatte einiges über sich einfach nie verraten. Und ihr Freund sah keinen Grund dazu, danach zu forschen. Von ihren Depressionen, Überforderungsängsten und Minderwertigkeitsgefühlen hatte er keinen blassen Schimmer. Sie konnte alle ihre zusammenfaltbaren Makel meisterhaft überstrahlen. Ihren Freund nannte sie sicherheitshalber ironisch »mein Herr«.

– Wie es mir gestern ging, muß mein Herr nicht wissen. Es reicht, daß du alles mitbekommst.

Ihre wichtigste Weisheit über Depressionen lautete sowieso:

– Eine Depression kommt und verschwindet wieder von alleine.

In dieser Zeit starb mein Vater, den ich tatsächlich nicht selbst umbringen mußte. Daß er nicht lange leben würde, war zu erwarten gewesen. Er trank inzwischen nur noch und gehörte in seinem Neubaugebiet zum festen Bestandteil einer leicht eingebildeten Alkoholikerclique – Säufer mit einem IQ unter 120 hätten in seinem Kreis keine Chance. Nachdem er in der Kneipe alle drückenden Probleme des tschechischen Volkes und der übrigen Welt gelöst hatte, grüßte er torkelnd und fröhlich oder torkelnd und wütend jeden, den er auf der Straße mit seinem Tunnelblick erfaßt hatte, beschimpfte von weitem seine Nachbarn, die um ihn möglichst einen Bogen machten, winkte gern auch meinem sich für ihn schämenden Halbbruder zu – also seinem noch schulpflichtigen Sohn –, oder er täuschte einen Jiu-Jitsu-Angriff vor, wenn die Freunde seines Sohnes sich über ihn lustig machten. Wenn er seine Frau und Mitbewohnerin traf, zog er sie, wenn sie allein war, gern wegen ihres Liebhabers auf, der ein einfacher Taxifahrer war.

Als man meinem Vater seine verstopften Halsschlagadern reinigen wollte, mußte er ins Krankenhaus. Er besoff sich heimlich auch dort – sogar noch in der Nacht vor der Operation. Mein Vater, der gerade zweiundfünfzig Jahre alt geworden war, verabschiedete sich dann beim ersten Narkoseschub.

In seinem letzten Lebensjahr unternahmen mein Vater und ich – wer hätte das früher gedacht – noch einige ausgelassene Sauftouren in der Innenstadt. Er und ich, wie zwei alte Bierkumpane, es war wie in einem bösen Märchen. An diesen Abenden machte er mich überraschenderweise zu seinem Vertrauten. Im Grunde erkannte er mich damit endlich an und behandelte mich – meistens jedenfalls – wie einen ebenbürtigen Erwachsenen. Einiges um uns herum befand sich tatsächlich im Umbruch, und wir waren, trotz einiger gravierender Unterschiede, doch zwei ähnliche, von drückenden Umständen und bösartigen Schicksalsschlägen geprüfte Männer. Mich interessierte inzwischen die Politik nicht sonderlich. Was Kardinal Mindszenty in Wien trieb, nachdem er die amerikanische Botschaft nach fünfzehn Jahren hatte verlassen können, ließ mich kalt. Und was aktuell in Vietnam oder etwas später in Chile los war, war mir auch relativ egal. In diesem Punkt unterschied ich mich nicht von meinem Vater und war mit den meisten meiner Landsleute auf einer Linie. Überall, wo der verhaßte Sozialismus auf der Welt bekämpft wurde, sollte er mit voller Härte auch zurückgedrängt werden. Vaters frisch erblühter Antikommunismus war allerdings voller Halbwissen und nur noch irrational. Manchmal stimmte ich ihm bei seinen Haßtiraden vorsichtshalber zu und hatte danach das unkluge Gefühl, ein ähnlicher Trottel zu sein wie er.

Ich hatte in dieser Zeit – wie gesagt – keine Freunde, neue zu suchen kam nicht in Frage, und Frauen anzusprechen war für mich inzwischen vollkommen unmöglich. Meinen Vater kannte ich nun mal, und sich mit ihm auszutauschen war schon nach dem ersten Bier meistens unproblematisch. Wir näherten uns tatsächlich an und wurden kurz vor seinem Tod, wenn auch ohne wirkliche Konstanz, wieder so etwas wie Freunde. Vater hatte immer genug Geld dabei, er zahlte und zahlte, ich konnte auch in teuren Restaurants bestellen, was ich wollte.

Eine Zeitlang hatte mein Vater ein Verhältnis mit der ebenfalls alkoholkranken Gattin des Langzeit-Geliebten meiner Mutter. Mein Vater und diese langzeit-betrogene Frau – im Grunde die beiden früheren und jetzt überkreuz gebildeten Paare – kannten sich natürlich noch von früher aus dem Studium. Für kurze Zeit hatte sich um mich herum ein neu zusammengesetzter Kopulationskreis gebildet. Etwas später brachte mein Vater eine viel jüngere Frau von seiner Arbeitsstelle mit, und er erlaubte mir beim Saufen sogar, sie anzubaggern. Hinterher amüsierten sich die beiden über mich. Nach Dienstschluß schliefen sie manchmal miteinander – angeblich auf Vaters Schreibtisch. Bei der nächsten Gelegenheit berichtete er mir stolz und ausdauernd nicht nur über seine Noch-Funktionstüchtigkeit, sondern auch darüber, wie niedlich mich seine Braut gefunden hatte.

– Diese gemeinsamen Bewegungen beim Sex! Es ist das Schönste, was es im Leben überhaupt gibt! Aber du – mach dich vor ihr bitte nicht lächerlich, Georg!

Er war kurz nach dem Einmarsch der Russen wegen »politischer Unzuverlässigkeit«, sicher aber auch wegen seines Alkoholismus entlassen worden – er konnte sich allerdings zu Recht als ein echter Reformer und Opfer von Säuberungen fühlen. Trotzdem wurde er auf seiner neuen Arbeitsstelle als ein ehemaliger Stasimann natürlich gehaßt. Dabei hatte er im ansteckenden Taumel des achtundsechziger Frühlings eventuell doch einiges verändern und mildern, die Aktivitäten seines Ministeriums mehr auf Aufklärung und weniger auf Bespitzelung lenken wollen. In diesem

Punkt hatte er mich möglicherweise nicht belogen. Aus der Partei war er selbstverständlich ausgeschlossen worden. Sein liebes Ministerium zahlte ihm nach der Entlassung trotz allem einen Ausgleich zu seinem aktuellen Gehalt – so daß er genauso viel verdiente wie davor.

– Ich weiß immer noch viel, viel zu viel!!! brüstete er sich. Die Kommunistenschweine zahlen mir jetzt gutes Schweigegeld – müssen sie auch.

Seine neue Freundin war unschön und schamlos, zu meiner morbiden Stimmung paßte das bestens. Pro forma war sie noch verheiratet, unglücklich war sie auch – und ich fand ihr Unglück und ihre alkoholblasse Ausstrahlung ausgesprochen anziehend. Wir amüsierten uns alle drei köstlich; nur ich manchmal etwas gequält, wenn die beiden mich gerade aufzogen. Am amüsantesten war es, wenn Vater am fortgeschrittenen Abend beschloß, seine Freunde von früher aufzusuchen. Manche von ihnen hatte er jahrzehntelang nicht gesehen. Wir machten uns, angetrunken wie wir waren, auf den Weg. Mein Vater wollte selbstverständlich auch gern mit seiner viel jüngeren Freundin angeben. So standen wir plötzlich vor einer fremden Tür und klingelten, natürlich waren wir nicht angemeldet. Die Gesichter der überrumpelten Leute sehe ich noch heute vor mir. Man bat uns höflich hinein, uns abzuweisen traute sich niemand. Mein bestgelaunter Vater erklärte daraufhin die Party für eröffnet. Ausreichende Weinvorräte hatten wir immer dabei. Die Verlegenheit der Gastgeber, die meistens schon in Hausklamotten steckten oder sich im ersten Moment sogar in Unterwäsche zeigen mußten, war herrlich. Kraft unserer guten Laune brachten wir sie bald dazu, den Überfall als eine Geste der zwischenmenschlichen Güte und Wärme zu akzeptieren – für eine Weile jedenfalls. Die Stimmung kippte aber irgendwann, was unvermeidlich war. Mein meisterironischer Vater konnte es nicht lassen, die Gastgeber zu provozieren, und wurde mit der Zeit immer bissiger. Er machte sich beispielsweise über die Wohnung der Leute lustig oder darüber, daß die beiden Eheleute einander inzwischen immer mehr ähnelten.

– Wer von euch ist eigentlich Václav?

Ungehemmt plauderte er auch gern irgendwelche Intimitäten von früher aus, die die Ehefrau seines ehemaligen Freundes nie hätte erfahren sollen, beschämte diesen Menschen so lange, bis wir hinauskomplimentiert wurden. Bei einem anderen Besuch ging es dank ausreichender Alkoholisierung sehr schnell zur Sache. Unser Gastgeber war ein zwei Meter großer Elektronik-Ingenieur, ein vielbeschäftigter Erfinder und ein Lamm von Mann, die Gastgeberin eine zierliche seelendrahtige Frau.

– Paßt ihr auch sonst ganz gut zusammen? fragte mein Vater.

– Wie bitte?

– Ich meine da unten, Pavel ist doch so riesig.

Zu einem Wettbewerb um die schönsten Männerbeine kam es nie. Mit Vaters Beispiel vor Augen probierte ich wenigstens, einiges an Alkoholmengen zu ertragen. Mich mit ihm zu messen kam für mich allerdings nie in Frage. Wieviel mein Vater trank, wenn er mal die Arbeit schwänzte und den ganzen Tag nichts anderes tat, als zu trinken, erfuhr ich erst später von seiner erleichtert-verwitweten Frau. Man hatte sie manchmal kurz benachrichtigt: HERR INGENIEUR, ihr Mann, liege vor dem Lokal – und habe nicht bezahlt. Dank dieses Umstands gilt als verbürgt, daß mein Vater es in seiner Hochphase schaffte, vierzig halbe Liter Bier am Tag in seinen Bauch zu gießen. Also zwei volle Zehn-Liter-Eimer. Um das vielleicht besser zu verstehen: In den Tiefen seines Herzens wünschte er sich im Leben nichts anderes mehr, als irgendwann ein ernstzunehmender Schriftsteller zu werden.

In seiner Jugend war mein Vater ein harter Kampfsportler gewesen, später schwärmte er gern davon. Aus seiner aktiven Jiu-Jitsu-Zeit gab es auch einige martialische Fotos. Als ich klein war, konnte er mich vor allem damit beeindrukken, daß er mich zu Demonstrationszwecken gnadenlos auf den Fußboden schmiß. Er tat es aber elegant und ohne jegliche Kraftanstrengung, er mußte nicht einmal seine überlegene Körpermasse einsetzen. Er täuschte eine seitliche Bewegung vor und zwang mich damit trickreich, den Schwerpunkt meines Körpers mitwandern zu lassen – zu meinem Fall reichte dann ein ganz leichter Tritt. Er trat ausgerechnet gegen den Fuß, auf den sich mein Balancegefühl vorausschauend verlassen wollte und auf den ich gerade mein Gewicht verlagerte – das heißt vorhatte zu verlagern.

Die Katerstimmung nach den nächtlichen Ausflügen an der Seite meines Vaters war furchtbar. Ich mußte früh aufstehen und in meiner Schlosserei erscheinen. Der Zauber des Metalls war inzwischen sowieso schon stark gemindert, meine weiteren Perspektiven waren unklar. Zum Schreiben fehlte mir die Kraft, und ich wußte, daß in einer so bedrückten Stimmung kaum die Literatur entstehen konnte, mit der sich die Menschheit beeindrucken und beglücken ließe. Meinen Karateverein mußte ich irgendwann feige verlassen, nachdem ich nach einem Kampfwochenende für mehrere Wochen untergetaucht war. Ich mußte mich einfach auskurieren und erholen, hatte mich aber gleichzeitig nicht entschuldigt, war auch nicht zum Arzt gegangen. Deswegen gab es für mich kein Zurück mehr. Man hätte mich dort – wenn ich nicht schlappgemacht hätte – sicher immer wieder so zugerichtet, daß ich es irgendwann geschafft hätte, auf den nicht genutzten Turnmatten in der Ecke sogar meiner Seele eine schützende Knorpelschicht zu verpassen.

Ich trainierte trotzdem für mich weiter, vor allem die Schläge. Ich trainierte immer so lange, wie es mir meine schmerzenden Gelenke erlaubten. Wenn sich meine Fäuste erholt hatten, machte ich weiter – und konnte eines Tages sogar einen Erfolg verbuchen. In meinem Zimmer schlug ich oft auf die gleiche Stelle einer Seitenwand, es war die Wand zum Nebenhaus hin. Der Putz hielt dort gut zusammen, weil er noch aus alten Zeiten mit einer Stofftapete bespannt war. Diese Wand war – gegen alle Regeln der Baukunst – relativ dünn, das wußte ich aber schon. Tante Eva hatte mir manchmal Beschwerden der Nachbarn überbracht, die sich über die dumpfen Schläge in ihrer Küche gewundert hatten. Daß die seitlichen Wände des Hauses so dünn waren, war einmal auch meinem Onkel bei seiner Heizungsaktion zum Verhängnis geworden – wenn auch am anderen Ende der Wohnung. Gebaut wurde unser Haus außerdem mit einfachem Kalkmörtel ohne Zement; das hatte Onkel ONKEL damals schon diagnostiziert. Daß bei meinen Übungen die von mir bevorzugte Stelle mit der Zeit etwas nachgegeben hatte, merkte ich natürlich – aber gerade weil sie nachgab und weil sie inzwischen etwas weichgeklopft war, boxte ich ausschließlich nur dorthin. Bis sich diese Stelle eines Tages ruckartig vertiefte. Ein Ziegel schob sich mehrere Zentimeter in die Wand hinein und drückte den unglücklichen Menschen im Nebenhaus den Putz von der Wand. Ein ganzer Fladen Mörtel fiel angeblich in irgendwelche gerade aufgetischten Suppen.

Als ich einmal wieder mit der Faust in die Wand schlug, schlug ich so heftig und unglücklich, daß ich mir ein Gelenk samt Gelenkkapsel beschädigte. Als ich das Knacken hörte, spürte ich – neben dem Schmerz – auch einen angenehmen psychischen Ruck. Mir ging es plötzlich deutlich besser als noch einige Sekunden davor – wie unserem russischen, sich mit seinem Jagdmesser immer wieder abstrafenden Familienfreund Jossip. In einem hellen Moment der langsamen Rekonvaleszenz meiner Faust ging mir einmal auf, daß ich mit meinen Schlägen wahlweise auch Mutters Gesicht hätte zertrümmern können. Das Wissen darüber, was sie in den Lagern durchgemacht hatte, hemmte mich dabei überhaupt nicht. Über meine Gnadenlosigkeit wunderte ich mich natürlich, schwor mir aber, sie lebenslänglich geheimzuhalten.

Wegen meiner schmerzenden Hand war ich lange krankgeschrieben und mußte meine Handgelenke konsequent schonen. Was ich in dieser Zeit allerdings problemlos üben konnte, waren Luftschläge. Wenn mir danach war, wenn ich unbedingt meine Wut loswerden wollte, konnte ich in die Luft schlagen, wie ich wollte. Möglichst mit der ultimativen Karate-Wucht, die sich bekanntlich im ganzen Körper zu sammeln hat und letzten Endes geistiger Natur ist. Gyaku-zuki, Oi-zuki, Nagashi-zuki, Kizami-zuki, Ren-zuki, Dan-zuki, Morote-zuki, Age-zuki, Ura-zuki, Kagi-zuki, Mawashi-zuki, Awase-zuki, Yama-zuki, Heikó-zuki, Hasami-zuki, Uraken-uchi, Kentsui-uchi, Haji-ate und so weiter. Seltsamerweise war das Schattenboxen fast genauso befriedigend wie das Üben mit Holz- oder Mörtel-Vollkontakt. Bei diesen Übungseinheiten erschien vor meinem fernöstlichen Auge oft meine Erzeugerin, ausgerechnet sie, immer wieder. Ich übte weiter und versuchte, ihre phantasierte Präsenz zu ertragen. Bei meinen lächerlichen Lufthampeleien wurde mir aber auch klar, daß Mutter garantiert nur einen geringen Bruchteil meiner Wut verdient hatte. Ein Monster war sie nicht. Nur ich war langsam dabei, eins zu werden.

essen? – hier kann man nicht essen –
DAS kann man wirklich nicht essen

Die gemeinsamen Ausflüge mit meiner Mutter waren zwar meistens grauenvoll, trotzdem drängte ich schon seit längerem darauf, unbedingt einmal nach Christianstadt in Polen zu fahren. Meine Mutter redete sich immer wieder heraus und sammelte Argumente, die gegen diese Fahrt sprachen. In die Gegend führe sonst niemand, meinte sie, niemand kenne den Zustand der Straßen, und was aus dem ehemals deutschen Städtchen nach dem Krieg geworden sei, stehe sowieso in den Sternen. Und Hotels gebe es dort hundertprozentig auch nicht. Sie hatte sicherlich recht – ich wollte aber trotzdem hin. Die Stadt liegt nur etwa 120 Kilometer Luftlinie nördlich des Isergebirges. Daß sie heute niemand mehr kennt, liegt unter anderem daran, daß es diese Stadt dem Namen nach nicht mehr gibt – auch ihr früherer polnischer Name Krzystkowice existiert nicht mehr. Aber auch als Christianstadt noch einen Namen hatte, war die Stadt nicht überregional bemerkenswert – und nachdem sie es geworden war, durfte davon aus Gründen der Geheimhaltung möglichst niemand erfahren. In den Christianstädter Wäldern befand sich während des Krieges die – was die Produktionsmengen anging – größte Munitionsfabrik des Dritten Reiches.

Trotz Mutters Unlust bereitete ich die Fahrt – MEINEN Ausflug – systematisch vor. Das war allerdings gar nicht so einfach. Auf manchen Karten tauchte nicht einmal der Name Krzystkowice auf, sondern nur das unweit liegende Nowogród Bobrz. Nachdem ich einige, auch ältere Karten miteinander verglichen hatte, konnte ich unser Ziel aber endlich eingrenzen. »Bobrz.« hatte eindeutig mit dem die frühere niederschlesische Grenze bildenden Fluß Bober zu tun. Am linken Flußufer, also auf der brandenburgischen Seite, gab es außerdem noch einen Bahnhof – und die Eisenbahnlinie kreuzte den Fluß nördlich der beiden wichtigen Zufahrtstraßen. Der Bahnhof konnte nur der von Christianstadt sein, und Nowogród – die Stadt auf dem schlesischen Ufer – war eindeutig das frühere Naumburg. Leider wußten einige von mir befragte Historiker über diese Lokalitäten noch weniger als ich, sogar im Jüdischen Museum konnte mir niemand sagen, was dort überhaupt noch zu finden sein könnte. Daß das von der SS unterhaltene Außenlager Christianstadt verwaltungstechnisch zum Konzentrationslager Groß Rosen gehörte, war mir dagegen nicht neu, das wußte meine Mutter schon von damals. Das viel bekanntere Lager Groß Rosen – Rogoźnica – lag von Christianstadt aber sehr weit entfernt, fast hundertfünfzig Kilometer. Zum Komplex Groß Rosen gehörten sowieso weit über hundert andere, weitverstreute Außenlager. Auch Mutters Freund riet uns von der Fahrt dringend ab. Das ganze Gelände sei sicher chemisch oder sonstwie verseucht, meinte er – falls es überhaupt zugänglich sein sollte.

– Und wenn das Gelände jetzt von der polnischen Armee genutzt wird? Ihr kommt da vielleicht gar nicht rein.

In der Hohen Tatra hatten die Polen als unermüdliche Schmuggler und Schwarzhändler keinen besonders guten Ruf, ich liebte sie aber trotzdem uneingeschränkt, ohne daß ich es begründen konnte. Bei schlechtem Wetter ließ ich polnische Bergsteiger oft im Holzschuppen der Hütte übernachten und wurde bald als Hehler verspottet, schließlich nannte man mich »polnischer Vater«. Schon als ein solcher – ich hatte bei meinen polnischen Brüdern einiges gut – wollte ich mich von meiner Reise nicht abhalten lassen.

Eines Tages war es trotz aller Widerstände soweit. Ich besorgte einige Złoty, borgte mir ein Auto, und wir fuhren los. Vor uns lag nicht nur ein kurzer Ausflug, sondern ein ganzes gemeinsames Wochenende. Die Stimmung war nicht schlecht – auch meine Mutter hatte inzwischen die Neugier gepackt. Sie sah mich gern Auto fahren, und ein Ausflug an meiner Seite war genau das, wovon sie nicht genug haben konnte. Außerdem hatten wir es kurz vor dieser Fahrt tatsächlich geschafft, uns einigermaßen zu vertragen. Mir persönlich half dabei ein kleiner Trick. Wenn mich meine Mutter mit irgendwelchen doppelbödigen Angeboten manipulieren wollte, mich mit ihren gern-unsichtbaren Fäden einwickeln wollte, überlegte ich mir – um nicht wütend zu werden – lieber einen passenden Scherz. Der sollte sie zwar treffen, er mußte aber einigermaßen harmlos sein – so daß auch sie über ihn lachen konnte. Mit dieser Art Umgang konnten wir beide ganz gut leben. Meine Mutter lachte gern – notfalls auch über sich selbst –, und mir fiel es absolut nicht schwer, sie zu verspotten.

Wir fuhren in Richtung Norden, eine kleinere Landstraße lang. Es war eine Nebenstrecke, die Onkel ONKEL angeblich oft nutzte. Auch mein Vater hatte sie mir einmal angepriesen. Diese Strecke war kürzer als die von den meisten befahrene Ausfallstraße, hatte allerdings einen unangenehmen Abschnitt, der mit großen Schildern als »Unfallschwerpunkt« gekennzeichnet war. Auch Onkel hatte wiederholt von den tückischen Gefahren gesprochen, die dort allen unaufmerksamen »Sonntagsfahrern« drohten. Diese Straße ist in einem etwa fünf Kilometer langen Abschnitt vollkommen gerade – und führt neben einer ebenfalls schnurgeraden Eisenbahnstrecke entlang.

– Die Aufmerksamkeit läßt nach, und beim Überholen bräuchten die Unerfahrenen unbedingt mehr Bäume, um die Geschwindigkeit des Gegenverkehrs abschätzen zu können.

Mein Onkel hatte recht. Meine Mutter und ich unterhielten uns, meine Aufmerksamkeit ließ nach, und als uns eine junge Frau auf dem Fahrrad entgegenkam und mir Unmengen an NACKTER HAUT zeigte, streifte ich leicht einen Pfeiler – zum Glück war dieser nicht aus Stein, sondern aus Plastik. Meine Mutter begriff den Zusammenhang natürlich sofort. Der frische Kratzer an der Autotür war zum Glück kaum zu sehen. Und unser Bekannter war nicht engstirnig. Das Auto war sowieso voller Verletzungen und hatte außerdem etliche naturbelassene Dellen, die an den Knickstellen bereits rosteten. Wir fuhren weiter, und ich nahm mir vor, ab sofort alles richtig zu machen. Ich hatte die ganze Strecke bis nach Christianstadt genau studiert und mir die Nummern der einzelnen Landstraßen notiert, mein Notizbuch und die Karten lagen allerdings noch auf dem Rücksitz. Als sich die erste entscheidende Abfahrt näherte, sah ich, daß meine Mutter eingeschlafen war. Das war ungünstig. Bei uns zu Hause galt der Schlaf als etwas Heiliges und jemanden zu wecken als grausam. Ich hielt also nicht an und bog ab, ohne nachzuschauen. Ich war mir sowieso sicher, den Weg kartographisch gut im Gedächtnis zu haben – und das stimmte in diesem Fall auch. Einen bösen Fehler beging ich erst viel später irgendwo in Liberec. Schon im Zentrum und dann auch am häßlichen Stadtrand boten sich immer wieder Möglichkeiten zum Abbiegen. Ich entdeckte aber überhaupt keine für mich relevanten Richtungsschilder. Entweder waren sie gerade rostgeschwächt zu Boden gegangen oder waren wenig intelligent angebracht – oder sie waren dermaßen verdreckt, daß ich sie übersehen hatte. Einige andere Schilder, die lesbar waren, hatten mit meiner geplanten Route wiederum nichts zu tun – schien mir jedenfalls. Ich fuhr also einfach die Hauptstraße weiter, wunderte mich nur über ein linksseitiges Flüßchen und die Position der Berge. Etwas später begann ich den Ort Frýdlant zu vermissen.

An sich hatten wir gar keinen zwingenden Grund, nach Polen anders als über die polnische Grenze zu fahren – also direkt nach Norden. Jetzt waren wir leider längst auf dem

Weg in die Deutsche Demokratische Republik. Die weiter westlich liegende Wegvariante via DDR hatte ich bei der Planung längere Zeit sogar favorisiert. Die Strecke wäre nicht wesentlich länger gewesen, die Straßen eventuell besser – und Christianstadt lag beispielsweise in der Höhe der Stadt Forst nur vierzig Kilometer hinter der Neiße. Meine Mutter wachte auf, zum Umkehren hatte ich keine Lust mehr. Ich sagte ihr nur, ich hätte mich spontan für eine andere Strecke entschieden. In Mutters verschlafenen Augen sah ich etwas Angst, die steilen Hänge links und rechts der Straße hatten tatsächlich etwas Bedrohliches, es begann zu regnen. Das ganze Bergtal sah an sich schon wenig einladend aus, und wie freundlich uns die vor uns liegende DDR empfangen würde, war unklar.

Aber das war lange nicht alles, was sich im voraus nicht abschätzen ließ. Aus dem ganzen KZ-Bekanntenkreis meiner Mutter – die übriggebliebenen »Christianstadtmädels« trafen sich regelmäßig – war in Christianstadt bislang niemand gewesen. Man war stolz auf uns und hatte uns gutes Gelingen gewünscht. Ich bekam von den Damen sogar einige Skizzen überreicht – leider stimmten diese Zeichnungen und Lagepläne kaum miteinander überein. Bei dem letzten gemeinsamen Treffen sahen uns einige der Frauen etwas mitleidig an. Niemand aus ihrer Verwandtschaft hatte sich vor uns auf den Weg gemacht, in der Jüdischen Gemeinde war einmal eine Gruppenfahrt im Gespräch gewesen, man hatte sie aber nie ernsthaft geplant.

Wir fuhren schweigend weiter, und meine Mutter, die nachts nur wenig schlafen konnte, übergab mir die ganze Verantwortung und schlummerte wieder ein. Als wir zum Grenzübergang Varnsdorf kamen, hielt ich auf der Seite einer unsinnig breiten betonierten Fläche. Leider nicht unmittelbar vor den Grenzerhäuschen, sondern viel zu weit abseits – vielleicht auf einem Schandplatz für ertappte Zolldelinquenten. Ich wollte erst einmal meine Mutter wecken, in Ruhe unsere Ausweise hervorholen und mir die Details der neuen Route einprägen. Das umliegende Areal war gespenstisch leer. Es sah danach aus, als ob sich hier einige Macken der kühl und planerisch denkenden Ostdeutschen ausgesamt hätten. Was Platzangst ist – oder von mir aus agoraphobische Depression –, wußte ich schon seit meiner ersten Überquerung des menschenleeren Alexanderplatzes an einem Sonntag in Ostberlin. Ob unser Auto noch auf dem tschechischen oder – so weit abseits und weit vorn – schon auf deutschem Boden stand, war unklar.

Gerissene Mangelwarenschmuggler hätten sich sicher nicht so auffällig verhalten wie wir, trotzdem erregte unser unlogisch abgestelltes Auto großes Mißtrauen. Aktiv wurde man aber nur in den deutschen Baracken; auf dieser Grenzlinie war man – was die slawischen Eindringlinge betraf – sicher schon einiges gewohnt. Den lethargischen Tschechen waren wir offensichtlich egal. Unser Drama konnte beginnen. Die DDR-Uniformen mit den oben aufgeplusterten und unten engen Breecheshosen, den hohen Schaftstiefeln, enganliegenden Jacken und durchgebogenen Mützenböden sahen den früheren Uniformen bis auf die Farbe und die fehlenden Hakenkreuze erstaunlich ähnlich. Aber Tradition ist Tradition, nach dem Krieg hatte man sich für diese Ähnlichkeit offensichtlich bewußt entschieden. Als die drei Nazi-Gestalten von zwei Seiten auf uns zukamen, erwachte das jüdische Mädchen neben mir aus schwerer Bewußtlosigkeit. Es riß die Augen auf, dann die Tür – und meine Mutter begann zu rennen, wie ich sie noch nie hatte rennen sehen. Vor dreiunddreißig Jahren war sie in der gleichen Gegend vom Todesmarsch geflüchtet, es war nur ein Stück weiter nördlich von Varnsdorf. Jetzt lief sie dummerweise nicht irgendwelchen Befreiern, besser gesagt der dröhnenden Front entgegen, sondern nur weg. Die auf eine derartige Dreistigkeit nicht vorbereiteten Männer rannten ebenfalls los, hatten gegen meine flinke Mutter allerdings keine Chance. Ihre Hosen und Stiefel sahen zwar zünftig aus, vor allem die engen Schaftstiefel waren aber nicht schnellauftauglich. Außerdem störte den einen seine Maschinenpistole, den anderen seine nicht korrekt verschlossene Stempeltasche, aus der bei jedem Sprung mehrere gelbe Karteikarten herausfielen – und der dritte Mann war einfach zu dick. Ich erstarrte und überlegte mir ein mannhaftes deutsches Wort, um meiner Mutter einen drohenden Schuß in den Rücken zu ersparen.

– Halt, stehenbleiben! brüllte ein Grenzer – preußisch streng und tierisch laut. Mein gesamter deutscher Wortschatz war kurzzeitig wie schockgefroren. Die militärische Diktion der Deutschen kannte man als Tscheche ausgesprochen gut – vor allem aus Kriegsfilmen, in denen man die Deutschen mit Vergnügen auf Deutsch brüllen ließ.

Mit Antikriegsfilmen wurde man als Bürger der Tschechoslowakei sowieso kontinuierlich und mehr als großzügig versorgt. Die Nazis wurden in ihnen von schmalgesichtigen DDR-Schauspielern gespielt, und wenn sie zwischendurch tschechisch sprachen, sprachen sie mit einem grauenhaften Akzent. So und nicht anders sprachen für uns einfach mustergültige Feinde – die mustergültigsten Feinde der ganzen Menschheit. Meine Mutter und ich waren plötzlich zurück im Krieg.

– Sáßtafte! To jé poslédni farowáni! brüllte der Mann in einem unbeschreiblichen Tschechisch.

Einer der Verfolger zog tatsächlich seine Waffe und schoß in die Luft.

– Das meine Mutter! brüllte ich endlich, SIE NUR SCHLAFEN!

In dem Moment schoß jemand von einer anderen Stelle zwei Leuchtraketen in den Himmel, Sirenen heulten los. Und man konnte bald beurteilen, wie gut die Deutschen auf meine Mutter vorbereitet waren. Aus irgendwelchen Buden rannten einige etwas unvollständig angezogene

Männer heraus. Diese Verstärkung hatte vorschriftswidrig keine Jacken an und kaute noch – ihre Waffen schien die ganze Mannschaft aber auch beim Essen nicht abgelegt zu haben. Die bepistolten Männer verstreuten sich im Gelände und kreisten meine Mutter ein.

Das Verhör war kurz und schmerzlos, meine Mutter brauchte im Grunde nur ihre Auschwitznummer an ihrem Unterarm zu zeigen. Wir bekamen Kaffee, und man bot uns wunderbares Schwarzbrot an – leider waren die Scheiben mit einer Wurst belegt, von der uns ein Schweinsgesicht anlächelte, und wir lehnten ab. Die gutgemeinten Belehrungen nahmen nebenbei kein Ende. Als wir herauskamen, erkannte ich das Auto nicht wieder. Eine andere Mannschaft – die technische Abteilung offenbar – nahm es, so gut es ging, auseinander. Alle Türverkleidungen waren abgenommen, alle Matten herausgerissen, Tank ausgepumpt, Reservereifen abgezogen und ohne Luft. Korrekt wie sie waren, öffneten sie unser Gepäck erst vor unseren Augen. Zusammenbauen sollte ich das Auto anschließend selbst. Nach der Intervention eines Offiziers half man mir aber.

Wir überlegten kurz, zurück nach Prag zu fahren, wollten aber keine Feigheit vor dem Feind zeigen. Außerdem sah das Wetter wieder besser aus, und es gab auch die Möglichkeit, Geld zu tauschen. Wir passierten die Grenze, und ich konnte endlich in Ruhe meine Karten studieren. Die DDR-Route kam mir jetzt sogar günstiger vor als die polnische, auf alle Fälle war sie weniger bergig. Die vor uns liegende Strecke müßte außerdem eine gutausgebaute Hauptstraße sein. Auf dem Weg lagen Zittau und Ostritz, nach Polen wollte ich anschließend über den Grenzübergang in Görlitz. Und in Zgorzelec kämen wir dann wieder auf die ursprünglich anvisierte Route zurück. Wir fuhren los und sahen uns unterwegs alles neugierig und genau an.

– Das war hier alles slawisch, dieses »-tz« ist eigentlich »-ce« wie Roudnice. Weiter westlich endet wieder alles mit

»ow«, lenkte meine Mutter das Gespräch vom Eigentlichen ab – uns erwartete noch der nächste Grenzübertritt.

Nachdem wir einige Ortschaften passiert hatten, bekam ich das Gefühl, im Land der ostdeutschen Demokraten ginge irgend etwas streng Seltsames vor sich, was ich aus meiner Heimat überhaupt nicht kannte. Hier schien die Realität dergestalt zu stocken, daß sich alles Lebendige mehr oder weniger versteckt hielt, sich in Behausungen einbunkerte oder in Erdlöchern einmietete. Und dort in den Hohlräumen sich vielleicht zusätzlich das Schrumpfen verordnete oder sich für den Wiedereintritt in die Oberflächenatmosphäre darin übte, durchsichtig zu werden. Ich hatte jedenfalls den Eindruck, alle potentiellen Zuckungen und Regungen würden sich, falls es sie da oder dort eventuell gab, meinen egal wie weitwinklig schweifenden Blicken und meinen gezielten Fokussierungen geschickt entziehen. Aber woher kam diese Leere tatsächlich? Alles Lebendige konnte sich doch nicht die ganze Zeit mit Erdwühlen, Schrumpfen oder mit transluzidmachendem Lichtfluten beschäftigen. Mir fiel noch eine weitere Erklärungsvariante ein: Alles zuckend Lebendige könnte eventuell mit Spezialbulldozern zur Seite geschoben, sauberkantig geschichtet auf Paletten verladen und weitab aller Ausflugsstrecken abgestellt worden sein.

Ich kannte das flache Land DDR im Grunde nur vom Zug aus, war dort nie quer durch kleine Städte und Dörfer gefahren. Wie paradigmatisch der menschenleere Alexanderplatz war, konnte ich nicht ahnen. Jetzt sah ich, daß auch auf zentral liegenden Marktplätzen oder singulären Hauptstraßen kleiner Dörfer genau die gleiche Leere um sich griff. Zusätzlich wirkte auch die flächendeckende zwanghafte Ordnung und Sauberkeit – trotz lokal begrenzter baulicher Mängel – undurchschaubar beängstigend. Meine alte Alexanderplatz-Beklemmung war wieder vollständig wach. Die Vorgärten wirkten wie gekämmt, häßliche Zäune waren schmuck gestrichen, Auffahrten abgezirkelt und alles übrige ähnlich perfekt geglättet und saubergefegt. Und wenn ich das Auto abbremste und genauer hinsah, entdeckte ich in den vorgelagerten Gärten tatsächlich keinen einzigen Unkrauthalm, keine abgefallenen Blätter oder vertrockneten Blütenblättchen. Deutscher Boden – ALLES SCHWARZ! Auf einem Grundstück sah ich einige großgewachsene Tannen, also ein kleines Wäldchen – und der Boden dieses Wäldchens machte allen Ernstes einen fast besenreinen Eindruck. Ich hielt an und wollte mir dieses Stück Unnatur noch einmal ansehen. Tatsächlich lag dort keine einzige trockene Baumnadel herum. An eine der Tannen stand sogar ein einsatzbereiter Besen gelehnt. Niemand kam auf mich zu, nichts rührte sich, nicht einmal eine Gardine bekam Zuckungen.

– Vielleicht bringen sich hier die Menschen in großem Stil um, um der Welt noch etwas mehr Ordnung zu spendieren oder für jüngere Mitmenschen Platz zu schaffen. Und die Rentenkasse würde dadurch auch stark entlastet! Gute Genossen sterben doch mit fünfundsechzig, nicht wahr?

– Wie das? Was spendieren? fragte meine Mutter unkonzentriert.

– Oder die Leute kasteien sich hier in Eigeninitiative – eben mit dieser Reizarmut und Leere. Pflichtbewußt, beladen mit schlechtem Gewissen und kostengünstig obendrein.

Meine Mutter war von der Gekämmtheit des Dörfchens auch angewidert, wollte darüber aber nicht weiter scherzen, wir fuhren weiter. Es war Sonnabendmittag, alle aßen eventuell gerade ihr Mittagessen – und wenn sie es momentan tatsächlich taten, taten sie es extrem pünktlich. Die DDR sah hier jedenfalls wie nach dem Einschlag einer Neutronenbombe aus. Etwas später wirkte diese strenggebürstete Welt aber immer noch nicht viel lebendiger. In einem Dorf stiegen wir aus und liefen kurz herum. Die Backsteinkirche gefiel uns, der neben ihr liegende Friedhof wirkte idyllisch, sah regelrecht einladend aus. Was wir dort entdeckten, taugte allerdings wieder eher zum Gruseln. Auf dem Gelände tobte offenbar ein tödlicher Konkurrenzkampf – und es mußte tatsächlich ein knochenharter Wettbewerb sein, der dort ausgetragen wurde. Ein Grab war schöner und abgezirkelter als das andere, ordentliche Bepflanzung überall, ich konnte keine Unregelmäßigkeiten entdecken, kein Grashalm sproß dort, wo er nicht wachsen sollte. Pflänzchen, die man als UNKRAUT bezeichnen könnte, gab es auch im weiten Umkreis der Gräber nicht. Auf den Wegen zwischen den Gräbern sah man nicht einmal Schuhabdrücke – auch der pflanzentote Hauptweg, auf dem wir liefen, war frisch geharkt. Wir hinterließen eine schändliche Doppelspur.

– Diese Wege sehen aus wie Todesstreifen, oder? Und wir sind hier schon wieder die Grenzverletzer – heute zum zweiten Mal.

Jeder Winkel des Friedhofs wirkte wie geleckt, bis in die letzte Ecke war nichts unberührt gelassen worden. Und nach dem Beenden der verbissen-agilen Vernichtungspflege mußten die Menschen ihre Harken hinter sich her gezogen haben. Und wie gerade! Sie schlenderten dabei nicht einmal, keine zufällige Abweichung war zu sehen. Aber auch alle vegetationslosen Zwischenräume auf den Gräbern selbst waren ohne jegliche Ausgelassenheit beharkt worden – bei ihrer geometrischen Schraffierung hatte man sogar noch strenger auf Parallelität geachtet als auf den Wegen. Nur um die Krümmungen sah man eine mit ruhiger Hand geführte, der Rundung folgende Harkenspur. Da und dort gab es sogar Kratzmuster, die über Kreuz geführt worden waren. Mein Favoritgrab wies ein Rhomboidmuster auf. Das war eindeutig das Werk des ortsbesten Großmeisters, also des feingeistigsten Todesästheten unter den Entropiegeilen.

– Stell dir vor, sagte ich, Sartre und Camus treffen sich hier in der ostdeutschen Provinz und philosophieren über

das Leben, den Tod und die Hölle. Wäre das ein Theater-
stück!

– Sicher großartig – nur total langweilig, meinte meine
Mutter.

Wir fuhren weiter und bekamen langsam Hunger. Wir
kannten Ostberlin ein wenig, wir kannten außerdem noch
die Ostseeküste. Mit dem Essengehen war es in Ostdeutschland nie ganz einfach, daß es aber so weit kommen könnte,
daß man gar nichts zu essen bekäme, wußten wir nicht.
Meine Mutter fragte einen Mann aus dem Auto heraus –
er sah uns von Anfang an wie zwei Volltrottel an.

– Essen? Hier kann man nicht essen. Die Kneipe macht
erst um fünf auf.

– Und gibt es wenigstens dann etwas zu essen?

– Bockwurst haben die sicher. Vielleicht auch Sülze? Ich
weiß es nicht.

Wir fuhren weiter, um es woanders zu versuchen.

– Hast du etwas verstanden? fragte ich meine Mutter.

– Ja. Zum Glück war das kein Sächsisch.

In Görlitz kamen wir schließlich völlig ausgehungert an.
Langsam war es eventuell zu spät zum Einkehren, hatten
wir das Gefühl – bei der hier tickenden Strenge. Die Stadt
war in einem fürchterlichen Zerfallszustand. Im Krieg war
sie, wie man sah, zwar verschont geblieben, die sozialistische Zerstörungsfront war hier aber längst durchgezo-
gen. Viele der Häuser hielten sich mit letzter Kraft noch gerade, in den Seitenstraßen waren aber einige von ihnen
schon mit gewaltigen Balkenkonstruktionen abgefangen
und gestützt worden. Abgeplatzter Putz, kaputte Dachziegel und Splitter von Ziegelsteinen lagen dort auf den Straßen weitgestreut herum, und die Menschen umkreisten
sie – oder auch nicht. Trotzdem galt in diesen Seitenstraßen
offenbar noch keine Helmpflicht. Wenn man irgendwo in
offene Fenster der Parterrewohnungen hineinlugen konnte,
herrschte dort dagegen eine perfekt minimalistische Starre.

Eine solche Diskrepanz zwischen Innen und Außen war auf der Welt möglicherweise einmalig, dachte ich. In den Zimmern sah es aus, wie wenn bald geschlossene Formationen apokalyptischer Himmelsrichter ins Land einfallen sollten.

– Vielleicht stehen hier alle Mieter unter Dauerhypnose, sagte ich laut, ohne auf eine Reaktion meiner Mutter zu hoffen.

In einem Stück von Beckett hätte eine aufsicht-habende und in einer Wandluke steckende Frau – beispielsweise »Erstarrung-vom-Dienst« genannt – auftreten und endlosschleifend wiederholen können: »Hast du für den Fall deines Ablebens deinem Staat und deinen Kindern keine unnötige Entsorgungsarbeit hinterlassen? Stimmt in deiner Wohneinheit auch die schrank- und kommodenübergreifende Systematik beziehungsweise die Feinsortierung im Inneren deiner Schubfächer? Hast du alle Kleider, die du nicht mehr benötigst, der Volkssolidarität übergeben? – Hast du für den Fall deines Ablebens deinem Staat und deinen Kindern keine unnötige Entsorgungsarbeit hinterlassen? Stimmt in deiner Wohneinheit auch die schrank- und kommodenübergreifende Systematik ...«

Zum Glück schickte uns jemand tatsächlich bald in Richtung einer SPEISEGASTSTÄTTE. Diese sollte gleich am Rande der Altstadt liegen und tatsächlich warmes Essen anzubieten haben. Unterwegs auf der Landstraße gab es mehrere Einrichtungen, die sich ebenfalls stolz Speisegaststätten nannten. In einer, die nicht geschlossen war, hätten wir sogar kalten Wurstaufschnitt essen können. Wir brauchten aber unbedingt eine warme Mahlzeit. Wir näherten uns jetzt dem Eßtempel, dieser Lausitzer Perle der Sättigungskunst. Schon das Gebäude wirkte kurios, so etwas wie dieses Restaurant kannte ich nicht. Die Ostdeutschen hatten nicht nur ihre standardisierten Kaufhallen aus massivem Beton gebaut, sie hatten genauso auch ihre FRESSHALLEN aus Betonplatten hoch-, besser gesagt flachgezogen. Wir betraten eine solche Halle zum ersten Mal.

Auf der Straße standen einige Trabants und Wartburgs, aber nicht übertrieben viele, auf der Treppe und im Vorraum sahen wir niemanden. Das waren wir inzwischen gewohnt. Dann kam aber der Schock – das Innere des unendlich großen Raums war brechend voll, trotz der fortgeschrittenen Zeit. Offenbar speisten hier alle Menschen aus der weiten Umgebung, die sich – egal wie zeitversetzt – etwas Gutes antun, sich an diesem Tag eben verwöhnen lassen wollten. Und die meisten kamen eventuell aus gesundheitlichen Gründen zu Fuß. HIER WAREN SIE JETZT ALSO ALLE – ausnahmsweise aufs Bedientwerden eingestellt, hochkonzentriert, zentralisiert in einer echten KONZENTRATIONSGASTSTÄTTE. In weiter Ferne sah man eine Kellnerin mit einem riesigen Tablett herumstolpern, sonst keine weiteren Kellnerkollegen. Wir blieben kurz stehen. Alle eßwilligen Gäste saßen brav und geduldig, massive Abspeise-Verzögerungen hatte jede Familie offenbar fest eingeplant. Wenn es Gespräche gab, dann nur im Flüsterton. Gemessen an der appellplatzgroßen Fläche war es in dem Raum gespenstisch still. Als wir uns wieder in Bewegung setzen und die Schwelle der Ess-Arena überschreiten wollten, tauchte aus einer Seitentür zufällig ein Kellner auf, hob warnend seine freie linke Hand, riß den Mund auf – er mußte aber nicht anfangen zu schreien. Wir zogen uns blitzschnell zurück – schon aus Angst vor möglichem Leuchtpistolenfeuer.

– Wir werden sicher plaziert, das kenne ich schon, meinte meine Mutter.

– Bekommt man von einem so strengen Eßregime nicht gleich Verstopfung?

Wir standen im Rahmen der halboffenen Tür, saugten uns mit den Augen an den wenigen vorhandenen Tellern der bereits Speisenden und auch an den leeren Tischdecken der

Masse der hungrigen Dulder fest und verstanden vieles nicht. In dem vor Begierigkeit überquellenden Raum tat sich viel zu wenig, um auf ein Ende des allgemeinen Wartedramas hoffen zu dürfen. Und nach einem glücklichen Ausgang unserer Hungerfahrt sah es noch weniger aus.

– Ich wollte nie wieder einen solchen Hunger haben, sagte meine Mutter. Der Hunger war im Lager das Schlimmste, für mich sogar schlimmer als die Wanzen.

Auf der großen Freßfläche war es zwar erschreckend still, eine dumpf aufgepeitschte Spannung verbreiteten die Beteiligten aber trotzdem. Alle warteten auf irgend etwas, nicht nur auf ihr Essen, hatte ich den Eindruck. Vielleicht wollten sie doch etwas anders leben und auch vollkommen anders abgefüttert werden – und die meisten wußten sicher, daß man theoretisch auch etwas würdiger bewirtet werden konnte. Aber sie warteten trotzdem wie eine Zuchtherde, die sich in ihr Schicksal seit Generationen gefügt hatte. Wohin, also in welche Kanäle diese Menschen ihre Spannungen ableiteten, war mir unklar. Vielleicht wandelten sie ihre innere Geladenheit direkt in kompakten Schenkelspeck um.

Endlich erschienen in der Tür zur Küche zwei neue Kellner – gleichzeitig, wie vom sozialistischen Himmel geschickt, konnte man meinen. Offenbar war ihre Eß- oder Rauchpause zu Ende gegangen. Diese beiden machten sich an die Arbeit, die Kellnerin mit dem stolprigen Gang und ihr strenggesichtiger Leuchtpistolenkollege verschwanden wieder – und waren in dieser Phase der Gästebekämpfung längere Zeit nicht zu sehen. Aber selbst wenn vier fleißige Kellner gleichzeitig im Einsatz gewesen wären, wären sie immer noch viel zu wenige gewesen. Nachdem in der Nähe der Eingangstür, vor der wir standen, ein Tisch beliefert worden war, konnten wir sehen, was man hier zum Sattwerden bekommen konnte. Und glaubten unseren Augen nicht.

– Was tun sich die Leute hier schon wieder an? fragte meine Mutter trotz ihres Hungers mitleidig.

Die ostdeutschen Teller waren riesig, größer als die größten tschechischen. Und sie waren hochbepackt mit Unmengen von kaloriengeladenen Substanzen. Als erstes fielen uns riesige Portionen Fleisch und Sauerkraut auf. Das bestimmt dank Schweineschmalz glänzende Sauerkraut war zusätzlich mit vielen Speckgrieben verziert. Neben dem Krautgebiet lagen noch Berge von Rotkohl – ROH!, Berge von Weißkohl – ebenfalls ROH!, ein riesiger Haufen zerkochter Kartoffeln fand auf den Tellern auch noch genügend Platz. Außerdem breiteten sich auf den Tellern solche Mengen einer tiefbraunen Soße aus, daß die vielen eßbaren Inseln zu schwimmen schienen. Auf dem Kartoffelhaufen thronte zusätzlich ein etwa fünfzig Gramm schweres Stück Butter. Wie wir da und dort bereits erspähen konnten, aß man hier im Vorfeld grundsätzlich noch eine gehaltvolle Suppe – eine rötlich dickflüssige Abart eines Suppengulaschs mit Fleisch-, Wurst- und Gurkenstücken, auf dessen Oberfläche hohe Sahnehäubchen schwammen. Die meisten dieser Esser in Warteschleife hatten sie sicher schon weggelöffelt und dazu zwei angekohlte Toastbrot-Dreiecke gegessen, an manchen Tischen wurden diese allerdings noch zurückgehalten. Die Leute hatten sich also schon anfangs – und alles andere als schmalhansig – stärken können. Den in einem extra Schüsselchen servierten Einheits-Salat, der höchstwahrscheinlich wieder nur aus geraspeltem und etwas abgeschmecktem Weißkohl bestand, hatten die meisten auch schon verputzt. Vielleicht fühlten sich einige dieser Egal-was-Verputzer damit schon einigermaßen abgefüllt und wären am liebsten nach Hause geflüchtet, wenn sie sich das getraut hätten. Hätten es ihnen die anderen anwesenden Eßkader, also die auf Einheit, Gleichheit und Brüderlichkeit – DRUSCHBA! – eingeschworenen Instanzen aber erlaubt? Und was ganz bestimmt auch nicht gestattet war: den Nicht-jedermanns-

Sache-Weißkohlsalat samt Schüsselchen an die stellenweise undichten, mit Sauerkrautplatten wärmeisolierten Außenwände zu werfen. Jedenfalls sah man den tapferen Männern und Frauen an, daß sie litten – und wer weiß, wie lange schon; wie lange an diesem Tag, wie lange überhaupt. Also seit welcher Lebensminute nach ihrer Geburt.

Diejenigen, die ihr Hauptessen vorgesetzt bekommen hatten, arbeiteten sich auf ihren rundtablettgroßen Tellern langsam, aber konsequent durch. Sie gingen offenbar nur selten aus und wollten ihre im Grunde amtlich bemessenen und ihnen gnadenlos zugeteilten Portionen bestimmt auch aus Pflichtgefühl vertilgen – und vor ihren härtegeprüften Mitmenschen sowieso keine Schwäche zeigen. Außerdem hatten sie sich den Tisch hundertprozentig mit viel Geduld erkämpft und hatten davor eine Ewigkeit in der Schlange gestanden! Eine Tischgemeinschaft in der Nähe unseres Beobachtungspostens bekam wie aus heiterem Himmel – und sogar gleichzeitig – ein ganz anderes Gericht vorgesetzt. Und alle hatten das gleiche bestellt: fettriefende riesige Schnitzel, die groß wie großflächige Pußta-Palatschinken waren.

– Nein! rief meine Mutter plötzlich laut.

Viele der Freßsäcke blickten wegen dieses lauten Gefühlsausbruchs böse auf, und meine Mutter entschuldigte sich umgehend mit einigen höflichen Handzeichen, legte sogar ihre Hand kurz auf ihren ungezogenen Mund.

– Ist mir rausgerutscht, tut mir leid, sagte sie noch halblaut in ihrem Prager Deutsch.

– Was ist los? fragte ich.

– Die Schnitzel schwimmen auch in einer Soße, ich glaube in der gleichen braunen Soße wie das Schmorfleisch, stell dir das vor! Die knusprige Panade wird doch gleich vollkommen pappig – und das sind dann doch keine Schnitzel mehr, oder?

Die Fresserei ging weiter, schmutzige Teller wurden nach einer längeren Wartezeit sogar weggetragen – nicht ganz systematisch, eher nach einem Zufallsprinzip, aber immerhin. Streng global betrachtet dauerte der allgemeine Stillstand aber doch weiter an. Dieser Eindruck wurde durch die Körperhaltung derjenigen Gäste unterstrichen, die eindeutig längst fertig waren, trotzdem aber regungslos sitzen blieben. Manche hatten sogar schon bezahlt, wie wir mit unseren eigenen Augen sehen konnten. So nahm ich schließlich an, daß die Sitzenbleiber ihre Tische mit Absicht blokkieren wollten, und ich bekam Angst um uns. Die Atmosphäre im Raum war jedenfalls weiter voller offener Fragen, die mir und meiner Mutter das Warten nicht einfacher machten. Ich mußte an eine Situation in einem Prager Park denken, wo ich auf einer Bank Mayonnaisesalat essen wollte – direkt vom weichen Packpapier, in dem ich die leckere Pampe gekauft hatte. Ich aß das schmierige Zeug mit Hilfe eines Brötchens, ich aß es unelegant, unappetitlich und unverschämt – einfach eine Spur zu öffentlich. Und ich kam mir dabei – je mehr mayonnaiseverschmiert ich war – wie ein Sabberschwein vor. Viele schauten mich angewidert an, und ich verstand es erst einmal nicht ganz. Trotzdem mußte ich den nicht essenden Parkbesuchern nachträglich recht geben – an meinem Verhalten war natürlich etwas Anstößiges. Ich hatte mich wie ein überbedürftiger, ärgerniserregender Oralonanist und -exhibitionist aufgeführt. Vielleicht schämten sich diese Menschen hier in der ostdeutschen Freßarena auch, ähnlich wie ich damals. Zweihundert Menschen, die sich schämten – so gesehen konnte diese Art Speisung der Fünftausend keine gutchristlichen Schwingungen erzeugen. Meine Mutter zog sich von der Tür etwas zurück, ich blieb die ganze Zeit in der zur Hälfte offenstehenden Einlaßpforte stehen und versuchte, den Überblick zu behalten – nebenbei kam ich mir wie ein nicht ganz machtloser Blockältester vor.

Die schleppende Abfertigung der Betonsaalgemeinde kam partiell doch leicht voran, in manchen Territorien tat sich dagegen kaum etwas. Die dortigen Sättigungsgemeinschaften wirkten inzwischen vollkommen erstarrt. Bei meiner Supervision des Geschehens konzentrierte ich mich gelegentlich auf die Kellner, die eventuell – wie ich auf einem Plakat im Vorraum gelesen hatte – Gastronomiefacharbeiter hießen. Wenn die in dieser Einrichtung aktuell tätigen Facharbeiter gerade in Aktion waren, machten sie einen fast professionellen Eindruck, wirkten bei jedem ihrer Einzelauftritte aber extrem gehetzt – und wenn sie wieder verschwunden waren, sah man sie immer eine ganze Weile nicht wieder. Halfen sie zwischendurch etwa in der Küche aus und standen den mit Ohnmacht kämpfenden Köchen bei? Die Stimmung der Kellnerschaft wurde – trotz ihrer Absenz-, das heißt Gäste-Ausblend-Zeiten – jedenfalls nicht besser, verschlechterte sich eher mit der Zeit, und besonders bei einem der Kellner hatte ich das Gefühl, daß er die in seinem Bereich ausharrenden Belästiger am liebsten mit Eimern voller soßenangedicktem Spülwasser verjagt hätte. Hinter uns tat sich plötzlich etwas. Ein für die Vorbereitung des Freßnachmittags abgestellter Gastronomiefacharbeiter schob große mehrstöckige Wagen heran, in denen sich diverse Torten mit unmenschlich hohen Schichten gehaltvoller Cremes und Füllungen befanden. Diese Arbeitskraft fehlte jetzt aber eindeutig im Saal! Das Kaffeetrinken stand bei den Ostdeutschen aber offenbar extrem hoch im Kurs. Das Kaffeetrinken und Kuchen-Allemachen war hier im Lande eventuell sogar ein tägliches MUSS, dachte ich – und an einem Wochenende durfte diese Eßpflicht natürlich auch nicht unterbleiben. Aber wie stand es – eventuell kurz vor der Erbrechgrenze – um das nachträgliche sportive TRIMMEN des Volkskörpers? Unterwegs war mir zufällig ein Plakat zum Thema Volksgesundheit aufgefallen: »Jedermann an jedem Ort, einmal in der Woche Sport!«

Endlich erhoben sich zwei Familien aus dem mittleren Abschnitt des Saals und wackelten in Richtung des Ausgangs – also mir und meiner Mutter entgegen. Die Frauen hatten unglaublich pralle Ärsche und zusätzlich seitlich hervorspringende Hüften und Schenkel. Diese Körperpartien waren so mächtig und überproportional, daß sie den Charme von unter den Röcken linksseitig und rechtsseitig angebrachten Kinderbadewannen verbreiteten. Die Männer trugen wiederum so viel an körpereigener Biomasse um ihre Brustkörbe herum, daß ihre abstehenden Arme wie leicht gelüftete Flügel wirkten – ähnlich wie man es bei den ans Fliegen denkenden Putern kennt. Diese Mannesmänner mußten durch die Reihen der Sitzenden daher mit seitlich verdrehtem Oberkörper schreiten. Dabei stießen sie mit ihren vollen und schwer überblickbaren Rundbäuchen gegen etliche Schultern der Sitzenden oder beschädigten die eine oder andere ordentlich hergerichtete Kinderfrisur. Eine Weile war wieder kein einziger Kellnersoldat im Einsatz, eventuell wollten sich diese verzweifelten Bewirtungskämpfer über ihren Haß miteinander austauschen und sich dabei ihre Verzweiflungstränen abwischen. Was ihre Facharbeiterqualen anging, hatten sie unsere volle Sympathie – einen Rückzug anzutreten und das Warten aufzugeben kam für uns Hungergebeutelte trotzdem nicht in Frage.

Wir trauten uns natürlich nicht, den Raum eigenmächtig zu betreten. Die freigewordenen Tische waren sowieso noch voller schmutziger Teller, ich behielt sie genau im Blick. Kurz mußte ich den Mastodonten, die hinauswollten, Platz machen – und mich streifte dabei kurz die Befürchtung, sie könnten in meiner Nähe einen Kreislaufkollaps bekommen. Sie alle hatten gerötete Gesichter, von Bluthochdruck tränenvolle, leicht hinausgedrückte Augäpfel, außerdem dicke Hälse, die aus verschwitzten Hemden quollen. Zu unserem Erstaunen verließen sie das Gebäude aber nicht vollzählig. Einige wollten sich draußen vielleicht kurz die Beine vertreten, zwei kleine Abordnungen blieben überraschenderweise im Vorraum zurück und pflanzten sich schweigend hinter uns hin. Und wir wußten gleich Bescheid. Auch nachmittags würde es Probleme bei der Eroberung von Tischen geben. Halb Görlitz und Umgebung würde die Halle stürmen und mit den fetten Cremetorten die Sehnsucht nach dem finalen oder wenigstens halbfinalen Glück stillen wollen. Und tatsächlich studierten die Leute hinter uns die in den zwei Tortenmobils thronenden Kreationen, trafen schon ihre Vorauswahl und verglichen murmelnd die Anzahl und die Höhe der einzelnen Cremeschichten. Ich stellte mir vor, wie sie dann abends vor dem Fernseher noch ihre fetten Chips, gehaltvollen Nüsse oder klebrigen Schokoladenriegel knabberten und dazu ihre ostdeutsche Süßcola mit Vodka oder ihr Bier tranken. Und wenn nachts der Hunger doch noch wiederkam, schoben sie sich sicher dicke Stullen mit Kalbsleberwurst voller Schweinefett in die Hälse.

Als Berufsträger in den Bergen hatte ich mich mit der Ernährung ausgiebig beschäftigen müssen, um beim Lastenschleppen nicht zusammenzubrechen. Einige Neuzugänge, die nur für die Ferien kamen und ihre Kräfte testen wollten, ließen sich manchmal nicht beraten, aßen früh nur Haferflocken oder ein Stück Brot. Oft mußten sie unterwegs ihre Kraxen stehenlassen und noch einmal kilometerweit frühstücken gehen. Ich wußte ziemlich genau, wo wie viele Kalorien steckten. Und Kalorien holten wir uns damals vor allem aus Fett. Auch alte slowakische Bauern beurteilten damals Wurstsorten – selbst wenn es sich dabei um etwas Edles wie die ungarische Salami handelte – nach ihrem Fettgehalt. Als Träger mußten wir viel Fett essen, wir suchten damals regelrecht nach Wurstsorten, in denen genügend versteckte Energien lauerten. Dann konnten wir die Touristen beeindrucken, wie wir mit siebzig Kilo auf den Schultern zwar nicht sehr schnell unterwegs waren, aber trotzdem immer noch aufrecht standen. In den Steigungen schafften wir Hunderte von hohen Stufen hintereinander – bis zum nächsten regulären Halt. Wir gingen ruhig und ohne seitlich zu schwanken. Dazu zwangen wir uns nicht unbedingt aus Vorsicht, sondern um nicht unnötigerweise unsere Kräfte zu vergeuden.

Ich wollte mir den Anblick des flächendeckenden Eß-kampfes kurz ersparen und wandte mich zu meiner Mutter um.

– Der normale Mensch weiß einfach nicht, was er ißt. Er weiß nicht, wieviel an unsichtbarem überschüssigem Fett er tagtäglich verschlingt, wie viele Augen, Schlachtabfälle und undefinierbare Reste beispielsweise für die fein durchgedrehten Wurstsorten verwendet werden. Dieses Blaßrosa, wenn ich das schon sehe! Die todestolle Mortadella, der düstere Blutschinken ...

– Bierschinken heißt das eher – und der ist hell.

– Würstchen bestehen bis zu fünfunddreißig Prozent aus reinem Fett, weißt du das?

– Nein.

– Und dann noch dieses unsägliche FRITTIEREN! Frittierte Leckereien saugen von dem Flüssigfett unglaublich viel auf – und zum Frittieren werden häßlich gesättigte Fette benutzt. Die ganzen fettigen Feinheiten und Fett-Unterschiede interessieren die Leute aber auch nicht.

Ich unterhielt meine Mutter mit meinem oecotrophologischen Wissen eine Weile, um uns die Zeit zu vertreiben. Ich hatte aber noch ganz andere Ideen, der Hunger brachte mich in Rage.

– In diesen sattmachenden Substanzen stecken unglaublich viele geheime Kräfte, glaub mir. Mit einem solchen Energieüberschuß könnte man auf Anhieb ganze Armeen auf Vordermann bringen und sie sonstwohin, diesmal vielleicht bis nach Wladiwostok marschieren lassen.

– Georg, ich kann nicht mehr zuhören, stöhnte meine Mutter.

– Eigentlich müßten diese Leute Eßbares aus ihrem Inneren eher abgeben, Nahrung einfach für andere produzieren,

sich regelmäßig etwas abschneiden und an Hungernde verfüttern, oder? Oder sie könnten auf ihren breiten Schenkeln
mobile Beete anlegen und dort Gemüse anbauen – was weiß
ich, auf jeden Fall alles andere tun, als jeden Tag noch weiter zu essen.

Daraufhin erblickte ich plötzlich eine solche Sauerei, daß
mir ein lautes und langes PFUUUUI! ausrutschte – und dieser Aufschrei war viel lauter als der längst verhallte meiner
Mutter, der die soßenweichen Schnitzel leid getan hatten.

– Was macht er denn – co to dělá? DER MENSCH GIESST
SICH LIMONADENSIRUP IN SEIN BIER!

– Hast du das noch nie gesehen? SEI ABER LEISE, bitte.
Es ist kein normales Bier. Hier essen die Leute sogar riesige
Fettberge vom Schweineknie – der Anblick hätte dich heu-
te bestimmt umgebracht.

Irgendwann kamen wir an die Reihe, unsere Vorfreude
hielt sich aber in Grenzen. Auch wegen der wütenden Gesichter der Bedienung. Wir waren nicht aus Görlitz und
waren extrem spät dran. Wir entschieden uns für die sätti-
gende Einheitssuppe, auf die wir eventuell nicht allzulange
würden warten müssen – also die Soljanka. Diese war offenbar noch nicht ausgegangen und kam überraschend schnell
an. Frecherweise verlangten wir, als wir beliefert wurden,
etwas mehr Brot. Was wir bekamen, war aber eine Beleh-
rung über das streng geregelte Angebot. Schließlich zweig-
te man für uns aber doch noch eine – eine einzige – diagonal
durchgeschnittene und leider pappige KALTE Toastbrot-
scheibe ab. Wir bedankten uns höflichst. Zum Hauptessen
entschieden wir uns für etwas, was eigentlich eine Vorspei-
se war – Ragout fin. Meiner Mutter hatte es in der DDR
einmal gut geschmeckt, und sie empfahl es mir. Es ging
auch darum, schnell satt zu werden und möglichst schnell
wieder zu verschwinden. Als wir bestellen durften, traute
ich mich natürlich nicht, noch einmal Brot zu verlangen,
bat dafür um eine Portion trockener Kartoffeln als Beilage.

– Könnten wir trocken Kochkartöffeln noch haben? Eine Portie?

Der Blick des Kellners war tödlich.

– Sättigungsbeilage extra? Das sehen wir hier ÜBER-HAUPT NICHT GERN!

Im selben Moment kam es zu einer seltenen Begegnung zweier Kellnerkollegen – und der gerade vorbeihuschende sagte wie nebenbei laut:

– Kartoffeln? Die Kartoffeln sind knapp, geht nicht.

– Sind die Geschäfte noch offen? fragte meine Mutter.

– Wie soll ich das wissen?

Beim Weggehen drehte sich der Mann wie ein Triumphator doch noch um und sagte:

– Alle Läden haben um diese Zeit längst geschlossen.

Wir warteten auf unser Ragout fin und wußten, daß wir würden versuchen müssen, auf der polnischen Seite auf Brotraub zu gehen. Einige Konserven als Proviant für Notfälle hatten wir dabei. Aber vielleicht gäbe es in Polen sogar Spätverkaufsstellen. Wir warteten wieder endlos, und ich gab schuldbewußt zu, unsere Reise, was die Verpflegung anging, schlecht durchdacht und vorbereitet zu haben. In Polen könnte es, fiel mir nebenbei ein, irgendwelche Versorgungsprobleme geben.

– Wir sind als Tschechen einfach verwöhnt, tröstete mich meine Mutter. Bei uns kann man in jeder einfachen Kneipe gut essen.

Irgendwann bekamen wir ein Fläschchen Worcestersoße auf den Tisch geknallt. Danach tat sich wieder lange nichts. Nach weiteren etwa zwanzig Minuten erreichten uns die beiden bestellten, leider erschreckend kleinen Schüsselchen mit einer weißlichen, nicht leicht definierbaren Soßenmischung. Immerhin roch sie aber interessant, und wir konnten unser Glück kaum fassen. Ich stocherte kurz unter der Soßenoberfläche, entdeckte darin grüne, mir unbekannte Beeren, meine Mutter begann dagegen sofort zu essen.

Plötzlich bekam sie einen unbeschreiblich entsetzten Gesichtsausdruck – wie ein kleines Kind, das in seinem Mundraum zum ersten Mal von einem dicken Erwachsenenhaar überrascht worden war. Mutter spuckte den Mundinhalt wieder aus, und wir beide entdeckten in unseren bescheidenen Ragout-fin-Schüsselchen dicke Schwarten, aus denen relativ lange Schweineborsten herausragten.

– Eigentlich macht man Ragout fin aus Hühnerfleisch, meinte meine Mutter.

An der Grenze waren wir an diesem Tag schon einmal im Krieg gewesen, jetzt kam er zum zweiten Mal auf uns zu. Wir würden uns beschweren müssen und mußten in dieser geladenen Atmosphäre mit dem Schlimmsten rechnen.

– Vielleicht steht uns eine Scheinerschießung mit einer Erbsenkanone bevor, versuchte ich die Stimmung zu heben.

Zum Glück tangierte uns im Parallelgang die einzige weibliche Fachkraft, sie hatte noch die sanfteste Ausstrahlung von allen. Ich winkte ausladend und erregt mit beiden Händen. Sie durfte uns jetzt nicht entwischen. Als sie angestolpert kam, merkte ich, daß sie stark kurzsichtig war.

– Sehen Sie mal bitte ... das sind Borsten.

Sie verstand im ersten Moment nicht ganz, worum es ging, das Ragout fin war in ihrem Lokal sicher sehr beliebt. Sie beugte sich aber höflich nach vorn und untersuchte unsere Schüsselchen aus nächster Nähe. Ich untersuchte nebenbei ihren Busenansatz. Sie sagte dann nüchtern:

– Sie haben recht, das kann man wirklich nicht essen ... ist aber berührt. Sie müssen beide Portionen bezahlen.

ich bekam giftig rote haare und brandwunden von der kochenden granatenfüllung

Nach dem Bewirtungsdrama fuhren wir zum Grenzübergang, wo es dank des sogenannten »kleinen Grenzverkehrs« relativ lebendig war. Die deutschen Traditionalisten in Uniform waren nicht verbissen, und wir überquerten die Neiße ohne Probleme. Die polnischen Landstraßen waren zum Schnellfahren nicht geeignet, waren aber viel besser, als ich erwartet hatte. Die künstliche Normalität von Ostdeutschland lag hinter uns, und obwohl in den Dörfern einiges nach Armut und hartem Leben aussah, fühlten wir uns beide wesentlich entspannter, unterhielten uns aber kaum. Viele Dorfleute waren zu Fuß unterwegs, hatten kleine Handwagen dabei – und die meisten außerdem Harken, Sensen, Äxte, Spaten auf ihren Schultern –, andere waren auf ihren Feldern oder an ihren Behausungen schwer beschäftigt. Dabei wirkten sie auch beim Anstreichen von Zäunen in Schieflage angenehm gelassen. Und ich fühlte mich dauernd, vor allem außerhalb der Dörfer, an vergangene Zeiten erinnert. Neben den üblichen großen Feldern sah man auch schmale, winzige, also nicht zusammengepflügte Handtuchfelder, die fast wie aneinandergereihte Gemüsebeete wirkten. Im gesamten Ostblock war die Kollektivierung mehr oder weniger rigoros durchgesetzt worden – ausgerechnet in Polen, wie auch in Jugoslawien, war sie gescheitert.

Der erste Eindruck von Krzystkowice war vollkommen unspektakulär. Am Stadtrand gab es einige kleinere Industriebetriebe, ansonsten sah die Stadt überhaupt nicht wie eine richtige Stadt aus. Und sie verriet nicht, in welcher Richtung sich so etwas wie ihr Zentrum befinden könnte.

An einer weitläufigen und wenig belebten Kreuzung bog ich – nur dem Gefühl nach – nach rechts ab, wo ich den Fluß vermutete, und bald fuhren wir schon über eine Brücke. Rechts auf dem anderen Ufer stand eine Kirche, oberhalb der Kirche gab es einen Hang, auf dem einige Kühe weideten – Häuser gab es keine mehr, links und rechts sah man hier nur Wälder. Laut meiner Karten hätten hier entweder Ausläufer von Krzystkowice liegen oder wenigstens schon Nowogród/Naumburg beginnen müssen. Die Landstraße führte relativ steil nach oben, dort auf der Anhöhe lag die nächste ruhige Kreuzung – mitten im Grün. Wir sahen niemanden, den wir hätten ansprechen können. Der hiesige Mischwald wirkte etwas lieblicher als die endlose Kiefern- und Tannentaiga, die wir vor Krzystkowice durchquert hatten. Links von uns schimmerten zwischen den Bäumen irgendwelche Mauern, ich fuhr also nach links. Bei den Mauern handelte es sich dann tatsächlich um die ersten Häuser eines Städtchens. Nach dreihundert Metern fuhren wir schon über einen viereckigen Platz, der von niedrigen Kleinstadthäusern umgeben war.

– Das kann unmöglich Christianstadt sein, sagte meine Mutter. Hast du irgendein Schild gesehen?

– Wir sind sowieso auf der falschen Flußseite, sagte ich. Es ist ganz bestimmt Nowogród.

Wir entdeckten zum Glück einen offenen Lebensmittelladen, kauften ein und aßen auf einer Bank etwas Brot, Käse und den undefinierbaren Inhalt einer kleinen Büchse. Als Nachtisch gab es die berühmten polnischen »Kuhbonbons« – milchig-weiche Karamelbonbons namens »Krówki«. Danach fuhren wir wieder langsam zum Fluß hinunter – auf die Bober-Brücke zu. Auf der von Leere umgebenen Stadtkreuzung hinter dem Fluß bog ich nicht wieder dorthin ab, von wo wir hergekommen waren, und fuhr geradeaus in Richtung Westen. Die Straße war beidseitig bebaut, man hatte aber keinesfalls das Gefühl, sich im Zentrum einer Stadt zu befinden. Als wir uns einem Bahnübergang näherten, sah sich meine Mutter mehrmals unruhig um, erkannte aber nichts. Bei dem riesigen zugewucherten Bahngelände konnte von einem lebendigen Verkehrsknoten kaum die Rede sein. Ein kleineres Bahngebäude am Rande schien zugerammelt zu sein, überdachte Bahnsteige gab es nicht, niemand wartete hier oder lief mit einem Koffer herum. Nur ein einziger Bahnsteig sah danach aus, daß er regelmäßig betreten wurde. Wir stiegen aus. Das überdimensionierte Gelände mit den vielen Schienensträngen wirkte im Verhältnis zur Größe der »Stadt« unanständig. Christianstadt schien mehr eine Schienenlandschaft als eine Stadt zu sein.

– Alles wegen der Fabrik, die Züge fuhren überall quer durch die Wälder.

– Wo ist aber dein Christianstadt? Ich hatte mir unter dem Namen eine richtige Stadt vorgestellt.

– Wir sind zur Arbeit immer nur durch den Wald marschiert. Den Platz im Zentrum habe ich vielleicht nur zweimal gesehen.

– Es gibt hier aber gar keinen Platz, nicht einmal das. Hier ist die Stadt schon wieder zu Ende. Wir müssen zurück.

Wir kehrten um, und ich stellte das Auto auf einem kahlen Gelände vor der uns inzwischen bekannten Kreuzung ab. Ein Stück neben uns standen etwas zurückgesetzt mehrere häßliche Neubauten. Auf der anderen Straßenseite sah ich eine schräg verlaufende Reihe von einstöckigen alten Häusern – und beim genauen Hinsehen machten diese tatsächlich den Eindruck, daß sie einmal einen kleinstädtischen Marktplatz eingegrenzt haben könnten. Vor dieser Häuserreihe standen einige Bäume mit dichten Kronen, sie gehörten zu einer vernachlässigten Parkanlage. Und ich erkannte endlich, wo wir waren – wir standen tatsächlich auf dem Christianstädter Marktplatz. Hinter der grünen Park-Oase, weiter in Richtung des Flusses, entdeckte ich die

584

nächste Häuserreihe, also vermutlich die zweite Seite des ehemaligen Platzes. In den einigermaßen erhaltenen Häusern dieses »Marktes« gab es kleine verschlafene Geschäfte. Auf unserer Seite der Zufahrtsstraße war es dagegen bis zu den Neubauten kahl, die Stadtmitte war hier vollkommen gesichtslos. Genauso hatten wir das Zentrum von Christianstadt vor kurzem, zumal vom fahrenden Auto aus, auch wahrgenommen. Unser abgestellter alter Octavia war auf der öden Fläche des Platzes das einzige Element, das im Moment für etwas Abwechslung sorgte. Bäume gab es hier keine. Hinter einem Busch in dem gegenüberliegenden Parkfleckchen tat sich etwas. Offenbar waren wir von dort schon die ganze Zeit beobachtet worden, ich sah mehrere aufmerksame Augenpaare.

– Hier, wo wir stehen, stand eine Kirche, sagte meine Mutter. Glaube ich jedenfalls. Wir werden hier bestimmt überhaupt nichts finden, die Fabrik auch nicht.

– Ein Schild »Zur Gedenkstätte« hätten wir bestimmt nicht übersehen, oder? fragte ich. Es müßte »pomnik« oder »miejsce pamięci« heißen, etwas mit »pamięc«.

Wir hatten keine Wahl, mußten die Straßenseite wechseln und auf unsere Beobachter zugehen. Ich fühlte mich für die eventuell schwierige Begegnung einigermaßen gut gerüstet. Wir waren am Ziel und waren hier ohne weitere zusätzliche Zwischenfälle angekommen. Ich war mehr als erleichtert und fühlte mich wie ein gewöhnlicher Tourist, den im Grunde alles interessiert – und dem einfach alles gefällt, was er zu sehen und an Fremdheit angeboten bekommt. In dem kleinen Park hielt sich eine Ansammlung von bestgelaunten Trinkern auf. Sie hatten für ihre Zwecke einige Parkbänke zusammengerückt und es sich dort gemütlich gemacht. Da unser Auto auf der scharf beobachteten Kreuzung schon zum dritten Mal aufgetaucht war, waren wir sicher längst ein Gesprächsthema gewesen. Alle blickten voller Erwartung, einer ermunterte uns kontinuierlich, näher zu treten, schaufelte uns regelrecht heran.

Dank meiner vielen polnischen Kontakte in den slowakischen Bergen hatte ich keine Probleme, mich mit Polen zu verständigen, meine Mutter auch nicht. Als wir sagten, daß wir das Lager und die Fabrik suchten, gab es ein großes Hallo. Alle wußten bestens, was wir meinten, und behaupteten, die Geheimnisse der umliegenden Wälder genau zu kennen. Offenbar waren sie allesamt kleine Lokalhistoriker. Und wir waren vielleicht seit einer Ewigkeit die einzigen Lagertouristen.

– Jak długo chcą Państwo zostać? Bleiben Sie am besten eine ganze Woche, das Gelände ist riesengroß, sagte einer.

– Duży las ..., rozległy, bardzo rozległy teren, stimmten alle zu.

Für alle Tschechen klingt die polnische Sprache niedlich und friedlich, sie hat vor allem – ganz egal, wer der Sprecher ist – einen kindlich unschuldigen Einschlag. Und weil auch Erwachsene so kindhaft sprechen und scheinbar unpassende Worte benutzen, tragen Begegnungen mit Polen a priori etwas Belustigendes in sich. Manche Ausdrücke wirken veraltet, bei manchen ahnt man zwar, was sie bedeuten, im Tschechischen träfen sie aber empfindlich daneben, oder sie wären mehr als unangebracht, wenn nicht unanständig. So ist die tschechisch-polnische Semikommunikation unausweichlich voller sprachlicher Rätsel und kontextualer Überraschungen, im Grunde spielt sich dabei immer eine Art unfreiwilliges Sprachkabarett ab – unabhängig von den Inhalten.

Unter den Männern gab es offenbar einen wirklichen Experten für die Geschichte der Sprengstoff-Fabrik und der dazugehörigen Lager, dieser Mann war vor einer Weile aber Zigaretten kaufen gegangen – und war nicht zurückgekommen. Wahrscheinlich wurde er irgendwo aufgehalten, meinte jemand. Man schickte einen jüngeren Burschen, ihn suchen zu gehen. In der Zwischenzeit fragten uns die Männer über das und jenes aus, wollten zum Beispiel wissen, wo wir übernachten wollten.

– Wir suchen ein Hotel.

Die Männer mochten Witze und amüsierten sich köstlich.

– Auch nicht oben in Nowogród?

Sie winkten verächtlich über den Fluß in Richtung des Hügels und benutzten dabei mehrmals das beliebte Schimpfwort CHOLERA. Wir erfuhren nebenbei aber etwas mehr über Christianstadt. Christianstadt war vor dem Krieg ausschließlich deutsch, war reich und evangelisch gewesen – und als die Deutschen geflüchtet und gegangen worden waren, wurde alles anders. Die Stadt wurde komplett neu besiedelt, die meisten der Neuankömmlinge kamen von weit her, vor allem aus dem Osten.

– Die evangelische Kirche brauchte man nicht mehr, und sie zerfiel. Auch die Häuserreihe da drüben war irgendwann nicht mehr zu retten. Man riß alles ab.

– Man sieht nicht wirklich, daß es mal ein Markt war.

– Alles sollte anders, neu und schöner werden – so wie die Neubauten dort drüben.

– Sie können bei mir wohnen, ich habe ein Gästezimmer, schlug ein kleiner rotgesichtiger Mann vor. Sie können bei mir sogar etwas zu essen bekommen, ich arbeite als Koch in der Fabrikkantine. Mal sehen, was ich noch da habe.

– War die Dame schon mal hier? Im Krieg damals, meine ich, fragte ein anderer unserer neuen Freunde.

Einige lachten ihn aus und meinten, die schöne junge Frau sei damals sicher noch ein kleines Kind gewesen. Wir mußten uns entscheiden. Unterwegs hatten wir uns vorsorglich darauf geeinigt, den polnischen Antisemiten nichts zu verraten. Meine Mutter wollte vorgeben, Historikerin zu sein.

– Ja, ich habe hier gearbeitet.

Von einer Abkühlung der Stimmung war daraufhin nichts zu spüren. Niemand wurde verlegen. Dabei war klar, daß meine Mutter keine französische oder sonstige Kriegsgefangene gewesen sein konnte.

– Es war furchtbar, ich wurde hier gegen Ende des Krieges auch eingesetzt, sagte einer. Ich kann mich noch an die Leichen erinnern, als man die Juden beim Todesmarsch erschoß und am Straßenrand liegenließ. Es war im Januar oder Februar Fünfundvierzig, der Schnee schmolz etwas unter den Körpern, sie froren dann fest.

Der junge Bote kam mit dem lokalen Spezialisten zurück, und wir bekamen endlich mehr über die eigentliche Fabrik zu hören, die zwar nur auf dieser Seite des Flusses im Norden liege – der Lagerkenner machte dabei allerdings eine fast Dreihundertsechzig-Grad-Rundgeste –, der ganze Komplex erstrecke sich aber leider auch durch die westlichen, teilweise auch die südlichen Wälder. Das nördliche Kernstück des Komplexes, wo noch die damaligen Produktionsgebäude stünden, gehöre allerdings zum Armeegelände. Was die Armee dort triebe, wisse man nicht genau ... Es sei streng geheim. Alle lachten bei dieser Behauptung auf und machten Gesten wie Männer, die Zigarren rauchen.

– Grube cygara.

Jedenfalls sei es umzäunt und werde streng bewacht. Alle anderen Gebäude könne man aber ohne weiteres betreten.

– Wo wurden die Granaten verfüllt?

Unser Mann zögerte kurz.

– Das alles liegt auf dem Armeegelände.

– Alles, was er nicht weiß, ist dort bei der Armee, sagte ein anderer.

Die Stimmung war gut, alle lachten wieder, unser Mann auch. Wir waren im Grunde alle – mehr oder weniger – slawische Brüder und Schwestern. Und ich hatte das Gefühl, daß wir in diesen Leuten die für uns besten Partner vor Ort gefunden hatten. Andere, nicht angetrunkene Brüder und Schwestern hätten sich mit uns sicher nicht so warmherzig eingelassen.

– Ihr Tschechen habt die Scheißrussen jetzt auch im Land, meinte jemand. Dabei habt ihr sie früher so geliebt, nicht wahr.

– Stimmt, sagte meine Mutter. Es gibt ein altes Sprichwort: Wenn ein Kosakenpferd aus der Moldau trinkt, sind wir frei.

Die Männer lachten herzlich.

Wir erzählten uns dann noch das und jenes, die Zeit lief. Irgendwann rieten uns die umsichtigen Männer, uns heute nur noch in der Stadt umzusehen und uns für den nächsten Tag zu rüsten. Unser zukünftiger Führer versprach, uns morgen früh abzuholen. Wir gingen zum Auto, unser Quartiermeister sollte mitfahren – und wollte es auch unbedingt. Nach einer halben Minute stiegen wir schon wieder aus, die Wohnung befand sich gleich um die Ecke. Es war spätnachmittags, noch heute in den Wald zu gehen kam wirklich nicht in Frage. Das ganze Gelände sei angeblich an die zwanzig Quadratkilometer groß, und die einzelnen Gebäude lägen voneinander weit entfernt. Unser Mann bat uns, beim Auto zu bleiben, er müsse kurz aufräumen.

– Wir mußten zur Arbeit immer ewig lange laufen – waren dauernd im Grünen, erzählte meine Mutter. Auch die Baracken im Wald waren grün gestrichen, in den ersten Tagen nach der Ankunft fühlten wir uns wie in einer Naturidylle. Gegen Auschwitz war das jedenfalls paradiesisch.

– Etwas Unkraut muß es auch in Auschwitz gegeben haben.

– Quatsch! In Auschwitz wuchs kein einziger Grashalm.

– He?

– War eben so. Und hier duftete alles. Allerdings summte der Wald Tag und Nacht, vibrierte und tönte. Überall führten irgendwelche Rohre lang, die Natur stand unter Druck, hatte man das Gefühl.

– Das hast du zu Hause nie erzählt.

– Deswegen sind wir doch hier, oder? Überall waren Pumpstationen und riesige Behältnisse aus Beton verteilt, manche sahen wie Gasometer aus. Um diese Betontürme oder -wannen herum war Erdreich aufgeschüttet. Die Hügel sahen wie Pyramiden aus.

– Wurde hier immer noch gebaut?

– Ja, sicher, gebaut und gepflanzt. Auch auf den Dächern der Fabrikgebäude wuchsen Bäume, wegen der Tarnung. Und überall gluckerte und plätscherte es – bis es krachte.

– Und was waren das für Rohre?

– Keine Ahnung – für Abwasser, Rohstoffe, oft roch es nach Säure. Früher war die Gegend angeblich ein Naturschutzgebiet, erzählte uns unser deutscher Meister jedenfalls. Er steckte uns manchmal Essen zu. Die gefährlichsten Arbeiten ließ man natürlich die Juden machen.

– Wahrscheinlich lag deswegen alles so weit auseinander, sagte ich. Wenn ein Gebäude hochging, blieben die anderen heil.

– Bei den Explosionen flogen aber – so waren die Dinger gebaut – nur die Außenwände weg, also die Ziegel. Die Betonskelette blieben stehen.

Die unausgesprochenen Bedenken, was unser Quartier betraf, waren vollkommen berechtigt gewesen. Unser Wohltäter hatte zwar ein separates Gästezimmer, dieses lag aber hinter seinem eigenen. Wir würden also immer sein Schlafgemach durchqueren müssen. In unserem Raum stand ein Doppelbett, in dem eventuell früher die Eltern des Mannes geschlafen hatten, wenn sie dort nicht sogar gestorben waren. Nach dem Zustand der Bezüge zu urteilen, wurde das Bett gut frequentiert – eventuell von seinen Freunden. Meine Mutter wurde blaß. Und ihre üppige Haarmähne plusterte sich sichtbar auf.

– NIEMALS! sagte sie, hier werde ich niemals schlafen. Hier sind bestimmt Wanzen. Im Lager haßten wir sie mehr als die Deutschen.

– Nie ma pluskw, meinte unser Mann, der das tschechische Wort »štěnice« offenbar kannte.

– Trotzdem. Sie müssen die Betten unbedingt neu beziehen, uns jedenfalls frische Bettwäsche geben, sagte ich.

Er hatte aber gar keine, keine saubere jedenfalls. Ich holte unser Geld heraus und sagte ihm, er solle sich von einem Nachbarn Bettwäsche leihen – und ihm etwas Geld als Pfand geben. Oder die Bettwäsche gleich kaufen. Er ging und ließ uns allein. Die Wohnung sah furchtbar verkeimt aus. Ich untersuchte schnell die Küche, machte auch den Kühlschrank mit den angepriesenen Betriebsspeisen auf. Der Mann hieß mit Nachnamen Olejnik, was man als Ölmann übersetzen könnte, er hätte aber eher Maselnik oder Maszłowski – also Buttermann – heißen sollen. Der Kühlschrank war gefüllt mit Butterklumpen in unterschiedlichem Ranzigkeitszustand und Zersetzungsgrad. Dazwischen lagen diverse angegrünte oder sogar stark begrünte Scheiben Wurst.

– Alles frisch aus der Kantine, sieht man.

– Wir haben viel zu wenig eingekauft, sagte meine Mutter. Und wir müssen sowieso hier weg.

Draußen sah es schon abendlich aus, unser geliehener Octavia, unser letztes Zuhause, wartete treu vor der Tür. Unser Mann war nirgends zu sehen. Wir gingen zurück zu der großen Kreuzung. Etwa fünfzig Meter weiter in Richtung der städtischen Betriebe tauchten drei gestikulierende Gestalten auf, in einem Knick der Straße stand außerdem eine andere Figur – schien aber nur auf der Stelle zu treten. Danach sahen wir noch eine mit der Bechterewschen Krankheit geschlagene, waagerecht nach vorn gebückte alte Frau. Die nach vorn geklappte Oma blickte beim Gehen in ihr breites Hexenkörbchen, schien aber, trotz des nicht vorhandenen Ausblicks nach vorn, auch ein Ziel vor Augen zu haben. Als wir das begehrte Epizentrum der Gegend erreichten, klärte sich die Lage schlagartig. In einer Neben-

591

straße befand sich die örtliche Spätverkaufsstelle. Alle unsere Freunde waren dort, auch unser Quartiermeister, der einen Bündel Wäsche über den Arm trug. Er trank Bier aus der Flasche, von unserem ersten Geldschub hatte er aber sicher noch mehr eingekauft – zwischen seinen Beinen stand eine Einkaufstasche.

Wir wurden von der Runde freudig begrüßt. Viele der übrigen Anwesenden schienen Bescheid zu wissen, wer wir waren. Sie nickten uns lächelnd zu. Einige wirkten schon stark angetrunken, und ich war froh, Karate trainiert zu haben. Die Stimmung war aber friedlich, im Laden gab es sogar Obst zu kaufen, ich entdeckte noch gutaussehenden Joghurt in Gläsern und zwei Sorten annehmbarer Fischbüchsen. Eine davon war aus russischer Produktion. Das Brot war erstaunlich frisch und billig, die Preise für Alkohol waren dagegen astronomisch. Ein halber Liter gewöhnlichen Wodkas kostete 56 Złoty, es gab aber noch teurere Sorten. Bei einem bescheideneren Verdienst von, sagen wir, eintausend Złoty waren sechsundfünfzig Złoty eine Menge Geld. Draußen roch es leider, besonders an der Flanke des Gebäudes, stark nach Urin und Exkrementen. Die Verkaufsstelle war keine Kneipe und mußte selbstverständlich keine eigenen Toiletten betreiben. Wir waren trotzdem guter Hoffnung, gingen noch – mit unserer Bettwäsche in den Händen – zum Fluß spazieren, verzogen uns aber bald in unser Quartier und das Doppelbett.

Neben der Mutter zu liegen und zu lesen war vollkommen ungewohnt und alles andere als angenehm. Beide waren wir auf eine solche Zwangsannäherung überhaupt nicht vorbereitet. Und zum Schlafen war es noch viel zu früh. Während der kribbeligen Einschlafzeit hatte ich dauernd das Gefühl, einer Inzestvereinigung recht nah zu sein – trotz der Absurdität aller anfallenden Vorstellungen.

Eine Schlägerei soll es in der Nacht doch noch gegeben haben. Unser Buttermann kam irgendwann blutig nach

Hause, im Flur und auf der Toilette entdeckte ich schon nachts etliche Blutspuren. Sein Kissen sah früh bunt und verkrustet aus, seine Nase war geschwollen. Geschlagen hätten sich aber andere, erzählte er, er sei nur auf dem Nachhauseweg hingefallen, über eine Wurzel gestolpert.

– Wo sind hier Wurzeln?

– Ich habe mich verlaufen. Wollen Sie nicht Butter zum Frühstück? Wurst habe ich auch.

Unser ortskundiger Lagerführer kam erst gegen zehn Uhr, wir standen schon fast eine Stunde auf der Straße und waren unruhig. Der Mann entschuldigte sich – er hätte unbedingt gut ausgeschlafen sein wollen. Und er hätte noch einen jüngeren Freund aus dem Bett holen müssen, der unbedingt mitkommen wollte. Die beiden erklärten uns, man würde mit dem Auto überall gut hinkommen, bis tief in den Wald. Anschließend wurde uns erläutert, daß sie für die Führung etwas Geld haben wollten. Zweihundert Złoty, ich stimmte zu und bezahlte im voraus. Der jüngere Mann verschwand sofort mit einem der Geldscheine und kam mit einer Flasche Wodka zurück. Wir fuhren los in Richtung der Wälder, durch die wir am Vortag gekommen waren. Schon kurz hinter der Stadt sollte ich nach rechts abbiegen, es war der zweite oder dritte vollkommen unscheinbare Waldweg. Ich hielt erst einmal an – die Einfahrt war eindeutig verboten. Das entsprechende Schild stand nur etwas schief und war angerostet, auf dem Waldboden lag außerdem eine noch lesbare Warntafel.

– Wir könnten hier auch parken, sagte ich.

Die Männer winkten verächtlich und meinten, in Polen hielte man sich nicht an Verbote. Auch bei heruntergelassenen Bahnschranken schlängele man sich hindurch, wenn es möglich sei. Deswegen gäbe es in Polen praktisch keine dieser einseitigen Schrankenstummel, diese würde man einfach umfahren.

– Außerdem: Sie wollen für die Rückfahrt sicher Ihre vier Räder behalten, oder?

– Gibt es hier irgendwelche Orientierungstafeln? Oder etwas zum Gedenken?

– Nein, nichts, nirgends.

– Sind wir eventuell schon in Schlesien? fragte ich noch. Unterhalb der Stadt wechselte die Grenze die Uferseite.

– Nein, hier war noch Brandenburg.

– Mutter, hör mal, auf der Karte konnte man das nicht so genau sehen.

Sie wollte aber nicht weiterkommunizieren. Der Weg war kein gewöhnlicher Waldweg. Er war betoniert und bestand aus so gutem Gemisch, daß die Oberfläche kaum bröckelte.

– Vielleicht fahren wir gerade auf dem Beton, den Eva glattgestrichen hat, sagte ich.

Die hiesigen Bauten, also auch alle Straßenarbeiten, führte damals – im Auftrag, versteht sich – die Siemens-Bauunion aus. Und Eva, Mutters Schwester, war eine Zeitlang zum Baumfällen und eben für diese Wegearbeiten abkommandiert worden. Ihre Geschichten kannte ich gut, sie war die einzige, die viel und gern erzählte. Außerdem war Eva die einzige, die vor einigen Jahren entschädigt worden war – nicht aus staatlichen Mitteln, sondern direkt von der Firma Siemens. Das Westgeld war daraufhin gerecht zwischen den Frauen geteilt worden.

Wir kamen immer tiefer in den Wald und passierten zwei ramponierte Pfosten eines Einfahrtstors aus gelben Backsteinen. Bald kamen wir aber nicht weiter, weil der Weg von Eisenbahnschienen gekreuzt wurde – für das Auto lagen sie eindeutig zu hoch.

– LOS! sagten die Männer auf Deutsch – das sollte sicher ein Scherz sein. Można, można. Ich weigerte mich trotzdem.

Wir stiegen aus, trugen ein paar zerbrochene Äste zusammen und legten Backsteine zwischen die Schienen.

– Komme ich woanders auch wieder raus?

– Żaden problem, sagten sie – ein sehr beliebter Spruch in Polen.

Kurz danach sahen wir oberhalb der Baumkronen riesige und vollkommen intakte Schornsteine in den Himmel ragen, sie waren mindestens dreißig Meter hoch. Sie gehörten zu dem uns bereits angekündigten Kohlekraftwerk. Wir bogen ab. Das Kraftwerk-Gebäude neben den Schornsteinen war aus Stahlbeton und schien ebenfalls gut erhalten zu sein.

– »Wertarbeit«, sagte der jüngere Mann wieder auf Deutsch.

Meine Mutter blieb die ganze Zeit stumm, ich ließ sie in Ruhe. Als ich anhielt, wollte sie im Wagen bleiben. Das Innere des Kraftwerks machte den Eindruck einer fensterlosen Kathedrale. Etwas Licht fiel nur durch einige Kanoneneinschußlöcher und längliche Schlitze im oberen Bereich, außerdem noch durch runde Öffnungen, in denen früher irgendwelche Rohre gesteckt hatten. Der Innenraum war vollkommen leer, Zwischendecken waren eingebrochen, alle Brennöfen, Turbinen, Rohre und Förderbänder waren nach dem Krieg offenbar abtransportiert worden.

– Die Russen nahmen alles weg, was sie gebrauchen konnten, und was sie nicht wollten, nahmen sich dann die Polen.

Der Bau war gigantisch, war nirgends abgesichert oder abgesperrt, der Boden der Halle war voller Löcher für die Luftzufuhr und den Abtransport der Asche. In dem schummrigen Licht hätte man leicht stolpern und irgendwo verschwinden können. Betontreppen ohne Geländer schienen intakt zu sein, und die beiden marschierten bedenkenlos nach oben, ohne sich nach mir umzusehen. Da ich mir den Ausblick von oben nicht entgehen lassen wollte, stellte ich keine Fragen. Auf einem Treppenabsatz stärkten sich die beiden mit Wodka. Etwa in der Höhe des vierten Stockwerks gab es eine lange begehbare Plattform, von deren Rand man in einen breiten, schräg nach unten verlaufenden Schacht hineinsehen konnte. Dort liefen früher zwei lange Transportbänder für die Kohlen, sagten sie mir. Unten im Wald sah man hohe, aneinandergereihte Kohlebunker und die an ihnen entlangführenden Eisenbahnschienen. Als ich von der Plattform aus eine etwas ramponierte Galerie betreten wollte, rief man mich zurück.

– Uwaga, uwaga, to trochę niepewny teren! Ty dziury są po rosyjskich czołgach.

Ausgerechnet dort klafften in der Außenhaut einige der lichtbringenden Einschußlöcher – sie stammten, wenn ich es richtig verstand, von russischen Panzerkanonen. Als ich mir nochmals den gigantischen dunklen Innenraum, diese ehemalige Feuerhölle in der ganzen Ausdehnung ansah, wußte ich, daß es ein ganz besonderer Ort zum Gedenken an den Holocaust sein könnte. Etwas Gigantischeres würde man heute nirgendwo mehr errichten können.

Danach gingen wir noch in die Kellerräume. Wie dort der Abtransport der Asche abgelaufen war, konnte man sich gut vorstellen. Hinter irgendwelchen Umkleidekabinen im Erdgeschoß entdeckte ich noch gefliese und relativ intakte Duschräume. Als wir zum Auto zurückkehrten, war meine Mutter nirgendwo zu sehen, kam aber bald aus dem Wald. Sie zeigte in Richtung einer Waldlichtung. Dort sah man zwei genauso hohe Schornsteine wie die hiesigen.

– Auch ein Kraftwerk, meinte der ältere.

– Wieso?

– Wszystko podwójnie, die Deutschen hatten sich alles doppelt hingestellt – wegen der fließenden Produktion.

Offenbar gab es hier alles zweimal, da es rund um die Uhr keine Ausfälle geben durfte. Es gäbe auch zwei Wasserwerke, erzählte der Ältere noch, zwei Klärwerke, zwei Aufbereitungsanlagen für Nitrozellulose und für die Säurekonzentration.

– Ja, kwas, richtig! sagte meine Mutter. Wir wußten über die Produktion aber sonst gar nichts, durften wir auch nicht.

– Ich weiß auch, wie die Fabrik hieß, also die Firma, sagte unser Mann – Ulme.

– Nein! Es war Dynamit-Nobel, überall stand Deutsche Dynamit AG oder Alfred Nobel.

– Ja, ja, der Tarnname war trotzdem Ulme. Und die Fabrik wurde nie bombardiert – und wissen Sie, warum?

– Nein.

– In der Firma steckte auch amerikanisches Kapital. Und es ist keine sozialistische Propaganda.

– Die Amerikaner hätten lieber hier ein paar Bomben abwerfen sollen, sagte meine Mutter – statt alle nur in Dresden.

– Dafür warfen sie aus Versehen einiges in Prag ab, nicht wahr?

Wir fuhren weiter, links und rechts des Weges standen kleine Betonpfeiler – Alarmmelder, sagten die beiden. Der ganze Wald sei voll davon.

– Als ich klein war, hatte mich mein Vater hier oft herumgeführt, sagte der Ältere. Er hatte mir erzählt, daß auch IG-Farben an der Produktion beteiligt war.

Der ganze Wald sei nach dem Krieg voller Chemie und Abfälle gewesen, alles sei furchtbar verseucht gewesen, erinnerte er sich noch. Der Staat habe sich um den deutschen Dreck nicht gekümmert, Geld habe man für die Entsorgung sowieso nicht gehabt.

– Kurwa!

Über dem Weg lag ein Baumstamm, wir stiegen aus.

– Przerwa, Pause.

Die Männer hielten es nicht aus und holten wieder die Wodkaflasche hervor. Mutter wollte nicht, wirkte etwas apathisch, ich nahm einen Schluck aus Höflichkeit.

– Wo waren hier eigentlich die Lager?

– Lager waren da und dort, sie waren aber nicht groß –

manche nur mit vier Holzbaracken. Daneben waren noch Häuser für die Bewacher, die Küche und so weiter. Im Lager beim Wasserwerk werden Sie das noch sehen, wir kommen da noch hin. Mein Vater wußte alles noch ganz genau – hier ein Stück tiefer im Wald lag irgendwo das ukrainische Lager, vielleicht waren dort aber Ungarn, also ungarische Juden, ich weiß es nicht mehr genau.

Ich stand auf, zwischen den Kiefern hinter uns schimmerte ein singulärer schiefer Pfeiler aus den bekannten gelben Backsteinen. Davor zog sich eine sanft ansteigende Bodenwelle lang. Die Bäume waren dicht gepflanzt, man kam aber einigermaßen gut durch. Der ältere Mann folgte mir.

– Die Zufahrt geht vom nächsten Seitenweg ab, dort stehen auch die Torpfosten.

Hinter der Erhebung wurde mir klar, daß wir auf einem Lagergelände standen. Der allein stehende hohe Pfeiler entpuppte sich als ein kleiner Schornstein – daneben hatte sich offenbar die Lagerküche befunden. Hinter dem Schornstein sah man den eingebrochenen Vorratskeller, ein Stück weiter entdeckte ich eine längliche tiefe Betongrube unter intakten Querbalken aus Stahlbeton – das seien Latrinen gewesen, erfuhr ich.

– Und die Tröge dort drüben? Ich zeigte auf die schmalen gemauerten Becken und betonierte Rinnen ein Stück weiter.

– Das waren die Waschräume und die Wäscherei.

Ich zeigte ihm stumm mit dem Finger auf den Lippen, er solle meine Mutter noch nicht rufen. Ihr Lager hieß »Am Schwedenwall«. Vor uns lag noch ein größeres planiertes Gelände, auf dem man noch gut die Fundamente der Häftlingsbaracken sehen konnte, davor mußte sich der Appellplatz befunden haben. Der Mann begann an einer Stelle mit dem Fuß im Boden zu schaben und holte ein zerdrücktes Emailleschild heraus.

– Man findet hier überall etwas, man braucht nur kurz zu

buddeln. Wir fahren dann noch ein Stück zurück zum Verwaltungsgebäude, dort finden wir mehr. Hätten wir gleich machen sollen.

Wir gingen zurück.

– Wie sah dein Lager aus? fragte ich meine Mutter vorsichtig.

– Ich würde es bestimmt nicht erkennen. Der Wald sah anders aus, die Bäume waren viel höher, das alles ist wahrscheinlich neu gepflanzt worden. Hinter dem Lager war eine Böschung, ein Wall.

– Du müßtest mitkommen, glaube ich.

– Ich will da nicht hin, Georg.

– Sagten Sie Böschung? Eine lange Böschung zum Bober gibt es auch beim Wasserwerk.

Nachdem wir den Baumstamm aus dem Weg geräumt hatten, sollte ich erst einmal wenden, um zu dem angeblich so wichtigen Verwaltungsgebäude zu kommen. Wir fuhren also zurück in die Richtung, aus der wir gekommen waren, passierten das Kraftwerk und bogen nach einer Weile wieder ab. Auf einem betonierten Hof vor einem zweistöckigen Gebäude ließ mich unser Exkursionsführer anhalten, stieg aus und begann in einer Kuhle am Waldrand mit dem Schuh zu wühlen. Ich nahm mir dafür einen Ast, und bald fand ich zwei Registrierkärtchen aus Metall, der eifrige Mann brachte weitere. Er putzte sie alle nach und nach mit seinem Taschentuch sauber. Die Namen der Angestellten – und der Zwangsarbeiter – konnte man jetzt gut lesen, auch ihren Beruf oder ihre »Verwendung«, natürlich auch ihre Nummer und ihr Geburtsdatum:

»669 Mucha, Wladislaus – Arbeiter – *23.4.23, Zawarau Kr. Buska – led. – Zawarau Kr. Buska – 5 / 669 – E 2.11.43«;

»540 Anicic, Risto – Elektriker – *19.8.20, Koplelica – ledig – Belgrad, Wojslawa u.66 – 11e / 540 – E 12.10. 44«;

»2230 Sinjkowa, Wjera – Arbeiterin – *15.10.23, *Kalininka Kr. Donetz – led. – Kalininka Kr. Donetz – 4 / 2230 – E 10.9.42«.

Es waren aber auch ältere Deutsche dabei, vielleicht Vorarbeiter:

»325 Merkel, Paul – Apparatewart – *17.12.92, Dauki/Kr. Calau – vh.2 – Grossan – 4 / 325 – E 27.7.42«. Herr Merkel – vh.2 – war damals offenbar zum zweiten Mal verheiratet gewesen, das übliche Kürzel war »vh.«.

Konstruiert waren diese Blechkärtchen wie die heutigen Kreditkarten, die Buchstaben waren darin maschinell eingestanzt. Auch die Größe war ungefähr die gleiche. Man konnte die Angaben mit Hilfe von Kohlepapier sicher auch auf Karteikarten abziehen. Wir gaben die Suche irgendwann auf und gingen zum Auto. Nachdem wir wieder den am Wegrand liegenden Baumstamm passiert hatten, fuhren wir eine endlose Piste lang – immer tiefer in die Waldwildnis hinein. Meine Orientierung funktionierte inzwischen nicht mehr, ich gab die Hoffnung auf, daß ich von hier aus allein hinausfinden würde. Wir hatten mehrere Kreuzungen passiert, die Piste war nicht immer gerade, knickte mehrfach scharf und ohne einen einsehbaren Grund. Ganz plötzlich sollte ich anhalten und den Motor abstellen. Weit und breit war allerdings kein einziges Gebäude zu sehen. Wir stiegen aus, der Ältere winkte geheimnisvoll. Mir war nicht ganz wohl dabei, und ich fragte ihn, was uns erwartete – er wollte es aber nicht verraten. Meine Mutter ging diesmal ergeben mit, der Wald wurde dichter.

– Bardzo interesujące miejsce.

Plötzlich öffnete sich vor uns die Erde, im ersten Moment dachte ich an einen Krater. Es war aber etwas völlig anderes, dieser Krater war rechteckig. Wir kamen näher, vor uns zog sich eine riesige, tief in den Boden eingelassene Kläranlage in die Länge. Das mit kleineren Bäumen wild bewachsene Gelände sah gespenstisch aus, hatte den Charme eines Ortes für kultische, an Gewässern stattfindende Bestattungsrituale.

– Alles Handarbeit der Häftlinge, diese Senke. Wenn die Becken überliefen, blieb der Dreck wenigstens drin, floß nicht in den Wald.

Auf dem etwa zehn Meter unterhalb der Waldebene liegenden Areal waren kleinere und größere runde Becken verteilt, alle waren vollgelaufen mit Wasser. Ihre Oberfläche bedeckte die gewöhnliche »grüne Grütze«, in manchen schwammen tote Rehe. Der Großteil der Senke war von betonierten und eng nebeneinander liegenden Kanälen übersät, durch die der Dreck damals hin und her gejagt worden war. An der Seite standen Betonboxen, manche waren noch voll hart gewordenen Kalks.

– Hier wurden unter anderem die Säuren neutralisiert, das Abwasser mußte zurück in den Fluß. Dort hinten sieht man noch die unterirdischen Abflußrohre.

– Von hier aus – bis zum Fluß? Dazwischen liegt doch irgendwo die Stadt.

– Die Rohre gehen unterirdisch kilometerweit, kommen erst unterhalb der Stadt wieder am Ufer raus. Das zweite Klärwerk ist ein Stück weiter, alles sieht dort genauso aus wie hier.

Bei der Weiterfahrt mußte ich bald wieder anhalten, wir sollten uns noch das Gebäude für die Gewinnung der Nitrozellulose ansehen. Die gefliesten Becken im zweiten Stock wirkten relativ intakt, die Treppen auch. Die Dachkonstruktion hätten die Russen gesprengt – es wenigstens versucht. Die Betonbalken hatten aber nur zum Teil nachgegeben, manche knickten ein bißchen ein. Auf dem Rückzug aus dem Skelettgebäude sah ich an einer intakten Wand noch verblaßte kyrillische Buchstaben, im ersten Stock konnte ich durch die unteren Öffnungen der trichterartigen Becken in den Himmel blicken.

– Nach dem Krieg mußte man hier noch sehr vorsichtig

sein. Wenn der Staub trocken war, reichten zu einem Knall ein paar Funken. Einige Kinder hatten mal mit Steinen geworfen ...

– Wie viele Gebäude gibt es hier im Wald überhaupt?

– Hunderte, angeblich waren es an die achthundert.

Mir war es jetzt schon längst zu viel, wie es meiner Mutter ging, konnte ich mir auch vorstellen. Sie hatte schon vor diesem Halt erschöpft ausgesehen und war jetzt wieder beim Auto geblieben. Sie unterhielt sich dort immerhin mit dem jüngeren Mann – interessierte sich aber eher für seine Gegenwart, wie sich herausstellte. Technische Details, zumal industrielle, waren ihr sowieso nie wichtig. Ich versuchte trotzdem, sie kurz über die Nitrozellulose aufzuklären.

– Eigentlich heißt das Zeug Zellulosenitrat, -dinitrat oder -trinitrat ... weiß ich von Skopka.

– Laß das doch, Georg. Ich habe die meiste Zeit nur Granaten gefüllt und zusammengeschraubt. Und die Füllung tropfte uns dabei auf die Hände und war heiß. Mein Problem waren dann die Brandwunden, weil sie nicht heilten – nicht irgendeine Zellulose. Auch noch nicht Zellulitis. Außerdem waren wir pausenlos übermüdet, und bei der Arbeit war uns so schön warm, wir schliefen oft ein.

– Das weiß ich schon von Eva, in die Fabrik kommen wir aber leider nicht.

Meine Mutter wandte sich den Männern zu, lächelte und sagte:

– Von den Giften bekamen wir der Reihe nach epileptische Anfälle, fielen um und schäumten aus dem Mund. Ich bekam außerdem wunderschöne rote Haare. Alle, die etwas hellere Haare hatten, wurden rot.

Diese Geschichten kannte ich, mir waren sie mit dem gleichen Lächeln erzählt worden.

– Die beste Arbeit war noch die mit Preßluft, wir mußten das Gewinde der Hülsen reinigen. Aber vielleicht waren diese Geschosse gar keine Granaten, wir wußten es nicht.

Wir fuhren einen langen Betonweg entlang, bogen irgendwann ab – in Richtung des Flusses, wurde uns gesagt. Bald konnte man durch eine Waldlichtung tatsächlich schon den breiten Turm eines der beiden Wasserwerke sehen. Wir waren wieder in der Nähe der Stadt.

– Wie gesagt, oberhalb der Böschung zum Bober hin steht direkt an der Straße ein Lager. Es ist sehr gut erhalten, nur die Holzbaracken natürlich nicht. Danach müssen wir aber unbedingt noch zu dem Militärgelände fahren. An einer Stelle sieht man von weitem die Fabrikgebäude – nur durch den Stacheldraht, aber immerhin.

– Mir reicht es, sagte meine Mutter. Und ich will sowieso keinen Stacheldraht sehen.

Dem Mann lag aber offensichtlich viel daran, unser Interesse wachzuhalten. Und ich war ihm für seinen Eifer dankbar – ohne ihn wären wir hier vollkommen verloren gewesen. Im Grunde hatten wir aber eher eine Führung absolviert, die sich vor allem auf die Monumente beschränkte. Bis zu dem angekündigten Lager am Wasserwerk kamen wir dann leider nicht. Meine Mutter bat mich, an einer betonierten Kreuzung anzuhalten. An zwei Ecken standen dort hohe Betonpfeiler.

– Hier hing der Mann, wochenlang, sagte sie, er war Pole.

Sie lief noch einige Schritte weiter, dann fiel sie um. Sie lag auf dem weichen polnischen Waldboden und bewegte sich nicht. Die Männer kamen angerannt und zückten ihre wertvolle Wodkaflasche. Ich rieb meiner Mutter die Schläfen ein und goß ihr etwas über die Haare, um ihre Augen nicht zu treffen. Im Auto war noch eine Flasche Wasser, diese Abkühlung half ihr aber auch nicht. Sie rollte mit den Augen und sprach plötzlich Jiddisch.

– Er hot gehat a batsiung mit a daytshke.

603

Wir schafften sie ins Auto auf den Hintersitz.

– Zey hobn im getseylemt.

– Hier wurde vierundvierzig ein Pole gekreuzigt, sagte der Ältere, verrückt!

– Er iz dortn gehangen etlekhe vokhn, murmelte zwischendurch meine Mutter.

– Wie geht es am schnellsten hier raus? fragte ich.

– So lang.

Die beiden Männer quetschten sich auf den Vordersitz, nahmen ordentliche Portionen Wodka zu sich, und wir fuhren los. Meine Mutter war einigermaßen bei sich und lag ruhig. Was ich am Anfang unserer Rundfahrt befürchtet hatte, traf leider bald ein. Der Schienenstrang, der uns hier den Weg versperrte, war noch höher als der erste.

– Żaden problem. Alle fahren hier lang.

Die plötzliche Eingebung, solche Erhöhungen ließen sich am besten im hohen Tempo überwinden, schien mir auf einmal vollkommen realistisch zu sein – und vor allem zeitsparend. Vor der vorderen Schiene hatte jemand etwas Sand angehäuft, diese Art Rampe lud zu einem Hüpfer regelrecht ein – und ich wollte immer schon so elegant mit dem Auto springen können wie Belmondo. Ich gab im zweiten Gang ordentlich Gas, unsere 42 PS beschleunigten uns, der Motor heulte – und bald danach saßen wir fest. Der motorschwere Octavia-Bug hatte zwar einen kleinen Sprung gemacht, die Vorderräder krachten dann aber gegen die zweite Schiene und schafften es nur knapp, dahinterzuhüpfen. Bei diesem Hüpfer bekam das Chassis, vorn natürlich außerdem die Karosserie, einige harte Schläge ab – Metall traf auf Metall. Und weil die Hinterräder noch vor der ersten Schiene stehengeblieben waren und das Chassis im wesentlichen aus einem dicken Mittelrohr bestand, war der sonst so hochbeinig wirkende Octavia auf den Gleisen wie mittig aufgebockt – und kippelte seitlich. Wenn ich Gas gab, drehten die Hinterräder nur durch. Bei dem Aufprall war noch etwas anderes passiert – meine Mutter war vom Sitz auf den Boden gerollt.

– Er iz geven a polyak, sagte sie noch auf Jiddisch, nachdem wir sie auf den Sitz zurückgehievt hatten.

Danach war sie wieder nicht ansprechbar, war aber wach. Niemand aus der Familie sprach eigentlich Jiddisch, angeblich auch nicht vor dem Krieg – nicht in Ostrau, nicht in der Slowakei oder in Budapest. In Wien schon gar nicht.

Die Landstraße war offenbar nicht weit, ich hörte dort gerade ein Auto vorbeifahren. Der jüngere Mann verabschiedete sich plötzlich wortlos und rannte los – im ersten Moment sah es nach einer kleinen Panikattacke aus. Es war aber gar keine Flucht – er hatte zwischen den Bäumen einen Fahrradfahrer erspäht. Meine Männer und der Fahrradfahrer versuchten, das Auto samt meiner Mutter kurz zu schaukeln, gaben es aber gleich wieder auf, und der Radfahrer fuhr mit Tempo los. Ich setzte mich still ins Auto. Schon bald trafen wie aus dem Nichts die ersten Helfer ein. Wieso es so schnell ging, war mir schleierhaft.

Einige der Leute waren unsere Trinker, es waren aber auch andere Hilfsbereite dabei. Einer zog sogar einen reizenden Miniaturleiterwagen hinter sich her, dieser war für meine Mutter aber eindeutig zu kurz. Bald danach erschien einer aus der Trinkerclique mit zwei Kinderschlitten und einem längeren Seil. Seine Idee war erstklassig. Er schlug vor, die beiden Schlitten seitlich zusammenzubinden und meine Mutter draufzulegen.

– In stabiler Seitenlage. Zum Kalten Krieg gehörte zum Glück auch die Zivilverteidigung.

Ich holte eine Decke aus dem Auto, wir legten meine Mutter etwas gekrümmt auf die Doppelliege und versuchten, sie auf dem Waldboden zu ziehen – wir mußten uns stark nach vorn beugen und sahen dabei wie Treidler an der Wolga aus. Ein Arzt müßte auch schon unterwegs sein, meinte jemand, wir sollten warten. Der Arzt kam tatsächlich bald

angeradelt und sah in seiner etwas zerknautschten Zivil-
kleidung nicht wie ein Arzt aus, war aber offenbar einer.
Der etwas unglücklich wirkende Mann untersuchte meine
Mutter gründlich, schickte dabei alle Fremden weg. Ein
Blutdruckmeßgerät hatte er dabei, ein Stethoskop ebenfalls,
er gab meiner Mutter irgendwelche Tropfen. Sie wirkte
jetzt wieder relativ munter.

In der Zwischenzeit versuchten die Männer unser Auto
freizubekommen. Und sie schafften es ganz ohne schweres
Gerät. Sie schoben etwas unter alle vier Räder, federten das
Auto mehrmals hoch und runter, »pumpten« es so lange
auf und ab, bis einer kurz vor dem oberen Kulminations-
punkt das Kommando gab:

– Te-RAZ!

Der Octavia hüpfte nach vorn, das Chassis und der Auspuff bekamen dabei die nächsten Schäden verpaßt, die Hinterräder hatten die erste Hürde jetzt aber überwunden –
standen zwischen den Schienen. Dann wurde noch einmal gepumpt und bei dem nächsten Sprung der hintere
Schalldämpfer fast abgerissen. Das Auto stand jetzt aber
endlich hinter dem Gleisbett. Der Einlasser mühte sich
mit normaler Lautstärke ab, der Motor sprang aber nicht
an. Unten am Auto schepperte es mächtig auch beim An-
schieben.

Kurz danach erschien zwischen den Bäumen – wie vom
Himmel geschickt – ein Bauer mit einem Pferd. Und ich
konnte endlich sehen, was man sich unter PFERDESTÄRKE
vorstellen sollte. Das Fahrzeug zu ziehen kostete das schöne Tier anscheinend keine Mühe, es mußte sich nicht einmal beim Anfahren sichtbar nach vorn stemmen, marschierte einfach locker los, und das Auto folgte ihm. Wir
setzten uns alle in Bewegung und näherten uns auf einem
parallel zur Straße verlaufenden Weg langsam der Stadt.
Ein wunderlicher Umzug: unser Auto von einem Pferd geschleppt – immer wieder etwas ruckartig, aber recht

schnell. Wesentlich ruhiger hatte es meine Mutter, die auf dem improvisierten Doppelschlitten sanft und langsam durch den Wald glitt. Man hatte ihr nicht erlaubt aufzustehen, ich sollte mich auch schonen und meine Mutter betreuen – durfte nicht mitschleppen. Ich lief also neben den Schleppern her. Hinter dem Lenkrad unseres sich entfernenden Octavia saß von Anfang an jemand anders.

Im Grunde leistete unser Alkoholikertrupp spontan das, wozu heutzutage die Feuerwehr, die Polizei und der Rettungsdienst vonnöten wären – eventuell noch das Technische Hilfswerk mit Ausrüstung für Industrieunfälle, auf alle Fälle für Einsätze auf chemisch verseuchtem Gelände. Hier kam man ohne Sirenen oder Martinshörner aus, es waren außerdem auch keine überzähligen Feuerwehrmannschaften alarmiert worden.

In der Stadt wartete schon jemand auf uns. Dieser bereits reichlich mit Motoröl verschmierte Mensch hatte im Hof eine einfache Montagegrube. Er drahtete den Auspuff provisorisch fest, schweißte irgendwo ausgiebig elektrisch und auch autogen, klopfte und schraubte danach noch kurz, und unter seinen goldenen Händen sprang der Motor anschließend sofort an. Das Auto machte trotz allem Krach wie ein Rennwagen. Ich bezahlte den Zauberer, teilweise mit unseren tschechischen Kronen und dem Rest der DDR-Mark, dachte noch daran, das restliche Geld für unseren Buttersammler und Herbergsvater zurückzuhalten. Wir holten unser Gepäck ab, es war später Nachmittag. Den Weg bis Zgorzelec kannte ich bereits, danach erwartete uns noch die Überquerung der Ausläufe des Isergebirges. Meine Mutter sprach inzwischen wieder Tschechisch.

– Nur weg, Georg, weg von hier, sagte sie.

– Bloß nicht wieder über Deutschland fahren, meinten unsere Freunde – nicht nach Görlitz. Die Deutschen lassen euch mit dem kaputten Auto nicht durch.

Eine Woche später bekam meine Mutter ihren zweiten Schlaganfall. Die Ausfälle waren etwas ernster als bei dem ersten, im Gesicht war sie zum Glück überhaupt nicht entstellt. Für Anna sei die Perspektive trotzdem schlimmer als der Tod, meinten alle und schirmten sie von der Außenwelt ab. Nebenbei verstärkte sich aber leider Mutters Gesichtstick – sie wölbte dauernd die Lippen nach vorn. Davor hatte sie diese Unsitte einigermaßen im Griff gehabt. Jetzt wollte sie niemanden sehen und sprechen, wollte vor allem nicht gesehen werden. Sie hatte gleich vom Krankenhaus aus überall ausrichten lassen, sie wolle nicht besucht werden. Nach der Entlassung und der Rückkehr blieb sie noch eine Zeitlang zu Hause, zog aber bald aufs Land in Danas Haus. Sie sollte sowieso für längere Zeit krankgeschrieben bleiben. Und als Verfolgte des Naziregimes wollte sie sich dann berenten lassen.

In der Prager Wohnung stand mir logischerweise ihr Prachtzimmer zu. Es war großartig, ein wahrhaftes Geschenk des Himmels – ich fühlte mich kurzzeitig wie nach einer epochalen Eroberung. Bleiben wollte ich zu Hause aber auf keinen Fall. Alle machten mir sowieso direkt oder indirekt Vorwürfe, obwohl der Schlaganfall bei unseren Vorfahren kein seltenes Ereignis war – und der Schlaganfalltod bei uns als der schönste von allen galt, oft sogar herbeigewünscht wurde.

– Ausflug, Ausflug, das hat sie jetzt von deinem blöden Ausflug, Georg.

– Das hätte sie umbringen können, hörte ich hinter einer Tür.

– Sie hat doch das ganze Leben furchtbar viel geraucht.

– Trotzdem.

manchmal lief der mann gleichzeitig in zwei entgegengesetzte richtungen

Ich war in meinem früheren Leben von Frauen – bis auf einige kurze Intermezzi – dauerhaft umstellt, und wenn ich dabei von ihren Röcken, Gerüchen, gleichzeitig auch von Sheldrakeschen Feldern ihrer Freundlichkeit umwedelt wurde, mußte ich nie fürchten, mir könnte etwas Schlimmes zustoßen. Direkt von ihnen gingen in meinem Fall nie ernste Gefahren aus – offen verletzende Aggressionen sowieso nicht. Ihre kleinen Verstimmtheiten oder leichten Eitelkeitsanfälle ängstigten mich ebenfalls nicht. Was aber regelrecht rettend war: In allen wichtigen Phasen meines Lebens fand sich im richtigen Moment das richtige weibliche Wesen an der passenden Stelle ein. Als ich einmal auf der offenen breiten Plattform eines Straßenbahnanhängers stand, hielt ich mich, wie oft, nicht fest. Die Plattform lag in der Mitte des Wagens, man fühlte sich dort ausreichend geborgen und vor unerwartetem Rauswurf geschützt. Die Fahrten zu meinem Vater waren furchtbar lang, führten durch die ganze Stadt, und ich kannte die vielen Stationen, Streckenabschnitte und alle ihre Problemstellen so gut wie auswendig. Trotzdem paßte ich nicht immer auf. Die Straßenbahnen wurden damals teilweise von jungen, im zweimonatlichen Schnellkurs angelernten Kräften »gelenkt«. Im Grunde brauchten diese Leute nur »Gas« zu geben oder zu bremsen – und hatten laut Straßenverkehrsordnung außerdem überall und immer Vorfahrt. Und weil diese Kolosse wegen ihrer Masse sogar von Lastwagenfahrern respektiert wurden, hätten sie durch die Stadt theoretisch in aller Ruhe gondeln können. Die jungen Wagenlenker wollten aber oft auch etwas schneller fahren als erlaubt, hatten sich alle

Schwachstellen der besonders tückischen Kurven und alle Problempunkte der scheinbar geraden Strecken noch nicht fest eingeprägt. Oder sie vergaßen beim Träumen über ihre Zukunft einfach, daß auch die nötigsten Ausbesserungen und Begradigungen der Schienen sich immer noch in der Planungsphase befanden. Oft zuckten der Triebwagen und dann die Anhänger unerwartet heftig zur Seite. Die Räder ratterten und rumsten dabei – und der noch mit viel Holz ausgekleidete Wagenkörper quietschte laut. Einmal bewahrte mich vor einem Hinauswurf auf die Straße eine ältere Dame, die direkt vor mir stand. Diese dickliche Person hielt sich auch nicht fest, wir beide wären beinah unter die vorbeifahrenden Autos geschleudert worden. Die Frau fand im letzten Moment den Griff am Rand der Plattform, und ich, der kurz davor noch konzentriert in die Ferne gesehen hatte, stolperte erst einmal über ihre abgestellte Tasche. Auf die weichgepolsterte Frau fiel ich deshalb etwas verspätet, dafür mit zusätzlicher Energie. Die Straßenbahn war in voller Fahrt, der rasende Abgrund ganz nah. Die Frau kommentierte den Vorfall mit dem folgenden Satz:

– Du wärest wenigstens auf etwas Weiches gefallen.

In meinem Schreck bedankte ich mich für die Rettung nicht einmal. Beim Nachdenken war ich nie der Schnellste und konnte auch in diesem Moment aus mehreren Gründen nicht sofort reagieren. Die Wahrscheinlichkeit, grübelte ich, nicht auf der Frau, sondern neben ihr auf der Granitpflasterung zu landen, wäre um ein Vielfaches größer gewesen. Und auch wenn ich mich an der Dame festgekrallt hätte, hätte es bei dem entscheidenden Aufprall auch ganz anders kommen und ich als Pflasterpuffer unter ihr enden können. Trotz aller dieser Bedenken habe ich ihre Liebenswürdigkeit nie vergessen.

»Die Frau wählt« – das wußte ich von meiner mich besonders in Liebesdingen schulenden Mutter seit langem. Meine zukünftige Frau, die ich eines Tages tatsächlich auch heiraten sollte, wohnte im gegenüberliegenden Haus in einer Dachgeschoßwohnung. Wir trafen uns im allerletzten Moment, beide waren wir über fünfundzwanzig, und ich befand mich zu diesem Zeitpunkt in einem miserablen Allgemeinzustand – war trotz ausreichender Nahrung ausgezutscht, ausgezehrt und ausgenervt. Außerdem war ich gerade dabei, meine nächste panische Prag-Flucht zu planen. Ohne diese entscheidende Begegnung wäre ich höchstwahrscheinlich – wenn nicht direkt in meiner schönen Stadt, dann eben woanders – auf die eine oder andere Art zu Grunde gegangen, im besten Fall wäre ich in einer psychiatrischen Klinik voller netter Schwestern gelandet. Dort hätte man mich allerdings garantiert mit den damals üblichen Hammermedikamenten ruhiggestellt und entsorgungsnah endtherapiert. Aus mir wäre irgendwann eine aufgedunsene stumpfruhige Kugel geworden, wie aus einem meiner Freunde aus meiner schulischen Clique.

Lange Jahre meiner Kindheit hatte ich meine zukünftige Frau leider nie zu Gesicht bekommen. Die länglichen schmalen Fenster ihrer Dachgeschoßwohnung in der Mikkiewiczstraße waren relativ hoch angesetzt. Aus meiner Sicht verbrachte das gutbehütete Mädchen ihre gesamte Kindheit unterhalb der Fensterkanten. In ihrer Wohnung sah man immer nur einen alten weißhaarigen Mann aufstehen und sich wieder hinsetzen, außerdem und noch viel öfter einen jüngeren erwachsenen Mann, der allerdings sehr beweglich war. Man sah ihn dauernd durch die Wohnung schießen, manchmal war er gleichzeitig in zwei Räumen zu sehen, lief dabei oft in zwei entgegengesetzte Richtungen. Später kam heraus, daß es sich bei diesem Mann um ihn und seinen Zwillingsbruder handelte. Eine erwachsene Frau sah man in den Fenstern der Wohnung nie, ein Kind eben auch nicht. Die beiden Männer fielen auch noch wegen einer besonderen Eigenart auf: Der eine oder der andere streichelte gern sein eigenes Gesicht, fuhr mit der Hand regelmäßig und ausgiebig über seine Wangen, Lippen und seinen Hals. Dieses meist morgendliche Ritual in der Fensternähe war voller Zärtlichkeit und spielte sich offenbar vor einem von uns aus nicht einsehbaren Spiegel ab. Vielleicht praktizierten diese Gesichtsmasturbation abwechselnd sogar beide der Zwillinge. Mein Onkel, der stolze Besitzer des ersten elektrischen Rasierapparates aus heimischer Produktion, hatte für diese scheinbare Selbstverliebtheit eine einfache Erklärung:

– Der Mann rasiert sich sicher woanders in der Nähe einer Steckdose und sucht dann am Fenster nur die übriggebliebenen Härchen.

Das gegenüberliegende Haus war insgesamt um ein Stockwerk niedriger als das, in dem sich unsere Wohnung befand – aus dem Grund wohnten ich und meine zukünftige Dachgeschoßfrau ungefähr auf gleicher Höhe, in der gleichen Etage sozusagen. Wir waren praktisch so etwas wie Flurnachbarn. Mein Interesse an der gegenüberliegenden Dachwohnung und ihren männlichen Bewohnern hatte noch einen sachlichen Grund: Ausgebaute Dachgeschosse sah man in Prag damals selten, in meiner Gegend waren sie auf alle Fälle etwas Besonderes. Daß ich über diese Familie etwas mehr wußte, als ich mir aus meinen Beobachtungen zusammenbasteln konnte, verdankte ich Tante Erna, die in ihrer Distanzlosigkeit im ausgedehnten nachbarschaftlichen Umfeld viele gute Kontakte unterhielt. Sie sprach – schamfrei wie sie war – trotz ihres undefinierbaren Akzents und ihrer manierierten Anglizismen Menschen an, die sie in der Gegend regelmäßig traf, und fragte sie geradeheraus nach ihrem Befinden, dem Befinden ihrer Mitbewohner und nach allen ihr als klärungsbedürftig vorkommenden Neuigkeiten. Auf diese Weise kannte sie den gesamten kiezrelevanten Tratsch fast vollständig. Da sie auch über uns alles mögliche erzählte, alles, was ihr erzählwürdig vorkam, bekam unsere Wohnung nach und nach Glaswände. Ich könnte in diesem Zusammenhang einige Sprüche aufzählen, als Beispiel müßte einer von Tante Györgyi reichen:

– Ich frage mich, wieso man beim Bäcker über meinen Fußpilz Bescheid weiß.

Ärger bekam Erna aber nur selten. Wir waren alle eher froh, gut informiert zu leben und einen vorgelagerten Kundschafterposten zu haben, der uns eventuelle feindselige Stimmungen melden würde. Aufgrund der tschechischen Gemütlichkeit war es aber nie so weit gekommen. Über die männlich dominierte Familie von gegenüber berichtete Erna selten, aber kontinuierlich. Daß die zwei Brüder schöne Männer waren, war bei uns ohnehin ein Dauerthema, von größerer Tragweite war aber etwas anderes: Dank Erna wußten wir, daß der Familie vor vielen Jahren ein Kind verlorenging. Es war irgendwo von einer Terrasse gefallen und hatte den Sturz nicht überlebt. Für die ältere Schwester des Tötlings waren die Fenster deswegen tabu. Als sie größer wurde und über die Fenster-Unterkante blicken konnte, mied sie die Nähe der Fensteröffnungen offensichtlich um so mehr. Draußen hatte sie sicherlich – wenn überhaupt – nur im Hof ihres Hauses gespielt. Als ich klein war, fiel sie mir in der Nachmittagswildnis der Umgebung nie auf, außerdem ging sie offenbar in eine andere Schule. Hinzu kommt noch, daß ihre Straßenseite die langweiligere war, und ich kannte dort niemanden. So überquerte ich ihre Mickiewiczstraße nur, wenn ich Frau Garrigue Masaryk einen Besuch abstatten und ihr in die Augen sehen wollte.

Das Kurioseste an der Dachgeschoßfamilie war die exzentrische und uns persönlich vollkommen unbekannte Mutter des Mädchens, also die Frau eines der Zwillingsbrüder. Sie lebte angeblich allein in einem Schloßturm. Vor Jahren hatte sie die Wohnung, ihre drei Männer und die übriggebliebene Tochter verlassen – von einem Tag auf den anderen – und war nie wieder zurückgekommen. Sie hatte in Südböhmen den Direktor eines Schloßmuseums gekannt, dieser hatte für sie eine Art Arbeitsstelle geschaffen – und sie konnte in einem Turm des Schlosses wohnen bleiben.

Von ihrer Tochter sah ich in späteren Jahren manchmal die Haare, noch später ihren ganzen Kopf – allerdings immer nur abgedunkelt im Rauminneren. Mit unserem Opernglas beforschte ich bei günstigeren Lichtverhältnissen auch ihr Gesicht. Solche erregenden Momente, die man beim Genießen von nur fragmentiert gelieferten Bildern, beim Verfolgen von Echtzeit-Abläufen, von Klein-, Groß- oder Scheindramen erleben kann, wollte ich auch später im Leben nicht missen. Man hört regelrecht das optische Knistern, Rascheln oder Rumoren, das die Akteure in der gegenüberliegenden Wohnung produzieren, und man ist nebenbei sogar gezwungen, mit den Beobachteten aktiv mitzudenken. Man füllt das scheinbar sinnlose Hantieren der Leute behelfsmäßig mit Sinn auf und ergänzt ihre pantomimischen Unterhaltungen durch möglicherweise passende Worte. Was das nicht mitgelieferte Gefühlsgefüge angeht, ist man natürlich nur auf die eigene Phantasie angewiesen. Der weiteren Ausschmückung sind dabei keine Grenzen gesetzt.

Nachdem meine zukünftige Frau aus der kindlichen Versenkung aufgetaucht war, fand ich sie nicht einfach nur interessant. Das zusätzlich Anziehende an ihr war, daß ihr und ihren Männern – trotz Ernas Zuarbeit und trotz aller fernoptischen Eindrücke – ungewöhnlich viele Fragezeichen anhafteten. Die beiden Zwillingsmänner waren bei Ernas Vorstößen sehr zurückhaltend gewesen, und ihr alter Vater, der oft die Einkäufe erledigt hatte, hatte auf sie immer einen mürrischen Eindruck gemacht. Das Besondere an dieser Familie war noch, daß sie für mich in einer Art Parallel-Vergangenheit lebte. Das folgende Phänomen kannte ich auch aus anderen Zusammenhängen: Wenn in meiner Gegenwart von Personen – Personen aus der Gegenwart – gesprochen wurde, die ich persönlich nicht kannte, nahm ich oft automatisch an, es handele sich um Menschen aus der fernen Vergangenheit – im Grunde um bereits verblichene Wesen. Wenn ich diese Menschen später traf, hatte ich als erstes das nicht ganz falsche Gefühl, Untoten aus dem Jenseits gegenüberzustehen.

Meine zukünftige Frau war ausgesprochen untot, als ich mit ihr das erste Mal sprechen konnte. Aus der Nähe war sie noch beeindruckender als aus der Ferne, war allerdings ungewohnt direkt – um nicht FRECH zu sagen. Wir trafen uns an einem 28. Oktober.

Die dank T. G. Masaryk vollzogene Staatsgründung im Oktober 1918 wurde in der sozialistischen Tschechoslowakei nicht gefeiert. Dieser Tag wurde uns im Grunde verschwiegen, weil 1918 ein kapitalistisch ausbeuterischer Staat gegründet worden war. Man legte dafür den großen Tag der Liquidierung der prosperierenden tschechischen Wirtschaft auf denselben Tag, und der 28. Oktober wurde zum »Tag der Verstaatlichung« erklärt, die im Tschechischen offiziell »Vernationalisierung« hieß. Man feierte also die damalige flächendeckende Enteignung aller kapitalistischen Elemente des Landes – und auf diesen Kahlschlag sollten alle auch noch stolz sein. Dabei traf und bestrafte dieser Radikalschritt fast die Hälfte der damaligen Bevölkerung. An diesem Tag besuchte ich manchmal – wenn nichts dazwischenkam oder ich es nicht vergaß – die tapfere Amerikanerin Garrigue Masaryk, die Frau unseres ersten Präsidenten. Daß ihre Büste die Beseitigungs- und Bereinigungswut der fünfziger Jahre überstanden hatte, war tatsächlich ein kleines Wunder. Diesmal kam ich gar nicht dazu, zu der relativ hoch angebrachten Büste aufzublicken. Ich traf meine Frau, die gerade aus der Haustür trat.

– Ich wohne dort drüben, sagte ich.

– Ich weiß, und du heißt Georg. Ich habe von dir schon viele schlimme Dinge gehört. Ich wohne hier auch schon ewig. Du warst irgendwann längere Zeit weg, oder?

– Ich bin in die Slowakei geflüchtet, war dort klettern und so.

– Also sinnlos dein Leben riskiert ...

– Prag ist doch furchtbar, überall nur Magengeschwüre und Mundgerüche. In den Bergen habe ich nebenbei aber auch etwas Kultur, einmal sogar ein tolles Konzert erlebt. Du warst einige Jahre aber auch nicht hier.

– Ich war in einer Art Internat, und dann habe ich noch woanders studiert. Übrigens ziehst du dich unmöglich an, weiß du das? In dieser Lederjacke siehst du aus wie eine Apfelsine auf Stelzen.

– Wieso haben wir uns früher nie auf dem Tor oder im Park getroffen?

– Ich war auf einer Schule für besonders Fleißige.

– Also auch nachmittags.

– Auf jeden Fall länger. In die Nähe dieser Klettermauern durfte ich sowieso nicht, auf das Tor schon gar nicht. Dort trafen sich ganz schlimme Typen, haben sich mit Steinen beworfen.

– Das war eher die Affenbande, aber auch noch andere ...

– Und du?

– Wir sind zur Abwechslung vom Tor gefallen und waren tot. Und haben Bomben gebastelt. Aber ich habe dort oben oft Gitarre gespielt, stundenlang gesungen und gebrüllt. Das hättest du sogar von weitem hören können.

– Manche Idioten pißten manchmal von oben, standen an der Kante und pißten. Und dort gibt es überhaupt kein Geländer.

– Du sagtest vorhin, du hättest von mir irgend etwas gehört. Was zum Beispiel?

– Das und jenes. Ich bin einfach neugierig.

– Von mir wirst du im Moment nicht viel erfahren. Ich bin ein bißchen verstummt, singe auch nicht mehr.

– Aber du sprichst doch, Georg.

– Lachen tue ich auch viel weniger.

– Bei euch wurde aber viel gelacht. Ich habe es bis zu uns gehört, wenn hier unten gerade kein Auto fuhr.

– Und was heißt das? fragte ich.

– Du mußt es geübt haben, das Lachen.

– Du warst für mich so etwas wie die Enkelin von Masaryk, jedenfalls ein Nachkommensfrüchtchen von Frau Garrigue. Das kann ich dir jetzt amtlich mitteilen. Als deinen Vater wollte ich mir keinen der Zwillinge vorstellen, weil ich sie nie unterscheiden konnte. Ich dachte eher an einen Nachkommen eines Freiheitskämpfers, du weißt schon ...

– Mickiewicz? fragte sie.

– Richtig.

– Ich habe keine Lust zu rätseln, ich möchte einiges einfach wissen, sagte sie ernst.

– Was denn?

– Ist dieser unbewegliche Dicke mit den nackten Beinen auf dem Nierentisch irgendein Stiefvater von dir?

– Nein! Das ist mein Onkel, DER Onkel – der einzige Mann außer mir. Handwerklich ist er ein sehr begabter Mensch, vor allem aber ein mutiger. Nur sieht man ihm das nicht unbedingt an.

– Und sag mal – ist dieser Onkel so etwas wie ein Ausdauerschweißer? Das war immer meine Hypothese.

– Nein. Er kann aber gut schweißen.

– Mein Vater meinte dagegen, der Weißbeiner würde in seinem Zimmer mit Chemikalien experimentieren – und hätte deswegen diesen Lüfter.

– Der Rauch kommt von seiner Pfeife – und seinem Unglück.

– Und wer ist die Frau mit den wirren Haaren und wilden Gesten?

– Das ist Urtante Bombe. Frag mich aber bitte nicht, warum sie so heißt.

– Und wer ist die, die nur im Hochsommer lüftet?

– Tante Györgyi, die friert immer. Und hat Angst, daß

ihre Wände – »die Wände, die Wände« – abkühlen und Kälte speichern könnten.

– Noch etwas: Ab und an wurden bei euch ältere Frauen auf dem Balkon ausgesperrt. Auch im Winter.

– Das hing mit familienexternen Unverträglichkeiten oder irgendwelchen Absprachen zusammen. Manchen Bekannten mußte man versprechen, daß sie eine bestimmte Person nicht antreffen würden – in der Regel ging es um Tante Erna. Die ist einmal steif ins Zimmer gefallen, als man sie wieder reinlassen wollte. Sie hatte ihren Mantel vergessen und traute sich nicht zu klopfen.

– Bei euch war es immer sehr lebendig, hatte ich jedenfalls den Eindruck – bei uns dagegen furchtbar still.

– Wegen der Helligkeit und der großen Fenster kann man unsere Zimmer bestimmt besser einsehen – es ist die Südseite. Aber in die Kellerfenster von Tante Peprl auf der Nordseite konntest du nie geguckt haben, jetzt ist sie schon lange tot.

– Habt ihr die Frau etwa in den Keller abgeschoben?

– Ins Souterrain, Souterrain heißt es eigentlich.

– War es bei euch nun lebendig oder nicht?

– Es war sehr unruhig, dauernd war viel los – bin deswegen leicht störbar. Ganz normal bin ich vielleicht auch nicht.

– Du übertreibst, oder? Ich kenne dich lange genug – und das würde ich dir ansehen. Ich bin von Hause aus Märchenforscherin.

– Was für eine Art Forscherin?

– Bin Märchenforscherin, nebenbei noch eine Hexe, wenn du so fragst. Ganz schön dünn bist du. Trotzdem bin ich ein realistischer Mensch. Ich möchte gern wissen, wieso du noch bei deiner Mutter wohnst.

– Stimmt so nicht. Ich wohnte aber lange in einem Zimmer mit meiner Großmutter Lizzy – auf der anderen Seite zum Park.

– He?

618

– Na ja. Die Wohnung ist groß, so viele Zimmer sind es aber doch wieder nicht. Großmutter Lizzy ist aber der liebste Mensch, den man sich vorstellen kann. Und du hast dagegen nur Väter.

– Eine Frau hätte es bei uns nicht ausgehalten.

– Was heißt das?

– Das bedeutet, daß ich einen doppelten Vaterkomplex habe, zweifachen Nelson an der Seele, genau gesagt.

– Auch nicht schlecht. Zwei Dinge müßtest du noch wissen: Ich bin von Hause aus Müllmann. Und das, was ich schreibe, sieht ziemlich seltsam aus, auch optisch. Viele behaupten, es sei eher Hackfleisch als Literatur.

– Das kann trotzdem was werden, oder? Außerdem könnten wir aufs Land ziehen, ich habe gerade ein Bauernhaus geerbt.

– Das trifft sich gut. Ich müßte hier nämlich sofort weg, sagte ich.

– Ich kann das Haus jetzt schon nutzen, teilweise jedenfalls.

– Ist das nicht Anmache, was hier jetzt abläuft?

– Du hast mich vorhin unverschämt angeglotzt, als ich aus der Tür kam. Das hätte ich mich wieder nicht getraut.

– Ich bin von Geburt an optischer Penetrator.

– Ich habe manchmal gedacht, wenn ich dich von weitem sah: Der sollte mir nicht entgehen. Ich kenne sogar deine Telefonnummer: 32 52 09.

– Was bedeutet das genau, daß du das Bauernhaus »schon nutzen« kannst?

– Jemand wohnt dort noch, eine alte Frau.

– Eine oder gleich mehrere?

– Eine echte Wiesen-, Wald- und Kräuterhexe. Man braucht da draußen dafür keinen Arzt.

– Ich muß möglichst weit weg von hier, sonst würde jeden Tag jemand zu Besuch kommen wollen. Oder einfach vor der Tür stehen.

– Es ist weit genug. Und dort draußen kann man unglaublich billig leben. Was ist mit deiner Mutter, Georg?

– Die lebt jetzt auch auf dem Land. Trotzdem ist es bei uns furchtbar eng, meine Großmutter und ich kochen zum Beispiel in unserem Badezimmer.

– Für mich ist es total wichtig, daß man sich in so einem Haus ebenerdig bewegen kann. Im Grunde wohnt man auf der gleichen Etage wie die Natur. Im Winter könnten wir uns einen Pott Honig neben das Bett stellen und es uns gutgehen lassen. Selbstgemachten Obstwein trinken.

– Wie kommst du auf HONIG?

– Das kommt in einem witzigen Märchen vor. Wir werden uns aber keinen Fernseher anschaffen, nicht wahr.

– Hattest du schon Honig in den Haaren?

– Nein, hab aber keine Angst davor, wie in dem Lied von Suchý. Sollen sie kommen, die Ameisen.

– Mach mal deine Augen richtig auf, sagte ich zu ihr. Kannst du das überhaupt? Du hast so gut wie Schlitzaugen.

– Meine Großmutter war Putzfrau auf der chinesischen Botschaft.

– DAS GIBT ES NICHT!!!

– Stimmt auch nicht. Du weißt doch, wie alle tschechischen Märchen beginnen: »Es war einmal, war aber auch nicht.« Meine Vorväter stammten sicher von irgendwelchen mongolischen Horden ab, nehme ich jedenfalls an. Oder von den tapferen Tataren.

– Das ist ja traumhaft. Ich komme dagegen von einem Nomadenvolk aus der Wüste.

– Das weiß ich.

– Kanntest du die chinesische Revolutionärin Nie Yuanzi? fragte ich noch.

– Nein. Nie gehört.

Wir machten eine Pause und sahen uns in die Augen. Ich grübelte darüber, wie gut man sich mit Märchenforschung ernähren kann.

– Ich muß dich noch etwas fragen, sagte sie. Zwei wichtige Dinge.

– Bitte.

– Warst du schon bei der Armee?

– Bin ausgemustert, bin ein einbeiniger Fußkrüppel, wie du siehst. Ich muß dich aber auch etwas fragen.

– Bitte.

– Wie bist du politisch?

– Du wirst mich nicht verstoßen müssen, so geladen wie du bin ich aber bestimmt nicht. Jetzt aber meine zweite Frage: Liebst du deine Mutter?

– Was soll das?

– Ich will wissen, ob Georg seine Mutter liebt.

– Ich habe mich mit ihr inzwischen versöhnt. Wir sehen uns jetzt allerdings nicht oft.

– Und hast du sie gehaßt?

– Wie kommst du drauf?

– Es ist gerade mein Thema.

– Ich kann das nicht ganz leugnen. Vor einem Jahr sind wir zusammen nach Polen gefahren, das hat einiges verändert, mein Karatetraining auch.

– Und vor der Polenreise? fragte sie.

– Ich habe irgendwann angefangen, Witze zu machen, wenn sie mir auf den Geist ging. Alles wurde dadurch viel einfacher – ohne große Dramen.

– Dein Glück. Ich hätte dich sonst nicht nehmen dürfen.

– Und wenn es mit uns beiden nicht klappt? fragte ich. Vielleicht werden wir uns noch furchtbar verletzen.

– Ich buche dich trotzdem fest. Im schlimmsten Fall für mein nächstes Leben.

seine herzrhythmusstörungen
überraschten ihn regelmäßig

Nachdem das Bauernhaus von Onkel ONKEL einigermaßen hergerichtet worden war – ich war etwa zehn Jahre alt –, wurde ich dorthin ab und zu mitgenommen. Ich saß mit meinen Cousinen auf der hinteren Sitzbank des alten rundlichen Wartburgs, und wegen der erhöhten Verletzungsgefahr durften wir während der Fahrt niemals einschlafen. Sicherheitsgurte waren damals noch Zukunftsmusik; und der Kontrollterror, die Gurte ordnungsgemäß anzulegen, stand Onkels Familie erst bevor. Onkel fuhr souverän, verbissen und schweigsam, wechselte die Gänge einfühlend und getriebekundig. Er äußerte sich nebenbei höchstens zum aktuellen Straßengeschehen, kommentierte das Verhalten der anderen Fahrer streng, aber gerecht. Gleichfarbige Wartburgs, die uns entgegenkamen, grüßte er mit der Lichthupe; in der Regel wurde er auch zurückgegrüßt. Manchmal gab er uns Rätsel auf, die mit der Straßenverkehrsordnung oder der technischen Ausstattung der Fahrzeuge in Verbindung standen. Wir wußten oft keine Antwort oder lösten die Rätsel – trotz richtiger Vermutungen, gleichzeitig aber angsterstarrt – in der Regel falsch. Dadurch gaben wir dem Onkel immerhin die Möglichkeit, uns beinah kameradschaftlich zu belehren.

Onkel ONKEL hatte noch nie einen Unfall verursacht und war stolz auf seine Plakette an der Windschutzscheibe: »100 000 Kilometer ohne Unfall«. Er arbeitete gerade an der zweiten. Als einmal etwa zweihundert Meter vor ihm ein Motorrad wild hin und her zu schlängeln begann, war mein Onkel leider machtlos. Der Motorradfahrer konnte das Gleichgewicht irgendwann nicht mehr halten, kippte samt seiner Maschine und seiner hinter ihm sitzenden Frau um – und ausgerechnet zur Straßenmitte hin. Schließlich schlitterten die beiden – liegend auf der Fahrbahn – uns allen frontal entgegen. Onkel hatte bereits scharf gebremst, sagte noch kurz:

– Warum das?

Meine Cousinen und ich schliefen anweisungsgemäß nicht und sahen uns durch die Windschutzscheibe das Spektakel mit großen Augen an. Mir kam es vor, als ob uns Onkel ONKEL überraschenderweise erlaubt hätte, im Fernsehen einen aufregenden Film für Erwachsene zu sehen. Das im Liegen rasende Motorrad bremste selbstverständlich auch – besser gesagt kratzte am Asphalt mit allem, was aus ihm seitlich hinausragte, der Aufprall fiel daraufhin maßvoll aus. Weil Onkels nächste Plakette offensichtlich nicht gefährdet war und die beiden Unfallopfer schon vom Boden aus freundlich lächelten, stieg Onkel ONKEL gut gelaunt aus. Die beiden Verunfallten klopften sich mit ruhigen Bewegungen den Straßendreck ab, und nicht nur der Mann, auch seine Frau hatte die beste Laune. Es war meine erste Begegnung mit dieser Sorte von Menschen.

– Das war nicht so toll, sagte der Mann im weichen Schutzanzug. Bei meinen anderen Abflügen bin ich viel besser gelandet.

– Wie ist das passiert? fragte der Onkel.

– Reifenplatzer, VORNE! Ihr Auto hat aber keinen einzigen Kratzer, das habe ich immerhin hinbekommen.

– Sie haben die Maschine sehr gut hingelegt, alle Achtung. Und auch an Ihrer Frau ist alles dran!

– Oft kriegt man das wirklich noch sauberer hin, sagte der Mann und umarmte dabei seine tapfere Wiederaufgestandene. Die Entscheidung muß man immer blitzschnell treffen – und wenn sie richtig ist, landet man butterweich auf dem Acker. Die allererste Regel dabei: Zwischen zwei Bäumen immer mittig fliegen!

Es war später Frühling, und an jenem Wochenende wurde ich in Onkels Dorf Zeuge, wie Onkel ONKEL und einige andere Männer den Bau eines Schwimmbads FÜR UNS KINDER in Angriff nahmen. Der Bürgermeister war dabei, einige Einheimische, aber auch andere wochenendaktive Dörfler aus Prag. Ein Stück oberhalb von Onkels Haus war eine abschüssige Wiese, die von einem kleinen Bach in zwei Hälften zerteilt war. Wem die Wiese früher gehört hatte, war nicht ganz klar, im Sozialismus spielte es aber keine besondere Rolle mehr. Der Bürgermeister, damals »Vorsitzender des Nationalausschusses« genannt, genehmigte das Vorhaben, die Leitung der Landwirtschaftlichen Einheits-Genossenschaft hatte auch nichts dagegen und wollte für die späteren Erdarbeiten sogar eine Planierraupe zur Verfügung stellen, eventuell sogar einen Schaufelbagger von einer nahe gelegenen Baustelle vorbeischicken.

Auf meinen Onkel konnte ich in seinem Dorf stolz sein. Er wurde dort von allen Seiten und so laut wie möglich »Herr Ingenieur« genannt und sehr respektvoll behandelt. Die Überzeugung der Dörfler, er sei ein in einem technischen Fach ausgebildeter Ingenieur, war offenbar schon älteren Datums, und niemand schien einen Grund zu haben, an Onkels bautechnischer Kompetenz zu zweifeln. Mein lieber Onkel war wie verwandelt, er war der Chef – war plötzlich ein ganz anderer Mensch als der hinter Schränken eingemauerte Pfeifenraucher aus der Prager Wohnung.

Links und rechts des schmalen Bächleins, das bei starken Regenfällen ungeahnte Wassermassen führen konnte, wurde als erstes gebuddelt und geschaufelt, bis an diesen zwei Stellen zwei tiefe eckige Löcher klafften. Auf diese setzte man im Laufe des Vormittags Teile von Schalungen aus Kantholz und Brettern und nagelte sie provisorisch zusammen. Andere Männer schmissen ein Stück weiter schon Kies durch ein großes Sieb und ließen zwei große Betonmischer brummen. Man war dabei, das sogenannte Zapfenhaus, den »Mönch«, zu bauen. Die umstehenden Kinder, wie ich auch, wurden nicht ignoriert, sondern ab und zu bautechnisch aufgeklärt – besonders dann, wenn es zu Stockungen im Arbeitsablauf kam. Auch mein Onkel wandte sich uns mit einem Lächeln zu, wenn er das Gefühl bekam, wir verstünden irgendwelche aktuellen Schwierigkeiten nicht.

– Diese Pfeiler werden hier innen, genau gegenüber, einen graden breiten Schlitz haben, aus Stahlprofil. Wenn man dann später starke Holzbohlen reinschiebt, wird das Wasser nicht weiterfließen können und sich ruck, zuck stauen. Kapiert? Im Moment warten wir auf ein stärkeres Schweißgerät – die Schienen, also diese U-Profile, müssen an der Armierung gut verankert werden.

Die Männer hatten zwei Kasten Bier dabei und waren ausnahmslos fröhlich. Ein Propagandafilm hätte unseren Sozialismus nicht wirkungsvoller anpreisen können. In die vorbereitete Schalung wurde irgendwann eine Art primitive Armierung geschoben, an diese dann die U-Profile erst mit biegsamem Draht befestigt, dann gründlich verschweißt. Zum Schluß verschwand das rostige Gesamtkunstwerk hinter der Schalung aus Holz vollständig – das heißt bis auf die beiden einander zugewandten U-Profile. Anschließend konnte endlich – meine Ungeduld war groß – der längst fertige Beton geschüttet, gekippt, gerüttelt und gestaucht werden. Wir Kinder warteten danach, was noch alles passieren würde, es passierte aber nichts mehr. Und niemand kam in dieser Phase des Geschehens auf die Idee, uns zu belehren und das vorläufige Ende der Veranstaltung zu verkünden. Die Männer waren nicht mehr ganz bei sich. Ein Bierkasten war inzwischen schon leer, und wir langweilten uns. Eigentlich hätten wir längst woanders spielen können. Alle Erwachsenen saßen weiter herum, unterhielten sich, keiner der Männer spürte offenbar besondere Lust, nach Hause zu gehen. Man ließ uns wenigstens nebenbei –

es war eine absolute Ausnahme – an den nicht ganz leeren Bierflaschen nuckeln. Das anfangs erwähnte Raupenfahrzeug kam nicht, und es wurden natürlich auch keine Erdmassen bewegt. In meinen Vorstellungen wuchs diese Talsperre trotzdem längst ins Gigantische.

– Geht es morgen weiter? traute ich mich irgendwann zu fragen.

– Nein, Junge. Der Beton muß erst einmal aushärten.

– Und wie lange dauert es?

– Wir machen nächste Woche weiter, vielleicht aber erst in zwei Wochen. Ihr braucht noch etwas Geduld. In der Woche müssen die Pfeiler sowieso noch gründlich bewässert werden, das ist ungeheuer wichtig! Beton darf nicht zu schnell trocknen, er würde sonst Risse bekommen. Aber der Sommer ist sowieso noch weit.

Danach wurde der leicht angetrunkene Mann nachdenklich und sagte etwas betrübt:

– Merke dir eins, Junge. Wirklich hart wird Beton erst in vierzig Jahren, erst nach vierzig Jahren erreicht er seine endgultige Reife. Da werde ich schon ganz woanders sein.

Erstaunlicherweise war Onkel ONKEL nach vierzig Jahren – das friedliche Einschlummern des Sozialismus lag da schon über zehn Jahren zurück – immer noch am Leben. Nur der frauliche Teil der Großfamilie existierte nicht mehr. In der alten Wohnung nicht, auch in Altersheimen lebte keine einzige meiner Tanten. Onkel ONKEL war der letzte Repräsentant meiner Eltern- und Tanten-Generation, ein phänomenaler Überlebenskünstler. Für mich persönlich war er so etwas wie ein Held seines singulären Pfeifenrauch-Holocaust. Die drei Grundprinzipien seiner Kampfstrategie gegen den Tod lauteten: Schonung, Schonung, Schonung. Onkels Frau Eva war auch schon lange tot. Sie starb an Krebs, und weil sie ihr ganzes Leben zu allen Menschen ohne Ausnahme – auch zu den ausgesprochenen

Ekelpaketen unter ihnen – immer so gut gewesen war und sich dauernd aufgeopfert hatte, endete das Leben dieser gebildeten und feinen Dame in purem Haß. Ihr asexuelles Leben in ihrer engen Kammer war insgesamt mehr als trostlos verlaufen – glückreduziert war es auf alle Fälle. Bei einem anderen Lauf der Geschichte wäre sie sicher eine bekannte Medizinerin und Wissenschaftlerin geworden. Leider hatte sie sich nach dem Krieg entschlossen, dem neuen Staat möglichst umgehend und unmittelbar zu dienen – und entschied sich gegen ein »viel zu langes« Medizinstudium. Sie wurde Ökonomin, machte Karriere in einem Forschungsinstitut, alle Katastrophen waren damit vorprogrammiert. Bis zum achtundsechziger Einmarsch waren es nur die wirtschaftlichen, danach kam ihr ganz persönlicher Absturz – im Rahmen der politischen Massenentlassungen, versteht sich. Folgerichtig beschimpfte sie in den letzten Wochen ihres Daseins nicht nur ihn, ihren nur mit seinen Pfeifen verwachsenen Mann, sondern auch ihre Töchter und deren Kinder, die sie allesamt als Raubtiere, bestenfalls als parasitäre Egoisten einstufte. Auch ich wurde den vielen Schweinehunden dieser Welt zugeschlagen und am Sterbebett nicht empfangen.

So wie früher, wenn im Umkreis der Familie jemand gestorben war, ließ der Onkel auch beim Begräbnis seiner Frau die verfettet-weiche Muskulatur seines Gesichts kurz nach unten sacken. Seine hängenden Backen sollten – in der Manier einer Trauerweide – tiefe Verzweiflung ausdrücken. Einen Augenblick später konnte er wieder so vollständig lächeln, wie es ihm nach seinem langen Leben voller Mimik-Minimalisierung nur möglich war. Die federkernlosen, daher auch spannungsfreien Polster seines Gesichts waren selbstverständlich schon seit Jahrzehnten dabei, den Großteil von Onkels Regungen zu absorbieren – falls diese in ihm überhaupt aufgekommen und von ihm freigegeben worden waren. Überraschenderweise konnte

man meinem Onkel einiges trotz seines unkernigen Papp-
gesichts problemlos ansehen. Seine würdegeladene Dauer-
selbstmitleidsmiene wirkte dabei nur wie eine transparente, dümmlich verteidigte Folie. Als ich es als Erwachsener
einmal gewagt hatte, einen vorsichtigen Scherz auf seine
Kosten zu machen, verblüfften mich seine ganzkörperliche
Verunsicherung und das wehrlose Entsetzen in seinen Augen. Und ich wagte es NIE WIEDER, ihn am lebendigen
Leib der Gefahr der Beschämung auszusetzen. Auch deswegen, weil es dank seines lächerlichen Äußeren viel zu einfach gewesen wäre: Er trug überdimensioniert große Brillen, seine buschigen Koteletten verfilzten sich oft mit seinen
steifen Ohrmuschelhärchen, und seine kurzen Dreiviertel-
Mäntel hingen über seinem Bauch wie eingelaufene Fünf-
achtel-Jacken.

Irgendwann hatte es der Onkel ONKEL nicht mehr nötig,
den anderen etwas vorzugaukeln, weil er nun mal vollkommen allein war. Er bewohnte zum Schluß als der letzte Mo-
hikaner einen abgetrennten Teil der Wohnung zum Norden
hin, die übrigen Zimmer wurden teilvermietet. Seine Töchter und Enkelkinder sah er kaum. Seine Herzrhythmus-
störungen bekam er mit einer üblen Regelmäßigkeit und
war außerdem wegen seiner wackligen Knie nur eingeschränkt mobil. Trotzdem blieb er wenigstens partiell un-
ternehmungsfreudig. Er besaß schon seit vielen Jahren keinen Wartburg, sondern einen Trabant – den zweitbesten
Zweitakter der Welt –, und da er vor vielen Jahrzehnten
einen Herzinfarkt erlitten hatte, herzrhythmusgestört und
kniekollapsgefährdet war, prangte an einem Seitenfenster
seines Trabants ein großer Schwerbehindertenaufkleber: ein
auf die Spitze gestelltes schwarzes Dreieck auf gelbem Hintergrund, das wie ein amputierter Judenstern aussah. Die
Frontscheibe seines Autos hätte inzwischen auch mit vielen
»100 000-km-ohne-Unfall-Plaketten« vollbesprenkelt, vielleicht sogar undurchsichtig zugeklebt sein können – diese

Plaketten gab es aber nicht mehr. Trotzdem fuhr Onkel ONKEL bis ins hohe Alter, ohne daß es von der Allgemeinheit gewürdigt werden konnte, tatsächlich unfallfrei. Als wir einmal gemeinsam zum Friedhof fahren wollten, kam ich vom Bahnhof etwa fünf Minuten zu spät. Statt auf mich in der Wohnung zu warten, saß er eingeschnappt-vorwurfsvoll-versteinert (und angeschnallt) in seinem Wagen und sah demonstrativ auf seine Armbanduhr. Er allein schien dabei das dürftige Innenvolumen des Trabants zu etwa drei Vierteln auszufüllen, mit seiner schlechten Laune ohnehin ganz und gar. An sich war es also egal, ob man gerade hundertprozentig schuldfrei war oder nicht – wenn man zu ihm ins Auto steigen mußte, tat man es grundsätzlich, auch früher schon, mit schlechtem Gewissen.

Mein Onkel verbrachte seine meist etwas – wenn auch maßvoll – verlängerten Wochenenden regelmäßig in seinem Bauernhaus. Das Haus stand (ein großes Plus) etwas abseits des Dorfes und war leider (ein großes Minus) ein beliebtes Objekt für erfahrene oder sich einarbeitende Einbrecher. Einer der umherziehenden und die Liberalität des neuen Staates nutzenden Kriminellen brach nach seinen kurzen Gefängnisaufenthalten am liebsten immer wieder bei Onkel ONKEL ein. Und weil er sich im Haus immer gut benommen und dort ordentlich gewirtschaftet hatte (»Krümel gefegt!«), schloß ihn mein Onkel irgendwann in sein rhythmusgestörtes Herz. Während der letzten und leider etwas längeren Haftzeit schrieb ihm Onkel sogar Briefe, schickte auch einige Päckchen.

Bei der Fahrt zu seinem Haus nahm mein Onkel immer, also auch in den letzten fünfzehn Jahren seines Lebens, als er ein signalgelb-stolzer, trotzdem aber alles andere als lahmer Invalide war, grundsätzlich eine wilde Abkürzung durch den Wald. Trotz des geduldigen Zuredens seiner Töchter fuhr er nicht gern durchs Dorf, scheute einfach den lästigen Umweg über die Landstraße. Er könne die Waldstrecke blind fahren, argumentierte er. Dabei gab es auf dem Waldweg doch immer wieder Unfälle. Die wassergefüllten Schlaglöcher waren tief, der Huckel in der Mitte des Weges war hochgewölbt und riß regelmäßig den einen oder anderen Auspuff ab, beschädigte den einen oder anderen Unterboden; auf dem Weg lagen oft dicke Äste herum, die sich unter den Rädern unerwartet aufrichten konnten. Daß sein Trabant außerdem dauernd neue Kratzer abbekam, nahm Onkel ONKEL gelassen auf – seine Karosserie war nun mal aus Plastik.

Wirklich ernste Gefahren gingen sowieso eher von anderen Autofahrern aus. Auf dieser Strecke gab es nur wenige Stellen, an denen man den entgegenkommenden Autos ausweichen konnte. Und die vitalen Büsche an den Seiten, die niemand beschnitt, das teilweise hohe Gras und die übrige Vegetation machten den Weg zu einem regelrechten Tunnel. Die Natur wucherte den Weg teilweise so drastisch zu, daß man dort oft nicht nur nicht ausweichen, sondern die vielen Kurven erst im allerletzten Moment einsehen konnte. Und wo das Gras über die ganze Breite des Weges wuchs, war die Piste auch im trockenen Zustand extrem rutschig. Zwei andere Prager, beide ebenfalls Trabantfahrer, stießen dort einmal frontal zusammen. Beide hatten an einer Stelle – so wie jeder, der sich dort auskannte – kräftig beschleunigt, um eine besonders feuchte Mulde mit Schwung zu nehmen. Und sie konnten dann nur zusehen, wie sie trotz der gleichzeitigen Doppel-Vollbremsung dem zweifachen Totalschaden entgegenrutschten.

Der umsichtige Onkel ONKEL blieb von solchen dummen Zufällen verschont, ihm ist nie etwas derartiges zugestoßen. Trotzdem wurde eine seiner Fahrten zu seinem Haus doch seine letzte. Er hatte alle Problemzonen im Inneren des Waldes wie ein erfahrener Rallye-Fahrer passiert und gekonnt auch die letzte Kurve genommen – laut Polizei mit einem Rad auf der Böschung und dem anderen auf dem

Huckel in der Mitte des Weges. Auf der abschüssigen und endlich gut überschaubaren Strecke schlug die Pechfalle dann zu, Onkel ONKEL machte eventuell auch einige Fehler. Sein Hauptfehler bestand allerdings darin, daß er jahrelang bei den Reparaturen und Durchsichten seines Trabants geschummelt hatte. Als erstes rutschte er offenbar vom Bremspedal ab, und als er zum zweiten Mal – vielleicht viel zu heftig – auf die Bremse trat, versagte diese vollständig. Sein zusätzliches Pech: Mit dem Motor bremst ein Zweitakter dieses Kalibers auch bei eingelegtem Gang kaum mit. Vor Schreck versuchte Onkel ONKEL nicht einmal die Handbremse zu ziehen, sein Herz spielte wahrscheinlich auch längst verrückt.

Als das kleine Auto mit dem großen gelben Aufkleber immer schneller wurde, steuerte mein Onkel den Bach an, um in der Vertiefung des Baches möglichst sanft zum Stehen zu kommen. Dann sah er wahrscheinlich aus dem Fenster seines knautschzonenfreien Fahrzeugs und beobachtete, wie die Landschaft an ihm immer schneller vorbeiglitt. Die Krankenhausschwestern berichteten, Onkel ONKEL habe mehrmals gemurmelt: »Mittig, mittig. Immer mittig zwischen den Bäumen.«

– Gab es auf der Wiese überhaupt Bäume? fragten sie.

Die Badestelle gab es nicht mehr, strenggenommen hatte es sie sowieso nie wirklich gegeben. Nachdem damals das Zapfenhaus von der Schalung befreit worden war, waren die genossenschaftlichen Raupenfahrzeuge gekommen, hatten die Beckenvertiefung ausgehoben und mit dem Aushub den Damm aufgeschüttet. Anschließend war der Durchlaß zugerammelt worden, und die Badestelle lief voll. Baden konnte ich darin leider nie. Als ich nach mehreren Wochen wieder ein Wochenende mit den Cousinen verbringen durfte, war aus dem lehmigen Wiesengrund schlimmster Schlamm geworden, der außerdem so aufgequollen war, daß die darüber trübende Wasserschicht für freie

Schwimmbewegungen, vor allem der der Beine, überhaupt nicht reichte. Niemand wollte das Becken freiwillig betreten, das Waten im tiefsten Morast war anstrengend. Einmal wurde dort wenigstens – ohne mich – eine wilde Schlammschlacht veranstaltet. Dann kamen Stürme und starke Regenfälle, der ebenfalls längst aufgeweichte Damm brach durch und wurde hinweggespült. Die Wiese wurde mit der Zeit wieder eine Wiese. Nur der tief verwurzelte, zweieinige Mönch blieb wie ein Zwillingsgrab oder Doppelmahnmal stehen – mitten im Hang, umgeben von einem schmucken Brennesselbeet. Als der tapfere und bis auf einige Ausnahmen doch lebenstüchtige Onkel auf den Mönch zuraste, war der vierzigjährige Beton schon etwas bröckelig geworden, für einen Trabanten war er trotzdem ein ausreichend harter Brocken. Wenn es jemanden interessieren sollte: Den allerletzten Härtegrad erreicht Beton wesentlich früher – bereits nach achtundzwanzig Tagen, das heißt nach vier Wochen.

Der allerletzte Wunsch des Onkels mußte leider unerfüllt bleiben. Wie ich irgendwo weit vorn erwähnt habe, wollte Onkel ONKEL seine Leiche – in erster Linie aus Kostengründen – der Universitätsklinik überlassen. Also »der Wissenschaft und Forschung zur Verfügung stellen«, wie er immer wieder betonte. Weil er aber bereits obduziert worden war, nahm ihn die Uni-Klinik nicht an. Zwar habe ich – ebenfalls weit vorn, an derselben Stelle dieses Textes – versprochen, Onkels grabplattenloses Verschwinden nicht zu entweihen, seinen wahren Namen also nicht zu verraten. Ich möchte hier aber wenigstens seinen Spitznamen aus der Jugendzeit preisgeben. Die wenigen von mir festgehaltenen ERINNERUNGSRÜCKSTÄNDE haben, denke ich, ein Recht auf eine namentliche Zuordnung. Onkels Spitzname lautete KŘEN. In der Schulzeit nannte man meinen Onkel also kurz und bündig KŘEN, was im Tschechischen Meerrettich bedeutet. Über das Entstehungsgeheimnis dieses ungewöhnlichen Namens ist leider nichts bekannt, nicht einmal Onkel ONKELS Frau Eva wußte Bescheid.

Einige Jahre nach Onkels Tod besuchten meine Frau und ich unsere alte Prager Gegend. Auch hier waren die meisten Immobilien inzwischen – von den alten Eigentümern oder neuen Besitzern – rekonstruiert worden. Oft waren sie nicht wiederzuerkennen, bei einigen von ihnen handelt es sich um architektonische Jugendstilwunder. Mein altes Haus schien so gut wie entmietet zu sein, ein Total-Umbau war voll im Gange. Die Eingangstür stand weit offen, wir gingen hinein. Irgendein rabiater Handwerker hatte eine Briefkastenreihe beschädigt, sie hing etwas lose und neigte sich nach vorn. Vor langer Zeit hatte sich hinter dem Kasten ganz links der tote Briefkasten meiner Kellertante Peprl befunden. Sie hatte dort ihre Einkaufswünsche deponiert – wer sie dann erledigte, war oft vom Zufall abhängig gewesen. Ich bat meine Frau, kurz stehenzubleiben, ging hin und steckte meine Hand blind in den entstandenen Hohlraum – und ich fand tatsächlich einen mit Peprls verwackelter Schrift geschriebenen, fünfunddreißig Jahre alten Zettel, ohne Zweifel ihren letzten. Sie hatte nur zwei bescheidene Wünsche gehabt:

FÜR MORGEN BRAUCHE ICH FRISCHE MILCH
UND DREI BRÖTCHEN
DANKE IHR LIEBEN

Nachtrag

tele-skopka des jüngsten tages

Skopka geht es mit seinem verlängerten Penis – seinem TELE-SKOP – blendend, und er ist überglücklich, sich als ein viel zu akkurater Bürgermeister vom heimtückischen Rathausleben verabschiedet zu haben. Er ist Manager und inzwischen auch Mitinhaber einer mittelständischen Hightech-Firma in Südböhmen und nachträglich – auf der ideologischen Ebene – auch innerlich mit dem ersten tschechoslowakischen Kosmonauten Vladimír Remek versöhnt, der im Jahr 1978 – also ein Jahr nach der Charta 77 und zehn Jahre nach dem Einmarsch – als der erste zu belohnende Nicht-Russe ins All mitfliegen durfte. Skopkas Firmenkompagnon ist ein tüftlerisch hochbegabter Schwabe, der viel Geld und einige frühere Ideen in dieses Joint-Venture-Unternehmen eingebracht hat und inzwischen am liebsten nur Oden auf die geschickten tschechischen Hände schreiben möchte. Der Exporthit der beiden Partner sind Tele-skop-Arme für Forschungssatelliten. Sie beliefern mehrere Weltraumprogramme.

– Neulich habe ich aus Versehen deine alte Nummer gewählt – und dein Vater war dran.

– Und? fragte Skopka.

– Ich habe gesagt, daß ich mich verwählt hätte und eigentlich mit dir sprechen wollte. Und er meinte, du würdest inzwischen nur noch in Flugzeugen sitzen und sowieso nie erreichbar sein.

– Er ist neidisch.

Einige Minuten später waren wir schon bei einem ganz anderen Thema. Als vor beinah vier Milliarden Jahren die ersten Bakterien angefangen hätten, sich des Lebens zu erfreuen, erzählte Skopka voller Begeisterung, hätte es auf der Erde noch keinen Sauerstoff gegeben. Die Atmosphäre sei absolut ungenießbar gewesen.

– Interessiert dich das?

– Ja, ja, grob weiß ich darüber aber Bescheid.

– Warte, es ist noch viel aufregender, als du denkst.

Etwas später, erzählte Skopka weiter, also irgendwann im Laufe der nächsten Milliarde Jahre hätten die Cyanobakterien zwar die Photosynthese erfunden, mit dem Atmen und dem Genießen des Alltags sei es trotzdem nicht aufwärtsgegangen, jedenfalls nicht gleich.

In der Zeit, als Skopka und ich in unterschiedliche Gymnasien gingen, liefen wir bei unseren gelegentlichen intensiven Unterhaltungen manchmal so lange in eine Richtung, daß wir, ohne es zu merken, das ganze Stadtzentrum durchquerten und in einem der entgegengesetzten Vororte landeten. Einmal im oberen Teil von Vinohrady bei den Friedhöfen, ein anderes Mal in Pankrác – eine ganze Weile nachdem wir über die neue Brücke das Nusle-Tal überquert hatten. Danach liefen wir die sechs bis acht Kilometer wieder zurück. Diesmal redeten wir am Telefon, und das Gespräch, in dem es um unsere Väter und um die ruhmreiche Geschichte der Cyanobakterien ging – außerdem um die Gefährlichkeit, genaugenommen Giftigkeit von Sauerstoff und um weitere evolutionsrelevante Dinge –, zog sich in die Länge.

– Die ganze Erde, also ihr gesamtes Oberflächen-Eisen, rostete Dutzende Jahrmillionen einfach vor sich hin, amüsierte sich Skopka. Appetitliche Wesen wie du und ich hätten niemals genug zum Atmen abbekommen.

– Vielleicht hätten wir gelernt, Eisenoxydkekse zu verwerten.

– Kann sein, die Bakterien konnten das aber nicht. Viele Arten gingen an Sauerstoffvergiftung einfach zugrunde. Einige haben sich zum Glück aber verkrochen, sich auf die Lauer gelegt, und manche davon – also diese Viecher von damals, stell dir das vor – LEBEN HEUTE IN UNSEREM DICKDARM!

Skopka saß gerade in einem Tokioter Hotel und wollte sich auf keinen Fall langweilen. Nachdem wir mehrere lebbare Fortsetzungsszenarien der Erdgeschichte durchgespielt hatten, einigten wir uns auf eine Abschlußerklärung: Es hat noch furchtbar lange gedauert, bis man hier auf Erden gefahrlos husten und schimpfen konnte, sich Penisse verlängern lassen und sich über eine Satellitenverbindung etwas erzählen konnte.

Kapitelübersicht

Jan Faktor. Schornstein. Roman. Gebunden

Mit überraschendem Wortwitz und ohne Scheu vor politischen oder sonstigen Unkorrektheiten erzählt Jan Faktor die Geschichte von Schornstein, der für sein Recht auf medizinische Behandlung kämpft und dabei die Kontrolle über sein Leben zu verlieren droht. Ein richtungsweisender Roman vom brüchigen Rand der Gesellschaft; ein aufsehenerregendes Debüt, in dem ein seltenes Kunststück gelingt: »Schornstein« ist ein Gegenwartsroman, »der auf rätselhafte Weise aus den Themen Krankheit und Depression Heiterkeit und gute Laune hervorzaubert« (*Jörg Magenau*).

www.kiwi-verlag.de

Kiepenheuer
&Witsch